One of ours

우리 중
하나

One of ours 우리 중 하나

1판 1쇄 인쇄 2020년 11월 11일
1판 1쇄 발행 2020년 11월 18일

지은이   윌라 캐더
옮긴이   정선우
발행인   조은희
발행처   아토북

등록   2015년 7월 31일(제2015-000158호)
주소   (10261)경기도 고양시 일산동구 성현로659번길 143 103-101
전화   070-7537-6433
팩스   0504-190-4837
이메일   attobook@naver.com

• 값은 뒤표지에 있습니다.
• 잘못 만들어진 책은 구입하신 서점에서 바꾸어 드립니다.

ISBN 979-11-90194-01-3(03840)

© 도서출판아토북, 2020

Willa Cather

One of Ours

우리 중 하나

윌라 캐더 지음

Atto Book

차례

러블리 크리크

해가 뜨기 전 잠에서 깬 클로드 휠러는 옆에 누워 있던 동생을 세차게 흔들어 깨웠다.

"랄프, 랄프, 일어나! 일어나서 세차 좀 도와줘."

"왜?"

"오늘 서커스 보러 가는 날이잖아?"

"차는 깨끗해. 날 좀 내버려 둬." 랄프는 커튼이 없는 창문으로 쏟아지는 빛을 막기 위해 이불을 머리끝까지 뒤집어쓰며 돌아누웠다.

클로드는 일어나서 잽싸게 옷을 갈아입었다. 빨간 머리는 닭 볏처럼 우뚝 솟아 있었다. 그는 새벽녘의 공기를 따라 계단을 두 칸씩 살금살금 내려와 부엌을 지나 세면장으로 갔다. 두 개의 자기 받침대에서는 물이 흐르고 있었고, 지난밤 모든 사람들이 사용했는지, 검은 침전물들이 떠다니고 있었다. 그 물을 사용하고 싶지 않았기에 다시 부엌으로 가, 마에일리의 양푼에 든 차가운 물로 머리를 정리했다.

늙은 마에일리가 스토브에 불을 피우기 위해 부엌에 들어왔다. 그녀의 앞치마에는 마당에서 딴 옥수수속대가 가득 들어 있었다. 그녀는 클로드와 단둘이 있을 때 가끔 보이는 우스꽝스러운 미소를 지었다.

"무슨 일로 이렇게 일찍 일어났니? 아침을 먹기도 전에 서커스를 보러 가려고? 너무 시끄러우면 내가 불을 지피기도 전에 사람들이 내려올 테니 조용히 하렴."

"알았어." 클로드는 모자를 쓰고 문을 박차고 나와 언덕 아래의 헛간을 향해 달려갔다. 활짝 웃는 얼굴 같은 태양이 대초원의 가장자리 위에 불쑥 나타났다. 그 빛은 근처에 있는 8월의 목초지와 언덕, 목장의 남쪽 구간을 휘감고 있는 모랫바닥으로 이루어진 맑은 냇물을 비추었다. 프랭크포트로 서커스를 보러 가기 딱 좋은, 무엇을 해도 반드시 잘될 날이었다.

클로드는 작은 포드 자동차를 헛간의 물탱크가 있는 곳까지 옮긴 뒤, 진흙투성이인 바퀴와 앞 유리창에 물을 뿌리기 시작했다. 그때 아버지가 고용한 덴과 제리가 말에게 먹이를 주기 위해 어슬렁어슬렁 언덕을 내려왔다. 제리가 무엇인가에 대해 투덜거리고 욕했지만, 클로드는 그들을 신경 쓰지 않은 채, 젖은 걸레를 짰다. 왠지 아버지는 항상 가장 거칠고 비열한 사람들을 고용하는 것 같았다. 클로드는 몰리를 대하는 제리의 태도가 불만스러웠다.

몰리는 늙었지만 충실했고, 많은 수망아지를 낳았다.─클로드와 랄프는 몰리를 타는 법을 배웠다. 어느 날 아침, 제리는 일을 하러 몰리를 몰고 가서는 못이 박힌 판자를 걸어가게 내버려 두었다. 그는 아무에게도 이 사실을 알리지 않고, 다리에 박힌 못만 빼버린 뒤 종일 경작지를 다듬게 했다. 이 일로 몰리는 다리가 코끼리처럼 부어올라 몇 주째 고통 속에서 지내고 있으며, 매우 야위었다. 수의사는 몰리의 발굽이 떨어져 나가고 새로운 발굽이 자랄 때까지 마구간에 있어야 한다고 했다. 제리는 해고당하지 않았고, 몰리가 마치 자신의 자랑거리인 것처럼 말하고 다녔다.

마에일리가 언덕 위에서 아침 식사를 알리는 종을 울렸다. 제리와 덴이 밥을 먹으러 집으로 올라가자, 클로드는 여물을 먹고 있는 몰리를 보기 위해 마구간으로 향했다. 몰리는 상처로 인해 피부가 죽은 것처럼 보이는 다리를 땅에서 살짝 띄운 채 조용히 여물을 먹고 있었다. 클로드가 목을 쓰다듬으며 말을 걸자, 몰리는 씹던 것을 멈추고 그를 향해 슬픈 듯 울었다. 몰리는 클로드를 알아보았고, 쓰다듬어 주는 게 좋은지 코를 찡긋거리고 입술을 끌어올렸다. 그리고 클로드가 상처 난 다리를 살펴볼 수 있도록 가만히 있었다.

클로드가 부엌에 도착했을 때 어머니는 테이블 끝 편에 앉아서 커피를 따르고 있었고, 동생과 덴, 제리는 자리에 앉아 있었으며 마에일리는 스토브에서 핫케이크를 굽고 있었다. 잠시 뒤 클로드의 아버지 넷 휠러가 내려와 자리에 앉았다. 그는 이웃들보다 덩치가 좋았다. 여름엔 거의 코트를 입지 않았고, 셔츠는 늘 헝클어져 바지 위로 삐져나오게 입었다. 얼굴은 면도를 해 깨끗했지만 입 주변에 담뱃재가 약간 묻어 있었다. 그는 심성이 좋으며 재치 있고 차분한 사람이었다. 그 누구도 그가 허둥대는 걸 본 적이 없었으며, 심각하게 말하는 것을 들어 본 적도 없었다. 심지어 가족과 있을 때도 한결같았다.

그는 자리에 앉자마자 설탕 통을 집어 커피에 설탕을 넣었다. 랄프가 아버지에게 서커스를 보러 갈 거냐고 묻자, "코끼리가 떠나기 전에 언젠가 가보지 않겠니?"라고 윙크하며 부드럽게 말했다. "갈 거라면 서두르는 게 좋을 거다. 노새가 끄는 마차에 소가죽을 싣고 가렴. 도살자가 소가죽을 사기로 약속했단다."

클로드가 칼을 내려놓으며 말했다.

"차로 가면 안 돼요? 제가 일부러 청소까지 해 놨단 말이에요."

"그럼 덴이랑 제리는 어떻게 하니? 그들도 너만큼 서커스를 보고 싶어 해. 그리고 난 가죽을 팔아야 한다고. 지금 값이 비쌀 때야. 네가 차를 청소해 놨든 말았든 난 상관 안 한다. 진흙은 차 도색을 지켜 준다고들 하잖니. 이번엔 노새를 몰고 가도 괜찮을 게다."

덴과 제리는 '하하' 하고 웃었고 랄프는 피식했다. 클로드의 주근깨 있는 얼굴이 붉어졌다. 핫케이크는 입 안에서 딱딱해져 삼키기 힘들었다. 클로드의 아버지는 클로드가 노새를 이끌고 마을에 가는 것도, 덴, 제리와 어딘가를 가는 것도 얼마나 싫어하는지 알고 있었다. 가죽은 지난겨울 일꾼들이 돌보지 않아 눈보라 속에서 죽어 버린 네 마리 거세당한 수소의 것으로, 아버지가 손질하고 절이는데 들인 시간의 반값도 안 될 것이다. 가죽은 헛간 위쪽에 여름 내내 쌓여 있었고, 마차는 여러 번 마을에 다녀온 적이 있다. 클로드는 오늘만은 근심 걱정 없이 편안하게 프랭크포트에 가고 싶었지만 결국 냄새나는 가죽과 거친 두 명의 사내와 같이, 사람들 앞에서 항상 이상하게 굴고 시끄럽게 우는 노새를 몰고 가게 되었다. 넷은 아마도 클로드가 세차하는 것을 보고, 클로드가 옷을 갈아입는 동안 일부러 이 계획을 세웠을 것이다. 완전 그다운 농담이었다.

클로드의 어머니는 실망한 클로드를 가여운 듯이 쳐다보았다. 어쩌면 그녀도 농담을 알아차렸을지도 모른다. 그녀는 남편이 어떤 것으로든 농담할 수 있다는 사실을 알고 있었다.

클로드가 아침을 다 먹고 헛간으로 출발했을 때, 휠러 부인은 멀리서 클로드를 부르면서 달려왔다. 그녀는 숨이 찰 정도로 서둘러 달렸다. 클로드를 따라잡은 휠러 부인은 우아한 손짓으로 눈부신 햇살을 가리며 클로드를 올려다봤다. "네가 원한다면 마차를 준비하는 동안 코트를 다려 놓으마." 그녀는 아쉬운 듯 말했다.

클로드는 영계에 붙어 있던 얼룩덜룩한 깃털을 발로 찼다. 휠러 부인이 보기에 클로드의 어깨는 축 처져 있었다. 그래도 클로드는 애써 서운함을 감추며 말했다. "그럴 필요 없어요, 어머니." 그러나 이내 투덜거렸다. "저 가죽을 가져가야 한다면 차라리 낡은 옷을 입겠어요. 저 가죽은 너무 기름지고 태양 아래에 있으면 비료보다 더 심한 냄새를 풍길 거예요."

그녀는 눈을 깜빡거리며 말했다. "덴과 제리가 가죽을 신경 쓸 거야. 마을에 가는데 차려입는 게 더 좋지 않겠니?"

"너무 신경 쓰지 마세요. 정 원하신다면 그냥 깨끗하고 예쁜 셔츠나 주세요. 전 그거면 돼요."

클로드는 뒤돌아 헛간으로 갔고 휠러 부인은 천천히 집으로 향하였다. 그는 어머니가 덴과 제리의 밥을 차리고 설거지하는 일을 견딜 수 있다면, 자신 또한 이들을 데리고 마을에 갈 수 있다고 생각했다.

마차가 떠난 뒤 30분 후, 넷 휠러는 알파카 코트를 입고, 여기저기 돌아다닐 때 쓰는 매우 좋은 사륜마차로 향했다. 넷은 아내에게 아무 말도 해주지 않는다. 그렇기에 그가 집에서 저녁을 먹을지 먹지 않을지 알아내는 것은 휠러 부인의 몫이다. 오늘 그녀와 마에일리는 귀찮은 남자들 없이 편히 집 안 청소를 할 것이다.

넷 휠러는 대부분 차를 몰고 다녔다. 경매, 정치 행사 같은 곳을 갈 때도, 이런 행사가 없는 날에, 마을 사람들이 잘 지내는지 보러 갈 때도 차를 몰고 갔다. 하지만 그는 자동차보다 사륜마차를 선호한다. 가볍고, 험로도 거침없이 달릴 수 있으며, 언제 고장 날지 모르기 때문에 아내가 같이 가자고 할 일이 절대로 없기 때문이다. 게다가 운전에 집중하지 않아도 돼, 마을을 좀 더 잘 둘러볼 수 있다. 그는 인디언과 물소가 있던 때 네브래스카에 왔다. 그렇기에 메뚜기가 많았던 해, 사이클론이 왔던 일, 아무것도 없던 농지에 농가가 하나하나 들어서던 것을 지켜보았다. 그는 새로운 정착민들이 농사짓는 것을 격려했으며, 남녀 간의 만남을 주선했고, 젊은 이들에게 결혼하라며 돈을 빌려주었고, 그들의 자식들이 커서 번영하는 것까지 지켜보았다. 마치 이 모든 것이 자신의 업인 양. 그는 세월의 변화뿐만 아니라 계절의 변화에도 흥미를 느꼈다.

사람들이 저 멀리서 오는 넷 휠러를 알아보았다. 그는 무릎 위에 손을 올려놓고, 비스듬히 앉은 채였다. 일하지 않고 조금이라도 쉬는 것을 싫어하는 독일인 요이더도 그가 오는 것을 반겼다. 일주일에 한 번 정도 들르지 않으면 마을 상인들은 그를 그리워했다. 그는 정치에 적극적이었고, 본인이 공직에 출마한 적은 없었지만, 종종 친구를 위해 선거 운동을 했다.

넷 휠러는 '거리의 즐거움, 가정의 슬픔'이라는 프랑스 속담을 좋아했다. 물론 원래 의미와 전혀 다르게 해석했지만. 그에게 일은 부차적이었다. 초창기에는 농업을 하였다. 그는 부자가 될 만큼 땅을 충분히 사, 다른 이에게 빌려주었다. 그는 일을 좋아하는 농부에게만 땅을 빌려주면 되었다(그러지 않았지만). 그 사실은 비밀이 아니었다. 그는 집에 있으면 보통 위층 거실에 앉아 신문을 읽었다. 스캔들 관련 주간지를 포함하여 열 개 이상의 신문을 구독했기에 세상이 어떻게 돌아가는지 잘 알고 있었다. 그는 매우 건강하여 병에 걸리는 것이 농담 같은 일이었다. 확실히, 그는 가끔 치통이나 종기, 속 쓰림을 제외하곤 병을 앓아 본 적이 없었다.

그는 교회나 자선단체에 관대하게 베풀었고, 돈이든 기계든 이웃에게 부족한 것이 있다면 언제든 빌려줄 수 있었다. 그는 소심한 사람 놀리기를 좋아했고, 그것에 관한 재미있는 일화가 많았다. 모든 사람들이 그가 첫째 아들 베일리스와 친하게 지내는 것을 놀라워했다. 베일리스는 소심하진 않지만, 편협하고 신중해 그가 좋아할 만한 타입이 아니었다.

베일리스는 프랭크포트에서 농기구를 판매하는 사업을 시작했는데, 서른 살도 안 되는 어린 나이임에도 불구하고 큰 성공을 이루었다. 어쩌면 그는 아들의 업무 능력을 자랑스러워하는 건지도 몰랐다.

그는 종종 마을에 베일리스를 보러 가서 같이 물건을 팔거나 진열하고, 가게에 앉아 찾아오는 농부들과 농담을 주고받곤 했다. 넷 휠러는 젊었을 때 상당한 애주가였고, 지금도 그렇다. 베일리스는 말랐으며 매우 극렬한 금주론자다. 그는 모든 사람들이 자신과 비슷한 식습관을 갖기를 바랐다. 휠러 부인조차 남편과 아들은 '즐거운 시간을 보낸다.'는 의미 자체가 다른데 어떻게 잘 지내는지 이해가 되지 않았다.

몇 년에 한 번 넷 휠러는 새로운 셔츠와 티를 사서, 매우 조용하고 지극히 평범한 형제자매들을 보러 메인주에 갔다. 그러나 그는 자신의 오래된 옷과 큰 농장, 마차, 아들 베일리스가 있는 집으로 돌아오는 것이 좋았다.

휠러 부인은 버몬트주에서 고등학교 교장이 되기 위해 네브래스카로 왔는데, 그 당시 프랭크포트는 변경 도시였고 넷 휠러는 잘나가는 총각이었다. 넷 휠러는 자신과 완전히 다른 아들과 잘 지내듯이, 자신과 완전히 다른 그녀가 마음에 들었다. 그는 어떤 종류의 인간이든 다 좋아했다. 좋은 사람과 정직한 사람은 물론이고 위선자나 악당까지도 좋아하는 경지였다. 그러나 만약 이웃 주민이 남을 속이거나 나쁜 짓을 했다면, 그는 마치 지금까지 그를 좋아한 적 없었던 것처럼 찾아가서 구경할 사람이다.

그는 비아냥거리는 것에 일가견이 있었다. 그는 무례한 웃음으로 남을 자극하는 것을 좋아했지만, 결코 자기 자신을 비웃진 않았다. 사람들은 종종 그의 부드러우면서도 상원 의원 같은 우람한 목소리를 따라 하려고 했지만, 그만큼 큰 소리를 낼 수는 없었다. 그는 마에일리가 여름밤 어둠 속에서 옷을 벗다가 파리 끈끈이 위에 앉는 웃긴 일이 일어났을 때는 떠들썩하게 웃지 않았다. 그는 민감하지 않은 아이에게는 실로 명랑하고 태평한 아버지였다.

◆

클로드와 그의 노새는 달그락 소리를 내며 증기 오르간 소리가 들리는 프랭크포트를 향해 갔다. 그는 고약한 냄새가 나는 소가죽, 마음에 들지 않는 일꾼들과 헤어지자마자 사람들이 북적대는 길을 따라 친구들을 찾으러 갔다. 아버지는 농민 은행 모퉁이에 서서 머리를 높이 들고 꼽추가 포탄 게임을 준비하는 것을 보고 있었다. 그는 아버지를 피하려고 형이 운영하고 있는 상점 방향으로 발길을 돌렸다. 두 개의 큰 쇼 앞에는 시골 아이들이 가득했고, 그 뒤에는 아낙네들이 퍼레이드를 보기 위해 서 있었다. 베일리스는 글이나 회계장부를 작성할 수 있는 조그마한 유리 상자 앞에 앉아 있었다. 그는 클로드를 향해 인사했다.

클로드는 "안녕." 하고 대답하면서 매우 급한 일이 있듯이 물었다. "혹시 어니스트 하벨 봤어? 여기 있을 것 같은데."

베일리스는 회전의자를 돌려 쟁기 카탈로그를 선반에 놓았다.

"그가 여기 뭐하러 오겠어? 여기보단 술집에서 찾는 게 빠를걸."

그 누구도 베일리스보다 더 잘 비꼴 수는 없을 것이다.

클로드는 분노로 뺨이 빨갛게 달아올랐다. 그는 고개를 돌리면서 베일리스의 눈에 멍이 든 것을 발견했지만, 굳이 질문하여 그가 기뻐하는 꼴을 보고 싶지 않았다. 어니스트 하벨은 보헤미아 사람이었고, 보통 마을에 오면 맥주를 마셨다. 그는 다른 젊은이보다 냉정하고 사려 깊었다. 베일리스는 그가 술 취한 게으름뱅이라고 생각할지도 모르지만.

그때 맞은편의 훈련된 개들이 끄는 마차 행렬 뒤쪽에서 어니스트가 보였다. 클로드는 군중 사이를 헤치고 달려가 어니스트를 붙잡았다.

"안녕, 어디 가?"

"난 쇼가 시작하기 전에 점심을 먹으러 마차에 가려고. 시내 옆에 있는 양수장에 마차를 세워 뒀어. 너는 어디 갈 거야?"

"딱히 없어. 같이 가도 될까?" 어니스트는 웃으며 말했다.

"좋아. 두 명분의 점심은 있으니깐."

"나도 알아. 넌 항상 그러잖아. 좀 이따 마차에서 보자."

클로드는 어니스트와 호텔에서 저녁을 먹고 싶었다. 부자 아버지를 두었기에 돈도 두둑이 있었다. 휠러가 사람들은 탈곡기나 자동차 같은 것은 고민 없이 구매하는 편이었지만, 호텔에서 저녁을 먹는 것은 낭비라고 여겼다. 만약 아버지나 베일리스가 호텔에서 저녁을 먹었다는 소식을 들으면, 클로드가 잘난 체한다고 여길 것이 분명했다. 클로드는 자신이 어니스트에게 호텔에 가자고 제안하지 못할 것을 알고 있었다. 왜냐하면 그는 아버지와 형의 눈치를 보느라 이 간단한 일조차 너무 어려웠다. 하지만 그는 더럽고 냄새나는 가죽 때문에 어니스트에게 물어보지 못하는 거라고 스스로에게 변명했다. 그는 과일 가게와 담배 가게에서 물건을 구매한 후, 길을 따라 양수장으로 허겁지겁 달려갔다. 어니스트의 마차는 말발굽처럼 구부러진 개울에 둘러싸인 버드나무 그늘에 서 있었다. 클로드는 개울가의 모래 위에 누워서 뜨거운 얼굴 위에 묻은 먼지를 털어 냈다. 그는 드디어 아침에 겪었던 악몽에서 벗어난 것 같았다.

어니스트가 자신의 점심 바구니를 꺼냈다.

"시원해지도록 개울에다 맥주 몇 병을 담가 두었어. 난 네가 술집에 가고 싶어 하지 않는다는 걸 알거든."

클로드는 "말도 안 돼!"라고 얼버무리며 피클 뚜껑을 열었다. 그는 열아홉 살이나 됐으면서 술집에 가는 것을 두려워했는데, 친구들도 그 사실을 알고 있었다.

점심을 다 먹고 난 뒤 클로드는 좀 전에 약국에서 산 좋은 시가를 꺼냈다. 시가를 구할 돈이 없는 어니스트는 기뻐했다. 시가를 피우면서 그는 자랑스러운 듯 계속 쳐다보았고 손가락 사이로 시가를 돌리기도 했다.

말들은 상자 위에 머리를 얹고 서서 귀리를 우적우적 씹고 있었다. 시냇물은 시원한 소리를 내며 버드나무 뿌리 밑으로 흘러갔다. 클로드와 어니스트는 코트를 베개 삼아 그늘에 누워 이야기를 나누었다. 가끔 마을을 향해 가는 모터 소리와 함께 먼지가 일고 가솔린 냄새가 났지만 대체로 조용했고, 그 누구도 방해하지 않았다. 클로드는 어니스트와 함께 있을 때면, 분노와 짜증을 잊곤 했다. 보헤미아 소년은 항상 확신에 차 있었고, 한 번에 두세 가지 일을 계획하지 않았다. 그는 매우 단순하고 딱 부러졌다. 그는 여러 선입견을 가지고 있었다.—정치와 역사 그리고 새로운 발명품에는 선입견이 없었다. 클로드는 그를 자신은 절대 얻을 수 없는 정신적 자유로움을 느끼며 살게 내버려 두었다. 그와 대화를 나누고 나자, 농장에서 원하는 대로 되지 않았던 일들이 별로 중요하지 않게 느껴졌다. 휠러 부인도 클로드만큼 어니스트를 좋아했다. 어니스트는 고등학생 때 종종 놀러 와서 클로드와 같이 공부했다. 그때 휠러 부인은 바느질감을 가지고 근처에 앉아 라틴어나 대수학을 도와주었다.

휠러 부인은 어니스트가 마을에 온 날을 절대 잊지 못할 거라고 말했다. 그의 형 조 하벨은 집으로 가는 길에 휠러 씨네 집에 식료품을 전달할 예정이었다. 그런데 기차가 연착되는 바람에 부엌에 앉아 있던 휠러 부인은 10시가 다 되어서야 조의 마차가 다가오는 소리를 들었다. 그녀가 문을 열자 잠시 뒤, 한 손에는 생선, 다른 한 손에는 밀가루를 든 조가 들어왔다. 조가 휠러 부인을 위해 생선을 지하 창고에 가져다 두러 갔을 때, 또 다른 사람이 들어왔다. 모자를 쓰고, 등에는 유포로 된 작은 여행 가방을 멘 키가 작고 구부정한 자세의 어린아이였다. 그는 마차 안에서 잠들었다 깨니 형이 없어, 집에 도착한 줄 알고 들어온 것이었다. 그 어린아이는 문간에 서서 불빛을 보고 놀란 듯 눈을 깜박이면서도, 자신이 도울 수 있는 일은 무엇이든 해야겠다고 생각했다. 휠러 부인은 '아들 중 한 명하고 친해지면 좋겠네.' 하고 생각했다. 그녀는 그에게 다가가 상냥히 웃으며 말했다. "너도 결국은 어린아이구나."

어니스트는 그때 이 나라에 와서 처음 친절을 경험했다고 했다. 그는 이 나라에 오기 전까지 이리저리 밀리고 윽박당하면서 지냈기 때문에 휠러 부인의 바람에 별 기대가 없었다. 그날 밤 클로드와 어니스트는 악수를 하면서 서로를 의심스러운 듯이 쳐다보았지만, 그날 이후 둘은 좋은 친구가 되었다.

피크닉을 끝낸 후, 두 소년은 행복한 마음으로 서커스를 보러 갔다. 동물 쇼가 열리는 천막에서 이웃에 사는 또래 중 가장 나이가 많은 레너드 도슨을 만나 나란히 앉았다. 레너드는 혼자 차를 몰고 왔다고 했다. 클로드는 집으로 돌아갈 때 자신과 달리 함께 온 노새와 일꾼들을 별로 신경 쓰지 않는 랄프에게 그들을 맡겨 두고, 그와 차를 타고 돌아가야겠다고 마음먹었다.

레너드는 스물다섯 살로, 언제나 에너지 넘쳐 보이는 눈과 큰 손발, 밝은 치아를 가진 갈색 피부의 건장한 사내였다. 그의 세 형제와 아버지는 매우 큰 농장을 운영할 뿐만 아니라 넷 휠러네 땅의 사 분의 일을 빌렸다. 그들은 농업의 달인이었다. 레너드는 만약 여름에 가뭄으로 농사가 망해도 기지개를 켜며, "내년엔 작물이 더 크게 자라겠지." 하고 웃어넘겼다. 클로드는 레너드에게 약간 내성적이었다. 레너드는 클로드의 아버지가 농장을 무계획적으로 운영하는 것을 경멸했고, 대학에 가는 것은 돈 낭비라고 생각했다. 레너드는 고등학교를 다니지 않는데도 벌써 클로드보다 훨씬 성공한 상태였다. 그럼에도 레너드는 클로드와 친하게 지냈다.

해가 질 무렵 그들은 차를 타고 프랭크포트와 러블리 크리크를 따라 거친 땅 사이에 놓인 매끄러운 도로 위를 질주했다. 레너드는 자동차 엔진에 별문제가 없지만 주의를 기울였다. 곧 그는 웃는 얼굴로 클로드를 돌아보며 말했다.

"내가 베일리스에 관한 농담을 해도 될까?"

"괜찮아." 클로드는 별 관심이 없었다.

"오늘 베일리스 봤어? 평상시와 다르지 않아? 눈 주변에 멍이 들었잖아. 왜 그런지 알아?"

"아니, 물어보지도 않았어."

"마침 잘됐군. 사람들이 베일리스에게 어쩌다 멍이 들었냐고 물어보니 어두운 데서 뭔가를 찾으려고 돌아다니다가 어딘가에 부딪혔다고 변명했다던데, 사실은 내가 그런 거야!"

클로드는 흥미를 느끼며 말했다. "베일리스랑 싸웠다는 거야?"

레너드는 웃었다. "절대 아니지. 너도 베일리스가 어떤 사람인지 알잖아. 어제 계산서를 내러 갔는데, 수지 그레이와 다른 여자애가 저녁 티켓을 팔러 왔더라고. 그곳엔 서커스 선발대원도 있었는데, 그 사람들이 특유의 말투로 아는 체를 하더라고. 그러자 그 두 소녀가 남자의 말을 반박하면서 티켓을 석 장이나 팔고 닥치게 했지. 난 도대체 어떻게 수지가 그렇게 빠르게 대꾸할 말을 생각했는지 모르겠어. 소녀들이 나가자마자 베일리스가 말하더라고. 모든 시골 처녀들이 너무 똑똑해지고 있고, 남자들을 어떻게 다뤄야 하는지 필요 이상으로 알고 있다고. 그 말에 내가 손을 뻗었지. 내가 의도했던 것보다 세게 치긴 했어. 눈에 멍이 들 정도로 세게 치려던 건 아니었지만 그땐 좀 화가 나서 마음대로 힘 조절이 안 되었지. 난 베일리스가 내게 반격하기를 기다렸어. 자기보다 큰 나를 때리면 화가 좀 풀릴 테니까. 하지만 베일리스는 조금도 움직이지 않았어! 대신 얼굴이 점점 빨개지더니 눈가에 눈물이 고이더라. 울었다고 말할 정도는 아니었지만 분명 눈물이 고였어. 난 이렇게 말했지. '반격을 하지 않는 게 네 방식이라면 상관없어. 하지만 입 조심해야 할 거야. 특히 남 뒷담화를 할 때에는.'"

"베일리스가 절대로 이 일을 그냥 넘어가지 않을걸."

"그래도 상관없어." 레너드는 고개를 들며 말했다. "난 좋은 손님이야. 결속끈 가격이 내려갈 때까지 좋든 싫든 맘대로 하라고 해."

그 후 몇 분 동안 레너드는 길고 험난한 언덕길을 오르느라 바빴다. 그는 그 길을 올라갈 때도 있었고 올라가지 못할 때도 있었는데 클로드는 도저히 그 차이를 알 수 없었다. 그는 차를 천천히 움직일 수 있게 된 뒤에야 클로드가 당황하고 있음을 알아차렸다.

"있잖아, 레너드." 클로드가 긴장한 목소리로 말했다. "나는 지금 여기에 차를 세우고 내려서 내게 기회를 주는 게 옳다고 생각해."

레너드는 핸들을 급격하게 돌려 언덕 아래쪽의 마차를 지나쳐 갔다. "도대체 무슨 말을 하는 거야?"

"넌 괜찮겠지만, 난 아냐. 나에게 복수할 기회를 줘." 레너드는 놀라 핸들 위에 손을 올려놓았다.

"이 바보야 네가 형이랑 다른 사람이란 걸 몰랐다면 이 이야기를 했겠니? 난 네가 베일리스와 친한 줄 몰랐어."

"친하진 않지만 그래도 네가 기분 내킨다고 내 가족을 때리는 건 아니라고 생각해." 클로드는 방금 한 말이 얼마나 바보 같은지 알았다. 그의 목소리는 분노에 차 있었지만 매우 연약하게 들렸다.

레너드는 클로드의 기분이 상한 것을 알았다. "이럴 수가, 클로드. 난 네가 싸움꾼인 줄 알았어. 네 형은 그렇지 않았지. 같은 학교를 다녀 알거든."

대화는 그럭저럭 마무리되었지만, 클로드는 레너드가 집까지 바래다주는 걸 원치 않았다. 그는 퉁명스럽게 인사를 하고 뛰어내린 뒤 언덕 위의 불빛이 반사되는 개울을 향해 먼지로 뒤덮인 길을 달려갔다. 개울 위의 작은 다리에 멈춰 선 클로드는 어머니가 보기 전에 숨을 고르고 진정했다. 그는 주먹을 쥐며 말했다.

"어둠 속에서 무언가와 부딪힌 거야." 멀리서 들려오는 강아지 짖는 소리와 개구리의 노랫소리를 들으며 그는 점점 진정했다. 그럼에도 불구하고 클로드는 어째서 자신과 정반대인 사람에게까지 책임감을 느껴야 하는지 의아했다.

서커스는 토요일에 개최되었다. 다음 날 클로드는 화장대 앞에서 면도를 하고 있었다. 그의 수염은 머리카락보다 어둡고 굵었다. 그의 창백한 노란색 눈썹과 속눈썹은 그의 눈동자를 더 옅어 보이게 만들었다. 클로드는 그 때문에 눈가가 수줍고 나약해 보인다고 생각했다. 그는 자신의 얼굴이 전혀 마음에 들지 않았다. 특히 두상이 싫었다. 너무 커서 모자를 사기 불편했고, 완벽하게 사각형이었다. 그의 이름은 또 다른 놀림거리 중 하나였다. 클로드란 이름은 엘머나 로이 같은 멍청한 이름이었다. 멋진 척하려는 시골뜨기 같은 이름이었다. 시골 학교에 클로드라는 작고 빨간 머리에 손은 사마귀투성이고, 항상 콧물을 흘리는 아이가 있었다. 그는 좋은 체격을 당연하게 여겼다.—근육질의 팔다리, 그리고 농부가 가져야 할 강한 어깨. 불행히도 그는 아버지의 체격을 닮지 않았고, 종종 무력했다. 급격히 변하는 그의 감정들은 아무 이유 없이 그를 일어섰다 주저앉게 하거나, 무언가를 들었다 놓게 하였다.

일요일 아침엔 모두 늦잠을 잔다. 심지어 마에일리조차 7시까지 일어나지 않는다. 도넛을 굽는 냄새가 풍기면 아침 식사 시간이다. 오늘 아침 랄프는 가장 늦게 일어나 씻지도 않은 채 새로운 속옷으로 갈아입었다. 그러고는 아무렇지 않게 적색 구두를 공들여 수건으로 닦았다. 그는 모두가 아침을 반쯤 먹었을 때 자리에 앉았으며 어머니에게 교회에 데려다주길 원하는지 물어보며 위기를 넘겼다.

휠러 부인은 "제시간에 일이 끝난다면야 가고 싶지."라고 말하며 시계를 쳐다보았다.

"마에일리가 대신 하면 안 돼요?"

휠러 부인은 망설이며 말했다. "다른 건 다 할 수 있겠지만 분리기 조립은… 혼자서 그 모든 부품을 끼울 수 없을 거야. 꽤 손이 많이 가는 걸 너도 알잖니?"

랄프는 케이크에 시럽을 뿌리며 말했다. "그건 편견이에요. 아무도 우유를 탈지할 생각을 안 해요. 요즘 농부들은 전부 분리기를 잘 조립한다고요."

힐러 부인은 눈을 찌푸리며 말했다. "마에일리와 나는 앞으로도 함께 할 거야. 넌 어떤지 모르겠지만 우린 구시대 사람이야. 젖소 여섯 마리의 젖을 짜며 분리기의 장점을 알았다. 그 기계는 매우 기발하니깐. 그러나 기계를 조립하고 설치하는 일은 옛날 방식으로 우유를 짜는 것보다 훨씬 번거로워."

"한번 익숙해지면 그 뒤론 편할 거예요." 랄프가 확신에 차 말했다. 그는 힐러 집안의 정비공이었다. 농장의 기계나 자동차가 제 구실을 못하면 마을에 가서 새 기계를 사왔다. 마에일리가 설거지 기계에 익숙해지자, 랄프는 이 변화를 지속하기 위해 계속해서 새로운 기계들을 집에 가져왔다. 힐러 부인이 써보지 못한 설거지 기계나 납작한 다리미, 기름 난로는 그녀를 난처하게 만들었다.

클로드는 어머니에게 위층에 가서 옷을 갈아입고 오라고 했다. 랄프가 차를 준비하는 동안 클로드가 분리기를 조립하기로 했다. 클로드가 조립을 하고 있을 때 랄프가 일을 마치고 손을 씻으러 돌아왔다. 클로드는 짜증스러운 말투로 말했다.

"랄프 이런 일로 어머니에게 부담을 주면 안 돼. 네가 한 번이라도 이 거지 같은 걸 청소해 본 적이나 있어?"

"당연하지. 만약 도슨 부인이 이걸 할 수 있다면 어머니나 마에일리도 할 수 있을 거야."

"도슨 부인은 젊잖아. 어쨌든 어머니랑 마에일리를 기계 전문가로 만들 수는 없어."

랄프는 눈썹을 치켜올리며 클로드의 불만에 변명했다. "이것 봐." 그는 설득력 있게 말했다. "어머니가 옛날 방식을 고수하도록 부추기지 마. 어머니는 이런 노동을 줄여 주는 기계들을 쓸 권리가 있어."

클로드는 30개의 금속 깔때기를 적절한 순서로 맞추기 위해 고군분투했다. "이런 게 노동을 줄여 준다니…."

랄프는 피식 웃고 위층으로 파나마모자를 가지러 갔다. 그는 절대 말다툼을 하지 않는다. 휠러 부인은 때때로 랄프가 클로드와 말다툼하지 않는 것을 대단하다고 느꼈다. 랄프와 휠러 부인이 차에 가자마자, 넷 휠러는 혈통 있는 황소를 구매한 독일인 이웃 구스 요이더를 만나러 갔다. 덴과 제리는 외양간 뒤에서 편자를 던지고 있었다. 클로드는 마에일리에게 지하 창고로 간다고 알렸다. 그곳에서 마에일리가 원했던, 쥐들이 채소에 접근할 수 없도록 움직이는 선반을 달 생각이었다.

"매우 고맙구나 클로드. 도대체 쥐들이 어디서 나타나는지 모르겠어. 거의 매일 고양이가 쥐들을 잡는데 말이다."

"내가 봤을 땐 외양간 쪽에서 오는 것 같아. 창고에 딱 어울리는 판자를 구해 놨어." 지하 창고는 시멘트로 되어 있었다. 어두운 창고는 시원하고 건조해 과일 통조림이나 밀가루, 식료품, 석탄과 사진용 기구들을 보관하기 알맞았다. 클로드는 작업대를 창문 아래에 두었다. 회색빛을 통해 정체를 알 수 없는 물건들이 보였다. 전자 배터리라든가 오래된 자전거, 타자기, 시멘트 기둥을 만드는 기계, 가황 장치, 렌즈가 고장 난 입체 환등기 같은 것들이었다. 랄프는 제대로 작동이 안 되거나 질려 버린 기계 장난감들을 다 이곳에 보관한다. 만약 이것들이 헛간에 있었다면, 아버지가 보고 비꼬며 한마디 했을 것이다. 클로드는 어머니에게 이 잡동사니들을 내다 버리자고 요청했었다. 그러나 어머니는 동생의 감정을 상하게 할 만한 행동은 하지 말라고 했다. 클로드는 창고에 갈 때마다 이 고물단지에 들어간 비용이 웬만한 대학 등록금은 될 거라는 씁쓸한 생각을 하며, 언젠가 반드시 이것들을 다 치워 버리리라 다짐했다.

클로드가 선반 작업을 하려고 할 때 마에일리가 왔다. 그녀는 절인 양파를 가지러 온 척하면서 과자 상자 위에 앉았다. 그 근처엔 잎이 하나 떨어진 봄맞이꽃이 있었다. 클로드의 작업을 구경하는 그녀의 눈에 졸음기가 어렸다. 그녀는 팔을 편하게 무릎 위에 올려놓고, 마치 놀고 있는 아기를 보듯이 일하고 있는 클로드를 보았다.

"요즘 어니스트가 놀러 오지 않는구나. 우리가 뭘 잘못했나?"

"아니야! 그저 이번 여름에 매우 바빠서 그래. 어제 마을에서 만나 같이 서커스를 봤는걸."

마에일리는 웃으면서 말했다. "둘이 좋은 시간을 보냈다니 정말 잘됐구나. 어니스트는 좋은 아이야. 처음 올 때부터 맘에 들었지. 아마 너만큼 크지는 않았지? 랄프보다 작았던 것 같은데."

"별로 그렇지도 않아. 어니스트는 힘도 세고 일도 많이 해."

"그럴 줄 알았어. 외국에서 온 사람들은 전부 열심히 일하지. 그렇지 않니? 어니스트는 서커스를 좋아하는 것 같던데. 그가 살던 곳에는 서커스가 없었나 봐."

클로드는 코끼리나 훈련받은 강아지 같은 것에 대해 이야기했다. 그녀는 기쁘게 미소 지으며 이야기를 들었다. 그녀의 웃음은 인자했다.

마에일리는 클로드가 갓난아기였을 때 휠러가에 왔다. 그녀는 별 계획 없는 가족을 따라 서부에 왔다. 마에일리의 가족은 가혹한 농활 개척에 의하여 뿔뿔이 흩어졌다. 어머니가 돌아가시자, 마에일리는 갈 곳이 없었다. 휠러 부인은 그런 그녀를 데리고 왔다. 마에일리는 머물 곳이 없었고, 휠러 부인은 자신을 도와줄 사람이 없었기에 결과적으로 잘된 일이었다. 마에일리는 젊은 시절에 힘든 날들을 보냈다. 고약한 등산가와 결혼했는데 자주 주먹을 휘둘렀고 그녀를 위해서는 아무것도 해주지 않았다. 그녀는 아직도 빈음식 통과 냄비들 옆에 앉아, 그가 다람쥐를 잡아 오거나 닭 같은 걸 훔쳐 돌아오기를 기다리던 시절을 회상한다. 그러나 그는 보통 술 말고는 어떤 것도 가져오지 않았다. 그녀는 이제 음식을 구걸하거나 나뭇가지를 모아 불을 피우지 않아도 되고, 항상 따뜻한 침대와 옷, 신발을 신고 다닐 정도로 삶이 유복해졌다고 생각했다.

마에일리는 그 당시 흔히 볼 수 있는 열여덟 살 소녀였다. 무법지대에서 자라고, 남편이나 형제들은 교도소에서 생을 마감하는 그런 삶이었다. 그녀는 학교에 가본 적이 없으며, 글을 읽지도 쓰지도 못한다. 클로드가 어렸을 때 그녀에게 읽는 법을 가르쳐 주었지만, 하루 새에 까먹어 버렸다. 그녀는 숫자는 셀 줄 알았고, 시계도 볼 줄 알았다. 밀가루나 커피 자루에 쓰여 있는 알파벳을 읽을 줄 아는 것도 자랑스러워했다. "이건 대문자 A 저건 소문자 a."

마에일리는 다른 사람의 감정을 잘 읽었다. 마에일리는 사람을 평가하는 데 빈틈이 없었고, 판단력이 좋았다. 클로드는 그녀가 자기처럼 가정 내의 모든 합의와 반목의 그늘을 잘 감지한다는 것을 알고 있었고, 그녀의 좋은 의견을 잃는 것이 싫었다. 그녀는 모든 문제를 클로드와 상의하곤 했다. 예를 들어 식탁의 나사가 느슨해졌다고 이야기하면 클로드는 새로운 나사를 달아 주었다. 부러진 손잡이도 수리해 주었고, 그녀는 가장 마음에 들었지만 모두가 버리라고 했던 육류용 칼도 수리해 주었다. 수리한 물건들은 새것 같았고, 마에일리는 이 물건들을 즐겨 사용했다. 랄프가 그녀를 창피해하는 것에 반해, 클로드는 물건을 옮기거나 들어 줄 때, 그녀와의 접촉을 꺼리지 않았다.

마에일리는 다른 사람들이 없는 이런 날, 클로드와 어릴 적 이야기를 나누는 것이 좋았다. 일요일에 냇가를 돌아다니며 산딸기를 찾거나, 빨간 다람쥐를 구경했던 일들. 클로드는 따뜻한 봄날 그녀가 매실나무 아래 누워 노래 부르던 것을 기억한다. 가사가 없는 노래가 대부분이었지만, '그리고 그들은 그의 무덤에 제시 제임스를 눕혀 놓았다.'라는 가사가 반복되는 장송곡도 있었다.

◆

클로드는 머지않아 따분하고 이득도 없는 수도 변두리의 변변치 않은 신학 대학에 가야 했다. 그는 어느 날 아침 어머니와 단둘이 있을 때 말을 꺼냈다.

"어머니, 지금 다니고 있는 학교를 그만두고 싶어요. 대신 주립 대학교에 보내 주셨으면 해요."

그녀는 반죽을 하다 말고 클로드를 보았다.

"어째서?"

"일단 확실한 건 더 많은 걸 배울 수 있어요. 지금 다니고 있는 대학의 교수들은 능력이 없어요. 대부분이 교회에서 설교자로 돈을 벌지 못할 정도로 말을 못해요."

항상 클로드의 의지를 잃게 만드는 표정이, 어머니의 얼굴에 드리웠다. "아들아, 그런 말 말거라. 믿을 수 없겠지만, 선생님들은 학생들이 정신뿐만 아니라 종교적인 발달을 걱정할 때 더 관심을 갖는단다. 웰든 형제님이 그러던데 주립 대학교 교수들은 대부분 기독교인이 아니고, 심지어 몇몇 사람들은 그 사실을 자랑하고 다니기까지 한다더구나."

"대부분은 좋은 사람들이에요. 그리고 그들은 그 누구보다 자기 분야의 전문가들예요. 웰든 같은 편협한 설교자들은 그저 시골을 돌아다니면서 해만 끼쳐요. 그저 학생들을 모으기 위해 학교에서 보낸 사람일 뿐이죠. 그는 학생을 모으지 못하면 직업을 잃을 거예요. 그가 절대로 저한테 다가오지 않았으면 좋겠어요. 주립대에서 쫓겨난 사람들이 보통 우리 학교로 온다고요, 그 사람처럼."

"하지만 운동경기랑 바보짓만 하는데 어떻게 진중히 공부하겠니? 이사장보다 풋볼 코치가 월급이 더 높은데. 게다가 남학생 사교 클럽은 세상 모든 악을 배우는 곳이라고. 거기서 끔찍한 일들이 일어난다더구나. 게다가 돈도 더 들고. 채핀네서 사는 것만큼 싼 가격에 살 수 없잖니."

클로드는 더 이상 말대꾸하지 않았다. 그는 인상을 쓴 채 손에 박인 굳은살을 만졌다. 휠러 부인은 안타까운 듯이 그를 바라봤다. "분명 좀 더 조용하고 진중한 분위기에서 공부하면 더 잘할 수 있을 거야."

클로드는 한숨을 쉬며 돌아갔다. 만약 어머니가 웰든만큼 말을 못했으면, 많은 걸 깨닫게 해줬을 것이다. 그러나 어머니는 아이처럼 아무 말이나 믿고, 천성을 너무 중요시해, 클로드가 아는 삶은 철저히 무시했다. 어머니와 토론하는 것은 의미가 없었다. 클로드는 어머니가 아는 것보다 세상이 더 무섭고 충격적이라는 걸 말할 수는 있어도, 절대로 어머니를 이해시키지는 못했다.

휠러 부인은 구시대 사람이었다. 그녀는 여전히 춤추기와 카드놀이가 위험한 취미라고 생각했고(그녀가 어릴 때 버몬트에서는 오로지 거친 사람만 춤을 추고 카드놀이를 했다.) 세속적이란 단어는 사악함이라는 단어와 같은 의미였다. 그녀의 교육 신념은 '배우는 자는 생각하지 않고 질문하지도 말아야 한다.'였다. 인류의 역사는 이미 정해져 있으며, 인류의 운명 또한 결정되어 있다고 믿었으며, 마음은 역사의 신학적 개념 앞에서 침묵해야 한다고 생각했다.

넷 휠러도 아들이 어느 학교에 가든 상관없었지만 현재 대학교가 주립대보다 싸다는 것을 무시하지 못했다. 그리고 주립대생들이 더 초라해 보이기에, 그들이 잘 알지도 못하면서 집에 와서는 무례할 정도로 아는 척을 한다고 생각했다. 그러던 어느 날 베일리스가 집에 왔을 때 넷 휠러는 이 문제를 언급했다.

"클로드가 이번 겨울에 주립대에 가고 싶다는구나."

베일리스는 현명하게, 소년 시절부터 그를 약삭빠르게 보이도록 만들던 준비된 대답을 말했다. "클로드한테 타당한 이유가 있지 않는 이상 불필요한 것 같아요."

"클로드는 현재 대학에 있는 주임 목사가 별로 뛰어나지 않다고 생각해."

"제가 봤을 땐 그 사람들도 충분히 잘 가르칠 것 같은데. 만약 클로드가 주립대에 가서 풋볼 팬들과 놀러 다닌다면 아무도 그를 막을 수 없을 거예요." 이유는 알 수 없지만 베일리스는 풋볼을 매우 싫어한다. "풋볼은 너무 과해요. 만약 클로드가 운동이 하고 싶다면 가을에 밀을 옮기면 돼요."

그날 저녁 넷 휠러는 저녁 식사 때 이 화제를 꺼내 클로드에게 질문하고 그의 불만 원인을 찾으려고 했다. 넷 휠러의 태도는 평상시와 다름없이 장난식이었고, 클로드는 개인적인 일을 공개적으로 토론하는 것이 싫었다. 그는 아버지의 농담이 너무 직접적일 때 두려웠다.

클로드는 일상생활을 활기차게 만들기 위해 하는 아버지의 농담을 다른 사람이 했다면 좋아했을지도 모른다. 그러나 그는 아버지가 가족들 중에 가장 손재주가 있고 똑똑하듯이 가장 위엄 있기를 바랐다. 게다가 클로드는 조롱당하는 것을 잘 참지 못했다. 넷 휠러는 클로드가 어렸을 때 이런 특성을 발견했고, 그것을 거짓 자존심이라고 불렀으며, 처음 결혼했을 때 교과서와 기도회 외에 모든 것이 두려웠던 휠러 부인을 무감각하게 만들었듯이, 종종 일부러 그의 감정을 격분시켰다. 휠러 부인은 여전히 갈피를 못 잡앞지만 오래전에 그에 대한 두려움을 극복했다. 그녀는 남편에 대한 모든 것을 투박한 남성성의 일부로 받아들였고, 그것을 은근히 자랑스러워했다.

클로드는 아버지의 짓궂은 농담을 완전히 용서한 적이 없다. 클로드가 다섯 살 무렵이던 어느 여름날, 집 밖에서 활기 넘치게 놀던 도중 어머니가 아버지에게 과수원에 가서 체리 좀 따다 달라고 부탁하는 것을 들었다. 클로드가 기억하기로 어머니는 나무가 너무 높아서 스스로 딸 수 없고 사다리를 써도 허리가 아플 것이라고 불평하듯이 말했다. 넷 휠러는 아내가 신체적인 문제, 특히나 허리에 관해 언급할 때 항상 화가 났다. 그는 일어서서 과수원을 향해 갔다. 잠시 뒤 그는 부엌에 들어오며 활기찬 말투로 아내를 불렀다. "에반젤린. 이제 체리가 더 이상 높게 달려 있지 않을 거야. 클로드를 데리고 가서 쉽게 체리를 주워."

휠러 부인은 그 말을 믿으며 햇볕을 가릴 모자를 쓰고 클로드와 나란히 들통을 하나씩 들고 목초지를 통해 과수원으로 갔다. 클로드는 갈아엎은 고랑 중 하나를 따라 행복하게 달리다가 결코 잊을 수 없는 광경을 목격했다. 초록색 잎들과 빨간색 열매들로 가득 찬 크고 아름다운 체리 나무가 그루터기만 남은 채 바닥에 쓰러져 있었다. 클로드는 매우 화가 나 비명을 질렀고, 어머니가 나무보다 자신을 더 신경 쓸 때까지 들통을 집어던지고 발을 굴렀다.

"클로드, 클로드." 그녀는 외쳤다. "이건 아버지의 나무란다. 아버지에게 나무를 벨 권리가 있지. 아버지는 종종 이 나무가 너무 자리를 차지한다고 말했어. 어쩌면 다른 나무들을 위한 최선의 선택이었을 거야."

"그렇지 않아요. 아버지는 멍청이야 멍청이!" 그는 분노와 증오로 가득 차 소리를 지르며 난동을 부렸다. 휠러 부인은 클로드 옆에 무릎을 꿇고 앉았다. "클로드 그만! 그딴 소리를 들을 바엔 차라리 과수원에 있는 모든 나무를 베야겠다."

그를 진정시킨 후에 그녀는 체리를 주워 집으로 돌아왔다. 클로드는 아무 말도 하지 않겠다고 약속했지만, 아버지가 알아차릴 만큼 저녁 내내 눈썹을 찡그리고 경멸 어린 표정으로 앉아 있었다. 며칠 후 클로드는 과수원에 가서 점점 죽어 가는 나무를 보았다. 신이 이런 짓을 한 아버지를 반드시 벌하리라고 생각했다.

클로드는 어렸을 때 폭력적이고 안절부절못했다. 랄프는 유순했지만 어린아이답지 않았다. 그는 다양한 장난을 꾀하였고, 늘 할 일을 찾던 형을 꼬드겨 계획을 실행에 옮겼다. 주로 장난을 들키는 것은 클로드였다. 랄프는 바닥에 온화하게 앉아 선반에 올라가 시계를 가지고 오거나 재봉틀을 켜면 재미있을 거라고 클로드를 꼬드겼다. 랄프는 클로드가 무서워서 얼어붙은 도끼를 맛보지 못하고, 헛간 지붕에서 뛰어내리지 못한다고 말하면 끝이었다.

시골 소년이 겪을 수 있는 일반적인 어려움은 클로드에게 충분치 않았다. 그는 스스로 신체를 테스트하고 고행의 길을 택했다. 그는 손가락을 데일 때마다 마에일리의 조언을 따라 열을 빼기 위해 난로 가까이에 손을 갖다 대었다. 어느 겨울 그는 스스로 고통을 극복하기 위해 재킷 하나만 걸치고 학교에 갔다. 그날 그의 어머니는 코트의 단추를 채워 주며 저녁 도시락을 손에 들려 학교에 보냈다. 그는 집이 보이지 않자 코트를 벗고 소매를 걷어 올리며 꽁꽁 언 초원을 휙휙 지나갔다. 학교에 도착했을 때 그는 매우 숨차고 덜덜 떨렸지만 만족스러웠다.

◆

클로드는 부모님이 마음을 바꿀 때까지 기다렸다. 그러나 어머니조차 관심이 없었다.

2년 전 '웰든 형제님'이라고 불리는 젊은이가 링컨에서 이 마을로 찾아왔다. 그는 마을과 교회를 돌아다니며 설교했고, 겨울 수업을 위해 아이들을 모으고 다녔다. 그는 휠러 부인에게 자신이 속한 대학교가 처음 대학에 다닐 아이들에게 가장 안전한 장소라고 설득했다.

휠러 부인은 목사를 보는 안목이 없었다. 그녀는 모든 목사들이 신성하고 선택된 자라고 믿었고, 그들에게 식사를 대접하는 것을 매우 행복하게 여겼다. 그녀는 웰든에게 무척 친절했다. 웰든은 몇 주 동안 빈방에서 공부나 명상을 하며 아침을 보냈다. 그는 식사 시간에 정기적으로 나타나 음식을 축복해 주겠다며, 식탁에 앉아 경건하고 차분하게 닭을 손질하는 것을 보았다. 그의 상투 모양 머리는 한쪽으로 약간 기울어져 있었고, 이마 근처의 가는 머리는 잔물결처럼 정확하게 빗었다. 그는 부드러운 말투와 공손한 태도로 얌전히 머물렀다. 그의 온순함은 넷 휠러를 즐겁게 만들었다. 그는 웰든이 중얼거리는 것을 듣기 위해 "닭의 어떤 부위를 좋아하세요?"라고 진지하게 물어보았고, 웰든은 "굳이 꼽자면 닭 가슴살이요."라고 말하며 위험한 곳을 능숙하게 미끄러지듯 팔꿈치를 가까이 끌어당겼다. 웰든은 오후가 되면 깨끗한 넥타이를 매고, 반짝이는 밀짚모자를 쓰고, 겨드랑이에 성경을 꽂고 설교를 하러 다녔다. 그의 모자는 항상 이마에 빨간 자국을 남겼다. 만약 그가 멀리 나갈 일이 있다면 항상 랄프가 태워다 주었다.

클로드는 처음 봤을 때부터 그가 마음에 들지 않아, 그저 무례하지 않게만 굴었다. 휠러 부인은 소중한 방문객에게 몰두한 나머지 클로드가 그를 경멸한다는 것을 마에일리가 스토브 근처에서 이야기해 줄 때까지 몰랐다. "클로드는 목사를 싫어해요. 클로드에겐 말하지 마세요."

그 결과 웰든은 집에 더 머물고, 클로드는 신학 대학에 가게 되었다. 클로드는 가장 싫어하는 일이나 사람들이 자신의 운명을 좌지우지한다고 믿었다.

2주 정도 지난 9월, 클로드는 짐을 싸고 어머니와 마에일리에게 작별 인사를 하였다. 링컨으로 가는 열차를 타야 하는 클로드를 랄프가 프랭크포트까지 바래다주었다. 더러운 보통 객차에서 그는 앞으로 어떻게 될지 상상했다. 기차에 특실이 있었지만, 대낮에 특실을 타는 것은 아버지라면 절대 하지 않을 일이었다.

클로드는 어차피 시간과 돈을 낭비하러 학교에 돌아가야 한다는 것을 알았다. 용기가 부족한 자기 자신을 비웃었다. 클로드는 만약 모르는 사람과 문제가 생긴다면 맞서 싸울 수 있었다. 그는 세상에 저항할 정도로 대담했으나, 부모님에게는 저항하지 못했다. 하지만 이것이 사실이라면 어째서 클로드는 아직도 짜증 나는 채핀과 같이 살고 있을까? 채핀은 여동생 애너벨과 함께 살고 있었다. 스물여섯 살인 나이에 비해 노안인 에드워드 채핀은 목사가 되기 위해 여전히 학교를 다니고 있었다. 그의 여동생 애너벨은 채핀을 위해 집안일을 했다. 그는 교회와 종교 단체에서 일하며 생계를 유지했다. 목사가 병에 걸렸을 때 스스로 설교단에 지원한다거나, 대학과 청년기독교연합회에서 비서로 일했다. 클로드의 월세도 그들이 생계를 유지하는 데 조금이나마 도움을 주었다.

채핀은 신학 대학에 4년째 다니고 있는데, 아마 2년은 더 다녀야 졸업을 할 것이다. 그는 언제 어디서든, 심지어 밤에도 공부를 했다. 그는 타고난 멍청이가 분명하다. 그렇게 꾸준히 공부를 해도 여전히 문법책이나 단어장 없이는 그리스어를 읽지 못했다. 그는 연설을 연습하는 데도 많은 시간을 썼다. 학구적이나 가난한 사람들을 위해 지어진 이 거주지에는 특정 시간이 되면, 자신의 연설문 또는 웬델 필립스의 연설을 연습하는 그의 쉰 목소리가 울려 퍼졌다.

애너벨 채핀은 클로드와 같은 반 동기였다. 그녀는 오빠처럼 멍청하지 않았다. 그녀는 배운 것을 활용했다. 그러나 그녀는 수다스럽고 어리석었고, 그들의 지저분한 삶의 거의 모든 것이 사실이기에는 너무 좋다는 것을 알았다. 그리고 불행하게도 그녀는 클로드에 대해 감상적이었다. 애너벨은 요리하는 동안 혼잣말을 계속 반복했다. 지난겨울 그녀는 집에 관한 호레이스의 시를 암송했다. 그것은 바로 학생이 무엇을 해야 하는지에 대한 그녀의 생각과 같았다. 그녀는 계속 반복하여 그 훌륭한 것들을 외웠다. 클로드가 그 시를 급하게 차려진 오찬과 연관시킬 정도로 두려워할 때까지 낭송했다.

휠러 부인은 클로드가 이 남매의 공부를 돕길 바랐다. 그러나 클로드는 애초에 비효율적이고 별 효과도 없는 남매의 공부를 돕는 것을 포기했다. 그는 애너벨의 정리정돈과 장식을 피하기 위해 스스로 방을 청소한다. 그러나 집안일은 별로였다. 그는 빨간 머리로 태어났듯이 태어날 때부터 깔끔한 것을 좋아했다. 개인적인 성격이었다.

그는 자신이 살아온 방식, 머리와 주근깨 그리고 어색함을 씁쓸하게 여겼다. 링컨에 있는 극장에 갔을 때도 단순한 사람처럼 보일 것을 알기에 구석이나 옆쪽에 앉았다. 그는 옷을 잘 못 입었다. 칼라가 너무 높은 셔츠나, 너무 밝은 넥타이를 사서는 가방에 숨겨 놓곤 했다. 한번은 재단사가 옷을 추천해 줬는데 그것마저 실패였다. 클로드가 뭘 골라야 할지 몰라 어물쩍하자, 재단사는 여름에 어울리는 밝은 체크무늬 바지와 파란 코트를 추천해 주었다. 클로드가 일요일 아침, 새로 산 옷을 입고 교회에 갔을 때 모두가 그의 다리를 쳐다보았다.

그 이후로 며칠간 길을 돌아다니면서 사람들의 다리를 보았는데, 링컨에는 체크무늬 바지를 입은 사람이 한 명도 없었다. 그는 새로 산 옷들을 옷장에 걸어 놓고 다시는 입지 않았다. 애너벨은 그를 불쌍하게 여겼다. 그렇지만 그는 옷을 잘 입는 사람들을 알아볼 수 있다고 생각했다. 그는 학교와 집을 오가면서 매력적인 여자가 보이면 여자를 계속 볼까 아니면 무관심한 척할까 고민했다. 링컨으로 돌아가는 클로드는 어느 정도 돈이 있었지만 유흥거리를 즐기는 것은 별로였다. 그는 선망할 만한 친구나 사람이 없었지만, 그런 사람이 있어야 한다고 생각했다. 그는 그를 중요하게 여겨 줄 만한 사람들은 다 그를 잘못 판단하여 떠나간다고 생각했다. 그는 값싼 대용품들을 받아들일 만큼 외로움을 두려워하지 않았다. 어느 날 아침 일어나면서 자신이, 그저 근처에 있다는 것만으로 자신에게 잘난 척하는 선생님을 존경하고 있다는 것을 깨달았다. 그는 손쉬운 타협과 속는 것이 매우 두려웠다.

◆

3개월 뒤 12월, 클로드는 휴일을 맞아 집으로 돌아가는 숙박용 기차를 탔다. 기차가 멈췄을 때 쾅 소리를 내며 책들이 바닥으로 떨어졌다. 그는 책들을 주우면서 시계를 보았다. 정오였다. 기차는 동쪽으로 가는 승객들을 위해 여기서 한 시간 정도 정차한다. 클로드는 기차에서 내려 천천히 걸어갔다. 역 근처의 가문비나무가 흔들리며 크리스마스의 기운을 찬 공기 중에 내뿜었다. 몇몇 마부들이 마차를 세워 놓고 말에게 담요를 씌어 주고 있었다. 기관차가 내뿜은 보랏빛 증기는 회색 하늘을 향해 올라갔다.

클로드는 맞은편 레스토랑에 가서 굴 스튜를 시켰다. 약간 통통하고 곱슬머리인 독일 여주인은 그를 기억하고 있었다. 그가 굴 스튜를 먹고 있을 때 주인이 와서 방금 막 완성한 고구마와 같이 구운 치킨을 철도 직원들이 오기 전에 처음으로 맛보겠냐고 권했다. 그녀가 음식을 가져올 때까지 의자에 앉아 다리는 발 받침대에, 팔을 카운터에 올려놓은 채로, 유리구슬 아래에 쌓여 있는 질겨 보이는 빵을 보며 기다렸다.

"다시 오시기를 기대하고 있었어요. 고구마 위에 그레이비소스를 충분히 뿌려 놨어요." 음식을 가져오며 포크트 부인이 말했다.

"고마워요. 손님들과 매우 친하신가 봐요."

그녀는 웃으며 말했다. "그럼요. 모든 철도 직원들이랑 친구 사이예요. 가끔 그들이 오마하에 있는 큰 술집에서 스위스산 치즈를 가져오지요."

그녀는 옆에 서서 나무껍질 같은 손을 앞치마 아래에 두고, 그가 열심히 음식을 먹는 것을 보았다. 철도 직원들이 가게에 들어오면서 메뉴를 물었다. 그녀는 마치 암탉처럼 기뻐하면서 그들을 맞이했다. 클로드는 진짜로 철도 직원들이 그녀에게 잘해 주는지 궁금했다. 그는 그녀의 말을 믿지 않았다. 그런 친절함은 그가 '서부'라고 부르는 지역에서만 흔하다고 생각했다.

클로드는 큰 시가를 사 들고, 승객들이 기차에 타기 전까지 신선한 공기를 즐기며 역을 산책했다. 그는 기차가 출발한 뒤에는 책을 읽지 않았다. 대신 창밖에 늘어선 주택들과 이미 다 수확해 빈 땅만 남은 옥수수밭, 그리고 다음 계절을 기다리며 갈아 놓은 밭에 심은 밀 씨앗들을 보았다. 별빛처럼 반짝거리는 눈은 고랑 사이사이에 서리처럼 쌓였다.

클로드는 프랭크포트와 링컨을 기차로 자주 오가니 그 사이에 있는 농장들은 전부 안다고 생각했다. 그는 휴일마다 집에 갔지만 여러 가지 이유로 집에 전화를 했다. 어머니가 아팠던 때나, 랄프가 탄 차가 뒤집혀서 어깨뼈가 부러진 때, 아버지가 공격적인 수말에게 차였을 때. 집안의 누군가가 아플 때 간호사를 고용하지 않고 식구 중 시간이 비는 사람이 간호하는 것이 휠러가의 관습이었다.

클로드는 이렇게 기쁜 마음으로 집에 돌아온 적이 단 한 번도 없었다는 것을 반성했다. 그가 이 길을 오간 지 3개월이 지나고 나서야 좋은 일이 두 번 생겼다.

9월에 그는 링컨에 도착하자마자 주립대에서 하는 유럽 역사 특강을 들었다. 작년에 학과장의 자선 강의를 들었는데, 그때 그는 대학을 바꿀 순 없어도 반드시 그의 밑에서 공부하겠다고 굳게 다짐했다. 클로드가 선택한 과목은 학생이 원하는 만큼 시간을 투자할 수 있는 과목이었다. 역사적 자료를 읽고 책을 쓰는 과목이었는데, 교수가 꽉꽉 채워진 책을 좋아하기로 소문이 나 있었다. 클로드는 책을 가장 많이 채웠다. 그는 아침부터 밤까지 학교 도서관에 머무르며 책을 작성했고, 가끔 근처에서 저녁을 먹고 다시 돌아와서 폐관 시간까지 책을 읽었다. 그는 태어나서 처음으로 어휘나 문법 같은 과목이 아니라 실제 사건과 그 사건에 관한 견해 같은 중요한 과목을 공부하고 있다고 생각했다. 그는 어니스트가 옆에 있었다면 얼마나 좋을지 생각했다. 그는 어니스트가 자신만의 생각으로 그의 의견에 동의하거나 반대하는 장면을 상상했다. 수업은 규모가 매우 컸고 교수는 책 없이 강의를 했다. 이미 다 알고 있는 사람을 대상으로 수업하듯이 말이 매우 빨랐으며 신학 대학에서 학생들을 구슬리듯이 설득하는 수업과는 차원이 달랐다. 그의 수업은 매우 응축되어 있었고, 목소리에 메말라 버린 열정이 깃들어 있었다. 교수는 때때로 순전히 개인적인 의견을 밝히며 설명을 끊었는데 매우 귀중하고 중요하게 들렸다.

클로드는 수업이 끝나고 강의실에서 나오면서 이 세상은 흥미로운 것들로 가득 차 있으며, 생전에 이런 것들을 알아낼 수 있어서 매우 행운이라고 느꼈다. 책은 그의 미래를 좀 더 밝게 해줄 것 같았다. 마치 그와 무언가를 약속하는 것 같았다. 그가 겪던 문제 가운데 가장 어려운 일 중 하나는, 그가 돈을 벌고 쓰는 것이 얼마나 중요한 일인지 모른다는 것이었다. 만약 그것이 인생의 전부라면, 인생은 아무 가치가 없는 것이었다.

두 번째로 일어난 좋은 일은 그가 좋아할 만한 사람들을 알게된 것이다. 우연한 만남이었는데, 신학 대학 팀과 주립 대학 팀의 마지막 연습 경기 후에 일어났다. 클로드는 신학 대학 팀의 하프백이었다. 1쿼터가 끝나 갈 무렵 상대 팀의 태클을 피하고 90야드를 달려가 터치다운을 했다. 성공이었다. 상대 팀 선수들도 축하해 주었고, 그 팀의 코치는 클로드가 있는 곳까지 와서 더 발전하고 싶다면 자신의 팀으로 오라고 넌지시 말해 주었다. 클로드에게는 자랑스러운 순간이었지만, 관중들은 소리만 지를 뿐이었다. 애너벨 채핀은 자기가 만든 신학 대학의 대표색으로 꾸민 우스꽝스러운 체육복을 입은 채 어린이용 피리를 불고 있었다. 클로드는 화가 나 유니폼을 벗고 탈의실로 향하였다…. 언제나 잘못된 군중과 함께 있다면 무슨 소용이겠는가?

주립 대학 팀에서 쿼터백을 맡고 있는 율리우스 에를리히가 붙임성 있게 다가와 말했다. "오늘 우리 집에서 같이 저녁 먹을래? 우리 어머니도 만나고. 우리 팀 탈의실에서 같이 갈아입자. 가방 속에 옷 들어 있지?"

"방문용 복장은 아닌데." 클로드는 주저하며 말했다.

"상관없어! 어차피 남자애들밖에 없어. 어떻게 입든 어머니는 별로 신경 안 쓸 거야."

클로드는 쓸데없는 생각이 떠올라 겁먹기 전에 동의했다. 에를리히는 역사 수업 때 옆자리에 앉는 친구로, 여러 번 대화를 해봤다. 클로드는 에를리히와 친해질 수 없다고 생각했지만 같이 샤워하고 옷을 갈아입으며 금세 친해졌다. 클로드는 아마 평상시보다 긴장을 풀고 있었을 것이다. 그는 에를리히와 금방 친해진 자신에게 놀라며, 둘째 날 있었던 체크무늬 바지 사건을 떠올렸다. 남들을 관찰하게 했던 그 사건을.

탈의실에서 두 블록도 걸어가지 않았는데, 율리우스는 울타리가 없는 계단식 잔디밭의 목조주택으로 방향을 꺾었다. 그는 클로드를 부속 건물 쪽으로 안내했고, 유리문을 통해 삼면이 창문으로 된 큰 방에 들어갔다. 방 안에는 긴 의자나 안락의자에 앉아 다 같이 이야기하고 있는 소년과 청년들이 가득했다. 그중 스모킹 재킷을 입은 한 젊은 남자는 의자에 앉아 마치 혼자 있는 듯 평온하게 책을 읽고 있었다.

"이 중 다섯 명은 내 형제고 나머지는 내 친구들이야."

그곳에 있던 사람들은 클로드를 풋볼 경기에 관한 대화에 끼워 주었다. 친구들이 전부 돌아간 뒤, 율리우스는 형제들을 소개해 주었다. 클로드는 모두 괜찮고 친절한 사람들이라고 생각했다. 나이 많은 세 사람은 일을 했는데, 오후 이후에는 경기를 관람했다. 클로드는 이렇게 진솔하게 많은 대화를 나누는 형제들을 처음 보았다. 클로드가 보기에 그들은 매우 다정했다. 바닥에 누워 있던 사람은 읽던 부분을 손으로 표시하더니 다가와서 악수를 청했다.

방 한가운데 놓인 탁자 위에는 파이프와 담뱃갑, 시가가 담긴 통, 담배가 가득 들어 있는 커다란 중국 그릇이 놓여 있었다. 클로드는 집 안에 이렇게 담배가 많다는 사실이 놀라웠는데, 클로드네 집에서는 담배를 항상 외양간에서 피워야 했기 때문이다. 책도 매우 많았다. 방 안의 모든 벽은 책장으로 꽉 차 있었고, 꽂혀 있는 책들은 많이 읽었는지 낡아 보였다. 그의 형제 중 한 명이 전날 파티에 다녀와서 벽난로 앞에 있는 조지 고든 흉상의 목에다가 넥타이를 걸어 놓았다. 삐딱하게 걸린 이 흉상은 그 무엇보다 클로드의 관심을 끌었고, 이곳에서 살고 싶다는 생각이 들게 하였다.

율리우스는 그의 어머니를 데려왔고, 클로드는 저녁을 먹을 때 그녀의 옆에 앉았다. 그가 보기에 에를리히 부인은 가장이라기엔 매우 젊어 보였다. 그녀는 머리가 여전히 갈색이었고, 은판으로 찍은 사진 속 옛사람들처럼 귀 위로 머리카락을 말아 올려 작은 뿔처럼 보였다. 얼굴 또한 사진 속 옛날 사람처럼 구시대적이지만 고풍스러웠다. 피부는 순백의 꽃이 비를 잔뜩 머금은 것처럼 부드러웠다. 그녀는 재빠른 손짓을 하며 이야기하였다. 그녀의 끄덕임

은 매우 개성 있었다. 안경을 쓴 그녀의 녹갈색 눈은 언제나 일이
잘 돌아가는지 지켜보았다. 찬장이나 케이크 상자 같은 곳에서 항
상 독일 요정을 찾는 듯 보였다.

소년들은 방금 에를리히 부인이 들려준 약혼에 관한 이야기를
하고 있었다. 에를리히 부인은 클로드에게 긴 이야기를 해주었다.
멋진 소년이 있었는데, 그는 링컨에 와서 매우 예쁜 아가씨를 만
났다. 그러나 그녀는 이미 냉혈하고 학구적인 사람과 약혼을 앞두
고 있었다. 고심 끝에 그녀는 약혼자와 헤어지고 멋진 소년과 약
혼했다. 그렇게 그들은 행복해졌다. 이야기 도중 율리우스가 어머
니에게 클로드는 그 사람들을 모르기 때문에 집중하기 어려울 것
이라고 귀띔해 주었다. 그러자 그녀는 클로드를 바라보며 말했다.
"그리고 그건, 헤르 율리우스였습니다." 바로 그녀의 이야기였다.

대화는 순식간에 다른 주제로 바뀌었다. 율리우스의 동생이 마
을에 놀러 온 새로운 소녀에 대해 열정적으로 이야기했다. 그녀가
어떻게 생겼는지, 얼마나 예쁘고 얼마나 순진해 보였는지. 클로드
에겐 이 모든 것이 마치 연극처럼 보였다. 그는 지금까지 사람들
이 서로 활기차게 대화하는 것을 본 적이 없기 때문이다. 클로드
의 가족들은 말이 많지 않을 뿐더러, 이들처럼 열정을 가지고 이
야기한 적이 없었다. 이곳에는 그가 가족들과 있을 때 느꼈던 괴
로운 침묵이 없었다. 무릎 위에 손을 올려놓은 채로 어색하게 앉
아 있는 상황도 없었고, 서로의 비밀을 지키고, 의심을 피하기 위
해 안전한 대화 주제를 물색할 필요도 없었다. 그들의 대화 주제
도 놀라웠다. 어떻게 어머니에 대해 그렇게 많이 이야기할 수 있

는가? 확실히 몇몇 이야기는 믿기지 않았지만, 슬프게도 그는 누군가를 판단할 처지가 아니라는 것을 인정했다. 거실로 돌아왔을 때 율리우스는 기타를 자랑하기 시작했고, 수염 난 동생은 책을 읽기 위해 자리에 앉았다. 가장 어린 오토는 한 무리의 학생들이 집 앞을 지나가는 것을 보고는 잔디밭으로 나가 그들을 불렀다. 두 명의 남자아이와 모피로 된 긴 숄을 두른 뺨이 붉은 여자아이였다. 클로드는 구경꾼처럼 구석에 있었다. 곧 에를리히 부인이 들어와 그의 옆에 앉았다. 그녀는 응접실 문을 열자마자 그가 피아노 위에 걸린 나폴레옹 판화에 관심 있다는 것을 알아챘다. 그녀는 그것이 매우 귀한 판화라고 말하고는 나폴레옹 군대의 장교였던 증조부의 초상화를 보여 주었다. 어떻게 이런 일이 일어났는지 설명하기에는 긴 이야기였다.

그녀는 클로드와 이야기를 나누면서 그가 가는 속눈썹 때문에 창백해 보인다는 것을 발견했다. 그들은 그녀와 마주 보며 많은 이야기를 나누었고, 그녀는 그들의 대화를 듣고 있는 게 좋았다. 그녀는 곧 클로드가 얼마나 신학 대학을 싫어하는지, 그의 어머니가 어째서 그를 그 학교에 보내고 싶어 하는지를 알게 되었다.

세 사람이 떠나자 클로드도 일어났다. 그들이 "모두 잘 자요!"라고 말하며 떠나는 것을 보고 이 집에 자주 놀러 오는 사람들이란 것을 확신했다. 클로드는 어떤 말을 하면서 가야 할지 고민이 되었다. 율리우스가 아직 갈 때가 아니니 와서 앉으라고 하는 바람에 그는 더 난처해졌다. 다행히 에를리히 부인이 여기서 학교로 돌아가는 데 오래 걸린다며 이제 그만 보내 줄 시간이라고 말해 주었다.

의외로 매우 쉬웠다. 에를리히 부인은 문 앞까지 나와 모자를 주고 팔을 잡으며 배웅해 주었다. "우린 이제 친하니까, 자주 놀러 오렴." 그녀의 갈색 앞머리가 클로드의 턱 아래에 있었다. 그녀는 희망찬 눈빛으로 그를 바라보았다. 마치 모든 일이 잘 풀릴 것처럼. 그 누구도 클로드를 이렇게 바라본 적이 없었다.

"즐거웠어요." 그는 쑥스러워하지 않으며 속삭였고, 행복에 가득 찬 채 유리문으로 나왔다.

기차가 검은 연기를 내뿜으며 천천히 겨울의 시골을 지나갔다. 클로드는 집이 가까워질수록 무언가를 잃어버렸다는 생각이 들었다. 그는 소설 같았던 그들과의 첫 대면을 전부 기억했다. 대화 내용 하나하나까지 전부. 그는 처음에 그들이 부자인 줄 알았으나, 곧 그렇지 않다는 것을 눈치챘다. 아버지는 돌아가셨고, 형제들 중 몇몇은 학교에 다니면서 일을 해야 했다. 그들은 단지 어떻게 살아가야 하는지 알고 있었고, 대신 일해 주는 기계나 TV가 아니라 오로지 자신들을 위해 돈을 썼다. 클로드는 무슨 기계든 간에 사람을 즐겁게 해줄 수는 없다고 확신했다. 또 사람을 상냥하게 만들 수도 없었다.

첫 방문 이후, 클로드는 에를리히 집에 자주 갔다. 물론 그가 원하는 만큼 자주 가지는 못했지만. 몇몇 학생들은 마치 가족인 양 기분 내킬 때마다 놀러 갔다. 그들은 클로드보다 더 멋지거나 좋은 사람들이었다. 확실히, 키가 크고, 손이 붉고 크며 패치가 달린 구두를 신은 바움가르트너는 그 집 사람들과 친밀했다. 그는 독일어를 할 수 있었고, 피아노를 연주했으며, 음악에 대해 많이 알고 있는 것 같았다.

클로드는 지루한 사람이 되고 싶지 않았다. 그는 가끔 도서관에서 시가를 피우러 나와 에를리히네 집 앞으로 천천히 걸어갔다. 불이 켜진 거실을 바라보며 안에서 무슨 일이 일어나고 있는지 궁금해했다. 그는 그들을 만나기 전 머릿속으로 무슨 말을 해야 할지 고민했다. 풋볼 경기라든가 극장에서 볼 만한 것이라든가.

그는 자신이 무슨 일을 하고 있는지 깨닫지 못한 채, 에를리히 형제들의 질문에 답변하기 위해 노력했다. 그는 무언가에 대해 설명하는 것은 자신의 품위를 떨어뜨린다고 믿고 살았다. 그가 아는 사람 중 유일하게 어니스트만이 확실하게 무엇을 믿는지 말하는 사람이었다. 그리고 가족들은 그런 어니스트가 매우 우쭐대며 외국인답다고 생각했다. 무엇에 대해 설명하는 것은 미국인이 아니었다. 그럴 필요가 없었다! 농장에서는 '할 것이다' 또는 '안 할 것이다'라고 말한다.―루즈벨트가 옳다. 아니면 미쳤거나. 웅변가가 아닌 이상 필요 이상으로 말하면 안 됐다. 만약 그렇다면, 그저 자신이 말하는 걸 듣는 게 좋은 사람이다. 클로드는 평상시에 아무것도 말하지 않고 살았기에 생각하는 습관이 없었다. 만약 지루하면 마을에 가서 새로운 것을 사 올 뿐이었다.

그러나 에를리히 집에서 만난 모든 사람들은 말하는 것을 좋아했다. 만약 그들이 그에게 책이나 연극에 관해 질문했을 때 "별로." 라고 대답하면 왜 그런지 물어보았다. 에를리히는 클로드가 말이 별로 없는 사람이라고 생각했지만, 클로드는 가끔 자신에게 놀랐다. 무례할 수도 있다고 느낄 만큼 자신의 의견을 밝히는 사람이 정말 자신일까? 그는 오로지 책에서만 보았던, 한 번도 입으로 말해 보지 않은 단어들을 말하고 있었다. 그는 처음 사용하는 단어를 말할 때 발음을 틀리면, 마치 위조지폐를 건네는 것처럼 혼란스러웠고, 얼굴을 붉히면서 다른 사람이 대신 말을 끝마치게 두었다.

클로드는 가끔 오후만 되면 에를리히의 집에 너무 가고 싶었다. 오후에 가면 아무도 없어 30분간을 에를리히 부인과 온전히 대화할 수 있었기 때문이다. 그녀는 그에게 인생에 대해 많은 것을 가르쳐 주었다. 그는 그녀가 일할 때 부르는 감성적인 독일 노래가 좋았다. '돌아라 돌아라, 나의 딸아(Spinn, spinn, du Tochter mein)' 그는 왠지 모르게 이 노래가 좋았다. 그는 행복함과 친절함이 넘치는 그녀를 생각했고, 너도밤나무와 벽으로 둘러싸인 마을이나 카를 슈르츠와 그의 낭만주의 혁명에 대해 생각했다. 그는 휴일에 집으로 돌아가기 전, 독일식 크리스마스 케이크를 만드는 에를리히 부인을 보았다. 그녀는 그를 부엌에 데려가 이 복잡한 전통 요리법에 대해 이야기해 주었다. 진지하게 반죽을 휘젓는 에를리히 부인은 매우 아름다웠다. 그녀가 많은 재료를 소개해 주었지만, 소개해 주지 않은 것도 있다고 생각했다. 오래된 우정의 향기라든가, 초창기의 아름다운 기억, 리듬과 노래에 대한 경이로움 같은 것들. 물론 이것들은 작은 케이크에 넣기에 과분하다. 클로드는 그녀의 집에서 나온 후, 단 한 번도 하지 않은 일을 했다. 그는 거리에 가서 그가 찾을 수 있는 가장 붉은 장미 한 상자를 사서 에를리히 부인에게 보냈다. 그의 주머니에는 그에게 감사를 표하기 위해 그녀가 쓴 쪽지가 있었다.

◆

클로드가 농장에 도착했을 즈음 날이 점점 어두워졌다. 랄프가
주차를 하는 동안, 그는 홀로 집으로 걸어갔다. 그는 결코 감정 없
이 돌아오지 않았지만, 하루가 꼬박 걸린 이 출발과 복귀를 가볍
게 넘기려고 했다. 그는 불 켜진 집을 향해 언덕을 오르며 항상 무
언가가 심장을 움켜쥐고 있는 것 같다고 생각했다. 그는 집에 오
는 것에 애증을 느꼈다. 실망스럽기도 하고, 안정감도 들었다. 식
구들이 그의 정신을 파괴하고 자존심을 꺾었을 때도, 그는 이렇게
겸손해지는 것이 옳다고 생각했다. 그는 자존감이 가장 낮을 때가
가장 진실된 순간이라는 것을 의심하지 않았다. 사람이 자신에 대
해 덜 생각할수록 자신의 가치가 올바르게 매겨진다고 생각했다.
  클로드는 문 앞에 서서 부엌 창문을 통해 안을 들여다보았다.
식탁에는 저녁 식사가 차려져 있었고, 마에일리는 커다란 솥 안
을 휘젓고 있었다. 아마도 옥수수 곤죽일 것이다. 그녀는 이가 매
우 약해져 종종 옥수수 곤죽을 만들곤 했다. 그녀는 한 팔로 솥을
휘저으며 다른 팔로는 무언가 딱딱한 것을 다지고 그 동작에 맞춰
고개를 끄덕였다. 그는 알 수 없는 감정이 솟구쳐 올랐다. 재빨리
들어가 그녀를 끌어안았다. 그녀의 얼굴은 그가 잘 알고 있는 미
소로 가득 찼다. "주여, 얼마나 놀랐는지, 클로드! 조금만 더 놀랐
다면 곤죽을 바닥에 다 쏟았을 게다. 잘 지낸 듯 보이네." 클로드는

마에일리가 어머니 다음으로 자신이 집에 돌아오는 것을 기뻐하는 사람이란 것을 알고 있었다. 그는 계단 쪽에서 휠러 부인의 발소리가 들리자, 문을 열고 나가 그녀를 만났다. 인자함이 묻어나는 그녀를 안으며 반가움을 표했다. 그녀는 두 팔을 들어 그의 머리를 쓰다듬고, 어린 소년을 보듯이 웃으며 살이 더 탄 것 같다고 말했다.

"옥수수는 다 수확했나요, 어머니?"

"아직 남았단다. 우리는 항상 남들보다 천천히 수확하잖니. 옥수수 껍질을 벗기기에도 좋은 날씨였고. 참, 제리를 해고했단다. 그나마 좋은 소식이지. 제리가 어느 날 마을에서 성질을 내고서는 레너드 도슨의 차를 타고 집으로 돌아왔는데, 그때 레너드가 멍에로 말을 때리는 제리를 보았다더구나. 레너드가 그 사실을 네 아버지에게 말했고, 아버지는 제리를 해고했어. 만약 너나 랄프가 그 사실을 말했다면 아무것도 하지 않았겠지. 아무래도 아버지들은 다 똑같은가 봐." 그녀는 웃으며 클로드의 팔에 의지하여 계단을 내려왔다.

"그런가 봐요. 제리가 말을 심하게 때렸나요? 어떤 말이에요?"

"작은 흑마 폼피란다. 내가 봤을 때 성질이 좀 있는 말인 것 같아. 의사가 눈 위쪽의 뼈가 부러졌지만 곧 괜찮아질 거라고 하더구나."

"폼피는 사납지 않아요, 그저 긴장했을 뿐이지. 모든 말들은 제리를 싫어해요. 그럴 만한 이유도 있고." 클로드는 이 거지 같은 남자에 관한 역겨운 기억을 털어 내기 위해 몸서리쳤다. 그는 목장에서 아버지에게 차마 말하지 못할 일들이 일어나는 것을 보았다.

넷 휠러는 계단을 내려와 부엌에 들어왔다. "클로드. 잘 지내는 것 같구나."

"네. 아주 잘 지내요."

"베일리스가 네가 풋볼을 많이 한다더구나."

"평소보단 많이 안 했어요. 여섯 게임 정도 했는데 대체로 졌어요. 주립 대학 팀도 훌륭하더라고요."

"그럴 줄 알았다." 그는 위층으로 올라가면서 말했다.

저녁 식사는 평소와 같았다. 덴은 계속 웃으며 클로드가 제리에 관한 일을 아는지 알아내려고 그를 보며 계속 깜빡거렸다. 랄프는 이웃들의 근황을 알려 주었다. 독일인 이웃 거스 요이더는 그의 개를 쏜 농부를 상대로 소송을 제기했다. 레너드 도슨은 수지 그레이와 결혼을 약속했다. 그녀는 레너드가 베일리스를 때리게 한 장본인이었다.

저녁 식사 후 랄프와 아버지는 시골 학교에서 열리는 크리스마스 파티에 차를 타고 갔다. 클로드와 어머니는 위층 거실에 있는 석탄 버너 앞에 앉아 조용히 이야기를 나누었다. 클로드는 이곳이 좋았다. 특히나 아버지가 없을 때는 더욱. 낡은 카펫, 빛바랜 의자, 비서용 책꽂이, 소파 위에 걸려 있는 『천로역정』의 한 장면이 그려진 판화. 이런 것들은 그가 집에 왔다는 것을 느끼게 해주었다. 랄프는 언제나 오크 무늬 가구로 방을 다시 꾸미자고 제안했지만, 클르드와 어머니는 반대했다.

클로드는 가장 좋아하는 의자를 가져와서 어머니에게 에를리히 가족에 대해 이야기했다. 휠러 부인은 경청하긴 했지만, 채핀의 이야기에 훨씬 더 관심이 많았다. 그녀는 에드워드의 목 상태가 가을에 설교를 하는 데 괜찮을지 궁금해했다. 클로드는 그런 어머니 때문에 집으로 돌아온 것이 실망스러워졌다. 어머니는 교회에 관련된 일이나 사람이 아닌 이상 결코 흥미를 갖지 않았다. 그도 알고 있었다. 어머니는 클로드가 조금 더 교회에 가까워지겠다고 말하기를 원했다. 휠러 부인은 클로드에게 강요하지는 않았지만, 그가 기독교와 가까워지는 것만큼 기쁜 일은 세상에 없을 거라고 한두 번 말하곤 했다. 클로드가 에를리히 가족에 대해 말할 때마다, 그녀는 그 가족이 '세속적'인지 아닌지 궁금해했고, 그 가족이 클로드에게 미칠 영향을 걱정했다. 그날 저녁은 실패로 돌아갔고, 그는 일찍 잠자리에 들었다.

클로드는 종교에 관해 생각할 때마다 의심과 공포라는 고통스러운 시간을 겪어야 했다. 열네 살부터 열여덟 살까지 그는 회개하지 않고 기독교를 믿지 않으면 길을 잃는다고 믿었다. 그러나 그에게는 그만의 고집이 있었다. 그는 죄인이 된 것 같았지만, 그가 아직 알지 못하는 세상을 포기하고 싶지 않았다. 그는 자신의 힘과 능력이 제한된 삶을 살고 싶지 않았다. 그는 기도회 모임에서 만난 사람들처럼 구원자에게 의지하며 살긴 싫었다. 그는 그들이 허락된 쾌락만 받아들이는 게 싫었다.

그 시절 클로드에게는 죽음에 대한 공포가 있었다. 장례식장에서 검은 관에 뻣뻣하게 누워 있던 이웃을 본 그는 공포에 압도당했다. 그는 종종 잠에서 깨어나 죽음을 모면할 계획을 세우면서,

자신이 태어나지 않았으면 좋았을 거라고 생각했다. 태어나지 않는 것 말고는 출구가 없을까? 그는 수백만의 외로운 생명체들이 땅에서 썩어 나가는 것을 떠올리며, 인생은 그저 끔찍한 결말을 위해 사람들을 붙잡는 함정일 뿐이라고 생각했다. 죽음에서 벗어난 사람은 아직 아무도 없다. 그럼에도 불구하고 클로드는 자신은 어떻게든 죽음에서 벗어날 수 있을 거라고 생각했다. 그는 자신의 몸이 소멸하지 않도록 구해 줄 교묘한 방법을 생각해 낼 것이다. 그 방법을 찾아내면 아무에게도 말하지 않을 것이다. 오로지 혼자만 비밀로 간직할 것이다. 부패와 부식… 그는 자신의 활기 넘치는 몸을 그딴 추악한 것 따위한테 넘겨줄 수 없었다. "주의 거룩한 자로 썩음을 당하지 않게 하시리라."* 라는 성경 구절은 무슨 뜻일까?

병적으로 종교를 두려워하는 클로드를 치료할 방법은 아마도 클로드가 다니는 신학 대학 같은 곳에 있을 것이다. 그러나 이제 그는 모든 신학을 궤변으로 가득 찬 것으로 치부했다. 그것을 만든 사람은 분명히 가르치는 사람일 것이다. 그들은 가장 고귀한 존재도 타락할 수 있으나, 신념이 있다면 구제받을 수 있다고 주장한다. 그가 신학 대학에서 본 '신념'은 대부분 남자다운 자질을 대체한 것뿐이었다. 젊은 남자들은 소심하거나 게으르고, 사회가 그들을 돌봐 주기를 원했기 때문에 목사가 되었다. 그들은 어머니 같은 신도들에게 사랑받고 싶어 했다. 그는 신학이나 신학자들

---

*   사도행전 13장 35절.

과는 거리가 멀었지만 기독교인이라고 말하고 다녔으며 4대 복음의 정신과 산상 보훈을 통해 신을 믿었다. 그는 어느 날, 멈춰 서서 '온유한 자들은 복이 있다.'라는 마태복음의 구절을 더듬거리다가 마에일리 같은 사람들을 가리키는 구절이라는 것을 깨달았다. 그녀는 확실히 축복받았다.

◆

크리스마스 다음 날인 일요일, 클로드와 어니스트는 러블리 크리크의 둑을 따라 걷고 있었다. 그들은 클로드 아버지의 목재장까지 갔다가 돌아오는 참이었다. 날씨가 마치 가을 오후 같아서 그들은 외투를 목초지의 울타리 옆에 있는 비뚤어진 느릅나무 가지에 걸어 두었다. 들판의 풀들과 잎이 다 떨어진 나뭇가지들은 햇볕 아래서 헤엄치는 것 같았다. 개울을 따라 우거진 나무들에는 갈색 잎 몇 개만이 매달려 있었다. 집에서 꽤 떨어진 목초지에서 그들은 조그만 층층나무에 감긴 미국노박덩굴의 새빨간 열매를 발견했다. 마치 야생에서 자라고 있는 크리스마스트리를 찾은 것 같았다. 그들은 클로드가 가져온 책과 역사 수업에 관해 이야기를 나눴다. 클로드는 어니스트에게 전달하고 싶은 내용을 전해 주지 못했는데, 자신보다 어니스트의 잘못이라고 생각했다. 어니스트는 너무 글자 그대로 받아들이려고 했다. 그들은 미국노박덩굴에 도착해서는 이야기하던 것을 까먹고 경사지 쪽으로 내려갔다. 그곳에서 나무 위의 붉은 군락들, 회색 덩굴, 그리고 손대면 바로 떨어질 것 같은 황금색으로 물든 잎을 보며 감탄했다. 협곡 사이에서 자라고 있는 덩굴과 나무들은 행운이였다. 강한 바람과 지름길인 목초지를 통해 집으로 가는 아이들의 눈을 피해 살아남을 수 있기 때문이다. 들쭉날쭉한 얼음의 검은 틈 사이로 개울이 얇게 흐르고 있었고, 그곳에 뿌리가 있었다.

평평한 지대로 돌아왔을 때, 클로드는 온화한 어니스트를 떠보고 싶었다.

"앞으로 뭘 하면서 살 거야? 평생 농사지을 거야?"

"응. 내가 만약 사업을 하고 싶었다면 진즉에 시작했을 거야. 그런 걸 왜 물어보는데?"

"나도 몰라! 사람은 가끔 미래에 대한 계획을 세워야 한다고 생각해. 게다가 넌 현실적이잖아."

"미래라고?" 어니스트는 웃으며 말했다. "참 크고 막연한 단어지. 난 내 집을 얻을 거야. 그리고 겨울에 가끔 원래 살던 곳으로 돌아가서 부모님을 만나고 올 거야. 어쩌면 거기서 예쁜 여자를 만나 데려올지도 모르지."

"그게 다야?"

"만약 내가 원하는 대로 모든 일이 흘러가면, 그 정도로 충분하지 않겠어?"

"아마도. 근데 난 그렇지 않을 것 같아. 난 무언가를 하나 정해 놓고 거기에 안주하지 못할 것 같아. 너도 요즘 별거 없다고 생각하지 않아?"

"뭐에 대해서?"

"삶에 대해서. 이 삶에서 우린 뭘 얻을 수 있을까? 오늘을 예로 들어 보자. 아침에 일어나서 아직 살아 있음에 감사하지. 그것만으로도 충분하지만, 그날 어떤 일이 생길 거라고 생각해. 그렇지만 평일이든 휴일이든 결국 마지막은 다 똑같아. 아무 일도 일어나지 않지. 밤에 침대에 누워 잠들 뿐."

"대체 뭘 기대하는 거야? 네 마음 말고 무슨 변화가 일어날 수 있는데? 난 내가 오전 내내 일하고 오후에 이렇게 친구를 만나기 위해 쉬는 정도면 만족해."

"그래? 난 가끔 딱 한 번뿐인 인생에 엄청 대단한 일이 있을 것 같아."

어니스트는 클로드를 동정했다. 그는 클로드가 걱정스러운 듯 곁눈질로 그를 쳐다보았다. "너희 미국인들은 항상 자기 밖에서 자신을 따듯하게 해줄 무언가를 찾지. 그건 옳은 방법이 아냐. 내가 살던 곳에서는 딱히 아무 일도 일어나지 않지. 그렇기에 우린 그 어떤 사소한 일도 큰일로 여겼지."

"순교자들은 분명 자신들 밖에서 뭔가를 찾았을 거야. 그렇지 않았다면 사소한 일도 풍족하게 생각했겠지."

"그들은 그들만 생각하는 사람들이야! 자극을 위해 화형당하는 것은 우스꽝스러운 일이야. 난 가끔 순교자들이 허영심이 있다고 생각해."

클로드는 어니스트가 이렇게 성가시게 느껴지긴 처음이었다. 그는 눈을 가늘게 뜨고 맞은편에 있는 밝은 물체를 보며 예리하게 말했다. "어니스트 넌 사람이 집과 옷 그리고 일요일에 쉬는 것만

으로 만족할 수 있다고 생각하지?" 어니스트는 슬퍼하기보단 웃었
다. "그런 건 상관없어. 하늘에서 갑자기 구원자가 내려오지는 않
을 거야." 클로드는 중얼거리며 볼을 꼬집었다.

해가 저물었고, 부엌 창문을 통해 두 사람을 보고 있던 휠러 부
인은 그들이 대초원의 불길 옆을 걷는 것처럼 느꼈다. 그녀는 그
들이 황금색 하늘을 등지고 언덕 꼭대기를 따라오는 것을 보고 미
소를 지었다. 부엌에서 보기에도 한 명은 고집 세 보였고 한 명은
융통성 있어 보였다. 그들은 다투고 있을 것이고, 아마도 클로드가
나쁜 편인 것 같았다.

◆

방학이 끝난 후 클로드는 다시 주립 대학교 도서관에 앉아 책
을 읽었다. 그는 그림과 조각에 관한 책들이 보관된 벽감 옆에 자
리를 잡았다. 미술계 학생들은 전부 여자였는데, 그의 근처에서 책
을 읽으며 속삭였다. 그는 그들과 대화하지 않으면서도 그들의 대
화를 즐겼다. 그들은 활기 넘치고 친근감 있었다. 종종 클로드에게
선반에서 무거운 책이나 포트폴리오를 꺼내 달라고 했고, 길거리
나 교내에서 그를 만나면 유쾌하게 인사했으며, 남녀 공학 학교에
서 흔히 있는 주제로 이야기를 나누었다. 이 소녀들 중 한 명인 피
치 밀모어는 다른 소녀들과 달랐다. 클로드가 아는 모든 여자들과
도 달랐다. 조지아에서 온 그녀는 겨울을 이모와 함께 B거리에서
보냈다.

밀모어는 키가 작고 통통했고 '마차'라고 부를 만한 것을 들고 다녔으며, 서양 소녀들보다 전체적으로 매너 있고 신중했다. 그녀는 노란 곱슬머리였다. 귀 옆으로 흘러내리는 짧은 머리를 해 마치 병아리 같았다. 선명한 푸른 눈은 지나치게 돋보였고, 볼엔 항상 홍조가 있었다. 마치 열이 나는 것 같았다. 그는 그녀의 볼이 뜨거운지 만져 보고 싶었다. 에를리히 형제는 그녀를 '조지아 복숭아'라고 불렀다. 그녀는 매우 예뻐, 첫날 학교에 왔을 때 남학생들이 난리가 났었다. 그나마 지금은 좀 진정이 되었다.

밀모어는 종종 클로드와 함께 시내를 걷기 위해 학교에 오랫동안 남아 있었다. 클로드는 그녀의 경쾌한 걸음걸이에 보폭을 맞추려고 노력했지만, 그녀는 분명히 숨이 찼을 것이다. 그녀는 장갑이나 스케치북, 핸드백을 자주 떨어뜨렸고, 클로드는 그것들을 주워 주는 게 좋았다. 그리고 계속 떨어지는 그녀의 지우개를 잡아 두었다. 그녀는 자신이 클로드에게 매우 친절하고 우아하게 행동한다고 생각했다. 심지어 그에게 '아름다운 체격'이라고 칭찬하며, 토요일 아침에 있을 미술 수업에 운동복 차림으로 와 모델이 되어 달라고 했다. 그는 혼란스러웠지만 그 제안을 받아들였다.

클로드는 피치 밀모어와의 만남을 고대했고, 그녀가 도서관에 보이지 않는 날에는 그녀를 그리워했다. 그녀도 클로드에게 도서관에 없었던 이유를 설명하는 걸 당연하게 여겼다. 얼마나 머리를 자주 감는지, 머리를 쫙 피면 얼마나 길어지는지도 말했다.

2월의 어느 금요일, 율리우스는 우연히 마주친 클로드에게 내일 스케이트를 타러 가자고 했다.

"좋아." 클로드는 덧붙였다. "밀모어에게 스케이트 타는 법을 가르쳐 주기로 했어. 너도 와서 도와줄래?"

율리우스는 너그럽게 웃으며 말했다. "아냐. 다른 날에 같이 타자. 너희 사이에 끼어들고 싶지 않아."

"말도 안 돼! 네가 나보다 더 잘 가르칠 수 있잖아."

"그러고 싶지 않아."

"그게 무슨 뜻이야?"

"너도 무슨 뜻인지 알잖아."

"아니. 모르겠어. 어째서 그녀에 대한 이야기만 하면 웃는 거야?"

율리우스는 얼굴을 약간 찡그렸다. "그녀는 필 보웬에게 끔찍하게 지루한 편지를 썼고, 필은 남학생 클럽 하우스에서 그 편지를 큰 소리로 읽었어." 클로드는 얼굴을 붉히며 말했다. "그래서 그를 때렸어?" 율리우스는 웃으며 말했다. "그럴 필요가 있었으면 그랬겠지. 하지만 그러지 않았어. 호들갑 떨기엔 너무 유치한 일이야. 난 그 뒤로 조지아 복숭아를 경계하고 있어. 네가 그렇게 가볍게 그녀를 대하면, 너한테도 그럴지 몰라."

"그렇지 않아. 그녀는 그저 마음씨가 착할 뿐이야."

"그럴지도 모르지. 하지만 난 너무 친절한 여자애들이 두려워." 율리우스는 솔직히 말했다. 그는 클로드에게 가끔 경고해 주고 싶었다.

클로드는 그녀와 약속을 지켰다. 그는 그녀를 연못으로 데리고 나가 몇 번 스케이트 타는 법을 가르쳐 주었다. 클로드는 처음엔 그녀가 발목을 다칠까 봐 걱정된다고 말했다. 그들의 마지막 만남은 달빛이 비치는 밤이었고, 그날 이후로 클로드는 무례하게 굴지 않고 그녀를 피했다. 그녀는 클로드에게 더 이상 매력적이지 않았다. 잦은 만남은 상대방의 감정을 가라앉히는 그녀만의 방법이었다. 사람들은 그것을 계획이라고 부를 수 없었다. 계획보단 덜 미묘했다. 그녀는 벌써 애틀랜타에서 창백한 사촌에게 이 방법을 써먹었고, 그녀가 북쪽으로 온 것은 이 때문이었다. 클로드는 화를 내며 인정했다. 처음 만났을 땐 그녀가 완벽해 보였다고. 그녀의 관능미는 그를 조금도 유혹하지 못했다. 그는 강한 충동을 가진 사람이었고, 그것들을 대수롭지 않게 여기는 것을 혐오했다. 아버지가 집에서 이야기하던 저질스러운 남자들의 이야기는 그를 만들기보단, 관능적인 것에 대한 혐오감을 주었다. 그는 자신이 솔직하다는 데에 히폴리테 같은 자긍심을 가지고 있었다.

◆

에를리히 가족은 생일 같은 기념일을 좋아했다. 그해 봄 에를리히 부인의 사촌 빌헬미나 슈뢰더-샤츠가 링컨 마을의 5월 축제에 노래를 하러 왔다. 그녀는 시카고 오페라단과 일한 적이 있다. 그녀의 연주회가 다가오자 에를리히 가족은 그녀를 위해 파티를 준비했다. 마티네 음악회는 그녀를 위해 식당을 예약해 주었고, 에를리히 부인은 같이 저녁을 먹기로 했다. 에를리히 가족들은 각자 한 명씩 자신의 지인을 데려오기로 하였고, 그들은 그녀와 함께 저녁을 먹는 영광을 누릴 사람을 고르느라 고민하였다. 그날은 매우 많은 남녀가 모일 것이다. 왜냐하면, 빌헬미나는 동성만 모인 사교 모임을 좋아하지 않았기 때문이다.

어느 날 저녁 에를리히 가족들은 파티에 참석할 사람들 목록을 검토하고 있었다. 에를리히 부인은 자신은 아직 초대할 사람을 적지 않았다고 알려 주었다. "난 클로드 휠러를 부를래."

그녀의 말에 낮은 탄식과 웃음이 터져 나왔다. "그건 좀 아닌 것 같아요." 장남이 항의했다. "클로드는 분위기 파악도 못 할 거예요. 미꾸라지 한 마리가 저녁 파티를 망칠 수도 있다고요."

에를리히 부인은 손가락을 흔들며 말했다. "슈뢰더-샤츠는 너희들이 데려온 그 누구보다 클로드에게 관심을 보일걸!"

율리우스는 어머니가 다른 선택을 하도록 설득할 수 있으리라 생각했다. "한 가지 말하자면, 어머니. 클로드는 저녁 파티에 입을 만한 옷이 없어요." 그는 중얼거리며 말했다. 그녀는 고개를 끄덕이며 말했다. "그건 내가 알아보았어. 클로드는 돈을 약간 벌고 있더라고. 내가 물어보니 그 정도는 구입할 수 있다더구나." 아들들은 일이 이미 거기까지 진행되었다면, 그저 최선을 다하자는 생각뿐이었고, 장남은 '클로드 휠러'라고 과장하여 적었다.

에를리히 소년들의 걱정은 클로드가 걱정하는 것에 비하면 아무것도 아니었다. 그는 에를리히 부인을 슈뢰더-샤츠의 연주회에 데려다줄 예정이었다. 그날 저녁 클로드가 에를리히 부인을 데리러 가자, 그녀의 자녀들은 그를 훑어보았다. 오토는 불을 모두 켰고, 에를리히 부인은 하얀 새틴 위에 검정 레이스를 두르고 클로드가 옷을 어떻게 입고 왔는지 확인했다.

클로드는 오버코트를 벗어 손에 걸치고, 검은 정장을 입은 채 서 있었다. 에를리히 부인은 그의 긴 다리와, 매끄러운 어깨 그리고 붉은 머리를 보았다. 그녀는 웃으며 손뼉을 쳤다. "모든 소녀들이 클로드를 어디서 데려왔는지 궁금해할 거야."

클로드는 에를리히 부인의 오페라용 안경과 부채를 받아 오버코트에 넣었다. 그녀는 로니에트와 화장품, 손수건, 후약을 작은 가방에 넣었다. 심지어 클로드는 그녀가 기침할 것을 대비하여 조그만 페퍼민트 상자도 챙겼다. 그녀는 긴 장갑을 끼고, 레이스 스카프를 머리에 두르고, 클로드가 들고 있던 저녁용 클로크를 두르는 것으로 나갈 준비를 마쳤다. 그녀는 클로드의 손을 잡고 아들들에게 인사했다. 그들도 클로드가 썩 맘에 들었다. 클로드는 행복해하는 그녀를 위해 바람을 계속 막고 서 있었다.

식사는 다음 날 저녁에 이루어졌다. 영애의 손님인 빌헬미나 슈뢰더-샤츠는 아우구스타 에를리히 부인보다 몇 살 어렸다. 그녀는 키가 작고, 다부지고, 가슴도 크고 머리도 곱고, 위엄 있어 보였다. 그녀의 콘트랄토 음색은 매우 아름다웠으며, 사람들에게 음식이나 음료만큼 충분한 즐거움을 주었다. 저녁 식사 때 그녀는 장남의 오른편에 앉았다. 클로드는 테이블 맞은편 끝에 있는 에를리히 부인 옆에 앉아 인조 다이아몬드 장식이 달린 녹색 벨벳을 입은 그녀를 조심히 보았다.

저녁 식사 후 슈뢰더-샤츠는 식당에서 나와 사촌의 의자 뒤에 정중히 서 있는 클로드 앞에 멈춰 섰다.

"만약 아우구스타가 괜찮다면, 둘이 이야기 좀 해요. 저녁 내내 떨어져 있었잖아요." 그녀가 말했다.

그녀는 거실의 창가 근처에 클로드를 데려가 앉았다. 그녀는 맥주에 대해 불평하더니, 초록색 스카프를 찾아 달라고 말했다. 클로드는 스카프를 찾아 와 조심스럽게 그녀의 어깨에 둘러 줬다. 잠시 뒤, 그녀는 결코 원치 않았다는 듯 약간 짜증스러운 태도로 그것을 벗어 던졌다. 배려심이 많은 클로드는 그녀에게 맥주에 대해 이야기했다.

"맥주?" 그녀는 턱을 들며 말했다. "여기에 맥주는 없어요." 그녀는 클로드에게 그가 어디 사는지, 아버지가 땅을 얼마나 소유하고 있는지, 어떤 작물을 기르는지, 어떤 가축을 기르고 어떤 유제품을 만드는지 물었다. 그녀는 어렸을 때 바이에른에 있는 농장에서 살아, 농사와 가축에 대해 잘 아는 것 같았다. 그녀는 클로드 가족이 땅의 절반을 다른 농부들에게 임대해 주었다고 하자, 그 사실을 못마땅해했다. "내가 젊었다면, 나라 전체의 땅을 사 모으기 전까지 멈추지 않을 거예요." 그녀는 새로운 사람들을 만나면 그 사람들이 어떻게 돈을 버는지 물어보았다. 그녀의 일이 매우 힘들었기 때문이었다.

늦은 저녁 그녀는 사촌들을 위해 노래를 불러 주기로 했다. 피아노 앞에 앉은 그녀가 클로드에게 가까이 오라고 손짓했다. 그는 고개를 가로저으며 유감스러운 듯이 웃었다.

"미안해요. 전 너무 멍청해서 피아노를 칠 줄 몰라요." 그녀는 그의 소매를 건드리며 말했다. "글쎄, 걱정하지 마요. 난 아직 피아노를 옮길 생각이 없어요. 만약 옮기게 되면 도와줄 거죠?"

슈뢰더-샤츠가 에를리히 부인과 침실에서 코 화장을 고치며 말했다. "불쌍한 아우구스타, 클로드와 결혼시킬 딸이 없다니. 클로드는 완벽한 사윗감인데."

"아아, 만약 그랬다면!" 에를리히 부인은 한숨을 쉬었다.

"아니면…" 슈뢰더-샤츠는 힘차게 신발을 신으며 말을 이어 나갔다. "네가 몇 살만 더 젊었더라면, 늦지 않았을 텐데. 아니야, 바보 같은 소리였어, 아우구스타. 그런 일은 이미 일어났고 또 일어날 거야. 하지만, 나처럼 병든 남편에게 묶여 있을 바엔 과부가 나. 얼마나 거지 같은지. 난 활력 넘치는 여자인데. 그는 내가 짊어져야 할 고난이야!" 그녀는 치를 떨었다. 벨벳 코트를 입고, 모피 망토를 걸치고 거실로 나와 그녀는 사촌들과 클로드에게 인사했다.

◆

5월의 어느 따스한 오후, 클로드는 채핀의 집 2층에서 실제로 있었던 심문에 대한 학위 논문을 베끼고 있었다. 그것은 재판에서 잔 다르크에게 물어본 9개 심문에 대한 증언의 비판이었다. 교수는 그에게 유머러스하게 이 문제를 맡겼다. 비록 이 증언은 15세기 이후, 침착한 사람과 성질이 불같은 사람, 음유 시인이나 냉소적인 사람에 의해 많이 다루어졌지만, 그는 클로드가 이 문제를 가볍게 다루지 않을 것이라고 확신했다.

실제로, 클로드는 이 문제에 많은 시간을 쏟아부었고, 당시 그의 인생에서 가장 중요한 문제처럼 여겼다. 그는 '심문'을 영어로 된 논문으로 작업하면서도 프랑스어 원문을 팔꿈치에 두었는데, 잔 다르크의 몇몇 증언은 그를 괴롭혔다.

그에게 있어 그녀의 증언은 '아름답고, 달콤하며, 톤이 낮은 프랑스어'같이 느껴졌다. 클로드는, 재판이 일관적이나 모순적인 대답에서 나타난 그녀의 동기와 성격에 대한 냉정한 추정이라고 생각했고, 자신은 그녀를 투옥하고 '불을 두려워한다.'라는 그녀의 증언에서 초래된 변화 같은 개인적인 감정을 배제하고 원고를 썼다고 자만했다.

그는 원고의 마지막 페이지를 베끼고 앉아 종이 더미를 보며, 어머니가 오르렌스의 처녀(잔 다르크의 별명)에 대한 이야기를 처음 해주었을 때보다, 이 성실한 공부를 통해 그녀에 대해 조금 더 많이 알게 되었다고 생각했다. 그가 기억하기로, 그는 감기로 인해 집 안에 틀어박혀 있었고, 갑옷을 입은 잔 다르크가 그려진 헌책을 발견하곤, 어머니가 사과파이를 만들고 있는 부엌으로 가져갔다. 그녀는 사진을 흘끗 보더니, 계속 반죽을 굴려 팬에 굽는 동안 그녀에 대한 이야기를 해주었다. 그는 어머니가 해준 이야기는 잊어버렸지만(분명 매우 단편적이었던 것 같다.) 그 이야기를 들은 순간부터 잔 다르크에 대한 중요한 역사적 사실을 알았고, 그녀를 우상으로 삼았다. 그녀는 그에게 지금처럼 명확했고, 당시같이 기적적이었다.

그는 그림과 단어, 구절을 통해 잔 다르크가 시간이 흘러서도 모든 세대에 걸쳐 어떻게 새롭게 재탄생하여 아이들의 마음속에 거

듭날지 궁금하였다. 그 당시 그는 프랑스의 지도를 본 적이 없었고, 시카고보다 더 멀리 떨어진 지역에 대해선 잘 몰랐다. 그럼에도 불구하고 그는 잔 다르크를 완벽하게 알았고, 저녁에 옥수수를 가지고 올 때나, 풍차에 가서 추위에 벌벌 떨며 물을 다 퍼 올릴 때까지 그녀에 대해 생각했다. 클로드는 그때도 지금처럼 그녀의 모습을 상상했다. 야광 구름 같은 먼지 속에 서 있는 군인들과 그녀의 모습이라든가…. 백합이 그려져 있는 현수막… 위대한 교회… 장벽에 둘러싸인 도시를.

봄날 오후, 그는 마음이 아늑하고 평화로웠다. 그는 마치 기번*처럼 일을 모두 끝낸 것이 아쉬웠고, 마음속에 떠오르는 단 한 가지 일을 제외하곤 아무것도 눈에 들어오지 않았다. 그는 이제 곧 집에 돌아갈 것이다. 신학 대학의 시험을 치르고, 에를리히 가족과 몇 번 더 만나고, 도서관에서 사용하던 책을 가지고 오면, 프랑크포트로 향하는 기차를 타는 것 이외엔 할 일이 없다.

그는 한숨을 쉬며 일어나 서류 뭉치를 하나로 묶었다. 창문 밖을 보고서는, 오늘까지 제출해야 하는 학위 논문을 들고 마을까지 걸어가기로 마음먹었다. 전차를 타기에는 날씨가 너무 좋았다. 사실 그는 원고를 가능한 한 오랫동안 가지고 있고 싶었다.

클로드는 길을 나섰다. 버펄로콩꽃이 핀 생초원을 끼고 있기에 길이라고 하기는 좀 그랬다. 그는 평상시보다 느리게 걸었다. 밀짚 모자를 머리 뒤로 기울여 쓰니 얼굴에 햇살이 가득했다. 향기로운

---

* 영국의 역사가 에드워드 기번(1737-1794)

바람에 몸이 가볍게 느껴졌고, 마른 잡초와 해바라기 줄기 위에서 노래를 부르는 종달새 소리가 나른히 들려왔다. 이맘때 들리는 종달새의 노랫소리는 고통스러울 정도로 달콤했다. 오랜 시간이 지난 뒤에도 그는 때때로 왜인지 모르겠지만 이 산책이 생각났다.

학교에 도착하자마자 곧바로 유럽 역사학과로 가서 다른 학위 논문들 옆에 자신의 논문을 두었다. 그는 이날이 두려웠다. 마침 개인 사무실에서 나와 묶여 있는 원고를 가져가면서 자신을 보고 고개를 끄덕이는 교수를 보자 기뻤다.

"자네 학위 논문? 아 맞아, 잔 다르크 '재판'. 잊고 있었네. 흥미롭지 않던가?" 교수는 논문을 훑어보았다. "그녀의 증언에 대해 무죄를 선고했군?"

클로드는 얼굴을 붉히며 대답했다. "네."

"음, 이제 미슐레*가 그녀에 대해 무슨 생각을 했는지 읽어 보겠군. 도서관에 오래된 번역본이 있다네. 즐겁지 않았나?"

"네. 아주 즐거웠습니다." 클로드는 무언가 할 말이 생각나기를 하늘에 대고 빌었다.

"자네는 전적으로 이 수업을 좋아하고 있어, 그렇지? 내년엔 뭘 할지 기대되는군. 자네 논문은 매우 만족스러워." 교수는 다시 개인 사무실로 들어갔고, 클로드는 교수가 다른 사람들의 학위 논문을 탁자 위에 놓아 둔 것과 달리, 자신의 논문을 가지고 들어갔다는 것이 매우 기뻤다.

---

* 프랑스의 역사가 쥘 미슐레(1798-1874)

◆

그해 여름, 랄프와 넷 휠러는 클로드와 덴에게 옥수수 재배를 맡겨 두고 큰 차를 타고 덴버로 향하였다. 넷 휠러는 돌아와서 고백할 비밀이 있다고 했다. 그는 며칠 동안 거의 말도 없이 거실에 틀어박혀 편지를 쓰고, 랄프와 알아들을 수 없는 말과 눈짓을 주고받더니, 클로드의 모든 계획을 뒤바꿔 버릴 발표를 하였다.

덴버에서 돌아오는 길에 넷은 곤경에 처한 옛 친구를 만나러 갔다. 톰 웨스테드는 메인주에서 온 사람으로 넷의 동네 이웃이었다. 몇 년 전에 아내를 잃은 그는 의사가 은퇴하고 휴식과 안정을 취해야 한다고 권할 정도로 쇠약해진 상태였다. 그는 모든 것을 팔고 그가 원래 살던 메인주로 돌아가고 싶었지만, 자신의 상태가 너무 두려웠기에 그러지 못하고 있었다. 넷은 친구를 도우면서 자신의 사업에도 도움이 될 만한 일을 했다. 톰 웨스테드는 메인주에 있는 아버지의 재산 중 자신의 몫인 농장을 소유하고 있었는데, 몇 년 동안 그 땅을 넷에게 임대하기로 했다. 이 거래 덕분에 그는 잘 일구어진 웨스테드의 농장을 얻게 되었다. 넷은 소 떼 값을 후하게 지불했고, 웨스테드를 메인주로 데려가서, 그가 정착하도록 도와주기로 했다. 넷 휠러는 이 모든 것을 매우 더운 어느 여름날 저녁 식사 후에 가족들을 거실로 불러 모아 이야기하였다. 좀처럼 남편의 일에 참견하지 않는 휠러 부인은 무심코 남편에게 이미 땅이 너무 많아서 농사를 반도 짓지 못하는데 왜 땅을 더 사냐고 물었다.

"매우 여자다운 생각이군, 에반젤린. 매우 여자다워." 그는 옆에 있는 테이블 위에 넥타이를 두고, 셔츠의 목 부분 단추를 푼 채 밝게 빛나는 아세틸렌 램프 옆에 앉아 야자나무 부채로 부채질을 했다. "내가 가진 돈을 다 쓰지도 못했는데 뭐하러 돈을 더 벌고 싶어 하는지도 물어보지 그래?"

그는 랄프를 메인주 유카 마을에 있는 웨스테드의 목장에 두고 '책임감'을 심어 주기 위해서라고 말했다. 랄프는 소 사업에 노련한 웨스테드의 소 관리사의 도움을 받아 목장을 운영할 것이다. 소 관리사는 주인이 바뀌어도 남기로 결정한 모양이었다. 넷은 아내에게 불쌍한 웨스테드를 등쳐 먹은 게 아니라고 했다. 메인주는 충분히 가치 있는 땅이었다. 그러나 웨스테드의 아버지는 자신이 기른 소나무들이 너무 자랑스러워서 목재로 만들지 않고 방치했다. 웨스테드는 이제 소를 위한 여물 말고는 아무 이득도 없는 오래된 농장을 만 달러 내지 만 이천 달러 정도의 이득을 보고 거래하였고, 손해 보는 장사도 아니었다. 넷 휠러는 랄프와 함께 그곳에서 일 년의 절반 정도를 같이 보낼 예정이었다. 그는 상냥하게 말했다. "내가 없을 때 당신과 마에일리는 별로 할 게 없을 거야. 좀 더 많은 시간을 자수에 할애할 수 있지."

"만약 랄프가 메인주에서 살고, 당신도 그곳에서 대부분의 시간을 보낸다면, 이 집은 무슨 의미가 있는지 모르겠네요." 휠러 부인은 어둠 속에서 중얼거렸다.

"걱정할 필요 없어." 넷은 흔들의자가 삐걱거릴 때까지 셔츠의 목을 늘이며 말했다. "이곳은 클로드가 관리할 거야."

"클로드요?" 휠러 부인은 축축한 이마에 달라붙은 머리카락을 쓸어 넘기며 말했다.

"당연하지." 그는 구석에 조용히 서 있던 클로드에게 말했다. "내가 보기엔 넌 신학을 충분히 공부했어. 목사가 될 생각이 없지? 이번 겨울에 내 농장을 너에게 물려주고 바로잡을 기회를 줄 생각이다. 넌 내가 이 농장을 운영하는 방식에 불만을 품었지? 이제 네가 원하는 대로 바꿔 봐. 젊은 피의 힘을 보여 줘. 새로운 아이디어도 상관없어, 난 반대하지 않을 테니. 비용도 신경 쓰지 마라. 네가 원한다면 덴을 해고해도 좋고, 원하는 것을 들여놓아도 좋다."

클로드는 마치 함정에 빠진 것 같았다. 그는 손으로 눈을 가리며 불안한 듯이 말했다. "전 이 농장을 제대로 운영할 역량이 없어요."

"내가 이 농장을 제대로 운영하지 못한다고 생각했잖니. 그래서 항상 의견이 충돌했고. 도슨은 인간이 땅에서 일하기 위해 창조되었다고 했지만, 나는 땅은 인간을 위해 만들어졌다고 생각한다. 네가 지금은 도슨의 생각을 지지한다고 해도 난 네가 우리와 비슷한 생각을 갖게 된다면 상관없어."

휠러 부인은 일어나 어두운 계단을 더듬으며 재빨리 부엌으로 갔다. 그곳은 어둑어둑하고 조용했다. 마에일리는 구석에 앉아 낡은 놋쇠의 희미한 불빛 속에서 행주를 만들고 있었다. 휠러 부인은 가슴에 손을 얹은 채 불안한 듯이 복도를 왔다 갔다 했다. 클로드에 대한 연민 때문에 가슴이 아팠다.

그녀의 기억 속 톰 웨스테드는 친절했다. 그는 자주 놀러 와 하룻밤을 묵고 가기도 했고, 아내가 죽었을 때 위로를 구하러 오기도 했다. 그녀는 그의 쇠퇴가 남편의 우연한 덴버 여행과, 메인주에 있는 오래된 농장과 맞물려, 그녀의 불행한 아들을 구속하는 것 같았다. 그녀는 클로드가 처음으로 초조하게 가을을 기다리며 학교에 돌아가기를 고대하는 것을 알고 있었다. 그는 에를리히 형제와 자신이 원해서 듣는 역사 과목을 그리워하고 있었다.

그러나 이 모든 것은 가족회의에서 전혀 중요하지 않았다. 클로드는 아마 말을 꺼내 볼 생각도 못 했을 것이다. 그리고 아버지의 의견에 반대할 만한 강한 이유도 없었다. 그의 실망은 말로 다 하지 못할 정도일 것이다. "어째서, 클로드가 그 결정에 크게 슬퍼할 텐데." 그녀가 큰 소리로 중얼거렸다. 마에일리는 귀가 살짝 안 좋기에, 아무 소리도 듣지 못했다. 그녀는 불빛에 앉아 바느질을 하며 꾸벅꾸벅 졸고 있었다. 휠러 부인은 안절부절못하며 복도를 오갔다. 마에일리가 함께 있는 것만으로도 마음이 평안했다.

휠러 부인은 클로드가 화나서 아버지에게 대드는 것을 차마 볼 수 없어 거실에서 나왔다. 클로드는 항상 자신의 삶이 고단하다고 생각했다. 그는 사소한 일에도 너무 많은 고통을 겪었고, 그녀도 그와 함께 그 고통을 겪었다. 그녀는 실망해 본 적이 없었다. 남편의 부주의한 결정도 그녀를 불안하게 하지 않았다. 그가 올해는 농사를 짓지 않겠다고 선언해도 반대하지 않았다. 투덜대는 것은 항상 마에일리였다. 그가 소고기를 먹고 싶다며 소를 도축해도 그녀는 요리하는 데 최선을 다했고, 남은 고기가 상해도 걱정하지 않으려고 애썼다. 그녀는 종교가 없었을 때 읽은 책을 계속해서 생각했다. 그녀의 삶에 그 어떤 사람도 영향을 주지 못했다. 그러나 클로드에게 근심이 생기면 자신이 마치 다른 세계에 사는 것처럼 느껴졌다. 인간의 숨결로 더럽혀지고 맹목적이며 불쌍하고 열정적인, 인간의 감정으로 고동치는 세계에 떨어진 것 같았다.

언제나 그래 왔다. 그리고 이제 나이가 들어 그녀의 육체는 고통이나 쾌락에 별 감흥이 없었지만, 클로드로 인해 다시 느껴지곤 했다. 그의 고통은 그녀의 고통이었다. 그가 아프거나 아무 말 없이 고통스러워할 때 그녀도 고통스러웠다. 반면, 그가 행복하면 그녀 또한 만족스러웠다. 클로드가 요즈음 행복해하는 모습에, 그녀는 밤에 잠에서 깨 감사를 청하고는 다시 잠이 들었다.

'편히, 편히 쉬소서(Rest, rest perturbèd spirit)'*, 그녀는 가끔 잠에서 깨 그를 생각했다. 기분 좋은 날, 그녀를 향해 웃는 그의 눈엔, 마치 모든 일이 잘되고 있다고 말하듯 따스한 빛이 느껴졌다. 그녀는 어둠 속에서도 언제나 그의 미소를 떠올릴 수 있었다.

◆

그 일 이후 농장은 몇 주간 바빴다. 밀 수확이 전부 끝나기도 전에 넷 휠러는 가죽 가방에 가장 멋진 옷을 넣고, 톰 웨스테드를 메인주로 데려가기 위해 출발했다. 그가 없는 동안 랄프는 유카 마을에서 사는 데 필요한 것들을 구매했다. 프랭크포트 상인들에게 대단한 사람 취급받는 것을 좋아하는 랄프에게 이번은 절호의 기

---

* 『햄릿』에서 햄릿이 귀신이 된 아버지에게 하는 대사다.

회였다. 그는 샷건과 안장, 굴레, 신발, 긴 우비, 짧은 우비와 집에서 쓸 축열 조리기, 새로운 축음기를 사서 웨스테드의 목장으로 배송시켰다. 축음기를 싫어하는 휠러 부인은 제발 집에 있는 기계를 가져가라고 했지만, 그는 겨울 저녁에 축음기가 없으면 지루할 거라고 휠러 부인을 설득했다. 사실 그는 위대한 미국 발명가가 만든 최신 제품을 원했다.

웨스테드의 목장 근처에는 여름에 가족들을 데리고 오는 뉴욕 남성들의 목장이 있었다. 랄프는 그들이 추는 춤에 대해 들은 적이 있었고, 구경하고 싶었다. 그는 클로드에게 앞으로 입을 일도 없는 정장을 달라고 했다.

"네가 원한다면 가져가." 클로드는 냉담하게 말했다. "하지만 너한테 안 맞을 거야."

"프리츠에 가져가서 수선하면 돼."

클로드는 무표정으로 말했다. "맘대로 해. 근데 그 늙은 네덜란드인은 옷을 망칠 거야."

"그렇게 하지 않도록 말해 볼게. 형도 알다시피 아버지는 내가 뭘 사든 별말 안 하시지만 대충 입고 다니는 건 별로 좋아하시지 않잖아." 랄프는 더 이상 아무 말도 하지 않고, 클로드의 정장을 포드 뒷좌석에 던져 넣고, 재단사를 만나러 마을로 갔다.

넷 휠러는 랄프가 과소비한다고 생각했지만, 랄프는 새 목장을 인수하는데 이 정도는 써야 한다고 했다. "그곳 목장주들은 다 잘 사는 사람들이에요. 우리가 돈을 너무 아끼면, 그 사람들이 우리를 얕볼 거예요."

마을 사람들은 랄프의 사치를 랄프만큼 즐거워했다. 누구는 랄프가 피아노를 사서 보냈다고 했고, 누구는 당구대를 사서 보냈다고 했다. 꽤 잘사는 이웃인 아우구스트 요이더는, 랄프와 같이 일할 기회가 조금이라도 있는지 암울하게 물었다.

10월에 결혼을 앞둔 레너드 도슨은 마을에서 클로드를 만나 이렇게 소리쳤다. "맙소사, 클로드, 마을 가구점에 나와 수지를 위한 가구가 하나도 남지 않았어. 랄프가 관을 제외한 모든 것을 다 샀거든. 거기서 왕자님처럼 살 생각인가 봐."

클로드는 쿨하게 대답했다. "난 그 일에 관해서 아무것도 몰라. 내 알 바 아니야."

"아니, 넌 여기 남아서 네 동생이 한 일에 대한 대가를 치르게 될 거야." 레너드는 클로드가 대답할 기회도 주지 않고 차를 몰고 가버렸다.

휠러 부인의 생각도 마찬가지였다. 랄프가 막대한 규모로 준비하는 것은 형인 클로드와 비교해 공정치 못한 일이었다. 집에 있을 때 클로드는 항상 열심히 일했고, 밭일을 잘 해낸 반면, 랄프는 기계나 만지작거리고 차로 심부름을 할 뿐이었다. 그녀는 많은 돈을 투자한 사업을 왜 랄프에게 맡기는지 이해할 수 없었다.

그녀는 언젠가 클로드에게 말했다. "클로드, 네 아버지가 더 나이 들었다면, 판단력이 떨어진 것이라고 생각했을 거야. 이렇게 가다 빚을 지는 건 아닐까?"

"아무 말도 하지 마세요, 어머니. 어차피 아버지 돈이에요. 아버지는 제가 한 푼도 원치 않는다고 생각해요."

"베일리스와 얘기할 수 있으면 좋겠는데. 네게 무슨 말 안 하든?"

"적어도 저에겐 아무 말도 없었어요."

아버지와 콜로라도에 잠깐 들렀다 온 뒤, 랄프는 어머니에게 침구와 식탁보를 달라고 애원하기 시작했다. 그는 사막에 살더라도 야만인처럼 살지 않겠다고 말했다. 마에일리는 오랫동안 빨래하고 다림질하며 관리해 온 식탁보가 상자에 담긴 것을 보고 격분했다. 요즘 그녀는 항상 화난 채로 혼잣말을 중얼거렸다.

마에일리는 휠러가에 털 침대와 버지니아 털로 만든 퀼트를 유일하게 가져왔다. 그 퀼트는 그녀의 어머니가 손수 만들어 결혼 선물로 준 것으로, 각각 디자인이 다른 세 개의 패치워크로 이루어졌다. 하나는 인기 있는 '로그-캐빈' 패턴이었고, 또 다른 하나는 '월계수 잎' 패턴이었다. 마지막은 '블레이징 스타'였다. 이 퀼트는 사용하기엔 너무 좋아서, 휠러 부인에게 클로드가 결혼할 때 선물로 주겠다고 말하며 보관해 두었다. 그녀는 겨울에는 그녀가 가져온 깃털 침대에서 자고, 여름에는 그것을 다락방에 두었다. 다락방은 사다리로 올라가야 하는데, 휠러 부인은 허리가 좋지 않아서 자주 가지 않았다. 그 덕분에 마에일리는 그녀의 방식으로 다락방을 정리해 두었다. 그녀는 이불을 털어 두거나, 오래된 잡지 더미 속에 있는 사진들을 보기 위해 종종 그곳에 올라갔다. 랄프는 다락방을 '마에일리의 도서관'이라고 불렀다.

어느 날 서쪽 목장을 위해 물건을 챙기고 있을 때였다. 휠러 부인은 마에일리를 부르러 사다리 근처로 갔다가, 떨어지는 깃털 침대를 가까스로 피했다. 잠시 후 마에일리는 한 손으론 사다리를 잡고 반대 손에 퀼트를 든 채로 내려왔다. 휠러 부인은 숨을 헐떡이며 말했다.

"마에일리, 아직 겨울도 아닌데 왜 침대를 꺼내? 어디에 쓰려고?"

"그냥 내 깃털 침대에 누우려고요. 뭐든지 다 가져가는 랄프가 제 퀼트까지 가져가게 둘 순 없어요."

휠러 부인이 그녀를 설득해 보았지만, 그녀는 침대를 붙잡고 비틀거리며 복도를 지나갔다. 그날 오후 랄프는 통과 짚 한 다발을 부엌으로 들고 오더니 마에일리에게 저장 식품과 과일 통조림을 가지고 오라고 했다. 그녀는 고분고분하게 지하 창고로 갔고, 랄프는 외투를 벗고 짚으로 통을 감싸기 시작했다. 랄프가 작업을 시작한 지 어느 정도 지났지만, 마에일리는 여전히 돌아오지 않았다. 그는 계단 쪽으로 가서 휘파람을 불었다.

"가고 있어! 서두르지 마, 아무것도 깨뜨리고 싶지 않으니." 랄프는 다시 몇 분을 기다렸다. "마에일리 도대체 밑에서 뭐해?" 그는 화가 치밀었다. "이 시간이면 벌써 지하 창고를 비웠을 텐데. 내가 직접 해야겠군."

"가고 있어! 내려와 봤자 먼지만 뒤집어쓸 거야." 그녀는 병이 가득 담긴 바구니를 들고, 손과 얼굴에 먼지를 덮어쓴 채 숨 가쁘게 계단을 올라왔다.

랄프는 코웃음을 치며 말했다. "정말 더럽군! 가끔 과일 보관함을 청소하는 게 좋을 것 같아. 마에일리. 도슨 부인이 어떻게 관리하는지 보라고. 자, 어디 보자." 그는 테이블 위에다 병들을 분류해 두었다. "포도 젤리는 도로 가져다 놔. 포도 젤리라면 끔찍하니까. 힘들게 올라온 건 알지만, 나한테 화내지 마. 그리고 돌아올 때 절임 복숭아도 잊지 말고. 다시 말하지만 절임 복숭아는 꼭 가져와!"

"절임 복숭아는 없는데." 마에일리는 치마 한구석을 턱까지 들어 올리고 문 옆에 서 있었다.

"절임 복숭아가 없다고? 말도 안 돼. 내가 몇 주 전에 만드는 것을 보았는데?"

"나도 알아, 근데 이젠 하나도 없어. 올해는 복숭아가 별로더라고. 공기를 쐬어 주기도 전에 다 상해서 내다 버렸어."

랄프는 크게 짜증을 내며 말했다. "그런 일은 처음 들어 보는데, 마에일리. 매년 더 부주의해지고 있어. 낭비한 과일과 설탕을 생각해 봐. 어머니가 이 일을 아시나?"

마에일리의 안색이 흐려졌다. "아마 알고 있을 거야. 난 네 어머니의 설탕을 낭비하지 않았어. 난 아무것도 낭비하지 않았다고." 그녀는 화가 났을 때 발음이 평상시보다 많이 이상해진다.

랄프는 지하실 계단을 뛰어 내려가 랜턴에 불을 붙이고, 과일 보관함을 뒤졌다. 역시 절인 복숭아는 없었다. 그가 돌아와서 과일들을 싸기 시작했을 때, 마에일리는 은밀한 표정으로 그를 지켜보았다. 마치 방문객들에게 사슬에 묶여 있는 코요테를 보여 주면서, 도망갈 수 있어도 도망가지 않을 거라고 말하는 주인의 이야기를 듣고 있는 코요테의 표정 같았다.

랄프는 딱딱하게 말했다. "가서 할 일이나 해, 마에일리. 날 계속 감시하지 말고."

그날 저녁 클로드는 겨울에 밀 씨앗을 심기 위해 밭을 일구고 헛간 아래쪽에 있는 풍차 밑에 앉아서 쉬고 있었다. 힘든 하루였다. 그는 파이프 담배를 피웠다. 그를 얼마나 사랑하든, 얼마나 불쌍하게 여기든, 어머니는 절대 집 안에서 담배 피우는 것을 허락하지 않았다. 언덕 위의 2층 방에서 불빛이 퍼져 나오고, 열린 창문으로 축음기의 노랫소리가 들려왔다. 누군가가 길을 따라 걸어 내려왔다. 그는 걸음걸이를 보고 마에일리라는 것을 알아챘다. 그녀는 앞치마를 벗으며 그에게 다가와 어깨를 만졌다. 그것은 그녀가 비밀을 말할 때 하는 행동이었다.

"클로드, 랄프가 서쪽 목장으로 가져가려고 젤리와 피클을 모두 쌌어."

"괜찮아, 마에일리. 웨스테드 씨는 홀아비여서 아마 그 집에는 그런 게 없나 보군."

그녀는 망설이며 몸을 더 숙였다. "내가 너를 위해 만든 절임 복숭아를 랄프가 달라고 하길래, 하나도 안 줬어. 랄프가 새로운 스토브를 사 왔을 때 지하에 넣어 둔 오래된 스토브에 숨겨 두었지. 휠러 부인이 새로 만든 잼도 주지 않았어. 작년에 먹고 남은 오래된 것들만 주었어. 네 거랑 부인 건 많이 남겨 뒀단다." 클로드는 웃으며 말했다. "랄프가 모든 과일을 가져가도 상관없어, 마에일리." 그녀는 조금 물러서며 혼란스러운 듯이 말했다. "난 알아, 클로드. 넌 상관없지 않다고."

클로드는 그녀를 실망시키고 싶지 않았다. 그는 일어서서 그녀

78

의 등을 토닥거렸다. "괜찮아, 마에일리. 복숭아들을 남겨 줘서 고마워."

그녀는 손가락을 흔들며 말했다. "그러지 마." 그는 알겠다고 하고, 그녀가 언덕을 올라가는 것을 지켜보았다.

◆

랄프와 아버지는 8월에 새 목장으로 이사했고, 늦가을에 겨울 동안 소들을 살찌울 풀 무더기를 하나씩 가져가겠다고 했다. 클로드는 이것을 여물을 보내겠다는 뜻으로 받아들였다. 개울의 서쪽에는 20헥타르의 옥수수밭이 있다. 집 안 서쪽 창문에서 내다볼 때 하늘과 지평선이 맞닿는 위치였다. 클로드는 이곳에 겨울 밀을 심기로 결정하였고, 9월 초순에 옥수수를 베어 여물용으로 묶어 두었다. 옥수수 작업이 끝나자마자 그는 땅을 일구고, 다른 밭에 밀을 심을 때 그곳에도 같이 심었다.

이것은 클로드의 첫 번째 혁신이었고, 다른 사람의 승인 따위는 필요 없었다. 베일리스는 어머니와 일요일을 보내려고 찾아와서는, 그녀에게 클로드가 도대체 무엇을 하는지 물었다. 만약 클로드가 밭의 작물을 바꾸고 싶다면 봄에 귀리를 심고, 가을에 밀을 심으면 됐을 거라며, 지금 여물을 베고 땅을 일구는 것은 일을 늦출 뿐이라고 말했다. 넷 휠러가 잠시 집에 돌아왔을 때, 이것을 보고 '클로드의 밀밭'이라며 우스꽝스럽게 말했다.

클로드는 개의치 않았지만, 9월 내내 긴장하고 날씨를 걱정했다. 만약 폭우가 온다면, 밀을 심는 일이 늦춰질 것이고, 이로 인해 비난받을 게 뻔했기 때문이다. 클로드는 모든 사람이 이 일에 신경 쓴다고 생각했지만, 현실은 그렇지 않았다. 아무도 별 관심이 없었다. 그는 가끔 아침에 일어나 조금 서둘러야 했다고 자책하며 패닉에 빠졌다. 덴과 아우구스트 요이더의 네 아들 중 한 명이 클로드를 도왔고, 클로드도 일찍부터 밤늦게까지 일했다. 그는 새로운 밭을 갈고 씨앗을 심었다. 젊은 기운을 많이 쏟아부었고, 가지고 있던 모든 불만, 골머리를 썩이던 잡념도 같이 심어 버렸다. 그는 밤에 너무 피곤해서 아무것도 생각하지 못하고 잠자리에 드는 것을 감사히 여겼다.

랄프는 10월 1일 레너드 도슨의 결혼식에 참석하기 위해 집에 왔다. 휠러 가족은 모두—심지어 마에일리까지 결혼식에 갔고, 그곳엔 많은 사람들이 모여 있었다.

랄프가 떠나고 클로드는 다시 혼자가 되었고, 일은 평상시처럼 계속되었다. 농사는 잘됐고, 그를 방해하는 것도 없었다. 클로드는 아침에 일어나며 '좋은 날이 마치 번쩍이는 카펫처럼 눈앞에 펼쳐져 있구나…'라는 생각을 하며 서둘러서 옷을 갈아입고 계단을 내려가 마에일리를 위한 나무와 석탄을 가져왔다. 그들은 종종 동시에 부엌에 들어왔고, 그때마다 그녀는 그를 향해 손가락을 흔들며 말했다. "나를 도와주러 왔구나, 정말 착해!" 적어도 그는 마에일리에게 어느 정도 도움이 되었다. 요이더의 아들 중 한 명을 고용해서 부엌일을 돕게 할 수도 있었지만, 마에일리는 그 누구도 원치 않았다.

휠러 부인과 마에일리는 이번 가을을 즐겼다. 휠러 부인은 늦게까지 잤고, 오후에는 책을 읽으며 쉬었다. 그녀는 클로드가 고른 회색 천으로 집에서 입을 간단한 원피스를 만들었다. 그녀는 종종 말했다. "마치 신부가 된 것 같아, 클로드. 너만을 위해 집안일을 하고 있어."

클로드는 곧 그의 갈색 밀밭에 초록빛 싹이 트는 것을 보았고 만족했다. 클로드는 덴과 마차를 끌고 옥수수를 수확하러 갈 때마다 조금씩 자라나는 초록 싹들을 보았다. 클로드는 덴을 북쪽 밭으로 보내고, 자신은 남쪽에서 일했다. 그는 언제나 덴보다 한 상자 더 수확해 왔는데, 그건 예견된 일이었다. 어느 날 오후, 나갈 준비를 하고 있을 때 덴은 그것에 대한 합리적인 설명을 했다.

"네가 열심히 일해도 상관없어 클로드. 어차피 너의 옥수수니까. 저 들판은 언제나 그 자리에 있을 거야. 하지만 나같이 고용된 사람은 허리가 전부라서 과로할 수 없어. 난 내 것도 아닌 옥수수를 따기 위해 너무 열심히 일할 생각은 없다고."

"무슨 말이에요? 제가 더 열심히 일하라고 했나요?"

"아니, 그렇지 않아. 다만 모든 일에는 다 이유가 있다는 것을 알았으면 좋겠어." 그렇게 말하고 덴은 마차를 몰고 갔다. 아마도 그는 이 말을 한동안 생각하고 다녔을 것이다.

그날 오후 클로드는 마차에 옥수수를 옮기다 갑자기 멈췄다. 가을날, 노을이 드리우는 5시쯤이었다. 그는 바스락거리는 옥수수 잎이 쌓여 있는 조용한 숲에 서 있었다. 장갑을 벗고 얼굴에 땀을 닦으며, 마차의 상자 위로 올라가, 상아색 옥수수 위에 누웠다. 말들이 살짝 움직였고, 줄기를 씹으며 서 있었다.

클로드는 머리 밑에 팔짱을 끼고 가만히 누워 청명한 하늘을 보며, 땅에 떨어진 곡식을 주워 먹던 까마귀 떼가, 들판을 가로질러 러블리 크리크를 따라 나무 둥지로 날아가는 것을 보았다. 그는 덴과 나갈 준비를 할 때 주고받은 대화를 생각했다. 상당히 일리 있었다. 그는 반쪽짜리 책임감 때문에 소유하지도 않은 이 땅과 작물을 위해 땀을 흘리며 열심히 일하는 것보단, 세상에 나가 돈을 벌고 싶다고 생각했다. 그는 아버지가 '땅 돼지'라고 불리는 것을 알고 있었고, 이렇게 많은 땅을 가지고 있으면서 임대를 줘 농사를 짓고 남은 땅을 방치하는 것은 옳지 않다고 생각했다. 지금까지 수 세기가 흐르는 동안 사유재산에 대한 명확한 문제가 아직도 해결되지 않은 것이 이상했다. 그는 마차에서 뛰어내린 뒤 짐을 쌌다. 고요가 옥수수밭을 뒤덮었다. 때때로 가벼운 바람이 불어 마른 잎사귀들이 바스락거렸고, 클로드가 짐을 싸는 소리만 들려왔다.

탐욕스러운 까마귀들이 아직도 둥지에 가지 않고 남아서 까악까악 거리고 있었다. 클로드가 마차를 몰고 집으로 향할 때는 해가 지고 있었다. 북쪽 편에서는 덴이 마차를 몰고 돌아오는 것이 보였다. 그 뒤로 레너드의 새로운 신혼집과 풍차가 보였다. 날은 점점 어두워지고 있었다. 그의 앞엔 장엄한 목초지가 있었고, 잎이 거의 떨어진 조그만 나무들이 개울을 따라 보랏빛 그림자를 형성하며 옹기종기 모여 있었다. 언덕 위 자신의 집은 노을에 붉게 물들어 갔다.

◆

　클로드는 보통 농부가 즐겁게 기다리는, 일 없는 겨울이 두려웠다. 그는 추수감사절에 있을 풋볼 경기를 핑계로 링컨에 가서, 3일 동안 머물 예정이었지만 10일이나 머물렀다. 첫날 밤 에를리히 집 거실의 유리문을 예고 없이 두드렸을 때, 그는 농장으로 다시는 돌아가지 못할 것 같다고 생각했다. 맑은 서리가 내린 가을 저녁, 갈라진 마른 잎이 흩뿌려진 잔디밭을 건너 집으로 향하면서, 그는 그들을 예전과 같이 여기면 안 된다고 생각했다. 그러나 그들은 여전했다. 소년들은 램프가 켜진 네모난 식탁 근처에서 담배를 피우고 있었고, 에를리히 부인은 피아노 앞에 앉아 멘델스존의 '가사가 없는 노래'를 연주하고 있었다. 그가 노크하자 오토는 문을 열고 말했다. "엄마! 누가 왔는지 맞혀 봐!"

　그녀는 그를 격하게 환영했고, 말이 많아졌다. 그들이 다 같이 대화하고 있는데, 맏아들 헨리가 무도회를 위한 새틴 바지와 스타킹을 차려입고, 칼을 들고 아래층으로 내려왔다. 동생들이 그의 복장이 정확하지 않다고 지적하면서, 프랑스식 가발을 착용하지 않으면 프랑스 망명자가 아니라고 하였다. 헨리는 선반에 있는 회고록을 펼쳐 프랑스 망명자들이 필라델피아로 올 때 가발은 이미 유행에 뒤떨어지는 패션이었다는 것을 증명했다.

　이야기를 하던 도중 에를리히 부인은 클로드의 옆에 와 앉아 그녀의 사촌인 빌헬미나가 마침내 그토록 오랜 세월 동안 간호한 병든 남편과 헤어지고, 그녀보다 훨씬 어린 반주자와 결혼한다고 말했다. 프랑스 망명자가 파티에 간 뒤, 대학 소속의 젊은 강사 두 명이 들렀고, 에를리히 부인은 이들을 '땅 소유주'라고 소개했다. 그들은 자치주의 서쪽에서 목장을 운영하고 있었다.

그들은 금방 떠났지만 클로드는 계속 남아 있었다. 이곳 생활이 다른 곳보다 훨씬 더 흥미롭고 매력적인 이유는 무엇일까? 이곳은 특별한 것이 하나도 없었다. 많은 책들과 등불, 편안함, 오래된 가구들, 평범한 사람들. 그럼에도 불구하고 그는 따뜻하고 우아한 분위기와 낭만적인 우정을 느꼈다. 그는 여전히 벽에 걸려 있는 그림들을 보자 기뻤다. 스위스 나무꾼들이 허리를 구부린 채 나무 장작을 등에 메고 있었다. 그는 빨간 책을 주워 들었다. 트레벨리안이 쓴 가리발드의 전기였는데, 율리우스가 조금이라도 더 나이 들기 전에 반드시 읽어 보라고 추천해 준 책이었다.

다음 날 오후 클로드는 에를리히 부인을 풋볼 경기장에 데리고 갔다가 돌아와서 저녁을 먹었다. 그는 날이 갈수록 그곳에 오래 머물렀는데, 시간이 흐를수록 마음 한구석이 무거워졌다. 에를리히 소년들은 새로운 관심사가 너무 많아 클로드는 따라가지 못했다. 그들은 계속해서 앞으로 나아갔지만, 클로드는 제자리였다. 그는 그 생각을 떨쳐 버릴 수 없었다. 소외감과 서로 다른 삶을 살아간다는 것은 정말 고통스러웠다. 그는 이 집에 잠시 머무르는 외지인이었다. 그는 몸을 쓰며 일하고 말처럼 지쳐서, 밤에는 아무것도 생각하지 못하는, 외로운 시골 사람이었다. 에를리히 부인이 그를 위해 렌틸 수프와 감자만두와 비너-슈니텔을 만들어 줄 때면, 농장의 평범한 식사들이 떠올랐다.

둘째 주 금요일이 되자 그는 친구들에게 작별 인사를 하고 내일 떠나야 하는 이유를 이야기해 주었다. 그날 밤 집을 나서면서, 그는 붉은빛이 새어 나오는 창문을 돌아보며 정말로 좋은 작별 인사였다고 생각했다. 이곳은 그의 삶을 더 보잘것없게 만들었다. 이런 조용한 삶은 이제 그의 인생에는 없었다. 아무리 암울해도 그는 자신에게 주어진 삶에 정착해야 한다. 다음 날, 그는 황량한 겨울 시골로 돌아가면서, 점점 더 현실에 가까워지고 있다고 느꼈다.

클로드는 집에서 글을 쓰지 않았다. 토요일에는 항상 마을에 이웃들이 있었다. 그는 요이더의 아들 중 한 명과 차를 타고 마을에 갔다가, 돌아올 때는 그 집에서부터 걸어왔다. 그는 어머니에게 다시 돌아와서 기쁘다고 말했다. 그는 자신이 가끔 에를리히 부인과 즐거운 시간을 보내는 것이 어머니에게는 불합리하다고 생각했다. 그녀는 세상과 단절된 채 농장에서 많은 시간을 보냈다. 그녀가 결혼하기 이전에 살던 버몬트도 그다지 세속적인 곳은 아니었다. 그녀는 좀 더 유연하고 젊은 생각을 가질 만한 기회를 클로드만큼 얻지 못했다.

다음 날 아침, 밖에는 눈이 내리고 있었고, 그들은 오랫동안 즐거운 마음으로 일요일 아침을 먹었다. 휠러 부인은 클로드가 많이 피곤하다면, 굳이 교회에 가지 말자고 했다. 그는 정오까지 돌아다니면서 일을 했다. 가축들을 돌보고, 덴이 남기고 간 일들을 했다. 저녁 식사 후 그는 서재에 앉아 링컨에 있는 친구들에게 긴 편지를 썼다. 그는 잠시 고개를 들어 목초지에 은은하게 내리는 눈을 보았다. 시골의 겨울은 왠지 모르게 더 아름답다. 그것은 삶에 만족하게 만들기도 하고 슬프게 만들기도 했다. 그는 편지를 봉하고 소파에 누워서 신문을 읽으려 했으나 곧 잠들었다.

그가 잠에서 깨어났을 때는 이미 오후가 다 지나간 뒤였다. 고요한 방 안에는 선반 위의 시계가 똑딱이는 소리가 울렸고, 석탄 난로는 따뜻한 불빛을 내뿜었다. 남쪽 창문에 핀 꽃들은 눈이 반사하는 빛 때문에 평소보다 더 밝고 신선해 보였다. 휠러 부인은 서쪽 창문에서 책을 읽으며 이따금씩 창밖의 잿빛 하늘과 눈으로 뒤덮인 들판을 바라보았다. 시냇물은 구불구불한 보랏빛 물길을 만들며 목초지를 흘러갔고, 그 뒤로 눈으로 뒤덮인 나무들이 있었다. 클로드는 한동안 말없이 누워 유리창에 기대고 있는 어머니의 옆모습을 바라보며, 이 부드럽게 내리는 눈이 자신의 밀밭에 얼마나 도움이 될지 생각했다.

"무슨 책을 읽으세요?"

그녀는 클로드를 향해 고개를 돌렸다. "별거 아냐, 『실낙원』을 다시 읽고 있어. 읽은 지 오래됐잖니."

"지금 읽고 있는 부분을 소리 내어 읽어 주실 수 있나요?"

휠러 부인은 항상 각 단어에 모든 가치를 부여하며 책을 읽는다. 그녀에게는 긴 단어나 어려운 성경 속 이름이 매우 친숙했다.

"지옥은 매우 끔찍했다. 마치 용광로처럼 활활 타올랐으나, 그 불길은 빛이 없고, 오히려 비통한 광경만 보여 주려는 듯 어둠만 존재할 뿐이다."

그녀의 목소리는 깨달음을 얻으려는 듯 허공을 맴돌았다. 그녀가 이교도 신들의 복잡하고 따분한 카탈로그를 읽는 동안 방은 점점 더 잿빛으로 변해 갔다. 책은 너무나도 훌륭했다. 마침내 불이 꺼졌고, 휠러 부인은 책을 덮었다.

"괜찮아요." 클로드는 소파에서 말했다. "하지만 밀턴은 악 없이는 잘 지낼 수 없었겠죠?"

휠러 부인은 고개를 들며 물었다. "농담이지?"

"전혀 아니에요! 그저 이 부분이 완벽하고 순수한 에덴동산보다 더 재미있게 들려서요."

"의도가 아닐 텐데."

클로드는 웃으며 일어나 헝클어진 머리를 정리했다. "전부 사실이잖아요. 그리고 성서에서 위대한 죄인들을 모두 제외하는 건, 흥미로운 사람들을 모두 제거하는 것과 같을 거예요. 그렇죠?"

"예수님 빼고는." 그녀가 중얼거렸다.

"그래요, 예수님을 제외하고는 그렇죠. 하지만 유대인들은 예수님을 가장 위험한 범죄자라고 인정할 때 가장 정직해지는 것 같은데요."

"지금 나를 시험하는 거니?" 휠러 부인은 흥미로움과 비난을 동시에 담아 물었다.

클로드는 그녀가 앉아 있는 창가로 가서 밖을 보았다. 눈 덮인 들판은 그림자가 짙어질수록 파랗고 적막해졌다. "제 말은 성경 속에서조차 비난에서 자유로운 사람이 얼마 없다는 뜻이었어요."

"아아, 그렇구나!" 휠러 부인은 부드럽게 웃었다. "나를 구원을 위해서, 일과 신앙심 중에 무엇을 더 중시해야 하는지에 대한 문제로 돌아가게 하는구나. 네가 어렸을 때 항상 이 개념을 받아들이려고 하지 않았지. 글쎄 클로드, 난 그때만큼 잘 알지 못하겠어. 나이가 들수록 신에게 훨씬 더 의존하게 돼. 나는 신이 내가 아는 방식보다 더 많은 방법으로 이 세상에 있는 고귀한 존재를 구원한 다고 생각해." 그녀는 그림자처럼 슬며시 일어나 아들의 셔츠 소매에 뺨을 비비며 말했다. "나는 가끔, 우리가 신을 만나리라고는 전혀 예상치 못한 곳에, 신이 존재한다고 생각해. 이런 자랑스럽고, 반항적인 마음에도 말이야."

잠시 동안 그들은 운명의 상대를 운명적인 시간에 만난 듯 붙어 있었다.

◆

랄프와 넷은 집에서 휴일을 보내기 위해 돌아왔고, 크리스마스 당일에는 베일리스도 저녁을 먹으러 마을에서 차를 몰고 집으로 왔다. 그는 부엌에서 어머니와 인사를 나눈 후, 크리스마스를 맞아 깔끔하게 정리된 거실로 올라갔다. 혈액순환이 잘 안 돼서 추위를 많이 타는 베일리스에게도 거실은 충분히 따뜻했다. 그는 주머니 속의 열쇠들을 짤랑거리며 아직도 살아 있는 어머니의 겨울 국화 에 감탄했다. 베일리스는 유리문을 통해 오래된 서재 안의 책들을 몇 번이나 들여다보았다. 그중 몇몇 책 때문에 불쾌한 기억이 떠 올랐다. 열네 살인가 열다섯 살 때, 어머니는 책을 읽어 달라고 클 로드를 구슬렸다. 베일리스는 그 모습을 매우 질투했다. 베일리스 는 책을 좋아하지 않았다. 그는 책을 읽기도 전, 어머니가 해주는 이야기들이 거짓이라는 것을 깨달았다. 그는 『로빈슨 크루소』보다 산술과 지리를 더 재미있어했다. 그도 책을 읽으며 무언가를 배우고 있다는 느낌을 받고 싶었다. 항상 책 속의 등장인물에 대해 이야기하는 어머니와 클로드처럼.

베일리스는 집에 오면 감성적으로 변했다. 그는 자신이 외로운 어린 시절을 보냈다고 생각했다. 시골 학교 생활은 행복하지 않았다. 그는 항상 다른 아이들이 풀지 못하는 문제를 혼자 푸는 아이였는데, 수학 시험지를 선생님에게 제출하기 전까지 겸손하게 재킷 안주머니에 단추를 채운 채로 넣어 두었다. 그는 자신의 현명함을 이웃이 결코 이용해 먹지 못하도록 하였다. 레너드 도슨을 비롯한 건장한 또래 친구들은 그의 삶을 끔찍하게 만들었다. 겨울이면 그들은 눈 더미 속에 그를 던져 놓고 도망가 버리곤 했으며, 여름에는 학교 뒤편에서 살아 있는 메뚜기를 먹게 만들고, 커다란 쥐잡이뱀을 저녁 도시락 통에 넣어 두기도 했다. 베일리스는 오늘날까지 그의 큰 주먹이 곤경에 처하는 것을 즐긴다.

넷은 베일리스가 수치에 민감하고, 농부로서 자질이 부족하다고 여겨, 사업을 배우라며 그를 마을로 보냈다. 일하기 시작한 날부터 그는 소량의 월급을 받았다. 그는 조끼 주머니 속에 가계부를 넣고 다니며 지출 내역을 적어 놓았는데, 마치 침례교 설교자들이 침이 마르도록 말하는 백만장자가 된 것 같았다. 기부함에 낸 헌금도 눈에 띄게 늘어났다.

베일리스의 목소리는 나긋나긋하게 반박할 때, 무언가 애처롭게 들렸다. 마음속에 깊이 박힌 상처 때문이었다. 그는 자신이 항상 오해받고 과소평가받는다고 생각했다. 그가 사업을 시작한 후, 프랭크포트의 젊은이들은 그를 단 한 번도 모임에 부르지 않았다. 그는 테니스 클럽이나 카드 게임 클럽 같은 곳에 한 번도 초대받지 못했다. 그는 클로드의 건장한 체격과 넘치는 활력이 부러웠다. 마치 이런 것들이 자신에게 주어져야 하는데 부당하게 빼앗긴 것 같았다.

저녁 식사 전 아버지가 베일리스와 대화를 나누고 있었다. 클로드는 형이 얼마나 싫어하는지 알면서도 창문을 열었다. 잠시 후 베일리스는 그를 보지도 않고 말했다.

"네 친구 에를리히가 링컨에 있는 젠킨슨 회사를 사들였더라." 클로드는 오늘은 성질내지 않기로 어머니와 약속한 터였다. "나도 알아, 신문에서 봤어. 그들이 잘되면 좋지."

베일리스는 가장 현명해 보이는 표정을 지으며 고개를 저었다. "과연 그럴까. 집을 담보로 구매했다던데. 그 나이 먹은 여자는 곧 집이 넘어가는 걸 보게 될 거야."

"그렇지 않아. 그 소년들은 오랫동안 같이 사업을 하고 싶어 했어. 그들은 총명하고 근면한 사람들인데, 왜 망하겠어?" 클로드는 간단하고 자신감 있게 잘 대처했다고 생각했다.

베일리스는 눈을 찡그렸다. "내가 봤을 때 그들은 너무 편한 생활만 원하는 것 같아. 분명 이자를 지불하고 남는 돈은 친구들과 노는 데 사용하겠지. 법인 설립 통지서에서 그 젊은 친구의 이름은 보지 못했는데. 율리우스라고 했나?"

"율리우스는 유학을 갈 거야. 교수가 되고 싶다고 했어."

"걘 무슨 문제가 있는데? 건강이 나쁜가?"

이때 저녁 벨이 울렸다. 랄프는 자기 방에서 옷을 갈아입고 뛰어내려왔고, 나머지 사람들도 칠면조를 먹기 위해 부엌으로 내려왔다. 저녁 식사는 즐거웠다. 베일리스와 아버지는 정치 이야기를 했고, 랄프는 유카 마을에 있는 이웃에 대해 이야기했다. 베일리스는 자신이 굴로 채운 파이를 좋아하는 걸 기억해 준 어머니에게 감사해하며 민스파이를 먹었다.

저녁 식사가 끝나 갈 무렵 휠러 부인이 클로드와 자신을 위해 두 번째 커피를 따랐다. 베일리스는 온화하지만 슬픈 어조로 말했다. "두 잔이나 마시다니, 유감입니다. 어머니." 휠러 부인은 커피 포트 너머로 그를 바라보며 미소 지었다. "베일리스, 내 생각에 커피는 별로 해로울 게 없단다."

"그렇지 않아요. 그건 자극제라고요!" 그것보다 몸에 해로운 것은 없다는 단호한 어조였다. 무엇이 되었든 '자극제'라고 말한 순간부터는 비난을 한 것이다. 그것보다 더 해로운 말은 없었다.

클로드가 담배를 피우러 헛간에 가기 위해 외투를 걸치고 있을 때, 베일리스가 거실에서 나와 말을 걸었다.

"내가 듣기로는 토요일 밤에 헤이스팅스에서 뮤지컬 공연이 있다고 하던데."

클로드도 그 소식을 들었다고 답했다.

베일리스 내내 생각하고 있었다는 듯이 신중히 말했다. "글래디스와 이니드를 데리고 놀러 가는 게 어떨까 싶어. 가는 길이 꽤 좋잖아."

"그렇게 늦게 운전해서 집에 돌아오는 건 힘든데."라며 클로드는 반대했다. 베일리스는 당연히 클로드에게 아버지의 큰 차를 몰고 가자는 의미로 말한 것이었다. 그는 험난한 길을 다닐 때 절대로 자신의 반짝이는 캐딜락을 끌지 않았다.

"어머니가 하룻밤 자고 가라고 하실 것 같은데, 그러면 일요일 아침까지 그 둘을 집에 데려다줄 필요도 없고, 표는 내가 구할게."

"그럼 지금 그 애들과 약속을 잡고 오는 게 좋을 거야. 내가 데려다줄게, 너도 가고 싶다면 말이지." 클로드는 도망치듯이 나왔다. 그는 베일리스가 그들의 환심을 사는 데 자신을 끌어들이지 않기를 바랐다. 음계조차 모르는 베일리스가 이 콘서트에 관심 있을 리 없었다. 이니드 로이스 또한 이 뮤지컬에 관심이 있을지 의문이었다. 글래디스 파머는 프랭크포트에서 가장 훌륭한 음악가니, 아마 이 뮤지컬을 즐길 것이다.

클로드와 글래디스는 그가 대학에 다니는 동안엔 잘 만나지 못했지만, 고등학교 시절부터 오랜 친구였다. 올가을 베일리스가 클로드에게 일요일에 같이 어디 좀 가자고 부탁해 놓고, 중간에 '글래디스를 데리러 가자.'고 말을 바꿔 그녀의 집에 간 적이 있다. 클로드는 그것이 맘에 들지 않았다. 그는 베일리스가 글래디스와 결혼하기로 마음먹은 것이 역겨웠다. 그녀와 그녀의 어머니는 매우 가난해서 결국에는 베일리스의 뜻대로 될 것 같았지만, 지금까지는 글래디스가 베일리스에게 별로 관심을 주지 않았다. 글래디스는 그와 결혼하면 안 되는 이 마을의 유일한 여성이었다. 그녀는 가난한 만큼 사치스러웠다. 그녀는 프랭크포트 고등학교에서 학생들을 가르쳤다. 그녀는 아버지가 부자인 이니드 로이스를 제외한 다른 어떤 소녀들보다 예쁜 옷을 가지고 있었다. 그녀의 새 모자와 신발은 해마다 마을 사람들의 입에 오르내렸다. 사람들은 글래디스가 베일리스와 결혼한다면, 그가 그녀를 완전히 바꾸어 놓을 것이라고 했다. 어떤 이들은 그녀가 변하길 바라고, 어떤 이들은 그러지 않기를 바랐다. 클로드는 베일리스가 들르기 시작한 이후부터 파머 부인의 쾌활한 응접실에 가지 않았다. 글래디스에게 실망했다. 그는 기분이 상하면 좀처럼 자신의 감정 상태가 왜 그런지 살피지 않았다. 대신 그 사람을 피했고, 그 사람에 대해 생각하지 않았다.

◆

넷 휠러는 봄까지 집에 머물고자 했으나, 랄프가 감독관과 문제를 겪자 2월에 목장으로 돌아갔다. 그가 떠난 지 며칠 뒤 폭설이 내렸고, 1년 동안 사람들의 입에 오르내릴 그 일이 일어났다.

밸런타인데이 정오쯤 눈이 내리기 시작했다. 늦은 오후 무렵에는 바람이 불더니 헛간, 나무, 울타리, 심지어 키 큰 잡초가 우거진 곳마다 굵고 부드러운 눈이 쌓였다. 휠러 부인은 거실에 앉아 불안한 듯 창밖을 보았다. 하얀 눈 때문에 세상과 단절된 것 같았다.

클로드와 덴은 소들을 울타리 안으로 몰아넣으며 악천후에 대비했다. 숨 쉬기 힘들 정도로 눈이 많이 내렸다. 그들의 귀, 입, 코는 눈으로 가득 찼다. 옷 위에 내려앉은 눈은 금세 녹았지만, 그럼에도 부츠에서 모자까지 하얀색으로 뒤덮였다. 눈을 털어 낼 새 없이 일에 몰두했다. 날은 그다지 춥지 않고 살짝 쌀쌀한 정도였다. 그들이 저녁을 먹으러 돌아왔을 때는 눈이 부엌 창 아래의 새시를 덮을 정도로 쌓였고, 문을 열자 그 뒤로 눈이 쏟아졌다. 마에일리는 빗자루와 통을 들고 와서 눈을 쓸었다.

"정말 끔찍한 날씨구나 클로드. 오늘 밤엔 어니스트가 못 올 것 같아. 그렇지? 신경 쓰지 마, 내가 물을 닦을게. 가서 마른 옷으로 갈아입으렴. 그렇지 않으면 감기에 걸릴 거야. 욕조에 뜨거운 물을 받아 놨다." 어떤 종류든 이례적인 날씨는 마에일리를 들뜨게 만들었다.

휠러 부인은 계단 앞에서 클로드를 만났다. "강변을 따라 소들이 동사하는 일은 없겠지?" 그녀는 걱정스럽게 물었다. "그럴 리 없어요. 이미 소들을 모두 목장 안에 넣어 두고 문을 닫았거든요. 어머니, 눈을 맞았더니 온몸이 축축해요. 저녁 식사를 기다려 주실 수 있다면 마에일리 말대로 욕조에 들어가야겠어요."

"옷은 욕실 밖에 벗어 두렴. 내가 말려 줄게."

"부탁드려요. 그 옷은 내일도 입어야 돼요. 새로운 바지를 더럽히고 싶지 않아요. 그리고 어머니, 덴한테 옷을 갈아입으라고 말해 보세요. 옷이 너무 축축해서 식탁에 앉기 힘들 거예요. 저녁 먹고 외출해야 할 사람이 있다면 제가 대신 가겠다고 말 좀 전해 주세요."

휠러 부인은 서둘러 계단을 내려갔다. 덴은 마른 옷을 입기 위해 애쓰느니 젖은 옷을 입고 저녁 내내 앉아 있는 편이 낫다는 것을 알고 있었다. 그는 그녀를 슬그머니 지나쳐 세면실 뒤편의 숙소에 가려고 했다. 그는 그녀의 말에 몹시 당황하더니 "일요일에 입을 옷 말고는 외출용 옷이 없는데요."라고 말하며 거부했다.

"클로드가 누군가 나갈 일이 있다면, 본인이 가겠다고 하던데? 일단 옷을 갈아입어 덴. 그러지 않으면 저녁도 못 먹고 자게 될 거야." 그가 허탈한 표정을 지으며 슬그머니 가 버리자 그녀는 조용히 웃었다.

마에일리가 속삭였다. "휠러 부인 지하 창고에서 딸기잼을 좀 가져올까요? 클로드가 뜨거운 비스킷 위에 발라 먹는 걸 참 좋아하잖아요. 이제 꿀은 질렸는지 안 먹네요."

"정말 좋은 생각이야. 난 향이 강한 커피를 만들게. 클로드가 가장 좋아하는 거니까."

클로드는 산뜻한 기분으로 계단을 내려왔다. 허기가 몰려왔다. 부엌문을 열자 커피와 구운 햄의 향이 났다. 마에일리가 오븐 위로 몸을 굽히자 따뜻한 비스킷 향도 뿜어져 나왔다. 음식 냄새가 일요일에 신을 구두와 서투른 솜씨로 자른 코트를 입은 덴의 우울함을 누그러뜨렸다. 코트까진 입을 필요 없었지만 반항하는 마음을 표현한 것이었다.

저녁 식사 중에 휠러 부인이 그녀가 처음 결혼했을 때는 프랭크포트의 서쪽에 도로나 울타리가 없었다고 또다시 말했다. 어느 겨울밤 그녀는 임시로 지어진 집의 지붕에 밤새도록 앉아 있었고, 휠러의 집으로 가기 위해 막대기에 랜턴을 매달고 이런 악천후 속을 걸어갔다.

마에일리는 스토브 근처에서 왔다 갔다 하며 테이블을 지켜보았다. 그녀는 배를 채우는 덴을 보았다. 그리고 오래된 일을 기억해 낼 때 밥을 골고루 먹지 않는 휠러 부인을 확인했다. 마에일리는 자신이 예견한 대로 눈이 오자 행복했다. 어제 그녀는 휠러 부인에게 검은눈 방울새를 보았다며 내일 눈이 올 것이라고 말했다. 마에일리는 클로드가 자신이 갈색 코르덴 바지라고 부르는 '벨벳 옷'을 입었을 때, 평상시보다 저녁 식사를 더 중요시 여겼다. 저녁 식사 후 클로드는 거실 소파에 누워 있었고, 휠러 부인은 좋아하는 몇 안 되는 소설 중 하나인 『황폐한 집』을 클로드에게 읽어 주고 있었다. 가엾은 조가 자신의 끝을 향해 가고 있을 때, 클로드는 갑자기 일어나 앉았다. "어머니 너무 졸려서 자러 가야 될 것 같아요. 아직도 눈이 내리고 있나요?"

그는 밖을 내다보러 서쪽 창문으로 갔다. 창문에는 밖이 보이지 않을 정도로 눈이 쌓여 있었다. 남쪽 창문도 마찬가지였다. 그러자 마에일리가 램프를 부엌 창 아래로 내렸다. 단 한순간에, 노란 불빛은 퍼져 나갔고, 서서히 밖이 보였다. 눈은 마치 수백만의 군단이 돌진하는 것처럼 끊임없이 내렸다. 클로드는 얼어붙은 창틀을 주먹으로 치고, 아래쪽 창문을 들어 올린 뒤, 밖을 내다보기 위해 머리를 내밀었다. 엄청난 폭설이 엄숙하게 내리고 있었다. 그것은 한 사람에게 무한한 느낌을 주었다. 램프의 불빛을 가로지르는 무수한 눈들은 땅에 빨리 닿기 위해 내리는 것 같았다. 그의 머리와 어깨에 눈이 떨어지자 인간이 다 느끼기에는 너무나 미세한 향들이 뿜어져 나왔다. 창문을 들고 있는 그의 팔 아래서 눈이 내리는 것을 바라보던 어머니는 떨리는 목소리로 중얼거렸다.

"더 두껍게, 더 두껍게, 더 두껍게, 호수와 강을 얼려라. 더 많이, 더 많이, 더 많이, 모든 경치에 눈이 쌓여라."*

◆

클로드의 침실은 동쪽을 향해 있다. 다음 날 아침, 창밖을 보니 앞마당의 삼나무가 윗부분만 보였다. 서둘러 옷을 입고 복도 끝에 있는 서쪽 창가로 달려갔다. 러블리 크리크를 흘러가는 물은 흔적도 없이 사라져 버렸다. 건초 더미나 흙더미가 있는 곳을 제외하곤, 눈이 모든 것을 덮어 버려 울퉁불퉁한 목초지가 평평해 보였다.

부엌 계단에서 클로드를 만난 마에일리는 기뻤다. "신이시여. 클로드, 덧문이 안 열려. 눈 속에 갇혀 버렸어." 그녀는 부랑자처럼 여러 색으로 이루어진 재킷을 입고 있었다. 검은 스카프로 묶은 머리는 삐져나와 있었다. 그녀는 재앙 수준의 문제가 발생했을 때를 위해 이 옷을 가지고 있었다. 수도관이 얼어서 터졌을 때라든가, 봄의 폭풍우가 그녀의 병아리들을 전부 익사시켰을 때라든가.

덧문은 바깥쪽으로 여는 문이었다. 클로드는 어깨로 문을 밀기 시작했다. 그리고 나서, 마에일리의 석탄 삽으로 문을 강제로 열 수 있을 만큼 눈을 치웠다. 덴은 양말을 신은 채로 말리기 위해 스

---

* 헨리 워즈워스 롱펠로의 「하이어워사의 노래」 일부분.

토브 뒤쪽으로 걸어왔다. 거기에는 이미 젖은 신발이 있었다. "문제를 정말 많이 일으키는군." 그는 눈을 깜빡이며 말했다.

"맞아요. 아침 식사 전까진 밖에 나가긴 글렀네요. 목장까지 삽질을 하며 가야 하는데 어젯밤에 삽을 가져올 생각을 못 했어요."

"오래된 눈삽이 지하 창고에 있어. 가서 가져올게."

"다른 것보다 우리 밥부터 줘, 마에일리."

휠러 부인은 평소보다 더 휜 어깨를 하고 작은 숄을 핀으로 꽂고 내려왔다. 그녀는 두려운 듯이 말했다. "클로드 앞마당에 있는 삼나무들이 전부 눈에 묻혔어. 우리 소들도 같은 신세일까?"

그는 웃으며 말했다. "아뇨 어머니. 소들은 아마 밤새 돌아다녔을 거예요."

두 사람이 나무 눈삽을 들고 삽질을 시작하자, 마에일리와 휠러 부인은 문간에 서서 그들을 지켜보았다. 그들이 파 놓은 짧은 길은 마치 터널 같았고, 양쪽에는 그들의 머리보다 높은 하얀 벽이 생겼다. 언덕의 산마루 부분에는 눈이 많이 쌓이지 않아서 좀 더 수월했다. 그들은 목장에 도착하기 전까지 커다란 눈 더미를 두 번이나 치워야 했다. 목장에 도착해서야 말과 소들 사이에서 몸을 녹일 수 있었다. 슬슬 몸이 따뜻해지자 덴은 우유를 짜려고 했다.

클로드가 말했다. "잠시만 기다려 보세요. 우선 돼지들을 살펴봐야겠어요."

양돈장은 헛간 뒤쪽에 있었다. 클로드는 배수로 끝으로 가 주위를 둘러보았다. 중간을 제외하고는 눈으로 가득 차 있었다. 덴은 숨을 헐떡였다.

"맙소사! 클로드, 지붕이 무너졌어! 돼지들이 질식해 죽을 거야."

"우리가 빨리 구해 주지 않으면 그렇겠죠. 가능한 한 빨리 집으로 달려가서 어머니와 마에일리에게 젖을 짜라고 하고, 돌아오세요."

평평한 초가지붕은 눈의 무게를 감당하지 못했다. 클로드는 저번 가을에 새로운 지붕을 달아야 하나 생각했지만, 물이 새지 않았고, 튼튼해 보였기에 내버려 두었다.

덴이 돌아오자 그들은 돌아가면서, 한 명은 가능한 한 많은 눈을 퍼 던졌고, 다른 한 명은 중간에 떨어진 눈을 치웠다. 한 시간 정도 흐른 뒤, 덴은 삽을 기울이며 말했다.

"우린 절대 눈을 치울 수 없어 클로드. 우리 둘이서는 일주일이 지나도 못 치울 거야. 내 모든 걸 걸지."

"그럼, 집으로 돌아가서 난롯가에나 앉아 있으세요." 클로드는 사납게 말했다. 그는 코트를 벗고 셔츠와 스웨터만 입고 일했다. 얼굴에서 땀이 흘러내렸다. 등과 팔이 아파 왔고, 손에는 물집이 잡혔다. 양돈장엔 서른일곱 마리의 돼지가 있었다.

덴은 낙심하며 구멍에 앉아 말했다. "물 한 잔만 마실 수 있다면, 다시 일할 수 있을 거야."

그들은 정오가 넘어서야 헛간에 들어갔다. 먼지가 피어오르고 있었고, 꿀꿀대는 소리가 들렸다. 얼마 뒤 돼지들이 한쪽 구석에 무리 지어 누워 있는 것을 발견했고, 살아 있는 위쪽의 돼지들을 끌어 내리기 시작했다. 돼지 열두 마리가 무리 밑에 깔려 질식했다. 그들은 온기를 머금은 채 축축하고 검은 눈 위에 누워 있었으나 확실히 죽은 상태였다.

휠러 부인은 남편의 고무 부츠와 낡은 외투를 입고 마에일리와 함께 내려와 처참한 현장을 목격했다. 마에일리가 말했다.

"오늘 바로 그 죽은 돼지들을 손질해야 해." 마에일리는 재킷과 후드를 입은 채 서 있었다. 클로드는 구멍 안에서 스웨터 소매로 얼굴을 닦았다. "손질한다고?" 그는 화를 내며 소리쳤다. "다시는 돼지고기를 먹지 못한다고 해도, 손질하지 않겠어요."

마에일리는 애원하듯 말했다. "이 좋은 고기들을 낭비하진 않을 거지 클로드? 그 돼지들은 병도 없고 다른 특별한 문제도 없어. 그저 손질만 하면 돼. 그렇지 않으면 고기가 상할 거야."

"제 정신 건강엔 좋지 않을 거예요. 이 시체들로 뭘 해야 할진 모르겠지만 확실히 손질하진 않을 거예요."

"너무 신경 쓰지 마, 마에일리." 휠러 부인이 말했다. "클로드가 지쳐서 그래. 살아 있는 돼지들을 위해 지붕도 수리해야 되잖아."

"그건 저도 알지만, 제가 쉽게 손질할 수도 있어요. 버지니아주에 살 때 새끼 돼지를 손질해 봤어요. 햄도 얻을 수도 있고 돼지갈비도 얻을 수 있어요. 우리 돼지갈비를 먹은 지 오래됐잖아요." 등에 통증이 느껴졌지만, 그는 돼지를 잃은 원통함이 더 아팠다. 그는 소리쳤다. "어머니, 마에일리를 데리고 집으로 돌아가지 않는다면 전 미쳐 버릴 거예요."

그날 저녁 휠러 부인은 돼지 열두 마리의 가치를 물었다. 그는 약간 놀란 표정이었다. "정확히는 모르겠는데, 어쨌든 300달러 정도 할 거예요."

"정말 그만큼 받을 수 있을까? 이 일을 예방했다면 좋았을 텐데." 그녀는 괴로운 표정이었다.

클로드는 저녁 식사 후 바로 잠을 자러 갔지만, 침대에서 아픈 몸을 스트레칭하자 정신이 번쩍 들었다. 그는 자신이 책임져야 하는 돼지들을 잃은 것이 굴욕적이었다. 그러나 어머니조차 애석하게 여기고 있는 돈 문제는 별로 신경 쓰지 않고 있었다. 그는 겨울 내내 자신이 돈에 대한 유치한 경멸에 빠져들지 않았는지 의문을 가졌다.

크리스마스 때, 랄프는 새끼손가락에 완두콩만 한 다이아몬드가 박힌 화려한 금반지를 끼고 집에 왔다. 그는 클로드에게 포커 게임에서 딴 거라고 말했다. 랄프의 손은 항상 빨갛고 잘 씻기지 않는 자동차 기름에 찌들어 있었다. 클로드는 그가 랜턴 불빛 옆에서 우유를 짜던 모습을 떠올렸다. 소의 젖꼭지 같은 손가락에서 반지가 번쩍였다. 꼭 농업으로 성공한 사람 같았다.

농부는 본질적인 가치를 기르고 시장에 내놓는다. 그는 어느 곳에서나 잘 자라는 밀과 옥수수를 재배하고, 최고의 상품인 돼지와 소를 팔아 그 대가로 질이 나쁜 것들을 샀다. 산산조각 나 버린 화려한 가구, 색 바랜 카펫과 직물, 잘생긴 남자도 광대처럼 보이게 하는 옷 같은 것. 그는 대부분의 돈을 기계를 사는 데 사용했는데, 대부분 산산조각 나는 것들이었다. 증기 탈곡기도 오래가지 못했다. 그가 구입한 세 대의 탈곡기보다 말이 오래 살았다.

클로드는 어렸을 때 이웃들이 모두 가난하고, 농장과 말은 서로 떨어질 수 없는 존재라고 생각했다. 농부들은 한때 시간을 들여 훌륭한 목화를 심었고, 밭의 경계에는 오세이지오렌지 나무를 심어 울타리를 만들었다. 이제 이 나무들은 모두 베이고 있다. 어째서인지 아무도 몰랐다. 그들은 땅을 비워 두었고, 눈이 쌓이도록 방치했다. 그 누구도 더 이상 밭에 그것들을 심지 않았다. 번영은 냉담했다. 모든 사람이 자부심을 가지고 있던 옛것들을 모두 파괴했다. 20년 전, 그토록 정성 들여 조심스럽게 관리하던 과수원을 이제는 아무도 소유하지 않은 채 방치하고 있었다. 자동차를 타고 마을에 가서 과일을 사는 것이, 직접 기르는 일보다 덜 수고로웠기 때문이다. 사람들은 많이 변했다.

클로드는 마을에 있는 모든 농부들이 서로에게 우호적이었을 때를 떠올렸다. 지금은 서로에게 소송을 거느라 바쁘다. 그들의 아들들은 인색하고 욕심이 많거나, 사치스럽고 게으르며, 늘 사건의 시발점이었다. 분명히 돈을 버는 것보다 쓰는 데 더 뛰어난 지능이 필요했다. 클로드는 이러한 결론에 도달했을 때 에를리히가 떠올랐다. 율리우스는 외국에 나가 박사 학위를 따기 위해 공부할 것이다. 그는 매년 랄프가 낭비하는 돈보다 적은 돈으로 살아갈 수 있을 것이다. 랄프는 결코 전문직이나 사업 같은, 세상이 필요로 하는 어떤 것도 하지 않을 것이다.

클로드도 자신이 훨씬 낫다고 생각하지 않았다. 그는 스물한 살이었으나 기술도 없고, 전문 훈련을 받은 적도 없었다. 그가 동경하는 사람들이 그를 뽑아 갈 정도로 능력이 있는 것도 아니었다. 그는 어설프고 어색한 소년 농부였고, 심지어 에를리히 부인조차도 농장이 그에게 알맞은 장소라고 생각했다. 아마 그럴 것이다. 하지만 이런 삶이 매일 아침 일어나는 수고를 감수할 만한 가치가 있다고 느껴지지 않았다. 돈은 그가 원하는 것을 가져다주지 못했기 때문에, 돈을 위해 일하는 것을 이해할 수 없었다. 에를리히 부인은 돈이 삶의 안정을 불러온다고 했다. 때때로 그는 이 안정이 모든 사람들의 문제라고 생각했다. 완벽한 안정은 사람들의 좋은 면을 죽이고, 나쁜 면을 발전시킨다.

어니스트 역시 '그건 이 세상에서 최고의 인생이야 클로드.'라고 말했다. 아침에 일어나는 것을 두려워하며 매일 밤 쓰러지듯이 잠든다면 그건 확실히 좋은 삶이다. 장담하건대, 그의 나이에 하루 세 끼 식사를 하고 충분한 수면을 취하는 것은, 품위 있는 장례식을 확신할 수 있는 삶이다. 만약 앞서 설명한 논리들이 맞다면, 아직 태어나지 않은 생명들이 가장 안정적일 것이다. 그들에겐 아무 일도 일어나지 않는다.

클로드는 자신에게 뭔가 문제가 있다는 것을 알고 있었다. 다른 사람들도 모두 알고 있는 듯 보였다. 그는 불만을 숨길 수 없었다. 휠러 부인은 클로드가 자신과 다른 사람들에게 불필요하게 날카로운 것이 두려웠다. 그녀는 아직 구원자를 찾지 못한 탓이라고 생각했다. 베일리스는 클로드가 도덕적 반항아라고 생각했고, 말수가 적고 조심스러운 태도 뒤에 가장 위험한 의견을 숨기고 있다고 확신했다. 이웃 사람들은 클로드에게 호감을 느꼈지만 그를 비웃었고, 그의 아버지가 확고한 사람이라 다행이라고 말했다. 클로드는 무언가를 성취하는 대신, 변하지 않는 사정에 저항했고, 자신의 본성을 가라앉히는 데 에너지를 썼다. 그가 마침내 진정한 자기 자신을 깨달은 찰나의 순간이 그의 생각을 바꾸어 버렸다. 그는 피노키오였다. 그는 벌떡 일어서거나, 침대에서 재빨리 몸을 뒤집거나, 걷다가 짧게 멈추곤 했는데, 그의 오래된 믿음이 강렬한 희망이나 고통을 떠오르게 했기 때문이다. 그는 인생에 무언가 엄청난 일이 있을 거라고 확신했다. 그것을 찾을 수만 있다면!

◆

폭설이 지나간 후 날씨는 변덕스러웠다. 잠시 해빙기가 왔고 모든 것이 물에 잠길 듯이 폭우가 쏟아졌고, 그 비가 얼어 버리기도 했다. 온 마을이 빙판으로 반짝거렸고, 사람들은 빙판길을 다녔다. 평소와는 살짝 다른 일상이었다. 모든 사람들이 자동차를 소유하고 있었기에, 대부분의 농부들은 오래된 말이 끄는 썰매를 버렸다. 그러나 휠러가는 항상 모든 것을 보관했다.

클로드는 어머니에게 이니드 로이스와 썰매를 타러 갈 거라고 말했다. 이니드는 초기 정착민 중 한 명인 제이슨 로이스의 딸이다. 제이슨 로이스는 오랜 기간 동안 프랭크포트에서 곡물 제분소를 운영해 왔다. 그녀와 그는 오랜 친구였다. 그는 매년 여름방학에 제분소에 전화를 했고, 로이스 씨를 보러 종종 마을에 있는 그의 사무소에 들렀다.

저녁을 먹자마자, 클로드는 강단 있는 두 마리의 흑마 폼피와 사탄을 썰매에 묶었다. 해가 지기 훨씬 전부터 떠 있던 달은 눈으로 뒤덮인 땅을 은빛으로 물들였다. 넓은 세상보다 자신이 더 크다고 느껴질 만큼 반짝이는 겨울밤이었다. 크리스털 같은 파란 하늘 아래 자신만큼 따뜻하고 지각력 있는 사람은 없으며, 이 웅장한 모든 것이 자신을 위해 존재한다는 착각이 들 정도였다. 썰매 방울은 겨울이 오기 전까지 녹슬고, 먼지를 뒤집어쓴 채 헛간에 매달려 있었는데, 다시 노래할 수 있어 즐겁다는 듯이 근심 걱정 없는 소리가 났다.

고속도로를 시작으로 강까지 이어진 방앗간으로 가는 길에는 좋은 기억이 있다. 그는 어렸을 때 아버지가 방앗간에 갈 때마다 같이 가자고 졸랐다. 그는 방앗간과 주인아저씨, 그리고 방앗간의 조그만 소녀를 좋아했다. 그러나 방앗간 아저씨의 집은 싫었고, 그의 부인은 무서웠다. 지금도 기관실 옆, 말을 묶어 두는 막대에 말을 묶으면서, 항상 그를 삭막하게 만들고, 할 말이 조금도 생각나지 않게 만드는, 새것처럼 보이는 비싼 가구들로 가득 찬 응접실엔 들어가지 않기로 마음먹었다. 만약 그가 움직이면, 그의 신발은 소리를 내며 침묵을 깰 것이고, 그러면 로이스 부인이 작고 날카로운 눈으로 그를 바라보며 집에 가기 힘들게 만들 것이다.

이니드가 문 앞으로 나왔다. 그녀는 소리쳤다.

"클로드 아냐! 들어올래?"

"아니, 같이 썰매 타러 갈래? 오래된 썰매를 끌고 왔어. 어서, 정말 좋은 밤이야!"

"종소리가 들린다 했더니, 내가 짐을 챙기는 동안 들어와서 엄마랑 인사하고 있을래?"

클로드는 반드시 말들과 있어야 한다며 말들에게 달려갔다. 이니드는 그를 오래 기다리게 하지 않았다. 그녀는 추운 날씨에 전기 쿠페를 운전할 때 입었던 메인주의 실스킨 코트를 입고 재빨리 정문을 통해 나왔다. 클로드는 말을 앞으로 몰며 짤랑거리는 종소리에 맞춰 "어디로 갈까?" 하고 물었다.

"어디든 가자. 정말 아름다운 밤이다! 종소리도 정말 좋아 클로드. 네가 폭설 내리는 날에 나와 글래디스를 학교에서 집까지 데려다준 날 이후로 썰매 종소리를 못 들었어. 글래디스한테도 가보자. 걔는 모피 코트를 가지고 있어, 너도 알지?" 그녀는 웃으며 말을 이었다. "모든 노부인들이 궁금해하고 있어. 네 형이 크리스마스에 선물로 준 건지 아닌지. 만약 글래디스가 산 거라면, 그 둘이 공개적으로 만날지도 몰라."

클로드는 채찍질을 했다. "글래디스에 대해 참견하는 거, 지겹지 않아?"

"글래디스가 신경 썼다면 그럴 거야. 하지만 아무 반응도 없어. 그들은 분명히 무엇인가 꾸미고 있어. 물론 불쌍한 파머 부인의 세금 체납액은 쌓여만 가겠지. 내가 봤을 땐 베일리스가 선물해 준 거야."

클로드는 몇 분 전까지만 해도 글래디스의 집에 가고 싶었지만, 그 강렬한 생각이 없어졌다. 그들은 지금 마을로 다가가고 있었고, 불이 켜진 창문에서 흘러나온 빛은 파란 백설을 가로지르고 있었다. 다른 곳들보다 발전한 프랭크포트에서도 이렇게 찬란한 밤엔 가로등이 꺼져 있었다. 글래디스는 소박한 재산가들이 살고 있는 마을 남쪽 지역의 하얗고 작은 집에 살고 있었다. 울타리 앞에 다다르자 이니드가 말했다. "글래디스의 어머니를 잠시라도 만나야겠어. 그녀는 너무 다정해." 그는 말들을 나무에 묶었고, 그들은 눈이 쌓인 덩굴 사이의 좁고 경사진 현관으로 갔다.

파머 부인은 쉰 살의 크고 유쾌한 켄터키식 발음을 가진 장밋빛 사람이었다. 그녀는 이니드의 팔을 다정하게 잡았고, 클로드도 그들을 따라 길고 낮은 거실로 들어갔다. 바닥이 고르지 않고 양 끝에는 등불이 달렸으며 곧 부서질 듯한 가구들이 조금 있었다. 그런데 석탄 버너 옆에 베일리스가 앉아 있었다. 그는 그들이 들어오자 일어서지도 못하고 당황한 목소리로 말했다. "여, 안녕?" 작은 테이블 위에 놓인 파머 부인의 반짇고리 옆에는 베일리스가 외투 주머니에서 꺼낸 뜯지 않은 사탕 상자가 있었다. 피아노 옆에는 키 큰 램프가 있었다. 클로드는 베일리스가 음악에 관심 있는 척했는지 궁금했!

글래디스는 파머 부인의 안경을 찾으러 부엌에 가고 없었다. 파머 부인이 치즈 수플레 레시피를 베낄 때 쓰다 두고 온 것이었다. 이니드가 물었다. "여전히 새로운 요리법을 연구하세요, 파머 부인? 전 부인이 이미 세상의 모든 요리를 만들 수 있는 줄 알았는데."

"그렇지 않아." 파머 부인은 겸손하게 웃으며 칭찬받는 것을 즐겼다. "와서 앉으렴 클로드. 글래디스도 곧 올 거야."

곧 글래디스가 부엌에서 돌아왔다. "손님이 오는 줄 몰랐네요, 어머니."

이 말인 즉 베일리스도 예상치 못한 손님이란 뜻이었다. 그는 글래디스가 내밀었던 손을 잡으면서도 흘끗 쳐다보지 않았다. 글래디스의 조상 중 한 분이 앤트워프 출신이었는데, 그녀는 유화 초상화 속 조상처럼 입술이 붉었고, 눈동자는 갈색에다 보조개가 있었으며, 손은 하얬다. 사람들은 그녀의 풍성한 튤립 같은 안색에 감탄했지만 그녀를 예쁘다고 부르기에는 너무 성숙하고, 긍정적이라고 생각했다. 글래디스는 그녀의 외모나 가난, 그리고 사치스러움이 끊임없는 논쟁의 대상이라는 것을 모르고 있는 듯 자신감 있는 태도로 매일 학교에 갔다. 그녀의 음악적 재능이 그녀에게 프랭크포트에서 그만한 권위를 부여했다.

이니드가 자신이 방문한 이유를 설명했다. "클로드가 옛날 썰매를 꺼내 왔어. 같이 타자 글래디스. 베일리스도 갈래?"

베일리스는 가능하다면 그렇게 하겠다고 했지만, 클로드는 베일리스가 추위를 얼마나 싫어하는지 알고 있었다. 글래디스는 따뜻한 드레스를 입기 위해 달려갔고, 이니드도 따라갔다. 파머 부인은 서로 공존할 수 없는 두 손님과 유쾌한 대화를 나누었다. 그녀가 동정하듯 말했다. "베일리스가 폭설 때문에 돼지를 잃은 일을 말해 주었단다, 클로드. 정말 안됐구나!"

'그럴 줄 알았어.' 클로드는 베일리스가 그 일에 대해 조금도 말을 아끼지 않을 거라는 것을 알고 있었다.

"정말로 그 돼지들을 구할 방법이 없었나 보구나." 파머 부인은 정중한 태도로 말했다. 그녀의 목소리는 높고 타이트한 서양인의 목소리와 달리 낮고 둥글었다.

"너무 걱정하지 말렴."

"전 아무것도 걱정하지 않아요. 걱정해 봤자 뭐하겠어요?" 클로드는 대담하게 말했다.

"맞아." 그녀는 의자에 앉아 몸을 약간 흔들면서 중얼걸렸다. "가끔 그런 일이 일어나지, 너무 심각하게 받아들여서는 안 돼. 사람이 다친 것도 아니고. 그렇지?" 클로드는 고개를 저으며 그녀의 정중한 마음에 대답하려고 했다.

그녀는 초라한 응접실이 손님들에게 매력적으로 보이기를 바랐다. 그녀가 남쪽에서 가져온 푹신한 의자와 접이식 탁자는 네 개의 다리 길이가 달랐고, 아버지의 유화 초상화는 무거운 금 몰딩이 반이나 부러져 있었다. 그러나 그녀는 남북전쟁 이후 남부 사람들이 그랬던 것처럼 자신의 가난을 가볍게 여겼고, 이웃들이 그랬던 것처럼 자신의 체납된 세금도 크게 걱정하지 않았다. 클로드는 그녀에게 상냥하게 대답하려고 했으나, 위층에서 들려오는 웃음소리에 정신이 쏠려 있었다. 아마도 글래디스와 이니드가 밑에 층에 있는 베일리스에 대해 농담을 하고 있을 것이다. 얼마나 뻔뻔한가!

썰매가 거리를 왔다 갔다 하자 사람들은 유리창으로 다가와 밖을 내다보았다. 그들이 마을을 떠날 때, 베일리스는 트레버네를 지나쳐 가자고 했다. 여자들은 프랭크포트가 험난한 변경 정착지였을 때부터 그곳에 살던 두 젊은 영국인 트레버와 브루스터에 대해 이야기하기 시작했다. 모든 사람들이 며칠 전부터 그들에 대해 이야기했는데, 아모스 브루스터가 하트포드에 있는 그의 법률사무소에서 급사했다는 소식 때문이었다. 브루스 트레버가 그의 친구와 프랭크포트에서 위대한 농부가 되려고 노력한 지 30년이 되었다. 그들은 마을의 동쪽 둥근 언덕에 집을 짓고, 아주 즐겁게 많은 돈을 낭비했다. 클로드의 아버지는 성공적인 산업적 투자와 비교해 볼 때, 그들이 흥청망청 낭비하는 양은 별거 아닌 수준이라고 했다. 넷 휠러는 그 소년들이 떠난 이후로 마을이 예전 같지 않다고 했다. 그는 트레버와 브루스터가 양을 보러 갔을 때를 기쁘게 회상했다. 그들은 큰 비용을 들여 스코틀랜드에서 번식용 숫양을 수입해 왔는데, 양이 도착하자마자 이익을 얻으려고 암컷과 교배를 시켰다. 결과적으로 모든 새끼들은 눈보라 치는 3월에 태어났고, 암컷들은 전부 얼어 죽었다. 트레버는 말을 타고 여기저기 돌아다니며 고아가 된 양에게 밥을 주기 위해 젖병과 젖꼭지를 사들였다.

트레버는 넓은 집을 몇 년 전부터 채소를 재배하고 파는 사람에게 임대했다. 당구장이 부속 건물로 있는 집은 창문에 판자가 붙은 채로 닫혀 있어 사람들은 무슨 일인지 궁금해했다. 그 집은 고운 목화 나무 숲 뒤쪽의 둥근 둔덕에 있었다. 오늘 밤, 키가 크고 곧은 나무가 있는 언덕은 마치 눈 위에 얹어 놓은 커다란 털모자처럼 보였다.

이니드가 말했다. "왜 아무도 저 집을 사서 고치지 않은 거지? 이곳 만한 부지가 없는데. 잘사는 사람이 살아야 할 곳 같은데." 베일리스가 경계하는 목소리로 말했다. "네가 그렇게 생각한다니 다행이야. 난 항상 저 장소를 몰래 탐냈어. 그 녀석들은 절대 팔려고 하지 않았지. 하지만 이제 그 땅은 정리될 거야. 내가 어저께 저 땅을 샀어. 서명을 받기 위해 하트포드로 증서를 보냈지."

이니드는 몸을 돌렸다. "진심이야 베일리스? 마치 평범한 토지를 사듯 저 집을 바로 사다니! 언젠가 저 집에 가서 살 거야?"

"거기서 살지 안 살지 몰라. 거긴 내 가게에서 너무 멀고, 차가 다니기에는 봄에 땅이 너무 질척질척하잖아."

"멀지 않아. 1마일도 안 되는 거리야. 내가 만약 그 땅 주인이라면 절대로 다른 사람이 살도록 하지 않을 거야. 캐리도 기억하고 있다고. 가끔 내게 아직 그 땅을 산 사람이 없냐고 물어봐." 이니드의 언니 캐리 로이스는 중국에서 선교사로 일하고 있었다.

베일리스는 말했다. "음, 투자 목적으로 산 땅은 아니야. 난 모든 값을 지불했어."

이니드는 대화를 듣고 있지 않던 글래디스 쪽으로 몸을 돌렸다. "트레버의 언덕에 맨션을 계획할 수 있는 사람은 너뿐이야 글래디스. 넌 집에 대해 독창적인 생각을 가지고 있잖아."

"그래, 자기 집이 없는 사람들은 종종 집을 상상하지." 글래디스는 조용히 말했다. "하지만 난 저 상태로 두고 싶어. 저 집을 허물어 버리기 싫어. 사람들이 그러는데 그들이 저기서 정말로 좋은 시간을 보냈대."

베일리스가 툴툴거렸다. "네가 원한다면야 좋은 시간이라고 부를 수 있지. 내가 이 마을에 처음 왔을 때 아이들은 지하 창고에서 여전히 위스키를 마시고 있었어. 물론 내가 거기에서 살기로 마음먹으면, 그 지하 창고는 없애 버리고, 현대적인 걸 설치할 거야."

그는 글래디스와 공공장소에 있을 때 가끔 거친 목소리로 말했다.

이니드는 클로드를 대화에 끌어들이려 했다. "둘이 의견 차이가 있는 것 같아 클로드."

글래디스는 아무렇지도 않게 말했다. "아, 어차피 베일리스의 재산이야, 또는 곧 될 재산이겠지. 그가 원하는 걸 아무거나 지으라고 해. 난 항상 누군가 그 장소를 내게서 떼어 놓을 줄 알고 각오하고 있었어."

"네게서 떼어 놓는다고?" 베일리스가 놀라며 중얼거렸다.

"응. 그 집을 사서 망치는 사람이 없는 한, 내 것이었고 우리 모두의 것이었어."

이니드는 클로드를 놀렸다. "클로드, 이제 너희 두 형제는 모두 집을 갖게 되었어. 넌 언제 네 집을 구매할 거야?"

"내가 앞으로 집을 살지 모르겠다. 난 미래를 정하기 전에 세상을 조금 돌아다닐 거야." 그는 비꼬듯이 말했다. "나도 데려가 클로드!" 글래디스가 갑자기 영혼 없이 말했다. 그 영혼 없는 말에서 이니드는 베일리스가 무릎 덮개 아래로 글래디스의 손을 잡았다고 의심했다.

썰매 파티에는 암울함이 내려앉았다. 그다지 민감하지 않은 이니드 조차 불편하다고 느꼈다. 매서운 바람이 불었다. 베일리스가 두 번이나 이제 그만 집에 가자고 제안했지만, 클로드의 대답은 '좀만 더 있다가.'였다. 그것은 충분히 벌을 받아야 한다는 뜻이었다. 베일리스는 이니드가 "이제 정말 돌아가야겠어. 점점 추워져." 라고 말할 때까지 클로드가 이 썰매 파티를 처벌로 여기고 있다는 것을 알아채지 못했다! 확실히 이니드가 벌을 받을 만한 일은 없었다. 그녀는 최선을 다해 클로드의 나쁜 태도를 덮어 주고 있었다. 그는 이니드를 집에 데려다주며 어색한 사과를 했다.

클로드는 집으로 가는 동안 방금 있었던 일을 곱씹었다. 그는 글래디스에게 너무 화가 나서 작별 인사를 할 수 없었다. 그녀가 썰매에서 한 모든 말이 짜증 났다. 그녀가 베일리스와 결혼할 생각이라면, 그녀는 자유와 독립을 버려야 한다. 만약 그것이 아니라면, 그녀는 왜 프랭크포트의 모든 사람들이 연애 중일 때 하는 행동처럼, 그의 호의를 받아들이고, 집까지 바래다주게 했으며, 테이블 위에 캔디 상자를 올려놓게 하였을까? 확실히 그녀는 스스로 그와의 교제가 좋은 것처럼 행동했다!

그들이 프랭크포트 고등학교를 다녔을 때, 글래디스는 클로드의 미적 대리인이었다. 남자가 너무 깨끗하거나, 옷차림과 예의범절을 따지는 것은 적절한 일이 아니었다. 그러나 만일 그가 이런 점에서 나무랄 데 없는 소녀를 뽑아 같이 라틴어를 공부하고 실험을 한다면, 그녀의 개인적인 매력은 전부 그의 공로였다. 글래디스는 클로드의 공로를 고마워하는 것 같았다. 체험 학습을 나갈 때 아름답게 다림질한 모슬린 드레스를 입는 것은 그녀 혼자만의 일이 아니었다.

비참한 썰매 파티를 끝내고 집으로 돌아오면서, 클로드는 글래디스를 염려하는 자신이 사기당했다고 생각했다. 그는 그녀의 고운 감정을 암묵적으로 믿었다. 그러나 이제 그는 그녀가 별로 곱지 않았다. 이런 생각을 되풀이하면서도 마음 밑바닥에 남은 글래디스에 대한 그의 오래된 관념은 끈질기게 변하지 않았다. 그것은 그의 상태를 더욱 고통스럽게 만들 뿐이었다. 그는 깊이 상처받았고, 어떤 이유에서인지, 젊음은 상처를 배신감으로 착각하게 했다.

이니드

어느 봄날 오후, 클로드는 덴버에 있는 주 의회 앞의 긴 화강암 계단에 앉아 있었다. 그는 주 의회 의사당에서 암굴 거주민의 유골 수집품을 보고 나오던 참이었는데, 풀 내음이 코를 찔렀고, 햇살은 조금만 더 이곳에 머무르라고 그를 설득했다. 정원사들은 올해 처음으로 풀들을 가볍게 정리하고 있었다. 언덕 위의 잔디밭은 수선화와 히아신스로 가득했다. 오후 한때 내린 소나기가 남긴 풀밭 위의 물방울이 달콤하고 따뜻한 바람에 의해 흩어졌다. 하늘은 여전히 포근했고, 구름은 바삐 움직였다.

클로드는 거의 한 달 동안 집을 비웠다. 아버지는 클로드에게 랄프와 새로운 목장을 보고 오라고 했고, 그는 그곳에서부터 콜로라도스프링스와 트리니다드를 여행했다. 여행은 즐거웠지만, 다시 덴버로 돌아오자 도시에 사는 시골 소년들이 느끼는 압도적인 외로움이 몰려왔다. 그는 콜로라도스프링스를 돌아다니며 집에 드나드는 사람과 친해지고 싶었다. 차를 몰고 가는 예쁜 여자들에게 말을 걸어 보고 싶었다. 어느 날 아침 그가 언덕을 걸어가고 있을 때 차를 타고 가던 한 소녀가 속도를 늦추더니, 그를 태워 주겠다고 했다. 클로드는 그녀가 자신을 태우기 위해 차를 멈춰 세울 만한 여자가 아니라고 생각했지만, 그녀는 멈췄고, 마을로 돌아오는 내내 즐겁게 대화했다. 불과 20분 남짓이었지만, 그 일은 여행에서 일어난 그 어떤 일보다 가치 있었다. 그녀는 클로드에게 어디에 내려 줘야 하냐고 물었다. 엔틀러스 호텔에 내려 달라고 말하면서 너무나 얼굴을 붉혔기 때문에, 그녀는 그가 그곳에 머물지 않는다는 것을 알아챘을 것이다.

클로드는 그날 오후 주 의회 계단에 앉아 자신처럼 산 뒤로 해가 지는 것을 지켜보는 낙심한 사람들이 이곳에 얼마나 많을지 궁금해했다. 많은 사람들이 젊음은 고통스럽지만 좋은 것이라고 했다. 클로드는 나이 많은 사람들은 이 고통을 느껴 보지 못했으리라 확신했다. 저 멀리 노을이 지는 커다란 산은 네 줄기로 갈라지고 있었다. 그 외로운 장관은 그의 마음을 더 아프게 할 뿐이었다. 클로드는 자신의 문제를 애원하듯이 자문했다. 그는 집에 돌아가기 전에 반드시 그에 대한 답을 찾아야 한다.

광장에 있는 말을 탄 킷 카슨 동상은 서쪽을 가리키고 있었지만, 더 이상 그런 의미의 서쪽은 없었다. 남아메리카는 여전히 존재했다. 어쩌면 그는 파나마 지협의 아래쪽에서 무언가를 발견할지도 모른다. 이곳의 하늘은 세상을 단절시키는 뚜껑과 같다.

그는 머지않아 이 또한 지나가리라 생각했다. 그의 아버지조차도 젊었을 때 새로운 곳에 정착하면서 매우 고단했을 것이다. 그 것은 마침내 잦아들 폭풍우였다. 하지만 아무것도 하지 않는다니 얼마나 애석한가! 그는 일어서서 석양을 보며 상념에 잠겨 있느 라, 그를 보기 위해 아래쪽 계단을 오르던 사람이 멈춰 선 것을 눈 치채지 못했다.

낯선 사람은 흥미롭다는 듯이 클로드를 자세히 관찰하였다. 그 는 클로드가 계단 끄트머리에서 맨머리로 체포라도 당한 듯 주먹 을 쥐고 서 있는 것을 보았다. 클로드는 빨간 머리에, 구릿빛 피부 를 가진 사람이었다. 이 낯선 사람이 자신을 어떻게 보는지 알았 더라면 클로드도 놀랐을 것이다.

◆

다음 날 이른 아침, 클로드는 프랭크포트역에서 내려 아침을 먹 었다. 그의 가족은 그가 돌아오는 것을 몰랐기에, 클로드는 이니 드를 보러 방앗간에 들를 겸 걸어가기로 마음먹었다. 결국은 오랜 친구들이 최고였다.

그는 시내의 낮은 길을 따라 마을을 떠났다. 버드나무는 온통 샛 노란 잎사귀로 뒤덮여 있었고, 끈적끈적한 목화의 꽃봉오리는 터 질 지경이었다. 여기저기서 새들이 지저귀었고, 이따금 버드나무 가지에서 홍방울새의 날개가 반짝였다.

먼지투성이의 황갈색 밀밭 여기저기에 부드러운 초록빛 안개가 드리웠다. 수백만 개의 작은 잎들이 햇빛을 향해 가볍게 흔들리고 있었다. 그의 북쪽과 남쪽으로는 옥수수를 심는 사람들이 일렬로 움직이고 있었다. 땅이 무척 잘 일구어져, 바람에 흙들이 길가로 날아왔다. 갑자기 돌풍이 불자, 조그만 회오리바람이 들판의 모래들을 이리저리 옮겼다. 마치 울타리마다 종달새가 앉아 쟁기질된 큰 땅, 줄지어 서 있는 말들, 그 말을 인도하는 사람들 같은 온갖 잡다한 주제로 노래하는 것 같았다.

길가를 따라 죽은 잡초와 마른 나도기름새 밑에서 민들레가 깨끗하고 밝은 얼굴을 드러냈다. 매캐한 냄새를 맡자 아침 일찍 일어나 부러진 정육용 칼로 땅을 살짝 도려낸 뒤 민들레를 앞치마에 쑤셔 넣는 마에일리가 떠올랐다. 그녀는 언제나 매우 이른 아침에 조용히 허리를 숙인 채 채소를 따러 도로를 따라 걸었고, 민들레가 마치 들짐승인 양 들키면 도망가거나, 잠들었을 때 잡아야 하는 것처럼 행동했다.

클로드는 걸어가면서 아버지와 함께 방앗간에 갔던 길을 얼마나 좋아했는지 생각했다. 그때 그는 방앗간의 작업 과정, 방앗간 주인, 그의 아내가 신비로웠다. 심지어 아직 어린 이니드조차 부들 사이에서 밝은 햇빛을 받으며 만나기 전까지 신비로운 사람이었다. 그들은 탈곡한 밀 근처에서 놀거나, 호퍼에 밀가루가 나오는 것을 보다 흰 먼지를 뒤집어쓰곤 했다.

무엇보다도 가장 좋아한 것은, 물이 뚝뚝 떨어지는 물레바퀴 동굴로 들어가 그늘에서 자라고 있는 물봉선화를 찾는 일이었다. 방앗간은 밝은 태양과 깊은 그늘, 시끄러운 소리와 적막함이 공존하는 곳이었다. 그는 언젠가 장갑과 고글을 끼고 맷돌을 닦고 있는,

로이스를 발견하고 맷돌이 해롭지 않아 보여 놀랐던 것을 기억했다. 로이스는 날카로운 망치로 불꽃이 튈 때까지 구멍을 뚫었다. 그때 피부 밑으로 튄 파편 조각이 손에 푸른 점으로 남아 있다.

　제이슨 로이스는 지금 돈이 별로 없기 때문에, 감정에 어긋난 일을 계속하고 있을 것이다. 그러나 방앗간은 그의 첫 사업이었고, 그는 감정에 맞는 일을 많이 찾지 못했다. 가끔 그는 먼지투성이의 작업복을 입고 직원들에게 휴가를 주었다. 그는 오래전에 자신의 기회를 위해 오르락내리락하는 러블리 크리크에 의존하던 것을 그만두고, 가솔린 엔진을 두었다. 지금 그 오래된 기계에는 잡초와 버드나무 덤불만 자라고 있었다.

　로이스의 집안은 그의 일처럼 잘 돌아간 적이 없다. 그는 아들이 없었고, 다섯 딸 중에서 겨우 두 딸만 잘 자랐다. 사람들은 방앗간이 축축하고 불결하다고 생각했다. 직원 숙소를 짓고 유부남을 시켜 방앗간을 운영하게 하기 전까지 로이스 씨는 방앗간을 오래 유지하지 못했다. 그들은 집 안이 침울하고, 음식도 충분하지 않다고 불평했다. 로이스 부인은 매년 여름 미시간에 있는 채식주의 요양원에 가서 견과류와 구운 시리얼을 먹고 사는 법을 배웠다. 그녀는 가족들에게 확실히 영양가 있는 식사를 차려 줬지만, 식사 시간이 기다려질 만한 식단은 아니었다. 로이스는 보통 시내에 있는 호텔에서 식사를 했다. 그럼에도 불구하고, 그의 아내는 요리 솜씨가 훌륭하기로 유명했다. 그녀의 빵은 흠잡을 데가 없었다. 교회 만찬이 다가오면 사람들은 항상 그녀에게 마요네즈 드레싱이나 케이크를 만들어 달라고 요청했다. 확실히 그녀의 케이크만큼 부드럽고 스펀지 같은 케이크는 없었다. 건강에 대한 깊은 집착이 로이스 부인을 숨겨진 슬픔이 있는 것처럼 보이게 했다. 슬픔은 무의식적으로 그녀를 감쌌다. 그녀는 다른 사람들과 다르게 살았고, 그 사실은 그녀를 내성적이고 매사에 불신하게 만들었다. 그녀는 그녀 기준의 이상적인 의사들에게 보살핌을 받으며 요양원에 있어야 사람들에게 이해받고 동정심을 받는다고 생각했다.

그녀의 불신은 조금씩 수많은 방법으로 딸들에게 전달되었고, 삶을 물들였다. 그들은 '다름'이라는 그늘에서 자랐고, 친밀한 우정을 맺지 못했다. 글래디스 파머는 방앗간을 자주 방문한 프랭크포트의 유일한 소녀였다. 큰딸 캐롤라인 로이스가 선교사가 되기 위해 중국으로 간다고 했을 때도, 그녀의 어머니가 반대하지 않고 보내 주었을 때도 사람들은 놀라지 않았다. 어쨌든 사람들은 로이스가의 여자들은 이상하다고 여겼다. 그들은 이니드가 자신들처럼 평범한 사람으로 자라기를 빌었다. 그녀는 옷을 잘 차려입고, 전기차를 타고 자주 시내에 왔고, 교회나 공공 도서관에서 일할 준비를 했다. 게다가, 이니드는 이 동네에서 매우 예쁜 편이었다. 그녀는 말랐고, 작고 예쁜 머리와 창백한 피부, 굵은 속눈썹, 크고 검은 눈을 가지고 있었다. 긴 턱선 때문에 얼굴이 경직되어 보이기는 했지만, 이런 문제에 있어서 최고의 비평가인 할머니들에게 그 턱선은 확고함과 위엄을 의미했다. 그녀는 매우 빠르고 우아하게 움직였는데, 발이 땅에 닿기보다 쓸어내린다는 느낌이었다.

그리고 그녀의 날씬한 몸매에 대한 여러 추측이 있었다. 주일학교에서 활인화를 할 때, 이니드는 폼페이의 시각장애인 니다아와

'크리스트 오어 다이애나'에서 순교자로 선택되었다. 창백한 피부, 순종적으로 보이는 이마, 그리고 어둡고 변하지 않는 그녀의 눈동자는 '초기 기독교인'을 연상케 하였다.

5월의 아침, 클로드가 방앗간 길을 따라 걸어 올라왔을 때, 이니드는 마당의 커다란 나무 그늘에서 벗어나, 울타리 근처에 덩굴을 위해 세워 놓은 격자 구조물 옆에 서 있었다. 그녀는 전날 삽으로 파헤친 땅을 갈퀴로 긁어모아 고랑을 만들고 그곳에 씨앗을 심었다. 길모퉁이의 이리저리 얽히고설킨 오래된 버드나무 옆에서, 클로드는 잠시 풀을 먹인 핑크색 드레스를 입고 선 보닛을 쓴 이니드를 바라보았다.

그는 울타리로 다가오면서 말했다. "안녕? 꽃 심니?"

몸을 굽히고 있던 이니드가 재빨리 일어섰다. "클로드! 난 네가 서쪽 어딘가에 있을 거라고 생각했는데. 깜짝 놀랐어!" 그녀는 손에 흙을 털어 내고 그에게 손을 내밀었다. 반팔을 입고 있는 그녀의 팔은 여위었고 차가워 보였으며 마치 여름 드레스를 너무 일찍 꺼내 입은 것처럼 보였다.

"오늘 아침에 막 돌아왔어. 집에 걸어갈 거야. 뭘 심는 거야?"

"스위트피."

"넌 항상 마을에서 가장 예쁘게 꽃을 기르더라. 교회나 어디서든 네가 심은 꽃들은 바로 알아차릴 수 있어."

그녀는 인정했다. "그래, 내 스위트피들은 모두 성공적이야. 여긴 땅이 넓고 일조량이 풍부하거든."

"스위트피만이 아냐. 그 누구도 너만큼 라일락과 덩굴장미를 아름답게 기르지 못해. 내가 알기론 네가 프랭크포트에서 유일하게 위스티리어 덩굴을 기르고 있어."

"아주 오래전 어머니가 처음 이곳으로 이사 왔을 때 심으신 거야. 어머니는 위스티리어를 매우 좋아해. 지난해 같은 혹독한 겨울을 견디지 못할까 봐 두려워."

"그렇게 되면 정말 유감일 거야. 잘 돌봐 줘. 넌 이런 꽃들을 돌보는 데 많은 시간을 보내겠구나." 그는 감탄하며 말했다.

이니드는 울타리에 기대어 작은 선 보닛을 뒤로 밀었다. "어쩌면 난 다른 사람들보다 꽃에 관심이 많을 거야. 난 가끔 네가 부러워 클로드. 넌 정말 다양한 관심사를 가지고 있잖아."

그는 당황했다. "내가? 세상에, 그렇지 않아. 난 불평불만이 가득한 사람이야. 난 학교에 다닐 때는 학교 가는 것을 신경 쓰지 않다가 못 가게 되고 난 뒤에야 슬퍼하는 사람이야. 아마 겨울 내내 토라져 있었나 봐."

그녀는 꽤 놀란 듯이 그를 바라보았다. "난 네가 왜 불만스러워하는지 모르겠는데. 넌 자유롭잖아."

"너도 자유롭잖아?"

"내가 원할 땐 아냐. 내가 정말 하고 싶은 일은 중국으로 가서 캐리의 일을 돕는 것뿐이야. 어머니는 내가 충분히 강하지 않다고 생각하나 봐. 하지만 캐리도 결코 강하지 않았어. 언니는 중국에서 더 나은 삶을 살고 있고, 나도 그럴 수 있다고."

클로드는 걱정했다. 그는 썰매를 탔던 날 이후 이니드가 즐거워하는 모습을 보지 못했다. 그녀는 무기력함에 빠진 것 같았다. "이니드, 그런 생각은 극복해야 해. 그렇게 혼자 떠돌아다니고 싶진 않을 거야. 그건 사람을 이상하게 만들어. 이 근처에도 선교사 일이 많지 않니?"

그녀는 한숨을 쉬었다. "모두가 그렇게 말하지. 하지만 우리 모두에게는 기회가 있고, 그 기회를 선택해. 우리가 고르지 않은 기회들도 있지. 그런 수많은 기회들이 어둠 속에서 생겨나고 없어지는 게 너무 끔찍해."

클로드는 삼나무에 가려진 칙칙한 방앗간을 보다 밝고 먼지투성이의 들판으로 눈을 돌렸다. 그는 이니드의 우울함에 약간 책임이 있는 것 같은 기분이 들었다. 그는 작년에는 이만큼 친절하지 않았다. "싸우지만 않는다면 사람은 어둠 속에서 살 수 있어. 날봐. 나는 맥이 빠져서 지냈어. 우린 모두 아주 친하다고 느끼지만, 서로 멀어지고 절대 가까워지지 않지. 너랑 나는 오랜 친구지만, 거의 만나지 못하잖아. 어머니가 그러는데 2년 동안 어머니를 뵈러 오겠다고 약속만 했다며. 한번 놀러 오는 게 어때? 기뻐하실 거야."

"그렇게 할게. 난 항상 네 어머니가 좋았어." 그녀는 잠시 말을 멈추고 무심코 보닛의 끈을 꼬다가, 빠르게 보닛을 벗고 밝은 빛을 맞으며 그를 똑바로 쳐다보았다. "클로드, 너 정말 자유사상가가 된 건 아니지?"

"왜 그렇게 생각하는데?" 그는 껄껄 웃었다. "모든 사람들이 어니스트 하벨이 자유사상가인 것을 알고, 네가 그와 그런 책들을 같이 읽는다고 하더라고."

"그게 우리가 친구로 지내는데 상관이 있어?"

"응, 있어. 난 네가 그만큼 자신감이 있는 것 같지 않았어. 그래서 많이 걱정했어."

"그런 걱정은 그만둬. 난 그럴 가치가 없는 사람이야."

"그렇지 않아! 넌 가치 있는 사람이야. 내 걱정이 조금이라도 도움이 된다면…."

클로드는 그들 사이에 있는 울타리 피켓을 양손으로 잡았다. "도움이 될 거야! 내가 이곳에 해야 할 선교 활동이 있다고 말하지 않았니? 지난 몇 년 동안 내가 무신론자라고 생각해서 그렇게 쌀쌀맞았던 거야?"

"난 한 번도 어니스트 하벨이 마음에 든 적이 없어." 그녀는 중얼거렸다.

클로드는 방앗간을 떠나 집으로 향하면서, 이번 여름을 나는 데 도움이 될만한 무언가를 찾았다고 느꼈다. 그는 다른 사람의 방해 없이, 항상 화장한 얼굴로 보이지 않는 곳에서 그를 뚫어져라 쳐다보는 로이스 부인을 만나지 않은 채, 그녀와 단둘이 대화한 것이 행운이라고 생각했다. 로이스 부인은 옛날부터 늙어 보였는데, 오래전 어린 딸들과 교회에 왔을 때는 굽 높은 신발을 신고, 깃털이 달린 큰 모자를 쓰고, 반짝이며 찰랑찰랑 소리를 내는 흑요석으로 뒤덮인 검은 드레스를 입고 있어 마치 겉이 딱딱한 곤충처럼 보였다.

그렇다. 그는 이니드가 돌아다니면서 다른 사람들을 더 많이 만나 봐야 한다는 것을 알았다. 그녀는 자기 어머니와 자기 자신에 대해 너무 많이 생각했다. ―꽃과 외국 선교 그녀의 정원과 중국. 그녀의 생각엔 특이하고 감동적인 무언가가 있었다. 꽤 매력적이었다. 여자들은 신앙에 의존한다. 신앙심은 그들의 자연스러운 마음의 향기였다. 믿음이 깊을수록, 믿음의 행위도 더 사랑스러웠다. 그에게 『실낙원』은 『오디세이』처럼 신화적이었지만, 그의 어머니가 그에게 소리 내 읽어 주었을 때, 그것은 아름다울 뿐만 아니라 사실이었다. 신비한 것에 대해 경건한 생각을 하지 않는 여자는 남자처럼 상상력 없고 평범한 사람일 것이다.

◆

그 후 몇 주 동안 클로드는 종종 차를 몰고 방앗간으로 가서 이니드를 구슬려 움직이는 그림 쇼를 보러 프랭크포트에 가거나 이웃 마을로 놀러 갔다. 이런 만남의 장점은 대화에 큰 부담을 주지 않는다는 것이었다. 이니드는 침묵할 수 있었다. 그녀는 결코 침묵이나 말하는 것을 쑥스러워하지 않았다. 그녀는 어떤 상황에서도 냉정하고 자신감 있었는데, 그것이 그녀가 운전을 잘하는 이유였다. 정말 클로드보다 훨씬 나았다.

어느 일요일, 예배가 끝난 뒤, 이니드는 클로드에게 헤이스팅스에 쇼핑을 하러 가고 싶다고 말했고, 클로드는 화요일에 아버지의 큰 차로 데려다주겠다고 했다. 그 마을은 북동쪽으로 약 70마일 떨어져 있었고, 프랭크포트에서 기차로 가기에는 불편했다.

화요일 아침, 클로드는 눅눅한 들판 위로 해가 떠오를 때 방앗간에 도착했다. 이니드는 봄옷 위에 코트를 걸친 채 현관에서 그를 기다리고 있었다. 그녀는 대문으로 뛰어 내려가 그의 옆자리에 앉았다.

"좋은 아침, 클로드. 아직 아무도 안 일어났어. 분명히 멋진 날이 될 거야, 그렇지?"

"당연하지. 이맘때치고 조금 따뜻하네. 아마 그 코트가 곧 필요 없어질 거야."

출발하고 나서 한 시간 정도는 한산했다. 회색빛의 들판은 이슬로 뒤덮여 있었고, 햇살은 주변의 모든 것에 색을 입혔다. 차가 달리자 하늘은 더욱 깊고 푸르러졌고, 길가의 꽃들은 젖은 풀밭에서 고개를 들기 시작했다. 모든 언덕에는 남자들과 말들이 있었다. 이윽고 그들은 등교하는 아이들을 지나쳤으며, 그들은 가던 길을 멈추고 두 명의 여행자에게 도시락 통을 흔들었다. 10시 즈음 헤이스팅스에 도착했다.

이니드가 쇼핑하는 동안, 클로드는 하얀 신발과 덕 바지를 샀다. 그는 평소보다 자신의 하복에 더 많은 관심을 가졌다. 그들은 점심을 먹기 위해 호텔에서 다시 만났는데, 매우 배가 고팠다. 식당에 들어와 이니드와 마주 보고 앉은 클로드는, 자신들이 시골에서 도시로 놀러 온 소년 소녀 같지 않고, 차를 타고 여기저기 다녀 본 경험 많은 사람들처럼 보인다고 생각했다.

"저녁 먹고 나서 나랑 같이 어디 좀 들를래?" 디저트를 기다리는 동안 이니드가 물었다.

"내가 아는 사람이야?"

"물론이지. 웰든 형제님이야. 계약이 끝나서 그가 떠날까 봐 걱정했는데, 글리슨 부인과 며칠 동안 머물고 있대. 그에게 줄 캐리의 편지도 몇 개 가져왔어."

클로드는 쓸쓸한 표정을 지었다. "그는 나를 반가워하지 않을 거야. 그와 나는 학교에서 잘 지내지 못했거든. 굳이 말하자면, 그는 그냥 평범하고 능력 없는 교사야."

"정말 놀랍다. 내 생각에 그는 정말 좋은 연설가인데. 나랑 같이 가는 게 좋겠어. 옛 스승과 냉랭한 관계를 유지하는 건 어리석은 짓이야."

한 시간 후 두 사람은 글리슨 부인의 약간 어두운 응접실에서 아서 웰든 목사를 만났다. 그는 집주인인 글리슨 부인만큼 조용했다. 글리슨 부인은 잠시 동안 방문객들과 정답게 이야기를 나눈 후, P.E.O 모임에 가기 위해 양해를 구하고 떠났다. 그녀가 떠날 때 모두들 일어났다. 웰든 목사는 이니드에게 다가가 그녀의 손을 잡고 고개를 갸우뚱하더니 완곡한 미소를 지었다. "이건 예상치 못한 기쁨이구나, 이니드양. 그리고 자네도 마찬가지야 클로드." 그는 클로드를 향해 조금 돌아섰다. "이렇게 아름다운 날 프랭크포트에서 여기까지 온 거야?" 그는 마치 '정말 자랑스럽구나.'라고 말하는 것 같았다.

웰든 목사는 대부분 이니드와 대화했고, 클로드에게 말할 때 빼고는 그의 시선을 피했다.

"올해 농사를 짓는구나, 클로드? 아버지가 매우 만족하시겠군. 휠러 부인은 잘 지내시니?"

웰든은 악의를 품고 말하는 것은 아니었지만, 언제나 클로드(claude)의 이름을 'clod(흙, 점토)'로 발음해 그를 짜증 나게 했다. 확실히 말하자면, 이니드도 웰든 목사처럼 그의 이름을 발음했지만, 클로드는 이것을 눈치채지 못했고, 그녀가 하는 것이라면 개의치 않았다. 클로드는 웰든이 어둑한 방의 열린 창가로 의자를 끌고 가서 캐리 로이스의 편지를 읽을 때, 운전 모자를 무릎에 올려놓고 깊고 어두운 소파에 주저앉아 있었다. 웰든은 부탁하지도 않았는데 편지를 소리 내어 읽었고, 이따금 자기 생각을 밝히기 위해 읽는 것을 멈추었다. 클로드는 휠러 부인처럼, 진부한 이야기를 귀담아듣는 이니드를 실망스럽게 보았다. 그는 지금까지 이렇게 오랫동안 웰든을 바라본 적이 없었다. 불빛은 그의 배와 잔물결같이 가는 머리카락에 가득히 떨어지고 있었다. 도대체 어떻게 그의 어머니와 이니드 로이스 같은 분별 있는 여성들이 이 남자를 존경한단 말인가? 이니드의 검은 눈동자가 존경의 눈빛으로 그를 바라보고 있었다. 그녀는 클로드가 보았던 것 중 가장 깊은 눈빛으로 그를 바라보며 말했다.

"웰든 형제님, 저는 원래 사람들에게 별로 관심이 없어요. 집에 있으면 교회 일에 관심을 쏟기 힘들어요. 마치 제가 해외로 나가기 위해 스스로를 붙잡고 있는 것 같아요. 만약 글래디스 파머가 중국으로 가면, 모두 그녀를 그리워하겠죠. 글래디스는 절대로 대체될 수 없으니까요. 그녀에게는 사람들을 끌어들이는 자석 같은 무언가가 있어요. 저도 캐리가 하는 일을 하며 스스로 자유로워지고 싶어요. 거기서는 제가 쓸모 있는 존재일 것 같아요."

클로드도 이니드가 이렇게까지 말하는 것이 쉽지 않았으리라 생각했다. 그녀의 얼굴은 괴로워 보였다. 젊은 설교자에게 마음을 정확하게 전달하기 위해 짙은 눈썹이 날카로워졌다. 웰든은 습관적인 미소를 띠고 귀를 기울이며 접은 편지지를 매만지며 말했다. "그래. 무슨 소리인지 알겠구나."

그녀가 조언을 구하자, 그는 자신이 가장 쓸모 있는 분야가 무엇인지 아는 것은 항상 쉽지 않다고 말했다. 어쩌면 이 구속이 그녀에게 특별히 필요한 정신적인 훈육이 되었을 거라고 충고했다. 그는 신중히 말했고, 기도 외에는 그 어떤 충고도 하지 않았다.

"나는 기도하는 사람들만이 모든 것을 확실하게 알 수 있다고 믿어, 이니드 양."

이니드는 두 손을 꼭 쥐었다. 당혹스러움이 어리자 그녀의 이목구비는 더 뚜렷해졌다. "저는 기도할 때 강한 부름을 느껴요. 마치 손가락이 저쪽에서 나를 가리키고 있는 것 같지요. 때로는 작은 일에 아무것도 얻지 못해요. 다만 내 일이 저 멀리 있다는 것과 신의 힘이 내게 주어질 것 같은 느낌만이 있지요. 내가 그 길을 택할 때까지 신은 스스로 나타나지 않아요."

웰든은 무엇인가 분명치 않은 것이 분명해진 듯, 안도의 어조로 그녀에게 대답했다. "그런 경우라면, 이니드 양, 불안해하지 않아도 될 것 같아. 만약 그 부름이 너의 기도를 호소하고, 그것이 너의 구원자의 뜻이라면, 우리가 가야 할 길과 방법이 확실히 밝혀질 거야. 이 순간 예언자 중 한 사람의 구절이 떠오르는구나. '당신의 발 앞에 열린 길을 보아라. 그 길을 걸어라.' 이 예언은 이니드

로이스를 위한 것이구나! 나는 하나님의 말씀을 개인적으로 받아들일 때 하나님의 사랑을 확인할 수 있다고 믿어." 그의 마지막 말은 장난스럽게 들렸다. 그는 일어나서 이니드에게 편지를 돌려주었다. 분명히 상담은 끝났다.

이니드가 장갑을 끼며 대화가 큰 도움이 되었고, 항상 그녀에게 필요한 답변을 주어 고맙다고 말했다. 클로드는 그 답변이 무엇인지 궁금했다. 그는 웰든이 그녀의 열띤 질문 앞에서 물러나는 것밖에는 아무것도 보지 못했다. '무신론자'인 클로드가 그녀에게 더 강한 힘을 실어 줄 수도 있었다.

클로드의 차는 글리슨 부인의 집 앞 단풍나무 밑에 있었다. 출발하기 전에, 클로드는 서쪽에서 몰려오는 적란운으로 이니드의 주의를 돌렸다.

"내가 보기에 저건 폭풍처럼 보이는데. 오늘 밤 호텔에 묵는 것이 현명할지도 몰라."

"아, 안돼! 그러고 싶지 않아. 아무런 준비도 없이 왔는걸."

그는 그녀에게 필요한 물건은 무엇이든 살 수 있다는 것을 상기시켰다.

"나는 내 물건 없이 낯선 곳에 머무르는 것을 좋아하지 않아." 그녀는 단호히 말했다.

"폭풍우를 뚫고 가야겠군. 꽤 거칠지도 모르지만, 네가 원한다면야." 그는 여전히 문을 잡은 채 망설였다.

"그래도 시도해 봐야 할 것 같아." 그녀는 결심한 듯 말했다. 클로드는 이니드가 언제나 예기치 못한 일을 반대한다는 사실과 그녀의 계획이 사람이나 상황에 의해 바뀌는 것을 참을 수 없어 한다는 사실을 깨닫지 못했다.

한 시간 동안 그는 구름을 걱정스럽게 바라보며 전속력으로 차를 몰았다. 지평선에서 지평선까지 탁상지는 햇빛에 빛나고 있었고, 하늘 자체는 새로 깎은 납처럼, 가장자리가 밝은 자주색 증기가 서쪽으로 흘러가고 있었다. 50마일쯤 갔을 때, 공기가 갑자기 차가워지기 시작했고, 10분 만에 빛나는 하늘에서 비가 내리기 시작했다. 그는 차에서 뛰어내려 바퀴를 잭으로 들어 올렸다. 바퀴가 땅에서 떨어지자마자 이니드는 체인을 조정했다. 클로드는 그녀에게 이렇게 빨리 쇠사슬을 채운 적이 없다고 말했다. 그는 뒷좌석의 짐 꾸러미를 유포로 덮고 폭풍우를 맞이하기 위해 앞으로 차를 몰았다.

비는 파도처럼 그들을 휩쓸고 지나갔으며, 하늘뿐만 아니라 바닥에서도 솟아나는 것 같았다. 그들은 질척질척한 땅을 헤치며 5마일을 더 나아갔다. 갑자기 무거운 차가 몇 야드나 미끄러졌고, 반원을 돈 뒤 멈췄다. 이니드는 침착하게 움직이지 않고 있었다.

클로드는 숨을 길게 몰아쉬었다. "만약 지하 배수로에서 지금처럼 미끄러졌으면, 배수로에 처박혔을 거야. 난 도저히 제어하지 못하겠어. 흙이 너무 미끄러워. 저기가 토미 라이스네 집이야. 라이스에게 하룻밤 묵게 해 달라고 말해 보는 게 좋겠어."

이니드는 반대했다. "하지만 저긴 호텔보다 더 나쁠 거야. 그다지 깨끗한 사람들도 아니고, 아이도 많잖아." 그는 중얼거렸다. "죽는 것보단 나아. 이제부터는 순전히 운이야. 어디에 부딪힐지 몰라."

"너희 집까지 10마일 정도밖에 안 남았잖아. 내가 오늘 너희 집에서 잘게."

"너무 위험해, 이니드. 난 책임질 수 없어. 네 아버지가 나를 탓하게 될 거야."

"알고 있어, 네가 불안해하는 건 내 탓이야." 이니드는 충분히 합리적으로 말했다. "그럼 내가 운전해도 될까? 언덕이 세 개밖에 남지 않았는데, 옆으로 지나갈 수 있을 것 같아. 자주 해봤어."

클로드와 이니드는 자리를 바꿔 앉았다. 그녀가 핸들을 잡자 클로드는 그녀의 팔에 손을 얹었다. "너무 어리석은 짓은 하지 마." 그는 간청했다. 그녀는 미소를 지으며 고개를 끄덕였다. 그녀는 상냥했지만 융통성이 없었다. 그는 팔을 뗐다. "가자." 그는 그녀의 고집 때문에 짜증 났지만, 곧 그녀의 운전 실력에 감탄했다. 언덕 중 한 곳에는 시멘트로 된 새로운 배수로가 있었는데, 진흙으로 덮여 체인이 마찰받을 곳이 하나도 없었다. 차는 지하 배수로의 가장자리까지 미끄러지더니 그 끝에 멈춰 섰다. 언덕을 무사히 넘자 이니드가 말했다. "시동이 잘 걸려서 다행이야. 조그만 충격이라도 받았으면 무사하지 못했을 거야."

그들은 날이 어두워지기 직전에 농장에 도착했다. 휠러 부인은 고무로 된 우비를 입고 그들을 마중 나왔다.

"이 미련한 아이들 같으니라고!" 그녀는 이니드를 품에 안고 소리쳤다. "어떻게 집에 왔니? 난 너희들이 헤이스팅스에서 머물렀다 오기를 바랐는데."

클로드는 어머니에게 말했다. "이니드가 운전해서 왔어요. 무모했지만 훌륭한 운전사였어요."

이니드는 젖은 머리카락을 쓸어 넘기며 웃었다. "네 말이 옳았어. 라이스네 집에서 하루 묵는 게 분별 있는 행동이었을 거야. 내가 원치 않았지만."

잠시 뒤 클로드는 이니드의 선택을 기뻐하게 되었다. 저녁 식사 자리에서 어머니의 새 회색 드레스를 입고 아버지의 오른쪽에 앉아 있는 이니드를 보는 것은 즐거운 일이었다. 그들이 라이스네에 머물렀다면, 아이들이 차지하고 있어 침대도 없이 음울한 시간을 보냈을 것이다. 이니드가 어머니의 객실에서 편안히 있을 것을 생각하니 기분이 좋았다.

이른 시간이었지만 휠러 부인은 손님을 침대로 안내해 주기 위해 초에 불을 붙였다. 이니드는 방을 나가면서 클로드의 근처를 지나갔다. 그녀가 놀리듯이 물었다. "날 용서했니?"

"왜 그렇게 고집이 세. 날 겁주고 싶었어? 아니면 얼마나 운전을 잘하는지 보여 주려고?"

"전부 아냐. 그냥 집에 오고 싶었어. 잘자."

클로드는 다시 의자에 자리를 잡고 눈을 가렸다. 그녀는 이곳을 집이라고 느꼈다. 그녀는 아버지의 농담을 두려워하지 않았고, 마에일리의 미소에도 당황하지 않았다. 그녀가 이곳에서 안락함을 느끼는 것이 클로드에게는 이해할 수 없는 기쁨이었다. 그는 책을 집어 들었지만 읽지는 않았다. 30분 후, 어머니가 돌아왔을 때 책은 그의 무릎 위에 펼쳐진 채 놓여 있었다. "위층으로 올라갈 때 조용히 하렴. 클로드. 오늘 하루가 고되었으니 이니드는 벌써 잠들었을지도 몰라."

그는 신발을 벗고 최대한 조심스럽게 올라갔다.

◆

어느 여름 아침, 어니스트 하벨은 언제 들었는지 정확히 기억나지 않는 옛 독일 노래를 휘파람으로 불며 반짝이는 옥수수밭을 가꾸고 있었다. 아마도 그가 처음 농사를 시작했을 무렵에 들은 노래일 것이다.

그는 반원 모양의 푸른 언덕을 보았는데, 높은 능선의 틈새에 여전히 눈이 쌓여 있었다. 언덕 뒤에는 어두운 소나무 숲으로 뒤덮인 날카로운 산들이 솟아 있었다. 언덕 아래쪽의 목초지엔 구불구불한 개울이 있었고, 황록색, 갈색 들판에는 버드나무가 있었다. 그는 어렸을 때, 아버지와 어머니가 머리와 긴 뿔에 밧줄 자국이 있는 큰 소 두 마리와 함께 쟁기질하는 것을 보았다. 어머니는 맨발로 황소를 옆에서 인도하였고, 아버지는 뒤에서 쟁기를 끌면서 걸어갔다. 아버지는 항상 아래를 보았다. 어머니의 얼굴은 들판처럼 갈색이었고, 눈은 초봄의 하늘처럼 창백한 푸른빛이었다. 두 사람은 이렇게 아침 내내 말을 하지 않고 오르내렸다. 개울가에서 놀던 그는 왜 부모님이 그렇게 늙어 보이는지 궁금했다.

레너드 도슨은 차를 담장까지 몰고 와서는 어니스트에게 소리쳤다. 어니스트는 그에게 일어서라고 말하고, 가장자리로 뛰어나

134

갔다.

"안녕, 어니스트. 그저께 클로드가 다쳤다는 얘기 들었어?"

"다쳤다니? 말도 안 돼! 나쁜 일이 일어나면 항상 나한테 알려 줬는데."

"그렇게 심각한 일은 아냐. 그래도 철사에 얼굴이 꽤 많이 긁혔어. 내가 본 것 중 가장 이상한 일이었어. 클로드가 무거운 노새들과 그의 집과 내 집 사이의 땅에 쟁기질을 하고 있었는데, 가솔린 모터 트럭이 어쩌면 평소보다 더 시끄럽게 가더라고. 노새들은 모터 트럭을 알아채고는, 깊은 구덩이에서 앞다리를 급격히 들었다 내렸다 했어. 나는 밭에서 옥수수를 일구다가 운전수에게 멈추라고 했는데 그는 내 말을 듣지 않았어. 클로드는 노새 머리 쪽으로 뛰어올랐고, 겨우 노새를 잡았지만, 줄에 엉켜 버렸어. 그 망할 노새들은 클로드의 다리를 들어 올린 채 달렸어. 그 바람에 커다란 쟁기 날이 3, 4피트씩 뛰어올랐지. 나는 쟁기가 노새들이나, 클로드를 말끔히 베어 버릴 줄 알았어. 다행히 클로드가 그 노새들을 잡았기에 망정이지, 그러지 않았다면 그도 같이 베였을 거야. 노새들은 허공에 그를 휘두르며 달리다가 철사가 처진 울타리로 달려들었어. 그 바람에 그의 얼굴과 목이 긁혔지."

"맙소사! 많이 다쳤데?"

"아니, 별로. 그렇지만 어제 옥수수를 일굴 때 보니 반창고투성이더라. 난 그게 어리석은 짓이라는 걸 알고 있었어. 먼지 속에서 지나치게 더운 날 철사에 베이는 것은 고약한 일이야. 하지만 클로드에겐 아무것도 말할 수 없었어. 듣기로는 얼굴이 부어올라 몹시 아파하다 마을에 의사를 보러 갔다더라. 오늘 밤 그의 집에 가서 몸조리를 잘 할 수 있도록 위로해 줘."

레너드는 차를 몰고 갔고, 어니스트는 제자리로 돌아왔다. 그는 생각했다. "참 이상한 사람이야. 클로드는 덩치도 좋고 힘도 세고, 교육도 받았고, 좋은 땅도 가지고 있으면서 잘 어울리지 못하는 것 같아." 때때로 어니스트는 클로드가 불행하다고 생각했다. 그러다 이내 한숨을 쉬며 그런 생각을 뿌리쳤다. 어니스트는 그런 건 별로 도움이 안 된다고 믿었다. 그것은 합리주의가 설명할 필요 없는 것이었다.

다음 날 오후 이니드 로이스의 쿠페가 휠러 농장에 찾아왔다. 휠러 부인은 이니드가 차에서 내려 그녀 쪽으로 오는 것을 보았다. "아, 이니드! 클로드의 사고 소식을 들었구나? 그는 단독에 걸렸어. 가엾게도 너무 고통스러워해."

이니드는 그녀의 팔을 잡았고, 둘은 집을 향해 올라가기 시작했다. "클로드를 볼 수 있을까요? 이 꽃을 전해 주고 싶어요." 휠러 부인은 망설였다. "그가 너를 들여보내 줄지 모르겠어. 어젯밤 어니스트와 잠깐 만나라고 설득하는 데도 애를 먹었거든. 정신력이 약해지고, 붕대를 감아야 하는 것에 민감하게 반응하고 있어. 내가 먼저 클로드의 방에 가서 물어볼게."

"아뇨 제발, 같이 올라가게 해주세요. 제가 같이 들어간다면 클로드가 거절하지 못할 거예요. 클로드가 바라지 않는다면 바로 나오겠지만, 그를 보고 싶어요."

휠러 부인은 이 제안이 불안했지만, 이니드는 그런 그녀를 무시했다. 그들은 함께 3층으로 올라갔고, 이니드가 문을 두드렸다.

"나야 클로드. 들어가도 될까?"

낮고 꺼림칙한 소리가 들렸다. "안 돼, 의사들이 그러는데 잘 옮는 병이래. 그리고 어찌 됐든, 이런 모습을 보여 주고 싶지 않아."

그녀는 기다리지 않고 문을 열었다. 방에는 블라인드가 쳐져 있어 어두웠고, 강렬하고 쓴 냄새가 가득했다. 클로드는 침대에 납작하게 누워 있었다. 그의 머리와 얼굴에는 탈지면이 감겨 있어 눈과 코끝만 간신히 보였다. 그의 얼굴에서 묻어나는 갈색 풀이 거즈 가장자리에 스며 나와 지저분해 보였다. 이니드는 이런 세세한 것들을 한눈에 알아보았다.

"혹시 빛 때문에 눈이 아프니? 잠깐 블라인드 하나를 올릴 테니 이 꽃들을 봐 줘. 올해 처음으로 핀 스위트피야."

클로드는 갑작스럽게 보이는 여러 가지 밝은색에 눈을 깜빡거렸다. 그녀는 스위트피를 얼굴 앞에 대고 그에게 약 냄새 속에서 향기를 맡을 수 있는지 물었다. 그는 당황스럽던 마음이 누그러졌다. 휠러 부인이 화병을 가져왔고, 이니드는 그의 옆에 있는 작은 테이블에 꽃들을 정리해 두었다.

"다시 방을 어둡게 해줄까?"

"아니. 잠깐 앉아서 얘기 좀 하자. 얼굴이 굳어서 말을 많이 못하지만."

"그럴 줄 알았어! 어제 길에서 레너드 도슨을 만났는데, 네가 베이고 난 뒤에 어떻게 밭에서 일을 했는지 말해 줬어. 얼마나 너에게 뭐라고 하고 싶던지."

"뭐라고 해줘. 그러면 기분이 좋아질지도 몰라." 그는 그녀의 손을 잡았다. "내가 서쪽에서 돌아온 날 심고 있던 스위트피야?"

"응. 이렇게 일찍 폈는데도 예쁘게 자라지 않았니?"

"두 달도 안 돼서 피다니. 이상하네."

"이상하다고? 뭐가?"

"그 씨앗 한 줌은 몇 주 안에 이렇게 예쁜 꽃이 되는데, 사람은 뭘 하든 오래 걸린다는 게. 그렇게 생각하니 별로 중요하지 않은 것 같아."

"그런 식으로 사물을 보면 안 돼."라고 그녀가 나무라듯 말했다.

이니드는 클로드의 침대 발치에 있는 의자에 똑바로 앉아 있었다. 그녀의 꽃무늬 오르간디 드레스는 그녀가 가져온 꽃다발과 매우 흡사했고, 헐렁한 밀짚모자에는 라일락이 끼워져 있었다. 그녀는 그의 아버지가 단독에 걸렸을 때 이야기를 했다. 클로드는 멍하니 듣고 있었다. 그는 그녀와 자신의 방에 이렇게 함께 있으리라고는 생각하지 못했다. 그는 어머니가 자기만큼 놀랐다는 것을 알아차렸다. 휠러 부인은 이니드 주위를 잠시 맴돌다가 그녀가 꽤 편안해하는 것을 확인하고 아래층으로 내려가서 일을 했다. 클로드는 그녀를 가만히 바라볼 수 있도록 이니드가 아무 말도 하지 않고 그대로 앉아 있었으면 하고 바랐다. 그녀가 방 안으로 가져온 햇살과 그녀라는 평온하고 향기로운 존재가 그를 달랬다. 곧 클로드는 이니드가 자신에게 무언가를 묻고 있다는 것을 깨달았다.

"뭐라고 이니드? 이 약들이 나를 바보로 만들었나 봐. 무슨 소리인지 모르겠어."

"체스를 두느냐고 물었어."

"아니, 잘 못 해"

"아버지가 그러는데 난 꽤 잘하는 편이래. 네가 나으면 캐리가 중국에서 보낸 상아 체스를 보여 줄게. 매우 아름답게 조각되어 있어. 이제 가봐야겠다."

그녀는 일어나서 그의 손을 쓰다듬으며 사람을 어리석은 관점으로 보면 안 된다고 말했다.

"난 네가 그렇게 헛된 사람인지 몰랐네. 붕대는 누구에게나 그렇듯 너에게도 그냥 붕대일 뿐이야. 다시 블라인드를 내려 줄까?"

"그래, 부탁해. 이제 더 이상 볼 게 없으니까."

"클로드, 이제 제법 여자들과 노닥거리는 걸 좋아하게 됐구나."

이니드가 말하는 도중 그는 뭔가 움찔했다. 얼굴이 더 화끈거렸다. 그녀가 아래층으로 내려간 후에도 그녀가 그런 말을 하지 않았기를 계속 바랐다. 휠러 부인이 약을 주러 왔다. 그가 약을 삼키는 동안 휠러 부인은 옆에 서 있었다. "이니드 로이스는 정말 센스 있는 애야." 그녀가 잔을 받으며 말했다. 그녀의 어조엔 확신이 아니라 어리둥절함이 있었다.

이니드는 매일 오후에 찾아왔고, 클로드는 그녀의 방문을 안절부절못하며 기다렸다. 그 일은 그에게 일어난 유일한 낙이었고, 독이 오르고 흠이 나 창피한 얼굴을 잊게 해주었다. 그는 스스로가 역겨웠다. 이마와 머리카락 밑의 부어오른 부분을 만졌을 때, 그는 더럽고 비참한 기분이 들었다. 밤이 되면 열이 높이 올라 머리와 목에 통증이 심해졌고, 고통이 최고조에 달했다. 그는 불도그처럼 싸웠다. 그는 여태껏 읽었던 종교재판과 팔다리를 늘리는 도구를 이용하여 사람을 괴롭히는 어두운 고문의 일화를 떠올렸다.

이니드가 예쁜 여름옷을 입고 시원하고 상큼한 모습으로 방에 들어서자, 클로드는 마음이 껑충 뛰었다. 그는 말을 많이 할 수는 없었지만 누워서 그녀를 바라보며 달콤한 만족감을 느꼈다.

며칠이 지나자 그는 덱 의자에 반쯤 걸터앉아 그녀와 체스를 둘 수 있을 만큼 회복했다. 어느 날 오후 그들은 거실의 서쪽 창가에 앉아 체스를 두었다. 클로드는 또 패배를 인정했다.

"나하고 체스를 두면 따분하겠어." 그는 이마에 맺힌 땀방울을 털어 내며 중얼거렸다. 그의 얼굴은 깨끗해졌고, 주근깨마저 사라질 정도로 하얘졌다. 손은 부드럽고 힘이 없었다.

이니드는 "몸이 괜찮아지고 마음을 추스르면 더 잘 둘 수 있을 거야."라고 장담했다. 그녀는 다른 일에는 머리가 잘 돌아가는 클로드가 체스에는 영 소질이 없는 것이 어리둥절했다.

클로드는 의자에 다시 주저앉으며 한숨을 쉬었다. "그래. 내 지혜가 방황하는 것 같아. 저기 지평선에 있는 밀밭을 봐. 사랑스럽지 않니? 그렇지만 이제 난 저것들을 수확할 수 없을 거야. 때론 내가 시작한 무언가를 언제 끝낼 수 있을지 궁금해."

이니드는 체스판을 상자에 넣었다. "이제 괜찮아졌으니, 그만 우울해해. 아버지가 그러는데 너 같은 사람들은 항상 우울하대."

클로드는 의자 등받이에 기대어 천천히 고개를 저었다. "아니, 그게 아니야. 생각할 시간이 너무 많아서 우울해. 있잖아, 이니드. 난 아직 만족감을 주는 일을 한 적이 없어. 나도 분명히 뭔가 잘할 텐데. 가만히 누워 생각할 때, 내 삶이 내게 일어난 건지 다른 사람에게 일어난 건지 궁금해. 나랑은 별로 상관이 없는 것 같아. 아직 출발하지도 못한 기분이야."

"하지만 넌 아직 스물두 살이 아니잖아. 아직 시작할 시간이 충분해. 늘 그런 생각을 하고 있었던 거야?" 그녀는 그를 향해 손가락을 흔들었다. "난 항상 두 가지 생각을 해. 이건 그중 하나야." 휠러 부인이 클로드가 4시에 마실 우유를 가지고 들어왔다. 오늘은 아래층에서 보낸 첫날이었다. 그들이 물방아용 담 근처에서 놀던 어린 시절에, 클로드는 이니드와 함께 있는 막연하게 빛나는 미래를 보았다. 그러던 그에게 어니스트와 모든 것을 함께 하고 싶던 때가 찾아왔다. 그때는 여자들이 귀찮게 방해만 했고, 그는 언젠가 이 감정들을 다시 찾을 날이 올 거라며 모두 멀리 밀어 버렸다.

그는 이니드가 자신에게 돌아올 것을 항상 믿고 있었다. 그리고 그녀는 '그날' 오후 약 냄새가 나는 그의 방에 햇빛을 몰고 왔다. 그녀는 그를 제외하고는 아무한테도 그렇게 하지 않았을 것이다. 권위적이라고 인정한 생각에서 가볍게 벗어날 그녀가 아니었다. 그는 그녀가 유아반의 다른 어린 소녀들과 함께 어린이날 운동을 위해 플랫폼으로 행진하던 것을 기억한다. 그녀는 주름 없는 스타킹을 신고 빳빳한 흰 드레스를 입은 채, 진지한 얼굴로 그녀의 친구들이 질서를 유지하도록 했는데, 마치 "이렇게 바르게 하는 것이 얼마나 즐거운 일인가!"라고 말하는 것 같았다.

스미스 노인은 그 당시 목사였는데, 괴팍하고 변덕스러운 부인에게 많이 시달렸던 좋은 사람이었다. 그는 어린 이니드 로이스를 보며 그리운 듯 안식을 받곤 했는데, 자신만의 명언인 '고결하고 어여쁜 기독교의 여성다움'을 미래의 그녀에게서 보았기 때문이다. 복도 건너편 남학생반에서 클로드는 그녀를 놀리고 방해하려고 했지만, 그녀의 진지함을 존중했다.

그들이 함께 놀던 때 그녀는 공정했고, 다치더라도 칭얼거리지 않았으며, 불쾌한 일에서 여자만의 면제권을 주장한 적이 없었다. 그녀는 심지어 물방아용 담에 빠져서 그가 그녀를 구해 줬을 때도 차분했다. 그녀는 흙탕물을 토해 내자마자, 흠뻑 젖은 작은 속치마로 얼굴을 닦고 앉아 계속 떨며 "클로드, 클로드."를 반복했다. 이 사건은 이제 그에게 의미심장하고 운명적으로 보였다.

클로드는 점점 회복해 갔다. 아직 몸이 허약한 상태였지만 피가 더 강하게 끓어오르는 것 같았고, 활력이 돌았다. 몸이 아플 때 다시 살고 싶은 욕망이 그의 혈관을 타고 흐르며 노래를 불렀다. 그는 젊음의 물결에 휩쓸려 녹초가 되었다. 이니드와 함께 있을 때 이런 감정들은 결코 강하지 않았다. 실존하는 그녀는 그의 평정심이 되돌아오게 했다. 이 사실은 그를 당황시키지 않았다. 그는 소녀의 본성에 있는 아름다운 무언가, 너무나 사랑스럽고 미묘해서 이름이 없는 그것에 끌렸다.

클로드는 회복된 첫날, 아무것도 하지 않고 인생이 서서히 진행되는 것을 즐겼다. 부드러운 호흡은 쾌락적이었다. 잠을 이루지 못한 밤, 하늘 아래 나른하게 떠다니는 구름 위에 누워 있는 것은 즐거운 일이었다. 이 깊은 나약함 속에서 이니드에 대한 생각이 달콤하고 타는 듯한 고통처럼 시작되어, 막을 수도, 통제할 수도 없는 감정에 휩싸여 어둠 속으로 떠내려가곤 했다. 지금까지 그는 쟁기질을 하거나 건초를 던지거나 밀밭에서 등을 다치거나 하는 것엔 숙달되어 있었다. 그러나 그는 이제 스스로에게 압도당했다. 이니드는 그를 위해 존재했고, 그녀는 그에게 왔다. 그는 결코 그녀를 놓아주지 않을 것이다. 이니드는 자신이 얼마나 그녀를 갈망했는지 결코 알아서는 안 된다. 그녀는 그가 느끼는 감정을 조금씩 느낄 것이다. 그는 알고 있었다. 시간이 오래 걸리리란 걸. 그러나 그는 무한히 기다릴 것이고, 무한히 부드럽게 대할 것이다. 고통을 받을 사람은 그여야지, 그녀여서는 안 된다. 심지어 그는 꿈속에서도 그녀를 깨우지 않았고, 그녀가 동상처럼 고요하고 무의식적일 때도 사랑했다.

클로드는 그녀가 이유도 없이 변할 때까지 사랑할 것이다. 때때로 이니드가 자신의 옆에 갑자기 앉을 때, 얼굴이 빨개지고 죄책감이 들었다. 마치 그는 그녀에게 무엇인가 용서를 빌어야 하는 것처럼 온순하고 겸손했다. 종종 이니드가 가고 혼자 남으면 그녀에 대해 생각할 수 있게 되어 기뻤다. 그녀의 존재는 클로드에게 제정신을 가져다주었고, 그는 감사했다. 클로드가 이니드와 함께 있을 때, 그는 그녀가 어떻게 자신을 올바르게 만들고, 삶에 적합하게 만드는지 생각했다. 그는 어머니를 걱정시켰고, 아버지를 실망시켰다. 결혼은 그가 처음으로 자연스럽게 한 기대였다. 그것은 유용한 인생의 시작일 것이다. 어머니가 반복하여 말한 찬송가같이 영혼을 회복시킬 것이다. 이니드가 기꺼이 그의 말을 들어 주었다는 것은 의심할 여지가 없었다. 클로드가 병상에 있을 때 보여 준 이니드의 헌신적인 모습을 아마도 그녀의 친구들은 약혼과 동등하게 여겼을 것이다.

◆

클로드가 회복 후 프랭크포트에서 처음으로 한 일은 머리를 깎는 것이었다. 이발소를 나온 후 그는 제이슨 로이스의 사무실에 반짝이는 베이럼*을 들고 찾아갔다. 로이스는 금고를 닫고 몸을 돌려 그의 손을 잡았다.

"안녕, 클로드, 다시 만나서 반갑구나! 자네처럼 허스키한 젊은 농부에게 병은 큰 영향을 끼치지 않는군. 늙은 사람들에겐 그렇지 않단다. 난 강 남쪽의 알팔파를 보기 위해 가려던 참인데, 같이 가세."

그들은 보도 옆에 서 있는 오픈카로 갔다. 무르익어 가는 들판 사이를 돌고 있을 때 클로드가 침묵을 깼다. "로이스 씨, 제가 무슨 일로 뵙고 싶었는지 알고 계시죠?"

로이스는 고개를 흔들었다. 그는 출발한 이후로 줄곧 생각에 잠겼다.

클로드는 겸손하게 말을 이어 나갔다. "제가 이니드를 마음에 두고 있다는 말은 놀랄 일이 아니겠죠. 아직 그녀에게 아무 말도 하지 않았지만, 만약 반대하시지 않는다면, 그녀에게 결혼하자고 말

---

* 면도 후 바르는 화장품으로, 베이베리나무의 잎으로 만든다.

해 볼 거예요."

로이스는 "결혼은 최종적인 거야 클로드."라고 말했다. 그는 앉은 채로 정신을 딴 데 두고 앞에 놓인 길을 바라보았다. 평소보다 더 우울하고 희끗희끗해 보였다. "이니드는 채식주의자야."

클로드는 미소 지었다. "그건 상관없어요, 로이스 씨."

로이스는 고개를 끄덕였다. "나도 알아. 자네 나이 때는 별로 상관없겠지. 하지만 그런 것들이 차이를 만든다네." 그는 반쯤 피운 시가를 물더니 한동안 아무 말도 하지 않았다. 마침내 그가 입을 열었다.

"이니드는 좋은 여자야. 엄밀히 말하자면, 그 아이는 다른 여자애들보다 똑똑하지. 만약 우리 집에 딸이 하나 더 있다면, 이니드를 사무실로 데려갔을 거야. 판단력이 좋거든. 잘은 모르겠지만 이니드는 집안일보다 사업을 더 잘할 거야." 로이스는 찌푸린 얼굴을 풀고 입에서 시가를 꺼내 바라보더니 불을 붙이지 않고 다시 입에 물었다.

클로드는 놀라서 그를 바라보았다. "이니드에 대해서는 의문의 여지가 없습니다, 로이스 씨. 그녀에 대해 물어보러 온 게 아니에요. 전 저를 사위로 받아 주실 수 있는지 물어보러 온 거예요. 저희가 알다시피, 이니드는 저와 결혼하는 것보다 더한 일을 할 수 있어요. 전 확실히 지금까지 별로 능력을 발휘해 본 적이 없어요."

"도착했군. 이 느릅나무 밑에 차를 두고 북쪽 들판 끝으로 가서 산책이나 하세."

그들은 철조망 아래로 들어가 보라색 꽃밭을 지나 험한 땅을 가

145

로지르기 시작했다. 노란 나비들이 그들 앞에 휙 날아올랐다. 그들은 햇볕이 내려앉은 부드러운 흙길을 걸어갔다. 로이스는 새로운 시가를 꺼내 불을 붙였고, 성냥을 내던지면서 클로드의 어깨에 손을 올렸다. "난 항상 자네 아버지가 부러웠네. 자네가 애송이일 때부터 마음에 들었고, 물레방아를 보러 들여보내 주곤 했지. 내가 수력을 포기하고 엔진을 달았을 때, 나는 속으로 이렇게 생각했어. '이 시골에서 오래된 물레방아가 사라지는 것에 실망할 사람이 딱 한 명 있지, 바로 클로드 휠러.'"

클로드는 로이스 옆을 터벅터벅 걸어가면서 말했다. "결혼하기에 제가 너무 어리다고 생각하지 않으셨으면 좋겠어요."

"아니, 젊은이가 결혼하는 것은 옳은 일이야. 나는 결혼에 대해 아무 말도 하지 않았어. 아마 자넨 이니드의 선교에 대한 욕망을 알아야 할 거야. 이젠 그것에 대해 어떻게 생각하는지 모르겠지만. 물어보지 않거든. 그런 관념들을 없애는 것을 보고 싶어. 여자한텐 아무 도움이 안 돼."

"저도 그녀가 그것들을 없앨 수 있도록 돕고 싶어요. 로이스 씨가 허락해 주신다면 이번 가을 이니드를 설득해서 결혼하겠어요."

제이슨 로이스는 클로드의 꾸밈없고 희망찬 얼굴을 들여다보고, 눈살을 찌푸리며 시선을 돌렸다.

알팔파밭은 한쪽 구석이 비스듬히 위를 향해 산비탈에 던져진 밝은 녹색과 자주색의 손수건 같았다. 가장 위쪽 구석에 자리한 가늘고 어린 목화 나무가 클로버 위를 맴돌던 작은 나비 떼처럼 흔들렸다. 로이스는 검은 코트를 벗어서 걸어 놓고 나무 위에 앉았다. 그의 목에는 땀이 목주름을 따라 흘러 셔츠가 얼룩져 있었다. 그는 두 손을 무릎 위에 모으고 앉아 부드러운 흙 속에 발뒤꿈치를 괴고 멍하니 들판의 건너편을 보았다. 그는 자신이 클로드와 이야기 나누고 싶은 방대한 경험에 손을 댈 수 없다는 것을 알았다. 그것은 육체적인 비참함처럼 그의 가슴속에 쌓여 있었다. 말하고 싶은 욕망이 그곳에서 고군분투했다. 그러나 그는 아무 말도 없었고, 자신을 이해시킬 방법도 없었다. 그는 말할 이유가 없었다. 그는 단지 어린 친구에게, 그가 찾은 인생을 그림처럼 보여 주고 싶었다. 설명 없이 어떤 가슴 아픈 실망에 대해 경고하려는 것이었다. 그는 그것이 불가능하다고 생각했다. 늙은 사람이 어린 사람에게 말하는 것은 죽은 사람이 산 사람에게 말을 하려는 것과 같았다. 클로드와 이 비밀을 공유할 수 있는 유일한 방법은 클로드가 그저 더 살아 보는 것이었다. 로이스는 시가를 점점 더 세게 물었다. 그는 들판에서 부드러운 꽃 같은 바람의 길을 바라보고 있는 동안, 클로드를 직접적으로 보지 않았지만, 그 소년의 표정이 뻔히 보였다. 일종의 완고한 충성심이 묻어나는 표정이었다. 클로드는 그의 옆에 누웠는데, 햇빛을 받으며 산책한 것이 다소 피곤하고, 조금은 우울했다.

한참 후 로이스는 넓적한 손을 펴서 잠시 동안 시가를 손에 들었다. 그는 결연한 명랑함으로 말했다. "클로드, 우리는 언제나 장인어른과 사위라는 흔한 관계보다 더 좋은 친구가 될 거야. 자네는 인생에 대해, 특히 결혼에 대해, 자네가 믿는 모든 것은 거짓말이라는 것을 알게 될 거야. 사람들이 왜 그런 세상에 사는 것을 좋아하는지 모르겠지만, 그들은 살아가지."

◆

    로이스와 이야기를 나눈 후, 클로드는 곧장 방앗간으로 차를 몰고 갔다. 그늘진 길을 올라가면서 그는 햇볕이 잘 드는 꽃밭에서 이리저리 움직이는 하얀 드레스가 두 개인 것을 보고 실망했다. 글래디스 파머가 와 있었다. 그녀는 휴가 중으로, 이니드와 시원한 아침 시간을 보내기 위해 걸어왔다. 그들은 물냉이를 모으다 헬리오트로프의 냄새를 맡으려고 정원에 멈춰 서 있었다. 타는 듯 한 오후, 보라색 분무기가 화단에 향기를 뿜어내며 따뜻한 숨결처럼 그들의 볼을 스쳤다. 둘은 동시에 클로드가 온 것을 눈치챘다. 그들은 그에게 손을 흔들고 서둘러 문으로 내려가 그의 회복을 축하했다. 클로드는 그들의 양철통을 대신 들고 그들과 함께 모래 협곡으로 올라가 방앗간 바로 위 러블리 크리크로 흘러 들어가는 맑은 물줄기를 따라갔다. 그들은 느릅나무 두 그루의 노출된 뿌리 아래 샘에서 개울물이 발원하는 자갈투성이의 언덕으로 왔다. 봄의 모든 것, 그리고 얕은 개울의 모래밭에서, 크레스가 푸르게 자랐다.

    글래디스는 이곳이 마음에 들었다. 그녀는 만족한 듯이 주위를 둘러보았다. "우리가 놀던 곳들 중에서, 내가 가장 좋아하는 곳이야 이니드."

    "너희들은 느릅나무 뿌리에 앉아 있어. 이 부드러운 자갈에는 물이 고여. 발을 두면 흰 구두가 더러워질 거야. 내가 대신 크레스를 구해 올게."

"그럼 내 양동이를 가능한 한 꽉 채워." 글래디스가 자리에 앉으며 말했다.

"이곳이 너무 좋아. 이 언덕에 왜 잎이 두꺼운 유카가 무성하게 자라는지 궁금하네, 이니드? 이 식물들은 우리가 어렸을 때 오래되고 질겼는데."

그녀는 뜨겁고 반짝이는 산비탈에 몸을 기댔다. 해는 느릅나무 꼭대기 사이로 붉은 광선을 내뿜었고, 자갈과 석영 조각들이 눈부시게 반짝였다. 빛을 받은 시냇가 바닥은 빛바랜 금처럼 반짝거렸다. 클로드의 머리와 굽은 어깨는 초록 땅을 돌아다니며 얼룩덜룩해졌고, 덕 바지는 원래보다 더 하얘 보였다. 글래디스는 여행을 하기에는 너무 가난했지만, 프랭크포트 몇 마일 이내에서 멋진 광경을 볼 수 있는 행운이 있었고, 따뜻한 상상력이 인생의 흥미를 찾는 데 도움을 주었다. 그녀는 이니드에게 털어놓은 것처럼 콜로라도에 가고 싶었다. 그녀는 산을 본 적이 없다는 것이 부끄러웠다.

클로드가 두 개의 번쩍이는, 흠뻑 젖은 양동이를 들고 올라왔다. "이제 몇 분만 같이 앉아도 될까?"

클로드가 옆에 왔을 때 이니드는 그의 얼굴이 매우 안 좋은 것을 발견했다. 클로드의 손수건은 물에 젖어 모래투성이였기 때문에 이니드는 자신의 손수건을 그에게 주었다. "클로드! 꽤 지쳐 보이는데! 과로했니? 여기 오기 전에 어디 있다 왔어?"

"네 아버지와 함께 마을 밖에 나가서 알팔파를 보고 왔어."

"그리고 뜨거운 태양 아래에서 여기저기 걸어 다녔겠지?"

클로드는 웃으며 말했다. "그랬지."

"오늘 밤에 뭐라고 해야겠군. 넌 여기서 쉬고 있어. 내가 글래디스를 집에 데려다주고 올게."

글래디스는 항의했고 마침내 둘 다 클로드의 차로 그녀를 집에 태워다 주어야 한다는 데 동의했다. 그들은 물이 졸졸 흐르는 소리를 들으며 잠시 머물렀다. 현명하고 눈에 띄지 않는 목소리가 밤낮으로 중얼거리며, 그것을 이해할 수 없는 사람들에게 계속 진실을 말했다.

집으로 돌아가기 전, 이니드는 파머 부인을 위해 헬리오트로프를 따 꽃다발을 만들었다. 다만 해가 저물면서 그 풍부한 향기는 이미 사라져 버렸다. 그들은 글래디스를 내려 주고 그녀의 꽃들과 크레스들을 작은 집 문 앞에 놓아두었는데, 거의 트럼펫 덩굴에 반쯤 가려져 있었다.

클로드는 차를 돌려 이니드와 함께 어슴푸레하게 땅거미 진 길을 따라 돌아갔다. "보통 글래디스를 만나는 것을 좋아하지만, 오늘 오후 너와 함께 있는 그녀를 발견했을 때, 나는 1분 동안 몹시 실망했어. 네 아버지랑 얘기하고, 바로 너를 만나고 싶었거든. 나랑 결혼해 줄래, 이니드?"

"잘될 거 같지 않아 클로드." 그녀는 슬프게 말했다.

그는 소극적인 그녀의 손을 잡았다. "어째서?"

"내 마음은 다른 계획들로 가득 차 있어. 대부분의 여자들이 결혼하지만, 모두가 그런 건 아니야."

이니드는 모자를 벗었다. 낮게 깔린 석양 속에서 클로드는 갈색 머리에, 창백한 얼굴을 한 그녀를 쳐다보았다. 고개를 든 그녀에게는 우아하고 매력적인 무언가가 있었다. 순종과 확고함을 동시에 암시하는 무언가가. "나도 그런 먼 꿈들을 가지고 있어 이니드. 하지만 이제 그런 내 생각은 너를 두고 더 멀리 가지 못해. 내가 출발할 수 있도록 매우 조금이라도 신경을 써 준다면 나머지는 기꺼이 감수할게." 그녀는 한숨을 쉬었다. "내가 널 아끼는 걸 알잖아. 난 그걸 비밀로 한 적이 없어. 하지만 우린 지금 이대로도 행복하잖아 그렇지?"

"아니 그렇지 않아. 나도 나만의 삶이 필요해, 그렇지 않으면 산산조각 날 거야. 네가 나를 받아 주지 않는다면, 난 남미에 가서 우리가 노인이 될 때까지 돌아오지 않을 거야."

이니드는 그를 바라보았고, 둘 다 미소를 지었다. 방앗간은 위층 창문을 제외하곤 불이 다 꺼져 있었다. 클로드는 차에서 내려 이니드를 살며시 땅으로 내려 주었다. 그녀는 그가 그녀의 부드러운 입과 긴 속눈썹에 키스하도록 내버려 두었다. 창백하고 먼지 투성이의 황혼 속에서 몇 개의 하얀 별들만 반짝였고, 이미 공중에 떠 있는 개울의 냉기와 함께, 그녀는 클로드가 옛날 물방아 담이 있던 곳에서 떨고 있던 작은 유령처럼 보였다. 끔찍한 우울함이 소년의 가슴을 움켜잡았다. 그는 일이 이렇게 될 줄 몰랐다. 나약하고 망가진 느낌으로 집에 돌아왔다. 지금 그가 느끼는 감정을 표현할 만한 것이 이 세상 어디에도 없을까? 모든 것이 신선한 실망이 되어 버린 걸까? 인생은 왜 이렇게 신비로울 정도로 힘든 걸까? 그는 이 시골 자체가 슬프다고 생각했고, 그를 바라보는 시선 또한 슬프다고 생각했다. 그리고 불행한 얼굴을 한 인간의 이야기를 더 이상 바꿀 수 없다고 생각했다. 그는 자신을 다시 아프게 해달라고 신에게 빌었다. 세상은 너무 험해서 들어갈 수 없는 곳이었다. 그날 밤 세상에는 클로드에게 유감의 말을 할 사람이 한 명 더 있었다. 글래디스 파머는 한참 동안 그녀의 침실 창에 앉아 별을 바라보며 그날 오후 그녀가 본 것에 대해 생각했다. 그녀는 어렸을 때부터 이니드를 좋아했고, 그녀에 대한 모든 것을 알고 있었다. 클로드도 프랭크포트의 거리를 돌아다니는 죽은 사람 중 하나가 된 것이다. 클로드였던 모든 것은 사라지고, 그의 껍질은 오십 년 동안 왔다 갔다 하며 먹고 자고 할 것이다. 글래디스는 많은 죽은 사람들의 아이들을 가르쳤다. 그녀는 강한 신념과 혼란스러움으로 가득 찬 자신을 위해 안개 같은 철학을 공부했다. 그녀는 세상을 아름답게 하는 모든 것, 사랑이나 친절함, 여가와 예술은 전부 감옥에 갇혀 있고, 베일리스 같은 성공한 사람들이 열쇠를 쥐고 있다고 믿었다. 세상을 아름답게 하는 것들을 밖으로 내보내서 사람들을 행복하게 하는 너그러운 자들은 왜인지 허약해서 창살도 부술 수 없었다. 심지어 그녀 자신의 작은 삶조차도 베일리스 같은 사람들의 지배로 부자연스러운 모양으로 짜였다. 예를 들어 그녀는 시카고 오페라단의 공연을 위해 그 봄에 오마하로 갈 엄두도 내지 못했다. 그러한 사치스러운 행동은 그녀의 모든 친구들과 학교 게시판에 교정 정신을 불러일으킬 것이다. 그들은 아마도 그녀에게 내년에 약속한 적은 봉급을 인상해 주지 않기로 결정할 것이다. 심지어 프랭크포트에도 상상력과 관대한 충동을 가진 사람들이 있었지만, 그들은 모두 비효율적이고 실패자라는 것을 그녀는 인정해야 한다. 진실을 말할 수 없는 불같고 감정적인 노처녀 리빙스톤, 외뢰인이 없는 늙은 변호사 스미스 씨, 먼지투성이의 사무실에서 셰익스피어와 드라이든을 온종일 읽던 사람, 무료 '시'와 '영화' 시나리오를 쓰고 음료수 기계를 돌본 여성적인 약국 직원 바비 존스 씨 같은 사람들.

클로드는 그녀의 유일한 희망이었다. 그들이 고등학교를 졸업한 이후로, 그녀가 학생들을 가르치던 4년 내내 그가 나타나 자신을 증명하기를 기다렸다. 그녀는 클로드가 베일리스보다 더 성공하고 여전히 클로드이기를 원했다. 그녀는 그를 돕기 위해 어떤 희생도 했을 것이다. 클로드만큼 강하고 재능 있고, 두려움 없는 소년이 자신의 본성에 있는 미묘한 긴장감 때문에 실패해야 했다면, 인생은 그녀처럼 열정적인 마음을 품고 있는 사람에게 원통할 가치가 없었다.

마침내 글래디스는 침대에 누웠다. 그가 이니드와 결혼한다면 그것으로 끝이다. 그는 로이스 씨의 고장 난 큰 기계처럼 될 것이 분명했다.

◆

클로드는 수확이 끝나기 전에 밭에 갈 수 있을 정도로 괜찮아졌다. 7월 중순에도 농부들은 여전히 곡식을 수확하고 있었다. 밀과 귀리의 수확량이 너무 많아서 타작할 기계가 모자라, 평소처럼 마무리할 수 없었다. 사람들은 검은 연기를 내뿜는 엔진이 들판으로 느릿느릿 올 때까지 그들의 차례를 기다려야 했다. 비가 온다면 처참했을 것이다. 하지만 올해는 농부들이 모든 일이 잘 풀릴 때를 말하는 '좋은 해' 중 하나였다. 비는 필요할 때 많이 내렸다. 지금은 건조하고 햇살이 눈부신 기적과도 같은 더운 날씨였다.

매일 아침 태양은 붉은 공처럼 올라와서 재빨리 이슬을 마시고 모든 생물에게 활기를 불어넣어 주었다. 이번과 같은 큰 수확기에는 더위와 강렬한 빛, 중요한 일이 사람들을 끌어당겨 친근하게 만든다. 이웃들은 서로 도와 영양분이 풍부한 곡식을 수확했다. 여자들과 아이들 그리고 노인들은 수확물을 아끼고 잘 보관하기 위해 할 수 있는 모든 일을 했다. 심지어 말들도 평소보다 다양하고 사교적인 생활을 했다. 이 농장 저 농장을 돌아다니면서 이웃 말들이 마차와 바인더, 헤더를 끄는 것을 도왔다. 그들은 오랜 친구의 새끼의 냄새를 맡기도 하고, 모르는 여물통에서 먹고 마시거나 거부하기도 했다. 휠러 농장의 다리가 뻣뻣한 몰리나 레너드의 천식을 가지고 있는 빌리(그의 기침은 400미터 밖까지 들렸다.) 같은 노쇠한 말들이 살고 있는 펜션은 서비스를 시작했다. 이런 병약한 짐승들이 젊은 암말이나 거세당한 말들을 잘 따라잡는 것도 멋졌다. 그들은 기꺼이 고개를 숙이고 목에 걸린 깃이 달콤하다는 듯이 당겼다.

태양은 모든 동물들의 에너지를 자극하고 빼앗는 위대한 존재 같았다. 저녁때 외투를 팽개치고 들녘 가장자리로 내려가는 것은 낡고 지친 세상을 등지고 오는 것 같았다. 말과 사람들은 하루 종일 땀에 젖어 있었다. 저녁 식사 후 빨간 해가 동쪽에서 다시 나타날 때까지 아무 데서나 잤고, 해가 떠오르면 마치 트럼펫이 연주하는 팡파르처럼 신경과 근육은 태양열로 떨리기 시작했다.

클로드는 몇 주 동안 신문을 읽을 시간이 없었다. 아버지가 밭에서 거인처럼 일했기 때문에, 신문들은 펼쳐지지 않은 채 다발로 집에 누워 있었다. 거의 매일 저녁 클로드는 몇 분 동안 이니드를 보기 위해 방앗간으로 향하였다. 그는 차에서 내리지 않은 채, 출입구에 앉아 있는 이니드와 대화를 나누었다. 그녀는 수확하다가 막 나온 남자들이 싫다고 솔직하게 말했고, 클로드도 그녀를 탓하지 않았다. 그는 옷이 마르기 시작한 후 자신을 별로 좋아하지 않았다. 그러나 저녁 식사를 끝내고 잠자리에 들기 전까지의 한두 시간은 그가 누군가를 만날 수 있는 유일한 시간이었다. 그는 영웅들처럼 잠을 잤다. 지구상에서 가장 원하던 침대에 누워서, 잠이 그를 압도하기 전에 달콤함을 느꼈다. 아침, 그는 침대에서 일어나 잠에서 깨어나기 전까지 몇 시간 동안 자명종 시계의 비명 소리를 들은 것 같았다. 알람 소리가 울리고 그가 손을 내밀어 시계를 멈추는 순간 사이에 온갖 일들이 일어났다. 예를 들어 그는 저녁에 평소처럼 이니드를 만나러 갔다. 그녀가 집에서 길을 내려오는 동안, 그는 자신이 옷을 전혀 입지 않았다는 것을 발견했다! 그리고 놀라운 민첩성으로 피켓 울타리를 뛰어넘어 황혼에 서서 에덴동산의 아담처럼 잎으로 몸을 가리며, 이니드와 흔한 이야기를 나누었다. 그는 꿈속에서 언제라도 그녀가 그의 곤경을 발견하지 않을까 걱정했다.

휠러 부인과 마에일리는 말들이 그랬듯이, 탈곡 기간엔 몸무게가 줄었다. 올해 넷 휠러는 30부셸 정도 되는, 600에이커의 밀을 수확했다. 그 정도의 수확은 여자들만큼 남자들에게도 힘든 일이었다. 레너드의 아내 수지가 휠러 부인을 도와주러 왔다. 하지만 그녀는 가을에 출산을 앞두고 있었고, 더위 때문에 무척 힘들어했다. 요이더의 딸들 중 한 명도 왔다. 그러나 체계적인 독일 소녀는 마에일리의 기묘한 방법에 정신이 팔려 있었고, 휠러 부인은 그런 그녀에게 마에일리의 생각을 계속 알아채려고 노력하는 것보다 직접 일을 하는 것이 쉽다고 알려 주었다. 날마다 열 명의 굶주린 사람들이 부엌의 긴 저녁 식탁에 앉았다. 휠러 부인은 파이와 케이크와 빵 덩어리들을 오븐에 가능한 한 빨리 구웠으며, 아침부터 밤까지 기관차의 화실처럼 계속 연료를 넣었다. 마에일리는 마치 '뻐끔살무사'가 된 것처럼 손목이 부풀어 오를 때까지 닭 목을 비틀었다.

7월 말이 되자 흥분이 가라앉았다. 여분의 잎은 식탁에서 사라졌고, 헛간에는 휠러의 말들만 남았으며, 닭장의 공포 시대는 끝났다.

어느 날 저녁 넷 휠러는 신문 보따리를 겨드랑이에 끼고 저녁 식사를 하러 내려왔다. "클로드, 나는 유럽의 전쟁 공포가 시장에 영향을 미쳤다고 본다. 밀 가격이 뛰어올랐어. 지금 시카고에서 88센트에 팔리고 있다는구나. 가격이 내려가기 전에 몇백 부셸 정도 팔아야겠다. 내일 출발하는 게 좋겠어. 너와 나는 하루에 두 번 바이카운트까지 팀을 바꿔 가며 갈 수 있어. 등급 문제는 말할 필요도 없고."

휠러 부인은 커피를 따르다 말고 커피포트를 허공에 들고 있었다. 그녀는 온화하게 중얼거렸다. "우리가 생각하는 것처럼 단지 신문 속의 공포일 뿐이라면, 그것이 시장에 왜 영향을 미치는지 모르겠어. 분명히 뉴욕과 보스턴에 있는 거물 은행가들은 사실과 루머를 구별할 방법을 알고 있을 거야."

넷 휠러가 시험하듯이 말했다. "커피 좀 줘. 시세에 대해 설명할 필요 없어. 그저 이용만 하면 되는 거야."

"하지만 무슨 이유가 있지 않는 이상 우리가 왜 밀을 바이카운트로 끌고 가야 하지요? 전쟁 소문에 감춰진 곡물상들의 모략이라고 생각하지 않아요? 재력가와 언론이 국민을 이렇게 속인 적이 있잖아요?"

"에반젤린, 난 그 일에 대해 아는 게 하나도 없고, 그렇다고 생각하지도 않아. 한 시간 전에 바이카운트에 있는 대형 곡물 창고에 전화했는데, 아침에 시세가 바뀔 수 있으니 70센트를 지불한다고 했어. 오늘 밤에는 방앗간에 가지 않는 것이 좋겠어. 일찍 일어나야 하니까. 내일 6시에 움직이면, 더워지기 전에 도착할 거야."

"알겠어요. 저녁 식사 후에 신문 좀 보고 싶네요. 타작 기간에 헤드라인을 제외하곤 아무것도 읽지 못했어요. 어니스트는 그랜드 듀크 살해 사건에 동요했고, 오스트리아인들이 문제를 일으킨 거라고 했어요. 하지만 그의 말에 속뜻을 모르겠어요."

"어쨌든 한 부셸에 70센트라고 하니깐." 넷 휠러가 뜨거운 비스킷을 잡으려고 손을 뻗으며 말했다.

"그만큼이라면, 왠지 뭔가 더 있을 것 같다는 기분이 들어요." 휠러 부인이 말했다. 그녀는 마치 어지러운 생각의 무리를 털어 버리려는 듯이 종이 파리채를 들어 불규칙하게 휘둘렀다. 넷 휠러는 "어니스트에게 전화를 걸어 보헤미안 신문에선 뭐라고 하는지 물어봐라."라고 제안했다.

클로드가 전화했지만, 어니스트는 받지 않았다. 그들은 아마도 마을 아래쪽에 보헤미아 사람들이 모여 사는 곳에 자리한 헛간에 춤을 추러 갔을 것이다. 그는 위층으로 올라가 신문지로 가득 찬 안락의자 앞에 앉았다. 오마하 월드헤럴드 1면에 큼직하게 쓰인 얼룩무늬 전보로는 아무것도 알아낼 수 없었다. 독일군은 룩셈부르크로 들어가고 있었다. 그는 룩셈부르크가 어디에 있는지, 도시인지 나라인지 몰랐다. 그는 그것이 궁전일 거라고 막연하게 생각했다. 그의 어머니는 유럽 지도를 찾기 위해 '마에일리의 도서관'으로 올라갔다. 네브래스카 농부들에게 지도는 절대 필요하지 않았다. 그러나 그날 밤, 대초원의 많은 가정에서는 미국과 외국 태생의 여자들이 지도를 찾고 있었다.

클로드는 너무 졸려서 어머니가 돌아오기를 기다릴 수 없었다. 그는 위층으로 비틀거리며 올라가 어둠 속에서 옷을 벗었다. 밤은 후텁지근했고, 하늘에서는 서쪽 지평선을 따라 쉴 새 없이 번개가 쳤다. 낮에 들어온 모기는, 그가 침대 위에 몸을 던지자, 높고 고통스러운 소리를 내며 돌아다니기 시작했다. 그는 좌우로 몸을 돌려 베개로 귀를 막으려고 했다. 그 불안정한 소리는 신문 1면의 큰 활자와 함께 졸고 있는 그의 뇌리를 스쳤다. 그 검은 글자들은 높고 윙윙거리는 소리와 함께 그의 머리 위를 날아다녔다.

◆

8월 6일 늦은 오후, 클로드는 빈 마차를 끌고 바이카운트와 러브리 크리크 계곡 사이의 평평한 시골길을 털털거리며 달리고 있었다. 그는 그날 두 번이나 이 길을 지나가야 했다. 뜨거운 오후에 마차를 끌어야 했기에 가장 무거운 말들을 선택했지만, 말들이 너무 피곤해서 걸음을 재촉할 순 없었다. 말들의 목은 땀자국으로 얼룩졌고, 옆구리는 발걸음마다 피어오르는 하얀 먼지로 도배되었다. 말들은 머리를 숙이고, 깊고 느리게 호흡했다. 초록색으로 칠해진 마차의 목제 좌석은 매우 뜨거웠다. 클로드는 머리에 아무것도 쓰지 않은 채 마차 한쪽 끝에 앉았다. 이따금 목과 턱을 말려주는 희미한 바람이 불어와 손수건을 꺼내는 수고를 덜어 주었다. 주위에는 밀들이 수 마일에 걸쳐 뻗어 있었다. 쓸쓸한 짚 더미가 햇빛에 누렇게 서서 긴 그림자를 드리웠다. 그는 저 멀리 있는 아카시아 숲으로 가는 길을 둘러보고 있었다.

집으로 돌아오는 길에 그는 어니스트와 만나기로 약속했다. 그는 일주일 동안 어니스트를 보지 못했다. 그 이후로 여러 가지 일들이 있었다. 마침내 그는 한참 떨어진 곳에 있는 어니스트를 알아보았고, 멈춰 선 채 가시울타리 옆에서 그를 바라보며 생각에 잠겼다. 해는 이미 저물어 회색빛 물에 비친 태양처럼 열기와 함께 그루터기 위에 걸려 있었다. 동쪽에는 보름달이 막 떠올랐고, 그 얇은 은빛 표면은 석양처럼 핑크빛으로 물들었다. 하늘에 떠 있는 위치를 제외하곤 그 둘을 구별할 수 없었다. 그들은 세상의 반대편에서 서로를 존중하며 앉아 있었다. 마치 그들도 약속에 의해 만난 것처럼.

클로드와 어니스트는 동시에 땅에 내려와 한참 동안 서로 만나지 못한 것을 느끼며 악수했다.

"어니스트 그 문제에 대해 어떻게 생각해?"

어니스트는 조심스럽게 고개를 저을 뿐 더 이상 대꾸하지 않았다. 그는 말을 쓰다듬으며 목걸이를 살짝 풀었다.

"나는 마을에서 헤이스팅스 신문을 기다렸어." 클로드는 성급히 대화를 이어 나갔다.

"영국이 어젯밤 전쟁을 선포했어."

"독일인들이 리에주에 있어. 난 그곳이 어디에 붙어 있는지 알아. 나는 앤트워프에서 배를 타고 이곳으로 왔어."

"그래, 나도 알아. 벨기에가 뭘 할 수 있을까?"

"아무것도." 어니스트는 마차 바퀴에 기댄 채 주머니에서 파이프를 꺼내 천천히 채워 넣었다. "아무도, 아무것도 할 수 없어. 독일군은 원하는 곳이면 어디든지 갈 수 있어."

"그만큼 상황이 나쁜데 벨기에는 왜 싸움을 거는 거지?"

"모르겠어. 하지만 결국 수포로 돌아갈 거야. 내가 독일군에 대해 이야기해 줄게 클로드."

그는 아카시아 나무 옆을 왔다 갔다 하며 장엄한 열변을 토해 냈다. 준비, 조직, 집중, 무지막지한 자원과 인간들. 그가 이야기하는 동안 태양은 사라지고 창백한 달은 하늘에 올라가 자리를 굳혔다. 들판은 아직도 대낮에 남겨진 온순한 반사광으로 어렴풋이 빛나고 있었고, 거리에는 어두워진 게 아니라 잠에 가득 찬 것 같은 그림자가 생겼다.

어니스트는 결론을 지었다. "내가 만약 고향에 있었다면, 지금 오스트리아 군대에 있을 거야. 내 사촌들과 조카들은 이미 러시아인이나 벨기에인들과 싸우고 있을 거야. 군인들이 추수 시기에 이렇게 평화로운 곳의 모든 것을 파괴하기 시작한다면 어떻겠어, 클로드?"

"당연히 그러지 않을 거야. 난 탈주하고 총살당하겠지."

"그럼 너희 집안은 박해당할 거야. 네 형제, 어쩌면 네 아버지까지도 오스트리아 장교들이 막 대할 거야."

"그런 건 신경 쓰지 않을 거야. 내 남자 친척들을 얼마나 막 대하든, 스스로 결정하도록 내버려 두었을 거야."

어니스트는 어깨를 으쓱했다. "너희 미국인들은 애들처럼 허풍을 떨고 있어. 그럴 수도 있고 그러지 않을 수도 있어! 내가 말했지 그 아무도 이 일과 관련이 없어. 뿌렸던 씨앗을 거두는 거야. 이런 삶이 언젠가는 올 줄 알았지만, 이렇게 빨리 다가올 줄 몰랐어." 두 사람은 부드러운 하늘의 광채를 올려다보며 조금 더 머물렀다. 어디에도 구름 한 점 없었고, 들판에 있던 희미한 빛들은 어느새 순수한 달빛으로 변했다. 곧 두 마차는 흰 길을 따라 움직이기 시작했고, 두 사람은 등받이가 없는 좌석에 축 늘어진 채 생각에 잠겼다. 그들은 어니스트가 남쪽으로 가야 하는 코너에 이르자 목소리를 높이지 않고 잘 자라고 서로에게 인사했다. 클로드의 말들은 마치 잠결에 걸어가는 것 같았다. 심지어 말들은 걸으면 일어나는 먼지구름에도 재채기조차 하지 않았다. 유일하게 걸음 소리만이 밤의 광활한 고요 속에서 들려 왔다.

왜 어니스트는 그에게 그렇게 짜증을 냈을까? 클로드는 의아했다. 그는 어니스트처럼 생각하기 힘들었다. 그는 유럽에서 일어나고 있는 일에 대해 어떤 생각이 들지 않았고, 아무 감정도 느껴지지 않았다. 그저 인지하고만 있었다. 그는 항상 독일인들이 미국인들이 가장 존경하는 덕목에서 탁월하다고 생각했다. 한 달 전이라면 그는 괜찮은 미국 소년들은 이상을 위해 싸운다고 말했을 것이다. 벨기에의 침략은 그가 친구들과 이웃들에게서 배운 독일인의 성격과 모순되었다. 그는 여전히, 큰 실수가 있었고, 이 훌륭한 사람들이 세상에 사과하고 스스로 바로잡을 것이라는 희망을 소중히 여겼다. 냇 휠러는 클로드가 머리에 아무것도 쓰지 않고 코트도 입지 않은 채 마당으로 들어오자 언덕을 내려갔다. "피곤하겠구나. 내가 말들을 정리하마. 무슨 소식이 있니?"

"영국이 전쟁을 선포했대요." 냇 휠러는 가만히 서서 머리를 긁적였다. "그럼 내일 일찍 일어날 필요가 없겠구나. 정말 전쟁이 일어난다면 밀 가격이 더 오를 테니. 난 지금까지 헛소문이라고 생각했는데. 어머니에게 신문을 보여 줘라."

◆

이니드와 그녀의 어머니는 매년 여름이면 미시간 요양원으로 떠나 10월이 돼서야 돌아오곤 했다. 클로드와 휠러 부인은 전쟁

파견에 모든 관심을 쏟았다. 8월의 첫 2주 동안, 그 황당한 소식은 작은 마을에서 시골까지 퍼졌다. 그달 중순쯤 9일 동안 싸움이 지속되다 후방에서 오던 공성포에 의해 몇 시간 만에 리에주 요새가 함락되었다는 소식이 들려왔다. 확실히 그 무기는 그 어떤 요새라도, 앞으로 건설될 어떤 요새라도 파괴할 수 있었다. 이 조용한 밀 농부들에게도 리에주의 공성포는 위협적으로 들렸다. 그들의 안전이나 물건에 관한 위협이 아니라 편안함이나 확립된 사고방식에 위협적인 존재였다. 이 전쟁에서는 해일이나 지진, 화산 폭발과 같은 예측할 수 없는 자연재해의 효과보다 힘이 훨씬 센 무기들이 차례차례 소개되었다.

23일에는 나무르 요새가 함락되었다는 소식이 들려왔다. 다시 한번 유례없는 파괴의 힘이 세상에 풀려났다는 경고였다. 며칠 후 루뱅의 고풍스럽고 평화로운 대학교를 쓸어 버렸다는 이야기도 나왔다. 이 힘이 믿을 수 없는 끝을 향해 가고 있음이 분명했다. 이 무렵 신문에도 민간인들이 입은 피해에 대한 기사가 가득했다. 무언가 새롭고 확실히 악한 것이 인류 사이에 작용하고 있었다. 아무도 그것에 이름을 붙이지 못했다. 인간의 행동을 묘사하는 그 어떤 흔해 빠진 설명도 이름이 되기엔 적합하지 않았다. '아틸라'*라는 이름을 붙여 주기엔 너무 개인적이고, 극적이고, 너무 오래되고, 친숙한 인간의 열정으로 가득 차 있었다.

9월의 첫째 주 오후 부엌에서 피클을 만들고 있던 휠러 부인은

_____

* 434년부터 453까지 훈족을 지배한 왕으로, 야만적인 잔인함의 상징이다.

프랭크포트에서 돌아오는 클로드의 차 소리를 들었다. 그는 문이 스스로 닫히게 내버려 두고, 탁자 위에 우편물 보따리를 던졌다. "어머니, 어떻게 생각하십니까? 프랑스가 보르도로 정부를 옮겼어요! 분명히 그들은 파리를 지킬 수 없다고 생각하고 있어요."

휠러 부인은 앞치마 자락으로 창백한 얼굴을 적신 땀을 닦고 가장 가까운 의자에 앉았다. "네 말은 파리가 더 이상 프랑스의 수도가 아니라는 거야? 정말 사실일까?"

"그런 것 같아요. 신문에서는 예방책이라고 하지만."

그녀는 일어났다. "지도를 보러 가자. 보르도가 어디 있는지 정확히 기억이 안 나. 마에일리, 식초가 타지 않도록 관리해 줘."

클로드는 어머니를 따라 새 지도가 걸려 있는 거실로 갔다. 휠러 부인은 버드나무로 만들어진 흔들의자에 등을 기대어 반짝거리는 지도 위로 손을 이리저리 움직이기 시작하더니 "그래, 보르도는 남쪽에 매우 치우쳐 있구나. 파리는 여기 있고."라고 중얼거리듯 말했다.

그녀의 뒤에 있던 클로드도 어깨너머로 훑어보았다. "그들이 자신들의 도시를 크리스마스 선물처럼 독일에 넘겨줄 거라고 생각하세요? 저는 러시아가 모스크바에서 그랬듯이* 도시를 먼저 태워야 한다고 생각해요. 지금은 다이너마이트도 있으니 그때보다 확실히 할 수 있어요."

---

* 1812년 9월 나폴레옹의 군대가 모스크바에 입성하자 러시아 애국자들은 모스크바에 불을 질렀다.

"그런 소리 하지 마라." 휠러 부인은 버드나무 의자에 몸을 파묻었다. 부엌의 열기와 스토브에서 벗어나자 매우 피곤해졌다. 그녀는 힘없이 얼굴에 야자잎 부채를 흔들어 대기 시작했다. "정말 아름다운 도시라고 하던데. 아마도 독일인들은 브뤼셀에서 그랬듯 아무것도 파괴하지 않을 거야. 이쯤이면 파괴하는 데 넌더리가 났을 거야. 백과사전을 가져와서 뭐라고 쓰여 있는지 읽어 줄래? 안경을 아래층에 두고 왔어."

클로드는 책장에서 책 한 권을 가져와 읽기 시작했다. "파리, 센 주이며 프랑스의 수도이다. 역사 부분은 건너뛸까요?"

"아니 전부 읽어 주렴."

그는 목을 가다듬고 다시 읽기 시작했다. "역사의 최초엔 파리가 유럽과 세상에 중요한 역할을 할 전조가 없었다." 휠러 부인은 부엌과 오이는 애초에 없었던 일인 듯 까먹고 부채질을 했다. 결코 피곤하지 않았던 그녀는 지쳐 쉬고 있었고, 메로빙 왕들 아래 설립된 초기 종교 재단에 대한 설명에 사로잡혔다. 그녀의 눈은 햇볕에 그을린 목과 붉은 머리를 한 아들의 어깨 위에 언제나 기분 좋게 머물렀다. 클로드는 숨이 찰 때까지 점점 더 빨리 책을 읽었다.

"어머니 여기 왕들에 대한 페이지가 있어요! 이건 나중에 읽죠. 전 지금 어떤 상황인지, 앞으로 역사가 더 생길 것인지에 대해 알고 싶어요." 그는 칼럼을 손가락으로 훑었다.

"이게 좋아 보이네. 방어: 파리, 세계에서 가장 위대한 요새에 대한 독일군의 최근 설명에 따르면, 세 가지 뚜렷한 방어 수단을 가

지고 있다." 그는 여기서 말을 멈췄다. "이것에 대해 어떻게 생각하
세요? 독일의 설명, 게다가 이건 영어로 된 책이라고요! 세상은 독
일을 잘못 판단했어요. 우리는 그들을 이웃인 양 초대해서 우리의
소와 축사를 보여 주었는데, 그들은 밤에 우리 물건을 어떻게 빼
앗을지 계획을 세웠다고요."

휠러 부인은 이마에 손을 얹었다. "그렇지만 우리는 독일인 이웃
이 매우 많아. 그중 친절하지 않거나 도움이 되지 않는 이웃은 한
명도 없어."

"저도 알아요. 에를리히 부인이 말해 준 독일에 대한 모든 것이
독일에 가고 싶게 만들었어요. 그리고 여성과 아이들에 대한 아름
다운 노래를 부르는 사람들은 벨기에 마을로 가서…"

"그만해 클로드!" 그의 말을 되밀려는 듯 휠러 부인이 두 손을
내밀었다. "파리의 방어에 대해 읽어 보거라. 그것이 지금 우리가
생각해야 할 문제야. 난 독일인이 무너뜨리지 않은 요새가 하나
있다는 것을 믿을 수 없어. 우리는 파리가 사악한 도시라는 것을
알고 있지만 그곳에 신을 두려워하는 많은 사람들이 있고, 신은
그동안 파리를 보호해 주었어. 그 신문에서 넌 얼마나 많은 여자
들이 매일 교회에서 기도하고 있는지 보았잖니." 그녀는 몸을 앞
으로 내밀고 그를 보고 너그럽게 웃었다. "그런데 넌 그 기도들이
아무것도 이루지 못할 거라고 믿니 클로드?"

클로드는 어머니가 어떤 주제에 손을 대었을 때 늘 그랬듯이 당
황했다. "글쎄요, 어머니도 알다시피, 독일군도 기도하고 있을 거
예요. 그리고 어쩌면 그들이 천성적으로 프랑스인들보다 더 경건

할지도 몰라요." 그는 책을 들어 다시 읽기 시작했다. "다시 낮은 지대에서, 마른의 거대한 고리의 가장 좁은 부분에서," 클로드와 그의 어머니는 그 강의 이름, 그리고 전략적 중요성에 대해 점점 익숙해졌는데, 며칠 후 검은 헤드라인에서 그것이 두드러지기 시작했다.

여느 때처럼 가을의 쟁기질이 시작되었다. 냇 휠러는 600에이커의 밀을 다시 심기로 하였다. 지구 반대편에서 무슨 일이 일어나든, 그들은 빵이 필요할 것이다. 그는 직접 세 번째 농사용 가축 팀을 데리고 매일 아침 들판에 나가 덴과 클로드를 도와주었다. 이웃들은 독일의 황제 이외에는 아무도 냇 휠러를 규칙적으로 일하게 만들 수 없다고 말했다.

모든 남자들이 밭에 있었기에, 휠러 부인은 이제 매일 아침 4분의 1마일 떨어진 사거리의 우체통으로 어제 자 오마하와 캔자스시티 신문을 가지러 갔다. 그녀는 집으로 돌아오면서 신문들을 읽기 시작했고, 해바라기와 배풍등 사이에서 방황했다. 어느 날 아침, 그녀는 길옆에 있는 붉은 잔디 둑에 앉아 전쟁 소식을 읽었다. 메뚜기가 그녀의 치마 위에서 뛰어놀고, 땅다람쥐들은 구멍에서 나와 눈을 깜빡거렸다. 그날 정오, 그녀는 클로드가 가축들을 물탱크로 이끄는 것을 보고, 그에게 가기 위해, 보닛을 찾아 쓰고는 멈추지 않고, 숨 가쁘게 풍차에 도착했다.

"프랑스가 후퇴하는 것을 멈췄어. 그들은 마른강에서 버티고 있어. 엄청난 전쟁이 진행 중이래. 신문에서는 이 전투가 앞으로의 전쟁을 판가름할 거래. 파리 근교에서 몇몇 군인이 택시를 타고 나갔대." 클로드가 몸을 일으켰다. "어쨌든 파리에 대해서는 결정되겠죠. 얼마나 많은 사단이 있대요?"

"나도 몰라. 설명이 너무 헷갈리는구나. 하지만 영국 군대가 약간 있고, 대다수가 프랑스 군대래. 아버지가 너보다 먼저 소식을 들었고 위층에서 신문을 읽고 계셔."

"그 신문들은 어제 신문이잖아요. 오늘 밤 일이 끝나면 바이카운트에 가서 헤이스팅스 신문을 가져올게요."

저녁때, 클로드가 마을에서 돌아왔다. 아버지와 어머니는 그를 기다리고 있었다. 그는 거실에 잠시 멈추어 섰다. "전투가 진행 중이고, 실질적으로 프랑스군 전체가 교전 중이라는 것 이외에는 별다른 소식이 없어요. 5 대 3 정도로 독일군 수가 그들을 능가하고, 포병부대는 얼마나 있는지 모른대요. 조프르 장군이 프랑스군은 더 이상 후퇴하지 않을 거라고 말했어요." 그는 앉지 않고 곧장 위층의 자기 방으로 갔다.

휠러 부인은 램프를 끄고 옷을 벗고 누웠으나 잠을 자지는 않았다. 한참 후 클로드는 그녀가 창문을 부드럽게 닫는 소리를 듣고 어둠 속에서 혼자 미소를 지었다. 그가 아는 어머니는 파리를 언제나 성 바르톨로뮤의 학살과 무신론자 볼테르에 대한 책임이 있는, 포도주를 마시는, 가톨릭 사람들의 경박한 수도, 가장 악랄한 도시라고 생각했다. 지난 2주 동안, 프랑스가 로레인에서 후퇴하기 시작한 이후, 그는 그녀가 점점 파리에 관심을 갖는 것을 알아차렸다.

그는 어둠 속에서 눈을 크게 뜨고 누워 생각했다. 나흘 전 프랑스 정부는 보르도로 자리를 옮겼다. 그 여파로 인해 파리가 갑자기 프랑스의 수도가 아니라 전 세계의 수도가 된 것 같았다! 그는 자신이 오늘 밤 마른 근처에 있길 바라는 유일한 농부가 아니라는 것을 알았다. 강에 딱딱한 서양식 'r'이 핵심처럼 들어가 있어, 발음할 수 있는 이름이라는 사실은 어쩐지 상상력을 더욱 확고하게 하였다. 가만히 누워 빠르게 생각한 클로드는 자신조차 프랑스가 '우아함'이라는 방해물을 헤치고 독일의 총알보다 훨씬 더 무서운 군대에게 들키지 않고 빠져나갈 것이라고 생각했다. 1914년 9월 8일 밤, 마른강에서는 누군가의 태도는 상관없을 것이다. 수세기 동안 그토록 의미를 지녔지만 전에는 결코 그렇게 큰 의미를 갖지 못했던 그 도시에 쌓이고 없어지는 피와 살의 원자가 되는 것만큼 기쁜 것은 없었다. 그것은 추상적인 생각의 순수성을 지니게 되었다. 아주 졸린 대륙, 육지로 둘러싸인 추수 마을, 바다의 작은 섬에서 나흘 동안 남자들은 혜성이나 별이 떨어지는 것을 보기 위해 밤에 눈을 떴을지도 모른다.

◆

　일요일 오후, 전날 이니드와 그녀의 어머니가 미사간에서 돌아왔기 때문에 클로드도 방앗간으로 향하였다. 휠러 부인은 흔들의자에 기대어 책을 읽고 있었고, 넷 휠러는 셔츠를 입고 호두나무로 된 서재에 앉아 칼럼을 읽으며 즐거운 시간을 보내고 있었다. 곧 그는 하품을 하면서 일어나 두 팔을 머리 위로 뻗었다.

"클로드가 당장 건물을 짓고 싶어 해, 목재소 옆에 건축한다는
데. 내가 가격을 알아봤어. 지금 건축 자재가 싸니깐 일을 시작하
라고 해야겠어."

휠러 부인은 멍하니 고개를 들었다. "그렇게 하세요." 넷은 의자
에 두 다리를 벌리고 앉아서, 의자 등에 팔을 기댄 채 그녀를 바라
보았다. "어쨌든 그 둘을 어떻게 생각해? 당신의 의견을 난 잘 모
르겠군."

"이니드는 좋은 여자예요, 기독교인…." 휠러 부인은 단호하게
말을 시작했지만 그녀의 문장은 질문처럼 허공에 걸려 있었다.

그는 조바심 내며 움직였다. "나도 알아. 그런데 클로드같이 허
스키한 소년이 무엇 때문에 그런 여자를 골랐을까? 그녀는 다시
결혼하기 전으로 돌아가 버릴 텐데!"

듣자 하니 이러한 불안은 휠러 부인에게 새로운 것이 아니었다.
그녀가 그를 말리려고 손을 내밀며 침통한 불안 속에서 속삭이듯
말했다. "아무 말도 하지 마요! 숨도 쉬지 말라고요!"

"간섭하지 않을게! 난 절대 그런 거 안 해. 아내보다는 며느리로
받아들이는 게 멀리 봤을 때 좋겠어. 클로드는 내 생각보다 더 멍
청하군." 그는 모자를 들고 헛간으로 내려갔지만 휠러 부인은 그
렇게 쉽게 평정을 되찾지 못했다. 그녀는 편안함을 바라며 자리를
잡고 있던 의자를 떠나 먼지떨이 깃털을 들고는 방 안을 산만하게
돌아다니며 가구 위의 먼지를 털어 냈다. 전쟁 소식이 들릴 때나,
클로드 때문에 골머리를 앓을 때, 그녀는 이렇게 어수선한 세상에
서 작은 것들을 정리할 수 있는 것에 감사하며 집 청소나 옷장 정

리를 하였다.

가을 모내기가 끝나자마자, 클로드는 새로운 우물을 파기 위해 마을 밖에서 우물 구멍 뚫는 사람을 데려왔고, 그들이 일하는 동안 그는 지하실을 파기 시작했다. 그는 어렸을 때 숲이 세상에서 가장 아름다운 곳이라고 생각했기 때문에 아버지의 목재장 옆 평평한 곳에 집을 지었다. 그것은 물푸레나무와 네군도단풍, 목화 나무로 둘러싸인 약 30에이커의 사각형 집이었고, 남쪽엔 두꺼운 뽕나무 울타리가 쳐져 있었다. 나무들은 방치되어 있었지만, 만약 그가 그곳에 산다면, 그는 그 나무들을 잘 다듬고 틈틈이 돌볼 수 있었다.

매일 아침 그는 포드를 타고 달려가서 지하실 작업을 했다. 그는 지하실이 깊을수록 좋다는 말을 들은 적이 있었다. 그리고 그에게 이 말은 말 그대로 지하실이 충분히 깊어야 한다는 뜻이었다. 어느 날 레너드 도슨이 진행 상황을 보러 왔다. 그는 구멍의 가장자리에 서서, 밑에서 땀을 흘리는 클로드에게 말했다.

"맙소사 클로드, 왜 그렇게 깊은 지하실을 원하는 거야? 부인이 중국에 가겠다는 생각을 하면 지하실 문을 열고 던져도 되겠어!"

클로드는 곡괭이를 내팽개치고 사다리를 타고 올라왔다. "이니드는 그런 생각 안 해."라고 그가 화난 듯이 말했다.

"화낼 필요는 없잖아. 그 말을 들으니 기쁘다. 그녀의 언니가 중국에 갔을 땐 유감이었어. 내겐 언제나 이니드가 중국에 가고 싶어 하는 것처럼 보였거든, 안 본 지 꽤 됐지만. 그녀가 어머니와 미시간으로 떠난 뒤로는 말이야."

레너드가 돌아간 후, 클로드는 여전히 유머 감각이라고는 없는 상태로 다시 일에 복귀했다. 그는 이니드를 생각할 때 전혀 행복하지 않았다. 그가 방앗간에 놀러 갔을 때 보통 이니드가 아니라 로이스 씨가 그를 붙잡고, 그를 따라 정문까지 내려오고, 그가 가는 것을 보고 안타까워했다. 그는 이니드가 자신에게 관심이 부족한 것을 그녀 탓으로 돌릴 수 없었다. 그녀는 새로 지을 집 이외에는 아무것도 생각하지 않고 이야기하지 않았다. 그녀의 제안은 대부분 좋았다. 그는 종종 그녀가 불합리하고 사치스러운 요구를 하길 바랐다. 그러나 그녀에게는 이기적인 변덕이 전혀 없었고, 심지어 그가 그렇게 정성껏 계획한 편안한 위층 수면실은 객실로 써야 한다고 주장했다.

집이 형태를 갖추기 시작하자 이니드는 종종 집을 보기 위해 차를 타고 왔고, 클로드에게 벽지와 휘장의 샘플이나 어떤 잡지에서 잘라 낸 창가 좌석의 디자인을 보여 주었다. 세세한 부분들에 대한 그녀의 자존심에는 의심의 여지가 없었다. 실망스러운 것은 그녀가 그보다 그 집에 관심이 더 많아 보인다는 것이었다. 그들이 원하는 만큼 함께할 수 있는 이 날들을, 그녀는 단지 그들이 집을 짓고 있는 기간으로 취급했다.

클로드는 결혼을 하면 모든 것이 다 괜찮아지리라 생각했다. 그는 어머니가 변환의 기적적인 효과를 믿었던 것처럼 결혼으로 인한 변화를 믿었다. 결혼은 모든 여성이 공통점을 갖게 했다. 냉정하고 자기만족적인 소녀를 사랑스럽고 너그럽게 바꾸었다. 이니드가 그의 아내가 되었을 때 그녀가 해야 할 모든 것을 인식하지 못한다는 것은 꽤 옳은 일이었다. 그는 그렇지 않으면 결혼을 원치 않았을 것이라고 스스로에게 말했다.

하지만 그는 여전히 외로웠다. 그는 이니드에게 별로 필요하지 않은 것 같은 배려와 소중히 아끼는 마음으로 작은 집을 풍족하게 채웠다. 그는 목수들에게 옷장과 찬장, 편리한 선반 배치, 같은 세세한 것들과 문지방과 창틀의 정확한 결합 같은 것을 요구했다. 종종 그는 시끄러운 부츠를 신은 일꾼들이 저녁 식사를 하러 집으로 돌아간 후에도, 저녁 늦게까지 그곳에 머물렀다. 그는 서까래나 위쪽 베란다의 뼈대에 앉아 멀게만 보이는 미래에 대한 기대감으로 생각에 잠겨 있었다. 해가 지고, 조용한 별들이 나오면 다정해지고 동정심이 일었다. 어느 날 밤, 새 한 마리가 날아와 칸막이 사이를 미친 듯이 날갯짓하면서, 위쪽의 창문들 중 하나를 통해 황혼 속으로 뛰쳐나가 자유를 찾기 전까지 겁에 질려 비명을 질렀다.

목수들이 계단을 놓을 준비가 되었을 때, 클로드는 이니드에게 전화를 걸어 그녀가 원하는 계단 높이를 그들에게 보여 달라고 부탁했다. 그녀의 어머니는 항상 너무 가파른 계단을 올라가야 했다. 이니드는 4시에 프랭크포트 고등학교에 차를 세우고 글래디스 파머를 설득하여 그녀와 함께 차를 몰고 왔다.

그들이 도착했을 때 클로드는 현관의 격자 울타리에서 일하고 있었다. 이니드는 웃었다. "클로드가 요나 같아. 그는 여기에 박 덩굴을 심고 격자를 타고 자라나서 그늘을 만들기를 원하는 거야. 더 장식적일지도 모를 다른 덩굴들이 생각나네."

클로드가 망치를 내려놓고 달래듯 말했다. "박 덩굴이 무언가를 타고 올라가는 걸 본 적이 있어 이니드? 얼마나 예쁜지 모를 거야. 커다란 초록 잎과 박과 노란 꽃들이 동시에 위에 매달려 있을 거야. 링컨으로 가는 길에 있는 역들 중 한 군데에 간이식당을 하는 늙은 독일 여자가 현관 뒤쪽을 타고 올라가게 박 덩굴을 심었는데, 나는 그것을 처음 봤을 때부터 따라 하고 싶었어."

이니드는 너그럽게 웃었다. "그럼, 어쨌든 앞쪽 현관엔 내 클레마티스를 심게 해줄 거지? 일꾼들이 떠날 채비를 하고 있으니 계단을 살펴보는 게 좋겠어."

일꾼들이 간 후, 클로드는 사다리를 써서 소녀들을 위층으로 데리고 갔다. 그들은 앞쪽과 뒤쪽의 응접실로 뻗어 있는 큰 방의 작은 출입구로 나왔다. 목수들은 이곳을 '내기 당구장'이라고 불렀다. 포치 위로 열리는 문처럼 긴 창문이 두 개 있었고, 경사진 천장에는 두 개의 지붕창이 있었는데 하나는 북쪽의 목재들을, 다른 하나는 남쪽의 러블리 크리크을 향해 나 있었다. 글래디스는 이 방이 도배되지 않은 채 비어 있는 것에 쾌감을 느꼈다. "정말 멋진 방이야!" 그녀가 소리쳤다.

클로드는 그녀를 잡고 말했다. "그렇지 않아? 보통 사람들처럼 방을 작게 자르는 대신 우리를 위해 2층을 만드는 것이 내 계획이야. 여기 올라오면 농장과 부엌과 우리의 모든 고민들을 잊을 수 있어. 우리를 위해 각각의 큰 옷장을 만들었고, 모든 것이 제대로 갖추어져 있어. 그리고 이제 이니드는 이 방을 전도사들을 위해 쓰고 싶어 해!"

이니드가 웃었다. "전도사뿐만이 아니라 클로드. 글래디스를 위

174

해서, 그녀가 우리 집을 방문할 때,—그녀가 좋아하는 걸 봤지? 네 어머니가 주말 동안 쉬러 올 때 네 어머니를 위해서. 우리 스스로 가장 좋은 방을 차지해서는 안 된다고 생각해."

클로드가 다그쳤다. "어째서? 우리들을 위해 이 집을 짓는 거야. 포치로 나와 봐 글래디스. 더운 밤에 딱 맞지 않겠어? 난간이 둥근 발코니로 만들어 의자와 해먹을 두고 싶어."

글래디스는 낮은 창턱에 앉았다. "이니드, 이 방을 객실용으로 쓰는 건 멍청한 짓이야. 아무도 너만큼 즐길 순 없을 거야. 여기서 시골 전체가 다 보이잖아."

이니드는 미소를 지었지만, 조금도 동의할 기미를 보이지 않았다. "여기서 기다리며 해가 지는 것을 보자. 조심해, 클로드 네가 거기 누워 있는 걸 보면 불안해." 그는 지붕 가장자리에 한쪽 다리를 쭉 뻗어 걸치고 팔베개를 하고 있었다. 평평한 들판은 붉게 물들고, 먼 풍차가 하얗게 번뜩이며, 장밋빛 구름이 하늘에 조금 떠다녔다.

클로드는 중얼거렸다. "내가 여기를 발코니로 만들면, 오후에 지붕 꼭대기에 항상 그림자가 드리우고, 밤에는 별들이 머리 바로 위에 있을 거야. 수확기에 잠을 잘 수 있는 좋은 곳이 될 거야."

"언제나 더운 밤에 잠을 자러 여기 올라올 수 있어 클로드." 그녀는 황급히 말했다.

"똑같은 느낌은 아닐 거야." 그들은 앉아서 하늘의 빛이 사라지는 것을 지켜봤고, 이니드와 글래디스는 가을 저녁의 서늘함이 다가오자 바짝 다가섰다. 세 친구는 같은 생각을 하고 있었다. 그럼에도 불구하고, 만약 어떤 주술에 의해 그 생각을 크게 말하기 시작한다면, 놀라움과 씁쓸함이 모두를 덮칠 것이다.

이니드의 반성은 가장 흠잡을 데가 없었다. 객실에 대한 이야기는 웰든 형제를 떠오르게 했다. 9월, 그녀의 어머니와 미시간주로 가던 그녀는 링컨에 하루 머물며 아서 웰든에게 '구원받지 못한 자'와 결혼을 해야 하는지 조언을 구했다. 젊은 웰든은 조심스럽게 이 문제에 접근했지만 문제의 남자가 클로드 휠러라는 사실을 알게 되자 모를 때 보다 더 편파적으로 말했다. 그는 그녀가 클로드와 결혼하면 그를 구원하는 것이라고 생각했고, 독실한 소녀들이 교회를 위해 할 수 있는 가장 중요한 봉사는 전도유망한 젊은이들을 지지하면서 끌어들이는 것이라고 서슴지 않고 말했다. 이니드는 웰든이 그녀의 선택에 동의할 것이라고 확신하고 있었지만, 역시 그의 동의는 항상 그녀의 자존심을 지켜 주었다. 그녀는 웰든에게 자신의 집이 생기면 여름휴가의 일부를 그곳에서 보내라고 말했고, 그는 얼굴을 붉히며 기꺼이 그렇게 하겠다고 말했다.

글래디스 역시 자신만의 생각에 잠겨 있었다. 안락하게 앉아 있는 그녀의 모습은 나태해 보였다. 그녀는 텅 빈 창틀에 기대 석양을 바라보고 있었다. 장밋빛은 그녀의 갈색 눈동자를 낡은 구리처럼 반짝이게 했고, 그 속에는 마치 마음속으로 무엇인가를 거역하고 있는 것처럼 침울한 표정이 담겨 있었다. 클로드가 우연히 그녀를 흘끗 보았을 때, 한 공동체에서 예외적인 사람이 되는 것, 다른 사람들보다 재능이 있거나 똑똑해지는 것은 어려운 운명이라는 생각이 들었다. 특히나 여자에겐 두 배로 힘들다고 생각했다.

그는 갑자기 일어나 긴 침묵을 깼다.

"잊어버렸네 이니드, 너에게 말할 비밀이 있어. 숲 뒤에서 어느 날 메추라기 떼를 보았어. 이 동네에 남은 유일한 새들일 텐데, 그들이 숲을 벗어나진 않을 것 같아. 내가 학교를 위해 떠난 뒤부터 그곳의 포아풀은 몇 년 동안 그대로였는데 아마도 풀 씨앗을 먹고 살았을 거야. 물론 여름에는 뽕나무도 있고."

이니드는 그 새들이 그곳에 숨어 있을 만큼 세상에 대해 충분히 배웠는지 궁금했다. 클로드는 그렇다고 확신했다. "아버지 외에는 아무도 그 근처에 안 가. 아버지는 가끔 그곳에 들러. 어쩌면 아버지는 메추라기 떼를 보고 한 마디도 하지 않았을 수도 있어. 딱 아버지답지." 그는 새들이 레너드의 옥수수밭으로 날아갈 시도를 하지 않도록 풀밭에 옥수수 껍질을 뿌렸다고 말했다.

"만약 레너드가 그들을 보았다면, 총을 쏠 가능성이 높아."

"그러지 말라고 하지 그래?" 이니드가 제안했다.

클로드는 웃었다. "그건 좋은 조건을 말해 주는 거지. 옥수수밭에 메추라기 떼가 날아다니면 사냥을 좋아하는 사람한테는 아주 유혹적이야. 글래디스, 네가 내년 여름에 놀러 오면 소풍을 가자. 숲 뒤에 예쁜 곳이 몇 군데 있어."

"어머, 벌써 밤이야! 여긴 사랑스럽지만 날 집에 데려다줘야 해, 이니드."

그들은 안이 어두워졌다는 것을 알았다. 클로드는 이니드를 데리고 사다리를 내려가고 그녀의 차로 간 다음 글래디스를 위해 돌아갔다. 그녀는 사다리 꼭대기에 앉아 있었다. 그는 그녀에게 손을 내밀어 그녀가 일어설 수 있도록 도왔다.

"내 집이 맘에 드는구나."라고 그가 상냥하게 말했다.

"그럼, 그럼." 그녀의 목소리에는 감정이 가득했지만, 더 말하려고 하지는 않았다. 클로드는 그녀가 미끄러지지 않게 그녀의 앞에 내려섰다. 글래디스는 그가 자신을 위해 복잡한 길을 안내해 주고, 바닥에 어지럽게 널려 있는 윗가지를 정리해 주는 동안 뒤에 서 있었다. 틈새로 벌어진 지하실 입구의 가장자리에서 그녀는 멈춰서서 클로드의 팔에 잠시 기대었다. 그녀가 말을 하지는 않았지만, 그는 그의 새집이 그녀를 슬프게 한다는 것을 이해했다. 그녀 역시 자신이 왔던 곳으로 돌아가기 위해 같은 길을 가야만 했다. 그는 그녀에게 자신의 형과 결혼하지 말라고 애원하고 싶었다. 그는 어둠 속에서 더듬거리며 주저하고 있었다. 그녀는 저주받은 것 같은 감성을 가지고 있다. 그녀는 삶에 너무 많은 것을 기대했고 실망할 것이다. 클로드는 간청하는 말 한마디 없이 그녀를 쌀쌀한 밖으로 데리고 나가고 싶지 않았다. 그는 의도적으로 많은 방들과 복도를 지나치며 길을 연장했다. 그는 자신의 의도대로 하려고 노력했다. 이 짧은 시간 동안에 동요하고, 혼란스러운 호소문을 내뱉었다. 클로드 자신도 크게 놀랐다.

◆

이니드는 6월 첫째 주에 결혼하기로 했다. 5월 초순 새로 지은 집에서는 미장공들과 도배업자들이 분주해졌다. 벽은 빛나기 시작했고, 클로드는 매일같이 가서 바닥에 기름칠을 하고 윤을 내고, 징두리 벽판을 대었다. 그는 누가 바닥에 발을 들여놓는 것을 싫어했다. 그는 뒤쪽 현관에 박 덩굴을 심고, 클라마티스와 라일락 덤불을 만들고 텃밭을 두었다. 그와 이니드는 덴버와 콜로라도, 스프링스로 신혼여행을 갈 예정이다. 그때는 베일리스가 집에 있을 것이다. 그는 날씨가 건조하면 꽃과 관목에 물을 주겠다고 약속했다.

클로드가 집 안의 목공품을 문지르거나, 밖에서 땅을 파고 무언가를 심는 동안 이니드는 종종 자신의 작품들을 가져와 앞쪽 현관에 앉아 바느질을 했다. 이것이 교제 기간 중 가장 좋은 시간이었다. 그는 이렇게 행복한 나날을 보낸 적이 없는 것 같았다. 만약 이니드가 오지 않았다면 그는 계속 길 아래를 내려다보며 귀를 기울이고, 여기저기 돌아다니면서 아무런 진전도 이루지 못했을 것이다. 레이스와 리본이 달린 모슬린을 입고 있는 그녀가 현관에 앉아 있으면 그는 힘이 넘쳤다. 클로드가 돌아다니다가 그녀의 곁에 잠시 멈추었을 때, 이니드는 그가 잠시 쉬는 것을 기뻐하는 듯 보였다. 그녀는 클로드가 자신의 자수를 맘에 들어 하는 것을 좋아했고, 새로운 내의에 페더스티치나 자수 둔 것을 거리낌 없이 보여 주었다. 도배업자들이 주고받은 눈빛으로 보아하니, 이런 대담한 행동을 하는 그녀가 곧 클로드의 신붓감이라고 짐작하는 것 같았다. 그는 이니드가 매우 매력적이라고 느꼈지만, 이런 행동까지 할지 꿈에도 몰랐다. 그는 그녀가 얼마나 자신을 신뢰하고, 얼마나 그를 무서워하지 않는지 알았을 때, 심장이 미친 듯이 뛰었다. 그녀는 클로드가 다시 일하러 갈 생각이 들 때까지 그녀 위에 서서 손가락을 내려다보거나, 그녀의 다리 근처에 앉아 무릎에 고정된 모슬린을 바라보게 내버려 두었다.

어느 따뜻한 바람이 부는 오후 클로드는 그녀 옆에 앉으며 물었다. "언제 숲 뒤쪽에 가볼래?" 이니드는 현관에 앉아 기둥에 등을 기대고, 딱딱한 흙 위로 자라는 쇠비름 위에 다리를 올리고 있었다. "또 메추라기 떼를 찾았어. 1년 중 대부분 물을 머금고 있는 도랑 옆에 있는 풀밭에서 살고 있어. 그곳에 완두콩을 좀 심어서 둥지에서 바로 먹이를 먹을 수 있게 할 거야. 내 생각엔 레너드의 옥수수밭은 너무 위험해. 그에게 말을 해야 할지 말아야 할지 모르겠어."

"어니스트에겐 이미 말했니?"

"당연하지!" 클로드는 그녀의 목소리에 담긴 악감정을 의식하지 않으려고 애쓰며 대답했다. "그는 안전한 사람이야. 거긴 새들의 천국이야. 나무들이 둥지로 가득 차 있어. 아침에 저기 서서 개똥지빠귀들이 아침거리를 찾기 위해 지저귀는 소리를 들을 수 있을 거야. 내일 아침 일찍 와서 나랑 같이 가볼래? 튼상한 신발을 신는 게 좋을 거야. 풀밭이 젖어 있으니깐."

그들이 이야기하는 동안 갑작스러운 회오리바람이 집 모퉁이를 스치고, 접힌 레이스 코르셋 커버들을 먼지투성이의 마당 위로 흩뿌려 놓았다. 클로드는 이니드의 작업용 꽃무늬 가방을 들고 달려가서 흔들리는 잡초 속에서 그것들을 차례차례 주워 담았다. 그가 돌아왔을 때 이니드는 바늘 케이스를 덮고 모자를 쓰고 있었다.

"고마워."라고 그녀가 웃으며 말했다. "다 찾았어?"

"그런 것 같아." 그는 죄지은 표정을 감추기 위해 서둘러 차 쪽으로 갔다. 그는 작은 레이스 하나를 가방에 넣지 않고 자신의 주머니에 넣었다. 다음 날 아침 이니드는 일찍 찾아와 새의 지저귐을 들었다.

◆

결혼식 전날 밤, 클로드는 일찍 잠자리에 들었다. 그는 랄프와 하루 종일 차로 여기저기 다니며 마지막 준비를 하느라 지쳐 있었다. 그는 눕자마자 잠이 들었다. 집안 여자들도 내일 있을 큰 행사 때문에 바빴다. 저녁 식사 후 설거지를 하고, 마에일리는 클로드의 결혼식 선물을 위해 지금까지 보관해 둔 퀼트를 가지러 다락방에 올라갔다. 그녀는 그것을 상자에서 꺼내 패턴 속의 별들을 세어 본 뒤 포장하였다. 별을 세며 그녀는 성취감을 느꼈다. 내일 다른 선물들과 함께 방앗간으로 가지고 갈 것이다. 휠러 부인은 그날 여러 번 잠에서 깼다. 그녀는 계속 신경 써야 할 것들을 되새겼다. 일어나서 클로드가 산의 한기를 대비하여 따뜻한 속옷을 챙겼는지 확인하고, 아래층으로 내려가 다음 날 저녁에 먹을 여섯 마리의 구운 닭이 고양이들로부터 안전하게 가려져 있는지 확인했다. 그녀는 이러한 것들을 되새기며 끊임없이 기도했다. 그녀는 마른 전투 이후로 이렇게 오래 그리고 열렬히 기도한 적이 없었다.

다음 날 아침 일찍 랄프는 큰 차에 선물과 음식 바구니를 싣고

로이스네로 갔다. 방앗간 마당에는 마을에서 온 차 두 대가 이미
서 있었다. 결혼식을 위해 집을 꾸미려고 프랭크포트에 있는 6월
의 장미꽃을 가지고 온 여자들의 차였다. 랄프가 경적을 울리자
그들 가운데 반이 달려 나와 그를 맞이하였고, 클로드와 같이 오
지 않은 것을 비난했다. 랄프는 즉시 일에 투입되었다. 그는 시키
는 곳이면 어디든 발판 사다리를 가지고 가서 앞부터 뒤까지 늘어
서 있는 기둥들에 가시가 난 장미들을 못으로 박아서 결혼식이 열
릴 곳에 아치형 장식을 만들었다.

글래디스는 친구들을 돕느라 수업을 하러 떠날 수 없었다. 11시
에 리버리 자동차가 그녀의 앞마당에서 뽑은 하얀색과 분홍색 모
란꽃과 이니드를 위해 헤이스팅스에서 주문한 온실에서 기른 꽃
들을 가득 싣고 왔다. 여자들은 그 꽃들을 보고 좋아하면서도 글
래디스답게 사치스럽다고 한마디씩 했다. 그녀의 집 앞마당에서
가져온 꽃들만으로도 충분했을 것이다. 차를 몰고 온 사람은 마을
주유소에서 일하는 누더기 같은 '과묵한 이르브'였다. 그가 과묵한
이르브라고 불리는 것은 사람들이 말을 걸어도 그에게서 한마디
도 듣지 못하기 때문이다. 그의 목소리는 매우 작고, 가늘며 삐걱
거렸다. 그는 양팔로 모란꽃을 가득 안은 채 끙끙거리며 현관으로
왔다.

"이건 파머 양이 보낸 거야. 저 아래 몇 개 더 있어."

여자들은 그와 함께 차로 갔다. 그는 신부 부케가 들어 있는 하
얀 리본과 작은 은방울로 묶인 네모난 상자를 꺼냈다.

"이런 걸 어떻게 구한 거야?" 랄프가 마른 소년에게 물었다. "마

을에 다녀왔어. 파머 양이 결혼식을 위한 적절한 꽃이 있다면 그것도 가지고 오라고 했어."

"정말 좋은 사람이야." 랄프는 바지 주머니에 손을 찔러 넣었다. "얼마야? 내가 까먹기 전에 지불할게."

분홍빛의 홍조가 소년의 창백한 얼굴을 뒤덮었다. 누더기 머리 밑의 연약해 보이는 얼굴은, 일종의 불행 때문에 찌푸려져 있었다. 그의 눈은 주위의 세상을 보기 싫다는 듯, 아니면 눈에 띄기 싫다는 듯 언제나 반쯤 감겨 있었다. 그는 꿈을 꾸며 돌아다니는 것 같았다. "파머 양이 돈을 줬어." 그가 속삭였다.

"그녀는 모든 걸 고려한다니깐!" 한 여자가 소리쳤다.

"글래디스의 반이었지, 이르브?"

"응." 그는 문을 열지 않은 채 차에 올라타더니, 차를 몰고 갔다.

여자들은 랄프를 따라서 자갈길을 지나 집 쪽으로 올라갔다. 한 사람이 다른 사람들에게 속삭였다. "글래디스가 오늘 베일리스와 함께 올까? 난 항상 그녀의 마음 한편에 클로드가 있다고 생각했는데."

다른 사람이 화제를 바꾸었다. "이르브가 그렇게 말을 많이 하는 걸 처음 봐. 분명히 글래디스가 마법을 걸었나 봐."

"글래디스는 학교에서 항상 그에게 친절했어."라고 침묵하는 그에게 질문했던 여자가 말했다." 글래디스는 그가 공부를 잘하지만, 답하는 것을 두려워한다고 했어. 그래서 책상에서 답을 써서 제출하게 했어."

랄프는 어머니가 그에게 전화할 때까지 그곳에 머물며 여자애들과 이야기했다. "이제 집에 가서 형을 챙겨야겠어, 그러지 않으면 오늘 밤에 줄무늬 셔츠를 입고 나타날 거야."

여자들이 말했다. "안부 전해 줘. 그리고 늦지 말라고 해." 농장을 향해 차를 몰던 랄프는 클로드의 가방을 마을로 가져가는 덴을 만났다. 그는 속도를 늦추었다. "무슨 소식이라도 있어?"

덴이 씩 웃었다. "아니. 그냥 그를 내버려 뒀어."

휠러 부인은 계단에서 랄프를 만났다. "클로드는 자기 방에서 새 신발이 너무 꽉 낀다고 불평하고 있어. 내가 봤을 땐, 신경과민인 것 같아. 네가 클로드의 머리를 다듬어 주렴. 분명히 스스로 하려고 할 거야. 미용사가 머리를 너무 짧게 자르지 않았더라면 좋았을 텐데. 귀 뒤의 머리를 잘라 버리는 이 새로운 패션이 싫어. 클로드는 목덜미가 가장 못생겼는데." 그녀가 분개하며 말하자 랄프는 웃음을 터뜨렸다.

"어머니는 모든 남자들이 다 똑같이 생겼다고 여기는 줄 알았는데! 어쨌든 클로드가 잘생긴 건 아니니까요."

그녀는 서재에서 수표를 쓰고 있는 남편에게 고개를 돌렸다. "목욕은 언제 할 거예요? 모두가 한꺼번에 온수를 찾지 않도록 관리해야겠어."

"아버지 지금 목욕하고 비워 주실래요?"

넷 휠러는 소리쳤다. "목욕? 난 목욕 안 할 거야! 오늘 내가 결혼하는 것도 아닌데. 이니드를 위해 주야장천 온수를 땔 필요는 없을 것 같아."

랄프는 킥킥거리며 위층으로 올라갔다. 그는 한쪽 신발만 벗은 채 침대 위에 앉아 있는 클로드를 발견했다. 양말 한 무더기가 양탄자 위에 흩어져 있었다. 한 의자에는 여행 가방이 열린 채 놓여 있었고 다른 의자에는 검은 여행 가방이 놓여 있었다.

랄프가 물었다. "정말로 신발이 작은 거 맞아?"

"네 사이즈 정도."

"어째서 맞는 걸 고르지 않은 거야?"

"골랐었어. 헤이스팅스에 있는 그 망할 사람이 내가 보지 않을 때 다른 사이즈로 바꾼 게 틀림없어. 근데 상관없어." 랄프가 확인하기 위해 구두를 들었다. "이 신발은 신고 서 있을 수만 있다면 상관없어. 역에 전화해서 기차가 제시간에 도착하는지 물어봐 줘."

"아직 모를 거야. 7시간이나 남았어."

"그럼 나중에 전화해 봐. 그리고 어떻게든 알아봐. 그 역 주변에 서서 기차를 기다리고 싶지 않아."

랄프는 휘파람을 불었다. 확실히 클로드를 관리하기 힘들었다. 그는 그를 달래기 위해 목욕을 제안했다. 그러나 클로드는 이미 목욕을 했다. 그럼 여행 가방은 챙겼을까? "내가 뭘 입을지도 모르겠는데, 도대체 어떻게 짐을 꾸려야 하는 거야?"

"셔츠 하나와 양말 한 켤레가 필요할 거야. 내가 이 물건들 좀 치워 줄 테니까." 랄프는 양말 한 움큼을 들어 분류하며 내려놓았다. 몇몇 양말은 발가락 쪽에 붉은 반점이 있었다.

그는 웃기 시작했다. "왜 신발이 아팠는지 알겠다, 발톱 잘랐구나?"

클로드는 말벌에 쏘인 듯 벌떡 일어났다. "여기서 좀 나가 줄래?

나 좀 혼자 내버려 둬."

랄프는 사라졌다. 클로드는 어머니에게 지금 옷을 입겠다고 했다. 결혼식은 8시였고, 이어서 바로 저녁 식사를 하고, 10시 25분에 덴버행 특급열차로 프랭크포트를 떠날 예정이었다. 6시에 랄프가 클로드의 방문을 두드렸을 때, 그는 옷을 입고 있었다. 클로드는 면도를 하고 머리를 빗었다. 바지에 집어넣은 셔츠는 주름이 없었고, 넥타이도 제대로 맸다. 무슨 일이 있었는지는 몰라도 그의 전매특허인 가죽 구두는 매끄럽게 반짝거렸고, 뾰족했다.

랄프가 놀라서 물었다. "짐은 다 쌌어?"

"거의. 가능하면 네가 가서 좀 더 깔끔해 보이도록 해주면 좋겠어. 지금 상태로는 가방 내부를 이니드에게 보여 줄 수 없어. 시가는 어디에 넣어야 할까? 어디에 챙기든 냄새가 밸 텐데. 내 옷에서 요리나 녹말 같은 냄새가 나는 것 같아. 마에일리가 무슨 짓을 한 건지 모르겠어." 그는 씁쓸하게 말했다.

랄프는 매우 화난 듯 보였다. "배은망덕해! 마에일리는 일주일 동안 빌어먹을 낡은 셔츠를 다렸어!"

"그래, 그래, 나도 알아. 뭐라고 하지 마. 가방에 손수건 넣는 것을 잊어버렸으니, 어디선가 잔뜩 가져와야 할 거야."

넷 힐러가 문간에 나타났다. 검은 양복용 멜빵은 하얀 셔츠 위로 늘어져 있었고, 머리카락에서 베이럼 향이 풍겼다. 그는 두툼한 손가락 사이로 얇게 접힌 종이를 섬세하게 쥐고 있었다.

"지갑은 어디 있니?"

클로드는 바지를 집어 주머니에서 네모난 지갑을 꺼냈다. 넷 힐러는 그것을 가져다가 은행권을 넣었다. "아내를 위해 사소한 것들을 사게 될 수도 있을 거야. 여기에 철도 표도 있니? 덴이 가져온 수하물 표 여기 있다. 네 수표엔 C.W(클로드 휠러)라고 표시했으니, 어느 것이 네 것인지 어느 것이 이니드 것인지 알 수 있을 거야."

"알겠어요. 감사해요."

클로드는 이미 필요한 돈을 모두 은행에서 인출해 놓았다. 이 수표는 며칠 전 클로드가 덴버행 특급열차의 개인 전용실을 예약한 사실을 알고는 건넸던 비꼬는 말들에 대한 미안함을 전하는 것이었다. 클로드는 이니드와 그녀의 어머니가 미시간주에 갈 때 항상 개인 전용실을 이용했고, 이니드와 그것보다 편하지 않은 여행은 가지 않을 것이라고 퉁명스럽게 대답했었다.

7시가 되자 휠러 가족은 풍차 옆에 대기하고 있던 두 대의 차를 나눠 타고 방앗간으로 출발했다. 넷이 큰 캐딜락을 몰았고, 랄프는 마에일리와 덴을 포드에 태우고 갔다. 그들이 방앗간에 도착했을 때 바깥마당은 이미 검은 차들과 대화하고 이동하는 사람들로 가득 차 있었다.

클로드는 바로 위층으로 올라갔다. 랄프는 계단 발치에서 그날 아침 자신이 꽃으로 만든 아치까지 길을 살짝 남기고, 접이식 의자를 정리하며 손님들을 앉히기 시작했다. 주례자는 손에 성경을 들고 불빛 아래 서서 자신의 차례를 기다리고 있었다. 이니드는 웰든 목사가 그녀의 결혼식 주례를 위해 링컨에서 와주길 바랐지만, 그건 스노우베리 씨에게 깊은 상처를 입히는 일이었다. 어찌 됐든 그는 그녀의 담임목사였다.—아서 웰든처럼 웅변을 잘하고 설득력 있는 사람은 아니었지만. 스노우베리는 대부분의 사람들보다 언어 구사력이 뒤떨어졌고, 단어들을 선뜻 생각해 내지 못했다. 그는 땀이 이마에서 굵고 엉겨 붙은 수염으로 떨어질 때까지 설교단에서 단어들을 생각해 내려고 애썼다. 그러나 그는 자신의 말을 믿었고, 언어에 대한 성취가 너무 적어 그가 믿는 것보다 더 많은 것을 말하려고 시도하지 않았다. 그는 남북전쟁에서 북을 치는 소년이었고, 패배한 편에 속해 있었다. 그는 소박하고 용기 있는 사람이었다.

랄프는 좌석 안내와 들러리를 맡았다. 글래디스 파머는 결혼 행진곡을 연주할 예정이었기 때문에 신부 들러리를 할 수 없었다. 8시가 되자 이니드와 클로드는 함께 아래층으로 내려왔고, 그 뒤로 랄프의 지휘를 받으며 신부처럼 흰옷을 입은 네 명의 여자가 내려왔다. 그들은 주례 앞, 아치 밑에 자리를 잡았다. 스노우베리는 창세기에서 인간 창조와 아담의 갈비뼈에 대해 부자연스럽게 읽었는데, 마치 그도 왜 이 페이지를 골랐는지 모르고, 자신도 모르는 무언가를 찾으려고 하는 듯 보였다. 그의 코안경이 자꾸 책 위로 떨어졌다. 이 긴 더듬거림 속에서 이니드는 짧은 베일을 쓰고 그를 공손하게 바라보면서 침착하게 서 있었다. 클로드는 얼굴이 너무 창백해서 부자연스러워 보였다. 아무도 그의 이런 모습을 본 적이 없었다. 검은 옷과 매끄러운 붉은 머리카락 사이에 있는 그의 얼굴은 하얗게 질려 힘들어 보였고, 공허한 목소리로 반응을 토해 냈다. 뒤쪽에 초록색 구스베리가 그려진 검은 모자를 쓴 마에일리는 아무것도 놓치지 않겠다는 듯 서 있었다. 그녀는 그에게서 기적의 징후 같은 것을 포착하고 싶다는 듯이 지켜보았다. 그녀는 세상에서 가장 잘못된 것을 세상에서 가장 올바른 것으로 만드는 것이 무엇인지 궁금했다.

식이 끝나자 이니드는 여행복을 입기 위해 위층으로 올라갔고, 랄프와 글래디스는 저녁 식사를 위해 손님들을 안내했다. 20분 후에 이니드가 내려와 긴 테이블 머리맡에 있는 클로드 옆에 앉았다. 사람들은 일어나서 신부의 건강을 기원하며 포도주를 마셨다. 그러나 로이스는 손님들이 자리에 앉아 있는 동안 넷 휠러를 과일 저장고로 데리고 갔고, 두 옛 친구는 잘 숙성된 켄터키 위스키를 마시며 악수를 했다. 그들이 저장고로 향했을 때보다 돌아왔을 때 더 젊어 보이자, 목사는 알코올의 기운에 모욕감을 느꼈다. 그는 절망적으로 자신의 불그스레한 잔을 쳐다보고, 가나의 혼인 잔치를 떠올렸다. 그는 성경을 문자 그대로 자신의 삶에 적용하려 했고, 요즘 들어 감히 큰 소리로 숨을 쉬지도 못하는데, 왜 자신이 주님보다 나은지 결코 알 수 없었다.

식에 익숙한 랄프는 침착하게 아무것도 잊지 않았다. 출발할 때가 되자 그는 클로드의 어깨를 툭툭 치면서, 아버지의 농담을 끊었다. 부부는 같이 역에 가지 않는 관례와 달리 그들은 같이 갔고, 손님들에게 고개를 끄덕이고 미소를 보이며 나왔다. 랄프는 서둘러 그들을 이니드의 손가방을 미리 넣어 둔 경차에 태웠다. 오로지 주름이 쪼글쪼글한 작은 로이스 부인만이 부엌에서 빠져나와 그들에게 인사했다.

그날 저녁, 몇몇 나쁜 남자애들이 마을에서 나와 방앗간 근처의 길에 깨진 유리병 수십 개를 뿌렸고, 그 후 그들은 재미난 일을 기다리기 위해 야생 매실 덤불 속에 숨어 있었다. 랄프의 차는 신차였고, 비록 불빛이 유리병들을 비추었지만 멈출 시간이 없었다. 길의 양쪽으로 배수로가 있었기에 곧장 앞으로 운전해야 했고, 결국 바람 빠진 타이어로 프랭크포트에 도착했다. 역에 차를 세우자마자 급행열차 소리가 들렸다. 그와 클로드는 네 개의 손가방을 개인 전용실에 옮겼다. 이니드와 가방을 전용실에 남겨 둔 채 두 형제는 이야기를 나누기 위해 전망차 뒤쪽 플랫폼으로 갔다. 랄프는 클로드에게 부탁받은 일들의 목록을 손가락으로 체크했다. 클로드는 진심으로 그에게 감사했다. 그는 랄프가 없었다면 결코 결혼할 수 없었을 거라고 생각했다. 그들은 지난 2주보다 더 좋은 친구였던 적이 없었다.

바퀴가 돌기 시작했다. 랄프는 클로드의 손을 잡고 앞 칸까지 걸어간 뒤 내렸다. 클로드가 그를 지나쳐 갈 때, 그는 검은 옷과 빳빳한 밀짚모자 차림으로, 짧은 다리를 벌리고 역의 불빛 아래에서 매우 쾌활하고 우스꽝스럽게 서서 손수건을 흔들고 있었다.

기차는 나무가 우거진 강골을 따라 여름의 어둠 속에서 조용히 움직였다. 클로드는 혼자 뒷 플랫폼에 앉아 긴장한 채 시가를 피우고 있었다. 러블리 크리크가 강으로 흘러들어 가는 깊은 절벽을 지나갈 때, 그는 멀리서 방앗간의 불빛이 잠시 번쩍이는 것을 보았다. 밤공기는 고요했다. 선로를 따라 높이 자란 전동싸리와 젖은 야생 포도 덩굴의 향이 가득했다. 안내원은 숙녀에게 폐를 끼치고 싶지 않아서, 클로드를 찾으러 다녔다고 말하며 현명한 미소로 표를 요구했다.

그가 떠나고, 클로드는 시계를 본 뒤 시가를 내던지고 객실을 향해 갔다. 대부분의 승객들은 잠자리에 들었다. 기차가 프랭크포트를 떠날 때 머리 위의 불빛이 연하게 켜져 있었다. 그는 흔들리는 초록색 커튼의 복도를 뚫고 나아가, 객실 문을 두드렸다. 문이 조금 열렸다. 이니드는 흰 비단 가운을 입고 서 있었는데, 머리를 두 갈래로 매끈하게 땋은 채였다.

그녀는 조용히 말했다. "클로드 오늘 밤은 다른 곳에서 잘래? 짐꾼이 그러는데 빈 좌석이 있대. 몸이 별로 안 좋아. 치킨 샐러드의 드레싱이 너무 과했나 봐."

그는 기계적으로 대답했다. "당연하지. 뭐 좀 갖다줄까?"

"괜찮아. 잠을 자는 게 그 무엇보다 도움이 될 거야, 잘 자." 그녀는 문을 닫았고, 곧 자물쇠가 잠기는 소리가 들렸다. 그는 광택이 나는 패널의 목재를 잠시 바라보고 서 있다가, 우유부단하게 돌아서서 약간 흔들리는 녹색 커튼의 복도를 따라 돌아갔다. 전망차 안에서 그는 고리버들 의자 두 개에 몸을 뻗고 또 다른 시가에 불을 붙였다.

12시가 되자 짐꾼이 들어왔다. "이 차는 야간에 문을 닫습니다 손님. 14번 개인 전용실에서 오신 분인가요? 더 낮은 등급으로 교체해 드릴까요?"

"아뇨. 흡연 가능한 차가 있나요?"

"보통 객차실에 있는데, 이 시간에는 그다지 깨끗하지 않을 겁니다."

"괜찮아요. 앞쪽인가요?" 클로드는 그에게 팁을 주었고, 짐꾼은 신문지와 시가의 재가 바닥에 널려 있고, 가죽 쿠션은 먼지가 덮여 회색빛을 띠는 아주 더러운 차로 그를 안내했다. 절망적으로 보이는 몇 명의 남자들이 신발을 벗고 멜빵을 등 뒤로 늘어뜨린 채 누워 있었다. 그들을 보자 클로드는 신발 때문에 왼발이 꽤 오랫동안 아팠다는 것을 기억해 냈다.

그는 신발을 벗고, 실크 양말을 신은 발을 반대편 좌석으로 뻗었다. 그 더럽고 불편한 승차감에 클로드는 많은 감정이 들었지만 가장 크게 몰려오는 것은 향수병이었다. 그의 향수는 일종의 겁이 나는 비겁함으로, 일출만큼 확실했던 낡고 친숙한 것들로 향하게 했다. 별들이 빛나고 있던 산쑥 평야가 부서져서, 어둡고 고요한 언덕 위에 있는 그의 아버지 집과 함께 러블리 크리크의 구불구불한 곳으로 합쳐질 수 있다면! 눈을 감았을 때 그는 어머니 방 창문에 비치는 불빛을 볼 수 있었다. 그리고 그 밑에 빛나고 있는 마에일리의 램프, 그녀는 그 옆에 앉아서 고개를 끄덕이며 그녀의 오래된 옷을 수선하고 있었다. 인간의 사랑은 경이로운 것이고, 가장 적게 얻을 때 가장 경이롭다고 스스로에게 말했다.

아침이 되자 처음 전망차에 앉았을 때 속에서 끓어오르던 분노와 실망과 굴욕의 폭풍은 잦아들었다. 하지만 그의 마음속에 한 가지는 남아 있었는데, 아내가 그를 떠나보낼 때의 그 특유의 무관심하고 흥미 없는 말투였다. 그 말투는 사람들이 평범한 것에 대해 평범하게 말하는 평탄한 어조였다.

날이 밝자, 여름 세이지가 은빛으로 빛났다. 하늘은 분홍색으로, 모래는 금색으로 변해 갔다. 새벽바람이 창문을 통해 산쑥의 매캐한 냄새를 불러왔다. 그 악취는 항상 자유롭고, 큰 땅과 새로운 시작, 더 좋은 날들일 것만 같은 이른 아침을 유난히 자극했다.

기차는 8시에 덴버에 도착할 예정이었다. 정확히 7시 30분에 클로드는 이니드가 자고 있는 객차의 문을 노크했다. 그녀는 옷을 입고, 모자를 손에 쥔 채 상큼하게 웃는 얼굴로 그를 맞이했다.

"몸은 좀 괜찮아졌니?" 하고 그가 물었다.

"응! 지금은 완전히 멀쩡해. 널 위해 물건들을 챙겨 놨어, 저기 있어." 그는 그것들을 힐끗 쳐다보았다. "고마워. 하지만 갈아입을 시간이 없을 것 같아."

"그래? 어젯밤에 깜빡 잊고 가방을 안 줘서 정말 미안해. 하지만 적어도 다른 넥타이를 매야 해. 너무 신랑 같아 보여." 클로드는 "그래?"라고 물어보며, 눈치채지 못할 정도로 입술을 오므렸다.

그에게 필요한 모든 것이 의자 위에 가지런히 놓여 있었다. 셔츠, 깃, 넥타이, 칫솔 심지어 손수건까지. 그의 주머니에 있던 손수건은 밤새 재가 쌓여 검게 되었다. 그는 그것을 내려놓고 깨끗한 것을 주웠다. 손수건 한쪽이 축축했는데, 펼치자 이니드가 자주 사용하는 향수 향이 났다. 어떤 이유에서인지 이것은 그를 무기력하게 했다. 그는 눈에서 눈물이 떨어지는 것을 느꼈고, 그것을 감추기 위해 금속 세면대 위로 몸을 구부려 얼굴을 문지르기 시작했다. 이니드는 그의 뒤에 서서 거울을 보며 모자를 고쳐 썼다.

"담배 냄새가 너무 지독한데 클로드. 아침 전에 시가를 피운 건 아니지?"

"아냐. 흡연 구역에 있었거든. 그때 냄새가 가득 배었나 봐."

"먼지랑 재를 뒤집어썼잖아!" 그녀는 옷을 위한 빗자루를 꺼내 그의 옷을 쓸어내리기 시작했다.

클로드는 그녀의 손을 잡았다. "하지 마, 제발!" 그가 날카롭게 말했다. "짐꾼이 그 정도는 해줄 수 있어." 이니드는 그가 여행 가방을 닫고 끈을 매는 것을 몰래 지켜보았다. 그녀는 아침 식사 전에 남자들이 화를 낸다는 말을 종종 들은 적이 있다.

"확실히 잃어버린 거 없지?" 그가 그녀의 가방을 닫기 전에 물었다. "응. 난 기차 안에서 절대로 무언가를 잃어버리지 않아. 너는?"

"가끔." 그는 자물쇠를 잠그면서 위를 보지 않고 조심스레 대답했다.

대초원의 일출

클로드는 아버지와 함께 농사를 계속 지을 예정이었다. 클로드는 신혼여행에서 돌아온 뒤 바로 일을 시작했다. 올해 수확은 작년만큼 풍성했고, 그는 일주일에 6일을 들판에서 바쁘게 지냈다.

8월의 어느 날 오후, 그는 가축들과 함께 집으로 돌아와 여유롭게 말들에게 물과 먹이를 준 다음 뒷문을 통해 집으로 들어갔다. 이니드가 그곳에 없으리라는 것은 알고 있었다. 그녀는 반살롱 동맹 회의에 참석하기 위해 프랭크포트로 갔다. 금주당은 그해 여름 네브래스카에서 부지런히 활동했고, 다음 해에 있을 금주 국가에 대한 투표에서 승리를 확신했다. 그것은 의기양양한 성취였다.

오후 햇빛이 가득한 이니드의 부엌에는 새 페인트와 티끌 하나 없는 리놀륨, 청백색 조리용 그릇들이 반짝거렸다. 식당에는 천이 놓여 있고, 한 사람을 위해 가지런히 상이 차려져 있었다. 클로드는 아이스박스를 열었는데, 그곳에는 그의 저녁 식사가 있었다. 흰

소스가 든 연어 통조림 한 접시, 껍질을 벗겨 상추 위에 얹은 삶은 달걀, 잘 익은 토마토 한 그릇, 차가운 라이스푸딩 조금, 크림과 버터. 그는 이것들을 탁자 위에 놓고 빵을 좀 썰고, 무심하게 얼굴과 손을 씻은 후 작업 셔츠를 입고 식사를 하기 위해 앉았다. 그는 저녁 식사를 하는 동안 빨간 유리 물 주전자에 신문을 기대어 놓고 전쟁 소식을 읽었다. 그는 집 주위에서 들려오는 무거운 발걸음 소리를 듣고 화가 났다. 레너드 도슨은 부엌문에 머리를 들이밀었고, 클로드는 재빨리 일어나 손을 뻗어 모자를 찾았다. 레너드는 초대받지 않은 채 들어와서 앉았다. 그의 갈색 셔츠는 멜빵이 어깨를 움켜잡은 곳이 젖어 있었고, 벗지 않은 넓은 밀짚모자 아래 얼굴은 면도를 하지 않았고 먼지로 얼룩져 있었다.

그는 말했다. "저녁 마저 먹어. 아내가 정치 활동을 하면 아예 없는 것과 같지. 얼마나 돌아다니기를 좋아하는지! 난 수지가 운전하는 법을 배우지 못한 것을 비난해 왔어. 봐 봐, 클로드 언제쯤 탈곡기를 빌려줄 거야? 곧 있으면 내 밀들이 싹트기 시작할 거야. 내가 기계를 좀 일찍 사용할 수 있도록 내가 도와 드리면 일요일에 너희 아버지가 일을 하시겠니?"

"안 될 것 같아. 어머니가 싫어하실 거야. 우린 사람들이 붐빌 때도 그런 적이 없어."

"음, 그럼 너희 어머니랑 대화해 봐야겠다. 내 밀을 보면, 상태가 매우 좋지 않다는 걸 아실 거야."

"괜찮은 생각이야. 어머니는 항상 합리적이니까."

레너드가 일어섰다. "무슨 뉴스야?"

"독일군이 영국 여객선을 어뢰로 격침했어. 아라비아도 참여하려고 하고."

"그건 상관없어. 아마 미국인들은 지금 집에서 자신들의 일이나 신경 쓰고 있겠지. 저쪽에서 그들이 서로를 헐뜯어도 난 조금도 상관없어! 지도에서 다른 한쪽이 지워지지 않는 한."

"네 조부모님은 영국인이었지?"

"그건 오래전 일이야. 할머니는 모자를 쓰고 약간 흰 곱슬머리지만. 게다가 난 수지한테 아기가 할머니의 피부를 닮아도 상관없다고 했어. 그녀는 내가 본 사람 중에서 가장 얼굴이 고와."

그들이 뒷문으로 나가자 붉은 볏을 가진 흰 닭 무리가 꽥꽥거리며 달려왔다. 주로 이 시간에 가금류에게 먹이를 주었다. 레너드가 멈춰 서 닭들을 감탄하며 바라보았다.

"괜찮은 암탉들이 많군. 난 백색 레그혼이 좋더라. 수탉들은 어디 있어?"

"딱 한 마리밖에 없어. 지금 닭장에 있지. 병아리들도 부화하고 있어. 이니드가 겨울을 나게 할 거야."

"딱 한 마리? 그럼 이 암탉들은 뭘 하는지 물어봐도 될까?"

클로드는 웃었다. "똑같이 알을 낳지, 더 괜찮은 알을."

이 정보들은 레너드를 화나게 했다. "난 그런 터무니없는 헛소리를 들어 본 적이 없어. 난 닭은 자연적으로 기르거나 아예 기르지 않아." 클로드가 몇 마디 더 할 것 같아서 레너드는 그냥 차에 타 버렸다. 그가 집에 돌아왔을 때 그의 아내는 저녁을 준비하고, 아기는 유모차에 앉아서 딸랑이를 가지고 놀고 있었다. 더럽고 땀투성이인 레너드는 깨끗한 아기를 들어 목의 부드러운 주름에 자신의 뭉툭한 턱을 문지르며 키스를 하고 냄새를 맡았다. 아기는 기뻐하며 발버둥을 쳤다.

아내가 스토브 앞에서 말했다. "가서 저녁 먹게 씻고 와, 레너드." 그는 아기를 내려놓고 양철 대야에 얼굴을 묻고 눈을 감은 채 첨벙거리며 말하기 시작했다.

"수지, 지금 매우 화가 나. 그 빌어먹을 클로드의 아내를 참을 수 없어."

그녀는 커다란 쇠솥에서 옥수수를 찔러 보다가 올라오는 김 사이로 남편을 쳐다보았다. "왜? 이니드를 만났어? 오늘 아침에 전화 통화할 때는 마을에 오랫동안 있을 거라고 하던데."

"그래! 그녀는 시내로 갔고 클로드는 혼자 차가운 저녁을 먹고 있어. 그 여자는 광신자야. 그녀는 인간을 규제하는 것도 모자라서 암탉들도 규제하기 시작했어." 그는 의자를 놓고 아기를 유모차에 올려놓으며 이니드의 닭 사육 방법을 아내에게 설명했다. 그녀는 별로 해롭게 보이진 않는다고 했다.

"솔직히 말해 봐 수지. 암탉이 수탉 없이 알을 낳을 수 있다는 것을 알고 있었어?"

"아니, 몰랐어. 난 옛날 방식으로 자랐어. 하지만 이니드는 가금류나 정원에 대한 책을 늘 가지고 있어. 그 책에서 좋은 정보를 얻었을 거야. 어쨌든 말조심해. 이니드는 우리랑 가장 가까운 이웃이고, 나는 그녀와 싸우고 싶지 않아."

"그럼 그 여자랑 만나지 말아야겠군. 이니드가 만약 내 닭들을 건드리려고 하면, 클로드가 너무 수줍어서 그녀에게 말할 수 없는 몇 가지 뼈아픈 진실을 말하겠어. 내 생각이지만 이니드는 클로드를 이미 주눅 들게 했어."

"레너드, 이니드가 우리 닭을 건드리지 않을 거라는 걸 너도 알잖아. 그러니 조용히 해. 하지만 클로드가 사람들을 피하고 있는 것 같긴 해."

수지는 남편의 접시를 다시 채우며 인정했다. "조 하벨 부인이 말하길 어니스트가 더는 클로드네 집에 가지 않는대. 이니드가 1,500만 명의 취객들에 대한 금주당 포스터를 어니스트네 농장에 붙여 달라고 어니스트를 찾아갔던 것 같아. 보헤미아 사람들이 보라고. 어니스트는 그러지 않았고, 그녀에게 살룽을 위해 투표할 거라고 했대. 그래서 이니드가 앙심을 품었대. 너무 안됐어, 그 둘은 매우 친한 친구였는데. 둘이 같이 있는 게 보기 좋았는데." 수지가 너무 친절하게 말하자 남편이 그녀를 쏘아보았다. "결혼한 지 두 달도 되지 않은 클로드가 설교자가 찾아오는 것을 즐거워한다고 생각해? 매일같이 클로드가 밀을 자르는 동안, 흰 넥타이를 매고 포치에 앉아 있는 그 사람을?"

"어쨌든 클로드는 웰든 형제가 그곳에 머무르는 동안 더 많이 먹을 수 있었던 모양이야. 설교자들은 많이 먹지 않으니깐, 이니드가 뭐라고 부르든 간에." 밝은 면만 보려고 하는 수지가 말했다. "클로드의 아내는 훌륭한 부엌을 가지고 있어. 내가 그녀만큼 요리를 안 해도 된다면 나도 그렇게 할 수 있을 거야."

레너드가 의미심장한 표정으로 그녀를 보았다. "넌 캔 음식만 먹는 남자랑은 같이 살지 못할 것 같은데."

"아니 그렇지 않아." 그녀는 유모차를 그에게 밀었다. "아기를 데려가. 당신이랑 놀고 싶어 해."

레너드는 아기를 어깨에 앉힌 뒤 돼지들을 보여 주기 위해 데리고 나갔다. 그녀는 식탁을 치우고 설거지를 하면서 계속 혼자 웃었다. 그녀는 남편이 한 말이 매우 재미있었다.

그날 밤 레너드가 잠자리에 들기 전, 모든 것이 잘 되어 있는지 확인하기 위해 헛간을 향해 출발했을 때, 검은 물체가 달빛 아래 길을 따라가는 것을 목격했고, 뒤쪽엔 빨간 불빛이 빛나고 있었다. 그는 수지를 불렀다.

"저것 봐, 저기 이니드가 가네. 클로드에게 성공적인 회의 내용을 이야기하기 위해 집으로 가고 있어. 아내가 돌아오는 멋진 방법 아니겠어?"

"있지, 레너드, 클로드가 좋아한……"

"클로드가 좋아한다고? 그가 뭘 할 수 있겠어. 불쌍한 클로드. 그는 속았어."

◆

클로드는 레너드가 돌아간 후, 남은 저녁을 마저 먹고 우유를 짜러 가기 전에 박 덩굴에 물을 주었다. 그것은 박 덩굴이 아니라 일종의 여름 호박이었다. 목이 길고 굽은, 혹이 많은 오렌지 빛깔의 품종이었는데, 거친 초록 잎과 가시로 뒤덮인 덩굴들 사이에 잘

익은 호박들이 가득했다. 클로드는 빠르게 성장하여 노란 꽃이 개화하는 것을 지켜보며, 건강하게 자라는 것에 감사했다. 저지종의 젖소에게도 같은 감정을 가지고 있었는데, 매일 밤 젖통을 가득 채워 집에 돌아올 수 있도록, 자진해서 우유를 짜게 해주었다. 젖소는 클로드를 방해하지 않았는데, 오로지 마음씨 착한 소만 이렇게 행동할 것이다.

그는 우유를 다 짜고 현관에 앉아 시가에 불을 붙였다. 그는 시가를 피우면서 조용하고 천천히 식어 가는 대기와 가만히 앉아 있는 게 얼마나 좋은지 말고는 아무 생각도 하지 않았다. 달이 마법 같은 거대한 꽃처럼 비어 있는 밀밭 위를 헤엄쳐 올라갔다. 곧 그는 목욕 타월 몇 개를 챙겨 마당을 가로질러 풍차로 가 옷을 벗고 양철 호스 풀장 안으로 들어갔다. 물은 오후 내내 내리쬔 햇볕에 의해 따뜻해져 별로 시원하지 않았다. 그는 물속에서 몸을 쭉 뻗고, 금속 테두리에 머리를 얹은 채 등을 대고 누워 달을 올려다보았다. 하늘은 암청색이었고, 달은 따뜻하고 깊고 푸른 물 위의 보이지 않는 해류를 타고 흘러가는 수련처럼 보였다. 그는 달에 멋진 꽃잎이 열리기를 기대했다. 어째선지 클로드는 옛날과 시골을 비추던 것에 대해 생각하기 시작했다. 그는 결코 태양이 매우 먼 땅에서 오거나, 인류의 역사에 참여했다고 생각하지 않았다. 그에게 태양은 그저 밀밭을 빙빙 도는 것일 뿐이었다. 그러나 달은 어찌 된 일인지 역사의 과거에서 나와, 이집트와 파라오, 바빌론의 공중 정원을 생각하게 했다. 달은 특히 옛날 노예들의 숙소, 감옥 창문, 포로들이 감금되었던 요새의 어리석고 실망스러운 남자들을 내려다보는 것 같았다. 그리고 그 안에 있는 포로들도. 그렇다, 넓은 태양 아래에서 걷고 일하는 사람들은, 어둠 속에서 살고 있는 포로들이었다. 그런 감옥에 달빛이 비쳤고, 죄수들은 창가로 살금살금 다가가서, 비밀을 발설하지 않고 모든 것을 이해해 주는 하얀 구체를 애절한 눈으로 바라보았다. 로이스 부인이나 베일리스 같은 사람들도 이런 부류라고 하기에는 소름 끼쳤다. 그는 불안을 조장하고, 마치 살아 있는 것처럼 그의 가슴속에서 어둠과 빛을 드리우는, 그러한 생각들을 물속에서 재빨리 손을 움직여 없애 버렸다. 그의 어머니에게 수감된 영혼은 그녀의 육체적 자아보다 사람들 사이에 더 많이 존재했다. 그는 지금 같은 여름밤에 그녀와 함께 앉아 있을 때 이런 것들을 자주 느꼈다. 마에일리 역시 두꺼운 벽의 감옥을 가지고 있었고, 글래디스 파머 또한 그랬다. 글래디스가 절친한 친구에게 얼마나 많이 말했을지! 마음의 벽이 높은 사람들은 이러한 교제가 필요했다. 그들의 소원은 너무 아름다워서 이 세상엔 그것을 만족시킬 만한 것이 없다. 그리고 달의 아이들의 채워지지 않는 갈망과 헛된 꿈은 태양의 아이들보단 좋은 경쟁이다. 이 생각은 제2의 월출처럼 소년의 가슴에 범람했고, 그를 통해 한계가 없이 강렬하게 흘러갔으며, 이것을 잃어버릴까 두려워 죽은 듯이 고요하게 누워 있었다.

마침내 레너드의 분노에 찬 시선을 사로잡았던 검은 물체가 집에 도착했다. 클로드는 옷과 타월을 낚아채고, 둘 중 하나를 사용하지 않고 달렸다. 헐벗은 하얀 사람이 하얀 마당을 가로질러 갔다. 집으로 피신한 그는 목욕 가운을 발견하고, 해먹에 눕기 위해 위층 포치로 도망쳤다. 곧 그는 자기 이름을 'clod(흙)'라고 발음하는 소리를 들었다. 그의 아내가 계단을 올라와서 그를 보았다. 클로드는 눈을 감은 채 꼼짝도 하지 않고 누워 있었다. 그녀는 돌아갔다. 모든 것이 다시 조용해지자 클로드는 고요한 시골과 어두운 남색 하늘에 떠 있는 달을 바라보았다. 이 뜻밖의 일은 그를 여전히 사로잡아 온몸을 팽팽하게 휘어잡은 활처럼 예민하게 만들었다. 다음 날 아침에 그는 그토록 진실 같았고, 완전히 자신의 것으로 보였던 생각을 까먹었거나 부끄러워했다. 그는 대체로 그런 생각은 하지 않는 것이 좋으며, 그런 생각이 들 때는 외면하자고 다짐했다.

◆

힘들었던 추수가 끝난 후 휠러 부인은 남편에게 사륜 짐마차를 타고 떠날 때 클로드의 새집까지 데려다 달라고 부탁했다. 그녀는 이니드가 그녀의 어머니처럼 응접실을 어둡게 해 놓지 않아서 기뻤다. 문과 창문은 항상 열려 있었고, 창가 화단의 덩굴과 페튜니아는 미풍에 흔들렸다. 방들은 햇빛으로 가득 차 있고 질서 정연했다. 이니드는 일할 때 하얀 드레스를 입고, 하얀 신발과 스타킹을 신었다. 그녀는 집을 쉽고 체계적으로 관리했다. 월요일 아침, 클로드가 일하러 가기 전에 세탁기를 돌렸고 9시쯤 옷들을 빨랫줄에 걸었다. 이니드는 다림질을 좋아했기에, 클로드는 평생 입어 본 적 없는 깨끗한 셔츠를 만족스럽게 입을 수 있었다. 그녀는 그에게 작업용 셔츠를 아낄 필요가 없다고 했다. 여섯 벌은 다른 옷 세 벌을 다리는 것만큼 쉬웠다.

비록 몇 달 동안 이니드는 차를 타고 금주당을 위해 2천 마일 이상을 여행했지만, 그녀가 개혁을 위해 집에 소홀했다고는 말할 수 없었다. 그녀가 남편을 소홀히 했는가에 대해서는 개개인의 생각에 따라 달랐다. 휠러 부인이 우연히 들렀을 때, 그들의 작은 집이 얼마나 잘 관리되었는지, 이니드가 얼마나 활기차고 매력적인지 확인했고, 어째서 클로드가 행복해하지 않는지 의문이었다. 클로드 자신도 의문이었다. 만약 그의 결혼에 실망스러운 부분이 있다면, 그 속에서 좋은 점을 최대한 만끽하는 남자가 되어야 한다고 스스로 말했다. 아내가 그를 사랑하지 않는다면 그의 사랑은, 그녀에게 전혀 다른 의미였기 때문이다. 그녀는 그를 자랑스러워했고, 그가 들판에서 돌아올 때 반가워했으며, 그가 편안하도록 세심히 배려했다. 이니드는 남자의 포옹에 관한 모든 것이 불쾌했다. 마치 이브의 죄로 인하여 출산의 고통을 겪어야 하는 것 같은 무언가가 그녀를 괴롭게 했다.

이 혐오감은 육체적인 것 이상이었다. 그녀는 어떤 종류든, 심지어 종교적인 것에 대한 것도 혐오감을 느꼈다. 그녀는 지금의 클로드보다 결혼하기 전의 클로드를 더 사랑했다. 그녀는 재정비를 원했다. 어쩌면 그녀는 예전에 그를 좋아했을 때처럼 다시 좋아질 수도 있을 것이다. 심지어 웰든 형제도 그들의 미래의 평온을 위해서는 그에게 관대해야 한다고 넌지시 말했다. 그녀는 자신이 관대하다고 생각했다. 그녀는 그의 절망적인 침묵, 그가 가끔 하는 쓴소리, 독설을 이해할 수 없었다. 그가 일요일 오후 숲의 깊은 풀밭에 한가롭게 누워 있을 때, 그에게 다가가면 그는 명백히 짜증을 냈다.

클로드는 종종 그 자리에 누워 구름을 보며 '내 모든 것은 다 끝났다.'라고 혼잣말을 하곤 했다. 다른 남자들도 분명히 실망했을 텐데, 그들이 평생 어떻게 견디는지 궁금했다. 클로드는 이상주의자였기 때문에 예의 바른 사람이었다. 그는 사랑이 경이로울 정도로 행복하기를 기대했고, 행복을 누릴 자격이 있다고 생각했다. 그렇지 않을지도 모른다는 생각은 꿈에도 하지 않았다.

여름날 때때로 화창한 아침 들판에 나갔을 때, 자연은 미소만 짓는 것이 아니라 그를 보고 비웃는 것 같았다. 자존심과 이상, 무엇이 아름다운가에 대한 막연한 느낌이 그를 고통스럽게 만들었다. 이니드는 자신도 모르는 사이에 자신의 삶을 흉측하게 만들 수 있었다. 클로드는 그녀의 마지못한 환대를 받아들이는 자신이 싫었다. 그는 자기 자신을 부정하고 있었다.

클로드는 이니드가 여전히 매력적이었다. 그는 왜 그녀의 우아하고 자연스러운 행동에 상응할 만한 감정의 그늘이 없는지 궁금했다. 그가 일을 마치고 돌아왔을 때 그녀는 포치에 앉아 기둥에 등을 기대고 두 손으로 무릎을 감싸고 고개를 약간 숙인 채 있었다. 그는 매번 맞닥뜨리는 이 엄숙함을 믿을 수가 없었다. 자신에게 뭔가 혐오스러운 것이 있나? 결국 자신의 잘못일까?

그는 이니드가 다른 누구보다 자신의 아버지에게 관대했다는 것을 알아차렸다. 냇 휠러는 거의 매일 그녀를 찾아왔고, 심지어 그녀를 마차에 태우고 다니기도 했다. 베일리스는 가끔 저녁을 보내기 위해 찾아왔다. 이니드의 채식주의자용 저녁 식사는 그에게 잘 맞았고, 그녀와 함께 금주 캠페인에 참여했기에, 그들은 항상 의논할 일이 있었다. 베일리스는 알코올에 대한 위생적인 편견뿐만 아니라 사회적 편견이 있었고, 알코올이 주는 즐거움보다는 그것이 주는 해로움 때문에 알코올을 싫어했다. 클로드는 반살롱 연맹의 활동에 어떤 참여도 하지 않으려 했고, 베일리스와 이니드가 '우리 전단'이라고 부르는 전단지를 배포하는 것을 일관되게 거부했다. 농촌에서는 '전단'이라는 용어가 특별한 종류의 인쇄물에만 적용됐는데, 금주 전단, 성 위생 전단, 그리고 소의 질병이 골칫거리일 때 돌리는 구제역 전단이다. 이 특별한 적용이라는 말은 클로드에게는 아무 상관없었지만, 그의 어머니는 구식 학교 선생으로서 그것에 대해 불평했다.

이니드는 중요하고 열띤 문제에 남편이 무관심한 것을 이해하지 못했고, 오로지 어니스트 하벨의 영향을 탓할 뿐이었다. 그녀는 가끔 클로드에게 위원회 모임 중 하나에 함께 가자고 했다. 일요일이라면 피곤해서 신문을 읽고 싶다고 했다. 평일이면 헛간에 할 일이 있거나, 숲을 청소해야 한다고 둘러댔다. 그는 실제로 나무의 죽은 가지를 몇 개 잘라 내고, 벼락 맞은 나무를 베어 냈다. 그는 다른 사람이 나무를 치우게 두지 않았다. 그는 목숨 걸고 저지했다. 숲은 그의 피난처였다.

노랗게 물든 물푸레나무에 둘러싸인 잔디밭에서, 그는 결혼하지 않았고 자유로웠다. 원하는 만큼 시가를 피우고, 책을 읽고 꿈을

꾸었다. 그의 꿈 일부는 공포로 젊은 아내를 얼어붙게 했고, 일부
는 연민으로 어머니의 마음을 녹였다. 뜨거운 태양 속에 누워 구
름 한 점 없는 파란 가을 하늘을 보거나, 잎이 떨어질 때 나는 바
스락거리는 소리, 가지에서 가지로 뛰어드는 대담한 다람쥐들의
소리와 함께 누워 상상력에 생명을 불어넣는 것이, 그가 할 수 있
는 최선이었다. 그는 생각은 자신만의 것이라고 스스로 말했다. 그
는 더 이상 어린 소년이 아니었다. 그는 타협으로부터 스스로를
구속하지 않은 자신보다 경험이 많고 흥미로운 청년을 만나기 위
해 숲으로 갔다.

◆

휠러 부인은 위층 창문을 통해 서쪽 들판에서 밀을 심으며 왔다
갔다 하는 클로드를 볼 수 있었다. 그녀는 그의 외로움을 느꼈다.
클로드는 가능한 한 집에 오지 않았다. 그녀는 그가 불만족스러워
하는지 궁금해하기 시작했다. 그러나 그 불만족이 무엇이 되었든
그는 가슴에 묻고 잠가 버렸다. 그는 인생의 교훈을 얻어야 했다.
스물세 살임에도 그렇게 확고하고 무관심한 그의 모습은 그녀를
조금 슬프게 했다.

창가에서 잠시 지켜보던 휠러 부인은 클로드의 집에 전화를 걸
어, 이니드에게 오늘 그와 같이 저녁을 먹어도 되냐고 물어보았다.
휠러 부인은 '마에일리와 나는 남편이 너무 멀리 떨어져 있어서
외로움을 느낀다.'라고 덧붙였다.

"전혀 상관없어요, 어머니." 이니드는 언제나 그랬듯이 쾌활하게 말했다. "그에게 말을 전해 줄 만한 사람이 있나요?"

"내가 직접 갈까 생각 중이란다. 여기서 그렇게 멀지 않아." 휠러 부인은 정오를 앞두고 집을 나와 긴 언덕을 올라가기 전에 개울에 멈춰 서서 잠깐 쉬었다. 그녀는 들판 가장자리의 풀이 무성한 둑에 기대앉아서 말들이 걸어올 때까지 기다렸다. 클로드는 그녀를 보고 말들을 끌어당겼다.

그가 말했다. "무슨 문제라도 있나요, 어머니?"

"아니! 오늘 집에 가서 같이 저녁이나 먹자, 그게 다야. 이니드에게 전화로 말했어." 그는 말들을 풀어 주었고, 어머니와 함께 말들을 뒤따라 언덕을 내려갔다. 그들은 함께 있었지만, 그녀는 자신과 상관없는 것에 관해 이야기하는 것이 가장 좋다고 느꼈다.

"그 영국인 간호사에 대한 기사를 봤니?"

"에디스 카벨? 그녀에 관해 읽은 적이 있어요." 그가 무관심하게 말했다. "별로 놀랄 일도 아니더군요. 그들이 루시타니아호를 침몰시켰다면, 영국 간호사 정도는 쏠 수 있었을 거예요, 확실히."

그녀는 중얼거렸다. "그 둘은 뭔가 다른 것 같아. 존 브라운의 교수형 같아. 그들이 그 형벌을 집행할 병사를 찾을 수 있을지 의문이다."

"그런 병사는 얼마든지 있겠죠."

휠러 부인은 그를 올려다보았다. "어떻게 하면 우리가 더 이상 그 일에 관여하지 않을 수 있을지 모르겠다. 그렇지? 우리 군대가 조금이라도 영향을 받지 않았다고 할 수 없겠어, 아무 일 없이 넘길 수 있다고 해도. 그들은 우리가 농업과 제조업을 하는 것보단 전쟁에 참여하는 것이 더 도움이 된다고 말하고 있어. 난 그게 선거 이야기가 아니길 바라. 난 민주당을 믿을 수 없어."

클로드는 웃었다. "이 일에 관해서는 정당정치가 없나 보네요."

그녀는 고개를 저었다. "난 아직 정당정치가 배제된 대중적인 관심을 본 적이 없어. 우린 우리에게 주어진 의무만 할 수 있고, 믿음을 가질 수 있어. 이 밭에 씨앗은 다 심었어?"

"네. 그런데 다른 몇 가지 할 일이 남았어요. 얼음 저장고를 만들어서 제 얼음을 보관하려고요."

"잠깐 링컨에 갈 생각은?"

"별로 없어요."

휠러 부인은 한숨을 쉬었다. 그의 어조는 옛 쾌락과 옛 친구들에게 등을 돌렸다는 투였다.

"프랭크포트에서 열릴 공연 티켓은 구했니?"

그는 약간 조급하게 대답했다. "그런 것 같아요. 이니드에게 마을에 갈 일이 있으면 알아보라고 했어요."

"물론 일부 프로그램들은 별로 좋지 않지만, 그들을 후원하고 우리가 가진 것을 최대한 활용해야지." 그도 어머니도 알고 있었다. 클로드가 그런 일에 그다지 능숙하지 않다는 것을. 말이 물탱크에 멈춰 섰다. "기다리지 마세요, 금방 따라갈게요." 그녀가 풀이 죽은 얼굴을 하자 그는 미소를 지었다 "신경 쓰지 마세요. 알약이 들어간 건포도를 주신다면 전 언제든지 따라잡을 수 있어요. 우리 둘 중 한 명이 꽤 똑똑해야 다른 한 명을 속일 수 있어요."

그녀는 눈이 거의 없어질 정도로 깜빡거리고 웃으며 그를 바라보았다. "난 그때 내가 똑똑하다고 생각했어!"

그녀는 서둘러 언덕을 올라 다시 그를 붙잡고 그의 관심을 끌면서 편안하다고 생각했다. 클로드가 저녁 식사를 위해 씻는 동안 마에일리는 독일 군대의 잔인함을 묘사한 신문 속 만화 한 페이지를 들고 그에게 다가왔다. 그녀에게 그것들은 모두 사진이었다. 그녀는 그림을 만드는 다른 방법은 알지 못했다.

그녀가 물었다. "클로드, 어떻게 모든 독일인은 다 못생겼지? 요이더와 여기 주위에 있는 독일인들은 못생기지 않았는데."

"어쩌면 못생긴 놈들이 전쟁을 하는 걸 거예요. 우리 이웃들처럼 잘생긴 사람들은 집에 있고요."

"그럼 어째서 남의 물건을 부수지 않기 위해 집에 머물라고 하지 않는지."라고 그녀는 분개하여 중얼거렸다. "그들이 말하길 지난겨울에 작은 아기들이 눈 속에서 태어났다고 하던데, 출산하는 여자들을 위한 불도 없었대. 우리가 했던 남북전쟁과는 달라. 군인들은 여자와 아이들에게 아무 짓도 안 했어. 우리 집은 대부분 북부군이 머물렀는데, 중국에서 온 내 어머니의 물건들을 하나도 안 부쉈어."

"나중에 다시 한번 얘기해 주세요. 저는 저녁을 먹고 다시 일하러 가야 해요. 우리가 밀을 들여놓지 않으면 저쪽 세상 사람들은 먹을 게 없을 거예요. 아시죠?"

남북전쟁을 희미하게 기억하고 있는 마에일리에게 그 신문들 속 그림은 큰 의미가 있었다. 그녀는 캠프와 전쟁터, 황폐한 마을 사진들을 보다 옛날 기억을 떠올렸다. 먼지투성이의 북군 보병들이 그녀 어머니의 집에서 차가운 물을 마시던 것을. 그녀는 그들이 장화를 벗고 피가 흐르는 발을 씻는 것을 보았다. 그녀의 어머니는 이에 물린 소년에게 깨끗한 옷을 주었다. 마에일리는 마치 '날고기' 같은 그의 뒷모습을 절대 잊지 않았다. 그녀의 형제 중 다섯 명은 반란군에 있었다. 제2차 불런 전투에서 한 사람이 다쳤을 때, 어머니는 마차와 말을 빌려 야전 병원으로 사흘간 떠났고, 소년을 살려 산으로 데려왔다. 마에일리는 그녀의 자매들이 하루 종일 번갈아 가면서 괴저에 걸린 그의 다리에 차가운 샘물을 끼얹은 일을 기억했다. 마을에는 의사가 남아 있지 않았고, 아무도 소년의 다리를 절단할 수 없었기 때문에 그는 조금씩 병들어 갔다. 마에일리는 휠러 집안에서 유일하게 자신의 눈으로 전쟁을 목격한 사람이었고, 이 사실이 그녀에게 확실한 우월감을 주었다.

◆

클로드가 결혼한 지 1년 반이 지났다. 어느 12월 아침 그는 프랭크포트에 한번 다녀가라는 장인의 전화를 받았다. 로이스는 평상시처럼 담배를 피우며 책상 의자에 앉아 있었고, 책상 위에는 외국에서 온 것으로 보이는 편지 몇 통이 있었다. 봉투에서 편지들을 꺼내 정리하는 그의 손은 클로드가 눈치챌 정도로 불안정했다.

그중 하나는, 캐롤라인 로이스가 있는 미션스쿨의 의료진 과장이 보낸 편지로, 현재 딸이 심각한 병에 걸려 선교사 병원에 있다는 내용이었다. 그녀를 휴식과 치료를 위해 좀 더 좋은 도시로 보낼 것이고, 직무에 복귀할 만큼 건강해지기까지 1년 이상 걸릴 것이라고 적혀 있었다. 다른 편지에는 만약 그녀의 가족 중 누군가가 그녀를 돌본다면, 학교 관계자의 큰 불안감을 덜어 줄 수 있을 것이라고 했다. 캐롤라인 본인이 쓴 다소 앞뒤가 맞지 않는 편지도 있었다. 클로드가 그 편지를 다 읽자, 로이스는 시가 상자를 그에게 밀며 낙담한 듯 선교 활동에 대해 말했다. "내가 딸에게 갈 수도 있지만, 그게 무슨 소용이 있겠어? 나는 그 아이의 생각에 동조하지 않고, 그저 초조하게 할 뿐이야. 캐리가 집에 오지 않기로 마음먹은 것을 알 수 있을 거야. 난 한 사람이 자신의 종교나 신념을 남에게 강요하려 한다는 것이 믿기지 않아. 난 그런 사람이 아니니까." 로이스는 앉아서 시가를 보고 있었다. 한참을 침묵하다가 다시 말을 꺼냈다. "중국이 내 귀에 박혔어… 문제를 일으키려고 가기엔 너무 먼 곳 같지 않아? 남자는 자기 삶의 통제권이 얼마 없어, 클로드. 남자를 괴롭히는 것이 가난이나 질병이 아니라면, 지도상의 이름뿐이야. 중국에 관한 일이나 다른 일들이 아니었다면, 나도 꽤 잘할 수 있었을 거야. 만약 캐리가 해리슨 노인의 딸들처럼 옷에 대해 가르치고 빚을 갚는 것을 도와줬다면, 충분히 집에 머물렀겠지. 하지만 항상 뭔가 있어. 이 편지들을 이니드에게 보여 줘야 할지 어떻게 해야 할지 고민이군."

"이니드도 이 사실을 알아야 할 겁니다. 만약 그녀가 캐리에게 가기로 결정한다면 제가 간섭하는 것은 옳지 않아요."

로이스는 고개를 저었다. "모르겠어. 중국에 관한 일에 자네까지

212

끌어들이는 건 불공평해."

클로드는 집에 돌아와서, 이니드에게 편지를 건네며 말했다. "이 일 때문에 장인어른이 매우 속상하신가 봐. 그렇게 늙어 보이는 모습은 처음 봤어." 클로드가 신문을 읽는 척하는 동안, 이니드는 정돈된 작은 책상에 앉아 편지를 살펴보았다.

"내가 가야 하는 게 확실해 보이네." 그녀가 말했다.

"누군가 반드시 가야 할 필요가 있다고 생각하니? 난 그렇지 않은 것 같은데."

"아무도 안 가면 아주 이상해 보일 거야." 이니드는 기세 좋게 대답했다.

"어떻게 이상한데?"

"가족들이 언니에게 전혀 관심이 없다고 생각할 테니까."

"그게 다야?" 클로드는 비뚤어진 미소를 지으며 다시 신문을 들었다. "네가 남편을 떠나면 여기 있는 사람들이 어떻게 볼지 궁금하다."

"정말 못된 말이구나 클로드!" 그녀는 황급히 일어나서 당황하며 망설였다. "여기 사람들은 그것보다 나에 대해 더 잘 알아. 네가 어머니 집에서 완벽하게 편안하지 않은 것처럼."

그가 신문에서 눈을 떼지 않자, 그녀는 부엌으로 갔다. 클로드는 가만히 앉아서, 저녁을 먹기 위해 화덕을 여는 이니드의 빠른 움직임 소리를 들었다. 방 안의 불빛이 점점 어두워졌다. 저녁이 되면서 들판이 녹기 시작했다. 마당의 어린나무들은 매서운 북풍에 구부러지고 쓰러졌다. 클로드는 종종 겨울이 자신의 현관 앞에서 죽는 것이 자랑스러웠다. 집 안은 찬바람도 들어오지 않고, 쌀쌀한 구석도 없었다. 그들이 결혼한 뒤 맞이하는 두 번째 겨울이었다. 집으로 차를 몰고 올 때, 이 집에서 오랫동안 자유로울 수 있겠다고 생각하면 즐거운 흥분이 일었다. 지금은 집을 떠나고 싶지 않았다. 무언가 그의 마음속에서 자라났다. 그는 다시 시도하지 않고, 상황을 더 좋게 만들 수 없는지 궁금했다. 이니드는 부엌에서 가라앉은 목소리로 다소 쓸쓸하게 노래를 부르고 있었다. 그는 일어나서 우유 짤 때 입는 코트와 통을 가지러 갔다. 창가 근처에서 아내를 지나칠 때, 멈춰 서서 생뚱맞게 아내를 감싸 안았다. 그녀는 고개를 들었다. "그래. 기분이 좀 나아졌지? 그럴 줄 알았어. 이럴 수가 코트에서 매우 냄새가 나! 새로운 걸 찾아봐야겠어."

클로드는 이 어조를 알았다. 이니드는 결코 자신의 선택에 대한 의문을 제기하지 않았다. 그녀가 결심했을 때, 되돌아가는 일 따윈 없었다. 바지 주머니에 손을 쑤셔 넣고, 밝은 통을 팔에 매달고 헛간으로 내려갔다. 다시 시도해야 하나, 하지만 다시 시도해 볼 게 뭐가 있지? 진부한 이야기, 가벼운 이야기, 거짓된 것… 그의 인생은 그의 목을 조르고 있었고, 그것을 뿌리칠 용기가 없었다. 그녀를 보내 줘! 그녀가 가고 싶어 할 때 보내 줘…! 얼마나 끔찍한 세상에 태어난 것인가! 아니면 그에게만 끔찍한 걸까? 그가 만지는 모든 것들이 잘못되어 갔다. 언제나 그랬다.

한 시간 후 그들이 저녁 식탁에 앉았을 때, 이니드는 그녀의 결정에 뭔가 대가를 치른 것처럼, 지친 표정이었다. "내 생각엔 당신이 어머님 집에서 더 편한 겨울을 보낼 수 있을 것 같아. 이곳만큼 돌볼 것이 없을 거야. 우린 이 집에 있는 것들을 굳이 건드릴 필요 없어. 우리 은그릇도 내가 가져다 놓을게, 여기 있는 모든 건 그대로 내버려 두면 돼. 아버님 차고에 내 차가 들어갈 자리가 있을까? 거기에 있으면 더 편할 수도 있잖아."

"아냐. 필요 없을 거야. 내가 방앗간에 올려놓을게." 그는 부주의한 태도로 대답했다. 불빛 속에서 그들 주위에 서 있는 모든 물건이 숨죽이고 있는 것처럼 평소보다 더 고요하고 엄숙했다.

"닭들도 데리고 가는 게 좋을 것 같아. 하지만 어머님의 플리머스록이랑 종이 섞이는 건 싫어. 우리 닭들에겐 어두운 깃털이 없단 말이야. 어머니에게 계란은 써도 좋으니 봄에 알만 낳지 않게 해 달라고 부탁 드려."

"봄에?" 클로드는 고개를 들었다.

"당연하지, 클로드. 불쌍한 캐롤라인에게 조금이라도 도움이 되려면 적어도 내년 가을 전까지는 돌아올 수 없어. 추수 기간엔 돌아오도록 노력할게, 네게 도움이 된다면." 그녀는 일어나서 디저트를 가져왔다.

"아, 나 때문에 서두르지 마!" 사라지는 그녀의 모습을 바라보며 그는 중얼거렸다.

이니드는 뜨거운 푸딩과 식후 커피를 가지고 돌아왔다. "우리에게 갑작스러운 일이 닥쳤기 때문에 즉시 계획을 세워야 해. 어머님이 로즈를 보면 기뻐하실 거야. 정말 좋은 소잖아. 그럼 네가 원하는 만큼 크림을 가질 수도 있고." 그는 그녀가 건네주는 금테 컵을 받았다.

"내년 가을까지 없을 거라면, 로즈는 팔아 버릴 거야." 그가 무뚝뚝하게 말했다.

"어째서? 로즈 같은 소를 또 찾으려면 오래 걸릴지도 몰라."

"어찌 됐든 로즈를 팔아 버릴 거야. 말들은 아버지 거야. 아버지가 돈을 지불했으니깐. 네가 만약 이 집을 비우면, 아버지가 이 집을 세놓을 수도 있어. 중국에서 돌아오면 이 집에 세입자가 있을지도 몰라." 클로드는 커피를 삼킨 뒤 컵을 내려놓고 앞쪽으로 가서 시가에 불을 붙였다. 그는 벽걸이 등에서 나오는 빛을 받으며 여전히 식탁에 앉아 있는 아내에게 시선을 고정한 채 왔다 갔다 했다. 약간 구부러진 그녀의 머리는 단정해 보였다. 그녀는 당황할 때, 얼굴이 더 날카로워 보였고, 턱도 더 길어 보였다. 클로드는 반대편에서 말했다. "이 집에 감정이 전혀 없지? 내가 이 집에 자주 들러서 돌보는 건 별로 기대하지 않는 게 좋을 거야. 네가 선거운동을 하는 내내 나는 여기서 가정부 노릇을 했어." 이니드는 눈이 가늘어졌지만, 얼굴을 붉히지는 않았다. 클로드는 아내의 창백하고 매끄러운 뺨 위로 색이 드러나는 것을 본 적이 없었다.

"어린애처럼 굴지 마. 내가 이곳을 아끼는 거 알잖아. 우리 집이라고. 내가 의무를 다하지 않은 때는 없었어. 넌 건강하고, 어머니 집으로 돌아갈 수 있잖아. 캐리는 몸이 아프다고."

그녀는 접시를 모으기 시작했다. 클로드도 재빨리 불빛 속으로 다가와 그녀와 마주 보고 섰다. "이건 너의 문제가 아니야. 내 문제이기도 하다는 걸 알잖아. 네가 가고 싶어 해서 그런 거야. 넌 그 모든 설교자와 그들의 부드러운 입담과 믿음에서 벗어날 기회를

216

얻어서 기쁜 거잖아."

이니드가 쟁반을 들었다. "내가 기뻐한다면, 그건 당신이 기독교적 이상에 의해 우리의 생활을 만들려고 하지 않기 때문이야. 네 안에는 항상 무언가에 대한 반항심이 있어. 결혼 이후 수많은 중요한 문제들이 생겨났고, 당신은 그 질문 하나하나에 무관심하거나 빈정거렸어. 순전히 이기적인 삶을 살고 싶은 거지."

그녀는 단호히 방을 걸어 나가 문을 닫아 버렸다. 나중에 그녀가 돌아왔을 때, 클로드는 그곳에 없었다. 모자걸이에 그의 모자와 코트가 없었다. 앞문으로 조용히 나간 것이 틀림없었다. 이니드는 11시까지 앉아 있다가 잠자리에 들었다.

아침에 침실에서 나오자마자, 그녀는 외투를 입은 채 라운지에서 자고 있는 클로드를 발견했다. 그녀는 잠시 공포에 질려 그에게 허리를 굽혔지만, 술 냄새를 감지할 수 없었다. 그녀는 조용히 움직이며 아침 준비를 시작했다.

언니에게 가기로 마음먹은 이니드는 한시도 지체하지 않았다. 그녀는 표를 예매하고 미션스쿨에 연락을 했다. 그녀는 크리스마스 일주일 전에 프랭크포트를 떠났다. 클로드와 랄프는 그녀를 덴버까지 데리고 가서 대륙횡단 급행열차에 태웠다. 집에 돌아온 클로드는, 어머니 집으로 옮겨 갔고, 소와 닭들을 레너드에게 팔아 버렸다. 로이스를 만나러 갈 때를 제외하고는 농장을 거의 떠나지 않았고, 이웃들을 피했다. 클로드는 그들이 자신의 집안 사정을 이야기하고 있다고 생각했다. 그들은 당연히 그랬다. 로이스가와 휠러가 사람들은 다른 사람들처럼 행동할 수 없었다. 그들이 노력해도 소용없었다. 클로드는 동네에서 가장 좋은 집을 지었으나 그는 그 집에서 살지 않는다. 그에게 아내가 있지만, 중국에 있다!

눈 오는 어느 날, 아무도 없을 때, 클로드는 집의 창문들을 전부 닫고 지하실에 남아 있는 과일 통조림과 야채를 가져오기 위해 큰 차를 타고 자기 집으로 향하였다. 이니드는 삼나무 상자에 가장 좋은 리넨을 싸고 부엌과 도자기 찬장을 꼼꼼히 정돈하고 갔다. 그는 덮개를 씌운 의자와 매트리스를 시트로 덮기 시작했고, 양탄자를 걷어 올리고, 창문을 단단히 잠갔다. 일할수록 손은 점점 무감각하고 무기력해졌으며, 그의 마음은 얼음덩어리 같았다. 그가 정성껏 고르고 자부심을 품었던 이 모든 것들은, 이제 어떤 중고 상인의 가게에 쌓여 있는 잡동사니보다 가치가 없었다.

물건들을 소중하게 만들었던 감정이 더 이상 존재하지 않는데, 얼마나 본질적으로 애절하고 추악한 물건들인가! 인간의 삶의 파편은 자연 속에서 죽은 것이나 썩어 가는 것보다도 더 가치가 없고 추악했다. 쓰레기… 폐기물… 그의 마음은 음산하고 피곤했다. 영원히 반복될 일상이 하루하루 계속되었으나 그것을 들어내고 비난하는 것은 상상할 수 없었다. 의미 없는 행동…. 그는 살며시 내리는 눈 사이로 잿빛 풍경을 보며 사람들이 들판처럼 잠들 수 있다면 얼마나 좋을지 생각했다. 눈에 덮여서 상처는 치유되고 좌절을 잊은 채 깨어날 수 있다면. 그는 자신의 영혼 속의 병든 감정을 떨쳐 버리지 않는다면, 과연 남은 인생을 살아갈 수 있을지 궁금했다.

마침내 그는 문을 잠그고 열쇠를 호주머니에 넣은 다음, 숲에 가서 시가 한 대를 피우고 그곳과 작별을 고했다. 그곳에서 그는 구부러진 나무 위, 새들의 빈 둥지 아래를 한 시간 넘게 진지하게 돌아다녔다. 그는 산울타리에 도착할 때마다 고독에 너무나 온순하게 몸을 내맡긴 작은 집을 볼 수 있었다. 자신이 그곳에서 다시 살리라는 것을 믿지 않았다. 어쨌든, 그의 아버지가 그 집에 투자했던 돈은 잃지 않을 것이다. 그는 항상 더 나은 세입자를 얻을 수 있을 것이다. 이웃에 사는 소년 중 몇 명은 올해 안에 결혼할 계획이었다. 그 집의 미래는 보장되어 있었다. 하지만 그는? 그는 걷다가 잠깐 멈췄다. 그의 발이 새하얀 땅 위에 불확실하고 목적도 없는 자국을 만들었다. 그는 자신의 발자국을 보고 짜증이 났다. 그게 뭘까— 그에겐 무슨 문제가 있는 것일까? 그는 왜 뭔가를 느끼고 바라는 것을 그만두지 못할까? 지금 바라는 것은 무엇인가? 그는 괴로워하는 소리를 듣고, 뒤를 돌아보니, 남겨진 헛간 고양이가 보였다. 고양이는 울타리 안에 서 있었고, 검은 털이 젖어 주름지고, 한쪽 발을 들고, 비참하게 야옹거리고 있었다. 클로드는 다가가서 고양이를 들어 올렸다.

"왜 그래, 깜냥아? 헛간에 쥐가 점점 부족해지고 있다고? 마에일리는 네가 운이 나쁘다고 말했을 거야. 그럴지도 모르지만 어쩔 수 없지?" 그는 고양이를 외투로 감싸 안았다. 나중에 그가 자신의 차에 올라타서 고양이를 바구니에 넣으려고 했지만, 고양이는 주머니에 발톱을 세워 매달려 있었다. 그는 웃었다. "네가 운이 없구나. 나랑 같이 살자!" 고양이는 깜짝 놀란 노란 눈으로 그를 올려다보며 울지도 않았다.

◆

휠러 부인은 클로드가 새집을 구한 뒤, 본가를 편안해하지 않을
까 봐 두려웠다. 그녀는 가장 좋아하는 흔들의자와 독서등을 그의
침실에 놓았다. 그는 가끔 저녁 내내 그곳에 앉아 책을 읽는 척하
며 손으로 눈을 가리고 있었다. 저녁을 먹고 그가 아래층에 머무
르자 휠러 부인과 마에일리는 감사해하기까지 했다. 마에일리는
이제 전쟁 사진 외에도, 중국의 사진을 찾기 위해 다락방의 오래
된 잡지들을 뒤졌다. 그녀는 이니드가 홍콩에 도착하는 날을 부엌
에 있는 그녀의 큰 달력에 표시했다. 그녀는 싱크대에 서서 저녁
식사 접시를 닦으며 말하곤 했다.

"클로드, 지금 이니드 양이 있는 곳은 대낮이지? 세상은 둥그니
까. 저문 태양은 저쪽의 사람들을 비추고 있겠지?"

이따금, 그들이 함께 일할 때 휠러 부인은 마에일리에게 알고 있
던 중국인의 풍습에 대해 말했다. 노파는 이전에 자신과 상관없는
두 개의 관심사를 동시에 가진 적이 없어, 그 관심사를 어떻게 해
야 할지 알지 못했다. 그녀는 클로드에게 말하듯이 혼잣말을 중얼
거렸다. "이니드가 가는 쪽에는 전쟁이 없겠지? 그녀는 백인이니
까 그들의 옷을 입지 않아도 되겠지. 그녀는 그들이 여자아이를
죽이게 내버려 두지 않을 것이고, 항상 해왔던 끔찍한 일들을 못
하게 막을 거야. 그리고 석상에 기도를 못 하게 할 거야. 아무런 도
움도 되지 않으니까. 난 이니드 양이 그곳에서 항상 좋은 일을 많
이 할 거라고 믿어."

그러나 긴 독백 이후에 그녀는 그녀 나름의 생각을 하고 있었고, 이니드가 떠나간 것에 분개했다. 그녀는 사람들이 '클로드의 아내가 도망가고 그를 혼자 남겨 두었다.'라고 말할까 봐 두려웠다. 그녀의 사회적 기준이 되는 버지니아 산에서는 남편이나 아내가 버려진 일은 매우 큰 조롱의 대상이었다. 그녀는 한번 지하실의 어두운 구석에서 휠러 부인에게 속삭였다. "클로드의 아내가 언니처럼 거기서 돌아오지 않으려고 하진 않겠죠?"

요이더 소년 중 한 명이나 수지 도슨이 저녁을 먹으러 오면, 마에일리는 큰 목소리로 이니드에 대해 언급했다. "클로드의 아내는 감자를 생으로 썰어서 튀겨. 나처럼 먼저 삶지 않아. 그녀는 요리 솜씨가 형편없었어." 그녀는 자리에 없는 이니드를 쉽게 언급하는 것이 상황을 더 좋게 만든다고 생각했다.

어니스트 하벨은 이제 클로드를 보러 왔다. 그리 자주는 아니지만. 그들은 둘 다 이전처럼 친밀하게 지내는 것은 무례하다고 느꼈다. 어니스트는 마치 이니드가 무엇이든 교정하는 손으로 그의 큰 맥주잔을 낚아챈 것처럼 여전히 자신의 맥주에 대해 분노를 느꼈다. 레너드처럼, 그는 클로드가 결혼에 대해 나쁜 거래를 했다고 생각했다. 어니스트는 그를 불쌍하게 여기기보다 그가 납득하고 벌을 받는 모습을 보고 싶었다. 그가 이니드와 결혼했을 때 클로드는 자유주의 원칙을 어겼으며, 그 배신에 대한 대가를 치르는 것이 옳다고 생각했다. 클로드가 원래 집으로 돌아온 후 처음으로 저녁을 같이 보내기 위해 놀러 갔을 때, 그는 금주당에 대한 반대 의견을 설명하기 시작했다. 클로드는 어깨를 으쓱했다.

"그만하지 그래? 어떻게 되었든 내 흥미를 끌지 못하는 문제야."

어니스트는 기분이 상해서 독일이 잠수함 전쟁을 재개할 것이라는 발표가 있기 전까지, 한 달 동안 클로드네 집에 놀러 가지 않았다. 그는 이 소식이 농촌에 전해진 다음 날 밤 클로드네 부엌에 갔는데, 클로드와 그의 어머니가 식탁에 앉아 서로 신문을 소리 내 읽어 주고 있었다. 어니스트가 자리에 앉기도 전, 전화벨이 울렸다. 클로드가 전화를 받았다.

"프랭크포트의 전신 기사야." 그는 수화기를 내려놓으며 말했다. "그는 레이에 있는 아버지에게 온 메시지를 반복했어. '내일모레 집에 갈 거야. 신문을 봐.' 도대체 뭘 의미하시는 거지? 우리가 뭘 해야 하는 거야?"

"그가 이 일을 매우 심각하게 여긴다는 뜻이지. 그는 병에 걸렸을 때를 제외하곤 전화를 하지 않는 사람이야." 휠러 부인은 일어나서 마치 남편의 마음을 알아내기 위해서라는 듯이 전화기로 산만하게 걸어갔다.

"하지만 정말 이상한 메시지예요! 제가 아니라 어머니한테 전달한 내용이었어요."

"그는 내가 그것에 대해 어떻게 생각하는지 알 거야. 네 아버지 지인들 중 몇몇은 포츠머스에서 해양 운송업을 해. 그는 우리의 선적이 바다 어디로 갈 수 있는지, 갈 수 없는지 알려졌을 때 그것이 무엇을 의미하는지 알고 있어. 워싱턴이 우리에게 그런 모욕을 줄 수는 없어. 이럴 때 생각해 보면 민주당 정권이 뭐든 해야 해!"

클로드는 웃었다. "앉으세요, 어머니. 하루 이틀만 기다려 보세요. 그들에게 시간을 좀 주세요." 어니스트는 우울하게 말했다. "워싱턴이 무언가 하기 전에 전쟁이 끝날 거예요, 휠러 부인. 영국은 굶어 죽을 것이고, 프랑스는 꼼짝없이 패할 거예요. 이제 독일군 전체가 서부 전선에 서게 될 거예요. 이 나라가 뭘 할 수 있겠어요? 군대를 만드는 데 얼마나 걸린다고 생각하세요?"

휠러 부인은 안절부절못하는 걸음걸이를 잠시 멈춰서 침울한 어니스트를 보았다. "어니스트, 나는 아무것도 모르지만, 성경을 믿는단다. 눈 깜짝할 사이에 우리가 바뀔 거라고 믿어!"

어니스트는 바닥을 보았다. 그는 신앙심을 존중했다. 그의 말대로 달리 할 일도 없었으니 존중하거나 경멸해야 한다. 클로드는 테이블에 팔꿈치를 기대고 앉아 있었다. "결국 다 똑같은 일로 돌아올 거예요 어머니. 새로 창설된 군대가 무언가를 할 수 있다고 해도, 어떻게 그들을 물리치겠어요? 여기 독일군의 잠수함이 하루에 세 척이나 발견된다는 해군 당국자의 글이 있어요. 바다에서 아무것도 탐색 되지 않을 때까지, 이 사실을 우리에게 알리지 않았겠죠."

"아들아, 나는 우리가 성취할 수 있는 것을 말하는 척하지 않았어. 우리는 도덕적으로 생각해야 해. 그들은 전쟁에 참여하는 것보다, 군수품이나 보급품을 보내는 것이 연합군에게 더 도움이 될 거라고 했어. 우리가 그 지원을 철회한다면, 뭐가 되겠어? 우리는 항상 자기 일에 신경 쓰는 척하면서 독일을 돕고 있어. 우리의 대안이 바다 밑바닥에 있다면 독일군이 그곳에 있는 것이 좋았을 텐데!"

"어머니, 앉으세요! 오늘 밤에는 해결할 수 없어요. 이렇게 흥분하신 걸 본 적이 없네요."

"네 아버지도 흥분하셨어, 그렇지 않으면 절대로 그 전보를 보내지 않았을 거야." 휠러 부인은 마지못해 반짇고리를 들었고, 어니스트와 클로드는 주제를 바꿔 오래되고 쉬운, 친근한 이야기를 나누었다.

어니스트가 떠날 채비를 하자 클로드는 그와 함께 요이더네 까지 걸어갔고, 서리처럼 찬란하게 빛나는 겨울의 별 아래의 눈 덮인 들판을 가로질러 돌아왔다. 그는 별을 올려다보면서 국가의 운명과 세계에서 일어나고 있는 이해할 수 없는 일을 위해 자신이 뭔가 할 수 있을 거라고 강렬하게 느꼈다. 질서 있는 우주에는 이 불행한 행성의 수수께끼를 읽는 어떤 마음이 있을 것이며, 그 마음은 빛을 잃은 어두운 시간 속에서 무언가가 형성되고 있는지 알 것이다.

한 가지 의문이 공중에 떠 있었다. 이 모든 것이 조용한 땅에서 그에게, 그를 넘어, 심지어 그의 어머니를 넘어서까지. 그는 덴버에 있는 주 의회 계단에 서 있던 그날 밤, 전쟁이 시간의 자궁 속에 숨어서 꿈에도 생각하지 못했을 때, 조국을 두려워했다. 클로드와 어머니의 기다림은 오래가지 않았다. 삼일 뒤 미국 주재 독일 대사가 해임되었다는 것을 알았고, 독일 주재 미국 대사는 베를린에서 돌아왔다. 나이 든 남성에게는 이러한 사건들이 생각하고 대화해야 할 주제였다. 그러나 클로드 같은 소년에게는 삶과 죽음, 숙명이었다.

◆

　어느 폭풍우가 몰아치는 아침, 클로드는 큰 마차를 몰고 목재를 얻기 위해 시내로 향하였다. 도로의 눈이 녹기 시작해 시골은 검고 더러워 보였다. 짙은 진흙 위 여기저기에 남겨진 잿빛 눈들은 벌집처럼 구멍이 뚫려 있었고, 그 사이로 젖은 잡초 줄기가 솟아 있었다. 마차가 프랭크포트 위의 높은 땅을 삐걱거리며 지나갈 때, 클로드는 학교 건물 깃대에 새로운 멋진 국기가 펄럭거리는 것을 보았다. 클로드는 독립 기념일이나 정치 집회를 제외하곤 깃발을 본 적이 없었다. 오늘 같은 날은 처음 보는 것 같았다. 밴드도 없고, 소음도 없고, 웅변가도 없었다. 축축한 3월 하늘에 깃발만 펄럭였다.

　그는 고등학교를 통과하기 위해 길을 비켜서서 정오 종이 울릴 때까지 몇 분 동안 기다렸다. 나이 많은 소년 소녀들이 우비와 우산을 쓰고 나왔다. 곧 그는 노란 '슬리커'를 입고 방수 모자를 쓴 글래디스를 발견하고 손을 흔들었다. 그녀는 마차로 다가왔다.

　그는 깃대 쪽을 보며 말했다. "네 장식 맘에 든다."

　"졸업반 소녀들이 산 비단이야. 이 빗속에 깃발을 올리지 말라고 했는데, 저 깃발을 폭풍우 때문에 샀다고 하더군."

　"타, 집에 데려다줄게."

　그녀는 그의 손을 잡고 다리를 바퀴 중간에 올린 뒤, 클로드 옆에 올라탔다.

　그는 말들에게 신호를 주었다. "너희 고등학교 남자애들이 요즘 호전적이야?"

"매우 심해. 어떻게 생각해?"

"그들이 감정을 표현할 기회가 있을 것 같아."

"그럴까, 클로드? 끔찍하게 비현실적인 것 같은데."

"다른 것도 별로 현실적이지 않아. 난 목재를 꺼낼 생각이었지만, 못을 박을 줄 예상하지 못했어. 이런 것들은 이제 중요하지 않아. 우리가 해야 할 일은 단 하나고, 의미 있는 건 오로지 그것밖에 없어. 우리 모두 알고 있지."

"매일 더 가까워지는 느낌이야?"

"매일."

글래디스는 아무런 대답도 하지 않았다. 그녀는 너그러운 갈색 눈으로 그를 침착하고 진지하게 바라볼 뿐이었다. 그들은 창문에 꽃이 만발한 집 앞에 마차를 멈췄다. 그녀는 그의 손을 잡고 땅에 내려간 뒤, 인사를 할 때까지 손을 잡고 있었다. 클로드는 목재 마당으로 마차를 몰았다. 프랭크포트 같은 곳에서는, 아내가 중국에 있는 클로드 같은 사람은, 가십을 일으키지 않고는 글래디스를 거의 보러 갈 수 없었다.

◆

암울한 3월 한 달 동안 휠러는 거의 매일 그의 사륜 짐마차를 타고 마을에 갔다. 그는 생전 처음으로 남몰래 불안을 느꼈다. 그의 가족 중 그에게 한 번도 폐를 끼치지 않았던 단 한 사람, 베일리스가 문제를 일으켰다.

베일리스는 평화주의자였는데, 미국이 이 전쟁에 참여하지 않고, 유럽이 낭비하는 것들을 끌어모으면, 전 세계의 실질적인 수도가 될 것이라고 사람들에게 계속 말하고 다녔다. 베일리스의 발언 속에는 논리 같은 게 있었는데, 한 관점이 다른 관점과 동일하게 훌륭하다는 넷 휠러의 쉽게 변하지 않는 가정을 흔들어 놓았다. 베일리스가 술과 담배와 싸우자고 할 때 휠러는 그저 웃었다. 그의 아들이 금주론자라는 것은 그가 좋아하는 농담이었다. 그러나 현재의 위기에서 베일리스의 태도는 그를 불안하게 했다. 그는 날마다 아들의 가게에 앉아, 우스운 이야기로 그의 주장을 방해했다. 베일리스는 그달에 한 번도 집에 오지 않았다. 그는 아버지에게 이렇게 말했다. "아뇨, 어머니는 너무 폭력적이에요, 안 가는 게 좋겠어요."

클로드와 어머니는 저녁에 신문을 읽었지만, 그들은 읽은 것에 대해 거의 이야기하지 않았다. 그래서 마에일리는 그들이 아직도 싸우고 있는지 불안해하며 물었다. 그녀는 클로드와 단둘이 있을 때면, 일요일 신문에서 황폐해진 나라의 사진들을 가져와 보여 주면서 사진 속의 폐허가 된 집에 서 있는 사람의 가족이 어떻게 됐을지 말해 달라고 했다. 한 노파가 그녀의 짐을 가지고 길가에 앉아 있는 사진이었다. "그녀는 어디로 가려는 거지? 봐 클로드, 철제 솥을 끝까지 들고 있어!" 방독면을 쓴 군인들의 사진은 그녀를 어리둥절하게 했다. 가스 공격은 그녀가 남북전쟁 때 경험해 보지 못한 것으로, 그녀 스스로 나름의 추측을 했는데, 양파를 자를 때 눈을 보호하기 위해 쓰는 취사병의 마스크로 생각했다. "뭐라도 쓰지 않으면 양파를 자르는 동안 눈이 매우 매울 거야."

4월 8일 아침, 클로드는 일찍 아래층으로 내려와, 신발에 붙은 딱딱한 진흙을 닦기 시작했다. 마에일리는 스토브 옆에 쪼그리고 앉아 바람을 불어 넣고 있었다. 날씨가 사나우면 항상 불이 늦게 켜졌다. 클로드는 낡은 칼과 붓을 들고 서쪽 창가에 있는 의자에 발을 올려놓고 구두를 닦기 시작했다. 그는 마에일리에게 아침 인사를 하고 더는 아무 말도 하지 않았다. 그는 잠을 제대로 자지 못해 창백했다.

마에일리가 투덜거렸다. "클로드, 이 스토브는 랄프가 내게서 빼앗아 간 옛날 것만큼 좋지 않아. 아무것도 못 하겠어. 다음 주 일요일에 나를 위해 청소 좀 해줄래?"

"오늘 청소할게. 다음 주 일요일엔 여기 없을 거야."

그의 어조 속에 담긴 무언가가 마에일리를 일어나게 했고, 그녀의 눈은 여전히 연기 속에서 깜박거리며 그를 날카롭게 바라보았다. "이니드 양이 있는 곳으로 가는 건 아니지?" 그녀는 걱정스럽게 물었다.

"아니야, 마에일리." 그는 구둣솔을 내려놓고, 발은 의자 한쪽에, 팔꿈치는 무릎 위에 올려놓고, 마치 자신을 잊기라도 한 듯 창밖을 내다보았다. "아니, 난 중국에 가지 않아. 독일군과 싸우는 것을 돕기 위해 갈 거야." 그는 여전히 들판을 응시하고 있었다.

그가 그녀를 말리기도 전에, 그녀가 무엇을 하고 있는지 알기도 전에, 그녀는 그의 가치 없는 손을 잡고 키스를 했다. 그녀는 흐느

껐다. "그럴 줄 알았어. 난 항상 네가 그럴 줄 알았어, 이 착한 녀석아! 늙은 마에일리는 알고 있었다고." 입과 눈썹, 심지어 이마의 주름살까지 떨리고 있었다. 클로드는 그 얼굴을 부드럽게 바라보았다. 목이 막히는 것 같았다. 그의 눈에는 낮은 이마 밑으로 많은 생각을 할 여지가 없는 얼굴이, 어떤 생각이 그녀를 힘들게 하고 있었다.

그를 괴롭혔던 똑같은 생각이었다. "괜찮아. 마에일리." 그는 그녀의 등을 쓰다듬고 돌아섰다. "이제 빨리 가서 아침 준비를 해."

그녀가 속삭였다. "아직 어머니한텐 이야기 안 했지?"

"응, 아직은 안 했어. 하지만 어머니도 괜찮을 거야." 그는 모자를 쓰고 말을 돌보기 위해 헛간으로 내려갔다. 클로드가 돌아왔을 때 가족들은 이미 아침을 먹고 있었다. 그는 슬그머니 자리에 앉아 어머니가 커피 마시는 모습을 지켜보았다. 그리고 아버지한테 이야기했다.

"아버지, 더 이상 징집을 기다리는 건 의미가 없어 보여요. 상관없으시다면, 어디 훈련소라도 들어가고 싶어요. 그렇게 하면 임관할 기회가 있을 거예요."

"별로 놀랍지도 않구나." 넷은 큰 손으로 팬케이크에 메이플 시럽을 부으면서 말했다. "어떻게 생각해, 에반젤린?"

휠러 부인은 조용히 칼과 포크를 내려놓았다. 그녀는 테이블 위로 손가락을 쉴 새 없이 움직이면서, 막연한 불안함에 남편을 바라보았다.

클로드는 급히 말했다. "내일 오마하에 가서 훈련소가 어디 있는지 알아보고, 입영소 책임자들과 이야기를 나누고 올 거예요. 물론," 그는 급히 덧붙여 말했다. "제가 복무에 적합하지 않을 수도 있어요. 요구 사항이 뭔지 모르니까요."

휠러는 팬케이크를 말아 입에 넣었다. "나도 그건 잘 몰라." 그는 음식을 잠깐 씹은 뒤 말했다. "내일 갈 생각이냐?"

"그러고 싶어요. 짐은 신경 쓸 것도 없어요. 여행 가방에 셔츠랑 속옷들이 좀 들어 있으니까요. 국가가 저를 원한다면, 입영시켜 주겠죠."

넷은 접시를 뒤로 밀었다. "그럼, 이제 나와 나가서 밀을 보고 오는 게 좋겠군. 어떨지 모르지만, 남쪽의 구역을 쟁기질해서 옥수수를 심는 게 좋겠어. 큰 성과를 거두진 못할 것 같아."

클로드와 넷 휠러가 문밖으로 나가자, 덴은 평소보다 더 민첩하게 벌떡 일어나 그들의 뒤를 따라 나가 쟁기질을 시작했다. 그는 휠러 부인과 단둘이 있고 싶지 않았다. 그녀는 적막한 아침 식탁에 그대로 앉아 있었다. 그녀는 울고 있지 않았다. 그러나 전혀 앞이 보이지 않았다. 허리는 너무 굽어서 마치 짐을 지고 있는 것 같았다. 마에일리는 조용히 접시를 닦았다.

진흙투성이의 들판에서 클로드는 아버지와 이야기를 끝마쳤다. 그는 아무에게도 인사하지 않고 몰래 가고 싶다고 했다. 그는 얼굴을 붉히며 말했다. "아버지도 아시다시피 전 시작한 일을 끝까지 하지 못하는 사람이잖아요. 확실해질 때까지 이번 일에 대해 아무한테도 말하고 싶지 않아요. 이런저런 이유로 거절당할 수도 있잖아요."

휠러는 미소를 지었다. "그럴 것 같진 않지만, 어쨌든 덴에게 입닫고 있으라고 하마. 레너드 집에 가서 그가 빌려 간 렌치 좀 받아올래? 정오쯤 됐는데, 아마 집에 있을 거야." 클로드는 풍차에서 가축들에게 물을 주는 레너드를 발견했다. 레너드가 대통령의 발표에 대해 어떻게 생각하느냐고 묻자, 그는 오마하에 입대하러 간다고 불쑥 말했다. 레너드는 손을 뻗어 거의 움직이지 않는 바퀴를 제어하는 레버를 당겼다.

"몇 주만 기다렸다가 같이 가자. 난 해병대에 지원해 볼 거야. 내 눈길을 끌었어." 물탱크 가장자리에 서 있던 클로드는 거의 뒤로 넘어질 뻔했다.

"왜, 뭣 때문에?" 레너드는 그를 훑어보았다.

"신이시여, 클로드, 이 근처에서 그런 생각을 하는 사람이 너뿐인 줄 알아? 무엇 때문이냐고? 내가 무엇 때문에 그러는지 말해주지!" 그는 커다란 세 손가락을 위협적으로 들어 올렸다. "벨기에, 루시타니아, 에디스 카벨. 그 자식들이 내 눈에 띄었어. 옥수수를 심고 나서 내가 돌아올 때까지 아버지가 수지를 돌봐 주실 거야."

클로드는 숨을 길게 들이마셨다. "레너드 넌 날 속였어. 너는 누가 누구를 공격하든 신경 안 쓰는 줄 알았는데."

"신경 안 써." 레너드는 항의했다. "아주 조금도! 하지만 한계라는 게 있어. 루시타니아 사건 이후로 난 갈 생각을 하고 있었어. 이곳에선 더 이상 만족을 얻지 못해. 수지도 같은 심정이야."

클로드는 레너드를 바라보았다. "어쨌든, 난 내일 떠나 레너드.

내 주위 사람들한텐 말하지 마. 군대에 못 들어가면 해군에 입대할 생각이야. 그들은 언제나 건장한 체격의 남자들을 선발해 가니까. 난 여기 안 돌아올 거야." 클로드가 손을 내밀자 레너드가 찰싹 때리며 손을 잡았다.

"행운을 빌어 클로드. 어쩌면 외국에서 만날 수 있을 거야. 그럼 웃기지 않겠냐! 이니드한테 편지 쓸 때 안부 전해 줘. 난 항상 그녀가 좋은 사람이라고 생각했어, 금주법은 동의하지 못하지만." 클로드는 자신이 어디로 가는지 보지도 않고 기계적으로 들판을 건너갔다. 그는 아직 마음속의 상상일 뿐인 사건과 장면들로 시선이 돌아가 있었다.

◆

화창한 6월 어느 날 넷은 프랭크포트에 있는, 압착 벽돌로 새로 지은 법원 앞에 주차했다. 법원은 목화 나무로 둘러싸인 광장에 있었다. 잔디밭은 깎은 지 얼마 안 됐고, 화단에는 꽃이 활짝 피어 있었다. 넷이 위층 법정으로 들어섰을 때는 벌써 농부들과 마을 사람들로 반쯤 차서 낮은 목소리로 이야기하고 있었고, 여름 파리가 열린 창문으로 윙윙거리며 들락거렸다. 흰머리와 구레나룻이 있는 외팔이 판사는 책상에 앉아 왼손으로 글을 쓰고 있었다. 그는 프랭크포트의 오래된 정착민이었지만, 그의 프록코트와 공손한 매너를 보면 그가 30년 전이 아니라 어제 켄터키에서 왔다는 생각이 들었다. 그는 오늘 아침 두 명의 젊은 독일 농부를 상대로 제기된 국가에 대한 불충 혐의를 들을 예정이다. 피고인 중 한 명은 힐러가의 가장 가까운 이웃인 아우구스트 요이더였고, 다른 한 명은 카운티 북부 출신의 부유한 독일인 트로일루스 오벌리스였다.

아름다운 농장을 소유한 오벌리스는 언덕 위에 세워진 하얀 집에 살았는데, 훌륭한 과수원과 양봉장, 헛간, 곡물 저장소, 양계장이 있었다. 그는 칠면조와 텀블러비둘기를 키웠고, 연못에는 많은 거위와 오리들이 헤엄쳐 다녔다. 그는 '우리 독일 황제처럼' 여섯 아들이 있다고 자랑하곤 했다. 그의 이웃들은 그가 사는 곳을 자랑스러워했고, 낯선 사람들에게 말하고 다녔다. 그들은 가난했던 오벌리스가 프랭크포트에서 어떻게 산업과 지식으로 재산을 늘렸는지를 떠들어 댔다. 그는 조국을 다시 방문하기 위해 바다를 두 번 건넜으며, 변호사, 은행가, 그리고 프랭크포트와 바이카운트에서 거래했던 상인들을 위해 선물을 사서 대초원에 있는 집으로 돌아왔다. 그의 이웃들은 응접실에 오벌리스가 독일에서 가져온 목각이나 직조 또는 기발한 기계 장난감을 두었다. 그는 요이더보다 나이가 많고, 머리칼처럼 희고 곱슬곱슬한 짧은 수염을 길렀으며, 비록 키는 작았지만, 통통한 붉은 얼굴에 푸른 눈동자를 가졌다. 그리고 그는 마차에 대해 으스댔는데, 그것은 그를 중요한 사람으로 보이게 했다. 그는 자랑하는 걸 좋아했고 성미가 급했지만, 유럽에서 전쟁이 발발하기 전까지는 아무도 그와 싸운 적이 없었다. 전쟁 이후로 그는 끊임없이 흠을 찾아 불평했고, 모든 것이 독일이 더 낫다고 말했다.

휠러는 요이더에게 도움을 주기 위해 왔다. 그들은 30년 동안 인접한 밭에서 일했다. 그는 이웃의 문제에 놀랐다. 그는 오벌리스처럼 뽐내고 다니는 사람이 아니라 조용했고, 진지하고 큰 체격에 좀처럼 입을 열지 않는 엄중한 사람이었다. 그와 오벌리스는 판사의 책상 난간 바깥에 있는 나무 의자에 앉아 있었다.

판사는 글을 쓰는 것을 멈추고 오벌리스에 대한 혐의를 듣겠다고 했다. 몇몇 이웃들이 연속으로 증인대에 섰다. 그들의 진술은 혼란스럽고 거의 유머 같았다. 오벌리스는 미국이 전쟁에서 질 것이고 그건 좋은 일이라고 했다. 미국은 위대한 나라지만 바보들이 운영하고, 독일의 지배를 받는 것이 미국에는 최고의 일이라고 했다. 계속해서 증인은 오벌리스가 이 나라에서 돈을 벌었기 때문에—여기서 판사가 그의 말을 가로막았다. "피고인이 당신 앞에서 한 불충이라고 생각되는 진술에 국한하여 말씀하시오." 증언이 진행되는 동안 판사는 사건을 좀 더 또렷하게 보고 싶은 듯 안경을 벗어서 책상 위에 올려놓고, 비단 손수건으로 렌즈를 닦고, 한 번 써보고, 다시 문질렀다.

두 번째 증인은 오벌리스가 독일 잠수함이, 몇 척의 군인 수송선을 침몰시켰으면 좋겠다고 하는 것을 들었다고 했다. 그렇게 되면 미국은 두려워할 것이고, 사람들은 각자 집에 머물며 자기 일에나 신경 쓰게 될 것이라 말했다고 진술했다. 세 번째 사람은 일요일 오후 오벌리스가 현관 앞에 앉아 슬라이드 트롬본으로 '라인의 감시'를 연주했는데, 그 때문에 이웃들이 매우 짜증이 났다고 진술했다. 여기서 넷 휠러는 그의 무릎을 치며 큰 소리로 웃었고, 그 소리는 법정에 울려 퍼졌다. 피고의 부풀어 오른 붉은 볼은 조물주가 날카로운 악기에 목소리를 주기 위해 꾸민 것처럼 보였다.

이 혐의들에 대해 할 말이 있느냐는 질문에 오벌리스는 일어나서 어깨를 뒤로 젖히고 법정을 향해 반항적인 시선을 보였다. "너흰 내 재산을 빼앗고 감옥에 가둘 수 있겠지만, 난 아무것도 설명하지 않을 것이고, 후회하지 않겠어." 그는 큰 목소리로 선언하듯이 말했다.

판사는 잉크통을 보며 미소를 지었다. "오벌리스 씨, 당신은 이 사건의 본질을 착각하는군요. 당신은 무언가를 철회할 처지가 아닙니다. 당신은 자신의 안위를 위해 이웃의 감정을 배려하고 불충한 발언들을 그만두어야 합니다. 이제 요이더 씨에 대한 건을 들어 보겠습니다."

증인은 요이더가 영국에 의해 매수된 미국이 지옥에 떨어졌으면 좋겠다고 발언했다고 했다. 증인이 독일 황제가 총에 맞으면 전쟁이 끝날 것이라고 말하자, 그는 누군가가 대통령에게 총을 쏜다면 자신의 집에서 자선 행사를 열 것이라고 말했다고 했다.

요이더는 부름을 받자 일어나 판사 앞에 바위처럼 섰다. "전 할 말이 없습니다. 혐의는 사실입니다. 전 이 나라가 자신이 하고 싶은 말은 할 수 있는 나라인 줄 알았습니다."

"맞습니다. 자신이 하고 싶은 말을 할 수 있는 나라입니다. 하지만 이 나라에서도 자신이 내뱉은 말의 결과에 책임져야 합니다. 앉으시죠." 판사는 몸을 의자에 기대고, 앞에 있는 두 사람을 바라보며 말했다. "오벌리스 씨와 요이더 씨, 둘 다 알다시피, 그리고 당신의 친구들과 이웃이 알다시피, 당신들은 살면서 적절성을 고려하지 못했습니다. 많은 민법이 이러한 것들에 기반을 두고 있죠. 고귀한 감정이 당신들을 사로잡아 쓸모없는 발언을 하게 만들었으나 그 발언은 의도한 것이 아니라고 믿습니다. 어느 누구도 여러분이 태어난 나라에 대해 애국심을 갖지 말라고 요구할 수는 없습니다. 그러나 이 나라의 혜택을 누리는 동안, 다른 나라를 찬양하기 위해 정부를 욕해서는 안 됩니다. 두 분 다, 제가 국가에 대한 불충이라고 판단할 만한 발언을 했다는 것을 인정하셨습니다. 그러나 아주 가벼운 벌금인 300달러를 부과하겠습니다. 제가 벌금을 변경할 일이 한 번 더 생긴다면, 그땐 더 가혹할 것입니다."

판결이 끝나고 휠러는 문 앞에 있는 이웃과 합류했고, 그들은 함께 아래층으로 내려갔다.

"클로드에 관한 무슨 소식이라도 있어?" 요이더가 물었다.

"그는 여전히 R-. 진지에 있어. 출항하기 전에 휴가를 얻어 집에 올 것 같아. 거스, 옥수수를 재배해야 하는데 아들 한 명만 보내 줄 수 있어? 잡초들이 무성해."

"그래 아무나 데려가, 징집되기 전에 말이야." 요이더는 불쾌하게 말했다. "그건 별로 걱정 안 돼. 약간의 군사 훈련은 애들에게 좋잖아. 너도 알잖아?" 휠러가 윙크를 하자 요이더의 암울한 입 한쪽 구석이 씰룩거렸다.

그날 저녁 식사 때 휠러 부인이 클로드에게 보낼 편지에 쓸 수 있도록, 휠러는 아내에게 법정에서 있었던 일을 전부 이야기해 주었다. 언제나 가정부보단 학교 선생님 역할을 해온 휠러 부인은 빠르고 쉽게 편지를 썼다. 항상 클로드에게 보내는 긴 편지에는 이웃들에게 무슨 일이 일어나는지에 대한 내용이 담겼다. 휠러는 편지에 쓸 많은 이야기를 제공했다. 오랜 결혼 생활을 한 많은 남자들처럼 그도 아내에게 이웃들의 소식을 알려 주지 않았었다. 그러나 클로드와 멀리 떨어진 이후에는 그가 흥미를 느낄 만한 이야기들을 아내에게 전부 털어놓았다. 그녀는 편지에 "네 아버지가 집에서 예전보다 많은 이야기를 해. 내 생각엔 네 빈자리를 채워 주려는 것 같아."라고 간결하게 적었다.

◆

7월의 첫날, 클로드는 일주일간의 휴가를 집에서 보내기 위해, 오마하에서 출발하는 고속열차를 탔다. 군복 차림은 1917년 7월에도 여전히 낯선 광경이었다. 아직 첫 징병 소집이 발표되기 전이었고, 먼저 입대한 소년들은 멀리 떨어진 훈련소에 있었다. 따라서 붉은 머리에 길고 곧은 다리에 각반을 착용하고, 넓고 활력이 넘치고 책임감이 있어 보이는 젊은이는 눈에 띄는 승객이었다. 어린 소년 소녀들이 그를 쳐다보았고, 남자들은 그와 대화하기 위해 복도에 멈췄다. 노부인들은 안경을 끼고 그의 큰 캔버스 가방을 바라보았다. 그는 계속 펴 놓았던 책을 읽는 것조차 잊어버렸다.

훈련을 받다 온 그의 눈에는 선로 양쪽에 펼쳐지는 광경이, 책의 어느 페이지보다 더 흥미로웠다. 그는 수확기에 돌아오는 것이 기뻤다. 수확이 한창인 계절이었다. 그는 평소보다 옥수수가 더 많다는 것을 알아차렸다. 겨울 밀의 상당량이 날씨 때문에 죽었고, 봄에 밭을 갈아서 옥수수를 다시 심었다. 목초지는 이미 갈색으로 물들어 있었고, 알팔파는 첫 수확 이후 다시 초록색으로 변해 가고 있었다. 일꾼들은 밀과 귀리밭에서 곡물들을 수확하고 있었다. 밀밭에 있는 교각을 건너기 위해 기차가 속도를 줄이자, 작업복을 입고 넓은 밀짚모자를 쓴 채 밭에서 수확하던 사람들이 일을 멈추고 승객들을 향해 손을 흔들었다. 그는 맞은편 좌석에 앉은 노인 쪽으로 몸을 돌렸다. "저 사람들을 보면, 옷을 잘못 입고 잠에서 깨어난 것 같은 기분이 들어요."

노인이 흐뭇한 표정을 지었다. "군복에 익숙해져서?"

"7월 한 달 동안 다른 옷을 입은 적이 없으니까요. 추수가 한창일 때, 열차에 앉아 프랑스어 동사를 배우려고 애쓰는 저를 보니 세상이 뒤집힌 것 같아요."

노인은 시가를 입에 물고 그에게 질문했다. 귀국길에 오른 '오디세이'의 영웅처럼 클로드도 고향이 어디인지, 부모는 어떤 사람인지 같은 질문에 답을 해야 했다. 그는 호기심 많은 낯선 사람들이 질문을 해오는 바람에 프랑스어 구절책('Non, jamais je ne regarde les femmes'(아뇨, 전 여자에게 관심이 없습니다)와 같이 병사들에게 유용하게 쓰일 문장들로 구성되어 있다.)을 정독하는 데 끊임없이 방해받았다. 곧 그는 짐을 챙겨 들고, 노인과 악수를 하고, 모자를 썼다. 스테슨 모자인데, 금줄과 단단한 장식술이 원뿔형의 멋을 더 살렸다. "전 여기서 내려서 프랭크포트로 가는 기차를 기다려야 해요. 우리는 코튼테일(완행열차의 은어)이라고 부르죠."

238

노인은 그에게 즐거운 휴가가 되기를, 앞으로도 운이 좋기를 빌어 주었다. 열차 안에 모든 사람이 한 손에는 여행 가방을, 다른 한 손에는 캔버스 가방을 든 채로 역에 내리는 그를 향해 미소를 지었다. 그의 오랜 친구인 독일 사람 보이트 부인은 여행자들을 위해 저녁이 준비되었다는 것을 알리기 위해 종을 울리며 자신의 식당 앞에 서 있었다. 한 무리의 어린 소년들이 그녀의 근처에 서서 기분 나쁘게 야유하는 어조로 웃고 소리쳤다. 클로드가 다가가자 한 소년이 그녀의 손에서 종을 낚아채고, 철로를 가로질러 옥수수밭으로 뛰어갔다. 나머지 소년들도 따라가면서, 소리쳤다. "거기서 식사하지 마세요. 군인 아저씨. 그녀는 독일 스파이인데, 저녁 식사에 젖빛유리를 넣을 거에요!"

클로드는 가게 안으로 들어가서 가방을 바닥에 내던졌다. "왜 그러세요, 보이트 부인? 뭐 도와드릴 일이라도?"

그녀는 의자에 앉아 애처롭게 울고 있었다. 고개를 든 그녀가 그를 알아보고는 비명을 질렀다. "정말 다행이야, 너였구나, 앞으로는 문제 없겠어! 너도 알겠지만, 난 아이들이 말하는 스파이가 아니야, 아무것도 아니라고. 젊은 사람들이 내게 끔찍할 정도로 거칠게 굴어. 난 그 애들이 아기였을 때부터 사탕을 팔았는데, 이젠 나를 이렇게 대해. 그들이 나를 힌덴부르크나 독일 황제 윌이라고 불러!" 그녀는 그루터기 같은 새끼손가락을 찢을 것처럼 비틀면서 다시 울기 시작했다.

"저녁 좀 주세요, 부인. 제가 가서 그 애들을 해결할게요. 오랫동안 이곳에 없었는데, 기차에 내려서 예전처럼 현관을 타고 올라가는 호박 넝쿨을 보자 집에 온 것 같았어요."

"응? 그걸 기억해?" 그녀는 눈물을 닦았다. "고기가 들어간 스튜랑 마당에서 직접 재배한 청완두가 조금 준비돼 있어."

"가져와 주세요. 막사에서 통조림 말고는 아무것도 먹지 못했어요." 몇몇 철도 직원들이 점심을 먹으러 들어왔다. 보이트 부인은 손님들을 대접한 후에, 손짓으로 클로드를 계산대 끝으로 불러 속삭이며 대화를 나누었다.

"이럴 수가, 그 옷 너에게 잘 어울리는구나." 그녀가 그의 소매를 쓰다듬으며 말했다. "나도 몇 차례의 전쟁이 기억나는구나. 나폴레옹이 우리에게서 빼앗은 지방, 알자스와 로레인을 되찾았을 때. 몇몇 소년들이 밤에 찾아와서 난리를 피웠고 잠자리에 들기 두려웠어. 난 그저 퀼트로 몸을 덮고 오래된 의자에 앉아 있었어."

"그들에게 신경 쓰지 마세요. 여기 장사꾼들하고는 문제없지요?"

"아니, 전혀 없어." 그녀는 망설이다가 충동적으로 카운터에 기대어 그의 귀에 대고 말했다. "하지만 사람들이 말하듯, 독일에서의 삶도 나쁘지 않았지. 가난한 사람들은 노예도 아니었고, 고통받지도 않았지. 수목 관리원이 항상 가난한 사람들이 땅에 떨어진 나무들을 가져가게 놔뒀어. 만약 부유한 농부가 거름이 남았다면, 가난한 사람들에게 나눠 주곤 했어. 그곳의 가난한 사람들은 여기보다 적은 임금을 받지만 그래도 편안하게 살았어. 그리고 나무 신발, 정말 재미있었지. 진흙이나 거름 위를 걸어 다녀도 가죽 신발보다 깨끗했어. 축축해지지도 냄새나지도 않았으니깐."

클로드는 그녀가 어린 시절에 대한 부드러운 기억으로 인해 마음이 향수병으로 가득 찬 것을 알 수 있었다. 그녀는 그에게 지금까지는 단 한 번도 이야기해 준 적이 없는, 그녀가 소녀였을 때 일했던 큰 낙농장에 관한 이야기를 계속해서 말하고 있었다. 아홉 마리의 소를 돌보았는데 작은 크기임에도 불구하고 얼마나 힘이 셌는지, 온종일 쟁기질을 했음에도 마치 목초지에 방목되어 있었던 것처럼 많은 우유를 주었고, 시골 사람들은 의사에게 돈을 쓸 필요 없이 뿌리나 허브 같은 것으로 병을 치료했고, 류머티즘을 앓는 노인들이 '조그만 기니피그'를 데리고 잠자리에 들자, 기니피그가 고통을 없애 주었다는 등의 이야기였다.

클로드는 더 오래 듣고 싶었지만, 기차가 오기 전에 노파를 괴롭히던 소년들을 찾고 싶었다. 그는 그녀에게 가방을 맡긴 채 이따금 옥수수밭에서 들리는 종소리를 따라 철길을 건너갔다. 곧 그는 들판 가장자리에서 열린 목초지로 흘러가는 얕은 물가에 누워 있는 십여 명 남짓한 패거리를 찾았다. 그는 둑 가장자리에 서서 그들을 내려다보며 천천히 시가의 끝을 잘라 불을 붙였다. 소년들은 무관심하고 편안해 보이려고 애쓰면서 그를 보고 히죽 웃었다.

종을 들고 있는 아이가 물었다. "누군가 찾고 있어요, 군인 아저씨?"

"그래. 난 종을 든 소년을 찾고 있어. 원래 있던 곳에 되돌려 놓는 게 좋을 거야. 너희 모두 그 노파는 해가 없다는 것을 잘 알고 있잖아."

"그녀는 독일인이고, 우리는 독일이랑 싸우고 있잖아요?"

"내가 볼 땐 넌 그 누구와도 싸우지 않는걸. 넌 미국 군대에서 딱 10분 정도 버틸 수 있을 거야. 넌 우리 같은 부류가 아냐. 너같이 노파를 괴롭히는 사람을 원하는 군대는 세계에서 딱 한 군데밖에 없을 거야. 어쩌면 거기에서는 널 받아 줄 수도 있을 거야. 그 사람들이랑 같이 일하면 볼만하겠군."

소년들이 키득키득 웃었다. 클로드는 성급하게 손짓했다. "그 종을 들고 따라와." 소년은 일어나서 도랑에서 둑으로 올라갔다. 그들이 옥수수밭을 걸어가고 있을 때, 클로드가 갑자기 뒤를 돌았다. "여기 봐, 부끄럽지 않아?"

"모르겠는데요!" 그는 대수롭지 않다는 듯이 대답을 하곤 종을 공처럼 던졌다 받았다.

"그러는 게 좋을 거야. 난 가게 앞에 도착할 때까지 이런 일을 볼지 몰랐다. 다음 주에도 이곳에 올 건데, 그때도 누군가 그녀를 괴롭힌다면, 내가 가만두지 않겠어." 클로드가 타야 하는 기차가 역에 들어오고 있었다. 그는 짐을 찾아 달려갔다. 완행열차에 앉자, 주인이 누군지, 무슨 농작물을 수확했는지, 얼마나 가치가 있는지 알지도 못하는 땅을 지나 고향으로 출발하기 시작했다. 그는 이 농장들을 즐겁게 보지 못했다. 보이트 부인이 겪었을 모욕을 생각하니 화가 치밀었다. 그는 신병의 열정이 가득했다. 그는 원정군으로서 해외로 나가 폭력 사태 없이 전쟁하되, 타협 없는 너그러움과 기사도 정신을 가지고 싸울 것이라고 믿었다.

막사에 있는 대부분의 동료들이 이런 돈키호테식의 생각을 공유했다. 그들은 농장, 상점, 제분소, 광산, 대학교 같은 곳에서 온 사람들이었다. 양치기, 자동차 운전사, 배관공 조수, 당구 계수원도 있었다. 그가 처음 입대했을 때, 싸고 화려한 옷을 입은 '쇼맨'들, 뜨개질로 만든 코트를 입고 있는 목장 소년들, 아직도 손가락에 기름이 남아 있는 기계공들, 선데이 코트를 입은 덴 같은 노동자들을 보았다. 그들 중에는 밧줄로 묶인 종이 여행 가방을 들고 온 사람도 있었고, 가지고 있는 모든 것을 파란 손수건에 싸 온 사람도 있었다. 그러나 그들은 제공하러 온 것이지 받으러 온 것이 아니었다. 그들은 오로지 자신을 제공할 뿐이었다. 그들의 크고 붉은 손과 강한 등, 한결같이 정직하고 겸손한 눈빛. 이따금 그가 검시관을 도와주었을 때, 클로드는 길게 늘어서서 기다리고 있는 사내들의 얼굴에서 불안한 표정을 읽었다. 그들은 마치, "내가 괜찮다면, 저를 뽑아 주세요. 여기 남을게요."라고 말하는 것 같았다. 그는 그들이 좋은 심성을 가지고 있고 배우고 싶다는 열망이 가득하다는 것을 눈치챘다. 그들은 전쟁이나 적들에 관해 이야기할 때는 경박한 톤으로 말했다. '독일 황제를 제거한다.'라거나, '황태자가 생계를 위해 일하게 만든다.'고 말하고 다녔다. 그는 자신과 함께 훈련받은 사람들을 좋아했다. 더 좋은 중대에서 복무할 수 있다고 해도 거절할 것이다.

기차가 고향을 향하는 강과 계곡을 지나쳐 갔다. 그 장소는 멀었던 여정 이후, 마음이 항상 돌아오는 곳이었다. 기차는 건초 더미, 옥수수밭, 낯익은 붉은 헛간 그리고 긴 석탄 창고와 물탱크를 빠르게 지나쳐 갔고, 곧 멈췄다.

랄프와 로이스가 승강장에서 그를 환영하기 위해 기다렸다. 저쪽, 자동차에는 아버지와 어머니가 앉아 있었다. 자동차들이 측면을 따라 서 있었다. 그는 집으로 돌아온 첫 번째 군인이었고, 마을 사람 중 몇몇은 그가 제복을 입고 도착하는 것을 보기 위해 차를 타고 왔다. 다른 차에는 수지가 손을 흔들고 있었고, 또 다른 차에는 글래디스가 있었다. 그가 멈춰 서서 그들과 대화하는 동안, 랄프는 그의 가방을 챙겼다.

"얘들아, 따라오렴." 휠러가 경적을 울리며 부른 뒤, 흙먼지 구름만 남긴 채 클로드를 데리고 급히 가 버렸다.

로이스는 도슨 노인의 차로 건너가서 다소 유치하게 말했다. "클로드 키가 더 큰 게 아닐까? 내 생각엔 그들이 자신의 인생을 살아가는 방법을 배우는 방식인 것 같아. 그는 항상 남자답게 생긴 소년이었어."

수지는 매우 흥분해서 말했다. "클로드의 어머니가 자랑스러워했으면 좋겠어요. 이니드가 그를 보러 오지 못한 게 너무 안됐네요. 이런 일이 일어날 줄 알았더라면 절대 캐리에게 떠나지 않았을 텐데."

수지가 의도적으로 한 말은 아니었다. 로이스는 몸을 돌려 다소 어렵게 시가에 불을 붙였다. 그는 예전과 다름없이 건강하다고 주장했지만, 그의 손은 작년보다 더 불안정해졌다. 나이가 들면서 그는 집안 여자들이 세상의 따뜻함과 편안함에 별 보탬이 되지 않는다는 확신에 더욱 우울해졌다. 그들이 무엇을 하든 간에, 세상에 보탬이 돼야 했다. 그는 휠러와 옛 친구들에게 미안함을 느꼈다. 그의 딸들은 마음이 없는 것 같았다.

◆

막사 습관은 지속되었다. 집에 온 첫날 아침, 클로드는 마에일리가 바삐 움직이기도 전에 아래층으로 내려와 재고품을 확인하러 나갔다. 그가 마구간을 향해 언덕을 내려갈 때 마침 붉은 태양이 떠올랐고, 진짜 집에 돌아왔다는 기분 좋은 느낌을 받았다. 어째서 '우리의 언덕'과 '우리의 시냇물 아래'라고 말할 수 있는 것이 그렇게 기뻤을까? 신발 아래로 느껴지는 바스락거리는 진흙이 왜 그리 좋았을까? 그가 말을 보기 위해 헛간으로 들어갔을 때, 가장 먼저 눈에 들어온 것은 문 옆에 서 있는, 그와 함께 일했던 두 큰 노새였다. 그는 이 근육질의 네발짐승이 자신의 운명을 좌지우지한 작가라는 것이 떠올랐다. 만약 그들이 그날 아침 그를 철조망 속에 던지지 않았다면, 이니드가 그를 불쌍하게 여기지도, 매일 찾아오지도 않았을 것이고, 그의 인생도 다른 길을 갔을 것이다. 나이 든 사람이 좀 더 정직하게, 남자들이 여자들에게, 자신을 완전히 불행하게 할 수 있는 자질을 이상화하도록 가르치지 않았다면 말이다. 그러나 그는 그러한 후회에서 벗어났다. 노새 한 쌍에 끌려 결혼한 것도 그답지 않은가!

클로드는 웃었다. "이런 늙은 악마 놈들, 앞으로도 그런 장난을 칠 정도로 튼튼하구나. 아주 심술로 꽉꽉 차 있어."

둘 중 한 마리가 귀를 흔들며 위협적으로 목을 가다듬었다. 노새들은 강한 애정을 가질 수 있지만, 속물들을 싫어하고 계급을 싫어한다. 이 한 쌍은 항상 아버지가 '허위 자존심'이라고 하는 것을 클로드를 통해서 인지하는 것 같았다. 그가 어렸을 때 그들은 굴욕의 원천이었다. 공공장소에서는 으르렁거리고 길을 막고, 목재소나 우체국 앞에선 뽐내려고 했다.

클로드는 여물통 끝에서 다리가 뻣뻣한 회색 암말인 늙은 몰리를 발견했다. 몰리의 앞발에는 두 번째 발굽이 자라났는데, 많은 말들이 자랑할 수 없는 성과였다. 클로드는 몰리가 자신을 알아본다고 확신했다. 몰리는 그의 손과 팔의 냄새를 맡고서는 윗입술을 들어 올려 닳고 누런 치아를 보여 주었다.

그는 몰리를 어루만지며 말했다. "그러지 마 몰리. 개는 웃어도 괜찮지만, 말이 웃으면 바보처럼 보여. 덴이 일주일에 한 번 빗질해 주는구나!" 그는 들보 뒤 틈에서 빗을 꺼내어 그녀의 낡은 털들을 쓰다듬기 시작했다. 그녀의 흰 털은 고운 붓에 먹물을 묻힌 것처럼 얼룩덜룩했고, 갈기와 꼬리는 푸르스름한 노란색으로 변해 있었다. 그는 몰리의 둥글고 무거운 허리 쪽을 빗겨 주면서 열여덟 살쯤 되었으리라고 확신했다. 그와 랄프는 어린 시절 요이더의 집에 갈 때 몰리를 타고 갔다. 밧줄 고삐로 안내하면서 옆에 나란히 달리던, 다리가 긴 망아지를 발로 차곤 했다.

그가 부엌에 들어가 손을 씻을 따뜻한 물을 달라고 하자 마에일리는 못마땅하다는 듯이 그의 냄새를 맡았다.

"클로드, 그 늙은 암말의 털을 빗겨 주었나 보구나, 군복에 온통 흰 털이 묻었어. 아주 털로 둘러싸였구나."

그의 군복이 냉정한 사람들의 감정을 동요시켰다면, 마에일리에게는 마법을 걸었다. 그녀는 그것에 너무 현혹되어 클로드가 집에

246

있을 때 한 번도 자세히 살펴본 적이 없었다. 그녀가 그의 각반을 지나치기 전에, 그녀의 관찰 능력은 흥분에 가려졌고, 그녀의 분별력은 우리 안의 원숭이처럼 뛰어다니기 시작했다. 그녀는 그의 군복이 자신이 기억하는 파란색일 것이라고 예상했는데, 그가 어젯밤 부엌으로 들어왔을 때, 파란색 군복이 아니자 어떻게 대처해야 할지 몰라 했다. 휠러 부인이 마에일리에게 미군은 더 이상 파란색 군복을 입지 않는다고 설명했고, 마에일리는 갈색 옷은 먼지가 잘 보이지 않고, 클로드는 어머니의 집에 샘물을 마시러 왔던 후줄근한 차림의 남자들과 절대 닮지 않았다고 혼잣말처럼 되풀이했다.

"그 가죽 각반은 브라이어에 긁히는 걸 막아 주는 거지? 그곳도 버지니아 들판의 블랙베리 덩굴처럼 브라이어가 많나 보군. 휠러 부인이 말하길 내가 전쟁을 겪었을 때처럼 지금 군인들에게도 이가 있다고 하더구나. 등유를 병에 담아 주머니에 넣고 다니다가 밤에 머리에 바르고 자면 된단다. 그러면 이를 막을 수 있을 거야."

구석에 있는 밀가루 통 위에 마에일리는 적십자 포스터를 붙였는데, 한때 집이었던 폐허 더미와 뒤틀린 나무들을 막대기로 찌르는 노파가 그려진 목탄화였다. 클로드는 손을 말리는 동안 그것을 보기 위해 다가갔다.

"이 그림 어디서 났어요?"

"네가 가는 나라에서 왔어. 그곳의 그녀는 요리할 도구를 찾고 있지. 스토브도 그릇도 아무것도 없어, 전부 부서졌거든. 네가 오는 걸 보면 그녀가 무척 기뻐할 것 같구나."

계단에서 무거운 발소리가 들렸고, 마에일리는 급히 속삭였다. "등유에 관한 이야기를 까먹지 마, 그곳에 가서도 이에 옮지 말고." 그녀는 이에 관한 이야기를 속삭여야만 하는 지저분한 농담같이 취급했다.

아침 식사 후 휠러는 클로드를 데리고 밭으로 갔는데, 그곳에서는 랄프가 수확하는 일꾼들을 지휘하고 있었다. 그들은 한동안 바인더를 지켜보다가 건초 더미와 알팔파를 보기 위해 이동하였고, 옥수수밭의 가장자리를 걸어가며 이삭들을 관찰하였다. 휠러는 클로드가 낯선 사람인 양 농장에 대해 소개하고 보여 주었다. 그는 수확을 돕는 일꾼들에게 물을 운반할 수 있을 때부터, 매년 여름 일해 온 이 땅을 공식적으로 소개받는 묘한 기분이 들었다. 그의 아버지는 그에게 얼마나 많은 땅을 소유하고 있는지, 또 그 땅이 얼마의 가치가 있는지를 이야기해 주었고, 콜로라도의 목장을 인수할 때 생긴 조금의 대출금 말고는 부채가 없다고 했다.

"네가 돌아오면, 너와 랄프는 사업을 하기 위해 돌아다닐 필요가 없을 거야. 너희 둘 다 안정적으로 정착할 수 있을 게다. 이제 도슨 노인의 집으로 가서 수지랑 인사하렴. 레너드가 입대하러 갔을 때 이 근처 사람들은 모두 깜짝 놀랐어." 그는 클로드와 함께 자신의 땅과 도슨의 땅이 만나는 갈림길까지 걸어갔다. 그가 돌아서면서 말했다. "아 그리고, 요이더의 집에 가보는 것도 잊지 마. 거스는 법정에 출두한 이후 꽤 아파. 늙은 할머니에게 부탁해야 해. 그녀가 영어를 배운 적이 없다는 것을 기억할 거야. 모든 사람이 그녀에게 지금 시기에 독일어를 하는 것은 위험하다고 했고, 이제 그녀는 전혀 말을 하지 않고 모든 사람을 피해. 그녀가 이른 아침 정원에서 잡초를 뽑고 있을 때, 내가 찾아가면 구스베리 덤불 속에 뛰어가서 내가 시야에서 사라질 때까지 쪼그려 앉아 있어."

클로드는 오늘 요이더의 집에 가고, 내일 도슨의 집에 가기로 했다. 그는 자신이 좋은 시간을 많이 보냈던 집, 집에서 무미건조할 때 자주 피난처로 삼은 그 집에 자신에 대한 악감정이 있을지도 모른다고 생각하고 싶지 않았다. 요이더의 자식들은 빅터 축음기가 만들어지기 전부터 주크박스와 환등기를 가지고 있었다. 늙은 할머니는 시트 위에 그림자 그림을 그리고 그들에 대한 이야기를 들려주었다. 그녀는 종종 부엌 식탁에 유럽 지도를 거꾸로 뒤집어 놓고 아이들에게 어떻게 봐야 젊은 여성처럼 보이는지 독일의 운율을 암송하며 보여 주었다. 스페인이 머리, 피레네산맥이 주름 옷깃, 독일이 심장과 가슴, 영국과 이탈리아는 두 팔, 러시아는 너무 크긴 했지만, 후프 스커트였다. 아마 이 운율은 지금 위험한 선전이라고 비난받을 것이다.

클로드는 혼자 걸어가면서 이 나라가 한때는 매우 지루했는데, 이제 보니 크고 풍부한 다양성을 지녔다고 생각했다. 막사에 있는 몇 달 동안 그는 완전히 새로운 일과 새로운 우정에 몰두해 있었고, 그의 이웃을 오랫동안 잊고 있었어서 신선하게 다가왔다. 그것은 조화를 이뤄 그의 눈앞에 함께 놓여 있었다. 그는 떠나가고 있었지만 그 어느 때보다도 더 큰 의미를 지닌, 온 시골을 마음속에 품을 것이다. 그 아래에는 러블리 크리크가 콸콸 흐르고 있었는데, 그곳에 앉아 그와 어니스트는 역사책이 끝났다고 한탄하곤 했다.

세상은 탐욕스러운 노년에 이르렀고, 고결한 기업들은 모두 죽어버렸다고. 하지만 그가 떠나가고 있었다….

그날 오후 클로드는 어머니와 함께 시간을 보냈다. 그녀와 단둘이 있는 건 처음이었다. 랄프는 남아서 형의 이야기를 듣고 싶은 마음이 간절했지만, 어머니의 심정을 헤아리며 다시 밀밭으로 돌아갔다. 막사에서의 삶은 너무 하찮았기 때문에 아버지는 듣고 싶어 하지 않았다. 휠러 부인은 지저분한 일, 요리사, 세탁 그리고 그의 직무에 관해 물었다. 그녀는 그에게 총검술과 기관총, 자동소총의 사용 방법을 설명해 달라고 하였다.

그녀는 생각에 잠겨 말했다. "수송선이 항해를 시작하면 어떻게 불안감을 견뎌야 할지 모르겠어. 그들이 너희를 다른 나라로 안전하게 데려갈 수 있다면 두렵지 않을 거야. 난 우리 군인들이 이 세상 어느 누구보다 뛰어나다고 믿어. 하지만 우리 해안에서 잠수함이 보고된 상황에서, 정부가 어떻게 군인들을 안전하게 수송할지 궁금해. 수천 명의 젊은 남자들을 태운 수송선이 침몰한다고 생각하면 너무 끔찍해." 그녀는 재빨리 두 손으로 눈을 감쌌다.

휠러 부인의 맞은편에 앉은 클로드는 어머니의 손과 다른 사람의 손이 왜 다른지 궁금했다. 그는 그들이 다르다는 것을 항상 알고 있었지만, 이제 그는 자세히 살펴보고 그 이유를 알아봐야 한다. 어머니의 손은 날씬했고, 손톱에 시간의 흔적이 묻어 있을 때조차 하얬다. 그녀의 손가락은 마치 접촉하면 움츠러드는 것처럼 관절이 구부러져 있었다. 그녀는 손가락을 가만히 있지 않았고, 말을 할 때 종종 머리나 드레스를 가볍게 만졌다. 그녀는 흥분하면 가끔 손을 목에 가져가거나, 마치 잊어버린 브로치를 찾는 것처럼 가운의 목덜미를 더듬었다. 예민한 손이었지만, 마치 유령이 더듬거리는 것처럼 느껴지는 것이 없었다.

"너희들은 어떻게 생각하니?"

"뭐에 관해서요, 어머니? 아 수송 방법이요! 우린 그런 거 신경 안 써요. 그건 정부가 할 일이잖아요. 군인은 자신이 직접 책임져야 할 일 이외에는 어떤 것도 걱정하면 안 돼요. 만약 독일군이 몇 척의 군선을 침몰시킨다면, 분명 불행하겠지만, 장기적으로는 어떤 수치도 줄어들지 않을 거예요. 영국은 승객들을 실어 나르기 위한 거대한 비행선을 만들고 있어요. 만약 우리 수송선이 침몰한다면, 그것은 단지 지연을 의미할 뿐이에요. 한 해 안에 미국인들은 다시 날아갈 거예요. 그들은 우리를 막을 수 없어요."

힐러 부인은 몸을 앞으로 숙였다. "그건 남자들의 이야기겠지 클로드. 확실히 너는 그런 일들이 실행 가능하다고 믿는 건 아니겠지?"

"물론이죠. 영국인들은 다른 모든 수단이 실패할 경우를 대비해서 항공기 설계자들에게 의존하고 있어요. 물론 우리의 경우 잠수함이 얼마나 효과적일지는 아직 모르지만요."

힐러 부인은 다시 손으로 눈을 가렸다. "어렸을 때 난 버몬트에서 세상이 비약적으로 발전하던 과거에 살았으면 했어. 그리고 지금 나는, 우리에게 온 영광을 견디지 못하는 것 같아. 마치 우리가 하늘과 바다 속에서 무슨 일이 일어나는지 이해할 수 있는 새로운 능력을 갖추고 태어난 기분이야."

파머 부인의 길고 고르지 않은 응접실에 햇빛이 쏟아져 들어와 어둑어둑한 방은 한쪽 끝에 불이 붙은 동굴처럼 보였다. 가구들은 모두 시원하고 모양새가 좋은 여름용 덮개로 덮여 있었다. 작은 탁자 위에 놓인 유리 꽃병들이 햇빛을 받아 작은 등불처럼 반짝거렸다. 클로드는 한참 동안 그곳에 앉아 있었고, 이제 가야 했다. 팔꿈치 높이의 창문을 통해 그는 한 줄로 늘어선 이중 접시꽃, 제멋대로 뻗어 있는 평평한 잎의 개오동나무, 얽히고설킨 민트 화단을 금가루처럼 뿌려진 빛 속에서 확실하게 보았다. 그들은 그가 말하려고 한 주제를 제외한 모든 것에 관해 이야기했다. 정원을 내다보면서, 그는 결코 그 말을 하지 못할 것 같았다. 민트 화단이 불타고 떠다니는 방식에는 한 사람을 운명론자로 바꾸는 무언가가 있었다. 즉 간섭하는 것이 두려운 것이다. 그러나 그가 멀리 떠난 후에는 후회할 것이다. 불확실성은 엄지손가락에 박힌 가시처럼 그를 놀릴 것이다.

그는 갑자기 일어나 사과도 하지 않고 말했다. "글래디스 나는 네가 내 형과 결혼하지 않을 거라고 확신할 수 있었으면 좋겠어."

그녀는 대답하지 않고 편안한 의자에 앉아 이상할 정도로 침착하게 그를 올려다보았다.

"난 그 결혼에 대한 모든 장점을 알고 있어." 그는 성급하게 말을 이어 나갔다. "하지만 그것이 너에게 보상해 주지 않을 거야. 그런 종류의 타협은 널 몹시 불행하게 만들 거야. 나도 알아."

"난 절대로 베일리스와 결혼하지 않을 것 같아." 글래디스는 평소처럼 낮고 둥그런 목소리로 말했지만, 그녀의 빠른 호흡은 그가 아픈 곳을 건드렸음을 보여 주었다. "내가 그를 이용한 것 같아. 사람들은 여교사가 마을의 부유한 총각과 결혼할 때 그 교사에게 명성을 줘. 하지만 나는 그와 결혼하지 않을 것 같아. 왜냐하면, 내가 항상 존경해 왔던 네가 가족의 일원이기 때문이야."

클로드는 창가로 몸을 돌렸다. "내가 존경할 만하다라," 그는 중얼거렸다. "글쎄, 어쨌든, 사실이야. 고등학교 다닐 때부터. 아직도 그래. 네가 하는 모든 일이 항상 나를 흥미진진하게 해."

클로드는 이마에 식은땀이 흐르는 것을 느꼈다. 그는 이제 와서 이곳에 오지 말았어야 했다고 생각했다. "하지만 그게 다야. 내가 연거푸 실수를 저지르는 것 말고 도대체 무슨 짓을 한 거야?"

그녀도 창가로 와서 섰다. "나도 몰라. 어쩌면 사람이 사람을 알게 되는 것은 실수 때문일지도 몰라. 그들이 할 수 없는 일들에 의해서. 만약 네가 다른 모든 사람과 같았더라면, 그들처럼 살아갔을 거야. 그건 내가 견딜 수 없는 유일한 것이지."

그는 불타는 정원을 향해 얼굴을 찡그렸다. 그는 그녀의 대답을 한마디도 듣지 못했다. "왜 내가 바보짓을 하지 못하게 막지 않은 거야?"

"시도해 봤어. 딱 한 번이었지만. 어쨌든, 내가 생각했던 것보다 모든 것이 잘되고 있어. 넌 군대에 갇힌 게 아니야. 이제서야 네 자리를 찾은 거라고. 넌 나아가고 있어. 이제 막 시작한 거야."

"넌?" 그녀는 부드럽게 웃었다. "난 계속 가르쳐야지!"

클로드는 그녀의 손을 잡았고 그들은 모든 것을 투명하게 만드는 넘치는 황금빛을 받으며 서로를 탐색하듯 바라보고 서 있었다. 그는 어떻게 모자를 찾고, 어떻게 집을 빠져나왔는지 정확히 알지 못했다. 그는 글래디스가 문까지 동행하지 않은 것만 확실히 알았다. 그는 뒤돌아, 밝은 창문에 머리를 기대고 있는 그녀를 보았다.

그녀는 그가 떠난 바로 그 자리에서 움직이지도, 거의 숨을 쉬지도 않으며 저녁이 오는 것을 지켜보았다. 그녀는 아래층으로 내려오며, 신념과 선택에 의해 봤어야 할 것을 이제서야 알아본 클로드를 이 어둑한 방이나 창가에서 얼마나 볼 수 있을지 생각했다. 그녀는 이 집을 절대 압류당하도록 놔두지 않을 것이다. 그녀는 월급을 저축하고 그것들을 갚을 것이다. 그녀는 이 방만큼 다른 방을 좋아하지 못할 것이다. 이 방은 언제나 프랭크포트로부터의 도피처였다. 그리고 이제 이곳에는 벽에 있는 할아버지의 초상화처럼 뚜렷하고 생생하고 자신감 넘치는 모습이 있을 것이다.

◆

일요일은 클로드가 집에 머무는 마지막 날이었다. 그는 랄프, 어니스트와 긴 산책을 했다. 어니스트는 랄프를 떼어 놓고 싶었지만, 추수 밭을 벗어나자마자 도깨비바늘처럼 클로드에게 달라붙었다. 클로드의 새 옷과 새로운 태도는 랄프를 매료시켰고, 그는 가족들에게서 자주 일어나는 그런 갑작스러운 변화를 겪었다. 비록 그들은 클로드의 결혼식 이후로 더 좋은 친구가 되긴 했지만, 지금까지 랄프는 그를 조금 부끄럽게 생각했었다. 그는 클로드가 '발전할 수 있을까?'라고 자신에게 질문했었다. 이제, 그는 자신이 발전하지 않는 사람이었다는 사실을 알게 되었다.

월요일 아침 휠러 부인은 실신할 것 같은 상태를 느끼며 일찍 일어났다. 이날은 그녀가 자신을 잘 납득시켜야 하는 날이었다. 아침 식사는 클로드가 집에서 먹는 마지막 식사일 것이다. 11시에 남편과 랄프는 프랭크포트에서 기차를 타야 하는 그를 데려다줄 예정이었다. 그녀는 평상시보다 옷 입는 시간이 더 걸렸다. 그녀가 아래층에 내려왔을 때 마에일리와 클로드는 이미 이야기 중이었다. 그는 세면실에서 면도하고 있었고, 마에일리는 베이컨을 손에 들고 그의 옆에 서서 지켜보고 있었다.

"그쪽에 가게 되면 접시와 스토브가 모두 부서진 사진 속의 노파에게 유감이라고 전해 줘."

"알았어요, 그럴게요." 그는 턱을 긁어 댔다.

그녀는 머뭇거렸다. "어쩌면 내 것들을 고쳐 주었듯이 그들의 물건을 고쳐 줄 수 있을 거야."라고 희망차게 제안했다.

"어쩌면요." 그는 멍하니 중얼거렸다. 휠러 부인은 계단 문을 열었고, 마에일리는 다시 난로 쪽으로 몸을 피했다.

아침 식사 후에 덴은 일꾼들과 함께 들판으로 나갔다. 랄프와 클로드 그리고 넷은 아침 내내 차 때문에 바빴다. 휠러 부인은 계속 앞치마를 벗고 그들이 무엇을 하고 있는지 보려고 언덕을 내려갔다. 엔진에 정말로 문제가 있었던 것인지, 아니면 남자들이 엔진을 핑계로 집을 떠나 남자들끼리만 있고 싶은 건지, 그녀는 알 수 없었다. 그녀는 자신의 존재가 별로 탐탁지 않았고, 마침내 위층 거실 창문에서 그들을 체념한 채 지켜보았다. 곧 그녀는 랄프가 3층으로 뛰어가는 소리를 들었다. 그는 클로드의 가방을 들고 내려온 뒤, 방문에 머리를 들이밀고 어머니에게 쾌활하게 소리쳤다.

"너무 서두르지 마세요. 전 그저 바로 떠날 수 있게 준비하기 위해 미리 가져다 놓는 거예요."

휠러 부인은 그를 쫓아가면서 희미하게 불렀다. "기다려, 랄프! 클로드가 짐을 다 챙긴 게 분명해? 짐 싸는 소리를 못 들었는데."

"확실해요. 클로드가 다시는 위층에 가지 않아도 될 것 같다고 말했어요. 그는 곧 올 거예요. 아직 시간이 많이 남았으니깐." 랄프는 쏜살같이 지하실로 내려갔다.

휠러 부인은 독서 의자에 앉았다. 그들은 그녀를 멀리하고 싶어 했고, 그건 조금 이기적이었다. 왜 그들은 마지막 시간을 집에서 조용히 보내지 않고, 들락날락하면서 그녀를 겁먹게 하는 것일까? 그녀는 부엌에서 뜨거운 물이 흐르는 소리를 들었다. 아마도 남편이 손을 씻으러 들어왔을 것이다. 그녀는 그가 아직 차고에 있는지 확인하기 위해 일어나 서쪽 창가로 갈 힘도 없었다.

기다림은 이제 초 단위의 문제였고, 그녀의 숨결은 매우 짧아졌다. 그녀는 계단에서 징을 박은 신발이 재빨리 올라오는 것을 알아차렸다. 클로드가 손에 모자를 들고 들어왔을 때, 그녀는 그의 걸음걸이와 어깨, 그리고 그가 머리를 잡은 모습을 보고, 그 순간이 왔다는 것을, 그리고 그가 그 순간을 짧게 끝내려 한다는 것을 알아챘다. 그녀는 일어났다. 그가 다가와서 그녀를 안았고, 그녀는 손을 뻗어 그의 품에 안겼다. 휠러 부인은 반쯤 감긴 눈으로 호기심 어린 미소를 짓고 있었다.

"이제, 작별 인사를 하는 거니?" 그녀는 중얼거리며 그의 어깨 위로 손을 얹고, 튼튼한 등과 외투에 꼭 맞는 옆구리를 쓸어내렸다. 마치 그의 신체를 측정하는 것처럼. 그녀의 턱은 그의 가슴 주머니까지 왔고, 그녀는 두꺼운 그의 옷에 얼굴을 문질렀다. 클로드도 말없이 어머니를 내려다보며 서 있었다.

"어머니!" 클로드가 어머니에게 키스하면서 속삭였다. 그는 아래층으로 뛰어 내려가 뒤도 돌아보지 않고 집 밖으로 나갔다.

그녀는 의자에서 힘겹게 일어나 창가로 천천히 다가갔다. 클로드는 그가 갈 수 있는 한 빨리 언덕을 뛰어 내려가고 있었다. 그는 아버지 옆에 있는 차에 탔다. 랄프는 이미 운전석에 앉아 있었다. 그들이 출발했을 때 클로드는 쿠션에 거의 닿지도 않은 상태였다. 그들은 개울을 따라 다리를 건너 반대편에 있는 긴 언덕을 올라갔다. 그들이 언덕 꼭대기에 가까워지자 클로드는 차에서 일어나서 원뿔 모자를 흔들며 집을 돌아보았다. 휠러 부인은 몸을 내밀어 집중해서 보았지만, 눈물이 모든 것을 흐릿하게 했다. 갈색의 꼿꼿한 모습은 차 밖으로 나와 들판을 가로질러 떠다니는 것 같았고, 그가 실제로 떠나기도 전에, 그녀는 그를 잃어버렸다. 그녀는 창턱에 기대어 두 손으로 관자놀이를 움켜쥐고 숨이 막히는 격정적인 말투로 말하였다. "늙은 눈," 그녀는 울부짖었다. "어째서 나를 배반한 거야? 왜 내 훌륭한 아들의 마지막 모습을 보지 못하게 하는 거야!"

안키세스의 항해

기차는 사람들로 붐볐다. 승객들은 전부 남자였고, 거의 비슷한 나이에, 비슷한 옷과 모자를 쓰고 있었다. 기차는 증기를 내뿜으며 늦여름 오후의 바다 옆 초원을 천천히 나아가고 있었다. 차 안에서 사람들은 끊임없이 비좁은 다리를 뻗고, 어깨를 움직이고, 성냥에 불을 붙이고, 담배를 건네주고, 지루함을 호소하며, 이따금 아무 일도 아닌 것에 함께 웃음을 터뜨렸다. 갑자기 기차가 멈췄다. 창문마다 바짝 자른 머리와 그을린 얼굴들이 튀어나왔다. 청년들은 소리 지르기 시작했다.

차장은 기차를 돌아다니면서 기차 앞에 화물의 잔재가 있다고 이야기하였다. 클로드는 30분 동안 여기서 기다리라는 명령을 받았다. 아무도 그에게 관심을 주지 않았다. 기차 한쪽에서 소란스러운 웅성거림이 일어났다. 청년들이 남쪽 창문으로 몰려들었다. 마침내 볼 것이 생겼다. 그러나 그들이 보고 있는 것은 이상하리만큼 조용해서 그들의 감탄사조차 크게 느껴졌다.

기차는 푸른 해안으로 멀리 뻗은 바다의 갈래에 있었다. 잔잔한 물 가장자리에는 현재 작업 중인 나무 선체 네 척이 있었다. 이곳은 마을도 없고 마을에서 피어오르는 연기도 없었다. 그저 몇 명의 일꾼만 있었다. 풀밭에 목재들이 널브러져 있었다. 임시 건물 아래 휘발유 엔진이 크레인을 움직이고 있었다. 크레인은 널빤지와 들보 더미들을 잔뜩 집어 올린 다음에, 조용하고 신중하게 선박 위로 이동한 뒤 움직이지 않는 배 위 어딘가에 올려놓았다.

깨끗한 선체 옆면에서 몇몇 리벳공들이 일하고 있었다. 그들은 매달려 있는 널빤지에 앉아 집의 외벽을 칠하는 사람들처럼 도르래로 올라갔다 내려갔다 했다. 아주 자세히 들어야 망치 두드리는 소리가 들렸다. 일을 지시하는 소리도 없었고, 중장비의 쿵쾅거림, 쇠 드릴의 시끄러운 소리도 들리지 않았다. 이 이상한 배들은 스스로 건조되고 있는 것 같았다. 몇몇 남자들은 기차에서 내려 선로를 뛰어가며 어떻게 이런 풀밭에서 배가 건조될 수 있냐고 물었다. 클로드 중위는 맞은편 좌석에 다리를 뻗고 창가에 가만히 앉아 이 이상한 광경을 보고 있었다.

그는 조선이 소음과 제철소, 그리고 엔진과 남자들로 이루어져 있다고 생각했다. 이건 마치 꿈 같았다. 푸른 초원과 옅은 회색의 물, 지는 태양 근처에 장밋빛으로 물든 안개, 붉은빛을 날개에 띠고 있는 유령 같은 갈매기, 그리고 받침대에 신중히 고정되어 있는 네 척의 선체 외에는 아무것도 바다 근처에 없었다. 클로드는 배나 조선에 대해서는 아무것도 몰랐지만, 이 배들을 보니 못으로 연결된 것이 아니라 마치 하나의 조각처럼 보였다. 그것들은 손으로 만들어지지 않은 집을 떠오르게 하였다. 마치 단순하고 위대한 생각 같았다. 이곳 대서양의 평온한 고요 속에서 천천히 형성된 목적과 같았다. 그는 배에 대해서 아무것도 몰랐지만, 알 필요도 없었다. 선체의 강하고 필연적인 모양들이 이야기를, 자신의 이야기를 해주었다. 바다를 모험하는 사람들의 이야기를.

나무배! 위대한 열정과 열망이 나라를 뒤흔들었을 때, 해안을 따라 이러한 그림들이 형성되면서 용기의 칼집을 형성하였다. 클로드가 보거나 듣거나 읽거나 생각한 것 중에, 다듬지 않은 배 밑바닥처럼 그를 선명하게 만들어 주는 것은 없었다. 그들은 추진력이었고, 잠재적인 행동이었고, '나아가는 것'이었고, 당겨진 화살이었고, 소리 없는 아우성 이었고, 운명이었고, 내일이었다!

기관차는 마치 늙은 칠면조 암컷이 새끼들을 부르는 것처럼 흩어져 있는 승객들에게 꽥꽥거렸다. 군인들은 제방을 따라 뒤로 달려와 열차에 올라탔다. 차장은 저녁 식사 시간에 맞춰 호보켄에 도착할 것이라고 소리쳤다. 호보켄? 이미 몇몇의 마음은 프랑스에 도착해 있었다.

◆

군인들이 저녁을 먹고 긴 부두 대합실 바닥에서 자기 위해 담요를 풀기 시작한 것은 자정이 되어서였는데, 다른 날 같았으면 귀향하는 친구들을 환영하러 온 사람들이나 해외로 나가기 위한 사람들로 붐볐을 것이다. 클로드와 그의 부하 중 몇몇은 그런 사람들을 찾아보려고 둘러보았지만, 거의 눈에 띄지 않았다. 검은색과 하얀색으로 위장된 뱃머리는 창고의 한쪽 끝에 있었지만 물 자체는 보이지 않았다. 자갈길 아래에서 그들은 길게 늘어선 마차와 모터 트럭들이 전기로 불을 밝힌 큰 동굴에 들어오는 것을 보았다. 그곳에는 미군의 유럽 원정 마크가 그려진 상자와 통, 상품 등 온갖 물품들이 있었다. 오하이오주의 일부 공장에서 생산된 전기 기계, 자동차 부품, 포차, 욕조, 의료 용품, 목화 더미, 통조림 식품 케이스, 화학 약품이 가득 들어 있는 금속 통이 있었다. 클로드는 대합실로 돌아가 얼굴에 쏟아지는 빛을 맞으며 잠들었다.

그는 새벽 4시에 본부로 오라는 명령을 받았다. 프랑스의 착륙지 중 한 곳에 배치받은 맥시 대위는 중위에게 그들의 중대가 8시에 안키세스 호를 타고 출항할 것이라고 했다. 오래된 여객선이었는데 호주와 무역을 하던 영국 배였다. 그 배는 정원이 2,500명이었다. 승무원은 영국인이었지만, 저장된 고기나 신선한 과일과 채소들은 미국 정부에서 공급했다. 대위는 밤중에 보트 위를 둘러보았지만, 별로 마음에 들지 않았다. 자단으로 마감된 식당, 환기 시설과 냉방 시설, 뉴욕의 큰 빌딩에 있는 것과 같은 아래층에서 위층까지 운행되는 엘리베이터가 있는 크고 좋은 함부르크─미국 회사의 배를 기대했다. 그는 말했다. "하지만 가지고 있는 것으로 최선을 다해야 해. 가지고 있는 모든 것들을 싹싹 긁어모아 사용 중이니깐."

중대는 아침 점호를 위해 창고 끝에서 짐과 소총을 들고 모였다.

기다리는 동안 아침 식사가 제공되었다. 콘크리트 위에 한 시간 동안 서 있다가 사인을 받았다. 볼라드의 끝에서 두 개의 건널 판자가 내려왔고, 그 위로 정식 군모를 쓴 남자들이 줄지어 올라가기 시작했다. 그들은 캔자스 보병 중대였다. 중대원들은 자신들은 아직 정식 군모를 받지 못했다고 투덜거리기 시작했다. 그들은 자신들의 오래된 스테슨을 쓰고 배를 타야 했다. 곧 그들은 기계 위의 컨베이어 벨트처럼 트랩을 타고 올라가는 갈색 줄에 합류하였다. 한 관리인이 갑판 위에서 병사들을 창고로 안내했고, 다른 관리인은 장교들을 숙소로 안내했다. 클로드는 네 번째 전용실에 배치받았다. 방에서는 같은 중대의 패닝 중위가 단출한 짐을 정리하고 있었다. 관리인은 장교들이 식당에서 아침 식사를 하고 있다고 전해 주었다.

7시가 되자 모든 부대가 승선했고, 갑판에 올라갈 수 있었다. 클로드는 처음으로 오팔색 아침 하늘을 배경으로 솟아오르는 뉴욕을 보았다. 날은 덥고 안개가 끼어 있었다. 태양은 비록 높았지만, 보라색 구름이 줄지어 있었다. 그가 들었던 그 높은 건물들은 실체가 없는 환각처럼 보였는데, 약간의 회색, 분홍색, 파란색의 그림자가 안개와 섞여 사라지는 것 같았다. 청년들은 실망했다. 그들은 높은 고도와 밝은 빛에 익숙한 서쪽 사람들로 도시를 선명하게 보고 싶었다. 그들은 어둡게 피어오르는 연기 때문에 높낮이가 다른 빌딩들을 볼 수 없었다. 모두가 질문했다. 저 창백한 높은 건물들 중 어떤 게 싱어 빌딩이야? 어떤 게 울워스 빌딩이고? 안개 속에서 희미하게 반짝이고 있는 금빛 돔은 무엇이었을까? 아는 사람이 아무도 없었다. 그들은 떠나기 전에 뉴욕에서 하루를 보낼 수 없었던 것이, 브로드웨이를 걸어 보지 못했다는 것이 유감이었다. 파리에 도착하면 바보같이 느껴질 것이라는 데 동의했다. 예인선과 나룻배, 석탄 바지선이 기름진 강을 오르내리고 있었다. 모든 것이 신기한 광경이었다. 그들은 수없이 들었던 '위장'의 첫 번째 예를 커나드 배와 프랑스 배에서 볼 수 있었다. 큰 배들은 눈을 아프게 만드는 미친 패턴으로 뒤덮여 있었고, 어떤 배들은 검은색과 흰색이었고, 어떤 배들은 부드러운 무지개색이었다.

예인선이 옆에 고정되었다. 잠시 후 함교 위에 한 남자가 나타나서 대위와 이야기를 나누기 시작했다. 클로드와 같은 소속인 젊은 패닝은 이것이 실험이고, 그의 도착은 실험의 시작을 의미한다고 클로드에게 말했다. 그들은 뱃머리에 모여 있는 밴드의 반짝이는 악기들을 볼 수 있었다. 패닝이 말했다.

"가능하면 반대편 난간에 가자. 사람들이 자유의 여신상을 보기 위해 이쪽으로 몰리고 있어. 그들은 이 배가 강에 들어가자마자 돈다는 것을 몰라. 이 배가 선미부터 가는 줄 알아!"

갑판을 건너기는 쉽지 않았다. 사람들이 구석구석 가득 차 있었다. 모든 상부 구조물은 갈색 제복으로 덮여 있었다. 그들은 배의 대빗, 윈치, 난간과 환풍기에 벌 떼처럼 매달려 있었다. 막 배가 뒤로 물러나고 있을 때, 산들바람이 공기를 맑게 했다. 머리 위로 파란 하늘이 펼쳐지고, 긴 섬의 창백한 실루엣은 점점 더 선명해졌다. 창문은 붉은색으로 물들기 시작했고, 빌딩의 금과 청동 꼭대기는 햇빛이 지나가 반짝이기 시작했다. 수송선은 그 지점을 향해

미끄러져 갔고, 왼쪽 눈에는 혼란스럽게 얽혀 있는 은빛 다리들이
보였다.

"저기 있다!"

"안녕, 늙은이!"

"잘 있어, 예쁜이!"

사람들이 우현으로 몰려왔다. 그들은 기대하고 있던 이미지에
소리 지르고 손짓을 했다. 초록색 옷을 입은 그녀를 예상했던 것
보다 훨씬 가까이 볼 수 있었다. 클로드를 포함한 2,500명이 처음
으로 바르톨디의 동상을 보았다. 자유의 여신상은 비록 그들의 마
음속에 매우 확실한 이미지였지만, 세상의 해상 운송이 그녀의 발
밑으로 오고 가는 것과 구름이 있는 하늘과 바다에 서 있는 모습
은 상상하지 못했다. 엽서 그림들은 동상의 큰 몸집에서 느껴지는
에너지나, 동상의 육중함이 수증기에 의해 가볍게 느껴진다는 것
을 알려 주지 않았다. 그들은 자유의 여신에게 경례하면서 계속
"프랑스가 그녀를 우리에게 주었다."고 말했다. 클로드의 황홀감이
채 가시기도 전에, 뱃머리에 있는 캔자스 밴드가 'over there'를 연
주하기 시작했다. 2,000여 명의 불굴의 결의가 의기양양하게 울려
퍼졌다.

스테이튼섬 나룻배가 뱃머리 아래를 스쳐 지나갔다. 승객들은
출근길이었는데, 고개를 들어 구릿빛 피부의 웃고 있는 젊은이들
을 보고 소리치며 손수건을 흔들기 시작했다. 승객들 중 한 명은
나이 든 성직자였는데, 지금은 은퇴했지만 현역 시절엔 잘나가던
연설가였다. 그는 매일 아침 교회 신문에 실을 사설을 쓰기 위해

도시로 건너갔다. 그는 읽고 있던 책을 덮고 난간 옆에 서서 모자를 벗은 뒤 당대에도 유명했던 시를 장엄하게 읊기 시작했다. 그는 목소리를 떨며 말했다.

"너도 항해하라, 국가라는 배야, 인류는, 두려움과 함께, 미래에 대한 모든 희망과 함께, 당신의 운명에 숨 가쁘게 매달려 있다."*

군선이 바닷길을 미끄러지듯 내려갈 때 노인은 여전히 선미에서 지켜보고 있었다. 그 울부짖는 듯한 갈색 팔과 모자, 얼굴들은 어딘가에서 열리는 풋볼 경기를 보러 가는 미국 청년들의 무리처럼 보였다. 그러나 그 장면은 영원하지 않았다. 젊은이들은 신념과 감정, 한낱 관용구를 위해 죽으러 가고 있었고, 출발할 때 그들은 자유의 여신상에 맹세하고 있었다.

◆

토드 패닝은 첫날 아침 내내 배를 돌아다니며 클로드에게 설명해 주었다. 패닝은 미시간 호수기선보다 더 큰 것을 타본 적은 없지만, 기계에 대해 잘 알고 있었고, 갑판 승무원에게 자신이 모르는 것을 설명해 달라고 주저하지 않고 말했다. 승무원들, 실로 모든 선원은 유별나게 온화하고 친절한 사람들이었다.

96번 방, 클로드 방의 네 번째 탑승자는 정오까지 나타나지 않았고, 짐도 보이지 않았다. 짐 정리를 마친 세 명은 그 방에 네 번

---

* 헨리 워즈워스 롱펠로의 애국시 「The building of the Ship」의 마지막 연이다.

째 사람이 오지 않기를 기도했다. 세 명이서도 충분히 붐빌 크기의 방이었다. 세 번째 침대는 캔자스 연대 소속 장교 버드 중위에게 배정되었는데, 버지니아 사람인 그는 토피카에 있는 삼촌의 은행에서 근무하다가 입대했다. 그와 클로드는 난장판인 방에 함께 앉아 있었다. 점심시간에 그는 클로드에게 매우 점잖은 목소리로 말했다.

"중위, 내게 패닝 중위에 대한 설명을 해줬으면 좋겠네. 그는 매우 미성숙해 보여. 자기가 발명한 잠수함 구축함에 대해 계속 말했는데, 내가 듣기엔 매우 바보 같은 소리 같군."

클로드는 웃었다. "패닝을 이해하려고 하지 마. 그냥 그를 받아들이면, 그를 좋아하게 될 거야. 나도 그가 어떻게 임관했는지 궁금했어. 그가 무슨 미친 짓을 할지 넌 절대 알 수 없을 거야."

예를 들어, 패닝은 그의 첫 번째이자 유일한 맞춤 바지인 하얀 플란넬 바지 한 벌을 가지고 왔다. 왜냐하면 배가 영국 항구까지 안전하게 도달할 것이고, 그곳에서 가든파티에 초대될 것이라고 예감했기 때문이다! 그는 거창한 말을 엉뚱한 상황에 썼는데, 자랑하려고 해서가 아니라, 모든 말이 똑같이 들렸기 때문이다. 막사에서 서로를 알게 된 첫날에 그는 클로드에게 이것은 어쩔 수 없는 실패라고 했고, 그것을 '마춰'라고 불렀다. 때때로 이 실패는 매우 혼란스러웠다. 패닝이 황태자가 플라톤과 이야기를 하던 그 자리에 있고 싶었다고 말했을 때, 클로드는 그 재치 있는 말이 플루토(하데스)를 의미한다는 것을 알아차리고 당황했다.

3시에 갑판에서 밴드 콘서트가 있었다. 클로드는 지휘자와 대화에 빠졌고, 그들이 캔자스의 힐포트에서 왔다는 것을 알고는 기뻐했다. 그는 아버지와 함께 그곳으로 소를 사러 간 적이 있었다. 그와 함께 온 열네 명의 남자도 힐포트 사람이라고 했다. 그들은 마을 악단이었고, 다 같이 입대하여 함께 훈련받았으며, 단 한 번도 떨어진 적이 없다고 했다. 한 명은 힐포트에서 매일 아르고스 신문을 발행하는 인쇄업자였고, 다른 한 명은 식료품점의 점원, 또 다른 한 명은 독일에서 온 시계 수리공의 아들이었다. 아직 고등학교에 다니는 사람, 자동차 창고에서 일하는 사람도 있었다. 저녁 식사 후 클로드는 그들이 다 같이 모여 있는 것을 발견했다. 그들은 바다에서의 첫 저녁에 매우 큰 관심을 가지며, 힐포트에서 보낸 밤만큼 물 위에서의 일몰이 괜찮을지에 대해 토론하고 있었다. 그들은 조용하고 결연한 태도로 모여 있었는데, 한 사람에게 말을 걸기 시작하면 곧 다른 사람들도 모두 참여해 자신들이 그곳에 있다는 것을 알렸다.

그날 밤 클로드와 패닝과 버드 중위가 좁은 숙소에서 옷을 벗은 시간까지 네 번째 사람은 오지 않았다. 그들이 침대에 누워 거의 잠들 무렵에야, 마지막 사람이 들어와 인정사정없이 불을 켰다. 그들은 그가 영국 육군 항공대 제복을 입고 지팡이를 짚고 다니는 것을 보고 깜짝 놀랐다. 그는 매우 젊어 보였지만, 그를 엿본 세 사람은 그가 틀림없이 중요한 사람임을 느꼈다. 그는 외투를 벗고, 시계를 감은 다음 중요해 보이는 칫솔로 이를 닦았다. 곧 그가 불을 끄고 버드 중위 위에 있는 침대로 올라갔을 때, 럼주 냄새가 공기 중에 짙게 퍼졌다.

클로드 밑에서 잠을 자던 패닝은 그 위로 처진 매트리스를 걷어차고 고개를 내밀었다. "으이, 휠러! 뭘 마시고 있는 거야?"

"아무것도."

"그 아무것도의 냄새가 매우 좋은데. 누군가 같이 먹자고 물어보면 먹을 거야."

그 누구도 응답이 없었다. 버드가 소란을 일으키지 말라고 했고, 이내 모두 잠들었다.

아침에 목욕탕 관리인이 좁은 방에 들어와 버드 위의 침대에 머리를 집어넣었다. "죄송합니다. 제가 주의 깊게 찾아보았지만 발견하지 못하였습니다."

머리 위에서 심술궂은 목소리가 들렸다. "반드시 찾아야 한다고. 내가 세인트 리지스 호텔에서 택시를 타고 가져온 거라고. 난 부두에서 그것이 장교들의 짐과 함께 있는 것을 보았어. 양쪽 끝에 V.M.이라고 적혀 있는 검은 짐이야. 가서 찾아와."

관리인은 조심스레 웃었다. 그는 비행사가 짐을 정확히 관찰할 수 없는 상태에서 탑승했다는 것을 알고 있었다.

"아주 잘 알겠습니다. 지금 당장 뭐 도와 드릴 일이 있을까요?"

"이 셔츠를 가져가서 세탁한 뒤 오늘 밤에 가져와. 가방에 속옷용 흰 셔츠가 없어."

"알겠습니다."

클로드와 패닝은 가능한 한 빨리 갑판에 올라갔다. 그곳에는 맑은 수평선을 따라 어두운 연기 얼룩이 있는 곳을 가리키며 서 있는 수십 명의 전우들이 있었다. 그들은 이 배들이 미지의 항구에 왔다는 것을 알고 있었고, 그들 중 일부는 지휘관에게만 알려진 명령에 따라 그곳으로 항해했다. 그들은 모두 목표 지점에 몇 시간 안에 도착할 것이다. 거기서 그들은 구축함의 측면으로 내려, 질서 있게 대열을 이루며 전진할 예정이었다. 그들의 호위대는 그들이 어떤 해안으로 향하든 간에—즉 그 해안이 어떤 해안인지 장교들도 아직 알지 못한 채 구축함들과 합류할 때까지 그들을 떠나지 않을 것이다.

이 합류는 아침 늦게 실제로 이루어졌다. 그곳에는 열 척의 군인 수송선이 있었고, 여섯 척의 구축함이 있었다. 그중 일부는 매우 큰 배였다. 사내들은 오전 내내 서서 넋을 잃고 자매 수송선을 바라보며, 그들의 이름과 수용력을 알아내려고 했다. 이미 그을린 것처럼 그들의 입술과 코는 불타는 햇빛 아래 물집이 생기기 시작했다. 오랜 기간 강도 높은 훈련을 받은 후, 갑자기 한가로운 존재로 전락한 것은 그들에게 고마운 일이었다. 비록 그들의 과거는 클로드처럼 길지도 다양하지도 않았지만, 이전에 겪었던 모든 것을 제거하고 완전히 새로운 것에 직면하는 것에 안도감을 느꼈다. 토드 패닝은 레일에 느긋하게 기대어 선 채로 말했다. "매일 아침 기차를 타고 웨스팅하우스에 가서 온종일 시간을 보내는 것을 좋아하는 사람이 있겠지만, 난 더 이상 그렇지 않아!"

버드가 그들에게 합류했다. "그 영국인은 아직 침대에서 일어나지 않았어. 내 생각에는 꽤 꾸준히 술을 마시고 있는 것 같아. 방에서 술집 냄새가 나. 객실 관리인이 막 나오면서, 내게 윙크를 했어. 주머니에 무언가가 있었는데, 지폐처럼 보였어."

클로드는 궁금해서 방으로 내려가 보았다. 그가 들어서자 위쪽 침대에서 옷을 반쯤 입은 채 누워 있던 비행사가 한쪽 팔꿈치로 몸을 일으켜 그를 내려다보았다. 그의 푸른 눈은 수축되어 있었고, 곱슬한 머리칼은 흐트러졌지만 볼은 소녀처럼 분홍빛이었고, 윗 입술 위에 난 가늘고 촘촘히 깎은 콧수염은 일그러져 있었다.

"당신은 좋은 날씨를 놓치고 있어." 클로드가 상냥하게 말했다.

"어차피 도착하기 전까지 좋은 날은 주야장천 있을 거야. 그런 작은 일에는 신경 안 써." 그는 베개 밑에서 병을 꺼냈다. "한 모금 할래?"

"그거 좋지." 클로드는 손을 뻗었다.

그는 웃으면서 나태하게 베개에 누웠다. "바로 그거야! 얼른 마셔, 독일 황제를 위하여."

"특별히 그를 위해?"

"특별한 거 아냐. 힌덴부르크나 사령부를 위해, 무엇이 되었든 너를 옥수수밭에서 나오게 한 그것을 위해 마셔. 그런 곳에서 온 거 아냐?"

"음, 꽤 좋은 추측인데, 당신은 어디서 왔는데?"

"아이오와주 크리스털 호수. 아마 거기서 온 것 같아." 그는 하품 하며 두 손을 배 위로 올려놓았다.

"우린 당신이 영국인인 줄 알았어."

"그렇지 않아. 2년 정도 영국군에서 복무하긴 했지만."

"프랑스에서 비행기를 몰았어?"

"그래. 영국과 프랑스를 왔다 갔다 했어. 지금은 포트워스에서 두 달이나 낭비하고 왔어. 지도자로. 그건 내가 할 일이 아니야. 내 생각엔 견책으로 파견된 것 같아. 넌 내 대령님에 대해서 잘 모르겠지만, 어쩌면 나를 위험에서 벗어나게 하려는 방법이었을지도 몰라."

클로드는 그런 생각을 하고 있다는 것에 충격을 받으며 힐끗 그를 올려다보았다.

그는 침대에서 무관심한 연민을 품고 웃었다. "난 독일 비행기를 의미한 게 아냐! 그것들은 매우 위험하지. 이 전쟁에 대한 정보가 매우 조금이라는 것을 너는 훈련하면서 알았을 거야. 그들은 중요한 세부 사항들은 별로 전달해 주지 않아. 갈게" 클로드는 문을 잡아당겼다.

"잠깐만." 비행사가 말했다. "네 밑에서 자는 다리 긴 자식 좀 조용히 만들 수 없어?"

"패닝? 그는 좋은 사람이야. 뭐가 문제인데?"

"그의 전반적인 무지와 친숙한 말투." 그가 몸을 돌리면서 클로드를 쏘아붙였다.

클로드는 패닝과 버드가 새로 온 비행사를 견제하고 있는 것을 알아채고, 그들에게 신비로운 비행사는 같은 미국인이라고 했다. 둘 다 실망한 듯 보였다.

"쳇!" 버드가 소리쳤다. 패닝은 선언했다.

"그는 더 이상 나한테 잘난 체할 수 없어. 크리스털 호수! 별 볼 일 없는 동네 아냐!" 클로드도 크리스털 호수 출신의 젊은이가 어떻게 영국 항공대에 입대하게 된 건지 궁금했다. 수백 명의 낯선 사람 중에 더 자세히 알고 싶은 사람들이 벌써 반절이나 됐다. 햇빛을 받으며 다 같이 갑판에 모여 이야기를 하다 보면, 막사 시절의 사소하고 쩨쩨한 경쟁심과 질투심은 잊혔다. 그것은 멋진 광경이었다. 그들의 젊음은 갈색 유니폼처럼 함께 흐르는 것 같았다. 이렇게 단체로 보니 동료들이 고귀해 보였다. 그 많은 얼굴에는 솔직함과 흥겨운 기대, 호의의 표정이 담겨 있었다.

국경 수비대 줄무늬가 있는 외투를 입은 해병대원이 혼자 서 있었다. 그는 그의 연대가 항해할 때 브루클린에 있는 해군 병원에 입원 중이었고, 지금은 자신의 연대에 합류하기 위해 이 배에 탑승했다. 그는 최근 걸린 병으로 인해 다소 창백했지만, 클로드가 생각한 이상적인 군인의 모습이었다. 그는 온종일 그 해병대원을 눈여겨보았다.

이 청년의 이름은 알버트 어서였고, 와이오밍주 윈드 리버 산에 있는 작은 마을의 벌채 캠프에서 일했었다. 그는 보랏빛 태양이 바다로 저무는 것을 지켜보면서 클로드에게 이러한 이야기를 했다.

농부들이 일을 마치고 가축들을 몰고 집으로 들어가는 시간이었다. 클로드는 저녁마다 서쪽 창가에 서서 해가 지는 것을 바라보며 마음속으로 그를 따라다녔을 어머니를 생각했다. 그는 자신에게 다가온 젊은 해병대원에게 갑자기 느껴지는 향수병에 대해 말했다.

알버트 어서는 말했다. "그건 내가 걱정할 필요 없는 병이군. 난 아홉 살 때 외로운 목장에 고아로 남겨졌고, 그 이후로 줄곧 나 자신을 돌보았어."

클로드는 그의 근사한 머리를 곁눈질로 힐끗 쳐다보며 스스로 잘 컸다고 생각했다. 그는 젊은 어셔의 얼굴이 왠지 모르게 마음에 들었다. 많은 일을 겪은 얼굴이었다. 그것이 단련된 몸과 확고한 성격을 만들었다고 생각했다. 클로드는 남자답고 모험적인 삶은 좋은 골격에서 나온다고 생각했다. 어셔의 얼굴은 자신의 건강한 얼굴보다 더 '모범적'이었다.

클로드가 질문했을 때 어셔는 비록 자신의 집은 없었지만, 항상 친절한 사람들을 만났다고 했다. 그는 파인데일이나 두보아의 어느 집에 들어가도 아들처럼 환영받았다. "그곳엔 어디를 가나 친절한 여성들이 있었던 것 같아. 이러한 점에서 와이오밍은 전 세계를 능가하지. 난 집이 있어야 한다고 느껴 본 적이 없어. 이제 나는 미 해병대의 가족이야. 그들이 있는 한 난 어디에든 집이 있는 것과 같아."

"베라크루스에 있었어?"

"그렇다고 볼 수 있지! 우리는 그 당시 매우 작은 인원이 파견되었는데, 지금 우리가 그곳에 도착하면 작은 감자처럼 보이겠지. 엄청난 전투를 보게 될 것 같아. 넌 입대한 지 얼마나 됐어?"

"작년 4월에 입대했어. 통과하는데 참 힘들었지. 훈련을 위해 계속 뛰어다녀야 했어."

"그럼 딱히 다른 군 생활은 없었겠네. 대학 졸업생이야?"

"아니, 다니기는 했는데 끝내지는 못했어."

어셔는 물속에 반쯤 잠겨 눈을 감고 있는 것처럼 보이는 태양을 보며 얼굴을 찌푸렸다.

"난 항상 대학에 가고 싶었지만, 결국 가지 못했어. 라라미에 있는 어떤 남자가 그곳 대학의 한 강좌에 나를 끼워 주겠다고 했지만, 난 너무 안절부절못했어. 필체가 부끄러웠나 봐." 그는 마치 오래된 후회와 마주친 듯 잠시 말을 멈추었다. 잠시 후 그는 갑자기 물었다. "너 프랑스어 할 줄 알아?"

"아니. 단어 몇 개를 알지만, 문장을 만들지는 못해."

"나도 그래. 여기서 좀 배울 수 있겠지. 예전에 아래쪽 국경에 있을 때 스페인어를 좀 배웠어."

이때쯤 해가 사라지고, 서쪽에는 노란 하늘이 금빛 커튼처럼 내려앉았고, 잔잔한 바다는 검푸른 평판이 깔린 듯이 움직이지 않았다. 표면에는 반짝거림도 없었다. 어둑하고 잔잔한 바다에는 엷은 녹색 얼룩 두 개가 울새알처럼 떠 있었다.

"물 좋아해?" 어셔가 정중한 어조로 물었다. "나는 처음에 배에 탔을 땐 물에 완전히 빠져 있었어. 지금도 여전하지만. 하지만 와이오밍에 있는 오래된 산들도 좋아해. 평원에서 20마일 떨어진 곳에 폭포들이 있는데, 마치 하얀 시트 같은 것이 절벽 위에 매달려 있는 것처럼 보여. 그리고 소나무 숲 아래, 차가운 냇물 속에 내 팔뚝만 한 송어가 있어."

그날 저녁 클로드는 홀로 갑판에 서 있었다. 아래층에서 음악회가 열리고 있었다. 서쪽 하늘에 무겁게 드리운 구름이 매우 낮게 다가와, 줄에 걸린 검은 세탁물처럼 펄럭이고 있었다.

음악 소리는 매우 잘 들렸다. 캔자스주 린즈버그에 있는 스칸디

나비아 정착촌에서 온 네 명의 스웨덴 청년들이 'Long, Long Ago'를 부르고 있었다. 클로드는 선미 쪽 휴식 공간에서 노래를 듣고 있었다. 그들은, 그는, 대서양에서 무엇을 하고 있는 것일까? 2년 전 그는 인생이 끝난 사람처럼 보였다.─기둥처럼 땅에 박혀 있거나, 머리만 남기고 땅에 박혀 새들이 쪼고 곤충이 쏘는 형벌을 받는 중국 범죄자가 된 것 같았다. 그의 전우들은 작은 직업과 계획을 세우고 초원 마을에 살고 있었다. 그러나 그들은 지금 여기에 있다. 이곳과 멀리 떨어진 장소들에서 온 알지도 못하는 배에. 어떻게 그들은 연료와 에너지가 낭비되는 가운데, 기계들과 많은 사람들에게 헌신적이고 가치 있는 사람이 되었는가? 한 명 한 명씩 보면 그들은 다 그와 같은 일반인이다. 그럼에도 불구하고 그들은 여기 있다. 그리고 이 대규모 집단의 움직임 속에는 비열함도, 일반성도 없었다. 그는 그것을 확신했다. 그것은 처음부터 끝까지 예측하지 못한, 거의 믿을 수 없는 일이었다. 4년 전, 프랑스인들이 마른에서 버티고 있을 때, 세계에서 가장 현명한 사람들은 이것이 가능하다고 생각하지 않았다. 그들은 모든 우연한 일들을 예측했지만 이것은 예측하지 못했다. '하나님이 능히 이 돌들로도 아브라함의 자손이 되게 하시리라.'[*]

아래층에서 남자들이 'Annie Laurie'를 부르기 시작했다. 풍차 옆에 멍청하게 앉아 자신의 삶이 어떻게 될지 고민하던 그 여름 저녁은 어디로 갔을까?

─────────────

[*] 마태복음 3장 9절.

♦

사흘째 되는 날 아침 클로드와 버드, 해병은 일찍 일어나 뱃머리
에 서서 안키세스호가 물결을 오르내리는 것을 보고 있었다. 뱃머
리는 둔탁한 삼각형 모양으로, 반짝이는 바다 위에 떠 있었다. 그
들의 호위함은 마치 꿈의 배처럼 보였는데, 진줏빛 껍질처럼 부드
럽고 무지갯빛을 발했다. 자욱한 연기만이 화부와 엔진이 있는 기
계라는 것을 알려 주었다.

세 사람이 그곳에 서 있는 동안 한 하사가 클로드를 찾아와 두
명의 병사가 아프다고 보고했다. 탄하우저 상병은 밤중에 코피가
너무 심하게 났다. 하사는 코피를 멈추기 전에 그가 죽을 수도 있
겠다고 생각했을 정도였다. 지금은 일어나 아침 식사 줄에 서 있
었지만, 하사는 그렇게 해서는 안 된다고 확신했다. 탄하우저는 중
대에서 가장 키가 큰 독일계 미국인이었는데, 이름을 물어보면 그
는 보통 데니스라고 대답하였고 아일랜드계 혈통이라고 말했다.
오늘 아침까지도 그는 농담을 하려고 했다. 그는 커다랗고 붉은
얼굴을 가리키며 클로드에게 자신이 홍역에 걸린 것 같다고 말했
다. "하지만 풍진은 아닙니다."

그날 아침 건강검진은 시간이 오래 걸렸다. 배에 전염병이 퍼진
것 같았다. 클로드가 두 명의 환자를 데려가자 의사는 돌아가서
침대에 누워 있으라고 했다. 환자들이 떠나고 나서 의사는 클로드
쪽으로 몸을 돌렸다.

"그들에게 뜨거운 차를 주고, 담요를 여러 장 덮게 하세요. 가능

하면 땀을 흘릴 수 있도록." 클로드는 창고가 환자들에게 그다지 좋은 장소가 아니라고 말했다.

"그건 알고 있어요. 하지만 오늘 아침에도 여러 명의 환자가 발생했고, 배에 타고 있는 다른 유일한 의사는 현재 가장 아픈 환자입니다. 물론 선의도 있지만, 그는 오로지 선원들만 책임지고 있을뿐, 아직 관심이 없는 것 같아요. 오늘 아침 의료실과 의료 용품들을 점검했어요."

"무슨 전염병이 있나요?"

"글쎄요, 아니길 바랍니다. 오늘은 아직도 할 일이 많으니, 당신이 그 두 사람을 잘 돌봐 주리라 믿어요."

의사는 호보켄에서 합류한 뉴잉글랜드 사람이었다. 그는 활발하고 날씬한 사람이었는데, 날카로운 눈매와 깔끔한 이목구비를 가졌고 창백한 얼굴처럼 머리카락도 은발이었다. 클로드는 곧 그가 본인의 일을 잘 알고 있다고 느꼈고, 그의 지시를 잘 수행하기 위해 밑으로 내려갔다.

그가 창고에서 난간으로 올라왔을 때, 담배를 피우고 있는 비행사 빅터 모스가 보였다. 이 사람은 여전히 클로드의 호기심을 자극했다.

"이런 일은 처음이지?"

비행사는 물결치는 밝은 물 위로 멀리 연기가 피어오르는 것을 보고 있었다.

"시간은 충분해. 우리가 어디로 가고 있는지 알았으면 좋겠어. 만약 프랑스 항구에 도착하면 매우 어색할 거야."

"프랑스에서 보고하기로 한 줄 알았는데."

"맞아. 하지만 나는 런던에 먼저 보고하고 싶어." 그는 계속해서 페인트칠 된 배들을 응시했다. 클로드는 그가 턱을 매우 높이 쳐들고 있다는 것을 알아차렸다. 이제 술이 꽤 깬 그의 눈은 눈부시게 젊고, 대담했다. 그의 눈빛은 자신을 경멸하는 것 같았다. 그는 마치 자기는 같은 종족이 아닌 것처럼 눈에 띄게 떨어져 있었다. 클로드는 포획된 학이 닭장에 다리가 묶인 채 마에일리의 닭들 사이에서 그렇게 행동하는 것을 본 적이 있었다. 학은 날개를 옆구리에 대고, 재빨리 머리를 이리저리 움직이며 노려보고 있었다.

"런던에 친구가 있는 모양이지?"

"당연하지!" 비행사가 기분 좋게 대답했다.

"파리보다 좋아?"

"런던보다 더 좋은 곳은 상상할 수 없어. 난 파리에 안 있어. 휴가 때 항상 런던에 가거든. 보병과 포병에서 우리 병사들은 12개월 중 보름만 쉬어. 나는 미국인들이 리비에라의 니스와 몬테카를로에서 휴양하는 걸 알아. 우리가 가진 쿡 투어*는 갈리폴리밖에 없어."

빅터는 자신이 영국 억양을 잘 익혔다고 생각했다. 그는 클로드에게 담배를 권하면서 자신의 잃어버린 짐 속에 시가가 들어있다고 했다.

"내 것 하나 줄게. 우리가 항해를 시작하기 직전에 동생이 나에

---

* 토마스 쿡이 만든 여행 방식으로 '주마간산'식 단체 관광 여행이다.

게 두 상자를 보냈어. 방에 내려가면 네 침대에 한 상자 둘게. 좋은 거야."

그는 몸을 돌려 깜짝 놀라며 클로드를 보았다. "너 되게 괜찮은 놈이구나? 그래, 고마워."

클로드는 어제 빅터에게 셔츠를 빌려주면서 전투에 관해 이야기하려고 애썼지만, 그 주제에 관해서 그는 조개처럼 입을 꾹 다물었다. 그는 팔뚝에 생긴 붉은 흉터가 독일 포커 삼엽기의 저격수에 의해 생긴 것을 인정하면서도 성공적으로 착지했으므로 별로 중요하지 않다고 했다. 시가에 힘입어 이번엔 조금 더 깊이 탐문해 볼 생각이었다. 그는 잃어버린 짐 중에 대체할 수 없는 '중요한 것'이 있었는지 물어보았다.

"매우 귀중하다고 여길 만한 게 딱 하나 있었어. 완벽한 상태의 자이스 렌즈. 난 좋은 의상 사진이 몇 개 있는데, 항상 렌즈들이 열 때문에 금이 가고 불이 붙더라고. 그 렌즈는 내가 바르르뒤크에서 격추시킨 비행기에서 나온 건데 긁힌 자국이 하나도 없더라고. 그야말로 기적이었어."

"비행기를 격추할 때마다 전리품을 수집해?"

"당연하지. 꽤 괜찮은 컬렉션을 가지고 있다고. 고도계, 나침반, 그리고 안경. 그 렌즈는 어디에 두고 오기 좀 그래서 항상 가지고 다녔어."

"독일 비행기를 격추하면 기분이 매우 좋나 봐?"

"가끔. 너무 많은 비행기를 격추해서 불쾌해." 빅터는 얼굴을 찡그리며 말을 멈췄다. 그러나 클로드가 개방적이고 잘 속을 것 같은 표정을 해 유보적 자세를 유지하기는 무리였다.

"한번은 여자가 탄 비행기를 격추한 적이 있어. 그녀는 용감한 악마였는데, 정찰기를 몰고 우리 전선을 넘나들며 괴롭혔지. 당연히, 우리는 비행기가 격추되기 전까지 여자인 줄 몰랐어. 그녀는 추락한 뒤, 몇 시간 동안 살아 있었는데 지인에게 편지를 쓰더군. 난 그것들을 가지고 가서 그들의 전선에 떨어트려 놨어. 기쁘지 않은 상황이었지. 꽤 충격적이었어. 그리고 런던에서 2주간의 휴가를 얻었어. 휠러," 그는 갑자기 말했다. "우리가 지금 그곳으로 가고 있다면 좋겠어!" 빅터는 어깨를 으쓱했다. "그렇게 되기를 바라야겠어." 그는 클로드 쪽으로 턱을 돌렸다. "괜찮다면 런던을 안내해 주지! 이건 약속이야. 미국인들은 보통 가볼 일이 없잖아. 그들은 Y자형 텐트에 앉아 지나친 낙천주의자들에게 편지를 쓰거나, 탑을 찾으러 돌아다녀. 살아 있는 도시를 보여 줄게. 네가 박물관을 선호하는 게 아니면."

클로드는 웃었다. "아냐 나도 그들이 말하는 인생을 보고 싶어."

"으음! 내가 생각할 수 있는 곳에 데려가고 싶어. 좋아, 런던에 도착하면 첫날 밤에 사보이 호텔에서 만찬을 먹자. 너를 위한 세상의 막이 오를 거야. 야회복을 입지 않은 여자는 들어올 수 없어. 보석들 덕분에 눈부실 거야. 여배우들, 공작부인들, 유럽에서 가장 손재주가 많은 여자들."

"난 런던이 전쟁 이후로 어둡고 암울한 도시인 줄 알았어."

빅터는 미소를 지으며 엄지와 중지로 노란빛 콧수염을 건드렸다. "밝은 곳이 몇 군데 남아 있어, 고마워!" 그는 초심자에게 전선의 삶이 어떤지 설명하기 시작했다. 복무 중인 사람은 아무도 전쟁에 관해 이야기하거나 생각하지 않았다. 그것은 단지 그들이 사는 환경이었다. 남자들은 그들이 질투하는 특정 연대나 모든 싸움에 투입된 사단에 관해 이야기했다. 규율이 있음에도 불구하고 자신들의 게임, 계속되는 사생활에 대해 생각했다. 다음 휴가, 돈 안 내고 샴페인 얻는 법, 헌병대를 피하는 법, 여자와 곤경에 빠지고 다시 빠져나가는 법. "너 프랑스어로 빨리 말할 수 있니?" 그가 물었다.

클로드는 씩 웃었다. "아니."

"프랑스 여자애들하고 뭐라도 하고 싶으면 빨리 말하는 게 좋을 거야. 너희 헌병대는 매우 엄격하다고 들었어. 치마를 보는 순간 바로 말할 수 있어야 하고, 그렇게 해야 헌병대가 오기 전에 데이트할 수 있어."

"프랑스 여자애들은 양심의 가책이 없는 모양이지?" 클로드가 무심코 말했다. 빅터는 좁은 어깨를 으쓱했다. "그 어디서도 양심의 가책을 많이 느끼는 여자들을 본 적이 없어. 캐나다인들이 영국에서 훈련할 때, 그들 모두 주말용 아내를 가지고 있었어. 크리스털 호수에 있는 여자애들은 다소 까다로웠지만, 그건 이미 오래전 일이야. 너도 별로 어렵지 않을 거야."

빅터가 클로드가 여태껏 들은 것과는 조금 다른 호색적인 이야기를 하고 있을 때, 토드 패닝이 그들에게 합류했다. 빅터는 새로운 청취자의 존재를 눈치채지 못하고, 이야기를 마치자 허세를 부리며 멀리 시선을 고정한 채 가 버렸다.

패닝은 혐오감을 느끼며 그를 쳐다보았다. "저 사람 말을 믿어? 그렇게 여자한테 인기가 많지는 않을 것 같은데. 너를 '좌의(Left-nant)'*라고 똑바로 부르는 배짱이 좋아! 그가 나에게 말을 걸 땐 중위(lieutenant)라고 부르는 게 좋을 거야, 그렇지 않으면 그의 미모를 망쳐 버리겠어."

좋은 날씨가 끝났다. 바다에서 처음으로 평온한 날이었기 때문에 그들은 그날을 오랫동안 기억했다. 오후에 클로드와 어서, 버드와 패닝은 햇빛 속에 앉아 물이 일렁이는 것을 같이 보았다. 어서는 그들에게 해병대가 베라크루스에 상륙했던 날 있었던 긴 이야기를 해주었다.

"거긴 매우 오래된 마을이야. 그곳에서 있었던 일 중 한 가지는 영원히 잊을 수 없을 거야. 현지인 몇 명이 우리 중 몇을 바닷가 바위 위에 있는 낡은 감옥으로 데려갔어. 우리는 종일 그곳에 있었고, 그 일은 어떤 관광도 아니었어, 나를 믿어 줘! 우리는 몇 년 동안 국가 포로를 구속하고 산 채로 묻어 버리던 물 밑 지하 감옥으로 내려갔어. 거기서 오래된 고문 도구들을 보았어. 녹슨 철장 안에서는 사람이 눕거나 일어설 수 없고 구부정하게 앉아만 있을 수 있었어. 밖에는 태양과 물이 매우 많은데, 그곳에서 사람들이 말라 죽어 가도록 내버려 둔 것을 생각하니, 올라왔을 때 기분이

---

* 상급 장교의 왼편으로 걸어가는 하급 병사를 가리키는 말. 하급 병사는 상급 장교의 왼편으로 걸어가는데, 전투에서 칼을 사용할 때 왼쪽의 병사가 고위 장교를 보호하기 위해 생겨난 군 관례다.

이상했어. 예전엔 세상에 문제가 있었던 것 같아." 그는 더 말하지 않았지만, 클로드는 그의 진지한 표정을 보고 생각했다. 타국을 위해 헌신하는 그와 그의 동료들은 모든 것을 바꾸는 데 도움이 될 것이다. 낡은 지하 감옥과 철창들은 영원히 없어질 것이다. 푸른 걸프만에 누워 있는 검은 감옥의 이미지가 그의 마음속에 남았고, 그는 마치 그곳에 가본 것 같은 느낌이 들었다.

◆

그날 밤, 빅터 밑에서 자고 있던 버드는 놀랄 정도로 코피가 났고, 아침이 되자 그는 너무 쇠약해져서 병원으로 옮겨졌다. 의사는 그들에게 사실을 알려 주었다. 유별나게 피투성이가 되는, 악성의 인플루엔자가 배 안에 발발했다고 했다. 모두들 약간 질겁했다. 몇몇 장교들은 전염을 막을 수 있다는 듯이 흡연실에 처박혀 위스키와 탄산음료를 마시며 포커를 쳤다.

버드 중위는 오후 늦게 사망했고, 다음 날 해돋이 때 방수포에 덮여 다리 쪽에 18파운드의 포탄을 매단 채 수장되었다. 아침은 눈부시게 맑았고 매서운 추위가 찾아왔다. 바다에는 푸른 파도가 일고 있었고, 배는 얼음처럼 날카로운 바람에 긁혔다. 아픈 사람들을 제외한 청년들이 모두 참석했다. 그것은 그들이 처음 본 수장이었기에, 흥미롭게 생각하지 않을 수 없었다. 사제는 그들이 머리에 아무것도 쓰지 않은 채 서 있는 동안 매장식을 읽었다. 캔자스 악단은 엄숙한 행진곡을 연주했고, 스웨덴 4중주단은 찬송가를 불렸다. 대부분의 사람들이 그 갈색 자루가 추운 바닷속으로 가라앉고 인류와 아무 관련이 없는 쪽빛이 능선 위로 떠오르자 등을 돌렸다. 한순간에 장례식이 끝났고, 그들은 그 없이 계속 앞으로 나아갔다.

반짝이는 남보라색의 파도는 계속 일렁거렸다. 보이지 않는 햇살은 추위를 누그러뜨리지 못했고, 추위 때문에 얼굴과 폐가 아팠다. 육지에 살던 사람들은 자신이 결코 사람이 살 수 없는 곳에 있다는 그런 비참함을 느끼기 시작했다. 청년들은 갑판 위에 겹겹이 누워서 서로 바짝 껴안고 몸을 따뜻하게 하려고 애썼다. 모두가 뱃멀미했다. 패닝은 너무 아파서 신발을 벗지도 못하고 옷을 입은 채로 잠자리에 들었다. 클로드도 붐비는 선미에 누워 있었는데, 너무 춥고, 어지러워서 움직일 수 없었다.

태양은 아무런 위안도 없이 불꽃처럼 그들에게 쏟아졌다. 거세고, 거품이 일던 파도가 수백만 개의 거울처럼 빛을 반사했고, 눈이 견딜 수 없을 정도로 시렸다. 물은 전보다 밀도가 더 높아진 것 같았고, 녹은 유리처럼 무거워 보였다. 푸른 파도의 가장자리 주변에 있는 거품은 크리스털처럼 날카로워 보였다. 만약 사람이 빠지면 두 동강이 날 것 같았다. 바다 전체가 갑자기 살아난 것 같았고, 파도는 악의적이고 힘센 근육질 같았으며, 잔인하게 비웃는 듯한 활기를 띠었다. 불과 몇 시간 전에 상냥한 청년이 얼어붙은 물에 던져졌고 잊혀 갔다. 그렇다, 이미 잊혔다. 모든 사람들은 자신들의 불행을 생각하고 있었다.

오후 늦게 바람이 불어오더니 불길한 일몰이 이어졌다. 붉은 서쪽에는 작고 울퉁불퉁한 검은 구름이 빠르게 움직이고 있었다. 그 구름은 바다에서 올라왔는데 마치 사악한 비밀회의를 위해 서쪽으로 빠르게 모이는, 야만적인 마녀 같았다. 구름은 잔광에 모여 뚜렷한 검은 모양을 만들었고, 무언가를 구상했다. 갑판 위에 남은 몇 명의 사내들은 저런 하늘에서는 절대 좋은 일도 일어날 수 없다고 여겼다. 그들은 그들이 집이나 프랑스에 있었으면 좋겠다고 생각했다. 여기만 아니라면 좋으니, 어디든 있고 싶었다.

◆

다음 날 아침 트루먼 의사는 클로드에게 진료 소집을 도와 달라고 했다. "부사관들의 열을 재야 하는데, 너무 많아 혼자서는 벅차네요. 흡연실에 앉아서 주야장천 포커를 치는 장교들에겐 부탁하고 싶지 않아요. 그들은 자각력이 없거나, 사태의 심각성을 깨닫지 못하는 것 같아요."

의사는 비옷을 입고 갑판에 서서 평형을 유지하기 위해 난간에 발을 올려놓고, 사내들이 다가오자 무릎에 대고 글을 썼다. 그날 아침 줄에는 칠십 명 정도가 있었고, 그중 몇 명은 좀 더 건조한 곳에 있어야 할 것 같았다. 비는 납탄처럼 바다에 쏟아졌다. 오래된 안키세스호는 파도들 사이에서 외로이 허우적거렸다. 자매선의 활기찬 모습은 안개 때문에 보이지 않았다. 의사는 뱃멀미가 심해질 때면 어쩔 수 없이 일을 그만두고 나와야 했다. 클로드의 팔꿈치에는 이름과 온도를 메모한 것 말곤 아무것도 없었다. 그는 일하는 도중 부사관들에게 몇 분 동안 여기서 대기하라고 했다.
줄의 끝부분에서 자신의 부하 중 한 명이 아기처럼 코를 킁킁거리
고 우는 것을 보았는데, 그는 말썽을 부린 적이 없는 열여덟 살의
훌륭한 소년이었다. 클로드는 그에게 다가가 어깨를 쳤다.

"버트 풀러, 계속 울 거라면 사람들이 보지 않는 곳으로 가. 난
영국 승무원들이 여기 서서 질질 짜는 미국 군인을 구경하는 걸
참을 수 없어. 그딴 일은 들어 본 적도 없어!"

소년은 눈이 퉁퉁 부어서 말했다. "더 이상 참지 못하겠습니다,
중위님. 가능한 참아 보려고 했지만, 더는 불가능합니다!"

"도대체 넌 뭐가 문제야? 여기 와서 이 상자에 앉아 이야기해
봐." 풀러 일병은 다가와 상자 위에 앉았다. "너무 아픕니다!"

"얼마나 아픈지 확인해 보지." 클로드는 체온계를 그의 입에 찔
러 넣고, 기다리는 동안 승무원에게 차 한 잔을 가져오게 했다. "그
럴 줄 알았어, 풀러. 넌 열이 나지도 않잖아. 넌 그저 두려운 것뿐
이야. 이 차를 좀 마셔. 아침도 안 먹었겠지."

"그렇습니다. 이 배의 끔찍한 음식은 못 먹겠습니다."

"꽤 심각하긴 하지. 자네 어디서 왔나?"

"전 프-프-플레즌트빌의 프-프-플래트강 위쪽에서 왔습니다."
소년은 침을 삼켰다. 눈물이 새록새록 흐르기 시작했다.

"고향 사람들이 널 보내기 전에 어떻게 생각했겠어? 네가 마을
을 떠날 때 밴드를 부르고 소란을 피웠겠지. 훌륭한 군인을 보낸
다고. 그리고 난 항상 네가 매우 훌륭한 군인이 될 거라고 생각했
어. 이번 일은 잊도록 하지. 기분이 좀 괜찮아졌나?"

"그렇습니다. 이 차는 매우 훌륭합니다. 배가 너무 아파서 어젯 밤에는 가슴까지 통증이 있었습니다. 제 분대원들은 모두 아프고, 큰 탄하우저 상병은 의무실로 이송되었습니다. 우리 모두 여기서 죽을 것 같습니다."

"우울한 분위기라는 건 나도 알아. 하지만 이 영국 승무원들 앞 에서 날 부끄럽게 만들지 마."

"다시는 그러지 않겠습니다." 그는 약속했다.

검진이 끝나자 클로드는 의사를 데리고 밤새 쌕쌕거리며 기침 을 한 패닝에게 갔다. 그는 침대에서 일어나지도 못하고 있었다. 검진은 짧았다. 의사는 청진기를 쓰기도 전에 무슨 병인지 알았다. 복도로 나오면서 의사가 말했다. "폐렴이에요. 양쪽 폐에 걸렸어 요. 새벽에 폐렴으로 죽은 사람이 한 명 있어요."

"그를 위해 할 수 있는 게 무언가 있을까요?"

"중위님도 제가 매우 바쁘다는 것을 아실 겁니다. 병든 사람이 이백 명 가까이 되고, 의사는 한 명이에요. 의약품이 전체적으로 부족해요. 이 배에는 사람들의 속을 세척할 캐스터 오일도 없어요. 제 개인 약까지 사용하고 있지만, 이런 전염병 속에는 그마저도 오래 가지 못할 겁니다. 패닝 중위를 위해 해줄 수 있는 건 많이 없네요. 의무실에 입원하는 것보다 여기서 관리하는 게 나을 겁니 다. 거긴 빈 침대가 없어요."

클로드는 빅터를 발견하고는 다른 방 침대에서 생활하는 게 좋 겠다고 말했다. 빅터가 소지품을 가지고 떠나자 패닝은 그를 보았 다. "저 사람 가는 거야?"

"응. 네가 침대에 누워만 있어야 하니 이 방은 너무 비좁잖아."

"기쁘군. 그의 이야기는 내겐 너무 생소해. 난 겁쟁이는 아니지만, 저 사람은 돈키호테야."

클로드는 웃었다. "말하지 마, 기침하잖아."

"그 버지니아인은 어디 갔어?"

"누구, 버드?" 클로드가 놀라서 물었다. 패닝은 버드의 장례식 때 클로드의 옆에 서 있었다. "아 맞다. 그도 죽었지. 할 수 있으면 너도 잠 좀 자."

저녁 식사 후 트루먼이 들어와 클로드에게 환자를 알코올로 소독하는 법을 알려 주었다. "그가 힘을 계속 유지할 수 있다면 괜찮을 거예요. 여기서 제공하는 기름진 음식은 먹이지 마세요. 밤낮으로 두 시간마다 오렌지 주스에 달걀을 풀어서 먹이세요. 음료를 마실 시간이 되면 그를 깨워요. 단 한 번도 빼먹으면 안 됩니다. 식사 승무원에게 쪽지를 남겨 놓겠습니다. 여기서 계란을 깨도 돼요. 이제 그만 의무실에 돌아가야겠어요. 밴드 소년들이 매우 훌륭히 일하고 있어요. 탄하우저가 중위님을 찾고 있어요. 몸 상태가 매우 안 좋아요."

배에 간호사가 없었기 때문에 캔자스 밴드가 간호사 역할을 대신하고 있었다. 안키세스호에 무슨 일이 일어나고 있는지 알게 되자 지휘자가 의사를 찾아가 도움을 주겠다고 한 것이다. 그들은 응급 처치와 들것 훈련을 받았다. 지휘자는 간호사와 잡역병을 분배하고, 야간과 주간 교대로 팀을 나누었다.

클로드가 상병을 만나러 갔을 때 탄하우저는 그를 알아보지 못했다. 그는 제정신이 아니었고, 독일어로 이야기하고 있었다. 캔자스 소년들은 그를 특별 취급했다. 미국에서 금지된 언어를 사용한다는 사실만으로 다른 사람들보다 더 외로워 보였다.

클로드는 의무실에서 밑에 층으로 더 내려가 그의 중대원들이 병들어 누워 있는 창고로 갔다. 창고는 오래된 지하실처럼 축축하고 퀴퀴한 냄새가 났다. 화물들의 냄새가 너무 심해 깨끗하게 유지할 수도 없었다. 환기구는 거의 없었고, 땀 냄새와 토 냄새가 가득했다. 밴드 소년 중 두 명은 악취와 먼지 속에서 승무원을 도와 일하고 있었다. 클로드는 패닝에게 음료수를 줘야 하는 시간 전까지 남아서 그들을 도와주었다. 지금까지 너무 여성적이라고 여겨 주머니에 넣고 다녔던 손목시계가 매우 유용한 물건일지도 모른다고 생각했다. 패닝에게 달걀을 삼키게 한 후, 그는 모든 담요를 그에게 덮어 주고 환기를 위해 좌현의 창문을 열었다. 상쾌한 바람이 불어오는 동안 그는 자신의 침대 가장자리에 앉아 생각을 정리했다. 첫날 느꼈던 황금 같은 날씨와 동료애는 어디로 갔는가? 밴드 공연, 린즈버그 소년들의 콰르텟, 처음으로 바다에 나왔다는 흥분과 신비로움. 이 모든 것들은 꿈처럼 사라져 버렸다.

그날 밤 의사가 패닝을 보러 왔을 때, 그는 침대에 청진기를 던지고 지쳐서 말했다. "청진기가 제 귀에 뿌리를 내리고 자라나도 이상하지 않을 겁니다." 그는 자리에 앉아 체온계로 자신의 체온을 재고선 확인했다. 클로드가 온도를 확인하고 그에게 이제 그만 가서 자도 좋다고 했다.

"그럼 누가 밤새 이들을 돌보겠어요? 오늘 밤 잘 시간 같은 건 없어요. 틈틈이 뜨거운 물로 목욕을 할게요."

클로드는 어째서 선의가 아무것도 하지 않는지 물어보며 분명 그의 실력은 형편없을 것이라고 덧붙였다.

"체섭? 그도 알고 보면 실력이 나쁜 의사는 아닙니다. 그는 약을 조제하는 데 많은 도움을 주었고, 병에 대해 상의하는 데 큰 도움이 됩니다. 환자를 직접적으로 다루는 일이 아니라면 절 도와주기 위해 무엇이든 할 겁니다. 그저 자신의 권한을 넘어서는 일은 하고 싶지 않은 것 같아요. 영국 해병대는 그런 일에 매우 까다로운 것 같아요. 그는 캐나다인인데, 에든버러에서 1등으로 졸업했어요. 제가 보기엔 개인 병원을 운영할 때 배척당한 것 같아요. 그의 외모는 그에게 너무 불리해요. 어린애처럼 보이지요. 그렇게 수줍어 보이는 건 끔찍한 핸디캡이에요."

의사는 일어나서 어깨를 털더니 가방을 들었다. "꽤 괜찮아 보이는군요. 부모님은 두 분 다 살아 계시나요? 중위님이 태어났을 때 그분들은 젊었나요? 그렇다면 다른 사람들의 부모님도 그렇겠군요. 전 그런 것들에 아주 까탈스러워요. 곧 목욕하고 한두 시간 정도 누워 있을 겁니다. 그 훌륭한 밴드 소년들이 의무대를 지켜 주니 약간의 여유가 생기는군요."

클로드는 어떻게 의사가 계속 일을 하는지 궁금했다. 클로드는 그가 지난 48시간 동안 4시간 이상 잠을 자지 못했다는 것을 알았고, 그가 강인한 사람이 아니란 것도 알았다. 그를 위로할 수 있는 건 목욕탕 관리인뿐이었다. 호킨스는 더 좋은 배에서 좋은 일을 했던 늙은이였다. 물론, 이곳에서보다 더 좋은 시간을 보냈다.

그는 처음에 목욕탕 관리인으로 바다에 나갔고, 수많은 전쟁을 거쳐, 처음으로 일했던 이 배로 돌아왔다. 나이가 많은 사람에게 좋은 곳은 아니었다. 그는 등이 약간 굽었고, 부러진 장심으로 인해 다리를 절었다. 그는 장교들과 승무원, 의사가 편히 쉬도록 관리했다. 트루먼에게 목욕 후에 뜨거운 음료를 마시고, 침대에 누우라고 설득하며 깨끗한 침대 시트를 꺼냈다. 그리고 그가 잠시 쉬는 동안 아무도 그를 방해하지 못하게 문 앞에 서 있었다. 호킨스는 전쟁에서 두 아들을 잃었다. 그의 존재는 군인들에게 위안을 주는 것 같았다. 그는 "지금은 좀 진정하고 편히 쉬어. 그곳에 가면 매우 힘들 거야."라고 사람들에게 말하고 다녔다.

11시에 캔자스 사람 중 한 명이 클로드에게 탄하우저의 상태가 급격히 악화되고 있다고 말했다. 큰 탄하우저는 열은 내렸지만, 기력이 쇠하고 있었다. 그는 혼미한 상태로 누워 있었다. 그의 충혈된 눈은 까 뒤집혀 누렇게 물든 흰자위만 보였고, 입을 벌린 채 혀를 한쪽으로 늘어뜨리고 있었다. 복도 끝에서 클로드는 격렬한 구토 소리 또는 목이 졸리는 남자가 내지를 만한 비명을 들었다. 정말로 탄하우저는 숨이 거칠었다. 밴드 소년 중 한 명이 클로드에게 접의자를 가져다주며 친절하게 말했다. "그는 지금 고통받고 있지 않습니다. 현재 무의식 상태입니다. 건강한 남자가 아니었다면 진즉에 죽었을 겁니다. 의사가 그러는데 그가 죽기 전 마지막 순간에 잠깐 의식이 돌아올 수 있다고 하더군요. 여기 남으실 겁니까?"

"패닝에게 계란을 주고 돌아오지." 클로드는 갔다가 돌아와서는

291

침대 옆에 앉아 졸고 있었다. 3시가 지나자 소음이 멈췄다. 침대 위의 거대한 사람은 다시 그의 선량한 상병이 되었다. 입을 다물고 지적인 인간의 눈을 하고 있었다. 퉁퉁 부은 얼굴이 원래대로 돌아왔다. 그가 원래대로 돌아왔다는 것이 믿기지 않았다. 탄하우저는 무엇인가 묻고 싶다는 듯이 클로드를 애석하게 올려다보았다. 두 눈에 눈물이 가득 고인 채 그는 고개를 살짝 돌렸다.

"불쌍한 내 어머니!" 그는 독일어로 분명하게 속삭였다.

잠시 후 그는 존엄하게 죽었다. 병에 고통받다 죽은 것이 아니라, 자신의 것이 아니었던 목숨을 돌려주는 용감한 소년 같았다.

클로드는 방으로 돌아가 패닝을 한 번 더 깨운 뒤, 침대로 몸을 던졌다. 배는 새끼를 낳는 동물처럼, 물 위에 널브러져 있는 것 같았다. 거친 파도 속에서 오래된 이 배는 얼마나 무력한지! 얼마나 많은 비참함을 안고 있는지! 그는 녹슨 수도관과 색칠되지 않은 접합부를 올려다보며 누워 있었다. 이 여객선은 정말로 '오래된 안키세스'였다. 이 배를 수리한 목수들조차 그럴만한 가치가 없다고 판단하고 대충 수리했다. 새로운 칸막이는 몇 개의 못에 의해 붙어 있었다.

탄하우저는 항해를 불안해하던 사람 중 한 명이었다. 그는 "프랑스는 나같이 남자다운 이름을 가진 사람들에게만 화창한 유일한 곳이야."라고 웃으며 말하곤 했다. 그는 남들처럼 뉴욕 항구에 작별 인사를 하였고, 이 배를 믿었다. 단지 자신의 나라를 위하여 일하고 싶었던 것뿐이다. 이제 그것은 어려운 일이 되었다.

탄하우저가 처음 막사에 왔을 때 그는 항상 혼란스러워했고, 지시받는 것은 기억하지 못했다. 클로드는 한때 그를 불러내서 좌우도 모르냐고 질책한 적이 있었다. 그러나 알고 보니, 그는 향수병으로 인해 아무것도 먹지 않고 있었다. 그는 마을을 염려하는 소년 농부 중 한 명이었다. 오래된 집안의 다 큰 아기였던 그는, 입대하기 전까지 단 하루도 집에서 떨어져 잠을 잔 적이 없었다.

탄하우저 상병은 다른 네 명과 함께 일출 때 수장되었다. 이번에는 밴드도 없었다. 사제도 아팠기 때문에, 젊은 대위 한 명이 예배를 보았다. 클로드는 다른 네 개보다 한 뼘 더 큰 포대가 회색빛 바닷속의 깊은 틈으로 가라앉을 때까지 그곳에 서서 지켜보았다. 물조차 튀지 않았다. 아침 식사 후 캔자스 잡역병이 죽은 사람들을 위한 장례식이 준비된 작은 선실로 클로드를 불렀다. 군 규정에는 사망한 군인의 물품을 어떻게 해야 하는지 상세하게 정해져 있었다. 군복, 신발, 담요, 무기, 개인 짐은 모두 지시에 따라 폐기했다. 그러나 폐기하지 않는 것도 있었다. 고인의 칫솔과 면도기, 그리고 그가 몸에 지니고 있던 사진들이었다. 그곳에는 다섯 개의 애처로운 무더기들이 있었다. 그것들은 무엇을 할 수 있는가? 클로드는 상병의 소유였던 사진을 보았다. 몸에 너무 꽉 끼는 하얀 드레스를 입은 뚱뚱하고 바보같이 생긴 소녀가 있었다. 그녀는 넓은 모자를 쓰고 있었고, 큰 가슴에는 조그만 깃발이 달려 있었다. 다른 한 사람은 무릎에 양손을 교차한 채 앉아 있는 노파였다. 그녀는 머리를 몹시 여윈 얼굴 뒤로 넘겼고—틀림없이 옛날 사람이었다. 눈을 가늘게 뜬 채 카메라를 보고 있었다. 그녀는 정직하고 완고하며 좀처럼 납득하지 않는 사람처럼 보였다. "이것들은 내가 가져가지. 다른 것들은 폐기해 버려."

◆

B중대의 중대장 맥시 대위는 항해 내내 뱃멀미를 해서 유행병이 창궐할 때 그의 부하들에게 아무런 도움이 되지 못했다. 아무도 그의 모든 임무를 대신하고 싶지 않아 했기에, 자존심에 큰 타격을 받았을 것이다.

클로드는 해리 맥시를 링컨에 있을 때부터 조금 알고 있었다. 에를리히의 집에서 그를 만난 적이 있으며, 그 뒤로 대학교에서 친분을 유지했다. 그때 클로드는 맥시를 좋아하지 않았고, 지금도 좋아하지 않지만, 좋은 장교라고 생각했다. 맥시의 가족은 네마하 카운티에 정착한 미시시피 출신의 가난한 사람들이었고, 그는 매우 야심가였다. 세상에 진출하는 것뿐만 아니라, '유명한 누군가'가 되고 싶다는 야망이 있었다. 그는 대학 생활 내내 사회적 이점이 있고 유용한 지인들을 사귀는 것에 집중했다. '올바른 사람'에 대한 그의 감정은 존경에 가까웠다. 졸업 후 그는 멕시코 국경에서 복무했다. 그는 지칠 줄 모르는 훈련의 대가였고, 허약한 체격이 버틸 때까지 자신의 임무에 모든 힘을 쏟아부었다. 그는 가냘프고 피부가 하얗다. 딱딱한 턱이 아랫니를 윗니 위로 내밀게 하여 얼굴이 뻣뻣해 보였다. 긴장하고 걱정을 많이 하는 그의 태도는 뛰어나고 싶은 열정의 표현이었다.

클로드는 요즘 자신이 이중생활을 하는 것 같았다. 그가 패닝을 간호하거나, 창고에 내려가서 병든 병사들을 돌보는 일을 도와줄 때면, 생각할 겨를이 없었다. 기계적으로 닥친 일을 하고 있었다. 그러나 갑판 위에 혼자 서서 시간을 보낼 때면, 자유에 대한 따끔한 느낌이 다시 그의 속에서 번뜩였다. 날씨는 여전히 거칠었다. 그는 이런 날씨를 한 번도 경험해 본 적이 없었다. 안개, 비, 잿빛 하늘, 그리고 외로운 회색빛 바다는 그가 오래전에 상상했던(어린 시절에 읽었던 옛 바다 이야기들) 것과 같았고, 가슴속의 따뜻한 감정들에 불을 지폈다. 이곳 안키세스호에서의 생활은 그의 어린 시절이 끝나 버린 곳에서 시작되는 것 같았다. 과거와 현재 사이의 추악한 삶은 좁혀졌고, 안개 속에 잊혀 갔다. 우울했던 이 안개는 안식처가 되었다. 안식처는 세계를 돌아다니며 전에 있었던 모든 일로부터 그를 숨겨 주었고, 삶에 대한 자신의 생각을 바로잡고 미래를 계획할 기회를 주었다. 과거는 완전히 단절되었다.—그것은 그의 환상이었다. 그가 들은 항해 일지보다 더 많이 항해 중이었다. 지휘자 프레드 맥스가 그에게 체스를 두자고 했을 때, 잠시 멈춰서 어째서 체스가 이렇게 불쾌한 감정을 주는지 생각해 보았다. 이니드의 창백하고 기만적인 얼굴은 우연히 생각나지 않는 한, 좀처럼 떠오르지 않았다. 연인과 전쟁, 신부에 관해 이야기하는 소년들을 우연히 마주치면, 잠시 귀를 기울이다가 자신은 결혼 생활에 신경을 별로 안 써서 행복하다며 그들에게서 멀어져 갔다.

 뱃멀미나 전염병으로 인해 많은 사람이 병에 걸려서 갑판이 널널했기에, 종종 어셔와 클로드 단둘이 있을 때가 있었다. 어셔는 우울한 날을 같이 보내기에 최적인 동료였다. 그는 한결같고 조용하며 자립적이었다. 어셔 또한 클로드와의 만남을 기대하고 있었다. 빅터에 대한 태도도 점점 긍정적으로 바뀌어 갔다. 빅터는 매일 오후 장교 흡연실의 구석에서 차를 마셨고(그게 없었다면 그는 죽었을 것이다.) 승무원들은 항상 그에게 토스트와 잼 또는 달콤한 비스킷을 주었다. 클로드는 보통 그 시간을 그와 보냈다.

탄하우저의 장례식이 있던 날, 클로드는 4시에 흡연실로 들어갔다. 빅터는 승무원에게 손짓하여 뜨거운 위스키 두어 잔과 차를 가져오라고 했다. 그는 술잔을 내려놓으며 말했다.

"넌 너무 우울해 보여. 한 잔 마시면 좀 나아지지 않겠어?"

"아주 도움이 되는군. 한 잔 더 마실까 봐. 속 좀 달래야겠어."

"승무원, 두 잔 더. 그리고 신선한 레몬도 가져와." 방에 있던 사람들은 조용히 책을 읽거나 대화를 하고 있었다. 스웨덴 청년 중한 명은 낡은 피아노를 부드럽게 연주했다. 빅터는 차를 따르기 시작했다. 그는 차를 깔끔히 잘 따랐는데, 오늘은 특히나 더 조심스러웠다. "이 스카치가 뼛속까지 스며들겠지? 갑판을 지나갈 때보니 기분이 좋지 않아 보이던데." 클로드는 하품하며 중얼거렸다.

"어젯밤 탄하우저 곁에 계속 있었어. 한 시간밖에 못 잤어."

"그래, 그 키가 큰 상병을 잃었다고 들었어. 정말 유감이야. 나도 안 좋은 소식이 있어. 우리가 프랑스 항구로 향하고 있다는 사실을 알았어. 그 사실은 내 모든 계획을 망칠 거야. 하지만, 그게 전쟁이야!(c'est la guerre!)" 그는 어깨를 으쓱하며 잔을 뒤로 밀었다. "밖으로 나갈까?"

클로드는 종종 빅터가 조금도 닮지 않은 자신을 왜 좋아하는지 궁금했다. "비밀이 아니라면, 네가 어떻게 영국군에 들어갔는지 알고 싶어."

빅터는 빗속을 왔다 갔다 하며 자신에 관한 이야기를 짧게 들려주었다. 고등학교를 졸업하고, 그는 회계 장부 담당자로 크리스털 호수에 있는 아버지의 은행에서 일했다. 은행 업무 시간이 끝난 후에는 계절에 따라 스케이트를 타거나 테니스를 치거나 딸기 화단을 가꾸었다. 그는 매년 여름마다 흰색 바지 두 벌을 사고, 시카고에서 셔츠를 주문했다고 한다. 그는 자신이 대단한 사람인 줄 알았다고 했다. 그는 목사의 딸과 약혼했다. 2년 전, 스무 살 여름, 그의 아버지는 그가 나이아가라 폭포를 보길 원했다. 아버지는 소량의 수표를 주면서 술집과(당시 빅터는 한 번도 술집에 가본 적이 없었다.) 비싼 호텔, 아무 이유 없이 같이 시간을 보내자고 하는 여자에 대해 경고했고, 짐꾼이나 웨이터에게 팁을 줄 필요가 없다고 당부하며 그를 폭포에 보냈다. 빅터는 나이아가라 폭포에서 많은 것에 눈을 뜨게 해준 젊은 캐나다 장교들과 어울렸다. 그는 그들과 함께 토론토로 건너갔다. 입대를 강력히 권장하는 시기였고, 그는 거기서 은행과 딸기 화단에서 탈출할 길을 보았다. 공군은 그에게 가장 훌륭하고 매력적인 직무였다. 그들은 그를 받아 주었고, 현재에 이르렀다.

"넌 다시는 고향에 돌아가지 않겠구나." 클로드는 확신에 차 말했다. "넌 아이오와에 정착해서 살 만한 사람으로 보이지 않아."

"우리 공군은 미래를 걱정하지 않아. 그럴 가치도 없어." 그는 둔탁한 금색 담배 케이스를 꺼냈고, 클로드는 그것을 알아보았다.

"잠깐만 그것 좀 보여 줄래? 종종 그 케이스에 감탄하곤 해. 좋아하는 사람한테 받은 선물이지?"

꽤 진실해 보이는 미세한 떨림이 그의 얼굴에 드러났다. 그는 작고 붉은 입을 굳게 다물었다. "그래, 네가 만나 봤으면 하는 여자야. 여기." 그는 깃 위로 턱을 비틀며 말했다. "내 카드에 메이시의 주소를 써줄게. '미국 해외 파견군 소속 중위 휠러.' 이것만 있으면 돼. 나보다 먼저 런던에 도착한다면 주저하지 말고 그녀에게 연락해. 이 카드를 보여 주면, 그녀가 너를 만나 줄 거야."

빅터가 담배에 불을 붙이는 동안 클로드는 고마워하며 카드를 주머니 속에 넣었다. "난 아직도 사보이에서 같이 저녁 먹기로 한 거 안 잊었어. 우리가 같이 런던에 도착할 수 있다면 말이지. 내가 런던에 있다면 항상 날 찾을 수 있을 거야. 그녀의 주소가 곧 내 주소야. 네가 메이시 같은 여자를 만나는 건 정말 좋은 경험일 거야. 넌 내 친구니까 잘 대해 줄 거야." 그는 계속해서 그녀가 자신을 위해 어떤 일이든 해줬다고 말했다. 그를 위해 남편과 헤어지고 친구를 포기했다고. 그녀는 첼시에 있는 스튜디오 아파트에 살고 있었는데, 그곳에서 단순히 그가 오기를 기다렸고 그가 떠나는 것을 두려워했다. 그녀에게는 끔찍한 삶이었다. 물론 옛 지인들이나 다른 장교들과도 어울렸다. 그러나 그것은 모두 위장이었다. 그녀의 마음속에 진정한 남자는 그였다.

빅터는 그녀의 사진까지 보여 주었고, 클로드는 무슨 말을 해야 할지 모른 채, 보름달 같은 얼굴에 피곤해 보이는 눈꺼풀, 진주 목걸이에 아줌마 같은 어깨와 통통한 가슴을 가진 그녀의 사진을 바라보았다. 매끄러운 피부에 주름은 없었지만, 입과 턱, 얼굴만 보았을 때, 그녀는 빅터의 어머니라고 해도 될 정도로 나이가 많아 보였다. 사진 건너편엔 눈에 확 띄게 프랑스어로 글이 쓰여 있었다. '내 사랑에게!(è mon aigle!)' 클로드가 의심의 여지를 가지지 않을 만큼 빅터가 충분히 설명하지 않았다면, 클로드는 빅터와 그녀가 효도에서 비롯된 사랑의 관계라고 믿었을 것이다.

"그녀 같은 여성은 우리나라에는 존재하지 않아." 그는 사진 케이스를 탁탁 치며 말했다. "그녀는 언어학자이자 음악가야. 그녀와 함께라면 하루하루가 훌륭한 예술 작품처럼 느껴져. 그녀의 말대로 인생은 사람이 만들어 나가는 거야. 그 자체로는 아무 의미도 없어. 네가 어디서 왔는가는 중요하지 않아."

클로드는 웃었다. "자네 말에 동의해야 할진 모르겠지만, 자네가 말하는 걸 듣는 게 좋군."

"음, 온통 산산조각이 난 프랑스의 그 지역에서는 네가 살던 곳과 다르게, 지하실에서 사람을 더 많이 발견하게 될 거야. 네가 어디에서 왔든 간에. 난 네가 사는 대초원의 은행원보단 런던 항구에서 부두 일꾼으로 일하면서 살겠어. 런던에서 네가 1실링이라도 벌 만큼 운이 좋다면 뭐라도 얻을 수 있을 거야."

"그래, 고향 일에 너무 길들여졌어."

"길들여졌다고? 세상에, 그건 완전 죽음이야! 즐길 거리를 모두 제거해 버리면 남자에게는 도대체 뭐가 남겠어? 그들은 모든 걸 두려워해. 해가 지면 주일 학교가 마을들을 배회하며 몰래 돌아다니지!" 빅터는 갑자기 주제를 변경하였다. "너 의사랑 친하지? 잃어버린 집에 있는 약이 필요한데. 그에게 이 처방전을 써도 되냐고 물어봐 줄래? 그에게 직접 물어보고 싶지 않아. 의사들이 나를 보고할지도 몰라. 운 좋게 의료 검사를 전부 피했어. 난 아무 데도 붙들리고 싶지 않아. 물론 자네를 위한 약은 아니라고 말해."

클로드가 트루먼에게 처방전을 보여 주자, 그는 경멸하듯 미소를 지었다. "딱 보기에도 이건 런던 약사가 쓴 종이군요. 우린 이런 종류의 약은 가지고 있지 않아요." 그는 처방전을 돌려주었다. "그 약들은 일시적인 처방일 뿐이에요. 만약 당신 친구가 그 약들을 원한다면 치료를 받아야 해요. 그 사람도 어디서 치료를 받아야 할지 알 겁니다."

클로드는 저녁을 먹고 식당을 나오면서 빅터에게 그 처방전을 돌려주었고, 아무것도 구하지 못했다고 말했다. 빅터는 오만하게 얼굴을 붉히며 말했다. "미안, 정말 고마워!"

◆

토드 패닝은 건강한 남자들보다 더 잘 버텨 냈다. 그의 체력에 의사도 놀랐다. 사망자 명단은 꾸준히 증가하고 있었고, 그중 최악은 그다지 아프지 않은 환자들이 사망했다는 것이었다. 혈기 왕성한 열아홉 살, 스무 살 소년들이 죽어 나가고 있었다. 다른 사람들의 죽음을 목격한 사람들은 삶의 의지가 약해졌다. 공기 중엔 죽음이 떠돌아다녔다. 복도에는 죽음의 냄새가 가득했다. 트루먼은 전염병이 창궐했을 때, 단체 생활을 하는 사람들이 오히려 더 많이 죽고 격리된 사람이 살아남는 건 보통 있는 일이라고 했다.

의사는 클로드와 공기를 쐬러 잠시 갑판에 올라갔을 때 말했다. "전 가끔 장티푸스와 천연두를 예방하는 접종들이 그들의 건강을 해친 건 아닌가 생각합니다. 이 이상 사람들을 잃어버린다면 미칠 거예요! 이 모든 상황에서 벗어나 농장으로 돌아갈 수 있다면 무엇을 포기할 수 있겠습니까?" 아무 대답도 듣지 못한 그는 고개를 돌려 클로드의 우비를 훑어보다가, 그의 파란 눈에서 동의하지 못하겠다는 의미의 눈빛을 읽었다.

"농장으로 돌아가고 싶지 않군요! 조금도! 젊다는 건 그런 건가요!" 그는 고개를 흔들더니 위로 또는 부러움일 수 있는 이중적인 미소를 지으며 다시 일하러 갔다.

클로드는 여전히 그 자리에서 눅눅한 잿빛 공기를 들이마시며 자신에게 화를 내고 있었다. 돌아가고 싶지 않다는 건 사실이었다. 의사가 명확히 클로드의 마음을 본 것이다. 그는 이 모든 것들을 즐기고 있었으며, 어디에 있든 안전하다고 느끼고 싶지 않았다. 탄하우저와 다른 사람들에 대해서는 미안한 마음이 들었지만 자기 자신에게는 그렇지 않았다. 항해의 불편함과 불행은 그의 마음을 망칠 수 없었다. 물론 그도 투덜거렸지만 그건 다른 사람들이 그랬기 때문이었다. 이전까지의 삶은 지금처럼 흥미롭지 않았다. 병원에서 힘든 일을 하거나 아픈 패닝을 위해 끊임없이 달걀을 챙겨줄 때면 이러한 것들을 10분 만에 잊어버릴 수 있었다. 현재 그들이 지나가고 있는 거친 바다처럼, 마음속에서 거친 무언가가 그에게 계속 외치고 있는 것 같았다. "난 여기 있다. 내 모든 것을 뒤로 하고 여기에 왔다. 다시는 돌아가지 않고 앞으로 나아갈 것이다."

뱃멀미를 겪었던 버드의 추웠던 장례식 날, 오직 그날만이 그를 비참하게 만들었다. 자신의 부하들이나 친구의 고통 때문에 격한 감정에 휘말리지 않는 걸 보면 확실히 무감정한 사람임이 틀림없는 것처럼 보였지만, 그렇지 않았다. 그는 그들을 마음에 담아 두고 그들을 위해 할 수 있는 모든 일을 했다. 그리고 그런 일들에 만족했다. 트루먼을 도왔던 일들은 무의미해 보였다. 좋은 사고방식! 그는 매일 아침 앞으로 나아간다는 자유로움과 함께 잠에서 깨어났다. 마치 세상이 계속 커지고 있고 그것과 발맞추어 자신도 함께 성장하는 것 같았다. 다른 동료들이 병에 걸려 죽어 가는 것은 끔찍한 일이었다. 하지만 그와 배는 앞으로 나아갈 것이고, 앞으로도 그럴 것이다.

클로드는 '한참 동안 고군분투하던 무언가에서 풀려났다.'라고 자신에게 말했다. 그는 마른에서의 첫 번째 전투 이후 프랑스로 갈 생각이었다. 그는 잘못된 길을 따라가서 귀중한 시간을 버렸고, 불행을 충분히 목격했지만, 마침내 올바른 길로 돌아왔고, 그 누구도 자신을 멈출 수 없었다. 만약 그가 풋내기에 수줍어하고, 감정을 드러내는 것을 두려워하며, 자신의 길을 찾지 못하는 어리석은 사람이 아니었다면 빅터처럼 캐나다에 입대했거나 프랑스에 가서 외인부대를 쫓아냈을 것이다. 이 모든 것은 확실히 가능성이 있어 보였다. 하지만 어째서 그러지 않았을까?

그건 '휠러가'의 방식이 아니었다. 그들은 자신들이 원하지 않는 것에 스스로 파고드는 것, 속해 있지 않은 집단에 들어가는 것을 두려워했다. 그리고 '로맨틱'해 보이는 행동을 하는 것은 더더욱 두려워했다. 그들은 틀에 박힌 하루 일과가 아니면, 눈에 띄는 별난 행동은 하지 않았다. 이 모든 훌륭한 모험은 이제 하루 일과가 되었다. 그는 빅터나 해병대원같이 애초에 상상력과 자신감이 더 많은 동료와 함께 이 일에 말려들었다. 3년 전 그는, 네브래스카 농부 소년을 프랑스 전쟁에 뛰어들게 한 '부름'이 무엇이었는지 실제로 보지 못했기 때문에 풍차 옆에 앉아 있었다. 부러운 마음으로 프랑스를 위해 싸운 운 좋은 미국 소년들과 엘런 시거에 관한 내용을 읽곤 했다.

그러나 기적은 일어났고, 그 기적의 크기는 매우 커서 휠러가의 사람이 휘말려 들었다. 그렇다, 이 기적은 클로드만의 기적이었다. 이 모든 것은 그에게 절호의 기회였다. 그는 바로 입대하였고, 그 어떤 것도 그를 방해하거나 낙담시킬 수 없었다. 오로지 자신만이 멈출 수 있었는데, 그건 생각조차 해보지 않은 농담이었다. 운명적인 목적이 그의 가슴에 크게 와닿았다.

◆

"이것 좀 봐." 클로드는 아침 식사를 마치고 나오는 길에 트루먼을 붙잡고 서면 통지서를 건네주었다. D.T. 믹 주방장이 쓴 종이였다. 물량이 다 떨어져서 더 이상 패닝에게 오렌지와 계란을 공급할 수 없다는 내용이었다.

의사는 눈을 가늘게 뜨고 보았다. "이건 사형 선고와 같군요. 더 이상 그의 상태를 호전시킬 수 없을 겁니다. 가서 체섭이랑 의논해 보는 게 어떻겠습니까? 그는 지략이 있는 사람입니다. 몇 분 뒤에 거기서 뵙겠습니다."

클로드는 전염병이 발생한 이후 체섭의 방에 자주 찾아갔다. 체섭에게 약이나 조언을 구하러 갈 때 그곳에서 기다리는 것이 좋았다. 그곳은 유쾌한 친츠 옷걸이가 있는 편안한 장소였다. 벽에는 책들이 가득 차 있었고, 자물쇠가 걸린 미닫이문으로 고정되어 있었다. 독일어와 영어로 쓰인 과학책이 많았고, 나머지 책들은 프랑스어로 쓰인 소설이었다. 오늘 아침 클로드는 책상 위에서 하얀 가루의 무게를 재고 있는 체섭을 보았다. 그의 침대 위 선반에는 어젯밤에 잠을 자기 위해 읽었던 책이 있었다. 노란색 표지에 『사랑의 죄(Un Crime d' Amour)』라는 프랑스어 제목이 써 있었다. 의사는 외투를 입은 채, 환자들이 검진받을 때 앉는 의자에 클로드를 앉혔다. 클로드는 현재 자신이 처한 곤경에 관해 이야기했다.

체섭은 덩치가 크고 험한 사람들이 사는 캐나다에서 온 이상한 사람이었다. 그는 손발이 작고 홍조가 도는 안색을 가진 학생처럼 보였다. 그의 왼쪽 광대뼈에는 비단결 같은 머리카락으로 뒤덮인 커다란 갈색 점이 있었고, 그 모습은 어째서인지 여성스럽게 보였다. 그의 개인병원이 왜 망했는지 알 것 같았다. 그는 마치 바닥을 더위와 추위로부터 보호하려는 사람 같았다. 그는 자신의 어려 보이는 외모에 너무 민감했고, 그로 인해 자신감이 너무 떨어져 자신을 스스로 바다에 가두었다. 호주로의 긴 항해가 그에게 딱 들어맞았다. 개인 병원에서 겪은 끊임없는 사람들과의 만남에 비하면, 험난한 현재 상황과 악천후는 별거 아니었다.

패닝의 영양분을 어떻게 관리했는지 말하자 체섭은 이렇게 대답했다. "몰트 밀크는 시도해 보았나?"

"트루먼에게는 한 병도 남지 않았어요. 우리가 바다에 얼마나 더 있을 것 같나요?"

"4일, 어쩌면 5일 정도." 방금 들어온 트루먼이 말했다. "그때쯤이면 휠러 중위는 친구를 잃을 겁니다."

체섭은 잠시 얼굴을 찡그리며 초조하게 서서 외투의 놋쇠 단추를 풀었다. 그는 문의 빗장을 밀고 나서 뒤를 돌아 동료에게 단호하게 말했다. "당신이 이 일에 관해 나를 연루시키지 않는다면, 정보를 줄 수 있어. 하고 싶은 대로 해도 좋지만, 내 이름은 말하지마. 어젯밤 몇 시간 동안 주방장의 부하가 오렌지와 계란 상자를 조리실에서 그의 방으로 옮겼어. 우리가 어떤 항구에 도착하든 그는 신선한 달걀 하나에 1실링, 오렌지 하나에 6펜스를 벌 수 있지. 그것들은 물론 당신네 정부가 제공한 당신들 재산이야. 이건 부수입을 얻으려는 그의 습관이지. 내가 이 배에 6년 동안 있었는데, 언제나 그랬어. 우리가 항구에 도착하기 일주일 전쯤 남은 물건들을 골라 자신의 방에 옮긴 뒤, 배가 정박한 이후에 팔아 버리지. 어떻게 그렇게 할 수 있는지 모르겠지만. 선장이 주방장의 이 습관을 알고 있을 수도 있고, 이러한 일을 계속 허락하는 데엔 무슨 이유가 있을지도 모르지. 하지만 내 볼일은 아니야. 주방장은 이 배에서 힘 있는 사람이야. 그가 만약 나에게 불만을 품으면, 언제가 되었든 내 일자리를 빼앗을 거야. 이 정도만 말해 주지."

"주방장한테 가도 됩니까?" 트루먼이 물었다.

"당연히 안 되지. 하지만 내가 알려 준 정보를 누설하지 않는다면 가도 돼. 그는 엮이기 싫은 추악한 남자고, 당신과 그 환자를 난처하게 할 수 있어."

"더 이상 말하지 않을게요. 이야기해 줘서 고마워요. 절대 이 일에 말려들지 않도록 할게요. 새로운 수막염 환자를 보러 같이 내려가 줄래요?"

클로드는 자신의 방에서 의사가 돌아오기를 초조하게 기다렸다. 그는 왜 주방장을 폭로하고, 다른 불법을 저지른 사람처럼 대하지 않는지 알 수 없었다. 클로드는 어느 날 아침 늙은 목욕탕 승무원을 질책하는 것을 보고 주방장을 줄곧 미워해 왔다. 호킨스는 자신을 방어하려는 시도조차 하지 않고, 온몸을 떨면서 지독하게 얻어맞은 개처럼 서서, 주방장이 욕설을 내뱉는 동안 "네, 주방장님. 네, 주방장님."이라는 말만 하였다. 클로드는 그렇게 사람을 경멸하는 인간을 본 적이 없었다. 주방장은 잔인한 얼굴을 하고 있었다. 치즈처럼 희고, 촉촉한 머리카락은 이마 위로 빗겨진 채, 오로지 사무장과 웨이터만 할 수 있는 기름진 머리를 하고 있었다. 그의 눈은 정확히 아몬드 모양이었지만, 눈꺼풀이 너무 부어서 좁은 틈새로만 둔탁한 동공이 보였다. 길고 창백한 콧수염이 가벼운 입술 언저리에 걸려 있었다.

트루먼이 돌아왔을 때, 그는 믹에게 갈 준비가 되었다고 말했다. "험상궂게 생긴 사람이지만 어차피 나한테는 아무것도 못 할 거예요."

그들은 주방장의 방으로 가서 문을 두드렸다.

주방장은 위협적인 목소리로 말했다. "뭘 원해?" 의사는 얼굴을 찡그리며 걸어 들어갔다. 주방장은 회계 장부로 덮인 큰 책상에 앉아 있었다. 그는 의자를 돌렸다. "미안한데," 트루먼은 차갑게 말했다. "여기 아무도 없으니, 내가-" 의사는 재빨리 클로드의 손을 붙들었다. "괜찮아요, 걱정하지 마세요. 끼어들어서 미안하지만 당신과 개인적으로 하고 싶은 이야기가 있어. 오랫동안 붙잡고 있지 않을게." 트루먼이 잠시 망설였다면 주방장은 그를 잡고 내팽개쳤을 것이다. 트루먼은 빠르게 말을 이어 나갔다. "이쪽은 휠러 중위야, 믹. 그의 동료 장교는 96번 객실에서 폐렴에 걸린 채 누워 있어. 휠러 중위가 특별 간호를 하며 그를 살려 두었지. 그는 계란과 오렌지 주스 외에는 아무것도 섭취할 수 없어. 그가 만약 이것들을 계속 마실 수 있다면, 열이 나도 건강을 유지할 수 있고, 프랑스에 있는 병원으로 이송할 수 있어. 우리가 그것들을 구하지 못하면 그는 24시간 내로 죽을 거야. 그게 지금 상황이야." 주방장은 일어나서 책상 위의 등을 껐다. "더 이상 배에 계란과 오렌지가 없다는 서류를 못 받았어? 내가 해줄 수 있는 일은 아무것도 없어. 난 보급하는 사람이 아니야."

"나도 알아. 미국 정부가 과일과 달걀, 고기를 제공한 것도 알지. 그리고 환자에게 필요한 물품이 고갈되지 않았다는 것도. 경고하건대, 난 더 말하지 않겠어. 난 그를 구할 수단이 있으니, 미국 장교가 죽게 내버려 두지 않겠어. 난 선장한테 가서 육군 장교 회의를 소집할 거고, 이 사람을 구하기 위해서라면 수단과 방법을 가리지 않겠어."

"이건 네 일이야. 이 일로 날 해고할 수 없어. 이제 그만 나가."

"잠시만 기다려 봐. 난 어젯밤 이 방으로 많은 달걀과 오렌지가 옮겨진 것을 알고 있어. 그것들은 여기 있지만 연합국 해외 파견 군들의 것이야. 당신이 물품을 공급한다고 약속하면, 이 이야기는 더 이상 퍼지지 않을 거야. 하지만 거절한다면, 난 이 문제를 조사할 거야. 그리고 절대 멈추지 않을 거야." 주방장은 자리에 앉아 펜을 들었다. 그의 큰 손은 얼굴만큼이나 치즈 같아 보였다.

"몇 번 선실이야?" 그는 냉담하게 물었다.

"96."

"정확히 필요한 게 뭐야?"

"24시간마다 한 다스의 달걀과 오렌지를 당신이 편한 시간에 배달해."

"내가 할 수 있는 일을 알아보지." 주방장은 그의 책상에서 고개를 들지 않았고, 그들은 갑자기 들어올 때처럼 떠났다. 매일 아침 4시쯤, 목욕탕 승무원들이 출근하기도 전, 클로드 방의 문을 두드리는 소리가 났고, 반쯤 벌거벗은 전달자가 씻지 않아 가슴털에 밀가루가 묻은 채로 자루 앞치마를 허리와 가슴에 묶고는 천으로 덮인 바구니를 두고 갔다. 그는 결코 말을 하지 않았고, 한쪽 눈은 염증으로 인해 비어 있었다. 클로드는 그가 조리실에서 감자 껍질을 까고, 설거지하는 주방장의 동생이란 것을 알게 되었다. 믹과의 일이 있은 지 4일 후, 그들의 항해가 마침내 막바지에 다다랐을 때, 트루먼은 의료 검사 후 클로드를 붙잡고 주방장이 전염병에 걸렸다는 것을 알려 주었다. "어젯밤 그가 나를 찾아와서 오렌지와 계란들을 맡겼어요. 체섭과는 아무런 관련이 없었을 겁니다. 전 체섭에게 허가를 받아야 했어요. 그는 제가 이것들을 관리하게 되어서 기쁜 모양입니다."

"그 정도로 상태가 많이 심각한가요?"

"가망이 없어요. 자신도 알고 있고. 브라이트병으로 인한 만성 합병증이에요. 그에게는 아홉 명의 아이가 있나 봐요. 우리가 항구에 도착하자마자 병원으로 이송하겠지만, 그래 봐야 며칠 못 갈 겁니다. 그가 비축해 둔 계란과 오렌지 값을 누가 받아 갈 것인지 궁금하군요, 클로드." 의사는 갑자기 기운차게 말했다. "다시 육지에 발을 디딘다면, 나는 이 악몽 같은 항해를 잊을 거예요. 전 장로교 신자지만, 지금 당장은 악한 자가 마땅히 받아야 할 벌 이상으로 벌을 받고 있다는 생각이 드네요."

마침내 정적 같은 삶에서 깨어날 날이 찾아왔다. 그는 누군가가 죽었을까 하는 두려움으로 벌떡 일어났다. 그러나 패닝은 조용히 숨을 쉬며 침대에 누워 있었다. 무엇인가가 둥근 창을 통해 그의 눈길을 사로잡았다. 새벽의 분홍빛을 받으며 서 있는 거대한 회색 육지는, 고통스러웠던 배 위에서의 흔들림 때문에 이상하리만큼 정적으로 보였다.

창백한 나무들과 길고 낮은 방어 시설들. 붉은 지붕과 폐쇄된 회색 건물들…. 바다 쪽으로 향하는 작은 돛단배들…. 언덕 위로 보이는 암울한 요새.

그는 항상 자신의 목적지가 산산이 조각나고 황폐한 곳일 거라고 생각했다. '피를 흘리는 프랑스'. 그러나 그 도시는 매우 강해 보이고 자급자족할 수 있어 보이며, 육지에 매우 단단히 고정된 것 같았다. 이런 도시는 처음이었다. 마치 영원의 기둥 같았다. 바다는 잔잔했고, 그 위로 이른 아침의 거대한 온순함이 있었다.

흔들리지 않고 힘찬 이 회색 벽은 마치 바다의 끝처럼, 오랜 준비의 끝이었다. 지난 15개월 동안 그의 인생에 일어난 모든 일이 바로 이것 때문이었다. 탄하우저와 버드, 그리고 그와 함께 떠나온 많은 군인들이 죽은 이유였다. 그들은 앞으로 있을 대규모 일들에 있어, 버려지는 썩은 밧줄이었다. 그들에게 이러한 버림은 절대로, 절대로 일어날 수 없는 일이었다. 어둡고 불안한 이 비인간적인 세상에서 얼마나 많은 시체가 버려졌는가, 그는 궁금했다. 그는 뒤에서 들려오는 힘없는 목소리에 깜짝 놀랐다.

"클로드 드디어 끝난 거야?"

"그래 패닝. 드디어 끝났어."

서쪽의 독수리는 계속해서 날아가고

그날 정오, 클로드는 작은 가게들이 늘어선 거리에서 땀 흘리며 서 있다가, 무척 혼란스러워하며 돌아섰다. 트럭 운전사들과 벨이 없는 자전거를 탄 소년들이 그에게 소리를 질렀다. 그는 어린 버즘나무 밑 그늘로 들어가, 마치 그의 짐이 그를 지켜 줄 수 있다는 듯이 꼭 안고 서 있었다. 그의 최대 관심사는 해결되었다. 빅터의 도움으로 40프랑짜리 택시를 고용하여, 패닝을 기지 병원으로 데려갔고, 잡역병에 의해 들려 가는 그를 보았다. 클로드는 도시의 중심부로 가고 싶다고 생각하며 자신이 어디로 가고 있는지도 모른 채 병원을 나왔다. 그러나 이 도시는 중심부가 없는 것 같았다. 오직 열기와 소음으로 가득 찬 긴 간선 도로만 있는 듯 보였다. 그는 여전히 버즘나무 밑에 서 있었는데, 그때 힉스 하사가 이끄는 길을 잃은 듯한 무리가 그에게 손을 흔들며 다가왔다. 아홉 명의 남자는 각기 다른 태도로 낙담하고 있었고, 팔 밑에 긴 빵 덩어리들을 끼고 있었다. 그들은 마치 길을 찾은 듯 기뻐하며 클로드를 환대했다. 클로드는 자신이 다른 사람들을 위해 버즘나무가 되어야 한다는 것을 알았다.

힉스 하사는 자신들이 치즈를 찾으러 마을 여기저기를 돌아다녔다고 했다. 묵직하고 맛없는 음식을 16일 동안이나 먹은 그들은 그저 치즈를 원했다. 길 위쪽에 식료품점이 있었는데, 그곳은 모든 것을 파는 듯 보였다. 그는 몸짓으로 노파에게 치즈를 설명하려고 했다.

"프랑스 사람들도 치즈를 먹지 않습니까? 치즈가 프랑스어로 뭐였죠, 중위님? 알고 있었다면 정말 좋았겠지만, 프랑스어 책자를 잃어버렸습니다. 노파에게 치즈를 설명할 수 있으십니까?"

"시도해 보지, 따라와라."

아홉 명의 남자들이 클로드 뒤에 바짝 붙어서 가게 안으로 들어섰다. 가게 주인은 절망하며 앞으로 달려 나왔다. 명백히 그녀는 이 남자들이 포기하고 돌아갔다고 생각했고, 그들이 다시 돌아온 것을 보고 기뻐하지 않았다. 그녀가 숨을 고르기 위해 멈췄을 때, 클로드는 정중히 모자를 벗고 그의 생에서 가장 용감한 행동을 했다. 한 번도 써본 적 없는 프랑스어를 프랑스인에게 한 것이다. 그의 부하들은 뒤에 서 있었다. 이 문제를 해결할 방법은 오로지 두 가지뿐이었다. 프랑스어를 하거나 도망가거나. 그는 노파의 눈을 바라보며 천천히 또박또박 프랑스어를 말했다.

"이곳에 치즈가 있나요, 부인?" 마지막 단어는 거의 영감적으로 말했다고 생각했다. 그는 프랑스어가 통했을 때, 벨트에서 리볼버가 없어진 듯 매우 놀랐다.

"치즈?" 그녀는 책상에 있던 딸을 불렀고, 딸은 클로드의 소매를 잡고 가게 밖으로 나온 다음 그와 함께 거리를 달려 내려갔다. 그녀는 그를 긴 커튼에 의해 어두워진 문간으로 끌고 가 여주인에게 인사를 하고, 그들을 마치 고집스러운 당나귀를 다루듯 가게 안으로 밀어 넣었다.

그들은 어두운 공간에 눈이 적응하기 전까지 시고 축축한 코티지치즈의 냄새를 맡았다. 적응이 되자 그들 주변을 둘러싼 치즈와 버터가 보였다. 뚱뚱한 여주인은 눈썹이 코 위쪽까지 이어져 있었다. 무명옷을 입고 있었는데 소매는 걷어 올렸고, 가슴과 흰 목은 드러나 있었다. 그녀는 그들에게 유제품에 대한 제한이 있는데, 모두가 그것에 관한 카드를 소지하고 있어야 하고, 그렇다고 하더라도 많이 팔 수 없다고 말했다. 하지만 그들을 막을 만한 것은 없었다. 소년들은 늑대처럼 그녀의 상품에 들러붙기 시작했다. 푸른 잎 위에 놓인 작고 하얀 치즈들이 큰 입 속으로 사라졌다. 그녀가 그들을 말리기도 전 힉스는 커다란 둥근 치즈를 반으로 쪼개어 멜론처럼 자르고 있었다. 그녀는 그들이 더러운 돼지들이며, 독일군보다 더 나쁘다고 말했지만, 그들을 막을 순 없었다.

"저 여자가 뭐라고 하는 겁니까, 중위님? 왜 이렇게 소란을 피우는 거예요? 여기서 치즈를 파는 게 아닌가요?"

클로드는 현명해 보이려고 애썼다. "내가 들은 바로는 치즈에 관한 무슨 제한이 있어서 너희가 원하는 만큼 치즈를 살 수 없어. 현재 이 나라가 전쟁 중이라는 것을 생각해야 해. 우리가 이 가게의 치즈를 거의 다 먹은 것 같군."

힉스는 폴딩 나이프를 닦으며 말했다. "괜찮습니다. 내일 설탕을 가져다주면 됩니다. 저희가 부두에서 짐을 내릴 때 도와준 사람이, 설탕을 주면 모든 일이 조용히 풀린다고 하더군요."

그들은 그녀에게 다가가 계산할 수 있도록 돈을 들고 있었다. "너무 그러지 말고 이 돈 좀 받으세요. 부인, 돈인데 좋지 않아요?"

그녀는 탄 얼굴에 하얀 이빨과 창백한 눈동자를 가진 그들의 소음에 정신이 없었다. 손가락이 곧게 뻗은 열 개의 큰 손에 구겨진 돈들이 가득했다…. 그녀는 연필을 찾는 척하면서 빠르게 계산했다. 그들의 손바닥에 놓여 있는 돈은 떠들썩한 그들에겐 관련 없는 장난거리 같은 것이었다. 돈이 이 세상에서 무슨 의미를 지니고 있는지 모르는 것이다. 그들의 뒤에는 돈으로 가득 찬 배가 있었고, 배 뒤에는….

상황은 불공평했다. 그녀가 돈을 많이 가져가든, 안 가져가든, 그들에겐 아무 문제가 없었다. 그들의 좋은 마음씨조차 이해하지 못할 것이다. 그러나 그녀에게는 큰 부담이 있었고, 일상은 위태로웠다. 그녀의 마음은 자동적으로 2.5배를 생각했다. 그녀는 그들에게 2.5배의 치즈값을 청구하려고 생각했다. 그러나 고민 끝에 양심적으로 정확히 계산했고 그들에게 한 푼조차 더 받지 않았다. 그러면서 그들에게 멍청하고, 돈을 세는 법을 배워야 한다면서 가게에서 나가라고 재촉했다. 그녀는 그들이 마음에 들었지만, 그들에게 물건을 팔고 싶지는 않았다. 그녀가 이번에 돈을 받지 않는다고 해도 다음 사람이 돈을 받을 것이다. 돈은 혐오감을 주었고, 모든 것을 조잡하고 안전하지 못한 것처럼 보이게 만들었다. 그녀는 문간에 서서 클로드의 일행이 길을 내려가는 것을 지켜보았다.

그들이 오래된 세인트 야곱 교회를 지나갈 때 앞서가던 두 명이 구덩이를 밟고 넘어졌다. 그녀는 큰 소리로 웃었다. 그들은 뒤돌아 그녀에게 손을 흔들었다. 그녀는 다정하면서도 화가 난 미소를 지으며 같이 손을 흔들었다. 그들은 맘에 들었지만, 그들을 따라다니는 낭비는 싫었다. 이 세상에 필요 없는 것들이었다. 아침에 만난 군인들은 전선에서 프랑스 군인들이 일주일 동안 먹은 양보다 더 많은 양을 먹었다! 그들이 나르는 음식과 보급 열차는 프랑스인들이 보기에 경이로웠다. 남편의 여동생이 결혼해 살고 있는 아를의 돌이 많은 황량한 땅에는 그들의 통조림 식량이 산줄기처럼 헛간에 쌓여 있었다. 아무도 이전에 이렇게 많은 양의 음식들을 본 적이 없었다. 커피, 우유, 설탕, 베이컨, 햄. 전부 다 프랑스에서 모자라는 것들이었다. 그들은 쓸모없는 것들과 쓸모없는 사람들도 데리고 왔다. 간호사도 아닌 매우 많은 여성들. 그들은 그저 지루하지 않도록 장교들과 춤을 추러 왔다고 했다.

만약 지금이 전시가 아니라면, 돈을 셀 줄도 모르는 남자들이 와서 돈을 억지로 주는 것은 매우 좋은 일일 것이다. 전쟁은 침략과 다를 게 없었다. 그들은 모든 소유물을 파괴했고, 그 행동은 모든 사람의 청렴성을 위협하였다. 그들의 그런 방법을 혐오했다. 그녀는 눈썹을 찌푸리며 계산대에 돈을 넣고 열쇠를 돌렸다.

클로드 일행은 구덩이에 발을 넣어 보며 흥미롭게 관찰하다, 교회를 둘러보러 갔다. 그들은 독일군을 한 명도 도망치지 못하게 해야 하듯이 교회도 도망치지 못하게 해야 한다는 마음이었다. 그들은 교회 안에서 캔자스 밴드를 포함한 선상 동료들을 우연히 만났다. 일행은 그들에게 클로드가 마치 '프랑스인'처럼 프랑스어를 할 줄 안다고 자랑했다.

클로드는 자신이 꽤 프랑스어를 한다고 생각했지만, 잠시 뒤 그는 겸손해졌다. 그는 교회 옆에 있는 작은 삼각형 모양의 공원에 혼자 앉아 손질된 아카시아나무와 그늘에 앉아 옷을 꿰매고 있는 노파들을 보고 있었다. 까만 앞치마를 맨 거의 맨머리인 소년이 줄넘기를 하며 다가왔다. 그는 가볍게 깡충깡충 뛰며 설득력 있고 확신에 찬 목소리로 말했다.

"군인 아저씨, 몇 시인지 알려 주실 수 있나요?"

클로드는 당황한 기색으로 감탄하는 그의 눈빛을 보았다. 그는 남자나 심지어 예쁜 여자애에게 말을 못 하는 것은 아무렇지도 않았지만, 이 상황은 끔찍했다. 그는 할 말을 잃었고, 얼굴은 붉게 변했다. 아이의 기대에 찬 눈빛은 의심으로 바뀌었고, 곧 두려움으로 바뀌었다. 그 소년은 예전에도 말을 알아듣지 못하는 미국인에게 말을 걸어 본 적이 있었지만, 이렇게 얼굴을 붉히면서 화내는 것처럼 보이는 사람은 처음이었다. 소년은 이 미국인이 아프거나 이상한 사람이라고 생각한 게 틀림없다. 소년은 뒤를 돌아 도망갔다.

많은 불행은 그를 더 허약하게 만들었다. 그도 실망했다. 소년은 그에게 무언가 바라는 표정이었다. 그는 일어서서 발로 자갈들을 툭툭 찼다. "내가 이 나라의 아이들과 대화하는 법을 배우지 못한다면, 집으로 돌아가겠어!"

♦

클로드는 빅터와 식사를 하기로 약속한 그랜드 호텔을 향해 출발했다. 그곳의 짐꾼은 영어를 할 줄 알았다. 짐꾼은 더러운 제복을 입은 붉은 머리의 소년을 불러 클로드를 24번 방에 데려가 달라고 했다. 그 소년 또한 영어로 말했다. "뉴욕은 돈이 많겠지! 프랑스는 돈이 없어." 오랫동안 퀴퀴한 냄새가 나는 복도와 미끄러운 계단을 지나던 클로드는 방문객들을 쳐다보며 내내 신경질적으로 엄지손가락을 다른 손가락에 비벼 댔다.

"24번 방." 소년은 한 손으로 문을 두들기며 다른 손으로는 문을 열었다. 클로드는 소년에게 팁을 주었다. 빅터는 벽난로 앞에 서 있었다. "안녕, 휠러 들어와. 여기서 저녁 식사를 할 거야. 충분히 크지 않아? 여긴 박당 15달러야." 방은 연회를 열어도 될 만큼 넓었다. 두 개의 거대한 침대와 문 같은 여닫이 창문. 확실히 이 모든 것들은 전쟁 이후 한 번도 청소하지 않은 것 같았다. 붉은 벽에 걸린 옷걸이와 레이스 커튼에는 먼지가 쌓여 있었고, 두꺼운 카펫에는 담배꽁초와 성냥이 널려 있었다. 면도날과 카키색 상자들이 화장대 위에 널브러져 있었고, 이전 손님이 테이블 위의 먼지 속에 남긴 사인이 보였다. 장교들은 이 호텔에서 자고, 떠나기를 반복했고, 방 안은 마치 밤을 새우기 위해 야영을 한 것처럼 이전 장교들의 흔적이 그대로 남아 있었다. 객실 관리사는 버려진 셔츠와 양말, 낡은 신발같이 자신이 쓸 만한 것들만 가지고 갔다. 파티를 하기엔 다소 음산한 곳 같았다. 웨이터는 앞치마로 식탁의 먼지를 털고 깨끗한 천과 냅킨, 잔들을 세팅하였다. 빅터와 클로드는 부러진 빛 가리개 밑에 앉았는데, 그 주위를 파리 떼가 쉴 새 없이 움직이고 있었다. 파리들은 윙윙거리지도 않고, 높게 날아다니지도 않았으며, 수프에 내려앉지도 않고, 마치 조명 시스템의 일부인 것처럼 방 한가운데서 날아다니고 있었다. 지속적으로 나타나는 웨이터 때문에 클로드는 당혹했다. 마치 감시당하는 기분이었다.

수프 접시를 치우는 동안 빅터가 말했다. "그것보다, 이 와인 어땠어? 30프랑이나 들었어."

"매우 맛있었어. 살면서 처음 마셔 본 샴페인이지만."

"정말로?" 빅터는 한 잔 더 마시고 한숨을 쉬었다. "난 네가 부러워. 인생을 처음부터 다시 살고 싶어. 인생은 너무 짧잖아."

"그래도 넌 꽤 괜찮은 시작을 했잖아. 우린 지금 크리스털 호수에서 멀리 떨어져 있어."

"충분히 멀지 않아." 그는 손을 뻗어 클로드의 빈 잔을 채웠다. "난 가끔 아직도 그곳에 있다는 느낌을 받으며 잠에서 깨. 유리로 둘러싸인 사무실에 있는 그 빌어먹을 걸상에 앉아 회계 장부를 정리하지 못하고 있고, 개인 상담실에서는 아버지가 가난한 사람들의 대출을 거절할 때 내는 기침 소리를 듣는 악몽을 꿔. 난 가까스로 탈출했어, 휠러. '불붙는 가운데서 빼낸 나무 조각같이.'* 내가 기억할 수 있는 성서는 이것뿐이야." 뺨에 있는 선명한 붉은 반점, 창백한 이마와 화려한 눈, 뻔뻔한 작은 콧수염이 그의 인용구를

---

* 아모스 4장 11절.

생동감 있게 만드는 것 같았다. 클로드는 그가 부러웠다. 자신이 시작한 일을 끝까지 마치는 것은 매우 즐거운 일일 것이다. 자신을 극복하고 있다고 믿는 것, 그리고 극복한 자신을 존경하는 것. 그 역시 어떻게 보면 빅터를 존경했다. 하지만 그를 전적으로 믿을 수는 없었다.

"넌 절대 돌아가지 않을 거야. 그런 걱정은 할 필요 없어 보여."

"내 말을 믿어, 다시는 돌아가지 않는 사람들이 수천 명이나 있어! 죽어서 못 돌아가는 사람들에 관한 이야기가 아니야. 몇몇 미국인들은 이번 여행을 통해 세상을 알게 될 거야, 그리고 그것은 엄청난 변화를 만들 거야! 미국인들은 한 번도 이런 것들을 경험해 볼 기회가 없었으니. 교회와 국가의 음모가 널 구속하고 있어. 오늘 밤 여자들이랑 놀 건데 같이 갈래?"

클로드는 웃었다. "아니."

"어째서? 어차피 안 걸릴 거야. 내가 보장하지."

"아니야." 클로드는 변명하듯 말했다. "저녁 먹고 패닝을 보러 갈 거야."

빅터는 어깨를 으쓱했다. "그 자식!" 그는 웨이터에게 다른 병을 따고 커피를 가져오라고 손짓했다. "나랑 같이 놀 마지막 기회야." 그는 클로드를 보며 잔을 들었다. "미래와, 우리의 다음 만남을 위해!" 그가 빈 잔을 내려놓으며 말했다. "오늘 전보를 받았는데, 내일 떠날 거야."

"런던으로?"

"베르됭으로." 베르됭… 그 이름은 텅 빈 북소리처럼 암울했다.

빅터는 내일 그곳으로 갈 예정이었다. 사람들은 여기서 기차를 타고 베르됭으로 갈 수 있었고, 고향 사람들은 오마하로 가는 기차를 탈 수 있다. 그는 이전보다 더 '끝'이라는 느낌을 받았고, 약간의 흥분이 몸을 스쳤다. 개의치 않고 물어보았다.

"그럼 런던에는 당분간 못 가겠네?"

"오직 신만이 알고 있겠지." 빅터가 침울하게 말했다. 그는 천장을 올려다보며 휘파람을 불기 시작했다. "그거 알아? 메이시는 종종 '피카르디의 장미'를 연주해. 여자를 직접 만나기 전에는 어떤 사람인지 모르는 거야, 휠러."

"그런 기쁨을 나도 누렸으면 좋겠는데. 난 네가 순간적으로 그녀를 잊은 줄 알았어. 그녀는 이런…. 이런 바람 같은 것들에 반대하지 않아?"

빅터는 오만한 태도로 눈썹을 치켜올렸다. "공군을 만나는 여자들에게 그런 충실함은 필요하지 않아. 우리의 약속은 너무 불확실하니깐."

30분 후 빅터는 호색적인 만남을 위해 나섰고, 클로드는 모든 나라의 군인과 선원들이 가득 찬 환한 거리를 혼자 헤매고 있었다. 그는 흑인 세네갈인과 킬트를 입은 스코틀랜드 사람, 태국에서 온 작은 트럭 운전사들이 줄지어 늘어선 카바레와 영화관 사이를 천천히 돌아다녔다. 넓게 펼쳐진 버즘나무 가지들이 머리 위에서 만나 하늘을 가리고 주황색 천장을 만들었다. 인도에는 의자와 작은 테이블이 가득 차 있었고, 그 테이블에서는 해병대원과 군인들이 앉아서 시럽 주스와 코냑 커피를 마시고 있었다. 모든 문간에는 음악 기계들이 재즈 선율과 수자 행진곡을 쏟아 내고 있었다. 그 소음들은 충격적이었다. 거리 한복판에는 아무것도 쓰지 않은 소녀들이 강인하고 터프해 보이는 어색한 미국인들을 따라다니며 그들과 부딪히고, 팔꿈치로 밀고, 돈을 요구하면서 말했다. "나랑 빠른 춤출래? 군인?"

클로드는 영화관 앞에 자리를 잡고 서 있었는데, 그곳에는 '사랑, 우리를 안아 줄 때!'라고 쓰인 전등 표지판이 있었고, 사람들이 서서 쳐다보고 있었다. 클로드를 지나쳐 가는 사람들은 팔짱을 끼거나 두 손을 꼭 잡은 채 주위 사람들은 신경 쓰지 않고 열정적으로 대화했다. 그들 중 남들과는 다른 다정한 커플이 있었다.

그 남자는 미국 제복을 입고 있었다. 그의 왼쪽 팔꿈치 밑은 절단되어 있었고, 마치 목이 매우 뻣뻣한 듯이 이상하게 머리를 들고 있었다. 어둡고 갸름한 얼굴은 매우 불안해 보였고, 눈썹은 끊임없이 고통스러워하는 것처럼 씰룩거렸다. 여자도 어딘가 불편해 보였다. 붉은 전등 표지판 밑에 있는 클로드를 지나쳐 갈 때, 그는 그녀의 눈에 눈물이 가득 고여 있는 것을 보았다. 그녀는 푸른 눈에 청순한 외모였고, 그가 착륙한 이후 본 가장 예쁜 얼굴이었다. 실크 숄, 파란 끈과 하얀 프릴이 달린 작은 보닛을 쓴 그녀를 보고 클로드는 틀림없이 그녀가 시골 사람이라고 생각했다. 그녀가 입을 반쯤 벌린 채 병사의 말을 듣고 있을 때, 그는 영구치가 나고 있는 아이들처럼 앞니 사이에 틈이 있는 것을 발견하였다. 그들이 군중 속을 걸어 나가는 동안 그녀는 자기 옆에 있는 남자를 골똘히 올려다보거나, 흐릿한 불빛을 보았다. 젊고 부드러운 그녀의 얼굴은 감정에 익숙하지 않은 것 같았고, 그녀의 당황한 표정은 어디로 가야 할지 몰라 하는 것 같았다.

클로드는 자신이 무슨 짓을 하는지 깨닫지 못한 채 그들을 따라서 사람 속을 빠져나와, 한적한 거리로 들어갔고, 집들이 잠들어 있는 것처럼 보이는 인적이 드문 곳까지 따라갔다. 그곳에는 가로등도, 창문에서 새어 나오는 불빛도 없는 자연스러운 어둠이 드리워져 있었다. 머리 위로 높은 달만이 하얀 자갈밭을 날카롭게 비추고 있을 뿐이었다.

굽어 있는 좁은 길은 따라가자, 그날 오후 자신과 동료들이 들어갔던 교회가 나왔다. 밤이 되어 교회가 더 커 보였지만, 아까 그 구덩이가 있는지는 확신하지 못했다. 어두운 이웃집들은 어둠 쪽으로 더 기우는 것 같았고, 달빛은 낡은 앞마당에 은회색 빛을 비추었다. 그의 앞에 걸어가는 두 사람은 계단을 올라가 문간으로 다가갔는데, 그곳에서 그들은 매우 오랫동안 가만히 포옹하고 있어서 죽은 것처럼 보였다. 마침내 그 둘은 떨어졌다. 여자는 문 옆에 있는 돌 벤치에 앉았다. 그 병사는 길에 누워 그녀의 다리 쪽으로 머리를 돌린 뒤, 무릎에 머리를 기대고 팔은 자신의 무릎에 걸치고 있었다. 맞은편 집들의 그늘에서 클로드는 무슨 일이 생기면 그들을 바로 보호할 수 있도록 경비병처럼 지켜보고 있었다. 그녀는 병사 위로 몸을 굽혀 그를 재우기 위해 머리를 부드럽게 쓰다듬었으며, 고통을 멈추고 싶다는 듯이 그의 손을 잡고 자신의 가슴 위에 얹었다. 그녀의 바로 뒤에는, 뾰족한 모자와 부러진 주교장을 든 채 손가락 두 개를 올리고 있는 주교의 동상이 있었다.

다음 날 아침, 패닝을 보기 위해 병원에 도착한 클로드는, 모든 사람이 너무 바빠서 패닝을 신경 쓰기 힘들다는 것을 알았다. 마당에는 구급차가 가득했고, 대문 밖에는 길게 늘어선 트럭들이 기다리고 있었다. 많은 부상병들이 집으로 가는 이동 수단을 기다리기 위해 후송병원으로 다시 보내졌다. 남자들이 들것에 사람을 싣고 클로드를 지나갈 때 그는 그들이 오랫동안 고통받았고, 절대로 낫지 못하리라 생각했다. 안키세스호에서 죽은 사람들도 저 사람들만큼 고통스러워 보이진 않았다. 그들의 피부는 노랗거나 보라색이었고, 눈은 움푹 들어갔고, 입술은 부어올라 있었다. 건강은 그들의 몸에서 떠나갔고, 젊음은 모두 사라졌다. 얼굴과 몸이 솜으로 싸여 있는 한 불쌍한 사람은 신음을 멈추지 않았고, 복도로 실려 가면서 지독한 냄새를 풍겼다. 텍사스 잡역병이 클로드에게 말했다. "저 사람은 원래 손가락 두 개만 날아간 사람이었어요. 믿겨지십니까?"

이들은 클로드가 처음으로 본 부상자들이었다. 밝은 피를 흘리는 것은 용기라는 붉은 배지를 다는 것. 이런 말도 있지만 이렇게까지 전락하는 것은 전혀 다른 일이었다. 확실히 빨리 죽는 것이 이 소년들에게는 더 나아 보였다.

잡역병은 짐을 들고 클로드를 지나쳐 가면서 그에게 분주한 현재 상황이 끝날 때까지 사무실에서 기다리라고 제안하였다. 유리문을 통해 안을 들여다보던 클로드는 난간으로 둘러싸인 책상에서 한 청년이 글을 쓰고 있는 것을 보았다. 머리를 들고 있는 그의 모습이 낯이 익었다. 그가 장부를 열기 위해 왼팔을 받쳤을 때, 팔꿈치 아래가 잘린 팔이 보였다. 창백하고 날카로운 얼굴, 부리 같은 코, 불편한 듯 찡그린 눈썹, 의심의 여지가 없었다. 곧 의아한 시선을 느낀 듯 청년은 빠르게 글을 쓰던 것을 멈추고, 어깨를 꿈틀거리더니 책에 사진을 올려놓고 주머니에서 담배 케이스를 꺼내 흔들어 담배 한 개비를 꺼냈다. 그에게 다가가면서 클로드는 시가를 권유했다. "괜찮아요. 더는 시가를 피우지 않아요. 제겐 너무 무거운 듯합니다." 그는 성냥을 켜고 다시 어깨가 결린 듯 움직이며 책상 가장자리에 앉았다.

"이 부상자들은 어디서 오는 거지? 나는 어제 막 안키세스호를 타고 왔네."

"그들은 여러 후송병원에서 옵니다. 대부분은 벨로 숲 쪽에서 오는 것 같습니다."

"팔은 어디서 잃었어?"

"캉티니. 저는 1사단 소속이었습니다. 그곳에서 작년 9월부터 무슨 일이 일어나기를 기다렸는데, 첫 교전에서 이렇게 되었어요."

"집에 못 가?"

"갈 수 있죠, 하지만 그러고 싶지 않아요. 이곳에서의 생활이 익숙해졌어요. 파리 본부에 애착이 생겼어요."

클로드는 난간을 가로질러 몸을 기댔다. "고향에 있을 때 캉티니에 대해 읽었어. 상당히 흥분했지. 넌 아마도 거기서?"

"맞아요. 우린 긴장하고 있었어요. 우리는 공격받은 적이 없었고, 전쟁용 기계를 만드는 데 50년이 걸린다는 말에 신물이 나 있었어요. 독일군은 좋은 위치에 있었어요. 우리는 그 긴 언덕을 올려다보며 어떻게 처신해야 할지 고민했지요." 소년의 눈은 말하는 도중 계속 움직이는 것 같았다. 아마도 머리를 전혀 움직일 수 없어서인 듯 했다. 담배를 다 피울 때까지 짙은 연기를 내뿜은 그는, 다시 앉아 클로드와 계속 이야기하기에는 너무 바쁘다는 식으로 찡그린 채 장부를 보았다.

클로드는 문간에 서서 그를 기다리는 트루먼을 보았다. 그들은 패닝에게 아침 인사를 하고 같이 병원을 떠났다. 트루먼은 클로드에게 할 말이 있다는 듯이 시선을 돌렸다.

"저 목이 구부러진 소년과 대화하고 있더군요. 어떻게 보이던가요, 정상적으로?"

"꼭 그렇지는 않았어요. 매우 불안해 보이더군요. 그에 대해 아는 게 있습니까?"

"당연하죠! 여기서 유명한 환자예요, 정신적인 문제를 갖고 있죠. 방금 다른 의사와 그에 관해 이야기하고 있었는데, 밖으로 나와 보니 중위님이 함께 있더군요. 그는 팔을 잃은 캉티니에서 목에도 총을 맞았어요. 상처는 아물었지만, 기억에 영향을 주었어요. 제가 봤을 땐 기억에 연관된 뇌와 연결되는 신경이 잘린 것 같더군요. 사이코패스인 필립스는 그에게 큰 관심을 두고 그를 관찰하기 위해 이곳에 머물게 했어요. 필립스는 그에 관한 책을 쓰고 있어요. 그는 프랑스에 오기 전 기억을 모두 잃어버렸어요. 가장 영향을 많이 받은 기억은 여자에 관한 거예요. 아버지는 기억하지만,

어머니는 기억하지 못해요. 그에게 자매가 있는지 없는지도 기억 못 하고, 집에서 여자를 본 기억은 있지만, 그 사람이 사촌일지도 모른다고만 생각해요. 그는 다치면서 사진이나 소지품을 전부 잃어버렸어요. 잃어버리지 않은 거라곤 주머니 속에 들어 있던 편지 뭉치뿐이에요. 그 편지들은 그의 약혼자가 보낸 건데 그는 전혀 그녀가 기억나지 않는다고 하더군요. 어떻게 생겼는지도 모르고 그녀에 대해 아무것도 알지 못하며, 약혼한 사실조차 기억이 안 난다고 했어요. 의사한테 편지가 있어요. 그 편지들은 그가 성공하기 위해 최선을 다하기를 갈망하는 고향의 아름다운 소녀에게 온 것 같았어요. 그는 이 병원으로 후송된 직후 버려졌고, 도망쳤어요. 그는 이곳 시골 농장에서 발견되었는데, 농장 주인의 아들들은 죽었으며, 마치 그를 입양한 것처럼 보였대요. 그는 자신의 군복을 벗고 그들의 죽은 아들 옷을 입고 있었어요. 아마 그의 구부러진 목이 아니었다면 영원히 그렇게 살았을 겁니다. 누군가 그를 밭에서 알아보고 보고를 했어요. 이 사이코 같은 의사를 제외하면 아무도 그에게 신경을 쓰지 않는 것 같더군요. 그는 자신의 애완 환자를 되찾고 싶어 했어요. 그들은 그를 '잃어버린 미국인'이라고 불러요."

"그는 일종의 사무적인 일을 하는 것 같더군요."

"맞아요. 그 사람은 교육을 아주 잘 받았다고 하더군요. 그는 자신의 삶보다 자신이 읽은 책을 더 잘 기억해요."

클로드는 미소를 지었다. "아마 그 점에서는 운이 좋은 것 같군요." 의사는 그에게 고개를 돌렸다. "클로드, 이 나라에 도착하자마자 그렇게 말하지 마세요."

클로드는 야곱 교회를 지나갔다. 어젯밤 일은 벌써 꿈처럼 느껴졌지만, 그 생각에 사로잡혀 있었다. 그는 그 소년을 돕기 위해 무언가 할 수 있는 게 있기를 바랐다. 소년에 관한 책을 쓰고 있는 의사와 그가 최선을 다하기를 바라는 소녀로부터 벗어나도록 도와주고 싶었다. 그 모든 것들로부터 도망가고, 운 좋게 찾은 것에 빠지기를 원했다. 클로드는 종일 거리를 돌아다니면서, 너무나 자애롭고 부드러운 젊은 얼굴을 찾아다녔다.

◆

꽃이 피는 프랑스로 더 깊이, 깊이! 클로드와 그의 중대가 항구를 떠난 지 이틀날, 이 긴 군용 열차가 남쪽으로 향할 때 자신에게 한 혼잣말이었다. 밀밭과 귀리밭과 호밀밭, 낮은 언덕과 경사진 고지대는 추수가 한창이었다. 그리고 어디든 양귀비가 피어오르고 있었다. 둘째 날, 그 청년들은 여전히 양귀비에 관해 이야기하고 있었다. 다른 어떤 것도 그들의 기대를 완전히 능가하지 못했다. 그들은 양귀비가 전쟁터에서만 자라거나, 전쟁 특파원의 뇌에서 자란다고 생각했다. 오마하의 통조림 공장에서 온 오스트리아 출신의 월리 카츠를 제외하고는 아무도 수레국화가 뭔지 몰랐고, 카츠는 이름만 알고 있었기 때문에, 이름 말고는 아무런 정보도 말해 주지 못했다. 오랫동안 그들은 붉은토끼풀이 야생화인 줄 알았다. 그 풀들은 장미처럼 컸다. 그들이 첫 번째 알팔파 들판을 지나

갈 때, 기차 전체에 웃음소리가 울렸다. 그들은 알팔파는 자신들의 대초원 밖에서는 자라지 않을 거라고 믿고 있었다.

B중대는 새로운 것 대신 오래된 것을 찾고 있었다. 그들이 그토록 기대했던 초가지붕은 거의 없었다. 그러나 잘 알려진 미국 바인더들이 무르익기 시작한 밭에 서 있었다. 그리고 그것들은 '소작농'이 아니라 자신의 일이 무엇인지 아는 현명해 보이는 늙은 농부에 의해 정돈되어 있었다. 벽을 따라 덩굴처럼 자란 배나무는 어디서든 자라나는 낯익은 목화 나무만큼 그들을 놀라게 만들지 못했다. 클로드는 이 나무가 얼마나 아름다운지 일찍이 깨닫지 못했다. 맑은 강을 따라 푸르른 작은 계곡에서 목화 나무들이 흔들리며 바스락거렸다. 그리고 이 강에는 작은 섬들이 뾰족하게 무리를 이루고 있었는데, 마치 그곳에 영원히 있었고, 앞으로도 영원히 그곳에 있을 것처럼 뿌리를 깊게 내린 것 같았다. 프랭크 포트에서는 농부들이 목화 나무가 너무 흔하다는 이유로 베고, 단풍나무와 물푸레나무를 심었다. 그런 건 상관없다. 목화 나무는 프랑스에 충분히 어울렸고, 충분히 마음에 들었다. 그는 목화 나무가 자신과 이 사람들의 진정한 유대감이라고 생각했다.

B중대 대원들은 프랑스 중북부 훈련소에 들어가라는 첫 명령을 받았을 때 모두 실망했다. 전선으로 보내지는 병력의 수보다 훨씬 적은 수였는데, 어째서 계속 지연시키는 것이지? 그러나 곧 그들은 지연의 이유를 받아들였다. 프랑스에는 아직 전투가 일어나지 않은 장소가 꽤 많았고, 이런 시골을 여행하는 것은 나쁘지 않았다. 수확은 올해처럼 고향에 있을 때보다 한 달 늦게 이루어지나?

어째서 모든 밭의 가장자리에 나무를 심어 두었는가, 그들은 흙에서 힘을 얻는 것이 아닌가? 다른 작물들 근처에 겨자를 재배하는 이유는 무엇일까? 겨자가 밀을 타고 올라가는 것을 모르나?

둘째 날 그들은 루앙에서 밤을 보냈고, 다음 날 루앙을 둘러볼 예정이었다. 모두가 루앙에서 무슨 일이 일어났는지 아는 듯 보였고, 만약 모르는 사람이 있다면, 서로 알려 주려고 난리였다! 그 일은 시장에서 일어났고, 그들은 시장을 둘러볼 예정이었다. 다음 날은 매우 춥고 비가 쏟아졌다. 그들이 좁고 붐비는 거리를 행진할 때, 가혹한 노르망디 도시는 별로 쾌활해 보이지 않았다. 마침내 그들은 물가를 발견했고, 수레바퀴의 달그락거리는 소리, 거칠고 비우호적인 마을 사람들의 딱딱한 목소리와 교활한 얼굴에서 벗어나, 탁 트인 강 위의 다리에서 공기를 느끼며 기뻐했다. 그들은 다리에서 백악으로 이루어진 산을 보았다. 꼭대기는 낮고 어두운 하늘 아래 흐릿하게 보였다. 그들은 넓고 깊은 강에 짐배들이 연기를 내뿜으며 발밑을 오가는 것을 지켜보았다. 이 강 위로 조금만 올라가면 모든 군인이 집결해야 하는 파리였다. 그들은 난간에 기대어 천천히 흐르는 물을 내려다보았다. 각자의 마음속에는 그곳에 대한 혼란스러움이 있었다. 파리에서 보는 센 강은 훨씬 더 넓을 것이며, 오마하에 있는 미주리강의 다리보다 더 긴 다리들이 많을 것이라고 확신했다. 그곳은 시카고의 있는 빌딩보다 더 높은 빌딩과 첨탑, 황금 돔이 있을 것이며, 이 오래된 루앙처럼 초라한 회색빛이 아닐 것이다. 그들은 욕망의 도시의 헤아릴 수 없는 광대함, 놀라운 넓이, 바빌로니아의 크기와 무게들은 그들이 존경하도록 배운 유일한 상징이라고 생각했다.

아침 늦게 클로드는 생트왕 교회에 있었다. 그는 대성당을 찾다 이곳에 왔다. 그는 비옷에 묻은 빗물을 털고서, 문 앞에서 모자를 벗고 안으로 들어갔다. 날은 여전히 매우 어두웠다. 멀리서 몇 개의 촛불이 은은하게 빛나고 있었다. 그의 앞에는 하얀 기둥들이 은빛 포플러 줄기처럼 길게 늘어서 있었다. 신도석으로 가는 길은 끈으로 막혀 있었기에, 예배실의 양초 앞에 혼자 무릎을 꿇고 있는 여성을 지나 조용히 오른쪽 복도로 걸어갔다. 교회 내부는 비어 있었다. 너무 조용해서 자신의 숨소리마저 들렸다. 그는 이 침묵을 깨지 않기 위해 조심히 움직였다.

그가 성가대석에 도착해 뒤를 돌아봤을 때 보라색 심장을 가진 장미창을 보았다. 손에 모자를 든 채 예배당에 서 있을 때 깊은 소리의 종이 울리기 시작했다. 11박자의 음률은 창문의 색처럼 울려 퍼졌고, 잠시 뒤 조용해졌다. 오로지 그의 마음속에만 예기치 않은 소리가 들려왔다. 창문과 종에 대한 계시는 마치 하나가 다른 하나를 생산하는 것처럼 거의 동시에 일어났고, 항상 헤매던 그의 가슴에 둘 다 매우 중요하게 다가왔다. 적어도 지금은 그렇게 보였다. 신도석의 끈이 떨어졌다.

돌바닥 위에 짚 의자가 몇 개 있었다. 그는 얼마간의 망설임 끝에 하나를 가져다가 뒤집어 창문을 향해 앉았다. 만약 누군가 다가와서 그에게 한마디 한다면 그는 일어서서 이렇게 말할 것이다. '죄송합니다. 여기가 금지 구역인 줄 몰랐어요.' 그는 이 말을 바로 할 수 있도록 머릿속에서 계속 반복했다.

그는 기차 안에서 중대원들에게 미국인들이 프랑스 이곳저곳을 다니며 참견해서 평판이 떨어지고 있으니 조심스럽게 행동하라고 말했다. 플레즌트빌에서 온 소년이 말했다. "하지만 중위님, 이 파견 자체가 참견 아닙니까? 우리 전쟁도 아닌데요." 클로드는 웃으면서 큰 소동을 일으킨 사람은 본보기로 삼겠다고 했다.

그는 불안한 중대에 대한 생각이 나지 않는다는 사실에 매우 만족했다. 그는 정오까지 조용히 대성당에 앉아 다시 종소리가 울리는 것을 들었다. 그러는 동안 그는 생각했다. 이 건축물이 고딕 양식이라는 것을. 그는 이것에 대해 읽은 적이 있었고 무언가 기억해 냈다. 고딕이라는 말은 그에게 매우 높고 뾰족한 것, 뾰족한 아치, 가파른 지붕을 의미했다. 그 단어는 곧게 멀리까지 솟아오른 가늘고 하얀 기둥이나, 우울한 아치형 천장 아래 빛나는 창문과는 전혀 관계가 없었다.

그가 건축에 대해 생각하는 동안, 오래된 천문학에 대한 어떤 기억이 그의 머릿속을 스쳐 지나갔다. 그것은 우주를 100년 동안 떠돌다, 지구와 인간의 눈에 도달하는 어떤 별에 관한 것이었다. 창문의 보라색, 진홍색, 청록색은 그에게까지 빛났다. 그는 그 빛이 자신을 통과해 더 먼 곳까지 비친다고 생각했다. 마치 그의 어머니가 어깨너머로 그를 보는 것처럼. 그는 12시까지 팔꿈치를 무릎 위에 얹고, 흔들리는 원뿔 모자는 손에 두고, 솔직하고 사려 깊은 눈으로 희미한 빛을 올려다보며 엄숙하게 앉아 있었다.

클로드가 역에서 그의 중대와 만났을 때, 그들은 그를 보며 웃었다. 그들은 사자심왕 리처드 1세*의 동상을 그의 심장이 묻힌 곳 위에서 찾았는데, 뚱뚱한 힉스 하사는 그것을 보고 '똑같은 장기였다.'라고 말했다. 그들은 루앙을 떠날 수 있어서 기뻤다.

◆

B중대는 S-에 있는 훈련소에 도착했는데 출발할 때보다 36명이나 줄었다. 25명은 항해 중 죽었고, 11명은 기지 병원에 남았다. 중대는 이미 전쟁을 겪어 본 스콧 중령의 대대에 소속되었다. 아침 일찍 도착한 장교들은 즉시 본부에 보고했다. 맥시 대위는 중령이 책상에서 일어나 그들의 경례를 받으며 악수하고 지금까지의 여정을 물었을 때 충격을 받았을 것이다. 중령은 전쟁에 적합한 몸이 아니었다. 키가 작고 뚱뚱했으며 어깨는 처졌고, 허리는 감자 자루처럼 굽어 있었다. 40대 초반이었지만, 대머리였고, 옷깃은 단추를 풀지 않았음에도 주저앉아 있었다. 그의 작고 반짝이는 눈매와 쾌활한 얼굴은 영관급의 위엄이나 거만함과는 거리가 멀었다.

수년 전, 얇은 허리와 노란 콧수염을 가진 잘생긴 젊은 중위였던 퍼싱 장군이 네브래스카 군사 대학의 교장으로 임명되었을 때, 왈터 스콧은 중위가 참가한 육군 토너먼트 생도들의 담당자였다. 그

---

* 잉글랜드 국왕 리처드 1세(1157-1199). 그의 머리는 쁘아뚜 샤루 수도원에, 심장은 루앙에, 나머지 유해는 앙주의 퐁테브로 수도원에 묻혔다.

들은 '퍼싱 소총'이라고 불리며 모든 토너먼트를 휩쓸고 다녔다. 졸업 후, 스콧은 번창하는 네브래스카 마을에서 철물 사업을 하며 20년 동안 가스레인지와 정원 호스를 팔았다. 퍼싱이 멕시코 국경으로 갈 무렵, 스콧은 무언가를 느꼈고 훈련받기 시작했다. 그는 주 방위군과 텍사스로 내려갔다. 그는 1사단과 함께 프랑스로 건너왔고, 군인다운 면모를 보이며 진급하였다. 중령은 말했다.

"장교 경력이 짧은 것 같군, 맥시 대위. 자네를 도와줄 적임자를 데리고 왔어. 게르하르트 중위는 뉴욕 출신으로 군악대의 일원으로 이곳에 넘어왔는데 보병으로 전환하였어. 그는 최근에 훌륭하게 복무하여 장교로 임관했어. 경험 있고 유능한 친구야." 중령은 잡역병을 시켜 데이비드 게르하르트 중위를 불렀다.

클로드는 항상 바보처럼 행동하고, 삼촌이 하원 의원이 아니었다면 장교로 들어오지도 못했을 패닝이 부끄러웠다. 게르하르트 중위와 눈이 마주치자 질투심 같은 것이 그의 마음에 일었다. 그는 순식간에 자신이 새 장교와 비교당하면서 고통받고 있다고 느꼈고, 그가 깔보지 않게 계속 주의해야 한다고 생각했다.

그들이 함께 중령의 사무실에서 나올 때 게르하르트는 클로드에게 임시 숙소를 받았는지 물어보았다. 클로드는 찾아봐야 한다고 말했다.

"아마 찾기 힘들 거야. 이곳 사람들은 군인들을 데리고 있으면서 과로해서 옛날처럼 반기지 않아. 난 지금 마을에 괜찮은 노부부와 함께 살고 있어. 그 부부가 너를 받아 줄 거라고 확신해. 지금 같이 가서 다른 사람이 들어오기 전에 그분들과 얘기해 보자."

클로드는 그 제안을 받아들이고 싶지 않았지만 그를 따라갔다. 그들은 포플러 나무와 접해 있는 반쯤 익은 밀밭 사이의 먼지투성 이 길을 함께 걸어갔다. 길가에 자란 나팔꽃과 야생 당근은 이슬 을 받아 여전히 빛나고 있었다. 상쾌한 바람이 곡식을 휘젓고 고 랑으로 갈라지며 진홍색 양귀비를 부채질했다. 새로운 장교는 확 실히 거슬리지 않았다. 그는 아침의 상쾌함이나, 자기 생각에 빠진 듯 부드럽게 휘파람을 불며 걸어갔다. 지금까지 거드름 피우는 태 도도 없었는데, 클로드는 왜 그와 함께 있으면 마음이 편치 않은 지 의아해지기 시작했다. 아마도 그가 자신들과 닮지 않았기 때문 이라고 생각했다. 그는 젊었지만, 소년처럼 보이지는 않았다. 그는 경험이 많은 것 같았다. 현재 만들어지고 있는 제품이 아니라 완 성된 제품 같았다. 잘생긴 그의 얼굴에는 태도나 걸음걸이처럼 뭔 가 두드러진 점이 있었다. 불그스름한 갈색 머리 아래 넓고 하얀 이마, 불확실성이 없어 보이는 녹갈색 눈, 매부리코, 좀 내성적이 긴 하지만 왠지 상냥해 보이는 얼굴, 예민하고 경멸스러운 입.

게르하르트 중위는 이 마을 사람들을 아는 것으로 보아 이 마을 에서 지낸 지 꽤 된 것 같았다. 그들은 마을 사람들 몇 명을 지나 쳤다. 방목을 위해 소를 데리고 나온 거칠어 보이는 소녀, 아침밥 을 들고 나온 나이 많은 남자, 자전거를 탄 우편배달부. 그들 모두 게르하르트 중위와 친하다는 듯이 말을 걸어왔다.

"여기저기에 보이는 이 푸른 꽃들은 뭐야?"

"수레국화, 독일인들은 카이저 블룸이라고 불러."

그들은 숲의 가장자리에 위치한 마을에 가고 있었는데, 숲이 너무 커서 그 끝을 볼 수 없었다. 마을에는 하나의 길밖에 없었다. 양쪽에는 점토색 벽이 있었고, 이곳저곳에 색칠된 나무 문과 초록색 셔터가 달려 있었다. 게르하르트는 이 문들 중 하나를 열었고, 그들은 모래로 덮인 작은 정원으로 들어갔다. 집은 삼 면이 정원으로 이루어져 있었다. 벚나무 아래에는 검은 드레스를 입은 여자가 옆에 작업대를 놓고 바느질을 하고 있었다. 그녀는 쉰 살 정도 돼 보였는데 머리는 회색이었지만 젊어 보였다. 얇은 볼은 분홍색으로 물들어 있고, 눈은 조용히 눈웃음을 지었고, 총명해 보였다. 그녀는 마치 어머니의 사촌들과 학교 친구들의 사진에서 본 뉴잉글랜드 사람같이 보였다.

게르하르트 중위는 주베르 부인을 소개했다. 그는 이어진 대화에 상당히 낙담했다. 게르하르트는 주베르 부인의 복잡한 말에 마치 자신의 언어인 듯 순조롭게 대답했고, 클로드는 그것을 듣는 동안 짜증이 났다. 그는 어디에 머물게 되든지 그곳 사람들과 대화하는 법을 배우고 싶었지만, 이 뛰어난 젊은이와 함께라면 결코 시도해 볼 용기가 나지 않을 것이다.

주베르 부인은 게르하르트를 매우 마음에 들어 하는 것 같았고, 이것은 그를 낙담하게 만들었다. 게르하르트는 주베르 부인이 이해할 순 없지만, 마치 그녀와 대화하듯이 뒤를 돌아 클로드에게 말했다. "이미 내가 머무르고 있어서 군이 한 사람을 더 받을 필요는 없지만, 여기에 머무르게 해주신데. 여기서 살면 매우 편할 거야. 그녀가 동의해서 기뻐. 내 방을 같이 써야 하는데 침대가 두 개야. 안내해 주실 거야." 그는 클로드와 부인만 남겨 두고 대문 밖으로 나갔다. 그녀는 클로드의 생각을 읽는 것 같았다. 그가 무슨 말이라도 하려고 한 단어를 말하면 그녀는 재빨리 알아채고 문장을 완성시켜 주었는데, 몇 음절만 듣고 바로 낯선 사람과 대화하는 방식이 매우 익숙해 보였다. 그녀는 친절했고, 심지어 그에게 조금 장난을 치기도 했지만, 겉으로만 친해 보이고 속으론 그에 대해서 조금도 생각하지 않는 것 같았다. 그는 타일이 깔린 위층 방에 짐을 풀고 면도기를 정리하며 창밖으로 시선을 두어 벚나무 밑에서 바느질을 하는 그녀를 보았다. 그녀는 매우 슬픈 표정이었다. 누군가를 잃은 비애도 아니었고, 처량함도 아니었다. 그것은 오래되었고, 조용한 그녀와는 상관없는 슬픔이었다. 마치 슬픈 음악처럼 달콤해 보였다.

클로드는 막사로 돌아가기 위해 집 밖으로 나와 그녀에게 고개를 숙이며 말했다. "저녁에 다시 봬요. 부인." 그는 부엌문에 잠시 멈추어 벽 전체를 덮은 하얀색과 분홍색의 장미 덩굴을 보았다. 그들의 그림자는 뒤에 있는 진흙색 벽보다 밝았다. 주베르 부인이 그의 옆에 서서 장미와 그를 번갈아 보았다. "그래, 예쁘지?" 그녀는 허리띠에서 가위를 꺼내 꽃 한 송이를 잘라 그의 단추 구멍에 꽂았다. "짜잔." 그녀는 가느다란 손을 가볍게 흔들었다.

거리로 나와 문을 닫으려고 몸을 돌렸을 때, 어두운 헛간에서 조용한 소리가 들렸다. 갈퀴와 삽들 사이에서 겁먹은 아이가 그를 응시하고 있었다. 그녀는 새끼 고양이들로 가득 찬 무릎을 땅에 대고 앉아 있었다. 그는 그녀의 따분하고 창백한 얼굴을 흘긋 보았다.

다음 날 아침 클로드는 오랫동안 느끼지 못했던 개운함을 느끼며 일어났다. 햇볕은 하얀 벽과 붉은 타일 위에서 밝게 빛나고 있었다. 반쯤 열린 초록색 베니션 블라인드가 창문의 윗부분을 그늘지게 했다. 그 사이를 통해 문 옆에 자란 오래된 아카시아 가지를 볼 수 있었다. 비둘기 떼가 그 위를 날아다니며 은빛 날개를 반짝이고 있었다. 여자들이 관리하는 집에 다시 누워 있는 것이 좋았다. 눈을 뜨고 있을 때 마에일리와 농장에서의 아침 식사와 여름 아침을 생각했기 때문에 꿈속에서도 이런 것들을 느꼈다. 아침의 조용함은 달콤했고, 깨끗한 침대보가 몸에 닿아 있는 느낌이었다. 그의 따스한 베개에서는 라벤더 냄새가 났다. 게르하르트 중위를 깨울까 봐 그는 가만히 누워 있었다. 이것은 혼자 즐기고 싶은 일종의 평화였다. 그가 조심스럽게 팔꿈치를 짚고 일어나 다른 침대를 보았을 때, 이미 그 침대는 비어 있었다. 그의 동료는 날이 밝았을 때 옷을 입고 슬그머니 나갔을 것이다. 그도 혼자 즐기는 것을 좋아하는 사람이었다. 이것은 희망적이었다. 이제 그는 혼자가 되었으니 일어나기로 했다. 그는 옷을 입는 동안 정원에서 식물과 덩굴에 물을 주고, 모래를 매끄럽게 긁어내고, 죽은 나뭇잎과 시든 꽃을 잘라서 손수레에 버리는 늙은 주베르를 보았다. 그들은 이 전쟁에서 아들을 잃었고, 큰아들의 두 손녀들을 위해 집을 돌보고 있었다. 클로드는 게르하르트가 정원에 들어와 어제 저녁을 먹은 나무 밑 테이블에 앉는 것을 보았다. 그는 서둘러 그에게 갔다. 게르하르트는 클로드에게 자리를 마련해 주었다.

"항상 그렇게 자니? 대단하다. 내가 옷을 갈아입을 때 물건을 떨어뜨리면서 시끄럽게 소리를 냈는데, 넌 깨지 않았어."

주베르 부인이 자줏빛 꽃무늬 모닝 가운을 입고 컬 종이를 감은 머리에 레이브 모자를 쓴 채 부엌에서 나왔다. 그녀는 커피를 가져왔고, 식탁보도 없이 색칠되지 않은 테이블에 앉아 자기 컵으로 커피를 마셨다. 그들은 신선한 우유도 같이 마셨는데, 클로드에게는 정말 오랜만에 마셔 보는 신선한 우유였다. 게르하르트가 주머니에서 설탕을 꺼냈다. 늙은 요리사는 부엌문 옆에서 커피를 마시고 있었고, 낯선 창백한 소녀가 그녀의 발밑에 앉아 있었다.

주베르 부인은 클로드에게 상냥하게 말했다. 그녀는 미국인들이 다양한 아침 식사를 먹는다는 것을 알았고, 그가 캠프에서 베이컨을 가져오면 요리해 주겠다고 했다. 그녀는 심지어 전에 머물렀던 장교들을 위해 팬케이크도 만들었다. 클로드가 이런 것들을 한동안 충분히 먹었다는 사실을 알자 그녀는 기뻐하는 것 같았다. 그녀는 데이비드의 이름을 프랑스식으로 발음하며 성으로 그의 이름을 불렀는데, 클로드가 자신도 그렇게 해 달라고 말하자, 그녀는 매우 좋은 프랑스식 이름인데 '약간, 약간… 로맨틱한 이름'이라고 했다. 클로드는 그녀가 그를 비웃는 건지 아닌지 잘 알지 못하면서 얼굴을 붉혔다.

"영어식으로 보면 좀 그렇지?"

"네가 의미하는 게 계집애 같은 뜻이라면 그렇지."

"맞아, 조금 그래." 데이비드는 솔직하게 인정했다. 연병장에서의 하루는 힘들었고, 맥시 대위의 부하들은 더위를 탔으며, 복무로 단련된 캔자스 청년들과는 맞지 않았다. 중령은 B중대에 만족하지 않았고 그들에게 새로운 막사를 짓고 위생 시스템을 확장하라고 지시했다.

클로드도 부하들과 같이 일했다. 게르하르트는 그의 예를 따랐지만, 이전에 목재나 양철 지붕을 다루어 본 적이 없다는 것을 알 수 있었다. 그와 클로드 사이에는 일종의 경쟁심이 생겼는데, 둘 다 왜 그런지 알지 못했다.

클로드는 하사와 상병이 게르하르트를 탐탁지 않게 여기는 것을 알았다. 그가 즐겼던, 그림 같은 속어로 절대 꾸며지지 않은 그의 짧은 말투, 드물게 짓는 믿을 수 없는 미소는 여전히 그들을 당혹스럽게 했다. "새로운 장교는 남자였나?" 힉스 하사가 그의 친구 델 에이블에게 물었다.

"아니, 그는 남자가 아니야."

"그 사람 자만하는 사람이야?"

"아니, 전혀. 그는 사교성이 좋지 않아. 그는 '동쪽 주' 사람이잖아. 나중에 더 배우겠지."

클로드는 게르하르트가 뭔가 특이하다고 느꼈다. 그는 게르하르트가 프랑스어를 아는 만큼 많은 것들을 알고 있다고 의심했고, 다른 사람들이 그와 동등하지 않다고 생각하기에 그 사실을 숨긴다고 생각했다. 그리고 이 사실은 클로드를 짜증 나게 했다. 게르하르트가 주어진 치수의 목재를 전혀 고를 수 없다고 했을 때, 클로드가 잘난 체할 기회를 잡았다.

다음 날 오후, 비 때문에 새 막사 작업이 취소되었다. 힉스 하사가 권투 시합을 하려고 중위들을 초대하러 갔는데, 둘 다 자리에 없었다. 클로드는 도착 후 줄곧 가고 싶었던 큰 숲속에 가기로 작정한 채 마을을 향해 터벅터벅 걸어가고 있었다.

번화한 마을 거리를 지나 숲 가장자리에 다다르자 다시 시골길이 되었다. 조금 더 걸어가자 그늘이 짙어진 곳에서 세 갈래 길이 나왔는데, 그중 두 개는 희미하고 거의 사용되지 않는 듯했다. 클로드는 이 길 중 하나를 따라갔다. 비는 후드득 소리를 낼 정도로 잦아들었지만, 길가까지 자란 고사리는 여전히 그에게 물을 튀기고 있었고, 그의 발은 이끼가 낀 스펀지 같은 땅에 가라앉았다. 그 주위의 공기는 초록빛이었다. 나무줄기에는 곰팡이처럼 부드러운 녹색 이끼가 무성하게 자랐다. 이 숲이 항상 축축하고 음울한 곳은 아닌지 궁금해하고 있는데, 갑자기 태양이 뚫고 들어와 숲을 금색으로 물들였다. 그는 에메랄드처럼 흔들리는 이끼와 너도밤나무에서 부드러운 초록빛이 떨어지는 것을 본 적이 없었다. 숲이 깨어났다. 토끼는 길을 가로질러 뛰어다녔고, 새들은 노래를 부르기 시작했으며 곤충들이 윙윙거렸다. 구불구불한 길은 다시 방향이 바뀌더니, 곧 잿빛 바위가 쌓여 있는 언덕이 갑자기 나타났다. 그 반대편 지반에는 소나무 숲이 있었는데, 붉은 줄기가 드러나 있었다. 그 주위와 아래쪽은 장밋빛 석양처럼 붉게 빛나고 있었다. 거의 모든 줄기가 두 개의 커다란 팔처럼 나누어져 있었는데, 그것은 다시 위에서 모여 마치 그리스 리라처럼 보였다.

풀이 무성한 작은 빈터에는 부싯돌 더미들 사이로 작고 흰 자작

나무들이 빛나는 잎을 흔들고 있었다. 바위는 보라색 히스로 뒤덮여 있었다. 돌 틈마다 불이 흐르는 것처럼 히스들이 피어 있었다. 꽃이 피어 있지 않은 바위 중 하나에 게르하르트 중위가 있었다. 그는 모자를 쓰지 않은 채, 두 손을 무릎에 붙이고 있었으며, 그의 구릿빛 머리카락은 태양 아래 빛나고 있었다. 그는 피곤하거나 깊이 낙담한 것 같았다.

몇 분 동안 그를 지켜본 클로드는 키가 큰 양치류들을 치우며 비탈길을 내려왔다. 그가 바위 기슭에 멈추면서 물었다. "내가 방해될까?"

그는 두 손을 풀며 말했다. "아냐!"

클로드도 바위에 앉았다. "이거 히스야? 『납치』*에서 봤어. 여긴 나한테 새로운 만큼 너에게는 새롭지 않겠다.

"응. 학생 때 파리에 몇 년 살았어."

"뭘 공부했는데?"

"바이올린."

"너 음악가였어?" 클로드는 의아하다는 듯이 그를 바라보았다.

"였지." 그는 경멸의 미소를 지으며, 히스 위에 나른하게 다리를 뻗었다.

클로드가 진지하게 말했다. "정말 안됐다."

"뭐가?"

"어째서 특별한 재능이 있는 사람들을 데려가는 거야. 아무 재능

---

* 로버트 루이스 스티븐슨의 1886년 작품.

341

없는 우리가 충분히 있는데."

게르하르트는 등을 대며 두 손을 머릿밑으로 집어넣었다. "이 사건은 예외로 하기엔 너무 커, 보편적인 일이지. 26년 전에 태어났으면 도망갈 수도 없었어. 이 전쟁이 널 죽이지 않는다면, 다른 방식이 널 죽일 거야." 그는 클로드에게 캠프 딕스에서 훈련을 받았고, 8개월 전에 연대의 군악병으로 왔지만, 그 일이 싫어서 보병으로 옮겼다고 말했다. 그들이 돌아올 때 나무에는 초록빛 황혼이 가득했다. 그들의 관계는 지난 30분 동안 다소 변했고, 침묵 속에서 집처럼 느껴지는 거리를 걸어 정원 문까지 왔다.

비가 그쳤기 때문에 주베르 부인은 전날 저녁과 마찬가지로 벚나무 아래 탁자에 천을 내려놓았다. 주베르는 의자들을 가지고 나왔고, 어린 소녀는 무거운 접시들을 들고나왔다. 그녀는 접시들을 배에 걸치고 걸을 때 몸을 뒤로 젖혀 균형을 잡았다. 그녀는 구두를 신었지만 스타킹은 신지 않았고, 빛바랜 면 원피스는 갈색 다리로 이어졌다. 그녀는 어머니와 함께 이곳으로 보내진 벨기에 난민이었다. 어머니는 돌아가셨고, 그녀는 무덤을 찾아가지도 않으려 했다. 그녀는 정원에서 조용한 거리로도 나가려 하지 않았다. 이웃집 아이들이 심부름으로 정원에 들어오면 몸을 숨겼다. 고양이 말고는 친구가 없었고, 공구실에서 고양이들을 길렀다.

그날 저녁 식사는 매우 유쾌했다. 주베르는 폭풍우가 밀을 다치게 할 만큼 오래 지속되지 않은 것을 기뻐했다. 비가 온 뒤의 정원은 산뜻하고 밝았다. 벚나무는 산들바람이 불자 식탁보 위에 밝은 물방울을 떨어뜨렸다. 어미 고양이는 주베르 부인의 바느질 의자

에 있는 붉은 쿠션 위에서 졸았고, 비둘기들은 젖은 모래 속에서
꿈틀거리는 지렁이를 먹기 위해 펄럭거렸다. 저녁 식탁 위로 집의
그림자가 드리웠지만, 나무 꼭대기는 햇빛을 가득 받았고, 땅과 크
림색 장미꽃에 햇볕이 쏟아져 내렸다. 비를 맞은 꽃잎은 축축하고
향기로운 냄새를 풍겼다.

주베르는 아내보다 열 살 많은 게 틀림없다. 그의 태도에는 커다
란 만족감이 있었고 눈에는 즐거움이 반짝거렸다. 그는 젊은 장교
들이 좋았다. 게르하르트는 이 집에 2주 이상 있었고, 둘째 아들이
병원에서 사망한 이후 집에 자리 잡은 정적을 어느 정도 해소해
주었다. 주베르는 모든 일에 손을 놓았다. 그들은 가지고 있는 것
을 사용해 가능한 모든 것을 해보았으며, 모든 프랑스인이 기대하
는 것을 제외하면 아무것도 기대할 게 없었다. 그는 게르하르트에
게 미국인들이 보르도에 만드는 거대한 항구에 관해 이야기하고
있었다. 그는 전쟁이 끝난 후에 그곳에 직접 가서 모든 것을 볼 생
각이라고 말했다. 주베르 부인은 그들이 숲속을 걸었다는 이야기
를 듣고 기뻐했다. "히스는 꽃이 피었니?" 그녀는 그들이 그 꽃을
좀 가져왔으면 했다. 그들은 다음에는 가져오겠다고 했다. 그녀는
그곳을 자주 걷곤 했다. 그녀는 미국인들이 가론강에서 무엇을 하
고 있는지보다, 숲속에 피어 있는 꽃에 대해 훨씬 더 관심을 갖는
것이 분명했다. 클로드는 게르하르트처럼 그녀에게 말을 걸 수 있
기를 바랐다. 그는 그녀가 어려운 언어를 사용하면서 그들을 재미
있게 해주려는 모습에 감탄했다. 그것은 우물쭈물할 수 없는 언어
였다. 그 언어는 열정과 에너지를 가지고 말해야 했고 그렇지 않

다면, 전혀 말하지 말아야 했다. 클로드는 이 까다로운 언어가 상한 정신을 모으는 데 도움이 될 것이라고 생각했다.

접시를 옮겼던 그 소녀는 소리 없이 이리저리 움직였다. 그녀의 생기 없는 눈은 아무것도 쳐다보지 않는 것 같았다. 그러나 그녀는 무거운 수프 그릇을 가져와야 할 때나 치워야 할 때를 용케 알아차렸다. 주베르 부인은 클로드가 감자에 고기가 있을 때만 좋아하고 그 음식 자체로는 별로 좋아하지 않는다는 것을 알았다. 그녀는 매번 어린 소녀에게 가서 그것들을 가지고 오라고 했다. 소녀는 분명히 이 일을 마지못해서 했다. 마치 뭔가 나쁜 일을 강요당하는 것처럼. 소녀는 매우 이상했다. 그 둘이 테이블에서 일어나 캠프로 향할 때, 클로드는 공구실에 들러 새끼 고양이 한 마리를 꺼내 햇볕 아래에서 눈을 깜박이는 것을 보았다. 부엌에서 막 나온 어린 소녀는 날카롭고 정말 끔찍한 비명을 지르면서 손으로 얼굴을 가린 채 쪼그리고 앉았다. 주베르 부인이 그녀를 꾸짖으려고 나왔다.

클로드는 서둘러 대문으로 나가며 물었다. "저 아이는 왜 저래? 어디 아프거나 학대받았어?"

"겁에 질려 있어. 밤에 종종 저렇게 비명을 질러. 어제 못 들었어? 주베르 부부가 가서 그녀를 깨워서 멈춰야 해. 그녀는 프랑스어는 전혀 하지 않고 왈론어만 할 줄 알아. 배우려고 하지도 않아. 그래서 불쌍한 그녀의 머릿속에서 무슨 일이 일어나고 있는지 알 수가 없어."

이어진 2주간의 강도 높은 훈련에서 클로드는 게르하르트의 기백과 지구력에 경탄했다. 참호 훈련은 다른 어떤 장교들보다 게르하르트에게 더 큰 부담이었다. 그는 클로드만큼 키가 컸지만, 몸무게는 66킬로그램밖에 되지 않았고, 다른 대부분의 사람처럼 험하게 살아오지도 않았다. 동료 장교들은 그가 바이올리니스트라는 것을 알게 되었고, 그가 연주자나 캠프의 여흥 관련 담당자 같은 쉬운 일을 할 수 있었다는 것을 알게 되자, 더 이상 그의 내성적인 성격이나 거만함을 원망하지 않았다. 그들은 빠져나갈 수 있었지만 그렇게 하지 않은 그를 존경했다.

◆

눈부신 8월의 어느 날 스콧 중령이 이끄는 대대가 행군 중 솜므 동쪽에 있는 먼지투성이의 오래된 길을 따라 걷고 있었다. 그들의 뒤에는 철도 기지가 있었다. 굴곡진 시골길을 따라 들판, 언덕, 숲들이 산산조각 났지만, 여전히 사람들이 살고 있어서 지나가는 군인들을 구경하러 나왔다.

군인들은 모든 마을을 행군했는데, 그때마다 깃발을 펄럭이고 악기를 연주했다. 장교들은 '우리의 드높은 사기를 보여 주기 위해'서라고 했다. 클로드는 줄의 바깥쪽을 걸었다. 어느 때는 앞쪽에서, 언제는 뒤쪽에서 걸었다. 그는 부하들, 날씨, 나라에 대한 만족감을 저버리는 것을 두려워하여 금욕적인 표정을 짓고 있었다.

그들이 커다란 쇼를 위해 행진하는 동안 도처에는 고무적인 징조가 있었다. 쇠약해지고, 죽고, 타 버리고, 찢어진 나무들—들판과 산허리에 큰 구멍이 생겼으며 이미 절반은 새로운 덤불로 가려져 있었다. 지면의 구멍, 도로를 따라 남겨진 부서진 트럭과 차체, 그리고 모든 곳에 아무 목적 없이 박힌 것처럼 보이는 끝없고 불규칙한 녹슨 철조망.

"점점 더 가까워지고 있는 것 같네요. 중위님." 힉스 하사가 경례 뒤에 미소를 지으며 말했다.

클로드는 고개를 끄덕이며 앞으로 지나갔다.

"더 일찍 도착할 수 없겠나, 장병들?" 하사는 어깨너머로 바라보았고, 그들은 빨갛고 땀에 젖은 얼굴로 이빨을 하얗게 번뜩이며 씩 웃었다. 클로드는 길에 서 있는 모든 사람, 심지어 아기들까지도 그들을 보러 나온 사실에 놀라지 않았다. 그는 그들이 세상에서 가장 훌륭한 광경이라고 생각했다. 그날은 그들이 처음으로 철모를 쓴 날이었다. 게르하르트는 그들에게 머리를 식힐 수 있도록 풀과 잎을 안에 채워 넣는 방법을 알려 주었다. 도시에 들어서면서 그들이 4인조로 떨어지고, 밴드가 연주를 시작했을 때, 플레즌트빌의 플래트강에서 온 버트 풀러는 행군 중에 울어서 눈이 퉁퉁 부은 채로 오른쪽으로 걸어갔고, 클로드가 그를 지나칠 때마다 그의 얼굴에는 '아무리 재촉해도 아무것도 얻어 가지 못할 겁니다. 중위님!'이라고 쓰여 있는 것 같았다. 그들은 오후 일찍, 반쯤 탄 소나무로 뒤덮인 언덕 위에 캠프를 차렸다. 클로드는 버트와 델 에이블, 스웨덴인 오스카를 데리고 지형 조사 및 보고를 위해 출발했다.

그들은 불탄 나무 가장자리 아래에서 버려진 농가와 깨끗해 보이는 우물을 발견했다.

우물가는 돌로 견고하게 둘러져 있고, 녹슨 철사에 나무 양동이가 걸려 있었다. 그들이 양동이를 우물 안으로 던지자 순수하고 시원한 소리가 났다. 그러나 현명한 그들은 죽은 프로이센 사람들이 어디에 숨는 것을 가장 좋아하는지 알고 있었다. 마구간의 짚조차도 의심했고, 거기에서는 아무도 자지 않는 것이 낫다고 생각했다.

오른쪽으로 돌아 순회를 하다 진흙에 빠졌다.―그곳은 배수구가 방치되어 넘쳐흐른 낮은 들판이었다. 거기서 그들은 비참한 집단을 만나게 되었다. 병들고 처참해 보이는 한 여자가 늪 끝에 떨어진 통나무 위에 앉아 있었다. 그녀의 무릎에는 아기가 있었고, 주위에 세 명의 아이들이 있었다. 그녀는 무척 쇠약했다. 그녀의 숨소리를 듣고, 하얗고 땀에 젖은 얼굴을 바라보기만 해도 그녀가 얼마나 나약한지 느낄 수 있었다. 더러운 진흙을 무릎까지 뒤집어쓴 그녀는 낡아 빠진 검은 숄에 반쯤 감춰진 아기를 간호하려고 했다. 그녀는 방랑자처럼 보이지 않았다. 한때 제대로 된 삶이 있었던 사람 같았고, 아직 어렸다. 아이들은 피곤해 보이고 의욕이 없었다. 한 어린 소년은 프랑스 군대 코트로 만든 어설픈 파란색 재킷을 입고 있었다. 다른 한 명은 귀 위로 내려오는 낡은 미국식 카우보이모자를 쓰고 있었고, 두 팔로 분홍색 셀룰로이드 시계를 들고 있었다. 그들은 고개를 들어 군인들이 무엇을 하길 기다렸다.

클로드는 여자에게 다가가 헬멧의 테두리를 만지며 말했다.

"안녕하세요, 부인. 상태가 어떻습니까?"

그녀는 말을 하려고 했지만, 이내 기침 속으로 사라졌다. 그저 "토이네트, 토이네트!" 하고 숨을 헐떡거릴 뿐이었다.

토이네트는 재빨리 앞으로 나왔다. 그녀는 열한 살쯤 되어 보였고, 일행의 대장인 것 같았다. 턱이 길고 검은 생머리를 누더기로 묶었으며 얼굴은 작지만 대담하고 딱딱해 보였고, 눈매는 불안하고 교활해 보였다. 어머니보다 훨씬 덜 온화하고 경험이 많은 것 같았다. 그녀는 상황을 설명했는데, 매우 영리하게, 상대가 자신을 이해하도록 말했다. 그녀는 외국 군인들과 대화하는 데 익숙했다. 강조와 기발한 몸짓으로 천천히 말했다.

그녀 역시 정찰 중이었다. 그녀는 그 빈 농가를 발견하고 그날 밤을 보내기 위해 일행들을 그리로 데려가려고 애쓰고 있었다. 어떻게 여기에 왔을까? 그들은 난민이었다. 여기서 30킬로미터 떨어진 곳에서 사람들과 함께 지내고 있었는데, 자기네 마을로 돌아가고 싶어 했다. 매우 아픈 그녀의 어머니는 집에서 죽고 싶어 했다. 그들은 여전히 그곳에 사람들이 살고 있다는 소식을 들었다. 늙은 숙모 한 명이 그들의 집 지하실에 살고 있었고, 그들도 돌아간다면 그럴 수 있었다. 그녀는 계속 강조했다. 엄마가 그곳에서 죽고 싶어 한다고. '집에서, 이해했어요?' 그들은 서류가 없었고, 프랑스 군인들은 절대 그들을 통과시키지 않을 것이다. 그러나 이제 미군이 이곳에 왔으니 통과하기를 희망했다. 그녀는 미국인들은 항상 친절하다고 들었다고 말했다.

그녀가 날카롭고 딱 부러지는 목소리로 말하는 동안 아기는 배가 고파 울부짖기 시작했다. 그녀는 어깨를 으쓱했다. "저 아이는 항상 화나 있다니까." 여자는 힘겹게 아기를 들어 올렸다. 아기는 크고 무거워 보였지만 하얗고 병든 것 같았다. 그녀는 아기에게 젖을 물렸다. 아기는 굶주린 것처럼 시끄럽게 젖을 빨았다. 지칠 대로 지친 여자가 자기 아기에게 밥을 주려는 모습을 보는 것은 너무 고통스럽고 외설적이었다. 클로드는 손짓으로 부하들을 한쪽으로 물러가게 하고, 어린 소녀의 손을 잡고 자신 쪽으로 끌어당겼다.

"네 어머니는 쉬어야 해." 그는 항상 해오던 대로 문장 중간에 심각한 시적 멈춤과 함께 그녀에게 말했다. 그녀는 그의 말을 이해했다. 모국어에 대한 왜곡도 그녀를 놀라게 하거나 당황하게 하지 않았다. 그녀는 모든 사람, 숫자, 성별, 긴장한 발음, 독일인, 영국인, 미국인의 말을 듣는 것에 익숙했다. 그녀는 목소리가 친절한지 확인했을 뿐이고, 이 유니폼을 입은 남자들은 대개 친절했다.

클로드는 뭐 먹을 거라도 있나? 싶어 프랑스어로 물었다. "뭐 먹을 거라도 있니?"

"아뇨, 아무것도 없어요."

그녀의 어머니 상태도 걱정되었다. "걷기에는 너무 아프시지 않니?"

그녀는 어깨를 으쓱했다. 눈에 보이는 그대로였다.

"아버지는?" 그는 죽었다. 마른강에서 1914년에.

"마른강에서?" 클로드는 당혹스러워하며 젖을 먹는 아기를 바라보며 되풀이했다. 그녀의 날카로운 눈이 그의 뒤를 따랐고, 즉시 클로드의 의심을 간파했다. 그녀가 재빨리 말했다. "아기? 그는 제

동생이 아니라 독일인이에요."

잠깐 클로드는 이해하지 못했다. 그녀는 초조하게 설명을 되풀이했고, 날카로운 작은 목소리에는 경멸이 어려 있었다. 그의 이마에 느릿하게 홍조가 나타났다.

그는 그녀를 엄마 쪽으로 밀었다. "여기 있어."

클로드는 부하들에게 말했다. "우리가 이들을 저 농가로 데려가야 할 것 같군." 그는 아이의 이야기를 부하들에게도 전했다. 아기에 관한 이야기가 나왔을 때, 그들은 서로를 바라보았다. 버트 풀러는 배수로를 따라 다시 돌아가면서 중얼거렸다. "신이시여, 우리가 더 빨리 여기에 왔더라면, 신이시여, 우리가 그랬더라면!"

델과 오스카는 서로 엇갈린 손으로 의자를 만들어 소녀를 앉히고 다녔다. 그녀는 매우 가벼웠다. 버트는 분홍색 시계를 들고 있는 어린 소년을 집어 들었다. "이리 오렴, 꼬마야. 네 다리는 이 길을 다니기엔 온전치 않아."

클로드는 뒤쪽에서 울부짖는 아기를 품에 안은 채 걸어갔다. 아기가 어떻게 이렇게 성격이 확실할 수 있는지, 어떻게 이렇게 아기를 싫어할 수 있는지 자신에게 물어보았다. 그는 네모나고 숱많은 머리와 핏기 없는 귀 때문에 아기가 싫었다. 클로드는 혐오감을 품은 채 아기를 안고 갔다. 아기가 우는 것도 당연했다! 그러나 계속 소리 지르고 난리를 쳐도 아무것도 변하지 않자, 아기는 갑자기 조용해졌다. 창백한 푸른 눈으로 그를 바라보았고, 카키색 코트에서 편하게 있으려고 애썼다. 아기는 음울한 작은 주먹을 내밀고 그의 단추 중 하나를 움켜쥐었다. 그는 아기를 노려보며 중얼거렸다. "그만둬!" 그날 밤 그들은 저녁을 먹기 전에, 뜨거운 음식과 담요를 그 가족들에게 가지고 갔다.

◆

4시… 여름 새벽… 참호에서의 첫 아침이었다. 클로드는 불침번들이 잘 있나 확인했다. 새벽에서 아침으로 빛이 바뀌는 이때는 급습의 단골 시간이었다. 그는 어젯밤 늦게 돌아와서 모든 것을 익혔다. 그는 참호 안의 디딤판을 타고 올라가 모래주머니 사이의 난간 너머로 낮고 꼬불꼬불한 안개 속을 보았다. 얽혀 있는 철조망 외에는 아무것도 볼 수 없었고, 새들은 철조망을 따라 깡충깡충 뛰며 노래하고 있었다. 맑고 플루트 같은 소리가 무거운 공기 속에서 울려 퍼졌다. 들려오는 유일한 소리였다. 안개를 천천히 치우는 작은 바람이 불어왔다. 움직이는 안개 사이로 초록색 줄기가 보였다. 새들은 더욱 크게 소리를 내었다. 저 칙칙한 녹색과 회색 땅은 무인 지대였다. 대여섯 줄의 철사로 둘러싸인, 두더지 구멍처럼 낮고 지그재그인 언덕은 독일의 참호였다. 그는 유리 없이도 통신 참호를 쉽게 따라갈 수 있었다. 어느 지점은 최전선까지 거리가 80야드도 안 될 것이고, 또 다른 지점에서는 300야드 정도일 것이다. 여기저기 희뿌연 연기가 피어오르기 시작했다. 독일군이 아침을 먹고 있다는 신호였다. 모든 것이 편안하고 자연스러웠다. 적의 뒤편 지형은 협곡과 작은 숲이 몇 마일 동안 점차 높아지는 지형이었고, 그의 지도에 따르면 그곳에 포병이 위장하고 있었다. 언덕 뒤편에는 폐허가 된 농가와 부러진 나무들이 있을 뿐, 살아 있는 생물이 보이지 않았다. 조용하고 우울함에 잠긴 죽어 버린 시골이 있었다. 그러나 땅바닥은 온통 사람들로 가득 차 있었다. 자신들이 왔던 저쪽 편의 참호는 죽은 것처럼 보였다. 이 근방에서 생명을 찾긴 힘들었다.

일이 얼마나 간단하게 이루어질 수 있는지 놀라웠다. 그의 대대는 자정이 되자 조용히 진군했고, 그들과 교대하는 대열은 후방으로 이동했다. 이것은 모두 완전한 어둠 속에서 일어났다. B중대가 경사면을 따라 얕은 후방 참호로 미끄러지면서 지형은 순식간에 조명탄으로 밝아졌고, 독일의 맥심 중기관총의 덜컹거리는 소리가 들렸다. 통신 참호를 따라 줄지어 서 있는 그들은 걱정스럽게 귀를 기울였다. 만약 포탄이 발사됐다면 후방을 향해 가던 대열에게 안 좋은 일이 일어날 것이다. 그러나 아무 일도 일어나지 않았다. 그들은 조용한 밤을 보냈고, 이렇게 아침을 맞이했다!

하늘은 짙은 황색과 은빛으로 물들었다. 클로드는 시계를 보았다. 아직 갈 수 없었다. 여기까지 오는 데 얼마나 걸렸는가! 4년이나 걸렸다. 그는 여기에 도착했고, 이 분위기를 즐겼다. 그는 어머니가 오늘 아침 자신의 심정을 알 수 있기를 바랐다. 아마 그녀는 알 것이다. 어쨌든, 그녀는 그를 다른 곳으로 보내지 않았을 것이다. 5년 전, 그가 덴버 주 의회 의사당에 앉아 있을 때, 예상치 못한 일이 절대 일어날 수 없다고 생각했을 때… 오늘 그가 어디에 있을지 상상이나 했을까? 그는 붉게 늘어지는 풍경을 한참 바라보다가 깔개 위로 뛰어내렸다.

클로드는 지난밤 게르하르트와 손을 본 대피호로 돌아갔다. 전 사용자가 깨끗이 사용한 곳이었다. 옆벽에 못으로 박은 침대가 두 개 있었는데, 철망과 나무로 만든 뼈대에 마른 모래주머니가 덮여 있었다. 두 침대 사이에는 녹색 병에 촛불이 박힌 임시 연단 테이블, 알코올램프, 이중 냄비, 금속 컵 두 개가 있었다. 벽에는 독일 참호에서 가져온 컬러 삽화들이 있었다.

클로드는 게르하르트가 아직 침대에서 자고 있는 것을 발견하고, 일어나 앉을 때까지 흔들었다.

"얼마나 오랫동안 나가 있던 거야? 안 졸려?"

"조금. 별로 피곤하지 않아. 내가 봤을 때 이 알코올램프로 면도용 물을 데울 수 있을 것 같아. 알코올을 반이나 남겨 두고 갔어. 여기 꽤 편하지 않아?"

"그저 목적에 맞게 만들어진 것뿐이야. 전쟁에 대한 평론이 너무 감성적이야. 무리도 아니지. 넌 도착한 지 얼마 안 됐으니."

"나도 알아." 클로드는 순순히 인정하며 담요를 덮기 시작한 게르하르트에게 말했다. "그래도 내 인생에 있어 단 한 번뿐인 전쟁일 테니 흥미롭게 생각해야겠어."

다음 날 오후, 네 명의 청년들은 모두 거의 벌거벗은 채 흙탕물이 가득 찬 포탄 구멍에서 일했다. 힉스 하사와 그의 친구 델 에이블은 너무 더럽지 않고, 편리하고 심지어 그림같이 자리 잡은 구멍을 찾기 위해 매우 더운 아침의 절반을 할애했고, 부관들에게 보고하였다. 힉스가 맥시 대위는 잡역병을 시켜서 구멍을 찾고 거기서 혼자 목욕을 할 것이라며 투덜댔다. 그러면서 덧붙였다. "그는 절대 다른 사람들이랑 같이 안 씻어. 자기 위엄이 노출될까 봐 두려운가!"

브루거와 해먼드 중위는 이미 물구덩이에서 나와 경사진 풀밭에 기대어 몸의 여러 부분을 관심 있게 살폈다. 그들은 한동안 옷을 다 벗지 못했고, 더운 날씨에 나흘 동안 행군을 했기에 불안하여 몸을 살펴보았다.

게르하르트는 여전히 흙탕물에 겨드랑이까지 몸을 담그고, 구멍 속에서 첨벙거리고 있었다. "겨울까지 기다려. 그럼 3개월 동안 못 씻을 테니. 몇몇 영국군이 비미 전투 이후 처음으로 목욕을 했을 때 그들의 피부가 뱀 허물처럼 떨어졌다고 내게 말했지. 내 바지에다가 뭐하는 거야, 브루거?"

"네 칼 찾아. 어제 소란 속에 잃어버렸어. 믿기지 않았지!"

"제기랄, 어제 그건 아무것도 아니었어. 초짜인 거 티 내지 마."

클로드는 셔츠를 벗고 게르하르트 옆으로 들어갔다. "젠장, 뭔가 날카로운 것에 부딪혔어. 왜 이 조각을 치우지 않은 거야?" 그는 눈을 감고 잠수한 뒤, 녹이 슨 둥근 금속 물체를 가지고 나와 땅바닥에 내던졌다.

"독일군 헬멧이지? 휴!" 그는 얼굴을 닦고 의심스러운 듯이 주위를 둘러보았다. 브루거는 막대기로 물체를 뒤집었다. "나머지 부분은 왜 안 가지고 나오셨데? 네가 내 목욕을 망쳤어. 기분 좋겠다."

게르하르트는 재빨리 구덩이에서 나왔다. "빨리 나와, 힐러! 저길 봐." 그는 물 위로 터지는 커다란 거품을 가리켰다. "네가 문제를 일으켰어, 봐! 저 아래에서 뭔가 안 좋은 일이 일어나고 있어."

클로드는 뒤따라 나와 물을 보았다. "헬멧 하나 뽑았다고 저렇게 될 줄 몰랐어. 그나마 물이 냄새를 막아 주겠군."

"화학 안 배웠니?" 브루거는 경멸하듯 물었다. "네가 방금 묘지를 열었고, 배기관을 만들었어. 만약 네가 그 독일 향수를 조금이라도 맞았다면, 아아, 걱정하는 게 좋을 거야!"

아직 맨발인 해먼드 중위는 셔츠를 어깨에 메고 수첩에 무언가를 쓰고 있었다. 그들은 떠나기 전에 나무에 메모를 붙였다. '이곳에서 목욕 금지. 개인 사유지. 클로드 휠러 B중대.'

집에서 온 첫 편지! 보급 마차는 사람들을 불러 모았고, 네브래스카 모래 언덕에서 농장 일을 하던 에드 드리어와 남 오마하 포장 창고에서 온 오스트리아의 담황색 머리 소년 윌리 카츠를 제외하고 모든 중대원이 편지를 받았다. 동료들은 그들에게 미안해했다. 에드는 가족이 한 명도 없었지만, 편지를 기대했다. 윌리는 그의 어머니가 틀림없이 편지를 썼을 것이라고 확신했다. 마지막 편지가 주어졌고, 그는 빈손으로 돌아서면서 중얼거렸다. "보헤미아 사람이니깐, 글을 잘 못 쓸 거야. 주소가 분명하지 않았던 모양인데, 다른 동료가 내 편지를 받았겠군."

2급 기밀 이상의 내용은 그들에게 전해지지 않는다. 그들은 이곳에서 어떤 정보도 얻지 못했기 때문에, 집에서 온 편지들이 그들에게 약간의 전쟁 소식을 전해 주기를 바랐다. 그러나 델 에이블의 여동생은 캔자스 도시 스타의 일부분을 동봉해서 보냈다. 메소포타미아에 있는 영국 전쟁 특파원 중 한 명이 그곳에서 병사들이 겪은 고난을 묘사한 기사였다. 이질, 파리, 모기, 상상할 수 없는 더위에 관한 내용이었다. 그는 동료들이 포탄 구멍에서 양말을 빨고 있는 동안 이 기사를 큰 소리로 읽었다. 그는 영국 군인들이 원래 에덴동산이었다고 전해지는 곳(쏘는 벌레로 가득한 황량한 장소)에서 진흙 오두막 몇 개를 어떻게 발견했는가에 대한 이야기를 막 끝낸 참이었는데, 그때 평상시에 조용하고 신앙심이 깊은 스웨덴 소년 오스카 피터슨이 입을 벌리고 경멸하듯 말했다.

"거짓말이야!"

델은 자신을 방해한 그에게 짜증을 내며 말했다.

"네가 어떻게 알아?"

"왜냐하면 성경에, 신께선 동산을 지키시려고 칼을 든 케루빔을 내려보냈는데, 아무도 찾지 못했어. 찾아져서도 안 되는 것이고."

힉스는 웃기 시작했다. "그건 6000년 전 일이야, 이 바보야! 너희들의 케루빔이 아직도 거기 있을 것 같니?"

"당연하지. 천년이란 세월이 케루빔에게 무슨 의미가 있겠어? 아무 의미도 없어!"

오스카는 일어서서 시무룩하게 양말을 모았다.

델 에이블은 그를 보았다. "저거 완전 멍청이 아냐? 바보!"

오스카는 더 이상의 거짓말들은 듣지 않고 빨래를 하고 떠났다.

대대 본부는 전선에서 0.5마일 떨어진 곳에 있었는데, 일부분은 대피호였고, 일부분은 판자 지붕으로 된 헛간이었다. 중령의 사무실은 한쪽 끝에 칸막이로 구분되어 있고, 나머지 장소는 일종의 집회소로 장교들이 사용했다. 어느 날 밤 클로드는 소총수를 새롭게 배치하는 것에 대해 보고하기 위해 들어갔다. 젊은 장교들은 임시 연단 위에 둘러앉아 담배를 피우며 깡통에서 달콤한 크래커를 꺼내 먹고 있었다. 게르하르트는 널빤지 테이블에서 종이와 크레용으로 작업하고 있었는데, 그날 아침 그들이 함께 작성한 대략적인 지도를 깨끗하게 복사하여 화기의 한계를 표시하고 있었다. 소음은 그를 방해하지 못했다. 그는 군인들 사이에 앉아 마치 혼자 있는 것처럼 침착하게 글을 쓰고 있었다.

그곳에 있는 사람들에게 반말을 할 수 있는 사람이 있었는데, 버클레이 오웬스 대위로 공병대 소속이었다. 그는 겨우 5피트 4인치밖에 안 되는 짤막하지만, 어깨가 넓은 역동적인 사내였다. 전쟁 전에 그는 스페인에서 '세상에서 가장 큰 댐'을 건설하고 있었는데, 땅을 파는 도중 율리우스 시저가 요새화한 야영지 중 한 곳을 발견했다. 이것은 쉽게 부풀려지는 그의 상상력이 감당하기에는 너무 벅찬 일이었다. 그는 이 고대 유적을 촬영하고 재어 보았다. 낮에는 엔지니어, 밤에는 고고학자였다. 그에게는 파리에서 온 책 상자가 있었는데, 시저에 관한 내용이 프랑스어와 독일어로 쓰여 있었다. 그는 젊은 신부를 고용하여 저녁에 큰 소리로 번역해 달라고 했다. 그 신부는 미국인이 미쳤다고 믿었다.

오웬스가 대학에 다닐 때는 로마 연구에 최소한의 관심도 없었지만, 지금은 마치 시저의 부모님인 것 같았다. 전쟁이 일어났고 댐 작업이 중단되었다. 그 사건은 공학에 몰두해 있던 뇌에 다른 생각을 불어넣었다. 그는 서둘러 캔자스로 돌아가 동료들에게 전쟁에 관해 설명하기 시작했다. 그는 입대할 기회가 있을 때까지 마른강 전투의 첫날에 무슨 일이 일어났는지 정확하게 설명하면서 서부를 돌아다녔다. 대대에서 오웬스는 '율리우스 시저'라고 불렸다. 그의 이야기는 여기저기로 튀어서, 그가 스페인에서 있었던 로마 장군의 작전을 설명하는 건지, 마른강 전투의 조프레를 말하는 것인지 전혀 알지 못했다. 모든 사건이 그의 머릿속에 들어 있었고, 세기 차이는 중요하지 않았다. 오웬스가 그것에 대해 알아내기 전까지는 아무것도 존재하지 않는 것이었다. 부하들은 그의 이야기를 듣는 것을 좋아했다. 오늘 밤에도 그는 노란 눈을 굴리며, 커다란 검은 시가를 손에 들고, 젊은 장교들에게 프랑스의 특성을 말해 주며 지도하고, 준비시키고 있었다. 그를 그렇게 웃기게 만든 것은 그의 다리였다. 그는 짧은 두 다리 위에 커다란 몸통이 있는 남자였다.

"이제 너희들은 파리의 밤 문화가 전형적인 것이 아니라 외국인을 위한 쇼라는 사실을 잊고 싶지 않을 거야… 프랑스 농민들은 검소한 사람들이야… 이 적포도주는 과도하게 마시지만 않으면 괜찮아. 물을 삼 분의 이 정도 섞어 마시면 이질을 막을 수 있어… 그들을 거칠게 대할 필요는 없어, 그저 단호하게 행동해. 그들 중 한 명이 나에게 다가와서 말을 건다면 나는 내가 정해 놓은 계획대로 대처해. 일단 그녀에게 25프랑을 주고, 그녀의 눈을 바라보면서 '나는 세 명의 아이가 있어요. 세 명의 남자아이가.'라고 말하면 그녀는 즉시 요점을 파악할 거야. 절대 실패하지 않지. 그녀는 자신을 부끄러워하며 가 버릴 거야."

"하지만 그건 너무 비싸잖아요! 그러다가는 분명 가난해질 겁니다, 오웬스 대위님." 어린 해먼드 중위가 천진난만하게 말했다. 다른 사람들이 호통쳤다.

클로드는 데이비드가 특히 공병대의 오웬스 대위를 싫어한다는 것을 알고 있었고, 대위의 혼란스럽고 단편적인 강의와 축음기의 소음이 지속되는 데도, 그가 계속 집중해서 작업할 수 있는지 궁금했다. 오웬스는 이리저리 왔다 갔다 하면서 게르하르트를 은근히 바라보았다. 그는 게르하르트가 어딘가 이상하다는 것을 눈치챘다. 그들은 축음기를 계속 작동시켰다. 한 음반이 끝나자 다른 음반을 넣었다. 클로드는 새로운 노래가 시작되자 데이비드가 흥미로운 표정으로 고개를 드는 것을 보았다. 그는 반쯤 경멸적인 미소로 잠시 귀를 기울였다가 눈살을 찌푸리며 다시 지도에 집중했다. 클로드는 순간적으로 알아차린 듯한 그의 눈빛과 지금 분위기가 어떤 특별한 연관성이 있는지 궁금했고, 우울하지만 아름다워 보인다고 생각했다. 그는 일어나서 노래를 바꾸려고 축음기로 다가가 디스크를 들더니 불빛에 대고 디스크에 적혀 있는 글을 읽었다. "타이스의 명상곡-바이올린 솔로-데이비드 게르하르트."

그들이 빗속에서 통신 참호를 따라 돌아가며 줄을 서고 있을 때, 클로드는 갑자기 침묵을 깼다. "그게 오늘 밤 그들이 틀었던 디스크 중 하나였지, 네 바이올린 솔로. 그렇지?"

"그런 것 같던데. 이제 오른쪽으로 가자. 항상 여기서 길을 잃더라."

"이것 말고 더 있어?"

"꽤 있지. 왜 물어봐?"

"어머니에게 편지로 알려 주고 싶어서. 어머니는 음악을 좋아하거든. 어머니는 네 디스크를 구매하실 거야. 그러면 이곳을 좀 더 가깝게 느끼지 않을까?"

데이비드가 마음씨 좋게 말했다. "좋아, 클로드. 네 어머니는 카탈로그에서 디스크를 찾을 수 있을 거야. 제복을 입은 내 사진이 붙어 있지. 캠프 딕스를 나가기 전에 여러 장을 만들었어. 내 어머니는 그것들로 약간의 수입을 얻으시지. 도착했다, 우리 집이야."

그가 성냥에 불을 붙였을 때 두 개의 검은 그림자가 테이블에서 뛰어내려 담요 뒤로 사라졌다.

"이렇게 비가 오는 날이면 많이 보이네. 한 마리 잡았어? 그렇게 붙들고 있지 마. 여기 자루." 게르하르트는 자루를 벌렸고, 클로드는 꿈틀거리는 담요의 한구석을 자루에 찔러 넣고 뭐가 되었든 떨어질 때까지 매우 흔들었다.

"다른 한 마리는 어디 갔을 것 같아?"

"언젠간 나오겠지. 난 쥐는 오웬스 만큼 별로 신경 안 써. 옷을 벗으면 얼마나 꼴불견일지! 잘자, 난 좀 돌아다닐게." 게르하르트는 잠겨 있는 깔개를 밟고 나갔다. 클로드는 신발을 벗고 흙탕물 속에서 발을 식혔다. 그는 데이비드에게 그의 직업에 관해 이야기하고 싶었고, 그가 콘서트 무대에서 바이올린을 연주하는 모습은 어떨지 궁금했다.

◆

다음 날 밤, 클로드는 중령이 종이에 적고 싶지 않았던 정보와 함께 Q-사단 본부로 다시 보내졌다. 그는 10시에 힉스 하사의 호위를 받으며 출발했다. 이틀 동안 비가 내렸고, 통신 참호는 거의 무릎까지 잠겨 있었다. 전선에서 약 반 마일 떨어져 있는 두 사람은 도랑에서 기어 나와 땅 위로 나아갔다. 그날 밤 전선에는 포격이 거의 없었다. 그들은 조명탄이 터지자 엎드렸고 동시에 눈을 가늘게 뜨고 앞을 보려고 노력했다.

땅은 거칠었고 어둠은 짙었다. 그들은 자정이 지나서야 동서 도로에 이르렀는데, 이 도로는 대개 교통량이 많고, 이런 밤에도 완전히 사람이 없는 곳은 아니었다. 등에 탄을 실은 말들이 진흙 속을 첨벙거리고, 빈 보급 마차들이 전선에서 되돌아오고 있었다. 클로드와 힉스는 그들이 태워 주기를 기대하며 도랑에 멈췄다. 폭우가 쏟아져 그들은 은신처가 필요했다. 그러다 이리저리 비틀거리는 큰 화포와 마주쳤다. 바퀴가 진흙 구덩이에 빠져 있었다.

"거기 누구야?" 틀림없이 영국인 목소리였다.

"미국 보병 둘. 비가 멈출 때까지 트럭에 타도 되겠소?"

"물론이지! 당신이 너무 크지만 않다면 충분히 둘을 위한 자리를 만들 수 있소. 조용히 말씀하시오, 그렇지 않으면 소령이 깰 테니." 웃음소리가 들려왔다. 손전등이 깜빡거리더니 앞과 뒤가 방수 천막으로 덮인 다섯 대의 트럭을 비추었다. 안에 있는 남자들은 다리를 세우고 낯선 사람들을 위한 공간을 마련했다. 그들은 작은 럼주 말고는 권유할 게 없어서 미안하다고 했다. 클로드와 힉스는 감사해하며 받았다.

영국인들은 많이 웃었다. 그들의 목소리로 보아 모두 어린 것 같았다. 그들은 그들의 전공에 대해 마치 교사처럼 농담했다. 트럭에는 누울 공간이 없어서 무릎에 얼굴을 기대고 앉아 수다를 떨었다. 화력 팀은 전국의 '필요한 곳'을 돌아다니는 독립 포대였다. 나머지 포대는 이곳을 통과해 동쪽으로 계속 가려고 했지만, 이 큰 포는 항상 문제를 일으켰다. 포의 트랙터에 문제가 생겨 끌어낼 수 없었다. 그들은 포를 '제니'라고 불렀고, 때때로 심한 문제를 일으켜 비위를 맞춰야 한다고 했다. 눈에 보이지 않는 영국인이 마치 할머니와 동행하는 것 같다고 했다. "제니는 정말 거만한 늙은이예요!" 소령은 뒤 트럭에서 자고 있었다. "그는 잠을 자는 걸로는 빅토리아 십자 훈장을 받아 마땅해요." 그들은 또 웃었다. 그들은 자신들이 어디로 가고 있는지 전혀 알지 못했다. 물론 장교들은 알고 있었지만, 아무 말도 하지 않았다.

"이 시골은 어땠습니까?"

그들은 베르됭에서 막 도착해 이곳이 생소했다. 클로드는 영국 공군에 자신의 친구가 있다고 말했다. 그들이 빅터 모스를 알까?

"모스, 미국의 에이스? 못 들으셨습니까? 런던 신문에 나왔는데. 모스는 3주 전에 독일군한테 격추당했습니다. 정말 엄청난 사건이었지요. 그는 여덟 대의 독일 비행기에 쫓기면서도, 그중 세 대를 격추했어요. 나머지는 내버려 둔 채 기지로 돌아오다가, 다시 돌아온 나머지 비행기에 당했지요. 그의 비행기는 화염에 휩싸여 추락했고, 그는 천 피트 혹은 그 이상의 높이에서 뛰어내렸습니다."

"그럼 그는 한 번도 휴가를 못 갔겠지?" 클로드는 물었다.

그들은 몰랐다. 대신 빅터가 감사장을 받았다고 알려 주었다.

그들은 날씨가 나아지거나 밤이 지날 때까지 기다렸다. 그들 중 일부는 졸음에 빠졌지만, 클로드는 전혀 졸리지 않았다. 그는 첼시의 아파트가 궁금했다. 그 무거운 눈의 미인에게 유감인 건지, 아니면 그녀가 다른 젊은 장교들을 위해 '피카디의 장미'를 연주하고 있는지. 그는 이제 결코 런던에 가지 않을 것이라고 애석하게 생각했다. 그는 독일의 황제가 적절히 처리된 후, 언젠가 그곳에서 빅터를 만날 것을 꽤 기대하고 있었다. 그는 빅터가 정말 맘에 들었다. 그 녀석은 뭔가… 일종의 방탕한 아기였다. 그는 구름 속으로 자신의 적을 찾으러 다녔다. 또 어떤 나이가 이런 모습을 연출할 수 있었을까? 이것은 전쟁의 특징 중 하나였다. 전쟁은 작은 마을에서 작은 녀석을 데리고 와서 하늘과 허풍을 주었으며, 영화 같은 삶은 주었고, 타락한 천사들 같은 죽음을 주었다.

게르하르트 같은 사람은 언제나 낙관적인 세상에 살고 있었다. 그는 정말로 이 낙관적인 세상에 속해 있었다. 누가 그에게 딸기 화단과 유리로 둘러싸인 은행의 사무실이 베르됭의 하늘과 얼마나 멀리 떨어져 있는지 설명할 수 있을까?

3시가 되자 비가 멎었다. 클로드와 힉스는 트랙터 문제를 해결하기 위해 돌아가는 소년과 함께 다시 출발했다. 날이 점점 밝아지자 두 미국인은 영국군의 앳된 외모에 점점 더 의문이 생겼다. 그들이 포탄 구멍에 들러 헬멧을 벗고 얼굴의 진흙을 씻어 내자, 분홍색 사과 같은 뺨, 이마 위의 노란색 컬, 길고 부드러운 속눈썹이 드러났다. 영국 소년은 거의 소녀 같아 보였다.

클로드는 다시 길을 걸어가면서 아빠같이 말했다. "군대에 온 지 얼마 안 됐지?"

"열여섯 살에 입대했습니다. 저는 전에 보병대에 있었어요." 미국인들은 그가 말하는 것이 좋았다. 그는 매우 빠르게, 아주 높은 목소리로 말했다.

"어쩌다 변경하게 된 거야?"

"원래 팔(Pal) 대대 소속이었는데, 풍비박산되었습니다. 병원에서 나왔을 때, 친구들이 사라지는 걸 보고 다른 병과로 변경하자고 생각했지요."

힉스는 말을 끌며 말했다. "팔 대대가 뭔데?" 그는 이해하지 못하는 프랑스어는 개의치 않았지만 이해하지 못하는 영국 영어는 싫어했다.

"학교에서 동반 입대를 한 사람들이 모여 있는 대대입니다." 힉스와 클로드는 서로 바라보았다. 둘 다 이 소년이 아직 학교에 더 있어야 한다고 생각했고, 그가 처음 입대했을 때 어떤 모습이었을지 궁금했다.

"전투에서 패배했다고 하지 않았어?" 그는 동정하듯 물었다.

"솜므에서. 우리는 운이 나빴어요. 그곳의 참호를 수복하러 파견되었는데 그러지 못했습니다. 참호에 도착하지도 못했지요. 독일군들이 준비를 워낙 잘 해 놔서 도저히 진입할 수가 없었습니다. 그곳으로 천 명이 넘게 갔지만 돌아온 건 17명이었어요."

"117명?"

"아니요. 17명이요." 힉스는 클로드와 시선을 주고받았다. 둘 다 그를 의심할 수 없었다. 천 명의 풋풋한 남학생들이 화기를 상대하는 곳에 보내졌다는 작전은 어딘가 불쾌했다.

“정말 어리석은 명령이었군. 본부에서 무슨 착오가 있었나?”

“아니요, 본부는 무슨 일인지 알고 있었습니다! 우리가 운이 좋았으면 수복했을 거예요. 하지만 독일인은 전투할 생각으로 가득했어요. 그들의 기관총이 우리를 이렇게 만들었습니다.”

클로드가 물었다. “너도 총을 맞았어?”

“다리에요. 기어서 돌아왔지요. 병원에서 퇴원했을 때는 다리가 전처럼 튼튼하지 않았는데, 포병은 행군이 거의 없었어요.”

“그 정도면 충분히 할 일을 다 한 것 같은데.”

“친구들이 모두 죽었는데, 물러설 수 없습니다. 항상 이 일에 대해 생각할 겁니다.” 소년은 맑은 목소리로 대답했다. 클로드와 힉스는 요리사들이 불을 지피려고 할 때 본부에 도착했다. 상병 중한 명이 그들을 장교용 목욕탕으로 데려갔고(큰 양철통이 달린 헛간이었다.) 그들의 옷을 말리기 위해 부엌으로 가져갔다. 상병은 장교들이 일어나기 한 시간 전이라고 했고, 목욕하는 동안 그들을 위해 깨끗한 셔츠와 양말을 가져다주었다.

힉스가 진짜 목욕 타월로 몸을 문지르며 말했다. “중위님. 이 팔대대에 대해서 더는 듣고 싶지 않군요. 화가 납니다. 이 일을 하는 동안 좀 더 신중해야겠다는 생각이 드는군요. 작다고 느껴지기 싫습니다.”

“우리 모두 약을 먹어야겠군.” 클로드가 건성으로 말했다. “도망갈 곳도 없었겠지요? 그럴 것 같아요. 괜찮은 앤데. 미국 소년들은 그만큼 젊어 보이지 않는 것 같군요.”

“만약 그를 다른 곳에서 만났다면 그 애 앞에선 욕하는 것조차 꺼려졌을 텐데, 참 예쁘게 생겼어! 그 어린애들을 보낸다 한들 무슨 의미가 있겠어?"

뚱뚱한 하사가 투덜거렸다. "어차피 그들 일이죠. 전 그 이야기가 제 아침을 망치게 두진 않을 겁니다. 햄이랑 달걀 드실래요, 중위님?"

◆

아침 식사 후 클로드는 본부에 보고를 하고 참모 중 한 명과 대화를 나누었다. 제임스 대령은 대총회를 위해 파리로 갔는데, 그를 만나려면 하루를 기다려야 한다고 했다. 그는 그날 아침 4시에 전보를 받고 차를 타고 떠났다고 했다.

소령이 말했다. "여기서 즐길 만한 건 별로 없어. 오늘 밤에 영화 쇼가 있을 거고, 바에서 원하는 것을 얻을 수 있을 거야. 영국 탱크 맞은편 광장에 있는 바가 최고야. 언덕 위에 있는 오래된 수녀원 정원에 있는 적십자 막사에는 예쁜 프랑스 여성 몇 명이 있어. 그들은 민간인들을 돌보려고 노력하는데, 우리랑 관계가 좋아. 우리 보급품을 받을 때 그들의 보급품도 같이 받고, 그들에게 부족한 것이 있으면 도와주라고 군수 장교가 명령했어. 시간 나면 가서 말 걸어 봐. 영어를 완벽하게 할 줄 알아."

클로드는 아무런 소개 없이 그곳에 가도 되냐고 물었다. "그럼. 우리랑 친해서 괜찮아! 그래도 올리브에게 보여 줄 소개장을 줄게. 여기 '올리브 쿠르시에게 소개장, 기타 등등' 그녀는 내 친구야." 그는 고개를 들어 클로드를 머리부터 발끝까지 훑어보며 말했다. "완벽한 여자야."

소개가 있다고 해도 클로드는 그들에게 가는 것을 주저했다. 어쩌면 그들은 미국인들을 좋아하지 않을 수도 있었다. 그는 항상 이런 사람들을 만나는 것이 두려웠다. 그의 대대원들도 그랬다. 그들은 미움받는 것이 몹시 두려웠다. 그리고 미움을 받는다고 느낀 순간, 재빨리 가능한 한 나쁘게 행동해 미움을 받을 자격이 있는 것처럼 굴었다. 그렇게 해야만 받아들일 수 있었다. 군인으로서는 최악의 감정이었다.

클로드는 마을을 좀 돌아다녀 볼까 하고 생각했다. 이곳은 1914년 가을 마른에서 독일이 후퇴할 때 빼앗아 간 땅으로, 1년 전만 해도 그들이 머물고 있었는데, 영국군과 프랑스군이 재탈환하였다. 오직 포병대로만 독일군의 수를 줄이고 그곳에서 몰아내었는데, 그렇기에 단 한 건물도 남아 있지 않았다.

클로드는 벽돌 더미와 석고 더미가 쌓여 있는 거리를 걸으며 폐허는 매우 참혹하다고 생각했다. 집에서 본 전쟁 사진에도 이런 곳은 없었다. 사이클론이나 화재가 있어야 이 정도 피해를 입을 것이다. 이곳은 그야말로 엄청난 쓰레기장이었다. 미국 도시 외곽을 망신시키는 곳들도 이곳에 비하면 과장이었다. 불에 탄 벽돌과 부서진 돌무더기, 녹슬고 꼬부라진 철제 무더기, 조각난 기둥과 서까래, 고인 웅덩이, 흙탕물로 가득 찬 지하실 구멍들이 반복되었다. 며칠 전 미군 한 명이 이런 구멍에 빠졌다가 그대로 익사했다.

이곳은 만 팔천 명의 주민이 살던 마을이었다. 이제 민간인은 약

사백 명이었다. 그들은 독일이 그곳을 점령한 동안에도 살고 있던 사람들이거나, 독일군이 물러갔다는 소식을 듣고 피난처를 찾으러 여기저기에서 온 사람들이었다. 그들은 지하실이나 오래된 나무와 미군의 나무 상자로 만든 막사에서 살았다. 그는 걸어가면서, 부실한 피난처 옆면에 적힌 익숙한 이름과 주소를 읽었다. '에밀리, 버드, 테이어 회사, 캔자스 시티' '다니얼 앤드 피셔, 덴버, 콜로라도.' 이 글들은 그를 매우 기운 나게 했고, 곧 프랑스 아가씨들에게 가보고 싶다는 생각이 들기 시작했다.

사흘 동안 비가 내린 뒤, 햇볕은 뜨겁게 내리쬐었다. 고여 있는 웅덩이와 도랑에서 자란 잡초는 매우 심한 악취를 풍겼다. 썩어가는 나무와 녹슨 철 더미에서 수레국화와 양귀비, 야생 당근이 꼿꼿하게 피어 있었다. 프랑스 국기와 같은 파랑과 하양, 빨강 꽃들이 프랑스 땅에서 독일인이 무슨 짓을 했든 그들을 막을 수 없다는 듯이 피어 있었다.

클로드는 반쯤 부서진 벽돌담에 지은 작은 판잣집 앞에 잠시 멈췄다. 문간에 새장이 걸려 있고, 카나리아가 아름답게 노래하고 있었다. 한 노파가 정원에서 일하고 있었는데, 빗물에 쓸려 온 벽돌 조각과 석고를 줍고, 연한 당근 꼭지와 작은 상추 대가리를 손가락으로 파내고 있었다. 클로드는 그녀에게 다가가 헬멧을 만지면서 어떻게 적십자 막사로 가는지 길을 물었다. 그녀는 앞치마로 손을 닦고 그의 팔꿈치를 잡았다. "영국 탱크가 어디 있는지 알아?" 그는 그 뒤로 마을 회관 자리에 방치되어 있는 고장 난 영국 탱크에서부터 여기저기로 가라고 하는 말을 들었다.

한 어린 소녀가 막사에서 나왔고, 그녀의 할머니는 이 미국인을 적십자 막사가 있는 곳으로 데려다주라고 말했다. 마리는 클로드의 손을 잡고 쓰레기들로 둘러싸인 길들 중 하나를 따라갔다. 그녀는 교회를 보여 주기 위해 그를 데려갔다. 폐허가 된 그 교회는 그들이 가장 자랑스럽게 여겼던 곳임이 틀림없었고, 하얀 아치 사이로 푸른 하늘이 빛나고 있었다. 성모상은 팔이 베인 채로 서 있었고, 겉옷에 달린 작은 발은 아기 예수가 있던 곳이었지만 총에 맞아 파손되어 있었다.

"아기는 죽었지만, 어머니를 살렸어요." 마리는 만족스러운 듯이 설명했다. 길을 계속 나아가면서, 그녀는 미국인 친구들 중에 군인도 있었다고 말했다. "그는 꽤 괜찮고 활기찬 군인이었어요." 그러나 그는 가끔 술을 너무 많이 마시는 안 좋은 습관이 있었다고 했다. 클로드의 동료가 월요일 밤에 술에 취한 상태에서 지하실 구덩이에 빠져 익사했기 때문에, 그녀의 '샬리'*는 경각심을 갖고 일을 더 잘해야 할 것이다. 마리는 분명히 잘 자란 아이였다. 그녀의 아버지는 학교 교장이었다. 그녀는 수녀원 언덕에서 집으로 돌아가기 위해 몸을 돌렸다. 클로드가 그녀를 다시 불러 어색하게 돈을 주려고 하자, 그녀는 손을 뒤로 빼며 단호히 "감사하지만, 필요 없어요."라고 말한 뒤 달려갔다.

그는 언덕 꼭대기를 향해 오르면서 땅이 좀 깨끗해진 것을 알아

---

* 아이다호의 민간전승으로 페이에트 호수의 용이다.

차렸다. 길은 분명했고, 벽돌과 부서진 돌들은 깔끔하게 쌓여 있었으며, 생울타리는 손질되어 있고, 죽은 부분은 잘려 있었다. 마침내 정원에 도착했는데, 그는 놀라서 멈췄다. 무질서가 지나간 세상이었음에도, 폐허는 너무 아름다웠다.

자갈길은 깨끗하게 빛나고 있었다. 죽은 양버들의 맞은편엔 오래된 회양목들이 줄지어 서 있었다. 산산조각이 난 본관 옆을 따라 배나무가 있었는데, 아직도 작고 붉은 배들로 가득 차 있었다. 우물 주위에는 정돈된 풀밭이 있었고, 곳곳에는 포탄을 맞기에는 너무 작은 나무들과 관목들이 있었다. 불은 시든 포플러 나무들이 잡아 주었다. 언덕은 한때 불길에 싸여 있었고, 키 큰 나무들이 모두 불에 타 버린 모양이었다.

막사는 수도원 벽에 기대어 지어졌으며, 세 개의 아치가 판자 헛간의 돌 날개처럼 남아 있었다. 외팔 청년이 사다리에 올라서서 아주 능숙한 솜씨로 못을 박고 있었다. 그는 경사진 지붕에 차양을 치기 위해 뼈대를 만들고 있는 것 같았다. 입에는 못을 물고 못을 박아야 할 때면 이빨 사이에서 못을 뽑아서 나무에 꽂은 다음 허리띠에 매단 망치를 꺼내 능숙하게 머리로 살짝 두드렸다. 클로드는 잠시 그를 지켜보다가 사다리 아래쪽으로 가서 두 손을 내밀었다. "제게 주세요." 사다리 위에 있던 청년이 못을 손에 뱉고 아래를 내려다보며 웃었다. 그는 금발 머리에 콧수염과 푸른 눈을 가졌으며, 클로드 나이대로 보였다. 매력적이었다. 그가 말했다. "좋아요. 별로 대단한 일도 아니고, 재미있으려고 하는 일인데, 당신도 좋아할 거예요." 그는 사다리에서 내려와서 클로드에게 망치를 건네주었다. 클로드는 뼈대 작업을 시작했고, 청년은 돌 아치 밑으로 들어가서 낡은 텐트의 일부처럼 보이는 캔버스 천을 가져 왔다.

청년은 천을 풀 위에 펼치며 말했다. "독일인이 남기고 간 전리 품. 지하실의 쓰레기들 사이에서 이것을 발견했고, 나무들이 모두 죽었으니 이걸로 그들을 위한 파빌리온을 만들까 했어요." 그는 갑자기 일어났다. "그들을 만나러 왔군요?"

"나중에 만나죠."

"알았어요." 그는 올리브가 돌아왔을 때 깜짝 선물로, 이 파빌리 온을 보여 줄 것이라고 했다. 그녀는 지금 시내에 내려가서 아픈 사람들을 살펴보고 있었다. 그는 다시 캔버스로 몸을 구부려 정원 가위로 측정하고 자르며, 무릎을 꿇고 풀밭을 돌아다니며 노래를 불렀다. 클로드는 그가 부르는 노래의 가사를 알아들을 수 있기를 바랐다.

그들이 같이 천을 뼈대에 묶으며 작업하고 있을 때, 클로드는 키 큰 소녀가, 그가 올라왔던 길을 천천히 올라오는 것을 보았다. 그 녀는 매우 피곤한 듯 언덕 끝 회양목 울타리 옆에 서서 그들을 바 라보고 있었다. 곧 그녀는 사다리로 다가와 느리고 신중하게 영어 로 말했다. "좋은 아침. 루이스 도와줄 사람을 구했구나." 클로드는 사다리에서 내려왔다.

"당신이 쿠르시인가요? 전 클로드예요. 소개장도 있어요."

그녀는 카드를 받았지만 보지 않았다. "딱히 필요 없어요. 당신 의 유니폼이면 충분해요. 왜 찾아오셨나요?"

그는 약간 당황해서 그녀를 쳐다보았다. "글쎄요, 딱히 모르겠네요! 전 제임스 대령을 보기 위해 전선에서 좀 전에 왔는데, 그가 파리에 있어서 하루를 기다려야 해요. 그곳 사람 중 한 명이 내게 여기를 추천해 줬어요. 너무 좋아서 그런 것 같네요." 그는 순진하게 말을 끝냈다.

"그럼 전선에서 오신 손님이군요. 루이스랑 저랑 같이 점심을 드시죠. 바레 부인도 오늘 자리를 비웠어요. 집 보러 오실래요?" 그녀는 낮은 문을 통해 그를 페인트칠도 하지 않고, 융단도 깔려 있지 않지만 통풍이 잘되는 거실로 안내했다. 깨끗한 판자벽에는 채색된 전쟁 포스터가 있었고, 들꽃과 정원 꽃으로 가득 찬 상자, 캔버스 천으로 만든 접의자, 책 선반, 큰 나비들이 수 놓인 흰 비단 숄로 덮인 테이블이 있었다. 마루의 햇살, 싱싱한 꽃들, 바람에 휘날리는 하얀 창문 커튼이 무언가를 떠올리게 했지만, 무엇인지는 기억나지 않았다.

"우리는 객실이 없어요." 쿠르시가 말했다. "하지만 우리 집에 왔으니 루이스가 씻을 뜨거운 물을 가져다줄 거예요."

통로 끝에 있는 나무로 된 방에서 클로드는 외투를 벗고 가능한 한 깔끔하게 몸을 정리했다. 뜨거운 물과 향이 나는 비누는 그 자체로도 즐거웠다. 화장대는 낡은 물품 상자였고, 하얀 론으로 덮여 있었다. 그 위에는 화장지, 빗과 브러시, 파우더와 향수 그리고 방금 막 다림질한 하얀 손수건들이 있었다. 그는 주위를 많이 둘러보지 말아야 한다고 느꼈지만, 깨끗한 냄새와 알 수 없는 공기가 그를 유혹했다. 한쪽 구석에 있는 막대기에 달린 커튼은 옷장이었고, 다른 쪽 구석에는 군인들의 침대 같은 낮은 철제 침대가 놓여 있었으며, 연한 청색의 침대보와 하얀 베개가 있었다. 그는 조심 스럽게 돌아다녔다. 그가 손상하거나 부술 수 있는 것은 아무것도 없었고, 바닥에는 깔개조차 없었으며 주전자와 세면대는 철이었 다. 그런데도 그는 깨지기 쉬운 것을 다루듯이 걸어 다녔다.

클로드가 방에서 나왔을 때, 거실의 테이블에는 세 명분의 점심이 차려져 있었다. 접시를 놓던 건장한 늙은 여인은 그에게 전혀 관심이 없었다. 그녀는 그와 그 같은 모든 부류를 경멸하는 듯한 표정이었다. 클로드는 그녀에게서 가능한 한 멀리 물러나 식탁 위에 놓인 독일어로 쓰인 하이네의 여행기 한 권을 들었다.

점심 식사 전 쿠르시는 그에게 뒤쪽에 있는 보관실을 보여 주었다. 그곳에는 커피 캔, 연유, 채소 통조림과 고기들이 줄지어 놓여 있었다. 그가 너무 잘 아는 미국 상표들이었다. 집에서 멀리 떨어진 이곳에서도, 두 배나 친근하고 신뢰할 수 있는 이름이었다. 그녀는 그에게 마을 사람들이 이런 것들이 아니었다면 겨울을 보낼 수 없었을 것이라고 말했다. 그녀는 이것들의 수요가 가장 높은 시기에 관대하게 사람들에게 나누어 주었고, 그것은 삶과 죽음의 차이를 만들었다. 여름이 되자 사람들은 각자의 정원을 이용해 살아가고 있었다. 하지만 노파는 여전히 커피를 구걸하러 왔고, 엄마들은 아기들을 위한 우유를 구하러 왔다.

클로드의 얼굴이 기쁨으로 빛났다. 그렇다, 그의 나라는 멀리 있는 이 나라에까지 영향을 끼치고 있었다. 사람들은 그 사실을 잊고 있었지만, 그는 잊지 않았다고 느꼈다. 그들이 점심을 먹기 위해 앉았을 때, 그는 쿠르시와 바레 부인이 이곳에 온 지 거의 1년 이 되었다는 것을 알게 되었다. 그들은 마을을 탈환하자마자 돌아 왔고, 옛 주민들도 돌아왔다. 사람들은 품 안에 들 수 있는 것만 가지고 왔다.

그녀가 말했다. "그들은 이 땅으로 돌아오려면 가난을 견뎌야 하는데, 그만큼 이 땅을 사랑한다고 생각하지 않아요? 늙은 사람들도 자신들이 아끼는 물건인 리넨이나 도자기, 침대에 대해 자주 불평하지 않아요. 땅과 희망이 있다면 그들은 다시 시작할 수 있어요. 이 전쟁은 우리에게 이미 만들어진 것들은 별로 중요하지 않다는 것을 가르쳐 주었어요. 오로지 감정만이 중요하다는 것을."

바로 그것이다. 그가 태어났을 때부터 이런 말을 하고 싶었던 것이 아닌가? 그는 항상 알고 있었고, 그것이 그의 인생을 쓰면서 달콤하게 만들지 않았을까? 그녀의 목소리는 얼마나 아름다웠는지, 얼마나 고상하게 영어를 말하였는지. 그는 뭔가 말하고 싶었지만, 그러나 너무 많은 말 중에⋯ 뭘? 그는 잠자코 앉아 자기 접시 옆에 놓여 있는 흑빵을 초조하게 자르고 있었다.

클로드는 그녀가 자신의 손을 호의적으로 바라보고 있는 것을 순간 느꼈고, 즉시 탁자 밑의 무릎 위에 올려놓았다.

그녀는 슬프게 말했다. "우리 나무는 최악이에요. 불쌍한 나무들을 보셨나요? 아름다운 프랑스를 수치스럽게 만들고 있어요. 우리는 소와 말을 잃은 것보다 그들을 더 불쌍히 여기고 있어요."

클로드는 그녀를 보면서 나무에 관해 과중한 책임과 부담을 느끼고 있다고 생각했다. 그녀는 강인함과는 거리가 먼 것 같았다.

가냘프고, 회색빛 눈동자에, 검은 머리칼, 하얗고 티 없는 피부, 입술과 뺨은 마치 활활 타오르는 불꽃처럼 열렬한 빛깔을 띠고 있었다. 늘 피곤한 듯 그녀의 어깨는 축 늘어져 있었다. 뒤쪽으로 느슨하게 묶은 머리는 회색이었지만, 젊을 것이다.

커피를 마신 후 쿠르시는 일을 하기 위해 책상으로 갔고, 루이스는 클로드에게 정원을 보여 주기 위해 그를 데리고 나갔다. 정원을 치우고 다듬고 심는 일을 그는 한쪽 팔로 모두 해치웠다. 올가을, 그는 훨씬 더 많은 일을 할 것이다. 그의 힘은 예전보다 더 세졌고, 한쪽 팔로 일하는 게 익숙해졌기 때문이다. 그는 죽은 나무들을 베야 했다. 죽은 나무들은 올리브를 괴롭게 했다. 막사 앞에는 아카시아 나무 네 그루가 있었다. 나무의 위쪽은 검게 타 버려서 나뭇잎이 하나도 없었지만, 아래쪽은 황록색 잎이 잔뜩 있었고, 잎들이 매우 건강한 것을 보니 몸통도 여전히 건강한 것 같았다. 올가을, 루이스는 몇 명의 건장한 미국인들을 불러 죽은 나뭇가지들을 잘라 내고 윗부분을 다듬을 것이라고 했다. 한쪽 팔로 나무와 꽃을 사랑하며 돌봐 주는 것이, 이곳을 사랑하는 이 남자에게 얼마나 큰 의미인가 하고 클로드는 생각했다. 스스로 자라났거나, 원래 있었던 오래된 뿌리에서 다시 자라난 꽃 중에서, 불그스름한 줄기와 하얀 꽃잎을 피운 꽃 무리를 찾았다. 러블리 크리크의 점토 둑을 따라 자라나는 달맞이꽃 계열의 가우라였다. 그 꽃이 예쁘다고 생각해 본 적은 없었지만, 여기서 보니 매우 기뻤다. 그는 그 꽃이 대초원 말고는 아무 데서도 자라지 않는 이름 없는 초원 꽃들 중 하나라고 생각했다.

그들이 막사로 돌아갔을 때, 올리브는 루이스가 새로운 파빌리온 아래 놓았던 캔버스 의자 중 하나에 앉아 있었다.

"정말 괜찮은 사람이야!" 클로드는 그를 돌아보며 소리쳤다.

"루이스? 그는 내 오빠의 잡역병이었어요. 에밀은 휴가차 집에 돌아올 때면, 항상 루이스를 데려왔고, 이제는 가족 같아요. 오빠를 죽인 포탄이 그의 팔을 앗아 갔어요. 어머니와 나는 병원으로 그를 찾아갔는데, 오빠는 죽고 자신은 살아 있다는 것에 부끄러움을 느끼는 것 같았어요. 그는 얼굴에 손을 얹더니 울기 시작했고, '아, 부인, 그는 항상 나보다 더 멋진 사람이었어요.'라고 말했죠."

클로드는 올리브가 영어를 잘했지만, 영어에만 집중해야 잘한다는 것을 알아차렸다. 그녀가 내뱉은 딱딱한 문장은 그녀에겐 이질적이었고, 그녀의 얼굴과 눈은 그녀의 혀보다 앞섰고, 앞으로 그녀가 할 말을 기대하게 했다. 그는 축 처진 캔버스 의자에 앉아 자신이 가져온 가우라의 잔가지들을 무심코 비틀고 있었다.

"꽃을 찾았어요?" 그녀는 고개를 들었다.

"네. 고향인 아버지의 농장에서도 자라던 꽃이에요."

그녀는 꿰매고 있던 색이 바랜 셔츠를 떨어뜨렸다. "당신의 나라 이야기 좀 해주세요! 전 많은 사람과 이야기해 보았지만, 이해하기 너무 힘들었어요. 그래, 그 얘기 좀 해줘요!"

그가 네브래스카에 대해 설명하자,—그곳에 가려면 바다에서 얼마나 지내야 하지, 어떻게 생겼었더라? 그녀는 눈을 반쯤 감은 채 귀를 기울였다. "평평하고 곡물로 뒤덮인 강. 마치 러시아 같네요. 아버지 농장에 대해 자세히 설명해 줘요, 그럼 나머지도 상상할 수 있을 것 같아요."

클로드는 막대기를 들고 모래밭에 사각형을 그렸다. 우선, 집과 농장이 있었다. 러블리 크리크가 흐르는 큰 목장이 있었고, 밀밭과 옥수수밭, 숲이 있었다. 그리고 더 많은 밀과 옥수수, 목초지가 있었다. 그것들을 노란색 모래 위에 도표처럼 모두 그렸다. 그 위로 반쯤 불에 탄 아카시아 나무의 그림자가 드리웠다. 그는 자신이 낯선 사람에게 이렇게 자세히 말할 수 있다는 것이 믿기지 않았다. 분명히 그녀 때문이었다. 그녀는 그를 남다르게 동정하였고, 흔치 않은 그의 마음에 빛을 발했다. 그녀가 그의 지도 위로 몸을 굽혀 그에게 질문하는 동안 윗입술에 가벼운 땀방울이 맺혔고, 모든 것을 보고 이해하려는 노력 때문에 더 빨리 숨을 몰아쉬었다. 그는 어머니, 아버지, 마에일리, 여름과 겨울과 가을엔 그곳 생활이 어땠는지, 독일군이 파리 쪽으로 이동했던 그 운명적인 여름, 프랑스군이 마른강에서 버티고 있었던 사흘 동안은 어땠는지, 그의 부모님이 클로드가 새로운 소식을 가져오기를 얼마나 기다렸는지, 옥수수밭이 얼마나 숨을 죽이고 있는 것 같았는지 이야기했다.

올리브는 지친 듯 의자에 주저앉았다. 클로드는 그녀의 찬란한 눈망울에 반짝이는 눈물이 고이는 것을 보았다. 그녀는 중얼거렸다. "전, 아버지와 오빠가 둘 다 마른에 있었지만, 며칠이 지나도록 마른에 대해 알지 못했어요! 전 브르타뉴에 있었고 기차는 운행되지 않았어요. 당신이 여기서 내게 이런 것들을 이야기해 주는 것이 정말 멋지네요! 우리는, 우리는 어릴 때부터 언젠가 독일군이 올 것이라고 배웠어요. 우리는 그러한 위협 속에서 자랐어요. 그러나 당신은 밀과 옥수수를 돌보며 안전했군요. 아무것도 당신을 건드릴 게 없었어요, 아무것도!"

클로드는 눈을 내리깔았다. "그래요." 얼굴을 붉히며 중얼거렸다. "애석하지만 그랬죠. 우린 꽤 늦었어요." 그는 무슨 물건을 가져오려는 듯 의자에서 일어났다… 하지만 어디서 가져올 수 있을까? 그는 고개를 저었다.

그는 애절하게 말했다. "유감스럽게도, 그 모든 일이 얼마나 멀리 있는 것처럼 보였는지, 얼마나 환상 같았는지 이해시킬 수 있는 말이 없네요. 수 마일 떨어져 있는 것 같은 게 아니라 수 세기 떨어져 있는 것 같았어요."

"하지만 당신은 정말 멀고도 먼 곳에서 이곳까지 왔어요! 이 전쟁의 마지막 기적이에요. 전 7월 4일에 파리에 있었어요. 벨로 숲에서 미국의 해병대가 독립기념일을 맞이해 행군을 할 때 그곳에서 걸어오는 그들을 보며 스스로 말했어요, '저들이 새로운 남자다!' 귀 뒤의 머리가 얼마나 괜찮았는지. 매우 규율적이라고 생각했어요. 우리 민족은 웃으면서 그들을 부르며 꽃을 던졌지만, 결코 뒤돌아보지 않고 앞만 보고 나아갔어요. 그들은 마치 운명의 사람들처럼 지나갔어요." 그녀는 재빨리 손을 내저었다가 무릎 위에 올렸다. 그날의 감정이 그녀의 얼굴에 나타났다. 클로드는 그녀의 붉은 눈과 뺨을 보며, 이 전쟁의 긴장감은 그녀에게 선물에 가까운 인식을 주었다는 것을 이해했다.

한 여자가 아기를 안고 언덕 위로 올라왔다. 쿠르시는 그녀를 마중 나갔고, 집으로 데리고 들어왔다. 클로드는 완전히 이해했으며,

더는 낯선 사람이 아니라는 느낌에 방황하다가 다시 자리에 앉았다. 멀리 떨어진 곳에서는 큰 총성이 틈틈이 울리고 있었다. 루이스는 정원에서 노래를 부르고 있었다. 다시 한번 클로드는 루이스의 노랫말을 알았으면 했다. 주변 분위기는 다소 우울했지만, 노래는 매우 명랑했다. 그의 목소리와 얼굴에는 개방적이고 따뜻한 무언가가 있었다. 여름의 밀밭처럼, 무르익고 흔들리는 가벼운 목소리였다. 클로드는 혼자 30분 이상 앉아 새로운 종류의 행복과 슬픔을 맛보았다. 파멸과 새로운 탄생, 과거 추악한 것들의 전율, 지평선 위 아름다운 것들의 떨리는 이미지, 발견과 소멸. 그것이 삶이라고 생각했다.

올리브가 돌아왔을 때, 그는 그녀를 위해 의자를 햇빛 쪽으로 옮겼다. 그녀가 자리에 앉자 그가 간단히 말했다. "당신 같은 프랑스 소녀들이 있는 줄 몰랐어요."

그녀가 미소 지었다. "프랑스엔 더는 소녀들이 남아 있지 않아요. 아이와 여자가 있을 뿐이에요. 전쟁이 일어났을 때 나는 스물한 살이었고, 어머니나 언니, 오빠 없이는 어디에도 가본 적이 없었어요. 1년 동안 나는 혼자서 프랑스 전역을 돌아다녔어요. 군인, 세네갈 사람, 누구든. 그들은 우리와 모든 게 달랐어요." 그녀는 베르사유에 살았고, 그녀의 아버지는 그곳의 군사 학교에서 강사로 일했다고 했다. 그는 전쟁 초기에 죽었다. 그녀의 할아버지는 1870년 전쟁에서 죽었다. 그녀의 집안은 군인 집안이었지만, 승리를 본 남자는 아무도 없을 것이다. 그녀는 너무 피곤해 보였고, 클로드는 더 이상 머무를 권리가 없다는 것을 알았다. 정원에 긴 그림자가 드리우고 있었다. 떠나기 힘들었지만, 한 시간 정도는 괜찮을 것이다. 두 사람이 몇 년 동안 알고 지낸 사이였다면 서로 더 이상 할 말이 없을 것이라고 그는 생각했다.

그가 일어나면서 물었다. "우리 둘 다 이 전쟁을 이겨 낸다면, 내가 당신을 만날 수 있는 장소를 말해 줄래요?"

그는 노트에 적었다. "제가 당신을 찾을게요." 그녀가 그에게 손을 내밀며 말했다.

그저 헬멧을 챙겨서 가는 것 외에는 할 수 있는 것이 없었다. 언덕의 가장자리에서 길을 내려가기 전, 멈춰서 햇빛을 받고 있는 정원을 보았다.—세 개의 돌 아치, 달리아와 마리골드, 반짝이는 회양목 울타리. 그는 언덕 꼭대기에 다시는 찾을 수 없는 무언가를 남겨 두었다.

다음 날 오후 클로드와 그의 하사는 전선으로 출발했다. 그들은 본부에서 군 묘지로 가는 큰길을 따라가다가 왼쪽으로 돌아가면 더 빨리 갈 수 있다는 말을 들었다. 어두워졌을 때 나머지 길을 가는 것은 바람직하지 않았기 때문에 그들은 이리저리 난 건초 밭과 농작물들을 지나가고 있었다.

그들이 길을 가고 있을 때 빈 보급 마차의 끝 쪽에 앉아 파이프 담배를 피우며 킬트의 마른 진흙을 비비고 있는 스코틀랜드인을 보았다. 말들은 코에 걸린 사료 자루를 우적우적 씹고 있었고, 운전사는 보이지 않았다. 그들은 이전에 스코틀랜드인을 한 번도 만난 적이 없었기에, 매우 흥미로웠다. 이 사람은 싸움을 매우 잘할 것처럼 생겼다. 턱은 불도그처럼 커다랗고 얼굴은 빨갛고 울퉁불

통했다. 정보가 필요하다기보단 그 남자의 모습에 감탄했기 때문에 힉스는 그에게 다가가서 오는 길에 군 묘지를 보았냐고 물었다. 그는 고개를 끄덕였다.

"대략 어느 정도 뒤에서 보았나요?"

"전혀 모르겠군. 일일이 거리를 재면서 온 게 아니라서." 그는 마치 치마를 세면대에 넣고 비비는 것처럼 손을 비벼대며 능청스럽게 대답했다.

"그럼, 걸어서 얼마나 걸릴까요?"

"그건 나도 모르지. 스코틀랜드인이라면 한 시간 안에 갈 거야."

"미국인이라면 스코틀랜드인만큼 빨리 갈 수 있겠죠?" 힉스가 유쾌하게 물었다.

"나야 모르지. 이 전쟁에 참여하기까지 4년이나 걸렸잖아. 잘 알고 있다고." 힉스는 한 방 먹었다는 듯이 눈을 깜박거렸다. "그런 식으로 말하겠다…."

"난 항상 이런 식으로 말하는데." 그가 심술궂게 말했다.

클로드가 힉스를 말렸다. "힉스, 그런 식으로 말해 봤자 아무것도 얻을 수 없어." 그들은 당혹한 마음으로 다시 길을 올라갔다. 힉스는 자신이 하려고 했던 말들을 계속 생각했다. 그는 화가 났을 때 어린 아기처럼 이마가 부풀어 올라 검붉게 물들었다.

그는 씩씩대며 말했다. "왜 말리셨어요?"

"네가 그 대화를 계속하다가 무슨 일이 일어날지도 모르고, 그랑 싸워서 이길 수 있을 것 같지도 않았어."

그들은 해가 질 때까지 머물기 위해 묘지로 돌아섰다. 묘지는 울타리도 없었고 잔디도 없었으며, 정중앙의 마차 흔적만이 묘지를 둘로 나누었다. 한쪽은 하얀 십자가가 있는 프랑스군 무덤이었고, 다른 한쪽은 검은 십자가가 있는 독일군 무덤이었다. 양귀비와 수레국화가 묘지에 피어 있었다. 그들은 이름을 읽으며 돌아다녔다. 군인들의 사진은 그들의 십자가에 못 박혀 있었는데, 동지들이 그와의 기억을 좀 더 오래 간직하기 위함이었다.

해 질 녘과 새벽녘에 늘 나타나는 새들은 어딘가에 있는 둥지로 향하며 노래를 불렀다. 클로드와 힉스는 흙더미에 앉아 해가 지는 동안 담배를 피웠다. 서쪽의 죽은 나무들이 붉게 물들어 갔다. 평범한 대초원에서 자란 이 둘에게도 이곳은 음울한 시골이었다. 그들은 조용히 담배를 피우며 생각에 잠겨 밤을 기다렸다. 그들은 그저 발치에 있는 십자가의 글귀를 읽었다. '프랑스를 위해 죽은 무명의 병사.'

클로드는 꽤 괜찮은 묘비명이라고 생각했다. 이 전쟁에서 죽은 대부분의 소년은, 그들 자신도 스스로를 알지 못했다. 그들은 너무 어렸다. 그들은 죽으면서 자신들의 비밀을 가져갔다. 그들이 누구인지, 그리고 무엇이 되었을지를. 그 묘비의 이름은 프랑스였다. 안키세스의 갑판에서 새벽녘에 육지를 보았을 때부터 그 이름이 그에게 얼마나 의미 있었는지. 마음속으로 말하면 기분 좋은 이름이었다.

힉스 역시 생각에 잠겨 있었다. 그러다 그는 침묵을 깼다. "중위님, 어째서인지 프랑스어 '죽음(mort)'은 '죽음(dead)'이란 말보다 더 죽음과 가까운 것 같아요. '관'이라는 의미가 들어 있는 소리처럼 들려요. 독일어로는 'tod'이라고 한대요. 다 똑같은 어리석은 일일 뿐인데. 저기 있는 묘지들을 보세요, 검고 하얀 게, 마치 체커판 같아요. 누가 그들을 여기에 묻었을까요? 그리고 그것이 무슨 의미가 있을까요?"

"나라고 알겠어." 클로드는 멍하니 중얼거렸다. 힉스는 담배를 하나 더 꺼내 피웠다. 그의 통통한 얼굴은 깊은 생각으로 인해 주름져 있었다. 그가 마침내 입을 떼고 말했다. "이제 그만 길을 떠나는 게 좋겠어요. 항상 그랬듯이 이 잔광은 한 시간 동안 지속될 테니까요."

"그러는 게 좋을 것 같군." 그들은 일어서서 다시 움직이기 시작했다. 하얀 십자가는 이제 보랏빛이었고, 검은 십자가는 그림자 속으로 사라졌다. 서쪽의 죽은 나무들 뒤로는 아직도 붉은빛이 있었다. 북쪽으로는 천둥소리 같은 포성이 들렸다. "저 멀리서 누군가 포를 쏘고 있어. 부엉이들은 항상 무덤 위에서 울어?"

"저도 그게 궁금했습니다, 중위님. 그렇지 않았다면 정말 조용한 곳이었겠지요. 잘 자, 얘들아." 힉스가 무덤을 떠나면서 친절하게 말했다. 그들은 곧 포탄 구멍과 참호 꼭대기를 뛰어다니며, 동료들에게 돌아가는 기쁨을 느끼기 시작했다. 힉스는 클로드에게 고향으로 돌아가면, 델 에이블과 같이 차고와 자동차 수리점을 운영할거라고 했다. 명랑하게 대화를 주고받았지만, 두 사람의 마음속에는 쓸쓸한 무덤과 묘비명이 자리 잡았다. '프랑스를 위해 죽은 무명의 병사.'

◆

후방에서 나흘간 휴식을 취한 후, 대대는 그들이 있던 곳에서 10킬로미터 떨어진 새로운 전선으로 이동하였다. 어느 날 아침 스콧 중령은 클로드와 게르하르트를 불러 놓고, 탁자 위에 지도를 펼쳤다.

"우리는 F6 지역을 공격하고 우리의 자리를 굳힐 계획이다. 문제는 언덕 위에 우뚝 솟은 작은 마을에 있는 적군의 기관총 부대야. 그들은 매우 유리한 위치를 선점하고 있어. 대대가 그곳을 넘어가기 전에 그들을 몰아내고 싶어. 많은 인원을 투입할 수도 없고, 장교들도 더는 투입할 수 없어. 그렇게 되면 더 중요한 작전을 수행할 병력이 줄어들 거야. 너희 둘이서 100명의 부하로 그들을 처리할 수 있을 것 같나? 우리 포병이 3시에 포격을 시작하기 전에 갔다가 돌아와야 한다."

마을이 있는 언덕 아래에는 협곡이 있었고, 이 협곡에서 꼬불꼬불한 물길이 산비탈을 흐르고 있었다. 이 길을 타고 올라가면, 그들은 뒤쪽에 있는 기관총 사수들을 제거할 수 있을 것이다. 그러나 우선 그들은 적의 관심을 끌지 않고 미국 진영과 협곡 사이의 거의 1.5키로미터 정도 되는 넓게 트인 지역을 지나가야 한다. 지금은 비가 내리고 있어 어두운 밤이라면 안전할 것이다.

밤은 아주 어두웠다. 중대는 문제없이 열린 지형을 지나갔고, 공격을 기다리기 위해 협곡으로 들어갔다. 최근에 합류한 펜실베이니아 사람인 젊은 의사는 그들과 함께하겠다고 자원했고, 협곡에 들것을 가지고 대기할 병력을 위한 응급 치료소를 설치하였다. 그들은 돌아가는 길에 다친 사람들을 데리고 갈 예정이었다. 그 지역에 남아 있는 것은 무엇이든 포화에 노출될 것이다.

10시가 되자 그들은 살금살금 움직이며 웅덩이와 작은 폭포의 수로를 따라 올라가기 시작했다. 돼지가 우리에 몸을 비벼 대는 것처럼 질척한 소리가 났다. 선두에 있던 클로드는 마을의 산비탈에서 막 빠져나오고 있었는데, 그때 신호탄이 쏘아졌고, 수로의 언덕 위쪽 덤불에서 총이 발사됐다. 기관총은 아래를 향하고 있었다. 독일군은 미군이 평원을 건너고 있다는 소식을 보고받았고, 그들의 접근 방향을 예상하고 있었던 것이다. 도랑에 갇힌 사람들은, 효과적으로 반격할 수 없었고, 맥심 기관총에서 발사된 총알은 우박처럼 바위에 떨어졌다. 게르하르트는 줄의 가장자리를 따라 달려가서, 부하들에게 후퇴하거나 몸을 숙이고, 도랑에서 벗어나 흩어지라고 재촉했다.

클로드 일행은 다시 출발했다. "돌진해서 그들을 공격해! 저 아래쪽에선 버티기 힘들 거야. 저들이 총을 계속 쏘고 있을 때 수류탄을 던져. 그리고 가서 총검으로 마무리 지어. 핀을 뽑고 너무 오래 들고 있지 마."

그들은 이미 덤불을 향해 달려가고 있었다. 독일 기관총수들은 언덕을 정확히 알고 있었고, 그들 사이에서 폭발이 일어나기 시작했다. 그들은 굴로 들어갔다. "저들을 따라 바위 속으로 들어가지 마." 클로드는 계속 외쳤다. "직진하라! 협곡까지 모두 다 정리해 버려."

독일 기관총수들이 엄폐하자, 도랑으로 향하는 총알들이 멈췄고, 갇혀 있던 병력은 게르하르트를 따라 가파른 협곡 위로 돌진했다. 클로드와 그의 일행은 그들이 출발했던 언덕 가장자리에 있는 협곡에 돌아왔다는 것을 깨달았다. 언덕 위의 맹렬한 사격은 나머지 대원들이 이미 지나갔다는 것을 알려 주었다. 전투 현장으로 돌아가는 가장 빠른 길은 그들이 전에 올랐던 바로 그 물길이었다. 그들은 다시 올라가기 시작했다. 뒤쪽에 있는 클로드는 그의 밑에 있던 땅이 솟아오르는 것을 느꼈고, 산더미 같은 흙과 바위에 휩쓸려 협곡 속으로 떨어졌다.

그는 자신이 의식을 잃었는지 아닌지 전혀 알지 못했다. 계속 어떤 감각이 느껴지는 것 같았다. 첫 번째는 산산조각이 나는 감각이었다. 견딜 수 없는 압력 때문에, 엄청난 크기로 부풀어 올랐다가 터지는 느낌이었다. 그다음으로 동상에 걸린 몸이 녹아내리는 것처럼 움츠러들고 얼얼해졌다. 그러고는 다시 부풀어 올랐다, 터졌다 하는 느낌이 끊임없이 반복되었다. 그는 곧 자신이 엄청난 무게의 흙 밑에 누워 있다는 것을 깨달았다. 그러나 머리는 깔리지 않았다. 그는 얼굴에 비가 내리는 것을 느꼈다. 왼손은 자유로웠고, 여전히 그의 팔에 붙어 있었다. 손을 조심스럽게 얼굴 쪽으로 움직였다. 코와 귀에서 피가 나는 것 같았다. 자신이 어디에서 다쳤는지 궁금했다. 마치 포탄 파편으로 온몸이 가득 찬 것 같은 느낌이었다. 머리와 왼쪽 어깨 외에는 모든 것이 땅에 묻혀 있었다. 아래쪽 어딘가에서 목소리가 들려왔다.

"생존자 있습니까?"

클로드는 얼굴 위로 떨어지는 빗물에 눈을 감았다. 절망의 기색을 띤 목소리가 다시 들려왔다.

"이 구덩이에 살아남은 사람이 있다면, 큰 소리로 대답해 주십시오! 심각한 상처를 입었습니다."

새로 온 의사임이 틀림없었다. 그의 응급 치료소가 이 근처 어딘가에 있지 않았나? 그는 아프다고 말했다. 클로드는 다리를 조금 움직이려고 했다. 이 흙 속에서 빠져나간다면, 의사에게 갈 수 있을 것이다. 그는 꿈틀거리기 시작했다. 젖은 땅이 그를 끌어당겼다. 너무 고통스러웠다. 그는 팔꿈치로 몸을 지탱했지만, 계속 뒤로 미끄러졌다. 아래쪽에서 애절한 목소리가 들렸다.

"그럼 나 혼자 남은 거야?"

마침내 클로드는 모래 속에서 빠져나올 수 있었지만, 서 있을 수 없었다. 그는 일어서려고 할 때마다 다시 기절할 것 같았다. 그의 오른쪽 발목에도 무슨 문제가 있는 듯했다. 발목에 체중을 실을 수 없었다. 아마도 그는 포탄 근처에 있었던 모양이었다. 그는 이러한 경우가 종종 있다고 들었다. 그의 발밑에서 폭발하여 그는 계곡으로 쓸려 내려갔으나, 그에게는 파편이 하나도 튀지 않았다. 파편이 튀었다면, 여기 앉아 이렇게 추측하고 있지도 못했을 것이다. 그는 네 발로 비탈을 기어 내려가기 시작했다. "군의관? 어디 있어?"

"여기 들것에 있습니다. 적군이 우리에게 포격을 가했습니다. 누구십니까? 동료들은 다 괜찮습니까?"

"대부분은 그런 것 같아. 여기서 무슨 일이 있었어?" 그는 슬프게 말했다.

"제 잘못입니다. 실수로 손전등을 켰는데, 그게 발각됐나 봅니다. 우리에게 서너 발 정도 포탄을 쐈습니다. 도랑에서 상처를 입은 동료들이 계속해서 이곳으로 돌아왔고, 이 어둠 속에서 전 아무것도 할 수 없었습니다. 치료하기 위해선 불을 켜야만 했습니다. 첫 포탄이 떨어졌을 때, 전 넓적다리뼈 당김 부목을 다 낀 상태였습니다. 일단은 포격이 멈춘 것 같습니다."

"여기 몇 명이나 있었어?"

"14명 정도요. 몇몇은 크게 다치지 않았어요. 제가 자원해서 따라오지 않았다면 모두 살아 있었을 텐데."

"누구누구였어? 아 아직 우리 이름 모르지? 게르하르트 중위 못 봤어?"

"그런 것 같습니다."

"좀 뚱뚱한 힉스 하사는?"

"그 사람도 못 본 것 같습니다."

"어디를 다친 거야?"

"복부. 불빛 없이 정확히 알 수 없습니다. 손전등을 잃어버렸어요. 그 손전등이 이 사단을 일으킬지 몰랐습니다. 집에서 아기들이 아플 때 쓰던 거였는데." 의사가 중얼거렸다.

클로드는 성냥에 불을 붙이려고 했지만 실패했다. "잠깐만, 네 헬멧 어디 있어?" 그는 헬멧을 의사에게 들고 있게 하고, 그 밑에서 불을 켰다. 의사는 이미 바지를 풀었고, 피투성이가 된 셔츠를 들어 올렸다. 그의 왼쪽 사타구니와 복부가 찢어져 있었다. 그가 누워 있는 들것에는 거대한 소의 간처럼 보이는 짙은 응고된 혈액 덩어리가 있었다.

"아무래도 내 피 갔군." 성냥이 꺼지면서 의사가 중얼거렸다. 클로드는 다른 성냥을 바로 켰다.

"그럴 수 없어! 우리 동료들은 곧 돌아올 것이고, 당신을 위해 무언가 할 수 있을 거야."

"소용없습니다, 중위님. 이 불쌍한 녀석 중 한 명에게서 코트를 벗길 수 있을 것 같습니까? 창자 쪽이 지독하게 춥습니다. 프랑스산 브랜디를 한 병 가지고 있었는데, 여기 어딘가에 묻혔나 봅니다."

클로드는 따뜻한 자신의 코트를 벗고선, 브랜디를 찾기 위해 진흙 속을 이리저리 더듬었다. 그는 의사가 왜 고통으로 비명을 지르지 않는지 궁금했다. 바위 어딘가에서 기관총이 가끔 찰칵거리는 소리를 제외하고는, 언덕 위의 총격이 멈췄다. 그의 시계는 12시 10분을 가리키고 있었다. 위쪽에서 무언가 잘못되었나? 갑자기 위쪽에서 발걸음 소리와 함께 목소리가 들려오기 시작했다. 그는 그들에게 소리쳤다. 그가 아는 목소리였다. 게르하르트와 그의 부하들은 포로들과 함께 협곡을 내려오고 있었다. 클로드는 그들에게 조심하라고 소리쳤다.

"불 켜지마! 폭격받을 거야."

"알았어. 자네 휠러야? 다른 부상자들은 어디 있어?"

"나와 의사 말곤 없어. 빨리 이곳을 벗어나자. 난 괜찮지만 걸을 수가 없어." 그들은 클로드를 들것에 싣고 그를 앞서 보냈다. 네 명

의 큰 독일인이 그를 들었는데, 그들은 힉스와 델 에이블에 의해
묶여 있었다. 네 명의 부하가 군의관을 데려갔고, 게르하르트는 그
옆에서 걸었다. 그들이 조심했음에도 불구하고, 상처에서 응고된
혈전을 뚫고 피가 흘러내렸다. 그는 피를 토하고 숨을 가쁘게 몰
아쉬었다. 그들은 들것을 내려놓았다. 게르하르트는 의사의 머리
를 들어 올렸다. "이제 끝이야. 편히 쉬어." 그들은 다시 들것을 들
었다. 독실한 스웨덴인 오스카가 말했다. "의사를 들고 있는 사람
들은 거칠게 움직이지 마."

B중대는 그 습격으로 19명을 잃었다. 이틀 뒤 중대는 10일간의
휴가를 받았다. 클로드의 삔 발목은 원래 크기의 두 배였지만, 병
원에 가지 않기 위해 병참까지 진군해야 했다. 힉스 하사는 철조
망에서 발견한 거대한 신발을 그에게 가져다주었다. 클로드와 게
르하르트는 함께 휴가를 떠나기로 했다.

◆

비 오는 가을밤, 주베르는 앉아서 신문을 읽고 있었다. 그는 정
원 대문을 세게 두드리는 소리를 들었다. 슬리퍼를 발로 차며 진
흙 때문에 보관하고 있던 나무로 만든 신발을 신고, 물방울이 떨
어지는 정원을 지나 문을 열었다. 소총과 장비를 든 키 큰 두 명이
서 있었다. 순간적으로 그는 그들과 포옹하며, 아내를 불렀다.

"이럴 수가! 여보! 데이비드야, 데이비드와 클로드가 왔다고."

촛불에 비친 미약한 모습의 군인은, 진흙으로 뒤덮여 있었고, 헬

멧은 구리 그릇처럼 빛나고, 옷에서는 물이 떨어지고 있었다. 주베르 부인은 그들의 젖은 표에 입을 맞추었다. 그들을 제대로 볼 수 있게 되자, 주베르는 다시 그들을 꺼안았다.

"어디서 왔고, 어떻게 지냈어?"

"잘 지냈죠."

"뭐부터 할래? 저녁 아니면." 그들의 방은 언제나 준비되어 있었고, 그들이 두고 간 옷은 큰 상자 속에 있었다. 데이비드는 그들의 셔츠가 나흘 동안 단 한 번도 마른 적이 없다고 설명했다. 그리고 지금 가장 원하는 것은 몸을 좀 말리고 씻는 것이라고 했다. 이미 침대에 누워 있던 늙은 마사는 물을 데우러 나갔다. 주베르는 큰 세면대를 위층으로 운반했다. 그는 대화는 내일 하고, 오늘은 좀 쉬라고 했다. 그들은 그를 따라가서 젖은 군복을 벗고, 바닥에 두었다. 두 사람을 위한 목욕물이 하나 있었는데, 누가 먼저 따뜻한 물에 들어갈지 동전 던지기로 정했다. 주베르는 접착식 붕대로 묶인 클로드의 뚱뚱한 발목을 보고 껄껄 웃기 시작했다. "독일군이랑 한바탕했나 보구나!"

그들이 상자에서 깨끗한 잠옷을 꺼내서 입자, 주베르는 마사가 빨래하도록 그들의 셔츠와 양말을 들고 내려왔다. 그러고선 감자튀김과 베이컨이 들어 있는, 열두 개의 계란으로 만든 오믈렛을 가지고 돌아왔다. 주베르 부인은 커피가 들어 있는 병을 문 앞에 가져다 놓고는 말했다. "맛있게 먹어!" 주베르는 커피를 따르고 칼로 빵 덩어리를 자른 뒤 그들이 먹는 것을 지켜보며 궁금증을 삼켰다. '전선에서 어떻게 기지를 짓는 거지? 독일군들은 평상시보

다 친절하고 상냥한가?'

　마침내 그들이 식사를 다 하자, 그는 잔에 브랜디를 따르면서, "소화를 위해."라고 말한 뒤, 잘 자길 빌었다. 그는 촛불을 들고 갔다. 클로드는 시트가 따뜻해지자, 더할 나위 없이 행복하다고 생각했다. 베개에서는 라벤더 향이 났다. 이렇게 따뜻하고, 축축하지 않고, 깨끗하다니, 너무나 좋았다. 여기서 되돌아보는 지금까지의 여정은 매우 아름다워 보였다. 희생당한 나무들이 있는 지역에서 벗어나자마자, 프랑스의 땅은 금빛으로 변하는 것 같았다. 강 계곡을 따라 포플러와 목화는 초록색에서 노란색으로 변했고, 비가 내리는 안개 속의 촛불처럼 보였다. 들판을 가로질러 지평선을 따라 그들은 마치 손에서 손으로 전달되는 횃불처럼 물들어 갔고, 작은 개울가의 버드나무는 모두 은빛이 되어 있었다. 포도밭은 여전히 푸르고, 곱슬곱슬하고 붉은빛으로 물든 가지들이 빽빽했다. 이 모든 것이 그의 베개 옆 어둠 속에서 번쩍였다. 이 아름다운 땅, 아름다운 사람들, 아름다운 오믈렛, 황금 포플러, 푸른 포도원, 진홍색 포도잎, 안뜰로 떨어지는 비, 향기로운 어둠… 수면, 무엇보다 강하게 느껴지는 졸림.

◆

　산림은 단풍으로 물들었다. 클로드와 데이비드는 바위 사이에 피어 있는 히스 사이에 누워 있었다. 게르하르트는 스테슨을 눈 위에 얹은 채 자고 있는 것 같았다. 휴가를 보내기에 좋은 날씨였다. 숲은 마로니에와 너도밤나무로 된 황금빛 테라스가 있는 원형 경기장처럼 열린 공간 위로 우뚝 솟아 있었다. 큰 견과류는 마치 기름에 적신 것처럼 부드럽게 갈색으로 변해 아래의 마른 잎 속으로 사라졌다. 초록빛 여름에는 보이지 않았던 작고 검은 주목 나무는 곱슬곱슬한 노란 고사리 사이로 눈에 띄었다. 너도밤나무 가지들 사이로 뻣뻣한 호랑가시나무 덤불이 반짝거렸다.

거짓 행복을 두려워하고, 속는 것을 비겁하게 생각하는 것은 휠러의 방식이었다. 클로드는 돌아온 이후, 너무 많은 것을 당연하게 여기지 않는지, 여기에서 집에 있다고 느끼는 것이 그의 권리인지 궁금했다. 그는 미국인들은 집에서 매우 편하게 지내고, 예절을 선의로 쉽게 착각한다고 생각했다. 그러나 주베르의 애정은 의심할 수가 없었다. 그것은 진실하고 개인적이었지만, 선의 아래 경멸이 숨어, 비웃고 있는 것이 아니었다. 한마디로 속아서는 안 되는 '프랑스식 공손함'이 아니었다. 한 나라의 계절 변화를 보자, 오랜 시간 동안 그곳에 있었다고 느껴졌다. 어쨌든, 그는 관광객이 아니었다. 그는 정말로 해야 할 일이 있어서 이 나라에 온 것이었다.

클로드의 삔 발목은 여전히 심하게 부어 있었다. 주베르 부인은 그가 전혀 움직이지 말아야 한다고 확신했고, 온종일 정원에 앉아 쉬라고 부탁했다. 그러나 전선의 외과 의사는 그가 걷는 것을 멈추면 병원에 가야 한다고 했다. 그래서 주베르의 가장 좋은 지팡이의 도움으로 그는 매일 절뚝거리며 숲으로 나갔다. 오늘 오후에는 더 멀리 가고 싶은 기분이 들었다. 주베르 부인은 그에게 오래전 영국 전쟁 때 시골 사람들이 살았던 숲속 끝 동굴 지하에 있는 주거용 구역에 대해 말해 주었다. 영국 전쟁, 그는 그 전쟁이 얼마나 오래전인지 기억할 수 없었지만, 매우 오래전 일이라는 확신이 있었다. 그는 어쩌면 영원히 집에 가지 않을 수도 있다. 이 전쟁이 끝나면, 작은 농장을 사서, 여생을 이곳에서 머물지도 모른다. 그는 이 생각을 자주 했다. 사람들이 항상 사고팔고, 짓고 무너뜨리는 고향에서는 그가 원하는 삶을 살 기회가 없었다. 그는 미국인들이 얕은 감정을 가진 민족이라고 믿기 시작했다. 게르하르트도 이렇게 말한 적이 있었다. 만약 그것이 사실이라면, 치료법 같은 건 없다. 인생은 너무 짧아서 개인의 존재가 서로 얽혀 있는 배경과 대립하지 않는 한, 지속적으로 지탱해 줄 무언가가 없으면 의미가 없다. 그가 프랑스에서 여생을 살 생각을 열심히 하는 동안, 그의 동료는 팔꿈치를 휘저으며 몸을 굴렸다.

"우리가 A-에 있는 대대에 합류해야 하는 거 알지. 거기선 왕처럼 생활할 거야. 힉스는 너무 뚱뚱해져서 행군할 때 뒤처질 거야. 본부는 뭔가 이상한 생각을 하고 있을 거야. 보병은 살육당하기 전에 많이 먹어 둬야 한다거나. 하지만 계속 생각해 봤어. A-에 친구 몇 명이 있거든. 일찍 복귀해서 그들에게 데리러 오라고 할까? 꽤 오래된 곳인데, 그들을 만나러 갈 생각이야. 그의 아들은 내 예술 학교 동료였어. 그는 전쟁이 일어난 후 두 번째로 맞이한 겨울에 죽었어. 나는 그와 휴일에 그곳에 가곤 했어. 그의 어머니와 누이를 만나고 싶어. 반대하지 않지?"

클로드는 바로 대답하지 않았다. 그는 꼼짝도 하지 않고 눈을 가늘게 뜬 채로 너도밤나무들을 보고 있었다.

"넌 항상 나와 이야기할 때 그 주제에 대해 피하잖아?"

"무슨 주제?"

"예술 학교나 너의 직업에 관한 뭐든지."

"난 지금 전문성이 없어. 다시는 바이올린을 켜지 않을 거야."

"네가 잃어버린 시간을 만회할 수 없다는 거야?"

게르하르트는 바위에 등을 기대고 파이프를 들었다. "그것도 어렵겠지. 하지만 다른 게 더 어려울 거야. 난 시간보다 훨씬 많은 것을 잃었어."

"다른 방법이 있지 않을까?"

"그럴지도 모르지. 친구들이 나를 위해 테스트를 마련해 줬어. 하지만 내가 견딜 수 없었어. 난 내가 바이올리니스트가 되기엔 자격이 충분하지 않다고 생각했어. 난 가끔 전쟁이 발발한 그해 여름에 파리에 있었으면 좋았겠다고 생각해. 그러면 다른 학생들과 함께 프랑스 군대에 들어갔을 거고, 그게 더 나았을 텐데." 데이비드는 잠시 말을 멈추고 앉아서 파이프를 빨았다. 바로 그때 산비탈에서 부드러운 움직임이 보였다. 맨발의 어린 소녀가 그 자리에 서서 주위를 둘러보고 있었다. 소녀는 나뭇잎에 섞여 있는 제복을 보지 못했으나, 목소리를 들었다. 그러다가 두 개의 머리 위에 태양이 비치는 것을 보았다. 하나는 사각형의 머리였고, 다른 하나는 길고 좁은 머리였다. 그녀는 그들이 당연히 친절하다고 여기고, 언덕을 내려와 이따금 멈춰 서서 반짝이는 마로니에 열매를 주위 끌고 다니던 자루에 넣었다. 데이비드는 그녀를 불러 열매를 먹어도 되는 시기인지 물었다.

그녀는 공포에 차 말했다. "안 돼요! 돼지를 위해 줍는 거예요!"
이 미숙한 미국인들은 무엇이든지 먹을 수 있다고 생각했다. 그들
은 웃으면서 그녀에게 돈을 조금 주고 말했다. "이것도 돼지들을
위해서." 그녀는 숲 가장자리를 돌아다니며 나뭇잎 사이로 열매를
줍고, 두 병사를 지켜보았다.

게르하르트는 파이프를 털어 내고 다시 채우기 시작했다.
"1914년 5월에 어머니를 뵈러 집으로 갔었어. 전쟁이 일어났을 때
난 여기에 없었어. 예술 학교가 문을 닫았기 때문에, 나는 그 겨울
에 미국에서 콘서트 투어를 시작했고, 매우 잘했어. 그때는 러시아
인들이 넘어오기 전이었고, 업계가 붐비지 않았어. 두 번째 투어도
매우 잘됐어. 하지만 난 점점 더 불안해졌어. 내 반쪽만 그곳에 있
는 기분이었어." 그는 마치 그때의 일이나 감정이 느껴지는 것처
럼 팔짱을 끼고 앉아 신중하게 파이프를 피웠다. "내 번호가 뽑혔
을 때, 나는 미국을 벗어나기 위해 내가 무엇을 할 수 있는지 보고
했고, 입대하려고 애쓰는 사람들을 본체만체했지. 그들에게 한 번
도 미안한 적이 없었어. 그 뒤 얼마 지나지 않아 바이올린이 박살
났고, 내 경력도 그때 같이 끝이 난 것 같았어."

클로드는 그게 무슨 뜻인지 물어보았다.

"내가 캠프 딕스에 있을 때, 그곳에 있는 악기를 연주하면 됐어.
스트라디바리우스인 내 바이올린은 뉴욕의 금고에 있었어. 콘서
트에 필요한 물건은 아니었지만, 가지고 나왔어. 역에서 군용차를
타고 가고 있었는데, 술에 취한 택시 기사가 우리를 들이받았지.
난 다치지 않았지만, 바이올린이 완전히 부서졌어. 그땐 그게 무슨

396

의미였는지 몰랐는데, 그 이후로, 너무나 많은 아름답고 오래된 것들이 박살 나는 것을 보았어⋯ 나는 운명론자가 되었지."

클로드는 회색 돌에 기대어 그의 우울한 얼굴을 보았다.

"모든 것을 피했어야지. 군인이라면 다 그렇게 말할 거야."

데이비드는 바위에 머리를 기댔고, 밤 한 개를 가볍게 공중으로 던졌다. "그건 별로 중요한 일이 아니야! 하지만 누가 다시 돌아갈 수 있을까? 그게 궁금해!"

클로드는 죄책감을 느꼈다. 오늘 오후 데이비드의 마음속에 무슨 일이 벌어지고 있는지 알 것 같았다. "넌 우리가 이 전쟁에서 벗어날 수 있을 거라고 믿지 않는군?"

"절대 그렇지 않아."

"그렇다면 난 네가 무엇 때문에 여기 왔는지 확실히 모르겠어!"

"왜냐하면, 1917년에 나는 스물네 살이었고, 무기를 들 수 있었기 때문이야. 전쟁은 우리 세대에게 맡겨졌어. 왜 그런지 모르겠어, 아마도 우리 조상의 죄겠지. 민주주의를 위해 세상을 안전하게 만든다는, 그런 건 아닐 거고. 예전에 내가 들것을 다루는 일을 했을 때, 아무 일도 일어나지 않을 거라고, 그럴 수밖에 없다고 나 자신에게 몇 번이고 말했어. 하지만 가끔은 뭔가가 꼭⋯ 기대하진 않았지만, 예상하지 못한 일이 일어난다고 생각해." 그는 말을 멈추고 눈을 감았다. "옛 신화에서 신의 아들이 태어났을 때, 어머니는 항상 고통받다가 죽는 거 기억해? 어쩌면 세멜레밖에 예시가 없을 수도 있어. 어쨌든, 나는 가끔 우리 시대의 젊은이들이 새로운 발상을 세상에 내놓기 위해 죽어야만 하는 것이 아닌가 하는 뭔가 올림피아 같은 생각이 들어. 알고 싶어. 알 것 같아. 이곳에 온 뒤로 불멸을 믿게 되었어. 너도 그래?"

클로드는 질문을 받자 혼란스러웠다. "잘 모르겠어. 별로 생각해 보지 못했어."

"너무 신경 쓰지 마! 때가 되면 너에게도 다가올 거야. 추구하려고 할 필요 없어. 이 생각은 내가 예전에 음악을 할 때처럼 다가왔어. 이해하기도 전에 알게 되고 살아갔던 것처럼 말이야. 이런 생각들은 유치해 보였지만."

게르하르트는 일어났다. "자, 내 일에 관해 네가 알고 싶은 것을, 내가 말해 줬나?" 그는 묘한 재미와 애정의 빛으로 클로드를 내려다보았다. "다리를 뻗을 거야. 4시야." 그는 여름에 붉은 소나무들이 햇빛에 의해 장밋빛 호수를 만드는, 소나무 줄기 사이로 사라졌다. 그들이 이곳에서 이 풍경을 다시 볼 순 없을 것이라고 클로드는 생각했다. 그는 모자를 푹 눌러쓰고 잠을 잤다. 너도밤나무 가장자리에 있던 소녀는 자루를 놓고 조용히 언덕을 내려갔다. 그녀는 히스에 앉아 발을 위로 끌어 올린 채 호기심에 찬 표정으로 편안히 자는 클로드의 모습을 바라보았다.

다음 날은 클로드의 25번째 생일이었고, 생일을 기념하여 주베르는 그의 지하실에서 오래된 버건디 한 병을 가져왔다. 그가 젊었을 때 큰 행사를 위해 넣어 둔 몇십 개 중 하나였다. 주베르 부인과 보낸 나태한 일주일은, 그의 오랜 친구인 에를리히 부인과 이야기했던 행복한 '청춘'의 시기라고 생각했고, 여태껏 경험해 보지 못한 것들이 이제야 다가왔다고 생각했다. 그는 자신의 청춘을 프랑스에서 보내고 있었다. 이런 일이 다시는 일어나지 않으리라는 것을 알았다. 들판과 숲은 다시는 이러한 황홀감을 주지 않을 것이다. 자줏빛 저녁 마을 거리를 걸어오면서 굴뚝에서 나는 나무의 훈연 냄새가 마약처럼 머리로 흘러들어 피부의 모공을 열고 때로는 눈물이 흐르게 했다. 그의 삶은 결국 잘되었고, 모든 것은 고귀한 의미를 지니고 있었다. 몇 년 동안 같이 살아왔던 신경의 긴장이 믿기지 않았다… 그것에 대해 생각해 보면 터무니없고, 유치하게 느껴졌다. 그것들을 회상하며 자신을 고문하지 않았다. 그는 다시 시작하고 있었다.

어느 날 밤, 그는 고향에 있는 꿈을 꾸었다. 그는 지평선에서 지평선까지 뻗어 있는 일구어진 땅만 볼 수 있었다. 그 위아래로 쟁기와 두 마리의 말을 가진 한 소년이 움직였다. 처음에 클로드는 그 소년이 랄프라고 생각했다. 그러나 점점 가까워지자 그 소년이 자신이라는 것을 깨달았고, 두려움으로 가득 찼다. 가엾은 클로드, 그는 결코 도망칠 수 없을 것이다. 그는 모든 것을 놓칠 것이다! 그가 자신에게 말을 걸어, 경고하려고 안간힘을 쓰고 있을 때, 그는 잠에서 깨어났다.

링컨에 있는 학교에 다녔을 때, 그는 항상 자신이 의구심 없이 존경할 수 있는 누군가를 찾고 있었다. 그가 부러워하고, 모방하고, 희망할 수 있는 어떤 사람을. 그는 지금도 게르하르트 같은 사람의 희미한 모습이 마음속에 떠오른다고 생각했다. 그들의 길이 교차할 가능성은 전쟁 때에만 있었다. 그것이 아니라면 둘이 무언가 함께 했을 것이다. 둘을 친구로 만들어 줄 공통의 관심사를.

게르하르트와 클로드는 택시에서 내렸다. 그들의 앞에는 모든 나무들의 끝이 정원 벽 위로 보이는, 사각 지붕을 한 견고한 집의 열린 현관이 있었다. 그들은 자갈이 깔린 안뜰을 건너 초인종을 울렸다. 늙은 시종이 그들을 들여보내 주었고, 넓은 복도를 통해 정원으로 이어진 응접실로 안내했다. 곧 집주인이 올 것이다. 데이비드는 긴 창문들 중 하나에 가서 밖을 내다보았다. "그들은 이런 전쟁에도 불구하고 계속 이렇게 살아왔어. 이곳은 언제나 사랑스러워."

정원은 마치 작은 공원처럼 넓었다. 한쪽에는 테니스 코트가, 다른 한쪽에는 연못과 수련이 있는 분수대가 있었다. 북쪽 벽은 오래된 주목 나무에 가려져 있었다. 남쪽은 정사각형으로 손질된 두 줄의 버즘나무들이 긴 정자를 형성하고 있었다. 정원 뒤쪽에는 오래되고 아름다운 피나무들이 있었다. 화려한 가을꽃이 핀 화단 주위에는 자갈길이 있었다. 장미 정원에는 잎은 이미 시들었지만, 작은 흰색 장미가 여전히 피어 있었다.

여자 두 명이 응접실로 들어왔다. 어머니는 키가 작고 통통하며 장밋빛이었고, 다소 남성적인 이목구비와 흰머리를 가졌다. 데이비드가 그녀의 손에 키스하려고 몸을 굽히자 그녀는 눈에 눈물을 번뜩이며 그를 끌어안고 양쪽 뺨에 입술을 맞추었다.

그녀는 그의 제복 상의에 손을 갖다 대면서 중얼거렸다. "너도!" 온화한 순간이었다. 클로드는 창가에서 그들을 지켜보며, 그녀가 늙은 장군처럼 서 있다고 생각했다. 그녀는 딸을 앞으로 끌어당기면서 데이비드에게 같이 놀던 어린 소녀를 알아보겠냐고 물었다. 클레어는 어머니와 전혀 닮지 않았다. 날씬하고, 하얀 테니스 복장을 하고, 검은 리본이 달린 밝은 황록색 모자를 쓴 그녀는 현대적이고 격식을 차리지 않으며 태연해 보였다. 그녀는 데이비드가 일찍 도착해, 차를 마시기 전에 테니스 한 게임을 할 수 있어서 기쁘다고 했다. 어머니는 뜨개질 거리를 정원으로 가지고 와서 그들을 구경했다. 여주인의 행동은 그녀와 단둘이 남게 될지도 모른다는 클로드의 불안감을 덜어 주었다. 데이비드가 그를 불러 그녀에게 소개하자, 클레어는 재빨리 악수하며, 데이비드를 이기자마자 클로드와도 테니스를 쳐보고 싶다고 말했다. 방에는 여러 나라의 테니스화가 있었다. 그녀의 오빠의 테니스화, 오빠의 러시아 친구가 급히 동원됐을 때 두고 간 테니스화, 이곳에서 머물던 영국인의 테니스화. 그녀와 그녀의 어머니는 정원에서 기다렸다. 그녀는 늙은 시종을 불렀다.

미국인들은 위층 큰 방에서 마호가니 장롱과 책상 사이에 있는 현대식 철제 침대와 소파, 벨벳 카펫, 붉은 양단이 걸려 있는 창문을 보았다. 데이비드는 작은 탈의실로 들어가 테니스용 복장으로 갈아입었다. 벽에는 플란넬로 만든 양복 두 세트와 셔츠가 걸려 있었다.

데이비드는 클로드가 뻣뻣하게 창가에 서서 굽히지 않고 정원을 내려다보고 있는 것을 보고 물었다. "옷 안 갈아입을 거야?"

"왜 갈아입어야 하는데?" 클로드가 경멸하듯 말했다. "난 테니스

안 쳐. 한 번도 손에 라켓을 들어 본 적이 없어."

"참 안됐군. 그녀는 그때 어린아이였지만 테니스를 잘 쳤지." 게르하르트는 바지가 2인치 정도 짧다고 생각했다. "모든 게 변했지만, 그럼에도 불구하고 어떻게 모든 것이 여전히 같니! 마치 꿈속의 장소로 되돌아온 것 같아."

"그들은 꿈꿀 시간을 많이 주지 않아!" 클로드는 말했다.

"다행히도!"

"난 테니스 안 칠 거라고 그녀에게 말해 줄래? 좀 있다가 내려갈게."

"마음대로 해."

클로드는 창가에 서서 게르하르트의 맨머리와 클레어의 녹색 모자와 긴 갈색 팔이 코트 위를 여기저기 움직이는 것을 지켜보았다. 게르하르트가 차를 마시기 전에 옷을 갈아입으러 왔을 때, 클로드가 열어 둔 채 아직 짐을 풀지 않은 가방 앞에 서 있는 것을 발견했다.

"무슨 일이야? 또 전투 스트레스 반응?"

클로드는 입술을 깨물었다. "그렇진 않아. 사실은, 데이브, 여긴 마음이 편하지 않아. 아, 사람들은 괜찮아! 하지만 난 여기에 어울리지 않아. 난 나가서 다른 임시 민가 숙소를 찾아볼 테니까, 넌 여기서 편히 친구들을 만나. 내가 왜 여기 있어야 하지? 그들은 숙소를 제공하는 것도 아니잖아."

"내가 들은 바로는 가끔 제공해. 여기서 스코틀랜드인과 영국인을 머무르게 한 적이 있어. 그들도 마음에 들어 했고, 아니면 마음에 든 척을 했거나. 물론 네가 원하는 대로 행동해도 되지만, 저들의 마음을 상하게 하고 나를 매우 난처한 처지에 빠뜨릴 거야. 솔직히 말해서, 네가 무례하게 굴지 않고 나갈 수 있는지 모르겠어."

클로드는 어정쩡한 태도로 가방 안을 내려다보며 서 있었다. 게르하르트는 커다란 거울 중 하나에 비치는 클로드의 얼굴에서 당혹감과 비참함을 보았다. 그는 친구의 어깨에 가볍게 손을 얹었다.

"클로드! 이건 너무 터무니없는 짓이야. 제복을 입고 있으니 옷을 안 갈아입어도 되고, 프랑스어를 잘 모르니 그들과 말하지 않아도 돼. 난 네가 여기 오고 싶어 할 거라고 생각했어. 이 사람들은 몹시 힘든 시간을 보냈는데, 그들의 용기에 감탄할 수 없는 거야?"

"아냐, 감탄하고 있어! 그저 내겐 어색할 뿐이야." 클로드는 외투를 벗고 힘차게 머리를 빗기 시작했다. "난 언제나 독일인보다 프랑스인을 더 무서워했던 것 같아. 너도 알다시피 여기에 머물려면 용기가 필요해. 난 도망가고 싶어."

"하지만, 어째서? 무엇이 그렇게 만드는 거야?"

"나도 몰라! 이 집의 무언가가, 이 분위기가."

"뭔가 맘에 안 들어?"

"아니. 맘에 들어."

데이비드는 웃었다. "그 정도는 이겨 낼 수 있을 거야!"

그들은 정원에서 영국식 차를 마셨는데, 클레어의 말에 의하면 영국 장교들이 두고 간 것이라고 했다.

저녁 식사 때 세 번째 가족을 만났다. 머리가 짧고, 크고 검은 눈을 가진 어린 소년이었다. 그는 벨벳 재킷을 입은 채 조용하고 수

줍게 클로드의 왼쪽에 앉아 있었는데, 대화에 열심히 참여했고, 특히 전쟁이 일어난 지 두 번째 해 겨울에 베르됭에서 죽은 형 레네에 대해 이야기할 때 말을 더 많이 했다. 어머니와 누나는 마치 그가 살아 있는 것처럼, 그의 편지와 계획, 그리고 예술 학교와 군대에서 만난 그의 친구들에 관해 이야기했다. 클레어는 게르하르트에게 파리에서 그가 알고 있던 모든 여학생에 대한 소식을 전했다. 군인들을 위해 노래를 부르고 있는 소녀, 공습으로 폭격을 당한 병원에서 간호사를 하고 있을 때, 불타는 건물에서 스무 명의 부상자를 밀가루 자루처럼 업고 나온 소녀. 영국 적십자에 들어가 영어를 배운 무용수 앨리스. 식인종이라고 전해지는 뉴질랜드인 장교와 결혼한 오데트. 그의 부족이 두 명의 선교사를 먹었다는 것은 잘 알려져 있었다. 클로드는 알아들을 수 없는 말이 훨씬 많았지만, 이 여성들에게 전쟁은 프랑스였고, 삶 자체라는 것을 알 수 있었다. 살아 있는 것, 의식하고 있는 것, 능력을 갖추고 있는 것은 모두 전쟁에 참여했다.

저녁 식사 후 그들이 응접실에 들어갔을 때, 플뢰리 부인은 데이비드에게 레네의 바이올린을 다시 보고 싶은지 물었고, 데이비드는 어린 소년에게 고개를 끄덕였다. 그는 슬그머니 자리를 빠져나가 케이스를 가지고 돌아와 탁자 위에 올려놓았다. 소년은 조심스럽게 케이스를 열고 벨벳 천을 벗긴 다음, 바이올린을 게르하르트에게 건네주었다.

데이비드는 바이올린을 촛불 아래에서 뒤집고, 플뢰리 부인에게 레네의 멋진 아마티 바이올린은 무대의 매우 아름다운 여성처럼,

너무 정교한 음색이어서, 어디서든 알아챌 수 있을 것이라고 말했다. 가족들은 그의 칭찬을 들으며 분명한 만족감을 느꼈다. 플뢰리 부인은 루시엔이 음악을 대하는 태도가 매우 진지하고, 그의 선생님이 매우 좋아했으며, 그의 손이 조금 더 크면 레네의 바이올린을 연주하라고 허락을 받았다고 말했다. 클로드는 데이비드의 손에 들려 있는 악기를 바라보며 서 있는 어린 소년을 지켜보았다. 그의 크고 검은 눈동자에는 촛불의 불꽃이 반사되어, 마치 실제로 불꽃이 타오르는 것처럼 보였다.

"무슨 일이니, 루시엔?" 그의 어머니가 물었다.

"내가 잠을 자기 전에 데이비드가 연주를 해주었으면 좋겠어요."

"하지만, 루시엔, 난 이제 군인이야. 2년 동안 바이올린을 다루어 본 적이 없어. 내가 만약 바이올린을 켜면 아마티는 독일군의 손에서 켜지고 있다고 느낄 거야."

"그렇게 말하면 바이올린이 너무 똑똑한 것 같잖아요. 제발요." 루시엔은 미소를 지으며 말하고는 기대감에 차 소파 앞에 놓인 발받침대에 앉았다. 클레어는 피아노로 갔다. 데이비드는 얼굴을 찡그리며 바이올린을 조율하기 시작했다. 플뢰리 부인은 늙은 시종을 불러 벽난로에 놓여 있는 양초에 불을 붙이라고 했다. 그녀는 난로 오른쪽에 있는 안락의자를 잡고 클로드에게 왼편에 있는 의자로 오라고 손짓했다. 어린 소년은 여전히 소파 앞에 놓인 발 받침대에 앉아 있었다. 피아노 앞에 앉아 있던 클레어가 생상스의 협주곡을 연주하기 시작했다.

"아, 그 노래 말고!" 데이비드는 턱을 들어 그녀를 난처하게 쳐다보았다. 그녀는 아무 대꾸도 하지 않고, 어깨를 앞으로 숙인 채 계속 연주했다. 루시엔은 턱밑으로 무릎을 세우고 몸을 떨었다. 때가 되자 바이올린 연주가 시작되었다. 데이비드가 바이올린을 턱밑으로 넣고 연주하니, 억압되고 쓰라린 소리가 났다.

그들은 오랫동안 연주를 했다. 마침내 데이비드는 연주를 멈추고 이마를 닦았다. "제3 악장은 정말 연주하지 못할 것 같아."

"나도 그래. 하지만 그 부분이 마지막 휴가 때, 집에서 떠나기 전날 밤 레네가 연주한 부분이야." 그녀는 다시 연주하기 시작했고, 데이비드도 그녀를 따라 다시 시작했다. 플뢰리 부인은 눈을 반쯤 감은 채 앉아서 불을 들여다보고 있었다. 입술을 굳게 다물고 무릎에 손을 얹은 클로드는 친구의 뒷모습을 지켜보고 있었다. 음악은 그의 혼란스러운 감정의 일부분이었다. 그는 존경과 쓰라리고 쓰라린 부러움 사이에서 갈등했다. 저만큼 잘 연주할 수 있고, 섬세하고 정밀하고 힘 있는 손을 가진 건 어떤 기분일까? 만약 그가 무언가라도 하라고 배웠다면, 오늘 밤 여기 앉아 있지 않았을 것이다. 만일 곰 새끼나 황소 송아지로 태어났다면, 부수고 파괴하는 삶만 살았을 것이다.

게르하르트는 바이올린을 천으로 감쌌다. 어린 소년은 그에게 고맙다는 인사를 하고 방으로 갔다. 플뢰리 부인과 딸은 손님들에게 밤 인사를 했다. 데이비드는 지금은 따뜻하니깐, 잠자리에 들기 전에 정원으로 가서 담배를 피우자고 했다. 그는 긴 창문 중 하나를 열었고 그들은 테라스로 나갔다. 마른 나뭇잎들이 길 위에서 바스락거리고 있었다. 주목 나무들은 어둠보다 더 검게 단단한 벽을 만들었다. 분수는 별을 붙잡고 있는 듯, 유일하게 은빛으로 빛나고 있었다. 소년들은 조용히 걸어 다니며 산책을 끝냈다.

"내가 봤을 땐 넌 원래 직업으로 다시 돌아가도 될 것 같아." 클로드는 가끔 사람들이 아무것도 모르면서 말할 때처럼 부자연스러운 어조로 말했다.

"그렇지 않아. 그저 그들을 위해 연주한 것뿐이야. 음악은 항상 이 집에서 종교와 같았으니깐." 그는 손을 들었다. 멀리서도 고요한 밤, 커다란 총의 규칙적인 소리가 들렸다. "지금 중요한 건 저것뿐이야. 저게 다른 모든 것을 죽였어."

"믿을 수 없어." 클로드는 잠시 분수대 가장자리에 멈춰 서서 생각을 가다듬으려 했다. "난 전쟁이 아무것도 죽이지 않았다고 생각해. 그저 흩어지게 만들었을 뿐." 그는 잠든 집과 정원, 별로 멀지 않아 보이는, 맑고 별이 총총한 하늘을 급히 둘러보았다. "너 같은 사람이 최악의 일을 당하는 거야. 하지만 난 전쟁이 일어나기 전까지 살 만한 가치가 있다는 것을 전혀 몰랐어. 그전에는 세상이 그저 사업으로만 보였어."

"넌 그게 젊은 사람들에게 모험을 제공하는 값비싼 방법이라는 것을 인정하게 될 거야." 데이비드가 건조하게 말했다.

"그럴지도 모르지, 다 똑같아…."

그들은 호화로운 침대에 누웠다. 클로드는 데이비드가 잠든 후에도 오랫동안 잠들지 못했다. 베일리스 같은 사람이 나라를 다스렸다면, 그가 본 세상만큼 추악한 전쟁터나 파괴된 국가는 없을 것이다. 전쟁이 발발하기 전까지는, 그런 사람들이 통제한다고 생각했다. 그러나 그의 어린 시절은 그 믿음으로 인해 어두워지고 약해졌다. 프로이센 사람들도 그렇게 믿었을 것이다. 그러나 이 전쟁은 다른 것에 관심을 가진 사람들이 많이 남았다는 것을 보여주었다.

멀리서 들려오던 폭격 소리는 점차 줄어들었다. 클로드는 침대에서 일어나 앉아 귀를 기울였다. 그에게는 총소리가 처음부터 즐거웠고, 자신감과 안전함을 느끼게 해주었다. 오늘 밤 그는 그 이유를 알았다. 인간은 신념을 위해 죽을 수 있고, 꿈을 위해서 여태껏 이루어온 모든 것을 불태울 수 있다고 사람들은 말했다. 그는 세계의 미래가 안전하다는 것을 알고 있었다. 조심성 있는 계획자들은 결코 안전을 배척하지 않을 것이다. 교활함과 신중함은 결코 안전을 배척하는 것을 허락하지 않을 것이다. 이상은 구시대적이고, 아름답지만 무능한 것이 아니었다. 그것들은 진정한 인간의 힘의 원천이었다. 이제 그는 그것이 사실이라는 것을 알았다. 그는 이 사실을 알기 위해 이 순간까지 온 것이다. 그는 운명에 아무런 불만도 없었다. 데이비드를 부러워하지도 않았다. 그는 자신의 경험을 아무에게도 주지 않을 것이다. 수면의 구석에서 그 사실은 마치 분수대의 맑은 기둥처럼, 초승달처럼 깜빡이는 것 같았다. 매혹적이고 밝은 위험의 얼굴이었다.

◆

9월 20일 클로드와 데이비드가 대대에 복귀했을 때에도 전쟁의 끝은 언제나처럼 멀게만 느껴졌다. 미국은 불가리아의 함락을 알지 못했고, 유럽에 대한 정보가 별로 없었기 때문에 안다고 해도 별 의미가 없었을 것이다. 독일군은 여전히 프랑스의 북쪽과 동쪽을 차지하고 있었고, 커져만 가는 기세에 얼마나 많은 전력이 남아 있는지 알 수 없었다.

대대는 아라스에서 기차를 탔다. 스콧 중령은 병참역에서 아르곤까지 걸어서 아르곤으로 진출하라는 명령을 받았다.

기차는 붐볐고, 철도 이송은 늦어졌고, 점점 지쳐 갔다. 그들은 밤에 비를 맞으며 기차에서 내렸다. 이곳이 출발지인 것 같다고 했다. 그곳엔 마을도 없었고, 역은 전날 공군 함대가 폭격한 상태였다. 벽돌 더미와 물이 가득 찬 구멍들이, 그것들이 어디에 있었는지 말해 주었다. 중령은 클로드와 순찰대를 보내 그들이 잘 곳을 찾으라고 했다. 그들은 짚 더미가 흩어져 있는 들판 끝에서 검은 농가를 발견했다. 클로드는 다가가서 문을 두드렸다. 조용했다. 그가 계속 문을 두드리며 "미군 군대가 왔습니다!"라고 소리치자, 창문이 열렸다. 농부는 머리를 내밀고 뭘 원하는지 퉁명스럽게 물어보았다. "이번엔 또 뭐야?"

클로드는 최선을 다해 프랑스어로 미국 대대가 이곳에 방금 막 도착했다고 설명했다. 만약 짚 더미를 부수지 않는다면, 그곳에서 자도 되는지 물어보았다.

"맘대로 해." 농부는 대답하고, 창문을 닫았다.

가망 없어 보이는 어두운 장소에서 나온 그 한마디가 그들의 사기를 북돋웠다. "맘대로 하라고?" 그들은 짚으로 파고들면서 계속 웃었다. 짚으로 들어가지 못한 사람들은 흙탕물 밭에 누웠다. 그들은 자신들의 처지를 불쌍하게 여기기도 전에 잠들었다.

농부는 다시 나와 마구간을 써도 된다고 제안했고, 절대로 불을 켜지 말라고 부탁했다. 그들은 어제까지 공습에 시달린 적이 없었는데, 분명 미군이 이곳으로 계속 오고 탄약을 보냈기 때문이었을 것이다. 그들과 이야기를 나누기 위해 불려간 게르하르트는, 농부에게 중령이 지도를 살펴보아야 한다고 했고, 농부는 아이들이 잠들어 있는 지하실로 그들을 안내했다. 중령은 잡역병이 만들어 준 짚 침대 위에 눕기 전에 손가락을 내려가며 이름과 킬로미터를 외우고 있었다. 중령 같은 영관들에게는 장소의 이름을 외우는 것이 전쟁의 고난 중 하나였다. 그의 마음은 느긋했고, 항상 자신의 일을 했다. 그 어떤 장교보다 깨어 있는 시간이 더 많았다. 오늘 밤 그는 거의 눕지 않았는데, 그때 보초병이 전령을 데리고 왔다. 중령은 그것을 읽기 위해 다시 지하실로 갔다. 그는 내일 아침 가능한 한 일찍 요아힘 왕자 농장에서 하비 대령을 만나야 했다. 전령이 안내자 역할을 할 것이다.

중령은 앉아 시계를 보며 전령에게 그곳까지 가는 데 걸리는 시간과 지형에 관해 물었다. "독일인의 성질이라는 게 이 근처에서 보통 뭔 의미야?"

"말 그대로입니다. 가끔 열 명에서 열다섯 명 정도 되는 순찰대를 붙잡아 감시병의 후방으로 보냅니다. 그러면 이놈들이 악마처럼 서로 싸웁니다. 독일의 어디에서 왔느냐에 따라 다르다고 하던데, 바이에른족과 색슨족 사람들이 가장 용감하다고 합니다."

스콧 중령은 한 시간 동안 기다렸다가 잠든 장교들을 흔들며 돌아다녔다.

맥시 대위는 치욕스러운 행동을 하다 걸리기라도 한 듯 벌떡 일어섰다. 그는 하사들을 불렀고, 그들은 짚과 바닥에서 자고 있던 부하들을 깨우기 시작했다. 30분 후에 그들은 도로를 걸어가고 있었다. 대대원들은 상태가 좋지 않은 길을 행군하는 게 처음이었는데, 다리를 진흙에서 빼내고, 균형을 잡는 것이 문제였다. 그들은 곧 더위를 느꼈고, 땀을 흘리기 시작했다. 그들의 장비 무게는 계속 이상한 곳으로 쏠렸다. 옷이 젖어 더 무거웠고, 배낭은 뒤틀렸다. 클로드와 힉스는 2년 전 진흙 속에서 이루어진 이프르 전투와 파스샹달 전투가 어땠을지 궁금해졌다. 힉스는 지난주에 아라스에서 훈련을 받았는데, 영국군들이 같은 방식으로 휴식을 취하고 있었고, 그에 관해 이야기할 수 있었다.

대대는 9시에 요아힘 농장에 도착했다. 하비 대령은 아직 도착하지 않았지만, 늙은 율리우스 시저가 그의 기술자들과 그곳에 있었고, 그들을 위해 뜨거운 아침 식사를 준비해 주었다. 저녁 6시에 다시 출발하여 새벽까지 행군하며 짧은 휴식을 취했다. 밤에 그들은 두 개의 독일 순찰대를 잡았는데, 서른 명 정도 됐다. 아침 식사 중 죄수들은 도움이 되고 싶다고 말했지만, 요리사는 그들의 냄새가 너무 역겨워서 스튜가 상할 거라고 말했다. 그들은 스스로 음식에서 멀리 이동했다.

그들을 심문한 건 당연하게도 게르하르트였다. 클로드는 포로들을 불쌍히 여겼다. 그들은 알고 있는 모든 것을 기꺼이 말하려 했

411

고, 도움이 된다는 것을 어필하려고 안절부절못하고 있었다. 그러고선 미국에 있는 친척들에 관해 이야기했고, 전쟁이 끝나면 미국으로 그들을 만나러 갈 예정이라고 활기차게 말했다. 모두가 그들을 반겨 줄 것이라고 예상하는 것 같았다!

그들은 게르하르트에게 무언가를 하게 해 달라고 빌었다. 행군할 때 그들에게 장교들의 짐을 들게 할 순 없나? 아냐, 저들은 너무 벌레가 많아. 어쩌면 위생 팀을 도와줄 수 있을지도 몰라. 그들은 기꺼이 그럴 것이다.

계획은 해 질 녘 전에 뤼프레흐트 참호에 도착해서 점령하는 것이었다. 필요 없는 인간과 해충들을 제외하곤 모두 비어 있었기 때문에 쉬운 일이었다. 그곳에는 적에게 처분당하도록 남겨진 불구와 병든 십여 명의 병사와, 얼빠진 젊은이들이 갇혀 있었다. 독일군은 그들의 순찰대가 돌아오지 않자 그것이 무엇을 의미하는지 알고 있었다. 그들은 병들고 쓸모없는 인간들과 가능한 한 많은 오물을 남기고 대피했다. 대피호는 꽤 건조했지만, 해충이 너무 많아서, 미국인들은 진흙에서 자는 것을 선호했다.

저녁 식사 후에, 사람들은 필요 없는 것들을 모두 버려 짐 꾸러미를 가볍게 만들었다. 대부분은 병참역에서 지원받은 코트를 버렸고, 몇몇은 코트 아랫부분을 잘라 누더기 재킷으로 만들었다. 맥시 대위는 이러한 파괴적인 행위에 충격받았지만, 중령은 그에게 무시하라고 충고했다. "앞으로 가야 할 길이 험하니, 가볍게 이동하라고 내버려 둬. 그들은 선택할 권리가 있어. 차라리 추위를 견딘다고 한다면 그렇게 하게 둬."

◆

대대는 뤼프레흐트 참호에서 24시간 휴식을 취한 다음, 4박 4일을 돌아다니며 참호를 점령하고 순찰대를 포획했다. 겨우 몇 시간만 눈을 붙일 수 있었고, 식량이 준비되는 동안에는 길가에서 쉬었다. 그들은 후퇴하는 적들을 거세게 밀어붙였고, 원래 계획보다 앞서 나갔다. 보급 계획도 틀어져 버렸다. 넷째 날 밤, 독일 본부였던 농장에 도착하니, 거기서 만나기로 한 보급 팀이 도착하지 않았다. 결국 저녁을 먹지 못하고 잠자리에 들었다.

이 농장은 포로들이 파루 홀다 농장이라고 불렸는데, 통신선의 중심지였다. 수백 개의 통신선이 벽을 뚫고 사방으로 퍼져 있었다. 중령은 찾을 수 있는 모든 선을 자르고, 이 농장의 책임자로 남은 소작농을 의심해 감시병을 두었다.

마침내 스콧 중령은 침실에 들어갔다. 그는 아라스를 떠난 후 처음으로 침대를 보았다. 그는 연대 대령의 명령을 받은 전령이 온 뒤로 두 시간 이상 잠을 자지 않았다. 클로드는 게르하르트와 브루거 사이의 다락 침대에 있었다. 그는 누군가 자신을 흔들고 있는 것을 느꼈지만, 방해받지 않겠다고 결심하고 평온하게 잠을 잤다. 그때 누군가 머리를 너무 세게 잡아당겨 일어나 앉았다. 맥시 대위가 침대 앞에 서 있었다.

"따라들 와. 연대 본부의 명령이다. 대대는 여기서 흩어진다. 우리 중대는 오늘 밤 4킬로미터를 전진해 보포르에 있는 마을을 점령한다."

클로드는 일어났다. "부하들은 현재 매우 피곤한 상태입니다, 맥시 대위님. 저녁도 못 먹었습니다."

"그건 어쩔 수 없지. 부하들에게 보포르에서 아침을 먹는다고 전하도록." 클로드와 게르하르트는 헛간으로 가서 힉스와 델 에이블을 깨웠다. 그들은 열흘 만에 처음으로 마른 짚에서 잠들었다. 그들은 너무 피곤해서 장소와 시간에 구애받지 않고 아무 곳에서나 잤다.

이들 중 다수는 이미 4천 마일이나 떨어져 있는, 대초원의 작은 마을과 농장 사이에 흩어져 있는 것 같았다. 어둠 속에서 비틀거리며 함께 있으니 비참해 보였다.

중령이 맥시 대위와 함께 지도를 훑어본 후, 밖으로 나오자 중대가 집합해 있었다. 그는 그들과 같이 가는 것은 아니었지만, 그들이 그곳에서도 잘 해낼 것이라고 말했다. 일단 보포르에 도착하면 그들은 일주일간 쉬면서, 위장한 채 잠들고, 잠시 동안 사람들 사이에서 살 것이다. 중대 중 몇몇은 눈을 감은 채, 여전히 잠을 자고 있다고 믿으며, 즐거운 꿈을 꾸려고 애쓰며 행군하고 있었다. 그들은 독일군 순찰대가 그들을 공격하기 전까지 깨지 않았으며, 포로들은 한 명의 감시하에 중령 쪽으로 돌려보냈다. 2킬로미터를 전진했을 때, 다리가 폭파된 것을 발견했다. 건널 만한 여울을 찾기 위해 클로드와 힉스가 한쪽으로 갔고, 브루거와 델 에이블도 다른 쪽으로 향했다. 나머지는 길가에 누워 잠을 잤다. 동이 틀 무렵 그들은 조용하고 고요하게 마을 변두리에 이르렀다.

맥시 대위에게는 얼마나 많은 독일인이 마을에 남아 있을지에 대한 정보가 하나도 없었다. 독일은 전쟁이 시작된 이래 줄곧 이곳을 점령하고 있었고, 쉼터로 사용했다. 이곳에서는 그 어떤 전투도 일어난 적이 없었다. 도로의 첫 번째 집에서 대위는 멈춰 서서 문을 쾅쾅 두드렸다. 답이 없었다.

"우리는 미군이고, 집 안의 사람들을 봐야겠습니다. 만약 문을 열지 않는다면 부수겠습니다."

안에서 여자의 목소리가 들렸다. "여기엔 아무도 없어요. 부하들을 데리고 이곳을 떠나 주세요. 전 지금 아파요."

대위는 게르하르트를 시켜 문 안쪽 사람에게 설명하고 안심을 시켰다. 문이 조금 열리고, 취침용 모자를 쓴 노파가 나왔다. 한 노인이 그녀의 뒤를 맴돌았다. 그녀는 장교들을 이해하지 못하고 놀라서 쳐다보았다. 이들은 그녀가 본 최초의 연합군 병사였다. 독일군이 미군에 관해 이야기하는 것을 들은 적이 있었지만, 거짓말인 줄 알았다고 말했다. 일단 납득한 그녀는 장교들을 들어오게 하고 그들의 질문에 대답했다.

'아뇨, 우리 집엔 독일군이 남아 있지 않아요. 그들은 그저께 이곳을 떠나라는 명령을 받고 다리를 폭파해 버렸어요. 그들은 동쪽 어딘가에 집중하고 있어요.' 그녀는 이 마을에 독일군이 얼마나 남아 있을지, 어디에 숨어 있을지는 몰랐지만, 어디에 있었는지는 말할 수 있었다. 의기양양하게 가져온 지도는 독일 장교가 잃어버린 것이었고, 그 지도에는 임시 숙소의 위치들이 나와 있었다.

맥시 대위는 이 지도를 따라 부하들을 이끌었다. 한 지하실에선 여덟 명의 포로를 잡았고, 다른 지하실에선 열일곱 명의 포로를 잡았다. 마을 사람들은 포로들이 광장에 모여 있는 것을 보고, 집에서 나와 정보를 주었다. 버트 풀러는 이 소탕 작전이 플레트강의 수위가 낮을 때 물고기를 잡는 것 같다고 말했다. 힘들일 필요도 없었다.

9시가 되자 장교들이 교회 앞 광장에 서서 수색한 집들을 지도에서 확인하고 있었다. 대원들은 빵집에서 커피를 마시며, 신선한 빵을 먹고 있었다. 광장에는 직접 보러 나온 사람들로 가득했다. 구조대가 왔다고 하는 사람들도 있었고, 또 다른 속임수라고 의심하며 고개를 가로젓는 사람들도 있었다. 아이들은 군인들과 친분을 쌓으며 뛰어다니고 있었다. 노란 곱슬머리에 깨끗한 흰 드레스를 입은 어린 소녀가 힉스에게 붙어, 그의 주머니에 있는 초콜릿을 빼 먹고 있었다. 게르하르트는 제빵사에게 또 빵을 구워 달라고 이야기했다. 태양은 빛나고 있었고, 모든 것이 쾌활하게 보였다. 이 마을은 소녀들로 북적거렸다. 그들 중 몇몇은 예뻤고, 모두 친절했다. 새벽에는 그토록 초췌하고 쓸쓸해 보이던 사내들이, 마을의 가장자리에 자리 잡고 굽은 어깨와 가슴을 펴고 있었다. 그들은 더럽고, 진흙투성이였지만, 클로드가 대위에게 말한 것처럼, 상쾌해 보였다.

갑자기 재잘거리는 소리 위로 총성이 울려 퍼졌고, 하얀 모자를 쓴 노파가 비명을 지르며 포장도로 위로 넘어져, 두 손, 두 발을 휘저으며 뒹굴었다. 두 번째 총성에, 힉스의 옆에 서서 초콜릿을 먹던 어린 소녀가 두 손을 내팽개치고 몇 걸음 걸어가다가 넘어졌고, 노란 머리칼에선 피와 뇌가 흘러나왔다. 사람들은 비명을 지르며 뛰기 시작했다. 미군들은 이쪽저쪽을 둘러보며 바로 달려갈 준비를 했지만, 어디로 달려가야 할지 몰랐다. 또 한 번 총소리가 들렸고, 맥시 대위의 한쪽 무릎이 꺾였다. 얼굴을 몹시 붉히며 다시 일어났는데, 새하얀 바지가 붉게 물들며 다시 쓰러질 뿐이었다.

"저기 있다, 왼쪽!" 힉스가 왼쪽을 가리키며 소리를 질렀다. 그들은 목표를 포착했다. 광장에서 약간 떨어진 거리에 있는 폐쇄된 집에서 연기가 피어오르고 있었다. 총은 위층 창문 중 하나에 걸려 있었다. 대위의 잡역병이 그를 와인 가게로 끌고 들어갔다. 클로드와 데이비드는 부하들을 따라 거리를 달려 내려가 문을 부수었다. 두 장교는 1층 방을 수색했고, 힉스와 동료들은 집 뒤쪽에 있는 폐쇄된 계단을 향해 곧장 나아갔다. 그들이 계단 아래쪽에 다다랐을 때, 소총의 일제사격이 있었고, 두 명이 쓰러졌다. 계단 제일 위에 네 명의 독일인이 배치되어 있었다.

미군은 자신들의 총검이 독일군에게 맞았는지도 모른 채 전진했고, 위층에 도착할 때까지 올라가고 있다는 것을 의식하지 못했다. 클로드와 데이비드가 위층에 도달했을 때, 분대원들은 총검을 닦고 있었고, 구석엔 회색 시체 네 구가 쌓여 있었다. 버트 풀러와 델 에이블은 좁은 복도를 뛰어가 방문을 열었다. 두 발의 총성이 있었고, 델은 턱이 산산조각 나고, 목 왼쪽에서 피가 뿜어져 나온 채로 돌아왔다. 게르하르트는 그를 붙잡고 손가락으로 동맥을 지혈했다.

클로드가 물었다. "버트, 안에 몇 명이나 있어?"

"못 보았습니다. 조심하십시오. 저 문은 한 번에 두 명이 지나갈 수 없습니다!" 복도 끝의 문은 여전히 열려 있었다. 클로드는 복도를 따라 방이 보일 때까지 걸어갔다. 덧문은 닫혀 있었고, 널조각 사이로 햇빛이 들어오고 있었다. 문과 창문 사이의 바닥 한가운데 높은 서랍장이 있었는데, 위쪽에 거울이 붙어 있었다. 이 가구의 아래쪽과 바닥 사이의 좁은 공간으로 부츠 한 켤레가 보였다. 그곳에는 딱 한 사람이 숨을 공간이 있었는데, 적은 그곳에서 엄폐물 뒤에 숨어 총을 쏘고 있었다. 구석에 다른 사람이 있을 수도 있었다.

"안에 한 놈밖에 없는 것 같아. 방 한가운데 있는 큰 옷장 뒤에서 총을 쏘고 있어. 아무나 한 명 따라와, 저놈을 잡아야 해."

오마하 포장집의 오스트리아 소년 윌리 카츠가 나서서 그의 옆에 섰다.

"잘 들어 윌리, 우린 동시에 들어간다. 넌 오른쪽으로 들어가고 난 왼쪽으로 간다. 둘 중 한 명은 그를 잡을 수 있을 거야. 동시에 양쪽을 쏘진 못할 테니. 준비됐어? 좋아, 지금!"

클로드는 자신이 더 위험한 방향으로 진입한다고 생각했지만, 독일인은 아마도 중요한 사람이 오른쪽에 있으리라 생각한 것 같았다. 두 명의 미군이 문을 박차고 들어가자 그는 총을 발사했다. 클로드는 총검으로 그의 어깨뼈를 찔렀지만, 그는 윌리 카츠의 푸른 눈동자 중 하나를 통해 뇌리에 총알을 박았다. 윌리는 쓰러졌고 움직이지 않았다. 독일 장교는 쓰러지면서 리볼버 한발을 더 쏘았고, 독일 억양이 전혀 없는 영어를 외쳤다.

"이 쓰레기 같은 놈들, 시카고로 돌아가!" 그러고는 피로 인해 질식했다.

힉스 하사는 달려 들어와 죽어 가는 사람의 관자놀이에 총을 쐈다. 아무도 그를 말리지 않았다.

그 장교는 키가 컸고, 메달과 훈장으로 뒤덮인 옷을 입고 있었다. 분명 매우 잘생겼을 것이다. 그의 손은 마치 무도회에 가는 것처럼 희었다. 화장대 위에는 그의 분홍색 손톱을 매끈하게 유지해 줄 풀과 손톱 광택기가 잔뜩 쌓여 있었다. 새끼손가락에는 아름답게 조각된 루비 반지가 있었다. 버트 풀러는 반지를 빼서 클로드에게 주었다. 그는 고개를 저었다. 그가 마지막에 외친 말은 클로드를 불안하게 했다. 버트는 힉스에게 반지를 내밀었으나, 그는 리볼버를 던지면서 말했다.

"내가 이딴 자식의 물건을 만질 것 같아? 그 예쁜 아가씨와 내 친구… 델은 죽은 것보다 더 안 좋은 상황이라고!" 그는 자신이 우는 것을 동료들이 보지 못하도록 등을 돌렸다.

"제가 가져도 될까요?" 버트가 물었다.

클로드는 고개를 끄덕였다. 데이비드가 들어와서 덧문을 열고 있었다. 클로드는 이 장교가 지하실에서 올챙이처럼 잡혀 온 포로들과는 전혀 다른 종류의 사람이라고 생각했다. 대원 중 한 명이 침대에서 화려한 실크 드레싱 가운을 집어 들었고, 다른 한 명은 은으로 가득 장식된 화장 도구 가방을 가리켰다. 게르하르트는 그것이 러시아산 은이라고 말했는데, 이 남자는 틀림없이 동부 전선에서 온 사람일 것이다.

버트 풀러와 니프티 존스는 장교의 주머니를 뒤지고 있었다. 클로드는 그들을 지켜보았고, 옳은 행동이라고 생각했다. 그들은 그의 훈장에는 손을 대지 않았다. 하지만 금으로 된 담배 케이스와 손목에서 아직도 똑딱거리는 백금 시계는, 그에게 더는 필요하지 않을 것이다. 그의 목에는 섬세한 쇠사슬에 매달린 작은 케이스가 걸려 있었다. 버트는 낭만적이고 아름다운 여자의 그림이 들어 있을 거라고 상상하며 케이스를 열었지만, 눈처럼 창백하고 물망초 같은 눈을 가진 젊은 남자의 그림이 들어 있었다.

클로드도 의아해하면서 보았다. "이 사람은 시인이거나 뭐 그런 부류의 사람인가 봅니다. 아마도 전쟁 초기에 살해된 어린 동생일 겁니다."

게르하르트는 그것을 받고선 경멸하는 표정으로 힐끗 쳐다보았다. "적어도, 그가 가지고 있게 해줘, 버트." 게르하르트는 클로드의 어깨를 툭툭 두드리며 죽은 장교의 리볼버 손잡이의 무늬를 보라고 했다.

클로드는 데이비드가 그를 매우 기뻐하며 바라보고 있다는 것을 눈치챘다. 실제로 이 방에서 즐거운 일이 일어난 것 같았다. 하지만 신도 알다시피 즐거운 일은 없었다. 그들이 돌아섰을 때, 검은 파리 떼가 바닥에 쓰러져 있는 윌리 카츠의 시체 위를 날아다니고 있었다. 클로드는 데이비드가 흥미로운 생각을 하거나, 기억의 강한 반짝임을 느낄 때, 잠시 동안 다소 무정해지는 것을 종종 관찰했다. 방금 클로드는 게르하르트의 쾌활한 기운이 어떤 식으로든 자신과 연결되어 있다고 느꼈다. 윌리와 함께 들어갔기 때문이었을까? 데이비드는 그의 용기를 의심했을까?

◆

B중대의 생존자들은 훗날 나이가 들어 좋은 날들을 보내고 있을 때, 서로에게 "아, 보포르에서 보낸 그 주!"라고 말할 것이다. 그들은 눈을 감고 낮은 산등성이에 있는 작은 마을을 회상할 것이다. 오크나무와 밤나무, 검은호두나무들이 무성하게 자란… 거리는 가을 나뭇잎들이 쌓여 있고, 큰 가지들은 집 지붕 위로 꼬여 있고, 이끼와 나무뿌리 맛이 나는 시원한 물의 우물을. 그들은 그 거리 위아래로 젊고 깨끗한 자신들과, 오래전에 죽었지만 여전히 멀리 떨어진 그 마을에 살아 있는 동지들이 지나가는 것을 생각할 것이다. 진흙과 비에 젖은 날 밤, 보포르에 있는 그들의 오랜 민간 숙소에 아픈 발을 끌며 다시 한번 걸어가면 얼마나 좋을까! 노파가 그들의 옷을 빨고 말리는 동안 넓은 침대에 누워 자던 것, 레드와인과 밤으로 만든 토끼 스튜와 감자튀김을 먹던 것. 아, 이제 그런 날들은 더 이상 없다!

맥시 대위와 부상자들이 포로의 손에 의해 후방으로 옮겨지자마자, 중대는 12시간을 잤다. 그러나 힉스 하사는 광장의 바깥쪽에 있는 집에서, 그의 친구 옆에 앉아 있었다.

다음 날 대원들은 마치 새로운 세상에서 막 창조된 새로운 인간인 것처럼 살아났다. 마을에도 활기가 돌았다… 흥분, 변화, 기대할 무언가가 마침내 생겼다! 광장에 성조기가 삼색기와 함께 새롭게 매달렸다. 해가 질 무렵 군인들은 그 뒤에 대열을 지어 서서 머리를 드러낸 채 '별이 빛나는 깃발'을 불렀다. 노인들은 문간에서 그들을 지켜보았다. 미국인들은 보포르 주민들에게 처음으로 '마델론'*을 들려주었다. 마을에서는 이 노래를 들어 본 적이 없다는 사실, 아이들이 둥글게 서서 '마델론을 불러 주세요!'라고 간청한다는 사실은 군인들에게 이 마을이 얼마나 오랫동안 세상과 단절되어있었는지를 깨닫게 했다. 독일의 점령은 그들을 자신들의 오만함만 들을 수 있는 귀머거리로 만들었다.

클로드는 첫 번째 긴 잠을 마치고 침대에서 일어나기 전에 스콧 중령으로부터 추후 명령이 있을 때까지 중대를 책임지고 있으라는 전령을 받았다. 독일 포로들은 후방으로 보내지기 전에 스스로 죽은 자들을 매장하고, 죽은 미군을 위해 무덤을 팠다. 클로드와 데이비드는 어제 아침 행군으로 이 마을에 들어올 때, 맥시 대위에게 처음으로 정보를 알려 준 여자의 집에서 머물렀다. 여주인은 그들에게, 광장에서 총을 맞은 노파와 어린 소녀가 오늘 오후에 묻힐 것이라고 말했다. 클로드는 미군들의 장례식을 동시에 치르는 것이 좋겠다고 결정했다. 그는 사제에게 무덤에서 기도해 달라고 부탁하리라 생각하며, 데이비드와 눈부시게 바스락거리는 가을 햇살을 뚫고 쿠레의 집을 찾기 위해 출발했다. 높은 벽 뒤로 정원이 보이는 교회 옆집이었다. 외벽에 종의 당김줄에는 '세게 당기시오.'라고 적힌 카드가 걸려 있었다.

---

* 프랑스인 루이 부스케(Louis Bousquet)가 작사하고 카미유 로베르(Camille Robert)가 작곡한 노래이다. 1918년에 발매 되었으며 전쟁 기간 동안 가장 유명한 노래였다. 그 후 앨프리드 브라이언(Alfred Bryan)에 의해 영어 버전이 'Madelon(I'll Be True to the Whole Regiment)'이라는 이름으로 발매되었다.

사제는 그의 초인종처럼 몸이 약해 보이는 노인이었다. 그는 검은 모자를 쓰고 서서 손을 가슴에 대 떨지 않도록 했다. 그는 정말로 많이 늙어 보였는데, 마치 이 세상에 질려서 끝을 본 것처럼 절망적인 모습이었다. 클로드는 프랑스 어느 곳에서도 그만큼 슬픈 얼굴을 보지 못했다. 그렇다, 그가 기도해 줄 것이다. 기독교 장례식이 더 좋았을 텐데, 그들은 집에서 너무 멀리 떨어져 있었다. 불쌍한 사람들! 데이비드는 그에게 독일의 통치가 매우 억압적이었냐고 물었으나 노인은 분명하게 대답하지 않았고, 그의 캐속 위에 놓인 손이 너무 걷잡을 수 없이 흔들리기 시작했기 때문에, 그들은 그를 곤란하게 하지 않으려고 자리를 떠났다.

클로드는 말했다. "저 사람 머릿속이 약간 정상이 아닌 것 같은데, 그렇지 않아?"

"전쟁이 그를 저렇게 만든 것 같군. 손이 그렇게 떨리는데 어떻게 미사를 올리겠어?" 그들이 교회 계단을 건넜을 때, 데이비드는 클로드의 팔을 만지며 광장을 가리켰다. "봐, 모든 병사가 벌써 여자가 생겼어! 몇몇은 벌써 퍼티그 모자를 꺼냈어. 다 버린 줄 알았는데!"

모자를 쓰지 않은 사람들은 헬멧을 겨드랑이에 끼고 서서 과장된 몸짓으로 여자들에게 말을 걸었는데, 마치 해외에서 일하는 사람들 같았다. 그들 중 몇몇은 어린 소년에게 헬멧을 들게 했다. 한 병사는 기뻐하는 어린 소녀를 등에 태워 주었다.

장례식이 끝난 후에 중대의 모든 남자는 죽은 동료들에 관해 이야기할 동정심 많은 여자를 찾아다녔다. 보포르에 있는 모든 정원

꽃과 구슬 화환이 미군의 무덤으로 옮겨졌다. 분대가 그들을 위해 총을 쏘고 나팔이 울리자 소녀들과 어머니들은 눈물을 흘렸다. 가엾은 윌리 카츠는 남부 오마하에서 이런 장례식을 치를 수는 없었을 것이다.

다음 날 밤 군인들은 소녀들에게 폭스트롯을 추는 법을 가르치기 시작했다. 그들은 마을에서 오래된 바이올린을 발견했고, 오스카가 바이올린을 켰다. 그들은 매일 저녁 춤을 추었다. 클로드는 이 상황을 보고 부하들을 훈계했다. 그러나 그는 참새들을 꾸짖는 편이 낫다는 것을 깨달았다. 이곳은 수백 명의 여성이 사는 마을이었는데, 할머니들만 남편이 있었다. 모든 남자는 군대에 있었다. 독일군이 이곳에 처음 자리를 잡은 이후로 남자들은 휴가차 집에 올 수 없었다. 그 소녀들은 끊임없이 그들을 탐내고, 끊임없이 따돌려야 하는 젊은이들과 함께 4년 동안 입을 다물고 있었다. 참을 수 없을 정도로 긴 시간이었다. 미군들은 자신들이 에덴동산의 아담이 된 상황이라는 것을 알았다.

버트 풀러는 퍼레이드를 마친 뒤 거리에서 클로드를 따라잡으면서 숨 가쁘게 말했다. "그거 아십니까? 이 사랑스러운 소녀들이 들판에 나가 일을 해야 하고, 그 더러운 돼지들의 먹을 것을 길러야 한다는 것을? 네 맞습니다. 그들은 독일의 감시병 밑에서 죄수처럼 아침과 밤에 밭을 행군하며 일했답니다! 이제 그들에게 좋은 시간을 주는 것은 우리에게 달린 게 분명합니다."

어두운 거리와 골목에서 배회하는 커플을 만나지 않고는 저녁 길을 걸을 수 없었다. 청년들은 프랑스어를 부끄러워하던 마음을 모두 잃었다. 그들은 프랑스에서 세 개의 동사를 활용하면 모두 행복하게 생활할 수 있다고 했다. '먹기 위해, 사랑하기 위해, 지불하기 위해'—꽤 충분했다! 그들은 보포르를 '우리 동네'라고 불렀고, 마을 사람들은 그들을 '우리 미국인'이라고 불렀다. 그들은 전쟁이 끝난 후 돌아와서 소녀들과 결혼하고 배관 공사를 할 예정이었다!

빌 게이츠는 숙소 앞에서 토끼 가죽을 벗기는 자세로 서서 피 묻은 손으로 경례를 하며 클로드에게 말했다. "집에 있는 것 같습니다! 이번 주 마을에는 사냥한 토끼 양이 매우 많습니다!"

어느 날 아침, 면도를 하던 중 데이비드는 클로드에게 말했다. "있잖아, 클로드. 버섯을 찾기 위해 숲으로 여행을 가는 병사들을 보면 맥시 대위가 한쪽 다리로 여기로 돌아올 것 같아."

"어쩌면 그럴 수도."

"그만두게 하지 않을 거야?"

"아니!" 클로드는 입꼬리를 음침하게 세우며 홱 몸을 돌렸다. "만약 여자들 또는 마을 사람들이 불평하면 내가 참견할 거야. 그게 아니라면 내버려 둘 거야. 난 그 문제를 곰곰이 생각해 보았어."

"아, 여자애들……" 데이비드는 부드럽게 웃었다.

"버섯 맛에 익숙해질 수 있을까. 집에서 안 먹지 않아?"

8일 후, 미군들이 행군하라는 명령을 받았을 때, 모든 집에는 슬픔이 퍼졌다. 마을에서의 마지막 밤, 장교들은 광장에서 열리는 댄스파티에 초대받았다. 클로드도 잠시 들러 그 광경을 지켜보았다. 데이비드는 춤이란 춤은 다 추고 있었지만, 힉스는 어디에도 보이지 않았다. 그 불쌍한 녀석은 모든 삶의 의미를 다 잃어버렸다.

클로드는 그가 무덤 앞에서 침울해하고 있는지 교회 쪽으로 보러 갔다. 그곳으로 걸어가는 동안 클로드는 시든 잎과 작은 프랑스 국기가 달린 쥐똥나무 울타리 아래 혼자 떨어져 있는 무덤을 보곤 멈췄다. 그들과 함께 지내던 노부인은 그들에게 이 무덤의 이야기를 들려주었다.

쿠레의 사생아 마리 루이스가 그곳에 묻혀 있다. 그녀는 보포르에서 가장 예쁜 아가씨였지만, 독일 장교와 정을 맺어 마을을 망신시켰다. 그는 젊은 바이에른 사람이었고, 노부인의 집에 머물렀는데, 그녀의 말에 의하면 착하고 잘생기고 온순한 소년이었으며, 한밤중에 향수병과 상사병 때문에, 정원에 앉아 두 손으로 머리를 감싸 쥐고 있었다고 했다. 그는 항상 마리 루이스를 쫓고 있었고, 그녀에게 조급하게 굴지 않았지만, 항상 그녀의 근처에 있었다고 노부인은 말했다. 소녀는 다른 모든 사람과 마찬가지로 독일인들을 싫어했고, 그를 경멸했다. 그는 전선으로 보내졌다. 그러다 베르됭의 학살 이후 병에 걸리고 거의 귀가 들리지 않는 상태로 마을에 돌아와서 한참을 머물렀다. 그 봄에 어떤 여자가 독일 묘지에서 밤에 그를 만났다는 이야기가 돌았다. 독일인들은 교회 뒤의 땅을 가져가 묘지를 만들었고, 그곳은 쿠레 정원의 벽과 인접해 있었다. 여자들이 농작물을 심기 위해 밭으로 나갔을 때 마리 루이스는 슬그머니 무리를 벗어나 숲에서 그를 만나곤 했다. 여자들은 확신했고, 그녀를 경멸했다. 그러나 아무도 쿠레에게 그 말을 할 만큼 용감하지 않았다. 어느 날, 숲속에서 그와 함께 있을 때,

그녀는 땅에 있는 리볼버를 낚아채서 자살했다. 그녀의 마음은 프랑스 여자였다고 여주인은 말했다.

"그럼 그 바이에른 소년은?" 클로드는 나중에 데이비드에게 물었다. 이야기가 너무 복잡해져서 그는 따라갈 수 없었다. "그는 그녀를 이해했고, 즉시 같은 리볼버를 들고 자신의 관자놀이를 쐈어. 그를 감시하기 위해 덤불 가장자리에 배치된 그의 잡역병은 첫 번째 총소리를 듣고 그들을 향해 달려갔어. 그는 장교가 연기가 나는 총을 들고 스스로 돌리는 것을 보았어. 그러나 그의 지휘관은 자신의 장교 중 한 명이 한 여인에게 그렇게 깊은 감정을 가지고 있었다는 것을 믿을 수가 없었어. 지휘관은 조사했고, 그녀의 어머니와 삼촌을 법정에 끌고 가, 독일인 장교를 유혹하고 살해하기 위해 그녀와 음모했다는 것을 규명하려고 했어. 잡역병은 그들이 어떻게 어디서 만나기 시작했는지 모든 이야기를 했어. 그가 이야기한 세부 사항은 그다지 자세하지는 않았지만, 뮐러 중위가 자신의 손으로 총을 쏘는 것을 보았다는 진술을 고수했고, 지휘관은 자신의 주장을 입증하는 데 실패했어. 늙은 쿠레는 이 사실을 법정에서 듣기 전까지는 전혀 알지 못했어. 마리 루이스는 어렸을 때부터 그의 집에서 살았고, 그의 딸 같았지. 쿠레는 그때 뇌졸중 같은 것을 앓았고, 그 이후로 계속 저 상태야. 소녀의 친구들은 그녀를 용서해 주었고, 그녀가 산울타리에 혼자 묻히자, 그녀의 무덤으로 꽃을 가져가기 시작했어. 지휘관은 울타리에 이 무덤을 장식하는 것을 금지한다는 포스터를 붙였지. 분명 독일 점령기 동안 그 어떤 것도 마리 루이스보다 더 가엾은 것은 없었지."

클로드는 그 일이 누구라도 동요시킬 것이라고 생각했다. 그곳에는 그녀의 외로운 작은 무덤이 있었고, 그 위로 울타리의 그림자가 드리워져 있었다. 쿠레의 정원 아래에는 독일 공동묘지가 있었는데, 그 묘들 중에는 무거운 시멘트 십자가가 달린 것도, 긴 글씨가 새겨진 것도, 시인의 시구가 쓰인 것도, 옛 찬송가의 2행 연구가 쓰인 것도 있었다. 뮐러 중위도 여기 어딘가에 있을 것이다. 그들의 이야기가 고통스러운 이 세계에서 어떻게 돋보였는지 이상했다. 그것은 그가 전에 생각하지 못했던 불행 중 하나였다. 하지만 많은 점령지에서 같은 일이 계속해서 일어났을 것이다. 그는 결코 쿠레의 손, 어슴푸레하고 고통스러운 눈을 잊지 않을 것이다.

클로드는 교회 앞길을 건너는 데이비드를 알아보고 그를 만나러 갔다.

"안녕! 난 처음에 네가 힉스인 줄 알았어. 여기 있을 줄 알았는데." 데이비드는 계단에 앉아 담배에 불을 붙였다.

"나도 그랬어. 그를 찾으러 왔지."

"기대어 울만 한 어깨를 찾으러 다니나 봐. 너랑 나만 중대에서 결혼하지 않은 유일한 남자란 거 알아? 결혼한 남자 중 몇몇은 두 번 결혼했어. 우리가 철수하는 것이 다행이지, 그렇지 않으면 결혼 공고와 수많은 세례를 봤을 거야." 클로드는 중얼거렸다.

"모두 마찬가지야. 나도 이 나라의 여자들이 좋아, 내가 본 바로는." 그들이 말없이 담배를 피우고 앉아 있는 동안, 그의 마음은 프랑스에서의 첫날 밤, 교회 계단에서 지켜봤던, 달빛에 비친 시골 소녀가 병든 병사 위로 몸을 굽히는 조용한 장면으로 되돌아갔다.

그들이 다시 광장으로 돌아갔을 때, 갈라지는 나뭇잎 위로 춤이 끝났다. 오스카는 마지막 왈츠로 'Home, Sweet Home'을 연주하고 있었다. "마지막 키스." 데이비드가 말했다. "내일은 우리가 없을 것이고, 이 길로 다시 돌아오지 않을 수도 있어."

◆

"우리는 언제나 잔치거나 기근이야." 중대원들은 정오에 마른 비스킷을 씹기 위해 길가에 앉았을 때 신음 소리를 냈다. 그들은 그날 아침 18마일을 움직였지만, 아직 7마일을 더 가야 했다. 그들은 25마일을 8시간 안에 가라는 명령을 받았다. 아직 아무도 낙오하지 않았지만, 몇몇은 꽤 힘들어 보였다. 니프티 존스는 더 이상 못 가겠다고 했다. 힉스 하사는 그를 훈계했다. 그는 한사람이 낙오하기 시작하면 십여 명이 낙오하리라는 것을 알고 있었다.

"내가 할 수 있다면, 너희도 할 수 있어. 나 같은 뚱뚱한 남자는 더 힘들어. 이렇게 호들갑을 떨 만한 행군은 아니야. 나는 솜므강에서 학살당한 Pal 대대의 어린 영국인과 이야기를 나눈 적이 있어. 그의 대대는 확실한 죽음 속으로, 7월의 더위 속에서 6시간 동안 25마일을 행군했어. 그들은 모두 학교에 다니다가 온 아이들이었고, 160센티미터도 안 되는, '밴텀스'라고 불리는 남자들이었어. 그들보단 잘해야지."

"전 누구에게 무엇이든 건네주겠지만, 이 발로는 더 이상 갈 수 없습니다." 존스가 아픈 발을 관리하며 중얼거렸다.

"너! 중대에 있는 유일한 말을 줄게. 장교들 말, 그들은 걸을 수 있어." 그들이 대대에 합류했을 땐, 음식이 준비되어 있었지만, 그 것을 원하는 사람은 거의 없었다. 그들은 물을 마시고 덤불에 누웠다. 클로드는 본부에 도착했을 때 평소처럼 담배를 피우며 지도를 연구하고 있던 중령과 함께 공병대의 버클레이 오웬스를 발견했다.

"휠러, 오랜만이네. 자네 부하들은 일주일간의 휴식을 취했다더니 매우 건강해 보이는군. 지금은 자게 놔둬. 몰트케 참호에서 텍사스 2개 대대를 구출하기 위해 자정 전에 여기서 나가야 해. 그들은 많은 사상자를 내며 참호를 점령했고, 역습에 버티지 못할 거야. 중요한 위치인 만큼 적들이 이 지역을 되찾으려 할걸세. 날이 밝기 전에 위치를 잡고 싶어, 그러면 독일군은 새로운 병력이 왔다는 것을 모르겠지. 최고위 장교로서 네 중대를 책임지도록."

"알겠습니다. 최선을 다하겠습니다."

"그럴 거라 믿네. 두 개의 기관총 팀이 우리와 함께 올라가고 있고, 내일 미주리 대대가 지원하러 올 거야. 진즉에 널 이곳으로 부르고 싶었지만, 구조하라는 명령만 받았어. 어쩌면 포탄 공격을 받으면서 진격해야 할지도 몰라. 적은 큰 화기들을 그곳에 가져다 뒀어. 그쪽 참호를 확실히 처리하고 싶은 거야."

클로드와 데이비드는 반쯤 불타 버린 덤불 아래, 생긴 지 얼마 안 되는 포탄 구멍으로 들어가 잠들었다. 그들은 해 질 무렵 북쪽에서 발생한 중포 사격 때문에 잠에서 깼다.

10시가 되자 대대는 뜨거운 식사를 마치고 거의 불가능에 가까운 지역으로 진격하기 시작했다. 총들은 오랫동안 같은 사정거리에서 발사되고 있었을 것이다. 비록 일주일 동안 비가 내리지 않았지만, 땅은 반죽처럼 질척였다. 버클레이 오웬스와 그의 부대원들은 음식과 탄약 마차가 건너갈 수 있도록 널빤지를 길바닥에 던졌다. 큰 포탄이 12분 간격으로 떨어졌다. 간격이 너무 규칙적이어서 피해 없이 앞으로 건너갔다. B중대가 포탄 지역을 통과하는 동안, 스콧 중령은 달려와서 그들을 따라잡았고, 그의 잡역병은 말을 이끌며 오고 있었다.

"휠러, 저기 저 불빛에 대해 아는 거 있어? 저기 있어서는 안 되는 거잖아. 따라와. 확인해 보자." 그 불빛은 땅에 떨어진 성냥개비일 뿐이었다. 클로드는 알아차리지 못했다. 그는 중령을 따라갔고, 그들이 불꽃에 도달했을 때 그들은 철판으로 덮인 포탄 구멍에 앉아 있는 A중대 장교 세 명을 발견했다.

중령은 날카롭게 말했다. "저 불 꺼. 무슨 일이야, 브레이스 대위?"

젊은 대원이 재빨리 일어났다. "물을 기다리고 있습니다. 노새와 가솔린 케이스를 이용해 다가오고 있습니다. 그들을 놓칠 수 없습니다. 여기는 지반이 너무 안 좋아서 운전자들이 길을 잃을 것입니다."

"20분 이상 기다리지 마, 지정된 위치에 제시간에 도착하는 것이 가장 중요해, 물이 오든 안 오든 시간이 되면 바로 출발해."

중령과 클로드가 중대를 따라잡기 위해 급히 돌아섰다. 다섯 개의 커다란 포탄이 잇달아 그들 위에서 터졌다.

"도망가십시오." 그의 잡역병이 외쳤다.

"우리를 공격하고 있습니다. 사격 간격이 줄었습니다."

"뒤쪽의 저 불빛이 그들에게 충분한 정보를 주었군." 중령이 중얼거렸다. 약 1마일 동안은 길이 좋지 않았다. 여덟 번째 거대한 참호 뒤에 있는 본부에 겨우 도달했다. 그것은 독일군들이 콘크리트로 안과 밖을 보강한 오래된 농가였다. 벽이 6피트 두께였고 포탄도 거의 막아 주는 사격 진지 같았다. 중령은 A중대의 상황 보고를 듣기 위해 잡역병을 보냈다.

젊은 중위가 농가로 왔다. "A중대는 정해진 자리에 들어갈 준비가 되었습니다. 제가 데려왔습니다."

"브레이스 대위는 어디 있지, 중위?"

"그와 다른 중위는 아까 그 구멍에서 모두 전사했습니다. 중령님이 그들과 이야기한 지 5분도 되지 않아 포탄이 그곳에 떨어졌습니다."

"좋지 않군, 다른 피해는?"

"식량 마차가 동시에 포격당했습니다. 새로운 길을 따라오던 율리우스 시저의 첫 번째 마차였습니다. 운전자는 죽었고, 말을 죽여야 했습니다. 오웬스 대위님이 스튜에 화상을 입을 뻔했다고 합니다."

중령은 장교들을 차례차례 불러 놓고 그들의 위치에 대해 의논했다. 클로드의 차례가 왔을 때 중령은 말했다.

"휠러, 지도 외우고 있지? 앞쪽 참호에 있는 날카로운 고리 모양 지역 보이지? H2 좌표. '멧돼지의 머리'라고 부르는 것 같던데. 일종의 창끝처럼 적을 향해 뻗어 나가는 위치인데, 공격을 많이 받아서 지키기 힘든 장소야. 내가 자네 중대를 그곳에 투입하면 역습에 버틸 수 있을 것 같나?"

클로드는 그렇다고 말했다.

"버티기 힘든 라인 중 하나야, 내가 자네의 부하들을 그곳에 투입하면서 칭찬했다고 말해도 좋아"

"알겠습니다. 그들은 매우 감사해할 겁니다."

중령은 새로운 시가의 끝을 물었다. "그러는 게 좋을 거야! 만약 저 지역을 독일군이 점령하게 된다면, 모든 라인이 무너질 거야. 조지아 기관총 두 팀을 '멧돼지 코'라고 부르는 지점에 투입하도록 하지. 내일 미주리 팀이 올라오면 널 지원하러 갈 테지만, 그전까지 그곳은 너희들끼리 지켜야 해. 난 지켜야 할 참호가 너무 많아, 이 이상 너에게 지원해 줄 수 없어." 대대가 구해야 하는 텍사스 중대는 비상식량과 죽은 독일군에게 얻은 것들로 60시간을 버티고 있었다. 보급품은 폭격을 맞아, 그들에게 도달하지 못했다. 중령이 클로드와 게르하르트를 앞으로 데리고 가서 B중대가 지켜야 할 고리 모양 지역을 점검했다. 그들은 참호라기보다는 쓰레기 더미에 가까운 진흙땅을 발견하였다. 그 땅은 사람이 서 있기에는 너무 약했다. 그들의 장교는 모두 살해되었고, 하사 한 명이 지휘하고 있었다. 그는 이곳의 상태에 대해 사과했다.

"이 난장판을 치우게 해서 죄송합니다. 하지만 저흰 심각하게 공격받았습니다. 저희가 독일군을 몰아낸 뒤로 매일 밤 폭격당했습니다. 전 부하들에게 지키라는 것 말고는 아무 명령도 할 수 없었습니다."

"괜찮아, 너희는 이긴 거야, 돌아가는 길에 내 부하들이 음식을 좀 줄 거야."

멧돼지 머리를 지킨 사람들은 어둠을 뚫고 비틀거리며 그들을 지나 병참선으로 갔다. 마지막 남자가 나갔을 때, 중령은 버클레이 오웬스를 불렀다. 클로드와 데이비드는 길을 더듬어 가며 그 장소가 어떤 상태인지 알아내려고 애썼다. 그들이 경험한 최악의 악취가 풍겼지만 파리보다는 덜 역겨웠다. 우연히 시체에 닿았을 때 축축하고 윙윙거리는 파리 구름이 얼굴, 눈, 콧구멍으로 날아왔다. 발밑의 땅이 마치 보아뱀들이 저 아래에서 꿈틀거리는 것처럼 움직였다. 그들이 멧돼지 코로 올라가는 길을 찾았을 때, 우연히 어둠 속에서, 밀가루 자루처럼 쌓인 수십 개 이상의 시체 더미를 발견했다. 두 장교가 그곳에 서 있는 동안, 우르릉하면서 가스가 새는 소리가 들렸는데, 처음에는 한 몸에서, 다음에는 또 다른 몸에서, 죽은 사람들의 액화된 내장 가스가 부풀어 올랐다. 그들은 서로에게 불평하는 것 같았다.

둘은 병참선 입구에 서 있던 중령에게 돌아가 시체를 묻는 분대가 절실히 필요한 것 외에는 보고할 것이 별로 없다고 말했다.

"예상한 대로군." 중령은 고개를 저었다. 버클레이 오웬스가 도착했을 때, 중령은 그에게 날이 밝기 전까지 여기서 무엇을 할 수 있는지 물었다. 그 용맹한 기술사는 클로드와 게르하르트가 했던 것처럼 길을 더듬어 갔다. 그들은 그가 기침 소리와 파리를 치는 소리를 들었다. 그는 낙담하기보다는 오히려 환호하며 돌아왔다.

"사망자들을 끌고 나올 수 있는 병력을 주십시오. 생석회와 콘크리트만 있으면 4시간 안에 이곳을 보수할 수 있습니다."

"석회는 넉넉히 가져왔는데, 콘크리트는 어디서 구할 거야?"

"독일군이 50포대가량을 본부 아래 지하실에 두고 갔습니다. 콘크리트가 마를 시간만 있으면 독일군보다 더 잘 만들 수 있습니다."

"시작해."

중령은 클로드와 데이비드에게 부하들을 해 뜨기 전에 병참선까지 데려와서 단단히 준비시켜 놓으라고 했다.

"시간 나면 오웬스의 시멘트 작업을 도와주되, 적이 기습하지 못하도록 해."

날이 밝자 포격이 다시 시작되었다. 뒤쪽 참호와 그 뒤로 3마일 정도가 가장 심했다. 분명히 적군은 몰트케 참호에 대한 확신을 가지고 있었다. 그들은 보급품과 예상되는 증원군을 차단하고 싶어 했다. 미주리대대는 그날 올라오지 못했다. 전령이 정오 전부터 숲속에 숨어 있다는 메시지를 중령에게 전달했다. 독일군 비행기 다섯 대가 새벽부터 숲 위를 빙빙 돌면서 다우핀 산등성이에 있는 적 본부에 신호를 보내고 있었다. 미주리대대는 덤불 속에 누워 탐지를 피할 수 있다고 확신했다. 그들은 밤에 도착할 것이다. 공병은 전령을 따라갔고, 스콧 중령은 그들과 30분 후에 유선 통신을 할 것이다.

오후 1시 B중대가 멧돼지 머리에 들어왔을 때, 생석회 냄새가 더 많이 났다. 흉벽은 고르게 세워져 있었고, 발판은 일부분 복원

되었으며, 멧돼지 코 부분에는 기관총을 둘만 한 장소가 있었다. 과거의 처참한 광경도 여전히 보이긴 했다. 멧돼지 코에는 커다란 부츠가 참호 옆쪽에 뻣뻣하게 꽂혀 있었다. 오웬스 대위는 땅속이 비어 있는 것처럼 보이고, 부츠 뒤로는 독일군의 시체가 묻혀 있는 대피호로 이어질 가능성이 있다고 말했다. 그는 시간에 쫓기고 있었기 때문에 문제를 일으키지 않는 게 상책이라고 생각했다. 고리 모양 지대의 구부러진 곳 중 한 곳의 땅과 모래주머니 사이에 검은 손이 뻗쳐 있었다. 잘 떨어져 있는 다섯 손가락은 어떤 해로운 잡초의 부풀어 오른 뿌리처럼 보였다. 힉스는 이 손이 역겹다고 말했고, 오후 동안 니프티 존스와 오스카는 흙을 긁어내려 손을 덮었다. 그러나 밤중에 폭격이 있었고, 흙은 흘러내려 갔다.

존스가 하사를 깨우면서 말했다. "보십시오. 날이 밝아 오면 제일 먼저 보는 것은 바람에 휘날리는 저 오래된 손가락일 것입니다. 저 시체는 공기를 원해요, 흙 속에 덮이지 않을 겁니다."

힉스가 일어나서 직접 손을 다시 묻었지만, 클로드와 함께 보러 왔을 땐 아침 식사 전과 똑같이 다섯 손가락이 튀어나와 있었다. 하사의 이마가 부풀어 올라 빨개졌는데, 그는 더러운 농담을 하는 사람을 발견하면 이걸 먹일 거라고 장담했다.

중령은 함께 아침 식사를 하자며 클로드와 게르하르트를 불렀다. 그는 미주리대대 장교들과 이야기를 나누었고, 그들이 당분간은 덤불에 머물러 있어야 한다는 데 동의했다. 숲 위로 비행기가 계속 선회하는 것은 적군이 몰트케 참호의 중요성을 염려하고 있음을 증명하는 것과 같았다. 그들의 항공정찰대가 돌아가는 텍사

스대대를 보았을 가능성이 있었다. 그렇지 않다면, 그들이 왜 공격을 미루고 있을까?

그들이 아침 식사를 하는 동안 상병이 새벽에 쏜 비둘기 두 마리를 데리고 왔다. 그중 한 마리는 날개 밑에 메시지가 있었다. 중령은 종이를 풀어서 게르하르트에게 건네주었다.

"맞습니다. 독일어로 되어있지만, 암호 같습니다. 독일의 동요입니다. 정찰기로 정찰병들을 저희 뒤쪽에 투입해 보고서를 보내고 있는 게 틀림없는 것 같습니다. 정찰기보단 정찰병들에게 더 많은 정보를 얻을 수 있습니다. 여기, 이 새들 원해 딕?" 소년은 히죽 웃었다. "물론입니다! 나중에 튀길 기회가 생길지도 모릅니다."

아침 식사 후 중령은 멧돼지 머리에 있는 B중대를 확인하러 갔다. 그는 특히 멧돼지 코 부분에 기관총을 유리하게 배치한 것에 만족했다. 그는 부하들에게 말했다. "오늘은 조용한 날이 될 것 같다. 하지만 밤에도 조용할지 모르겠군. 여길 반드시 지켜야 해, 만약 독일군이 이곳을 점령한다면, 우린 끝이야. 알았나?"

그들은 정말 조용한 하루를 보냈다. 몇몇 대원들은 카드를 쳤고, 오스카는 성경을 읽었다. 밤도 조용히 지나갔다. 그러나 4시 15분에 모든 사람이 가스 경보기 소리에 잠에서 깼다. 가스 포탄이 정확히 30분 동안 날아왔다. 그 후 파편이 폭발했다. 단발이 아니라 귀가 먹먹해질 정도로 여러 발이었다. 심한 뇌우가 하늘과 땅에서 맹위를 떨치는 것 같았다. 사방에 불덩어리가 뒹굴고 있었다. 멧돼지 머리에서 반격하기에는 거리가 좀 멀었지만, 최악의 상황은 아니었다. 그러나 30야드 뒤로는 모든 것이 산산조각 났다.

클로드는 아무도 살아남지 못했을 것으로 생각했다. 박격포 한 대가 뒤쪽 고리 지역의 부하 6명을 죽였는데, 그들은 통신을 원활하게 하기 위해 땅을 파고 있었다. 오웬스 대위의 작업자들도 공격을 받았다.

날이 밝았음을 알리는 연기와 어둠이 시뻘건 색을 띠기 시작했을 때 클로드와 게르하르트는 함께 계획을 짜고 있었다. 중령으로부터 전령 한 명이 달려왔다. 미주리대대는 아직 올라오지 못했고, 그들과 연락이 끊어졌다는 것이었다. 그는 그들이 폭격으로 길을 잃었을까 봐 걱정했다. "중령은 그들을 책임질 수 있는 사람 두 명을 보내서 데리고 와야 한다고 했습니다."

전령이 이 명령을 전달하자 게르하르트와 힉스는 재빨리 서로를 바라보며 자진해서 가겠다고 했다.

클로드는 망설였다. 힉스와 데이비드는 더 이상의 승낙을 기다리지 않았다. 그들은 병참선을 달려갔고 이내 사라졌다.

클로드는 서서히 잿빛으로 자라나는 연기 속에 서서, 그가 지금까지 알고 있는 가장 깊은 절망에 빠져드는 대원들을 보았다. 어리석고 다른 사람들을 지휘하기 부적당한 사람만이 그의 절친과 장교를 그런 위험에 빠지게 했을 것이다. 그는 피난처 아래 서 있었고, 그의 두 친구는 비처럼 날아오는 포탄을 뚫고, 통신이 끊긴 대대가 마지막으로 보고했던 장소로 달려가고 있었다. 클로드가 아는 그들이라면, 미로처럼 펼쳐진 참호를 따라 시간을 낭비하지 않을 것이다. 그들은 아마 지금도 탁 트인 장소에서 적의 폭격을 뚫고 곧장 달려가 참호의 꼭대기를 뛰어넘을 것이다.

클로드는 다시 몸을 돌려 고리 쪽으로 갔다. 무슨 일이 일어났든, 그는 용감한 사람들과 함께 일했다. 그런 남자들을 알게 된 이 세상에 살기 잘했다. 군인들은, 궁지에 몰릴 때, 종종 신에게 은밀하게 바라곤 한다. 그리고 이제 클로드가 신에게 은밀히 무언가를 바라고 있었다. 만약 그들이 돌아올 수만 있다면 대가를 치르겠다고. 자신이 대가를 치를 것이라고. 그들은 알까?

한 시간이 천천히 지나갔다. 그는 불안한 채로 기다렸다. 수송선을 통해 총알과 커피들이 보급되었다. 사람들은 본부가 그 길을 통해 그들에게 뜨거운 음식을 꽤 잘 가져다준다고 생각했다. 중령의 메시지가 전달되었다. '보급이 중단되면 단단히 준비해라.'

클로드는 이 메시지를 코 부분의 기관총수들에게 보여 주었다. 뒤를 돌아서자 힉스가 와 있었다. 그는 셔츠와 바지를 벗은 채, 마치 강에서 나온 것처럼 축축하게 젖어 있었고, 피를 튀겼다. 그의 손은 헝겊에 싸여 있었다. 그는 클로드의 귀에 입을 대고 소리쳤다. "그들을 발견했습니다. 그들은 길을 잃었었고, 지금 이쪽으로 오고 있습니다. 중령에게 알리십시오."

"게르하르트는 어디 있어?"

"그는 그들을 데리고 오고 있습니다. 폭격이 멈췄습니다!" 그들은 갑자기 멈춘 폭격에 깜짝 놀랐다. 고리 속의 사내들은 숨을 헐떡이며 마치 높은 곳에서 떨어지는 것처럼 웅크렸다. 검은 연기와 가스 냄새, 타는 가루 냄새로 숨이 막혔다. 정적은 마치 강한 마취제 같았다. 클로드는 기관총 부대가 준비됐는지 멧돼지 코 쪽으로 다시 뛰어갔다. "일어나! 여기 왜 왔는지 알잖아!"

망을 보고 있던 버트 풀러는 그의 옆에 있는 참호로 떨어졌다. "그들이 오고 있습니다." 클로드는 기관총수들에게 신호를 보냈다. 모든 고리를 통해 사격이 개시되었다. 순간적으로 산들바람이 일더니, 무거운 연기구름이 후방에서 떠내려왔다. 그는 발판 위에 올라가서 자세히 살펴보았다. 적은 멧돼지 머리 왼쪽에서 주된 참호 쪽으로 오고 있었다. 갑자기 진격이 중단되었다. 달려오던 사람들의 대열은 능선으로부터 15야드 떨어진 곳에서 순식간에 사라진 뒤 다시 나타나지 않았다. 클로드는 그들이 뭔가를 기다리고 있다고 생각했다. 클로드는 그 뭔가를 알아야 했지만, 그만큼 영리하지 못했다. 중령의 공병이 그에게 왔다.

"본부가 미주리대대에서 전령을 받았습니다. 20분 안에 도착할 겁니다. 중령은 즉시 이곳에 그들을 배치할 겁니다. 그때까지는 버텨야 합니다."

"우린 버틸 거야. 독일군이 뭔가 이상하게 행동하고 있어. 무슨 전략인지 모르겠군…."

그가 말하는 동안 모든 것이 설명되었다. 멧돼지 코는 땅을 갈라놓는 폭발음과 함께 흩어져서 화산처럼 연기와 불이 솟아나고 있었다. 클로드와 중령의 전령에게도 흙이 튀었다. 그들이 일어났을 때 멧돼지 코는 죽거나 죽어 가는 사람들로 가득 찬 연기 분화구가 되었다. 조지아 총기 팀은 없어졌다.

독일군이 능선 뒤에서 이것을 기다리고 있었다. 멧돼지 코 아래쪽에 있는 광산은 오래전에, 독일군이 몰트케 참호를 몇 달 동안 전투 없이 점령하고 있을 때 만들어진 것 같았다. 지난 24시간 동안 그들은 가장 강력한 수비대가 이곳에 배치될 것이라는 추론을 하고, 폭발물을 잔뜩 넣어 두었다. 그들은 소총을 들고 달려오기 시작했다. 충격으로 인해 쓰러졌던 사람들은 다시 일어났다. 그들은 전체 상황이 달라진 듯 장교를 의심스럽게 바라보았다. 곧 있으면 독일군들이 들이닥칠 것이고, 그들은 끝장날 것이다. 클로드는 모래주머니 위를 가리키며 "너에게 달렸어, 너한테 달렸어!"라고 외치며 참호를 따라 달렸다. 소총수들은 몸을 회복하고 발포하기 시작했지만, 클로드는 그들의 마음이 이미 후방으로 향하고 있다는 것을 불확실하게 느꼈다. 그들이 무엇이든 해야 한다면, 그것은 신속해야 했고, 사격은 정확해야 했다. 시뻘겋게 타오르는 불이외에는 아무것도 확인할 수 없었다…. 그는 불 계단에 뛰어 들어가 흉벽을 통해 나갔다. 즉각적인 일이었다. 그는 부하의 손을 잡았다.

"침착해, 침착해!"그는 뒤에 있는 소총 팀들에게 사격 거리를 불러 주었고, 효과를 확인할 수 있었다. 독일군들이 비틀거리거나 쓰러지고 있었다. 독일군들이 왼쪽으로 조금 방향을 돌렸다. 클로드는 소총수들을 불러 따라오게 하고, 그의 목소리와 손으로 지휘했다. 여기서부터는 그가 사거리를 바로잡고 사격을 지휘할 수 있었다. 뒤에 있는 부하들도 침착해졌다. 그 라인에는 힉스, 존스, 풀러, 앤더슨, 오스카가 있었다. 그들의 눈은 결코 그를 떠나지 않았다. 이 사람들만 있으면 그는 무엇이든 할 수 있었다.

클로드는 인간을 제어하는 법을 배웠다. 독일군들이 부서진 멧돼지 코에서 20야드도 안 되는 거리에서 파편과 시체 더미를 피

441

하려고 오른편으로 방향을 꺾었다. 재빨리 집중 사격을 해 그것을 저지하자, 독일군들은 다시 왼편으로 움직였다. 발판 위에 나타난 클로드의 모습은 처음에는 적군의 관심을 끌지 못했으나, 지금은 총알이 그의 주위에 날아오기 시작했다. 두 발이 그의 헬멧에 맞았고, 한 발은 그의 어깨에 맞았다. 코트에서 피가 뚝뚝 떨어졌지만, 고통은 느껴지지 않았다. 그는 오로지 한 가지만 느꼈다. 자신이 이 훌륭한 사람들을 지휘했다는 것을. 데이비드는 이미 죽었을 거라고 예상한 그들에게 지원을 왔고, 그들은 모두 거기에 살아 있었다. 그들은 거기서 죽기 전까지 임무를 수행하고 있었다. 그들을 죽일 수는 있어도, 정복할 순 없었다.

중령은 20분이 거의 다 되어 간다고 생각했다. 그는 전선에서 눈을 뗄 수가 없어, 손목시계조차 보지 못했다…. 뒤에 있던 부하들은, 몸이 균형을 잃은 듯 휘청거리며, 다시금 똑바로 서려고 노력하는 클로드를 보았다. 클로드가 쓰러졌다. 힉스가 그의 발을 잡고 뒤쪽으로 잡아당겼다. 그와 동시에 미주리대대가 소리를 지르며 병참선을 따라 달려왔다. 그들은 기관총을 모래주머니에 올려놓고, 불필요한 움직임 없이 바로 사격에 들어갔다.

힉스와 버트 풀러, 오스카는 쏟아져 들어오는 지원군에게서 벗어나 클로드와 함께 멧돼지 코 쪽으로 나아갔다. 그는 피를 많이 흘리지 않았다. 그는 말을 하려는 듯 그들을 향해 미소를 지어 보였고, 눈에는 약간의 공허함이 어려 있었다. 버트는 클로드의 셔츠를 찢었다. 총알 세 발이 박혀 있었고 한 발은 심장을 관통했다. 그들이 다시 클로드를 바라보았을 때는 미소가 사라지고 없었다….

클로드의 표정은 희미해졌다. 힉스는 클로드 얼굴의 땀과 연기를 닦아 냈다. "그에게 알리지 않아서 정말 다행이야. 참 다행이야!"

버트와 오스카는 힉스가 무엇을 말하는지 알고 있었다. 게르하르트는 적들의 일제 사격 속으로 미주리대대를 찾으러 달려가다 힉스의 옆에서 죽었다. 그 둘은 같이 넓게 트인 곳을 달려가고 있었고, 연기 때문에 앞이 거의 보이지 않았다. 그들은 낡은 참호 위에 남겨진 철조망과 부딪쳤다. 데이비드는 힉스에게 따라오라고 손을 흔들며 오른쪽으로 몸을 돌렸다. 그 둘은 포탄이 떨어진 곳과 10야드 정도 떨어진 곳에 있었다. 그리고 힉스 하사는 혼자 계속 달렸다.

◆

해가 저물고, 수송선이 조류와 함께 천천히 좁은 수로를 들어가고 있었다. 갑판에는 갈색 남자들이 잔뜩 있었다. 그들은 벌 떼처럼 상부 구조물 위로 몰려들었다. 그들은 느긋하고 편안했다. 어떤 사람은 생각에 잠겨 있는 듯했고, 어떤 사람은 만족해했으며, 어떤 사람은 우울해하고 있었다. 대부분은 다가오는 해안에 무관심한 듯 보였다. 그들은 떠날 때와 같은 사람이 아니었다.

힉스 하사는 배의 후미에서 담배를 피우며 흐린 물 위에 붉은 노을이 반짝거리는 것을 지켜보고 있었다. 그가 프랑스로 항해한 지 1년이 넘었다. 그동안 세상은 변했고, 그도 변했다. 버트 폴러는 힉스에게 다가왔다. "의사 말로는 맥시 대령이 죽어 가고 있대.

이 보트에서 내리기 전에 죽을 것 같고, 내일 뉴욕에서 열리는 열병식에 참여할 확률은 더 적대."

힉스는 맥시의 폐렴이 자기 일이 아니라는 듯이 어깨를 으쓱했다. "걱정해야지! 우린 저쪽에 그 사람보다 더 좋은 장교들을 남겨 두고 왔어."

"그렇지 않다는 게 아니야. 하지만 그도 너무 안 된 것 같아. 그는 열병식에 관한 전보를 몇 주째 보내고 있어."

"허!" 힉스는 눈썹을 치켜올리고 경멸의 눈으로 곁눈질했다. 곧 그는 반짝거리는 물에 눈을 가늘게 뜨고 침을 뱉었다. "맥시 대령, 클로드와 게르하르트 덕에 단 대령!" 힉스와 버트 풀러는 에렌브라이트슈타인의 고귀한 요새를 지키는 데 도움을 주고 있었다. 그들은 항상 함께 임무를 수행했으며, 비번일 때는 서로 다투고 투덜거렸다. 그래도 그들은 여전히 함께 어울린다. 그들은 중대의 마지막 생존자다. 오로지 신만이 왜 오스카와 존스가 흑해로 갔는지 알 것이다.

그들이 라인 계곡에 있던 한 해 동안, 버트와 힉스는 단 한 번 헤어졌다. 힉스는 2주의 휴가를 얻었고, 끈질기고 힘든 여정을 통해 베네치아로 갔다. 그에게는 제대로 된 여권이 없었고, 영사와 장교들은 그에게 더 가까운 곳으로 가달라고 간청했다. 하지만 그는 항상 베네치아에 대해 들어 왔기 때문에 베네치아로 간다고 말했다. 버트 풀러는 코블렌츠로 돌아온 그를 반갑게 맞이했고, 그의 복귀를 축하하기 위해 와인 파티를 열었다. 그들은 서로 연락하고 살기를 바랐다. 버트는 플래트강에 살았고, 힉스는 빅 블루강에 살

왔지만, 그 두 강 사이의 자동차도로는 훌륭했다.

버트는 어머니의 부엌을 떠날 때와 같은 상냥한 소년이었다. 그의 가장 큰 문제는 빈번한 약혼이었다. 힉스의 둥글고 통통한 얼굴에는 약간 냉소적인 표정이 어렸다. 그곳과는 전혀 어울리지 않는 표정이었다. 전쟁은 그의 감정을 다치게 했다…. 그가 자신을 위해 무엇인가를 원했던 것은 아니다. 군대가 빛나는 영광을 엉뚱한 사람의 머리에 씌우고, 영광을 누려야 할 사람들의 손과 가슴에 십자가가 꽂히는 것은 잘못되었다고 생각했다.

힉스가 이 세상에서 가장 원했던 것은 그의 오랜 친구 델 에이블과 차고와 수리점을 운영하는 것이었다. 보포르가 그 모든 것을 끝냈다. 어쨌든 그는 '힉스와 에이블'이라는 기념 가게를 운영할 것이다. 그는 평생 동안 소매를 걷어붙이고, 논리적이고 아름다운 자동차 내부를 볼 것이다.

수송선이 허드슨강에 들어서자 부둣가를 따라 사람들이 사이렌과 휘파람을 불며 돌아오는 병사들에게 날카로운 경례를 했다. 그 사람들은 어깨를 펴고 다 알고 있다는 듯이 웃었다. 그들 중 몇몇은 약간 지루해 보였다. 힉스는 천천히 담배에 불을 붙이고, 집에 도착하면 친구들을 당황하게 할 표정으로 담배 끝을 응시했다.

클로드의 인생이 시작된 러블리 크리크의 둑 옆에서는 아직도 클로드의 이야기가 전해진다. 농가에서 함께 일하는 두 노파는 항상 그를 기억하며, 다른 모든 것을 초월하여, 지평선 위의 노을처럼 의식의 가장 먼 곳에 그를 남겨 두었다.

힐러 부인은 어느 날 오후 클로드와 작별 인사를 했던 거실에서 그의 사망 소식을 받았다. 전화벨이 울렸을 때 그녀는 책을 읽고 있었다.

"휠러 농장인가요? 여기는 프랭크포트의 전신국입니다. 육군성에서 전갈을 받았는데," 목소리는 머뭇거렸다. "혹시 휠러 씨 계신 가요?"

"아뇨, 제게 말해 주세요."

휠러 부인은 고맙다고 말하고 전화를 끊었다. 그녀는 천천히 의자로 가 앉았다. 그녀는 혼자 한 시간 동안 있었는데, 그 방에는 그녀 말고는 아무도 없었다. 그녀와 그녀의 길의 끝이었던 지도와 함께. 이 복잡한 이름들 가운데, 어딘가에서 그는 자신의 자리를 찾았다. 클로드의 편지는 그 후 몇 주 동안 계속 왔고, 그 이후로는 그의 동료들과 대령이 그녀에게 클로드에 관한 모든 이야기를 해주려고 편지를 보냈다.

그 뒤로 암울한 몇 달 동안, 그 어느 때보다 더 추악한 인간의 본성을 보았을 때, 이 편지는 휠러 부인을 위로해 주었다. 그녀는 신문을 읽으면서 성경에 나오는 홍해의 통로에 대해 생각하곤 했다. 비열함과 탐욕의 홍수가 소년들이 지나갈 수 있을 만큼 뒤로 물러났다가, 몰려와서 집에 있는 모든 것을 쓸어내리고 집어삼킨 것 같았다. 그녀는 악할 일 이외에 아무것도 보이지 않을 때, 클로드의 편지를 다시 읽고 스스로를 안심시킨다. 그에게 있어서 부름은 분명했고, 명분은 영광이었다. 그의 밝은 믿음을 의심하지 않았다. 그녀는 그가 편지에 쓰지 않은 부분도 알아챘다. 그의 짧은 열정에서 무엇을 읽어야 할지 알고 있었다.―그가 그렇게 멀리 갈 때까지 얼마나 충분히 자신의 삶에 대해 고민했는지. 속는 것을 너무나 두려워했던 그 사람! 그는 자신의 나라가 괜찮은 나라이고, 프랑스는 다른 어느 나라보다 더 좋은 나라라고 믿으며 죽었다. 그리고 그 믿음들은 목숨을 바치기에 충분히 아름다웠다. 어쩌면 이 생각 말고는 더 이상 아무것도 보지 않는 편이 좋을지도 모르겠다. 그녀는 그 깨우침을 두려워했다. 휠러 부인은 때때로 클로드가 황량한 실망감을 견딜 수 있을지 의심하기도 했다. 전쟁의 영웅들, 눈부신 군사들이, 그들이 돌아와야 할 세상을 너무 이르게 떠났다. 경이로운 일을 한 공군, 젊은 피를 더 빨리 뛰게 한 장교들, 믿을 수 없는 위험으로부터 생존한 생존자들, 그들은 조용히 자신의 손으로 생을 마감하였다. 어떤 사람은 잘 알려지지 않은 하숙집에서, 어떤 사람은 다른 남자들처럼 자기 사무실에서. 몇몇은 배의 옆구리에서 미끄러져 바다로 사라졌다. 휠러 부인은 이런 일들을 듣고는 마치 그곳에 있는 것처럼 몸서리를 치면서 두 손으로 가슴을 꽉 눌렀다. 마치 신이 그를 어떤 끔찍한 고통 끝에서 구해준 것처럼 느꼈다. 그녀는 이러한 것들을 읽으면서, 자살한 사람들은 모두 그와 같다고 생각했다. 그들은 그들이 해야 할 일을 간절히 바랐고, 열정적으로 믿었던 사람들이라고. 그리고 그들은 너무 많이 바라고 믿었다는 것을 발견했다. 하지만 그녀가 알고 있는 한 사람은 깨진 환상도 견딜 수 있었다.

마에일리는, 둘만 남았을 때, 가끔 부인에게 말한다. "부인, 이제 위층으로 올라가서 누워 쉬세요." 휠러 부인은 그녀가 클로드에 대해 생각하는 것은 그를 대변하는 것이란 걸 알았다. 그들이 식탁에서 일하거나 오븐 위에서 몸을 굽힐 때, 무언가가 그를 떠올리게 하면, 마치 한 사람처럼 그에 대해 생각했다. 그럴 때마다 마에일리는 그녀의 등을 쓰다듬으며 말했다. "너무 신경 쓰지 마세요. 부인, 저 높은 곳에서 아들을 만나게 될 거예요." 휠러 부인은 항상 신이 가까이 있다고 느꼈다. 마에일리는 높이에 대한 지식 때문에 고민하지 않았고, 그녀에게도 그는 여전히 가까이 있었다. 많이 멀지 않은, 머리 바로 위 부엌 스토브 위쪽 정도에 있었다.